# L'ASSASSIN ROYAL **3**

## La nef du crépuscule

Du même auteur
*aux Éditions J'ai lu*

*L'assassin royal :*
1 – L'apprenti assassin, *J'ai lu* 5632
2 – L'assassin du roi, *J'ai lu* 6036
3 – La nef du crépuscule, *J'ai lu* 6117
4 – Le poison de la vengeance, *J'ai lu* 6268
5 – La voie magique, *J'ai lu* 6363
6 – La reine solitaire, *J'ai lu* 6489
7 – Le prophète blanc, *J'ai lu* 7361
8 – La secte maudite, *J'ai lu* 7513
9 – Les secrets de Castelcerf, *J'ai lu* 7629
10 – Serments et deuils, *J'ai lu* 7875
11 – Le dragon des glaces, *J'ai lu 8173*
12 – L'homme noir, *J'ai lu 8397*
13 – Adieux et retrouvailles, *J'ai lu 8472*

*Les aventuriers de la mer :*
1 – Le vaisseau magique, *J'ai lu* 6736
2 – Le navire aux esclaves, *J'ai lu* 6863
3 – La conquête de la liberté, *J'ai lu* 6975
4 – Brumes et tempêtes, *J'ai lu* 7749
5 – Prisons d'eau et de bois, *J'ai lu* 8090
6 – L'éveil des eaux dormantes, *J'ai lu* 8334
7 – Le Seigneur des Trois Règnes, *J'ai lu* 8573
8 – Ombres et flammes, *J'ai lu* 8646
9 – Les marches du trône, *à paraître*

*Le soldat chamane :*
1 – La déchirure, *J'ai lu* 8617
2 – Le cavalier rêveur, *J'ai lu* 8645
3 – Le fils rejeté, *à paraître*

Sous le nom de Megan Lindholm

*Ki et Vandien :*
1 – Le vol des harpies, *J'ai lu* 8203
2 – Les Ventchanteuses, *J'ai lu* 8445
3 – La porte du Limbreth, *J'ai lu 8647*
4 – Les roues du destin, *J'ai lu 8799*

ROBIN HOBB

# L'ASSASSIN ROYAL **3**

## La nef du crépuscule

Traduit de l'américain
par A. Mousnier-Lompré

*À Ryan*

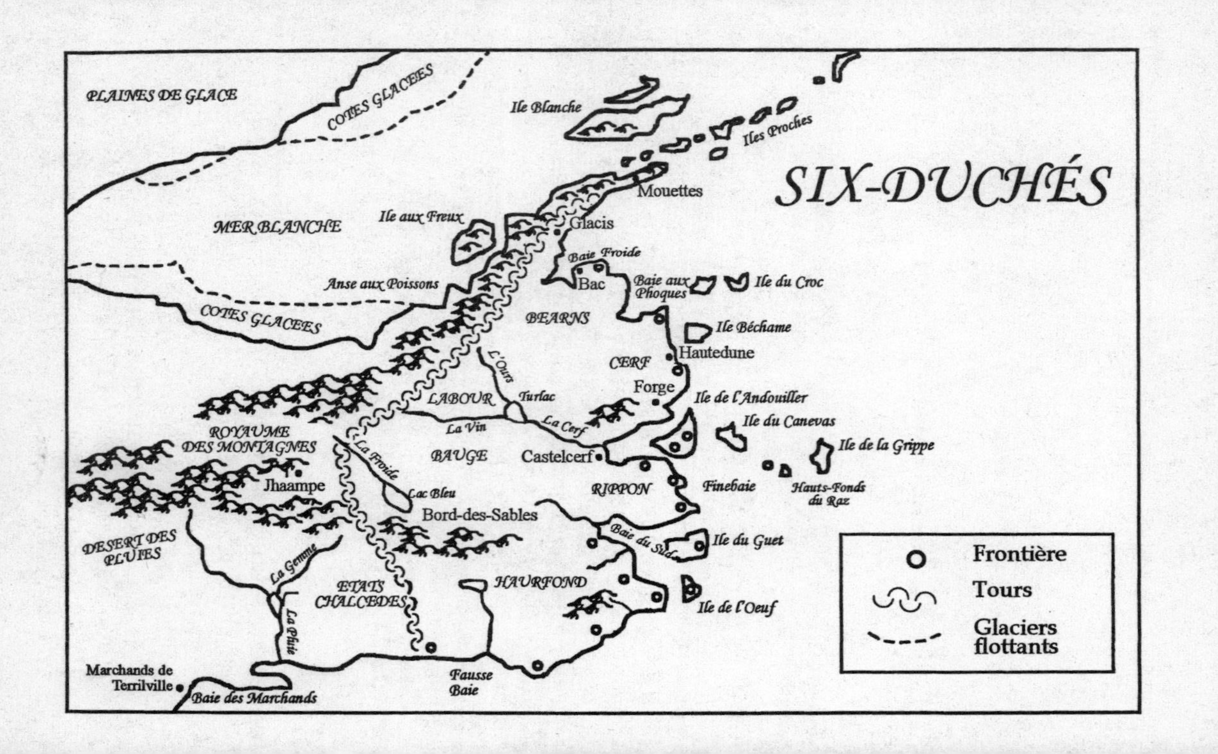
SIX-DUCHÉS
PLAINES DE GLACE
COTES GLACEES
MER BLANCHE
Ile aux Freux
Anse aux Poissons
COTES GLACEES
Ile Blanche
Iles Proches
Mouettes
Glacis
Baie Froide
Bac
Baie aux Phoques
Ile du Croc
BEARNS
Ile Béchame
Hautedune
CERF
Forge
Ile de l'Andouiller
Ile du Canevas
Ile de la Grippe
L'Ours
LABOUR
Turlac
La Cerf
La Vin
ROYAUME DES MONTAGNES
La Froide
BAUGE
Castelcerf
Jhaampe
Lac Bleu
RIPPON
Finebaie
Hauts-Fonds du Raz
Bord-des-Sables
Baie du Sud
Ile du Guet
DESERT DES PLUIES
La Gemme
ETATS CHALCEDES
HAURFOND
Ile de l'Oeuf
La Pluie
Marchands de Terrilville
Baie des Marchands
Fausse Baie
Frontière
Tours
Glaciers flottants

# 1

## LES NAVIRES DE VÉRITÉ

*Le troisième été de la guerre des Pirates rouges, les bateaux de combat des Six-Duchés reçurent leur baptême du sang. Ils n'étaient que quatre mais ils représentaient une modification considérable de la tactique défensive du royaume. Nos engagements, ce printemps-là, avec les Pirates rouges nous apprirent rapidement que nous avions beaucoup oublié de l'art d'être guerrier. Nos ennemis avaient raison : nous étions devenus une race de fermiers ; mais des fermiers résolus à lutter pied à pied. Nous découvrîmes bientôt que les Pirates étaient des combattants inventifs et barbares, au point qu'aucun d'entre eux ne se rendit jamais ni ne se laissa prendre vivant. Peut-être aurions-nous dû y voir le premier indice sur la nature de la forgisation et de l'adversaire que nous affrontions mais, à l'époque, cet indice trop subtil nous échappa et nous étions trop occupés à survivre pour nous poser des questions.*

*

La fin de l'hiver passa aussi vite que le début avait traîné. Les divers aspects de mon existence devinrent comme des perles dont j'eusse été le fil qui les reliait ; si je m'étais jamais arrêté à songer au mal que je me donnais pour les maintenir séparés, je crois que la tâche m'aurait paru insurmontable. Mais j'étais jeune alors, bien plus que je ne le soupçonnais, et je trouvais, j'ignore comment, l'énergie de la mener à bien.

Ma journée commençait avant l'aube par une séance auprès de Vérité, à laquelle se mêlaient au moins deux fois par semaine Burrich et ses haches ; mais le plus souvent nous étions seuls, le Prince et moi. Il travaillait sur mon sens de l'Art mais pas à la façon de Galen ; il avait des missions précises à me confier et il me formait dans cette optique. J'appris à voir par ses yeux et à lui donner l'usage des miens ; je m'entraînai à prendre conscience des moyens subtils par lesquels il dirigeait mon attention et à entretenir en moi un monologue constant qui lui décrivait tout ce qui se passait autour de nous. Pour cela, je quittais la tour en emmenant sa présence, tel un faucon sur mon poignet, et vaquais à mes autres occupations quotidiennes ; au début, je n'arrivais à maintenir le lien d'Art que quelques heures mais, le temps passant, je réussis à lui faire partager mon esprit des jours durant. Néanmoins, le lien finissait toujours par s'affaiblir : ce n'était pas un véritable échange d'Art entre lui et moi mais un contact imposé par le toucher, qu'il fallait renouveler. Cependant, si faibles que fussent mes capacités, j'en éprouvais un sentiment de victoire.

Je passais une bonne part de mon temps au jardin de la reine, à déplacer et déplacer encore bancs, statues et bacs jusqu'à la complète satisfaction de Kettricken ; durant ces heures, je veillais toujours à ce que Vérité soit avec moi : j'espérais lui faire du bien en lui présentant sa reine telle que d'autres la voyaient, surtout lorsqu'elle se laissait porter par l'enthousiasme que suscitait en elle son jardin sous la neige. Les joues roses sous sa chevelure blonde, baisée par la brise et pleine d'éclat : ainsi la lui montrais-je ; il l'entendait parler librement du plaisir qu'elle souhaitait voir ce jardin procurer à son époux. Était-ce trahir les confidences que me faisait Kettricken ? Je repoussais fermement toute idée de gêne et emmenais le prince lorsque j'allais présenter mes respects à Patience et Brodette.

Je m'efforçais aussi de mêler davantage Vérité au peuple ; depuis qu'il assumait son lourd fardeau d'artiseur, il côtoyait rarement ces gens du commun qu'il aimait tant. Je le menais aux cuisines, à la salle de garde, aux écuries et dans les tavernes de Bourg-de-Castelcerf. Pour sa part, il me guidait aux hangars à bateaux où j'assistais aux ultimes travaux effectués sur ses navires ; plus tard, je me rendis fréquemment sur les quais auxquels les bâtiments étaient amarrés, pour bavarder avec les équipages tandis qu'ils se familiarisaient avec leurs vaisseaux. Je lui fis entendre les hommes qui ronchonnaient, regardant comme trahison le fait que des réfugiés outrîliens soient enrôlés à bord de nos navires de défense. Pourtant, ces exilés avaient visiblement l'expérience du maniement des rapides bateaux pirates et leur savoir-faire ne pouvait que rendre les nôtres plus efficaces ; mais il était visible aussi que beaucoup de matelots des Six-Duchés avaient une dent contre cette poignée d'immigrants et s'en méfiaient. J'ignorais si la décision de Vérité de les employer était judicieuse ou non mais, gardant mes doutes pour moi, je me contentais de lui faire écouter les murmures des autres marins.

Il était aussi avec moi lorsque je rendais visite à Subtil. J'appris à me présenter chez le roi en fin de matinée ou en début d'après-midi ; Murfès me laissait rarement entrer sans faire d'histoires et il y avait toujours quelqu'un dans la chambre, des servantes inconnues de moi, un ouvrier prétendument en train de réparer une porte ou autre chose. J'attendais impatiemment l'occasion de parler en privé à mon souverain de mes ambitions conjugales. Le fou était toujours là aussi et s'en tenait à sa promesse de ne pas me manifester d'amitié devant des yeux étrangers. Ses moqueries étaient cinglantes et j'avais beau savoir ce qu'elles dissimulaient, il réussissait néanmoins parfois à me désemparer ou à m'irriter. Mon seul sujet de satisfaction était les améliorations que je constatais dans la chambre, car quelqu'un avait rapporté à maîtresse Pressée dans quel capharnaüm vivait le roi.

Durant les préparatifs de la fête de l'Hiver, une telle troupe de servantes et de serviteurs envahit l'appartement royal qu'elle apporta les festivités jusqu'au roi. Maîtresse Pressée, les poings sur les hanches, se tenait au centre de la pièce et surveillait les opérations, tout en morigénant Murfès d'avoir laissé la situation se dégrader à ce point. Manifestement, il lui avait assuré qu'il veillait personnellement au ménage et à la lessive du roi afin d'éviter tout dérangement au souverain. Je passai un après-midi très gai, car le tumulte réveilla Subtil qui parut bientôt retrouver sa personnalité d'autrefois. Il fit taire maîtresse Pressée qui réprimandait ses gens pour leur manque d'énergie, et se mit à échanger des plaisanteries avec eux tandis qu'ils grattaient les sols, répandaient des roseaux frais et frottaient les meubles avec une huile nettoyante au doux parfum. Maîtresse Pressée amoncela une véritable montagne de courtepointes sur le roi puis ordonna qu'on ouvre les fenêtres pour aérer la chambre. Elle aussi renifla les cendres et les brûloirs, et je suggérai, mine de rien, que Murfès serait peut-être le plus indiqué pour les vider, puisqu'il était au fait des herbes qu'on y brûlait. Lorsqu'il revint avec les récipients propres, il faisait montre d'un caractère beaucoup plus docile et malléable ; je me demandai s'il était lui-même au courant des effets que ses fumées avaient sur Subtil ; mais sinon, qui ? Le fou et moi échangeâmes discrètement plus d'un regard entendu.

Après avoir été récurée, la chambre fut égayée de chandelles et de guirlandes, de rameaux de sapin et de branches nues argentées et décorées de noix peintes. Ce spectacle ramena des couleurs aux joues du roi et je perçus la satisfaction silencieuse de Vérité. Ce soir-là, quand le roi quitta ses appartements pour se joindre à nous dans la Grand-Salle et qu'en plus il demanda ses musiciens et ses airs favoris, je pris cela comme une victoire personnelle.

Certains moments étaient à moi seul, naturellement, et je ne parle pas seulement de mes nuits avec Molly. Dès que je le pouvais, je m'échappais du Château pour courir et chasser en compagnie de mon loup. Liés comme nous l'étions, nous n'étions jamais complètement coupés l'un de l'autre mais un simple contact d'esprit ne donnait pas le profond contentement d'une chasse partagée. Il est difficile d'exprimer la sensation de complétude de deux êtres qui agissent comme une créature unique, avec un but unique ; en ces occasions, notre lien trouvait son véritable accomplissement. Mais, même quand les jours passaient sans que je voie physiquement mon loup, il ne me quittait pas ; sa présence était comme un parfum que l'on perçoit avec force la première fois mais qui se fond ensuite dans l'air que l'on respire. Je le savais là par de petits détails ; mon odorat me semblait plus aiguisé, ce que j'attribuais à sa capacité à déchiffrer ce que la brise m'apportait ;

je devenais plus conscient des gens qui m'entouraient, comme si sa conscience à lui surveillait mes arrières et m'ouvrait à d'infimes indices sensoriels qu'autrement j'aurais négligés. Les aliments étaient plus savoureux, les parfums plus tangibles. J'essayais de ne pas étendre cette logique à ma faim de la compagnie de Molly ; je le savais avec moi mais, fidèle à sa promesse, il évitait de manifester sa présence en ces moments-là.

Un mois après la fête de l'Hiver, j'eus un nouveau travail à accomplir. Vérité avait dit vouloir me voir à bord d'un navire ; on me convoqua un jour sur le pont du *Rurisk* et on m'assigna une place aux avirons. Le capitaine du bâtiment s'étonna ouvertement qu'on lui fournisse une brindille alors qu'il avait demandé une bûche mais je n'étais pas en position de débattre de la question. La plupart des hommes qui m'entouraient étaient de solides gaillards et des matelots aguerris ; ma seule chance de montrer ce que je valais était de m'atteler à la tâche avec toute l'énergie dont je disposais. J'avais au moins la satisfaction de ne pas être le seul sans expérience : les hommes du bord avaient tous servi peu ou prou sur d'autres navires mais, à part les Outrîliens, nul n'avait la pratique des bateaux de combat.

Pour trouver des hommes capables de construire ce type de bâtiments, Vérité avait dû faire chercher nos plus vieux charpentiers de marine. Le *Rurisk* était le plus grand des quatre vaisseaux lancés à la fête de l'Hiver ; il avait des lignes élancées et sinueuses, et son faible tirant d'eau lui permettait à la fois de raser la surface d'une mer calme, tel un insecte celle d'un étang, et d'affronter le gros temps avec autant d'aisance qu'une mouette. Deux des quatre bateaux avaient les planches chevillées bord à bord dans les membrures, mais le *Rurisk* et son jumeau de moindre taille, le *Constance*, étaient bordés à clin : les planches se chevauchaient. Le *Rurisk* avait été construit par Congremât et son vaigrage était bien agencé, tout en possédant assez de jeu pour résister à tous les coups que pouvait lui porter la mer. Il n'avait fallu que très peu de calfatage à l'étoupe goudronnée, tant ce navire avait été amoureusement fabriqué ; son mât de pin soutenait une voile de lin tissé renforcé de corde et frappée du cerf de Vérité.

Le nouveau bateau sentait encore la sciure et la corde goudronnée ; ses ponts étaient à peine éraflés et les avirons étaient propres sur toute leur longueur. Bientôt, le *Rurisk* prendrait un caractère bien à lui : un coup de burin pour rendre une rame plus facile à tenir, une épissure à un bout, toutes les petites entailles et rainures qui marquent un navire vivant. Mais pour l'heure, le *Rurisk* était aussi inexpérimenté que nous. Quand nous le sortîmes pour la première fois, la scène m'évoqua un cavalier novice sur un cheval tout juste débourré : il tanguait, reculait, faisait la révérence au milieu des vagues ; puis, à mesure que nous trouvions tous le rythme, il s'enhardit et se mit à fendre les eaux comme une lame bien graissée.

Vérité voulait que je m'imprègne de ces nouvelles techniques. On me donna une couchette dans l'entrepôt parmi mes compagnons d'équipage. J'appris à ne pas me faire remarquer et à obéir promptement aux ordres ; le capitaine était originaire des Six-Duchés mais le second était outrîlien, et c'est lui qui nous enseigna vraiment le maniement du *Rurisk* et ce dont il était capable. Il y avait deux autres immigrants outrîliens à bord et, quand nous n'étions pas occupés à étudier le bateau, à l'entretenir ou à dormir, ils se réunissaient et parlaient entre eux. Je m'étonnais qu'ils ne se rendent pas compte du mécontentement que leur attitude suscitait chez ceux des Six-Duchés. Ma couchette était proche des leurs et, souvent, alors que je cherchais le sommeil, je sentais Vérité qui me pressait de tendre l'oreille pour surprendre les mots chuchotés dans une langue que je ne comprenais pas ; j'obtempérais, sachant qu'il tirait davantage que moi de ce charabia. Au bout de quelque temps, je finis par m'apercevoir que leur langage n'était pas très éloigné de celui des Six-Duchés et que je parvenais à saisir une partie de leurs conversations ; je n'y surpris aucun propos séditieux, seulement des souvenirs doux-amers de parents forgisés par leurs propres compatriotes. Ils n'étaient pas si différents des hommes et des femmes des Six-Duchés qui composaient l'équipage : presque tous à bord avaient perdu un proche par la forgisation. Avec un sentiment de culpabilité, je me demandai combien de ces âmes meurtries j'avais envoyées dans les limbes de la mort.

Malgré la fureur des tempêtes hivernales, nous sortions presque quotidiennement avec les bateaux. Nous organisions des batailles simulées les uns contre les autres pour nous entraîner aux techniques d'abordage et d'éperonnage, et aussi pour nous exercer à estimer la distance à sauter afin d'atterrir sur le vaisseau d'en face plutôt que dans l'eau. Notre capitaine s'appliquait à nous faire toucher du doigt les avantages dont nous disposions : les pirates que nous aurions à affronter seraient loin de chez eux et déjà épuisés par des semaines passées en mer ; ils auraient vécu tout ce temps à bord de leurs navires, à l'étroit, malmenés par l'hiver, tandis que chaque matin nous trouverait bien reposés et bien nourris. L'austérité de leur existence exigerait de chaque rameur qu'il soit également pirate, tandis que nous transporterions des guerriers qui pourraient se servir de leurs arcs ou aborder un autre navire tout en laissant les bancs de nage au complet. Souvent, je voyais le second secouer la tête en l'entendant ainsi parler et, en privé, il confiait à ses compagnons que c'étaient justement les rigueurs d'une expédition pirate qui faisaient un équipage féroce et âpre au combat. Comment des fermiers amollis, trop bien nourris, pouvaient-ils espérer l'emporter contre des Pirates rouges affûtés par l'océan ?

Un jour sur dix, j'avais quartier libre et je remontais au Château. Ces journées-là n'avaient rien de reposant : je me présentais chez Subtil à qui je narrais par le menu mes expériences à bord du *Rurisk*, en me réjouissant de la lueur d'intérêt qui brillait dans ses yeux en ces occasions. Il semblait aller mieux mais ce n'était encore pas le robuste souverain de mon enfance. Patience et Brodette, elles aussi, exigeaient une visite et j'allais également présenter mes respects à Kettricken. Une heure ou deux pour Œil-de-Nuit, un tête-à-tête clandestin avec Molly, puis un prétexte pour regagner promptement ma chambre pour le restant de la nuit afin d'être là si Umbre voulait m'interroger. Le matin suivant, à l'aube, un bref passage chez Vérité, où il renouvelait d'un contact notre lien d'Art. Souvent, c'est avec soulagement que je retournais aux quartiers d'équipage prendre une bonne nuit de sommeil.

Enfin, vers la fin de l'hiver, l'occasion se présenta de m'entretenir en privé avec Subtil. Je m'étais rendu chez lui lors d'une de mes journées libres pour lui faire part des progrès des équipages ; Subtil jouissait d'une meilleure santé que d'habitude et se tenait assis bien droit dans son fauteuil, au coin de la cheminée. Murfès n'était pas là ; en revanche, une jeune femme ne quittait pas la pièce, certainement occupée à espionner pour le compte de Royal sous couvert de faire le ménage. Le fou, comme toujours, jouait les mouches du coche et prenait un malin plaisir à la mettre mal à l'aise. Je vivais auprès de lui depuis mon enfance et j'acceptais sa peau blanche et ses yeux pâles comme allant de soi mais la jeune femme n'avait manifestement pas le même point de vue ; elle commença par observer le fou lorsqu'elle pensait qu'il regardait ailleurs mais, dès qu'il remarqua son manège, il se mit à lui rendre ses regards avec des œillades de plus en plus concupiscentes, jusqu'au moment où, ayant réussi à la mener à la plus extrême confusion, il profita de ce qu'elle passait près de nous, un seau à la main, pour faufiler sous ses jupes Raton au bout de son sceptre ; elle bondit en arrière avec un hurlement en s'aspergeant d'eau sale, ainsi que le sol qu'elle venait de nettoyer. Subtil morigéna le fou, qui se prosterna devant lui théâtralement et sans le moindre remords, et renvoya la jeune femme afin qu'elle aille se changer. Je sautai alors sur l'occasion.

La servante avait à peine quitté la chambre que je pris la parole. « Monseigneur, j'ai une requête que je souhaite vous présenter depuis quelque temps déjà. »

Le ton de ma voix dut éveiller l'intérêt du fou et du roi, car j'eus aussitôt leur attention sans partage. J'adressai un regard noir au fou afin de lui faire comprendre que je souhaitais le voir se retirer mais, tout au contraire, il se rapprocha et alla même jusqu'à poser la tête contre le genou de Subtil en minaudant d'exaspérante façon. Je refusai de me laisser affecter et regardai le roi d'un air implorant.

« Tu peux parler, FitzChevalerie », dit-il, solennel.

Je pris ma respiration. « Monseigneur, je veux vous demander la permission de me marier. »

Le fou écarquilla les yeux de surprise. Mais mon roi sourit avec indulgence, comme devant un enfant qui mendie une friandise. « Ah ! Nous y sommes enfin. Mais tu désires sans doute la courtiser d'abord ? »

Mon cœur tonnait dans ma poitrine : mon roi avait un air beaucoup trop entendu – mais content, très content. J'osai espérer. « Que mon roi ne m'en veuille pas mais je crains d'avoir déjà commencé. Cependant, il ne s'agissait pas de présomption de ma part. Ce… c'est arrivé comme ça. »

Il éclata d'un rire bon enfant. « Oui, cela se passe ainsi parfois. Mais comme tu ne m'en disais rien, je me demandais quelles étaient tes intentions et si la dame ne s'était pas bercée d'illusions. »

J'eus soudain la bouche sèche et la respiration difficile. Que savait-il ? Il sourit devant mon effroi.

« Je n'ai aucune objection. Je dirais même plus, ton choix me plaît… »

Le sourire qui me fendit alors le visage trouva un écho inattendu sur les traits du fou. Je pris une inspiration tremblante et attendis que Subtil poursuive. « Mais son père a des réserves. Il m'a dit préférer remettre à plus tard, au moins tant que ses filles aînées n'étaient pas promises.

— Comment ? » bredouillai-je. J'étais complètement perdu. Subtil sourit avec bonté.

« Ta dame, semble-t-il, mérite bien son nom. Célérité a demandé à son père l'autorisation de te courtiser le jour même où tu as repris le chemin de Castelcerf. Je crois que tu l'as conquise lorsque tu t'es adressé à Virilia sans mâcher tes mots ; mais Brondy a refusé, pour la raison que je t'ai exposée. À ce que j'ai su, la dame a tempêté tant et plus mais Brondy est un homme qui ne varie pas. Il nous a cependant envoyé un message, de peur que nous ne nous offensions ; il tient à ce que nous sachions qu'il ne s'oppose pas au mariage, seulement au fait qu'il précède celui de ses autres filles, et j'en suis convenu. Elle n'a, je crois, que quatorze ans ? »

J'étais incapable de prononcer une parole.

« Ne prends pas cet air catastrophé, mon garçon. Vous êtes jeunes l'un et l'autre, et vous avez tout le temps du monde. Le duc préfère ne pas autoriser une cour dans les règles pour l'instant mais, j'en suis sûr, il ne compte pas vous empêcher de vous voir. » Le roi Subtil me considérait d'un air si tolérant, avec tant de bonté dans le regard, que c'en était effrayant. Les yeux du fou ne cessaient de faire l'aller-retour entre nous deux. Je n'arrivais pas à déchiffrer son expression.

Je tremblais comme cela ne m'était pas arrivé depuis des mois. Je devais couper court à cette histoire avant qu'elle n'empire. Je retrouvai l'usage de ma langue et formai les mots d'une gorge desséchée. « Mon roi, cette dame n'est pas celle à laquelle je pensais. »

Le silence s'abattit sur la chambre. Je croisai le regard de mon roi et je le vis changer. Si je n'avais pas été aux abois, j'aurais sans doute détourné les yeux pour ne pas affronter son déplaisir ; mais, au contraire, je le dévisageai d'un air suppliant dans l'espoir qu'il comprendrait. Comme il ne disait rien, j'essayai de le convaincre.

« Mon roi, celle dont je parle est actuellement aux ordres d'une dame, mais elle n'est pas servante de son état. Elle est…

— Tais-toi. »

Je n'aurais pas eu davantage l'impression d'un coup de fouet s'il m'avait frappé. J'obéis.

Subtil me toisa longuement et, lorsqu'il parla, ce fut avec toute la force de sa majesté. Je crus même sentir la puissance de l'Art dans sa voix. « Ne doute pas un instant de ce que je te dis, FitzChevalerie : Brondy est mon ami autant qu'il est mon duc. Je ne permettrai pas que tu lui manques d'égards, non plus qu'à sa fille. Pour le moment, tu ne courtiseras personne. Personne. Je te conseille de bien réfléchir à tout ce qui peut t'échoir du fait que Brondy te considère comme un bon parti pour Célérité. Il ne fait aucun cas de ta naissance, à la différence de la plupart. Célérité recevra en propre de la terre et un titre, comme toi de moi si tu as la sagesse d'attendre ton heure et de te conduire convenablement avec cette dame. Tu t'apercevras bientôt que c'est le choix le plus judicieux. Je t'avertirai quand tu pourras commencer à la courtiser. »

Je rassemblai ce qui me restait de courage. « Mon roi, je vous en prie, je…

— Assez, Chevalerie ! Tu as entendu ce que j'avais à dire. Il n'y a rien à ajouter ! »

Peu après, il me congédia et je sortis, tremblant de tous mes membres; j'ignore, de la colère ou de la détresse, ce qui me faisait trembler. Je songeai qu'il m'avait appelé par le nom de mon père; peut-être, me dis-je avec dépit, parce qu'au fond de lui il savait que je suivrais les traces de mon père: je me marierais par amour. Même s'il me fallait attendre la mort du roi Subtil pour que Vérité tienne sa promesse! Pleurer m'aurait fait du bien mais les larmes ne venaient pas; alors je m'allongeai sur mon lit, le regard fixé sur les tentures. L'idée de rapporter à Molly ce qui venait de se passer m'était insupportable mais ne rien lui dire, c'était encore la tromper; je résolus donc de trouver un moyen de la mettre au courant mais pas tout de suite. L'heure viendrait – je m'en fis la promesse – où je pourrais tout lui expliquer et où elle comprendrait. J'attendrais cette heure; jusque-là, je n'y penserais plus. Et désormais je n'irais plus voir le roi qu'en réponse à sa convocation.

Le printemps approchant, Vérité disposa ses navires et ses hommes avec autant de minutie que des pions sur un échiquier. Il y avait des soldats en permanence dans les tours de guet de la côte, et leurs feux d'alarme n'attendaient que la torche; ces feux avaient pour but d'avertir les habitants de la région qu'on avait repéré un Pirate rouge. Vérité prit les membres survivants du clan d'Art que Galen avait créé pour les répartir entre les différentes tours et les quatre navires; Sereine, ma némésis, était le pivot du clan et demeura au Château. Par-devers moi, je me demandai pourquoi Vérité la maintenait auprès de lui en tant que centre du clan plutôt que de recevoir les appels d'Art de chaque membre individuellement. À la suite de la mort de Galen et du retrait forcé d'Auguste, Sereine avait assumé la fonction de chef et semblait se considérer comme l'héritière du maître d'Art. Par certains côtés, elle était presque devenue son double: non seulement elle errait dans Castelcerf nimbée d'un silence austère et arborait toujours une mine revêche et désapprobatrice, mais elle paraissait avoir acquis son caractère susceptible et emporté. Les serviteurs parlaient d'elle à présent avec la même appréhension et la même aversion qu'ils réservaient autrefois à Galen; j'appris qu'elle avait aussi investi les appartements personnels de son ancien maître. Je l'évitais soigneusement les jours où j'étais au Château et j'aurais été bien soulagé que Vérité la case ailleurs mais il ne m'appartenait pas de discuter les décisions de mon roi-servant.

Justin, grand jeune homme dégingandé, de deux ans mon aîné, fut affecté à bord du *Rurisk* en tant que membre du clan. Il me méprisait depuis l'époque où nous étudiions l'Art ensemble et où j'y avais échoué de si spectaculaire façon. Il me rabaissait dès qu'il en avait l'occasion ; de mon côté, je serrais les dents et faisais tout mon possible pour ne pas croiser son chemin mais l'espace réduit du navire ne me simplifiait pas la tâche. Ce n'était pas une situation confortable.

Après en avoir longuement débattu, seul et avec moi, Vérité plaça Carrod sur le *Constance*, Ronce à la tour de Finebaie, et il envoya Guillot loin dans le Nord, en Béarns, à la tour Rouge qui permet de surveiller une vaste étendue de mer comme de campagne. Ses jetons disposés sur ses cartes, la minceur de nos défenses prit une attristante réalité. « Ça me rappelle le vieux conte du mendiant qui n'a qu'un chapeau pour couvrir sa nudité », dis-je à Vérité. Il eut un sourire sans humour.

« J'aimerais pouvoir déplacer mes navires aussi vite que lui son chapeau », répondit-il d'un ton sinistre.

Il plaça deux des bâtiments en service de patrouille et garda les deux autres en réserve, l'un – le *Rurisk* – amarré à Castelcerf, tandis que le *Daguet* mouillait à Baie du Sud. C'était une bien maigre flotte pour protéger les vastes côtes des Six-Duchés. Une seconde série de navires était en construction mais ils étaient loin d'être achevés : les meilleures pièces de bois sec avaient servi pour les quatre premiers et les charpentiers avaient conseillé au prince d'attendre plutôt que d'employer du bois vert. Il les avait écoutés mais il rongeait son frein.

Le début du printemps nous trouva en train de nous exercer. Les membres du clan, m'avait dit Vérité en privé, étaient presque aussi efficaces que des pigeons voyageurs pour transmettre des messages simples. Sa situation vis-à-vis de moi était plus frustrante. Pour des raisons qui ne regardaient que lui, il avait préféré ne pas rendre public qu'il me formait à l'Art ; je crois qu'il savourait de pouvoir par mon biais observer incognito la vie quotidienne à Bourg-de-Castelcerf. Le capitaine du *Rurisk*, à ce que j'avais appris, avait reçu consigne de m'obéir si jamais je demandais un brusque changement de cap ou si j'annonçais que nous devions nous rendre sans tarder à tel ou tel endroit. Je crains qu'il n'ait vu dans ces instructions que le résultat d'une coupable indulgence de Vérité pour son neveu bâtard mais il s'y plia.

Puis, un matin du début du printemps, nous embarquâmes à bord de notre navire pour un nouvel exercice – un de plus. L'équipage, moi compris, se débrouillait bien désormais pour manier le bâtiment. Le but de la manœuvre était de rejoindre le *Constance* en un lieu tenu secret ; c'était un exercice d'Art que nous avions jusque-là toujours pratiqué sans succès et nous étions tous résignés à une journée d'efforts vains, sauf Justin, possédé par l'inébranlable volonté de réussir. Les bras croisés, tout de bleu marine vêtu (à mon avis, il croyait que la robe bleue lui donnait l'air d'un meilleur artiseur), il se tenait sur le quai, les yeux plongés dans le brouillard épais qui couvrait l'océan. Je dus passer près de lui pour porter un tonnelet à bord.

« Pour toi, bâtard, c'est un mur opaque, mais pour moi, tout est clair comme un miroir.

— Eh bien, je te plains », répondis-je d'un ton affable, sans relever son emploi du terme « bâtard ». Je ne faisais presque plus attention au cinglant que pouvait avoir ce mot dans certaines bouches. « Personnellement, je préfère voir le brouillard que ta tête au petit matin. » C'était mesquin mais satisfaisant, et j'eus de surcroît le plaisir de le voir s'empêtrer les jambes dans sa robe lorsqu'il embarqua ; pour ma part, je portais une tenue pratique : jambières confortables, maillot de coton moelleux et pourpoint de cuir. J'avais envisagé d'enfiler une cotte de mailles mais Burrich me l'avait déconseillé : « Mieux vaut mourir proprement à la pointe d'une arme que tomber à l'eau et finir noyé. »

Vérité avait eu un petit sourire. « Évitons tout de même de lui donner trop confiance en lui », avait-il dit, mi-figue, mi-raisin, et même Burrich avait souri… au bout d'un moment.

J'avais donc laissé de côté toute idée de cotte de mailles ou d'armure. De toute façon, ce jour-là, il allait falloir ramer et ma tenue était tout à fait appropriée à cette activité : pas de coutures aux épaules qui risquaient de gêner mes mouvements, pas de manches dans lesquelles m'empêtrer. J'étais extraordinairement fier de la carrure que j'étais en train de prendre ; même Molly, étonnée, m'en avait félicité. Je pris place sur le banc de nage et roulai des épaules en souriant à ce souvenir ; je n'avais pas assez de temps à lui consacrer en ce moment mais, baste, seul le temps lui-même y pouvait quelque chose : avec l'été revenaient les Pirates rouges et les beaux et longs jours raccourcissaient les moments à passer en sa compagnie. J'attendais l'automne avec impatience.

Le navire était au complet et chacun, rameur comme guerrier, prit sa place. À un certain moment, les amarres larguées, le timonier à son poste, les avirons prirent un rythme régulier et nous ne formâmes plus qu'une seule entité. J'avais déjà observé ce phénomène ; peut-être y étais-je plus sensible que les autres, les nerfs affinés par le partage de l'Art avec Vérité, ou bien était-ce que les hommes et les femmes du bord communiaient dans un but unique et que, pour la plupart, ce but était la revanche. Quoi qu'il en fût, nous en tirions une unité que je n'avais jamais perçue dans aucun autre groupe. Peut-être, me disais-je, était-ce l'ombre de ce que ressent le membre d'un clan, et j'éprouvais alors un pincement de regret, le sentiment d'être passé à côté de quelque chose.

*Tu es mon clan.* Vérité, comme un murmure dans mon dos. Et quelque part, venu des collines au loin, un peu moins qu'un soupir : *Ne sommes-nous pas de la même meute ?*

C'est vrai, leur répondis-je à tous deux. Puis je m'assis et me concentrai sur la manœuvre. Les avirons montaient et descendaient à l'unisson et le *Rurisk* s'enfonça hardiment dans le brouillard. La voile pendait mollement. En quelques instants, le monde se réduisit à notre navire, au bruit de l'eau, à la respiration régulière des rameurs ; quelques guerriers bavardaient à voix basse, leurs propos et leurs pensées étouffés par la brume. À la proue, Justin se tenait aux côtés du capitaine, les yeux plongés dans la blancheur ; il avait le front plissé, le regard lointain et je compris qu'il était en contact avec Carrod à bord du *Constance*. Presque sans y penser, je tendis moi aussi mon esprit pour voir si je parvenais à percevoir ce qu'il artisait.

*Cesse!* m'ordonna Vérité, et je reculai comme s'il m'avait tapé sur la main. *Je ne suis pas encore prêt à voir ton rôle révélé.*

Sous cet avertissement se cachaient de nombreux sous-entendus que je n'avais pas le temps de débrouiller mais qui me donnaient l'impression de m'être aventuré en terrain dangereux. Tout en me demandant ce que le prince craignait, je m'appliquai à suivre le rythme de nage et laissai mon regard se perdre dans la grisaille infinie. La matinée se passa ainsi, au milieu de la brume. À plusieurs reprises, Justin demanda au capitaine de modifier son cap, sans grandes conséquences apparentes, sinon dans la cadence des avirons. Dans un banc de brouillard, tout se ressemble fort, et l'effort physique soutenu ajouté à l'absence de points de repère m'entraînèrent dans une rêverie sans objet particulier.

Je sortis de ma transe aux cris d'une jeune vigie qui hurla d'une voix d'abord stridente, puis soudain plus grave, étouffée par le sang: « Attention! On nous attaque! »

Je bondis de ma place en jetant des regards éperdus autour de moi: rien. Rien que le brouillard et mon aviron qui glissait à la surface de l'eau, tandis que mes compagnons de nage m'adressaient des regards furieux parce que j'avais rompu le rythme. « Fitz! Qu'est-ce qui t'arrive? » brailla le capitaine. Justin se tenait à côté de lui, le front lisse, l'air vertueux.

« Je… j'ai une crampe dans le dos. Je m'excuse. » Et je me penchai à nouveau sur mon aviron.

« Kelpy, prends sa place. Fais quelques pas pour t'étirer les muscles, garçon, puis reprends ton poste, m'ordonna le second avec son accent à couper au couteau.

— À vos ordres. » Je m'écartai pour laisser passer Kelpy. La pause était bienvenue et mes épaules craquèrent lorsque je les remuai mais j'étais gêné de me reposer alors que tout le monde travaillait. Je me frottai les yeux et secouai la tête en me demandant quel cauchemar m'avait fait si forte impression. Quelle vigie? Et où cela?

*À l'île de l'Andouiller. Ils sont arrivés cachés par le brouillard. Pas de ville, mais les tours de guet; je pense qu'ils veulent tuer les guetteurs, puis démolir tout ou partie des tours. Excellente stratégie: l'île fait partie de nos premières lignes de défense. La tour avancée surveille la mer, celle de l'intérieur transmet les signaux à la fois à Castelcerf et à Finebaie.* La pensée de Vérité, presque calme, avec cette fermeté qui saisit le soldat lorsqu'il a tiré les armes. Puis, au bout d'un moment : *Cette limace bornée ne pense qu'à contacter Carrod et me barre le passage. Fitz ! Va voir le capitaine et indique-lui l'île de l'Andouiller. Si vous pénétrez dans le chenal, le courant vous entraînera rapidement jusqu'à l'anse où elle se trouve. Les Pirates y sont déjà, mais ils devront remonter le courant pour ressortir. En y allant tout de suite, vous avez peut-être une chance de les coincer sur la plage. ALLEZ !*

Plus facile de donner des ordres que de les exécuter, me dis-je en courant vers la proue. « Capitaine ? » fis-je, puis j'attendis une éternité que le commandant veuille bien se tourner vers moi, cependant que le second me regardait d'un sale œil parce que je lui passais par-dessus la tête.

« Oui ? répondit enfin le capitaine.

— L'île de l'Andouiller. En nous mettant en route tout de suite et grâce au courant du chenal, nous arriverons très vite à l'anse de la tour.

— C'est exact. Tu sais donc lire les courants, garçon ? C'est un talent utile. Je pensais être le seul à bord à savoir où nous sommes.

— Non, capitaine. » Je pris une profonde inspiration. C'étaient les ordres de Vérité. « Il faut y aller, capitaine, tout de suite. »

Le « tout de suite » lui fit froncer les sourcils.

« Quelles sont ces bêtises ? fit Justin d'un ton furieux. Essaierais-tu de me faire passer pour un imbécile ? Tu as senti que nous nous rapprochions, n'est-ce pas ? Pourquoi veux-tu que j'échoue ? Pour te sentir moins seul ? »

J'avais envie de le tuer, mais je me redressai et dis la vérité. « C'est un ordre secret du roi-servant, capitaine ; un ordre que je devais vous transmettre maintenant. » Je m'adressais au seul capitaine. Il me congédia d'un signe de la tête ; je regagnai mon banc et repris mon aviron des mains de Kelpy. Le capitaine contemplait la brume d'un air calme.

« Jharck ! Dis à l'homme de barre de virer pour nous placer dans le courant et de s'enfoncer dans le chenal. »

Le second hocha raidement la tête et, un instant plus tard, nous eûmes changé de cap. Notre voile s'enfla légèrement et tout se passa comme Vérité l'avait prédit : le courant combiné aux mouvements de nos avirons nous entraîna rapidement dans le chenal. Le temps s'écoule étrangement dans le brouillard ; tous les sens s'y faussent. J'ignore combien de temps je ramai, mais bientôt Œil-de-Nuit m'avertit d'une trace de fumée dans l'air et, presque aussitôt, nous perçûmes les cris d'hommes en plein combat, clairs mais fantomatiques dans la brume. Je vis Jharck, le second, échanger un regard avec le capitaine. « Souquez ferme, garçons ! gronda-t-il soudain. Un Pirate rouge attaque notre tour ! »

Au bout d'un court moment, l'odeur de la fumée devint perceptible, tout comme les cris de guerre et les hurlements. Une vigueur brutale me vint et je la reconnus chez mes voisins, à leurs mâchoires serrées, à leurs muscles qui se nouaient et dansaient pour manier les avirons ; même l'odeur de leur transpiration avait changé. Si auparavant nous ne formions qu'une seule entité, nous faisions désormais partie de la même bête enragée, et je sentis le bond de la colère montante qui s'embrasait et courait de l'un à l'autre. C'était une création du Vif, une houle du cœur au niveau animal qui tous nous inondait de haine.

Nous propulsâmes le *Rurisk* en avant jusque dans les hauts-fonds de la baie, puis nous sautâmes dans l'eau et le poussâmes sur la plage comme à l'exercice. Le brouillard faisait un allié perfide qui nous dissimulait aux yeux des assaillants que nous allions attaquer à notre tour, mais qui nous cachait aussi la topographie du terrain et ce qui se passait exactement. Chacun s'empara d'une arme et nous nous précipitâmes en direction des bruits de combat. Justin demeura sur le *Rurisk*, raide comme un piquet, le regard tourné par-delà la brume vers Castelcerf, comme si cela pouvait l'aider à mieux transmettre ses messages à Sereine.

Le navire pirate était échoué sur le sable, à l'instar du *Rurisk* ; non loin de lui gisaient deux petites embarcations qui servaient de bac entre l'île et le continent ; toutes deux avaient le fond défoncé. Des hommes des Six-Duchés se trouvaient sur la plage au moment où les Pirates rouges étaient arrivés, et certains y étaient restés. Carnage : dans notre course, nous contournâmes des cadavres recroquevillés dont le sable buvait le sang, tous des nôtres apparemment. Soudain, la tour intérieure de l'île de l'Andouiller dressa sa masse grise devant nous, surmontée de la lumière d'un feu d'alarme, d'un jaune spectral dans la brume. L'édifice était assiégé. Les Pirates étaient des hommes sombres et solides, secs et nerveux plutôt que massifs ; la plupart arboraient une barbe fournie et une chevelure noire et hirsute qui leur tombait sur les épaules. Vêtus d'armures en cuir tressé, ils maniaient des épées et des haches de grande taille. Certains portaient un casque en métal. Sur leurs bras nus, des motifs écarlates s'entrelaçaient, mais je n'arrivai pas à voir s'il s'agissait de peintures ou de tatouages. Assurés et pleins d'arrogance, ils riaient et bavardaient entre eux tels des ouvriers exécutant une tâche routinière. Les gardes de la tour étaient acculés ; le bâtiment avait été conçu dans le but de lancer des signaux, pas d'en faire une position défendable, et ceux qui la tenaient n'en avaient plus pour longtemps. Les Outrîliens ne jetèrent pas un regard en arrière alors que nous gravissions à toutes jambes la pente rocheuse, certains qu'ils étaient de n'avoir rien à craindre de ce côté. Une des portes de la tour pendait de guingois, retenue par un seul gond, et au-delà les hommes se serraient derrière un rempart de cadavres. Comme nous approchions, ils lancèrent une grêle ténue de flèches en direction des Pirates ; aucune ne fit mouche.

Je poussai un cri, à la fois hurlement de peur effroyable et exclamation de joie vengeresse fondus en un seul son. Les émotions de mes compagnons trouvèrent une issue en moi et m'éperonnèrent. Les attaquants se retournèrent et nous virent alors que nous étions sur eux.

Nous prîmes les Pirates en tenaille : notre équipage était plus nombreux qu'eux et, à notre vue, les défenseurs assiégés de la tour reprirent courage et se jetèrent en avant. Les corps épars autour de l'édifice attestaient de plusieurs tentatives précédentes. Le jeune guetteur gisait toujours là où je l'avais vu tomber dans mon rêve ; du sang avait coulé de sa bouche et imbibé sa chemise brodée. C'était une dague lancée par-derrière qui l'avait tué : étrange détail à relever alors que nous nous ruions pour prendre part à la mêlée.

Il n'y avait nulle stratégie, nulle formation, nul plan de bataille, seulement un groupe d'hommes et de femmes à qui s'offrait soudain l'occasion de se venger. C'était plus qu'il n'en fallait.

Il m'avait semblé ne faire qu'un avec les marins du *Rurisk*, mais à présent je m'engloutissais en eux, martelé par des émotions qui me poussaient en avant. J'ignorerai toujours lesquelles étaient les miennes et quelle en était la mesure : débordé, submergé, FitzChevalerie se perdit en elles ; je devins les émotions de l'équipage ; la hache dressée, un rugissement à la bouche, je pris la tête ; je n'avais pas cherché cette position, mais l'extrême désir de ces hommes et de ces femmes d'avoir quelqu'un à suivre me poussa en avant et j'eus soudain envie de tuer autant de Pirates que possible, aussi vite que possible, d'entendre mes muscles craquer à chaque coup porté, de me jeter dans une marée d'âmes dépossédées, de piétiner les corps de Pirates tombés.

Et c'est ce que je fis.

Je connaissais les légendes des berserks. Je ne voyais en ces guerriers pris de folie que des brutes bestiales animées par la soif du sang, insensibles aux massacres qu'elles perpétraient. Mais peut-être, à l'inverse, ces hommes étaient-ils victimes d'une sensibilité brusquement excessive, incapables de protéger leur esprit contre les émotions qui déferlaient en eux et les contrôlaient, incapables d'écouter les messages de douleur que leur envoyait leur propre corps ; je n'en sais rien.

J'ai entendu des histoires, et même une chanson, sur ce que j'ai fait ce jour-là. Je ne me rappelle pas avoir poussé de rugissements, l'écume à la bouche, pendant que je me battais ; mais je ne me rappelle pas non plus le contraire. Quelque part en moi se trouvaient Vérité et Œil-de-Nuit, mais eux aussi étaient submergés par les passions de ceux qui m'entouraient. Je sais que c'est moi qui abattis le premier Pirate à tomber devant notre charge furieuse ; je sais aussi que c'est moi qui achevai le dernier homme encore debout, dans un combat à la hache. La chanson prétend que c'était le capitaine du navire pirate ; c'est possible. Son surcot de cuir était bien coupé et maculé du sang d'autres que lui. Je n'ai aucun autre souvenir de lui, sinon que ma hache lui enfonça son casque dans le crâne et que le sang jaillit sous le métal lorsqu'il s'effondra sur les genoux.

Ainsi prit fin la bataille, et les défenseurs sortirent en courant pour nous embrasser et se donner de grandes claques dans le dos en criant victoire. Le retour à la normale fut trop brutal pour moi. Je m'appuyai sur ma hache et me demandai où était passée ma force. La fureur m'avait fui aussi soudainement que les effets de la graine de caris chez celui qui s'y adonne. Je me sentais épuisé, désorienté, comme si je ne m'étais éveillé d'un rêve que pour sombrer dans un autre. J'aurais pu me laisser tomber par terre et m'endormir au milieu des cadavres tant j'étais exténué ; ce fut Nonge, un des Outrîliens de l'équipage, qui m'apporta de l'eau, puis m'aida à m'éloigner des corps afin que je puisse m'asseoir pour boire ; enfin, il repartit au travers du carnage pour participer au détroussage des Pirates. Quand il revint un moment plus tard, il me tendit un médaillon couvert de sang. C'était un croissant de lune en or martelé au bout d'une chaîne d'argent. Comme je ne réagissais pas, il l'enroula autour de la lame sanglante de ma hache. « C'était à Harek, me dit-il lentement, en cherchant ses mots. Vous l'avez combattu bien. Il est mort bien. Il aurait voulu que vous l'ayez. C'était un homme bon, avant que les Korriks prennent son cœur. » Je ne lui demandai pas lequel des morts était Harek. Je ne voulais pas qu'ils aient de nom, ni les uns ni les autres.

Au bout de quelque temps, je retrouvai un peu de vigueur. J'aidai à dégager les cadavres qui encombraient l'entrée de la tour, puis ceux du champ de bataille. Les Pirates furent brûlés, les hommes des Six-Duchés alignés et recouverts de toile en attendant que leurs familles les récupèrent. Je garde de curieux souvenirs de ce long après-midi : la trace sinueuse des talons d'un homme qu'on traîne dans le sable, le jeune guetteur à la dague dans le dos qui n'était pas mort lorsque nous voulûmes le porter avec les autres. Ce ne fut d'ailleurs qu'un court répit : il ne tarda pas à augmenter une rangée de cadavres déjà trop longue.

Nous laissâmes nos guerriers en compagnie des survivants de la garnison de la tour, afin de compléter les veilles de guet en attendant qu'une relève arrive. Le navire capturé nous emplit d'admiration ; Vérité allait être content, me dis-je : un bateau de plus, et d'une facture excellente. Je le savais, mais sans en ressentir la moindre émotion. Nous regagnâmes le *Rurisk*, où un Justin pâle nous attendait. Dans un silence apathique, nous remîmes le navire à la mer, reprîmes nos places sur les bancs de nage et nous dirigeâmes vers Castelcerf.

Avant d'être à mi-distance, nous croisâmes d'autres bateaux, une flottille de bâtiments de pêche organisée à la hâte et chargée de soldats qui nous hélèrent. C'était le roi-servant qui les envoyait, à la demande expresse de Justin. Ils parurent presque déçus d'apprendre que les combats étaient terminés, mais notre capitaine les assura qu'ils seraient les bienvenus à la tour. C'est à ce moment-là, je pense, que je m'aperçus que je ne percevais plus la présence de Vérité, et depuis quelque temps déjà. Je tendis aussitôt mon esprit vers Œil-de-Nuit comme on tâte ses poches à la recherche de sa bourse. Il était là. Mais loin, épuisé et terrifié. *Jamais je n'ai senti autant de sang*, me dit-il. J'acquiesçai. La puanteur m'en collait encore aux vêtements.

Vérité n'était pas resté inactif. À peine avions-nous débarqué qu'un équipage prenait notre place pour remmener le *Rurisk* à la tour de l'île de l'Andouiller, accompagné de soldats de guet et d'une équipe supplémentaire de rameurs qui firent enfoncer le navire dans l'eau : notre prise de l'après-midi serait amarrée à son nouveau port d'attache avant cette nuit ; un bateau non ponté suivait afin de ramener nos tués. Le capitaine, le second et Justin partirent aussitôt sur des chevaux spécialement fournis pour faire leur rapport à Vérité ; pour ma part, je ne ressentis que du soulagement de n'avoir pas été convoqué aussi, et je suivis mes camarades d'équipage. Plus vite que je ne l'aurais cru possible, la nouvelle du combat et de la capture du vaisseau pirate fit le tour de Bourg-de-Castelcerf ; il n'y eut bientôt plus une taverne où l'on ne se battît pour nous servir de la bière et entendre nos exploits. C'était presque comme une deuxième folie de bataille, car où que nous allions, une féroce satisfaction enflammait les gens à l'écoute de ce que nous avions fait.

Bien avant que la bière ne fasse effet, la tête me tourna sous le déferlement des émotions de l'auditoire. Ce qui ne m'empêcha tout de même pas de boire. Je pris peu de part au récit de nos actes, mais je compensai amplement en buvant. Je vomis à deux reprises, une fois au fond d'une venelle, une autre au milieu de la rue. Je bus encore pour effacer le goût de mes régurgitations. Quelque part au fond de mon esprit, Œil-de-Nuit était affolé. *Du poison ! Cette eau est empoisonnée !* Je n'arrivais pas à former une seule pensée pour le rassurer.

À un certain moment, avant l'aube, Burrich m'extirpa d'une taverne. Il était parfaitement à jeun, lui, et il avait le regard inquiet. Dans la rue qui passait devant l'établissement, il s'arrêta sous une torche mourante plantée dans un porte-flambeau. « Tu as encore du sang sur la figure », me dit-il en me redressant. Il prit son mouchoir, le trempa dans une barrique d'eau de pluie et m'essuya le visage comme lorsque j'étais enfant. Je vacillai à son contact. Je le regardai dans les yeux en m'efforçant d'accommoder.

« J'ai déjà tué, fis-je, effondré. Pourquoi est-ce si différent ? Pourquoi est-ce que ça me rend si malade, après ?

— Parce que c'est comme ça », répondit-il d'une voix douce. Il me passa un bras autour des épaules et je m'aperçus avec surprise que nous étions de la même taille. Le retour à Castelcerf fut très raide, très long et très silencieux. Burrich m'envoya au bain et m'ordonna d'aller ensuite me coucher.

J'aurais dû m'en tenir à mon lit, mais je n'eus pas ce bon sens. Par chance, le Château bourdonnait d'activité et un ivrogne en train de grimper tant bien que mal un escalier n'avait rien de remarquable. Bêtement, je me rendis chez Molly et elle me fit entrer ; mais quand je voulus la toucher, elle recula. « Tu es ivre, me dit-elle, au bord des larmes. Je t'ai prévenu, j'ai fait serment de ne jamais embrasser un ivrogne, et de ne jamais en laisser un m'embrasser.

— Mais je ne suis pas ivre de cette façon-là ! protestai-je.

— Il n'y a qu'une façon d'être ivre », répliqua-t-elle, et elle me flanqua dehors sans que j'aie pu la toucher.

Vers midi, le lendemain, je compris combien j'avais dû la blesser en ne venant pas tout droit chez elle chercher du réconfort. Je concevais certes son ressentiment, mais je savais aussi qu'on n'inflige pas à celle qu'on aime un fardeau comme celui que je portais la veille. J'aurais voulu le lui expliquer, mais, à cet instant, un jeune garçon se précipita vers moi pour m'avertir qu'on avait besoin de moi sur le *Rurisk*, et tout de suite. Je lui donnai un sou pour sa peine et le regardai s'en aller à toutes jambes, sa pièce à la main. J'avais été ce petit garçon qui avait gagné un sou ; je songeai à Kerry, tentai de l'imaginer à la place de l'enfant, en train de courir à mes côtés, mais, pour moi et pour toujours désormais, Kerry était un forgisé mort, étendu sur une table. Et je me dis qu'au moins, la veille, personne n'avait été capturé pour être soumis à la forgisation.

Je pris la direction des quais et m'arrêtai en route aux écuries. Je remis le croissant de lune à Burrich. « Garde ça pour moi, lui demandai-je. Il y aura d'autres choses encore, ma part du butin ; je voudrais te confier… tout ce que je gagne dans ce travail. C'est pour Molly ; si jamais je ne reviens pas, veille à ce que ça lui revienne. Ça ne lui plaît pas de jouer les servantes. »

Il y avait longtemps que je n'avais pas parlé d'elle aussi franchement à Burrich. Son front se plissa, mais il prit le croissant encroûté de sang. « Qu'est-ce que me dirait ton père ? se demanda-t-il tout haut alors que je me détournais avec lassitude.

— Je n'en sais rien, répondis-je sans ambages. Je ne l'ai jamais connu. Je n'ai connu que toi.

— FitzChevalerie… »

Je me retournai. Il planta ses yeux dans les miens. « Je ne sais pas ce qu'il me dirait, mais voilà ce que, moi, je peux te dire à sa place : je suis fier de toi. Ce n'est pas le travail qui fait qu'on est fier ou pas ; c'est la façon de le faire. Sois fier de toi.

— J'essaierai », fis-je à mi-voix, et je repris le chemin de mon bateau.

L'affrontement suivant avec les Pirates rouges déboucha sur une victoire moins décisive que la première. Nous les rencontrâmes en pleine mer et l'effet de surprise ne joua pas car ils nous avaient vus arriver. Notre capitaine ne modifia pas le cap et je pense qu'ils eurent un moment de stupéfaction quand nous engageâmes le combat en les éperonnant. Nous fracassâmes nombre de leurs avirons, mais notre proue manqua la rame de gouvernail que nous visions ; le navire lui-même ne subit que peu de dégâts, car les bâtiments des Pirates rouges étaient flexibles comme des poissons. Nos grappins volèrent. Nous étions plus nombreux que nos adversaires et le capitaine comptait sur cet avantage. Nos guerriers les abordèrent et la moitié de nos rameurs perdirent la tête et les suivirent ; le combat prit des allures de chaos qui s'étendit rapidement jusqu'à nos propres ponts. Je dus rassembler toute ma volonté pour résister au tourbillon d'émotions qui nous engloutissait et je demeurai à mon banc de nage comme on me l'avait ordonné. Nonge, à son aviron, me jetait des regards curieux. Je m'agrippai à ma rame et serrai les dents jusqu'à ce que je me fusse retrouvé, et je jurai tout bas en m'apercevant que j'avais à nouveau perdu Vérité.

Nos guerriers, je pense, durent se relâcher un peu en voyant que nous avions réduit l'équipage ennemi là où il ne pouvait plus manier son navire, et ce fut une erreur. Un des Pirates mit le feu à leur propre voile tandis qu'un autre tentait de défoncer leur vaigrage à la hache ; ils espéraient, je suppose, que les flammes s'étendraient et qu'ils parviendraient ainsi à nous entraîner dans leur chute. En tout cas, à la fin, ils se battaient sans souci des dégâts infligés à leur bateau ni à leurs personnes. Nos guerriers finirent par les achever et nous pûmes éteindre l'incendie, mais la prise de guerre que nous ramenâmes en remorque à Castelcerf était fumante et avariée et, homme pour homme, nous avions perdu davantage de vies qu'eux. Néanmoins, nous nous répétâmes que c'était une victoire. Cette fois, quand les autres s'en allèrent boire, j'eus le bon sens d'aller directement chez Molly, et, tôt le lendemain matin, je trouvai une heure ou deux à passer avec Œil-de-Nuit. Nous partîmes en chasse ensemble, une bonne chasse propre, et il essaya de me persuader de m'enfuir avec lui. J'eus le tort de lui répondre, avec les meilleures intentions du monde, qu'il pouvait s'en aller s'il le désirait, et je le vexai. Il me fallut encore une heure pour lui faire comprendre ce que je voulais réellement dire, après quoi je retournai au navire en me demandant si les efforts que je faisais pour garder intacts nos liens en valaient bien la peine. Œil-de-Nuit m'assura que oui.

Ce fut la dernière victoire incontestable du *Rurisk*. On était loin de l'ultime bataille de l'été : le beau temps clair s'étendait sur une période épouvantablement longue devant nous et chaque journée de soleil était une journée où je risquais de tuer quelqu'un. Je m'efforçais de ne pas y voir aussi des journées où je risquais de me faire tuer. Nous essuyâmes de nombreuses escarmouches, prîmes de nombreuses fois des navires en chasse, et, de fait, il semblait bien que les attaques fussent plus espacées dans la région où nous patrouillions. Mais certaines réussissaient, nous arrivions devant une ville une heure à peine après que les Pirates l'avaient quittée et nous ne pouvions rien faire d'autre que rassembler les cadavres ou éteindre les incendies. Alors Vérité rugissait et sacrait dans mon esprit parce qu'il était incapable de transmettre les messages plus rapidement, parce qu'il n'y avait pas assez de bateaux ni de guetteurs pour être partout à la fois. Je préférais encore affronter la fureur d'un combat que de sentir la terrible exaspération de Vérité se déchaîner dans mon cerveau. Et nous ne voyions pas le bout de nos efforts, sinon par la grâce du répit que pourrait nous apporter le mauvais temps ; nous n'étions même pas capables de calculer le chiffre exact des navires pirates qui nous tourmentaient, car ils étaient tous peints à l'identique et se ressemblaient comme des gouttes d'eau – ou de sang sur le sable.

Alors que j'étais rameur à bord du *Rurisk*, cet été-là, nous eûmes un engagement avec un Pirate rouge qui vaut d'être raconté à cause de son caractère étrange. Par une limpide nuit d'été, nous dûmes brutalement quitter nos couchettes du quartier de l'équipage, à terre, et nous précipiter sur notre navire : Vérité avait perçu un Pirate rouge en train de rôder au large du cap Cerf et il voulait que nous le rattrapions à la faveur de l'obscurité.

Justin se tenait à la proue, en contact d'Art avec Sereine, installée, elle, dans la tour de Vérité. Vague marmonnement dans mon esprit, le roi-servant traçait notre route dans le noir en direction du pirate à la façon d'un homme qui avance à tâtons. Je sentais son malaise. Toute parole était interdite à bord et nous étouffâmes le bruit de nos avirons à l'approche de la zone désignée. Œil-de-Nuit me souffla qu'il captait l'odeur des ennemis, et soudain nous les repérâmes : long, bas et obscur, le Pirate rouge fendait l'eau devant nous. Un cri soudain monta de leur pont : eux aussi nous avaient vus. Notre capitaine nous ordonna de souquer ferme, mais, comme nous obéissions, une vague de peur déferla sur moi et me retourna l'estomac. Mon cœur se mit à battre la chamade, mes mains à trembler. La terreur qui me submergeait était celle, indicible et implacable, de l'enfant qui s'imagine des créatures rôdant dans le noir. Je m'agrippai à mon aviron mais ne trouvai plus la force de le manœuvrer.

« Korrikska », murmura non loin de moi un homme avec un fort accent outrîlien. Je crois que c'était Nonge. Je m'aperçus alors que je n'étais pas le seul réduit à l'impuissance ; nos avirons ne suivaient plus de cadence régulière ; certains hommes étaient assis sur leur coffre, la tête appuyée sur leur rame, tandis que d'autres souquaient frénétiquement, mais sans rythme, et la pelle de leurs avirons glissait et claquait sur l'eau. Nous dérapions sur la mer comme une araignée d'eau blessée, tandis que le Pirate rouge se dirigeait vers nous sans dévier d'une ligne. Je levai les yeux et regardai la mort qui venait me prendre. Le sang me martelait si fort les tympans que je n'entendais pas les cris de terreur des hommes et des femmes autour de moi ; je n'arrivais même plus à respirer. Mon regard monta vers le ciel.

Au-delà du Pirate rouge, presque lumineux sur la mer obscure, se trouvait un bateau blanc. Ce n'était pas un bâtiment d'attaque ; trois fois plus grand que le Pirate au moins, des ris dans ses deux voiles, il était à l'ancre sur les eaux calmes. Des fantômes arpentaient ses ponts, ou des forgisés. Je ne décelais pas trace de vie en eux, et pourtant ils agissaient de façon ordonnée ; ils étaient en train de s'apprêter à mettre à l'eau une petite embarcation. Un homme se tenait sur le gaillard d'arrière et, de l'instant où je l'aperçus, je ne pus plus le quitter des yeux.

Il était vêtu d'un manteau gris, mais je le vis découpé sur le ciel noir aussi nettement que s'il était éclairé par une lanterne. Je suis prêt à jurer avoir vu ses yeux, la saillie de son nez, la barbe sombre et bouclée qui encadrait sa bouche. Il se moquait de moi. « En voilà un qui vient se jeter dans nos bras ! » cria-t-il à quelqu'un, puis il leva la main, me désigna et repartit d'un nouvel éclat de rire, et je sentis mon cœur se serrer. Il me regardait avec une intensité effrayante, comme si moi seul étais sa proie. Je le regardais moi aussi et je le voyais, mais je ne le percevais pas. *Là ! Là !* hurlai-je, à moins que cet Art que je n'arrivais pas à maîtriser ait répercuté mon cri seulement à l'intérieur de mon crâne. Je n'obtins aucune réponse. Plus de Vérité, plus d'Œil-de-Nuit, plus personne, plus rien. J'étais seul. Le monde entier s'était tu et immobilisé. Plus de mouettes, plus de poissons dans l'océan, plus de vie nulle part à portée de mes sens internes. La silhouette au manteau gris était penchée sur le bastingage, son doigt accusateur pointé sur moi. L'homme riait. J'étais seul. C'était une solitude trop immense pour être supportable ; elle m'enveloppait, s'enroulait autour de moi, m'emmaillotait et commençait à m'étouffer.

Je la *repoussai.*

Par un réflexe que je ne me connaissais pas, je me servis du Vif pour l'écarter de moi avec toute la violence dont j'étais capable. Physiquement, ce fut moi qui fus projeté en arrière ; j'atterris sur le bouchain, en travers du banc de nage, entre les pieds des rameurs. Mais je vis la silhouette de l'autre bateau trébucher, se voûter, puis tomber par-dessus bord. Elle ne souleva pas une grande gerbe d'éclaboussures et il n'y en eut qu'une. Si l'homme remonta à la surface, je ne le vis pas.

Je n'eus d'ailleurs pas le temps de m'en préoccuper. Le navire pirate nous heurta par le milieu et fracassa nos avirons qui projetèrent leurs rameurs en l'air. Nos adversaires hurlèrent leur assurance avec des grands éclats de rire moqueurs et sautèrent de leur bateau sur le nôtre. Je me redressai tant bien que mal et bondis sur mon banc pour saisir ma hache ; autour de moi, mes voisins s'emparaient eux aussi de leurs armes. Nous n'étions pas prêts au combat, mais au moins nous n'étions plus paralysés par la terreur. L'acier se dressa contre nos abordeurs et la bataille s'engagea.

Il n'est pires ténèbres qu'en pleine mer la nuit. Amis et ennemis étaient indiscernables dans le noir. Un homme se jeta sur moi ; je l'attrapai par le cuir de son harnais étranger, le fis tomber et l'étranglai. Après la léthargie qui m'avait brièvement terrassé, je ressentis un féroce soulagement à percevoir le martèlement de sa terreur. Je pense que je le tuai rapidement. Lorsque je me redressai, l'autre navire s'écartait du nôtre. Il ne lui restait plus que la moitié environ de ses rameurs et certains de ses hommes se battaient encore sur nos ponts, mais il les abandonnait. Notre capitaine nous hurlait de les achever pour nous lancer à la poursuite du Pirate rouge, mais c'était inutile : le temps que nous les ayons tous tués et balancés par-dessus bord, le navire ennemi avait disparu dans l'obscurité. Justin était allongé, à demi étranglé, mal en point, vivant certes mais incapable pour le moment d'artiser à Vérité. De toute façon, une rangée de nos avirons n'était plus que bois brisé. Le capitaine nous injuria vigoureusement tandis que de nouveaux avirons étaient distribués et mis en place, mais il était trop tard ; il eut beau nous crier de faire silence, nous n'entendîmes ni ne vîmes plus rien. Je montai sur mon coffre et effectuai un tour complet sur moi-même : rien que l'océan noir ; pas le moindre signe du navire à rames. Mais plus étranges encore pour moi furent les mots que je prononçai alors : « Le bateau blanc était à l'ancre. Il a disparu aussi ! »

Tout autour de moi, on se tourna pour me dévisager. « Un bateau blanc ?

— Tu es sûr que ça va, Fitz ?

— C'est un Pirate rouge, petit, un Pirate rouge qu'on a combattu.

— Ne parle pas de bateau blanc. Voir un bateau blanc, c'est voir sa mort. C'est malchance. » Cette réflexion m'avait été chuchotée par Nonge. Je m'apprêtais à répliquer que c'était un vrai navire que j'avais aperçu, pas une vision prémonitoire de désastre, mais il secoua la tête, puis se détourna pour contempler les eaux désertes. Je refermai la bouche et me rassis lentement. Personne ne l'avait vu ; personne ne parlait non plus de la terrible peur qui nous avait saisis et avait transformé nos plans de bataille en déroute. Quand nous ralliâmes notre port cette nuit-là, l'histoire telle qu'elle fut racontée dans les tavernes voulait que nous ayons attaqué le navire pirate, engagé le combat et qu'il se soit enfui. Ne restaient comme preuves de l'affrontement que quelques avirons brisés, quelques blessures et un peu de sang outrîlien sur nos ponts.

Quand j'en parlai en privé à Vérité et Œil-de-Nuit, ni l'un ni l'autre n'avait rien vu. Vérité me dit que je lui avais fermé mon esprit dès que nous avions aperçu l'autre vaisseau, et Œil-de-Nuit déclara d'un air pincé que je m'étais complètement coupé de lui aussi. Quant à Nonge, il ne voulut rien me révéler sur le bateau blanc ; de toute manière, il n'était guère bavard sur aucun sujet. Plus tard, je découvris mention du bateau blanc dans un manuscrit qui traitait de vieilles légendes ; là, il s'agissait d'un navire maudit sur lequel l'âme des marins noyés indignes de la mer travaillait pour l'éternité sous la férule d'un capitaine impitoyable. Je dus me résoudre à ne plus aborder le sujet sous peine de passer pour un fou.

Tout le reste de l'été, les Pirates rouges échappèrent au *Rurisk*. Nous les apercevions, les prenions en chasse mais n'arrivions jamais à les rattraper. Une fois, nous eûmes la chance d'en poursuivre un qui venait de mener une attaque ; l'équipage jeta les prisonniers par-dessus bord pour alléger le navire, qui réussit à s'enfuir. Sur douze personnes qu'il avait lancées à l'eau, nous en sauvâmes neuf que nous ramenâmes à leur village ; les habitants pleurèrent les trois qui s'étaient noyées, mais tous convinrent que c'était un sort plus miséricordieux que la forgisation.

Nos autres navires connurent des fortunes semblables. Le *Constance* tomba sur des Pirates alors qu'ils donnaient l'assaut à un village. Sans parvenir à s'assurer une prompte victoire, nos hommes eurent néanmoins la prévoyance d'endommager le bateau échoué sur la plage afin d'empêcher les Pirates de s'échapper. Il fallut des jours pour les attraper tous car ils s'étaient égaillés dans les bois alentour en constatant ce qu'il était advenu à leur navire. Nous connûmes tous des expériences similaires ; nous pourchassions les Pirates, nous les mettions en déroute ; certains même parvinrent à couler des bâtiments ennemis ; mais nous ne capturâmes pas d'autres bateaux cet été-là.

Les forgisations diminuèrent donc et, chaque fois que nous envoyions un navire par le fond, nous nous disions que cela en faisait un de moins ; pourtant, cela semblait ne rien changer au nombre de ceux qui restaient. Dans un certain sens, nous donnions de l'espoir aux habitants des Six-Duchés ; dans un autre, nous nourrissions leur désespoir, car malgré tous nos efforts nous étions incapables de repousser la menace des Pirates loin de nos côtes.

Pour moi, ce long été fut une période de terrible isolement et d'extraordinaire promiscuité. Vérité était souvent avec moi, mais je ne parvenais pas à maintenir notre contact dès que la moindre bataille commençait ; Vérité lui-même percevait clairement le maelström d'émotions qui menaçait de me submerger chaque fois que l'équipage s'apprêtait au combat. Il émit la théorie qu'en cherchant à me protéger des pensées et des sentiments de mes voisins, je dressais mes murailles si fermement que nul ne pouvait plus les abattre ; il envisagea aussi que cela signifiât l'existence d'un Art puissant en moi, plus puissant même que le sien, mais accompagné d'une telle sensibilité qu'en abaissant mes barrières durant un combat, je me noyais dans la conscience de ceux qui m'entouraient. C'était une théorie intéressante, mais qui n'offrait aucune solution pratique au problème. Néanmoins, à force d'avoir Vérité dans mon esprit, j'acquis une perception de lui que je n'avais de nul autre, sauf peut-être Burrich. Avec une intimité effrayante, je savais combien la faim de l'Art le rongeait.

Quand j'étais enfant, Kerry et moi avions un jour escaladé une haute falaise qui surplombait l'océan. Quand nous fûmes arrivés au sommet et qu'il eut regardé la grève en dessous de nous, il m'avoua une envie presque irrésistible de se jeter en bas. Je crois que cette impulsion était proche de ce que ressentait Vérité. Le plaisir de l'Art l'attirait et il n'aspirait qu'à se jeter tout entier dans sa toile jusqu'à la dernière parcelle de son être. Son contact étroit avec moi ne faisait qu'alimenter ce désir ; pourtant, nous étions trop utiles aux Six-Duchés pour qu'il renonce, même si l'Art le dévorait de l'intérieur. Par nécessité, je partageais avec lui bien des heures devant la fenêtre de sa tour solitaire, sur son fauteuil dur, dans la lassitude qui annihilait son appétit et même dans les profondes douleurs physiques de l'inactivité. Je le voyais se consumer.

Je ne crois pas bon de connaître quelqu'un aussi intimement. Œil-de-Nuit était jaloux et n'en faisait pas mystère. Au moins, avec lui, c'était une colère franche parce que je le négligeais, à son point de vue. Avec Molly, c'était une autre paire de manches.

Elle ne concevait aucune raison valable pour que je m'absente si souvent. Pourquoi, de tous les habitants de Castelcerf, fallait-il justement que je fasse partie des équipages ? Le motif que je lui fournis, selon lequel c'était le souhait de Vérité, ne la satisfit pas du tout. Nos brefs moments ensemble commencèrent à suivre un schéma prévisible : nous nous retrouvions au milieu d'une tempête de passion, connaissions rapidement l'apaisement l'un dans l'autre puis commencions à nous chamailler. Elle se plaignait de la solitude, elle détestait son rôle de servante, le peu d'argent qu'elle arrivait à mettre de côté augmentait avec une lenteur désespérante ; je lui manquais ; et pourquoi devais-je m'en aller si fréquemment, alors que moi seul parvenais à lui rendre la vie supportable ? Avec circonspection, je lui proposai un jour le peu d'argent que j'avais gagné à bord du navire, mais elle se raidit comme si je l'avais traitée de putain ; elle refusa d'accepter quoi que ce soit de ma part tant que nous ne serions pas unis par le mariage. Je n'avais toujours pas trouvé l'occasion de lui révéler les projets de Subtil à propos de Célérité et moi : nous étions si souvent loin l'un de l'autre que chacun perdait le fil de l'existence quotidienne de l'autre, et, quand nous nous rencontrions enfin, c'était pour remâcher l'écorce amère des mêmes vieilles disputes.

Une nuit, je la trouvai les cheveux tirés en arrière et tout noués de rubans rouges, et de gracieuses boucles d'oreilles en argent façonnées en feuilles de saule pendaient le long de son cou nu. Vêtue comme elle l'était de sa seule chemise de nuit, elle offrait un spectacle qui me coupa le souffle. Plus tard, en un moment plus calme où nous pûmes reprendre haleine et bavarder, je lui fis compliment de ses boucles d'oreilles. Ingénument, elle me raconta que, lorsque le prince Royal était venu la dernière fois lui acheter des bougies, il lui en avait fait don car, disait-il, il était si satisfait de ses créations qu'il avait l'impression de n'avoir pas payé à leur juste valeur des chandelles au parfum si raffiné. Elle souriait fièrement en me narrant la scène et ses doigts jouaient avec ma queue de cheval de guerrier tandis que ses cheveux et ses rubans s'emmêlaient sur les oreillers. J'ignore ce qu'elle vit sur mon visage, mais elle écarquilla les yeux et s'écarta de moi.

« Tu acceptes des cadeaux de Royal ? lui demandai-je d'un ton glacial. Tu refuses l'argent que j'ai honnêtement gagné, mais tu te laisses offrir des bijoux par ce… »

Je vacillai au bord de la trahison, mais je ne trouvai pas de mot pour décrire ce que je pensais de lui.

Les yeux de Molly s'étrécirent et ce fut mon tour de me reculer. « Qu'aurais-je dû lui dire : "Non, messire, je ne peux accepter votre générosité tant que vous ne m'avez pas épousée" ? Entre Royal et moi, il n'y a rien de ce qu'il y a entre nous deux. C'était un client qui me donnait un pourboire, comme en reçoivent souvent les bons artisans. Pourquoi crois-tu qu'il m'a donné ces bijoux ? En échange de mes faveurs ? »

Nous restâmes un moment à nous regarder en chiens de faïence, puis je réussis à prononcer ce qu'elle voulut bien prendre pour une excuse. Mais alors je commis l'erreur d'émettre l'hypothèse qu'il lui avait peut-être fait ce cadeau uniquement parce qu'il savait que cela me contrarierait ; du tac au tac, Molly me demanda comment Royal pourrait être au courant de ce qu'il y avait entre nous deux, et si j'estimais si peu son travail que je considérais comme indu le cadeau qu'il lui avait fait. Qu'il suffise de dire que nous réparâmes les pots cassés du mieux possible dans le bref laps de temps qui nous restait ; mais un pot réparé n'est jamais aussi solide qu'un pot intact et je regagnai le bateau en me sentant aussi seul que si je n'avais pas passé le moindre instant en sa compagnie.

Durant les périodes où je maniais l'aviron en maintenant une cadence parfaite et en m'efforçant de ne penser à rien, je me prenais souvent à regretter Patience et Brodette, Umbre, Kettricken et même Burrich. Lors des rares occasions où je parvins à rendre visite à la reine-servante cet été-là, je la trouvai invariablement dans son jardin du sommet de la tour. C'était un lieu magnifique mais, malgré ses efforts, on était loin de ce qu'avaient pu être les autres jardins de Castelcerf.

Elle était trop montagnarde pour se convertir totalement à notre caractère ; elle disposait et formait les plantes avec une totale absence d'affectation ; des pierres toutes simples avaient été ajoutées et des branches nues tordues et poncées par la mer étaient posées contre elles, dressées dans leur aride beauté. J'aurais pu méditer calmement dans ce jardin, mais on n'avait pas envie d'y paresser au vent tiède de l'été, alors que c'était sans doute ainsi que Vérité se le rappelait. Elle y occupait ses journées et elle y prenait plaisir, mais cela ne créait pas de lien entre elle et Vérité comme elle l'avait espéré. Elle était aussi belle que jamais, mais toujours ses yeux bleus étaient ennuagés du gris de la préoccupation et du souci. Son front était si souvent plissé que, lorsqu'il lui arrivait de se détendre, on y distinguait les lignes pâles de la peau que le soleil ne touchait pas. Quand je lui rendais visite, elle congédiait la plupart de ses dames de compagnie, puis me soumettait sur les activités du *Rurisk* à un interrogatoire aussi serré que si elle était Vérité en personne. Mon rapport achevé, sa bouche prenait souvent un pli ferme et elle s'approchait du bord de la tour pour contempler la mer jusqu'à l'horizon. Un après-midi de la fin de l'été, alors que son regard était ainsi perdu au loin, je la priai de m'excuser car je devais rejoindre mon bateau, mais elle parut à peine m'entendre ; à mi-voix, elle dit : « Il doit exister une solution définitive. Rien ni personne ne peut vivre ainsi. Il doit y avoir un moyen d'y mettre un terme.

— Les tempêtes d'automne ne tarderont pas, ma reine. Déjà le gel a touché certaines de vos plantes grimpantes. Les tempêtes ne sont jamais loin derrière les premiers frimas, et avec elles c'est la paix qui nous vient.

— La paix ? Ha ! » Elle eut un rire sans joie. « Est-ce la paix que de passer des nuits blanches à se demander qui sera le prochain à mourir, qui ils attaqueront l'an prochain ? Non, ce n'est pas la paix : c'est un supplice. Il doit exister un moyen de se débarrasser des Pirates rouges. Et je compte le trouver. »

Ses paroles sonnaient comme une menace.

# 2

## INTERLUDES

*« De pierre étaient leurs os, de la pierre aux veines scintillantes des Montagnes ; leur chair était faite des sels étincelants de la terre ; mais leur cœur était fait du cœur d'hommes sages.*

*Ils vinrent de loin, ces hommes, par un long et pénible chemin. Ils n'hésitèrent pas à se dépouiller d'une vie dont ils s'étaient lassés. Ils achevèrent leurs jours et entamèrent l'éternité, ils rejetèrent la chair et endossèrent la pierre, ils laissèrent tomber leurs armes et s'élevèrent sur des ailes nouvelles : les Anciens. »*

*

Le roi me convoqua enfin et j'allai chez lui. Fidèle à la promesse que je m'étais faite, je ne m'étais plus rendu de mon propre chef à ses appartements depuis l'après-midi fatidique. J'étais encore rongé de rancœur quant aux dispositions qu'il avait prises avec le duc Brondy à propos de Célérité et moi. Mais on ne refuse pas une convocation de son roi, quelque ressentiment qu'on en ait.

Il me fit mander un matin d'automne. Il y avait au moins deux mois que je n'étais pas paru devant le roi Subtil ; j'avais feint de ne pas voir les regards blessés que me jetait le fou quand je le rencontrais, et esquivé les questions de Vérité qui me demandait de temps en temps pourquoi je ne me présentais pas chez Subtil. C'était assez facile : Murfès gardait toujours sa porte tel un serpent la pierre de l'âtre, et la mauvaise santé du roi n'était un secret pour personne ; nul ne pouvait plus accéder à ses appartements avant midi. Aussi cette convocation matinale laissait-elle présager une question d'importance.

J'avais cru avoir ma matinée libre : une tempête d'automne anormalement précoce et violente nous pilonnait depuis deux jours. Le vent ne décolérait pas, tandis que la pluie qui tombait à verse nous assurait que celui qui voyageait sur un navire ouvert occupait tout son temps à écoper. J'avais passé la soirée de la veille à la taverne avec l'équipage du *Rurisk*, à saluer la tempête et à souhaiter aux Pirates qu'ils en sentent toute l'étreinte. J'étais remonté au Château pour m'écrouler dans mon lit, abruti de boisson, certain de pouvoir faire la grasse matinée ; mais un page résolu avait martelé ma porte jusqu'à ce que le sommeil m'abandonne, puis m'avait délivré la convocation du roi.

Je fis ma toilette, me rasai, lissai mes cheveux en arrière, les nouai en queue et enfilai des vêtements propres, tout en me contraignant à ne rien trahir de la rancœur qui brasillait en moi. Une fois certain d'être maître de moi-même, je quittai ma chambre et me présentai à la porte du roi. Je m'attendais à ce que Murfès me renvoie d'un air sarcastique, mais ce matin-là il m'ouvrit promptement lorsque je frappai. Le regard toujours désapprobateur, il m'introduisit néanmoins aussitôt chez le roi.

Subtil était assis dans un fauteuil garni de coussins devant sa cheminée. Malgré moi, mon cœur se serra en voyant la ruine qu'il était devenu ; sa peau était translucide et parcheminée, ses doigts décharnés. Ses traits s'étaient avachis, plissés, là où naguère la chair les tendait ; ses yeux sombres étaient enfoncés dans leurs orbites et il tenait ses mains serrées sur ses genoux en un geste que je connaissais bien. C'était ainsi que je les tenais pour dissimuler les tremblements qui me saisissaient de temps en temps. Sur une petite table à côté de lui était posé un brûloir dont s'élevait de la Fumée. Les vapeurs créaient déjà une brume bleutée au niveau des poutres du plafond. Le fou était vautré aux pieds du roi, l'air désolé.

« FitzChevalerie est ici, Votre Majesté », dit Murfès.

Le roi tressaillit comme si quelqu'un l'avait piqué, puis tourna les yeux vers moi. J'allai me placer devant lui.

« FitzChevalerie », dit le roi.

Il n'y avait aucune force derrière ses mots, aucune présence. Le ressentiment restait fort en moi mais il ne suffisait pas à noyer ma peine à le voir dans cet état. C'était toujours mon souverain.

« Mon roi, je suis venu comme vous l'avez ordonné », dis-je avec raideur. J'essayai de me raccrocher à la froideur qui imprégnait jusque-là mes pensées.

Il me regarda d'un air fatigué, puis il détourna la tête et toussa contre son épaule. « C'est ce que je vois. C'est bien. » Il me dévisagea un moment puis prit une grande inspiration qui chuchota dans ses poumons. « Un messager est arrivé hier soir, dépêché par le duc Brondy de Béarns. Il apportait les rapports des moissons et d'autres missives semblables, la plupart pour Royal. Mais Célérité, la fille de Brondy, a également envoyé ce manuscrit. Il est pour toi. »

Il me tendit l'objet, un petit rouleau fermé par un ruban jaune et scellé par un cachet de cire verte. Bien à contrecœur, je m'avançai pour le saisir.

« Le messager de Brondy repart pour Béarns cet après-midi. Tu auras certainement eu le temps de rédiger une réponse convenable. » Ce n'était pas une prière. Il fut pris d'une nouvelle quinte de toux. Les émotions conflictuelles dont j'étais la proie me brûlaient l'estomac.

« Puis-je ? » demandai-je, et, comme le roi ne protestait pas, je brisai le cachet et défis le ruban. Je déroulai le parchemin et en découvris un second à l'intérieur. Je jetai un coup d'œil au premier : une lettre de Célérité à l'écriture nette et ferme ; j'étudiai brièvement le deuxième, puis levai les yeux et croisai le regard de Subtil posé sur moi. Je le soutins sans rien manifester. « Elle m'envoie, avec ses salutations, une copie d'un manuscrit qu'elle a trouvé dans les bibliothèques de Castellonde, ou, plus précisément, une copie des parties encore lisibles. D'après l'étui, elle pense qu'il concerne les Anciens. Elle a remarqué l'intérêt que je leur portais lors de ma visite chez son père ; à première vue, selon moi, le texte traite plutôt de philosophie, ou de poésie, peut-être. »

Je rendis les rouleaux à Subtil. Au bout d'un moment, il les prit. Il déroula le premier et le tint devant lui à bout de bras, puis il plissa le front, eut une expression mécontente et reposa le parchemin sur ses genoux. « Parfois, le matin, j'ai la vue brouillée », dit-il. Il réenroula les manuscrits l'un dans l'autre, avec minutie, comme s'il s'agissait d'une tâche difficile. « Tu lui enverras une lettre séante de remerciement.

— Oui, mon roi », répondis-je d'un ton toujours raide. Je saisis les rouleaux tendus. Je restai immobile devant lui, sous son regard qui ne me voyait pas ; je finis par demander : « Me donnez-vous congé, mon roi ?

— Non. » Une nouvelle quinte le secoua, plus violemment, puis il inspira longuement, avec un bruit sifflant. « Je ne te donne pas congé. Si j'avais dû le faire, ç'aurait été il y a bien longtemps. Je t'aurais abandonné dans quelque village perdu ; ou j'aurais fait en sorte que tu n'atteignes jamais l'âge d'homme. Non, FitzChevalerie, je ne t'ai pas donné congé. » L'ombre de ce qu'il était autrefois perçait de nouveau dans sa voix. « Il y a quelques années, j'ai passé un marché avec toi ; tu en as tenu les termes, et très bien. Je sais comment tu me sers, même lorsque tu n'estimes pas utile de te présenter pour m'en informer personnellement ; je sais comment tu me sers, même quand tu débordes de colère contre moi. Je ne pourrais guère demander davantage que ce que tu m'as déjà donné. » Une quinte le saisit encore une fois, brusquement, une quinte de toux sèche qui le convulsa. Lorsqu'il retrouva l'usage de la parole, ce n'est pas à moi qu'il s'adressa.

« Fou, une coupe de vin tiède, s'il te plaît. Et prie Murfès de te fournir les… épices pour le relever. » L'intéressé se dressa aussitôt, mais je ne lus nulle bonne volonté sur son visage ; au contraire, en passant derrière le fauteuil du roi, il me décocha un regard assassin. D'un petit geste de la main, Subtil m'indiqua de patienter. Il se frotta les yeux, puis crispa les doigts sur ses genoux. « Je ne cherche qu'à tenir les termes du marché de mon côté, reprit-il. Je t'ai promis de subvenir à tes besoins, mais je veux faire davantage ; je veux te marier à une dame de qualité ; je veux te… Ah ! merci. »

Le fou était de retour avec le vin. J'observai qu'il remplissait la coupe à moitié, et le roi la prit à deux mains. Je captai le parfum d'herbes inconnues mêlé à l'arôme du vin. Le bord de la coupe cliqueta deux fois contre les dents de Subtil avant qu'il l'immobilise des lèvres, puis il but une longue gorgée. Ensuite il resta un moment sans bouger, les yeux clos comme s'il tendait l'oreille. Lorsqu'il les rouvrit, il parut un instant égaré en me voyant, mais il se reprit. « Je veux que tu aies un titre et un domaine à régir. » Il leva la coupe, but à nouveau, puis la tint entre ses mains émaciées pour les réchauffer tout en m'examinant de l'œil. « J'aimerais te rappeler la chance que tu as d'être considéré comme un parti digne de sa fille par Brondy. Ta naissance ne le rebute pas. Célérité apportera un titre et de la terre, et votre union me fournit l'occasion de te faire le même cadeau. Je ne veux que ton bien. Est-ce si difficile à comprendre ? »

La question me laissait le loisir de répondre. J'inspirai, puis m'efforçai de le convaincre. « Mon roi, je sais que vous n'avez que de bonnes dispositions envers moi et je me rends parfaitement compte de l'honneur que me fait le duc Brondy. Dame Célérité est une belle jeune femme que tout homme serait heureux d'épouser. Mais ce n'est pas la dame de mon choix. »

Subtil se rembrunit. « Tu parles comme Vérité, fit-il d'un ton irrité. Ou comme ton père. Je crois qu'ils ont tété leur obstination avec le lait de leur mère. » Il termina sa coupe, puis se radossa et secoua la tête. « Fou, encore du vin, je te prie. »

« Je connais les rumeurs, reprit-il d'une voix sourde après que le fou eut emporté sa coupe. Royal me les rapporte et me les murmure à l'oreille comme une fille de cuisine. Comme si elles avaient de l'importance. L'importance de la poule qui glousse ou du chien qui aboie, oui. » Le fou remplissait docilement la coupe, la répugnance inscrite dans toute l'attitude de son corps mince. Murfès apparut comme par magie, ajouta de l'herbe à Fumée dans le brûloir, souffla soigneusement sur un minuscule brandon jusqu'à ce que le petit tas se mette à brasiller, puis il s'éclipsa comme il était venu. Subtil se pencha de façon à ce que les volutes de fumée effleurent son visage, inspira, toussota, puis inspira de nouveau la Fumée, après quoi il se radossa dans son fauteuil. Le fou, silencieux, tenait le vin demandé.

« Royal te prétend amoureux d'une chambrière que tu poursuivrais sans cesse de tes assiduités. Bah, les hommes sont tous jeunes un jour. Et les femmes aussi. » Il prit la coupe et but. Debout devant lui, je me mordais l'intérieur de la joue en m'efforçant de garder une expression impassible. Perfidement, mes mains commencèrent à trembler, alors que les exercices physiques les plus violents ne déclenchaient plus chez moi la moindre réaction. J'avais envie de me croiser les bras pour calmer leur agitation, mais je les maintins le long de mon corps en essayant de ne pas froisser le petit manuscrit que je tenais.

Le roi Subtil abaissa la coupe, la posa sur la table à côté de lui et poussa un profond soupir. Ses doigts sans force se déplièrent sur ses genoux tandis que sa tête allait s'appuyer contre les coussins du fauteuil. « FitzChevalerie », dit-il.

L'esprit engourdi, j'attendis sans bouger qu'il continue. Je vis ses paupières devenir lourdes, puis se fermer. Il les entrouvrit, et sa tête branla légèrement quand il parla. « Tu as la bouche de Constance quand tu es en colère », dit-il. Ses yeux se fermèrent à nouveau. « Je ne veux que ton bien », marmonna-t-il. Au bout de quelques instants, un ronflement s'échappa de ses lèvres amollies. Je ne bougeai toujours pas, le regard posé sur lui. Mon roi.

Quand je détournai enfin les yeux, je vis le seul spectacle capable de me plonger dans un trouble encore plus grand : le fou, inconsolable, pelotonné aux pieds de Subtil, les genoux contre la poitrine ; il me regardait d'un air furieux, les lèvres réduites à une simple ligne, et des larmes limpides perlaient à ses yeux sans couleur.

Je me sauvai.

Dans ma chambre, je me mis à faire les cent pas devant ma cheminée, tant les sentiments qui s'agitaient en moi me consumaient. Je m'imposai le calme, m'assis et pris une plume et du papier ; je rédigeai un mot bref et poli de remerciement à la fille du duc Brondy, le roulai soigneusement et le cachetai. Je me levai, rajustai ma chemise, me lissai les cheveux, puis jetai la lettre dans le feu.

Je me rassis, repris mes instruments d'écriture, et j'écrivis une lettre à Célérité, la timide jeune fille qui avait badiné avec moi à table et m'avait accompagné sur les falaises, dans le vent, pour attendre un adversaire qui n'était pas venu. Je la remerciai pour le manuscrit, et puis je lui racontai mon été : l'aviron à manœuvrer sur le *Rurisk* jour après jour, ma maladresse à l'épée qui avait fait de la hache mon arme ; je lui narrai notre première bataille sans lui faire grâce des détails et lui avouai la nausée que j'en avais ressentie par la suite ; j'évoquai les instants où j'étais resté pétrifié de terreur sur mon banc tandis qu'un Pirate rouge nous attaquait, mais je passai sous silence le navire blanc. Je conclus en lui confiant que, de temps en temps, j'étais encore saisi de tremblements, séquelles de ma longue maladie dans les Montagnes. Je relus soigneusement ma missive et enfin, convaincu de m'être dépeint comme un rameur parmi d'autres, un lourdaud, un lâche et un infirme, je la roulai et la liai avec le même ruban jaune dont elle s'était servie, mais ne la cachetai pas. La lise qui voulait ; secrètement, j'espérais que le duc Brondy prendrait connaissance de ma lettre avant sa fille et qu'il lui interdirait de mentionner à nouveau mon nom.

Quand je frappai à nouveau chez le roi Subtil, Murfès m'ouvrit avec son expression habituelle de désapprobation. Il prit la lettre comme s'il s'agissait d'un objet peu ragoûtant et me referma la porte au nez. En remontant dans ma chambre, je songeai à la combinaison de trois poisons que je pourrais employer sur lui si l'occasion m'en était donnée. C'était moins compliqué que de penser à mon roi.

Je me jetai sur mon lit ; j'aurais voulu qu'il fasse nuit et que je puisse sans risque aller chez Molly, mais les secrets que je lui cachais me revinrent soudain et le plaisir anticipé de la revoir m'échappa. Je bondis de mon lit pour ouvrir violemment les volets à la tempête, mais même le temps m'avait dupé.

Une grande tache de ciel bleu avait troué le couvercle gris et laissait passer un rai de soleil délavé. Un banc de nuages noirs qui montait en bouillonnant au-dessus de la mer annonçait la fin à brève échéance de ce répit, mais pour le moment le vent et la pluie avaient cessé. Il y avait même comme de la tiédeur dans l'air.

Œil-de-Nuit me parla aussitôt.

*Tout est trop mouillé pour chasser ; le moindre brin d'herbe est trempé. D'ailleurs, il fait plein jour. Il n'y a que les hommes qui soient assez bêtes pour chasser en plein jour.*

*Fainéant de cabot*, le rabrouai-je. Je savais qu'il était roulé en boule, le museau dans la queue, au fond de son antre. Je perçus la chaude satiété de son ventre plein.

*Ce soir, peut-être*, proposa-t-il, et il se rendormit.

Je ramenai mon esprit et pris mon manteau. Mes sentiments ne m'incitaient pas à passer la journée entre des murs. Je quittai le Château et me dirigeai vers Bourg-de-Castelcerf. En moi, la colère suscitée par la décision que Subtil avait prise à ma place le disputait à la consternation devant son état d'affaiblissement. Je marchai d'un pas vif en essayant d'échapper aux mains tremblantes du roi, à son sommeil drogué. Maudit Murfès ! Il m'avait volé mon roi. Et mon roi m'avait volé ma vie. Je renonçai à réfléchir davantage.

Des gouttes d'eau et des feuilles aux bords jaunis tombaient des arbres sur mon passage ; des oiseaux célébraient à gazouillis clairs et joyeux l'arrêt inattendu de la pluie. Le soleil brillait de plus en plus fort, tout étincelait d'humidité et de riches senteurs s'élevaient de la terre. Malgré mon trouble, la beauté du jour m'émut.

Les averses torrentielles avaient lavé la ville et je me retrouvai sur le marché au milieu d'une foule empressée ; partout, on se dépêchait de faire des emplettes et de revenir chez soi avant de se faire tremper par une reprise de la tempête. L'agitation et le brouhaha bon enfant étaient aux antipodes de mon humeur noire et c'est d'un œil revêche que je parcourais le marché lorsque j'aperçus une cape et un capuchon rouge vif. Mon cœur fit un bond dans ma poitrine. Au Château, Molly portait le bleu des domestiques, mais, pour aller au marché, elle revêtait toujours sa vieille cape rouge. Patience l'avait sans doute envoyée faire des courses en profitant du répit que nous accordait le ciel. Je l'observai sans me faire voir pendant qu'elle marchandait pied à pied le prix de quelques paquets de thé de Chalcède. Lorsqu'elle faisait non de la tête, la fierté de son menton me remplissait de bonheur. Une soudaine inspiration me vint.

J'avais ma paye de rameur en poche ; je m'en servis pour acheter quatre pommes douces, une bouteille de vin et un peu de viande poivrée ; j'acquis aussi un sac à bandoulière pour transporter mes emplettes et une épaisse couverture de laine. Une couverture rouge. Il me fallut user de tout le savoir-faire qu'Umbre m'avait enseigné pour accomplir mes achats sans perdre Molly de vue et sans me faire voir, et j'eus encore plus de mal à la suivre discrètement lorsqu'elle se rendit chez la marchande de modes acheter du ruban de soie, puis quand elle reprit la route de Castelcerf.

Profitant de certain virage à l'ombre des arbres, je la rattrapai. Elle tressaillit alors que, m'étant approché à pas de loup par-derrière, je la soulevai brusquement et la fis tournoyer dans mes bras. Je la reposai à terre et l'embrassai fougueusement. J'ignore pourquoi je trouvai différent de l'embrasser à l'extérieur et sous le soleil éclatant mais ce que je sais, c'est que tous mes ennuis s'évanouirent soudain.

Je m'inclinai profondément devant elle. « Ma dame consentirait-elle à partager une brève collation avec moi ?

— Oh, il ne faut pas ! répondit-elle, mais son œil pétillait. On va nous voir ! »

Avec des mimiques exagérées, je scrutai les alentours, puis la pris par le bras et l'entraînai à l'écart de la route. Le sous-bois n'était guère broussailleux, aussi l'emmenai-je d'un pas alerte sous les arbres dégouttants ; nous franchîmes une grosse branche tombée et un tapis de cerfhallier trempé qui s'accrochait à nos mollets pour parvenir au bord de la falaise, au-dessus du murmure grondant de l'océan. Tels des enfants, nous empruntâmes des cheminées de pierre pour descendre jusqu'à une petite plage de sable.

Des morceaux de bois flottés étaient entassés pêle-mêle dans ce recoin de la baie. Un surplomb de la falaise avait protégé de la pluie une petite surface de sable et de schiste qu'illuminait un rayon de soleil. L'astre brillait à présent en dispensant une chaleur étonnante. Molly me prit le pique-nique et la couverture des mains et m'ordonna de rassembler du bois, après quoi elle s'employa et réussit à faire brûler les branches humides. Le sel qui les imprégnait colorait les flammes de vert et de bleu, mais le feu dégageait assez de chaleur pour nous permettre d'enlever capes et capuches. Qu'il était bon d'être assis aux côtés de Molly et de la regarder à la clarté du ciel, avec le soleil qui allumait des reflets dans ses cheveux et le vent qui lui rosissait les joues ! Qu'il était bon d'éclater de rire ensemble et de mêler nos voix aux cris des mouettes sans crainte d'éveiller quiconque ! Nous bûmes le vin à la bouteille et mangeâmes avec les doigts, puis nous descendîmes au bord de l'eau pour nous laver les mains.

Nous passâmes un petit moment à traîner au milieu des rochers et des branches mortes à la recherche de trésors rejetés par la mer. Je me sentais davantage moi-même que jamais depuis mon retour des Montagnes et je retrouvais en Molly le garçon manqué prêt à toutes les folies de mon enfance. Alors que je la pourchassais, sa tresse se défit et ses cheveux volèrent sur son visage ; elle glissa en tentant de m'échapper et tomba dans une flaque. Nous revînmes à la couverture, où elle ôta ses chaussures et ses bas pour les faire sécher devant le feu. Elle s'étendit sur la couverture et s'étira.

Je lui proposai soudain de nous déshabiller.

Molly se montra réticente. « Il y a autant de cailloux que de sable sous la couverture. Je n'ai pas envie de rentrer pleine de bleus dans le dos ! »

Je me penchai sur elle pour l'embrasser. « Est-ce que je n'en vaux pas la peine ? demandai-je d'un ton cajoleur.

— Toi ? Sûrement pas ! » Elle me repoussa brusquement et je m'étalai les quatre fers en l'air. Elle se jeta hardiment sur moi. « Mais moi, oui ! »

L'étincelle farouche que je vis dans ses yeux lorsqu'elle me regarda me coupa le souffle. Après qu'elle se fut impitoyablement approprié ma personne, je m'aperçus qu'elle avait eu raison : il y avait bel et bien des cailloux et elle en valait la peine. Jamais je n'avais rien vu d'aussi spectaculaire que le bleu du ciel au travers de ses cheveux qui tombaient en cascade au-dessus de moi.

Ensuite, elle resta étendue plus qu'à demi sur moi et nous somnolâmes dans l'air frais de la mer. Enfin elle se redressa, toute frissonnante, pour renfiler ses vêtements ; sans plaisir, je la regardai relacer son corsage. L'obscurité et la piètre lumière des bougies m'en avaient toujours trop dissimulé. Elle surprit mon regard troublé, me tira la langue, puis redevint sérieuse ; ma queue de cheval s'était défaite et elle ramena mes cheveux autour de mon visage, puis me cacha le front d'un pli de sa cape rouge. Elle secoua la tête. « Tu aurais fait une fille drôlement moche. »

Je grognai. « Déjà que je ne vaux pas grand-chose comme garçon… »

Elle parut vexée. « Tu n'es pas mal du tout. » Elle passa d'un air songeur un doigt sur la musculature de ma poitrine. « L'autre jour, à la cour des lavandières, certaines disaient que, depuis Burrich, tu étais ce que les écuries avaient connu de mieux. Ça doit tenir à tes cheveux : ils sont beaucoup moins grossiers que ceux de la plupart des hommes de Cerf. » Elle s'en entortilla une boucle autour d'un doigt.

« Burrich ! fis-je en grognant derechef. Tu ne vas pas me dire que les femmes le trouvent attirant ! »

Elle leva les sourcils. « Et pourquoi pas ? Il est très bien fait de sa personne, il est propre et bien élevé, par-dessus le marché. Il a de bonnes dents et de ces yeux ! Il est impressionnant avec sa mauvaise humeur, mais j'en connais plus d'une qui serait prête à essayer de l'égayer. Les lavandières étaient toutes d'accord pour dire que, si jamais il se retrouvait entre leurs draps, elles ne seraient pas pressées de l'en chasser !

— Mais il y a peu de chances que ça arrive, observai-je.

— En effet, répondit-elle, songeuse. Tout le monde était d'accord là-dessus aussi. Une seule a prétendu l'avoir eu, et elle a reconnu qu'il était soûl perdu ce jour-là. C'était pendant une fête du Printemps, je crois. » Molly me jeta un coup d'œil, puis éclata de rire en voyant mon expression incrédule. « Voilà ce qu'elle a dit, poursuivit-elle d'un air taquin : "À vivre au milieu des étalons, il connaît tous leurs trucs. J'ai gardé la marque de ses dents sur mes épaules toute une semaine !"

— C'est impossible ! » m'exclamai-je. Les oreilles me brûlaient de honte pour Burrich. « Jamais il ne maltraiterait une femme, si soûl soit-il !

— Idiot ! » Molly secoua la tête et se mit à refaire sa tresse à gestes adroits. « Personne n'a dit qu'elle avait été maltraitée. » Et, avec un petit regard timide : « Ni qu'elle n'avait pas aimé ça.

—Je n'y crois toujours pas », dis-je. Burrich ? Et la femme avait aimé ça ?

« Est-ce qu'il a vraiment une petite cicatrice ici, en forme de croissant de lune ? » Elle posa sa main en haut de ma cuisse et me considéra, les cils baissés.

J'ouvris la bouche, puis la refermai. Enfin : « Les femmes parlent de ce genre de sujets entre elles ? Ce n'est pas croyable !

—Dans la cour des lavandières, on ne bavarde guère d'autre chose », me confia Molly d'un ton serein.

Je me mordis la langue, mais la curiosité l'emporta. « Que disent-elles de Pognes ? » Lorsque nous travaillions ensemble aux écuries, ses histoires de femmes me laissaient toujours pantois.

« Qu'il a des yeux et des cils très jolis, mais que, pour le reste, il aurait intérêt à se laver. Et plusieurs fois. »

Je m'esclaffai joyeusement et pris note de la lui resservir la prochaine fois qu'il fanfaronnerait devant moi. « Et Royal ?

—Royal ? Hmmm… » Elle me regarda avec un sourire rêveur, puis éclata de rire en me voyant froncer les sourcils. « Nous ne parlons point des princes, mon cher. Certaines propriétés sont gardées. »

Je la fis rouler à côté de moi et l'embrassai ; elle se colla contre moi et nous restâmes ainsi, étendus sous le dôme bleu du ciel. La paix de l'esprit qui me fuyait depuis si longtemps m'emplissait à présent ; rien, je le savais, ne pourrait plus nous séparer, ni les projets des rois ni les caprices du sort. L'heure me sembla propice pour exposer à Molly mes contrariétés avec Subtil et Célérité. Chaude contre moi, elle ne dit mot pendant que je lui racontais la stupidité du plan qu'avait imaginé le roi et ma rancœur de me retrouver de son fait dans une position aussi embarrassante. Ma propre bêtise ne m'apparut qu'en sentant une larme tiède tomber, puis rouler sur mon cou.

« Molly ? fis-je, surpris, en me redressant pour la regarder. Qu'y a-t-il ?

—Qu'y a-t-il ? » répéta-t-elle d'une voix qui montait rapidement vers les aigus. Elle prit une inspiration hoquetante.

« Allongé tout tranquillement près de moi, tu m'apprends que tu es promis à une autre ! Et tu me demandes ce qu'il y a ?

— La seule à qui je sois promis, c'est toi, répondis-je avec fermeté.

— Ce n'est pas aussi simple, FitzChevalerie. » Ses grands yeux étaient graves. « Que feras-tu quand le roi te dira de lui faire la cour ?

— Si j'arrêtais de prendre des bains ? »

J'avais pensé la faire rire, mais, au contraire, elle s'écarta de moi, et me considéra avec des yeux où je lus tout le malheur du monde. « Il n'y a rien à faire. C'est sans espoir. »

Comme pour confirmer ses paroles, le ciel s'obscurcit soudain et le vent se leva. Molly se dressa soudain, saisit sa cape et la secoua pour en faire tomber le sable. « Je vais me faire tremper. Il y a des heures que je devrais être au Château. » Elle parlait d'un ton prosaïque, comme si elle n'avait nul autre souci.

« Molly, il faudrait me tuer pour m'empêcher de te rejoindre », déclarai-je avec colère.

Elle récupéra ses emplettes. « Fitz, on dirait un gosse, dit-elle calmement. Un gosse borné. » Avec le bruit d'une poignée de gravier qu'on jette par terre, les premières gouttes commencèrent à tomber en créant de petits cratères dans le sable et bientôt des rideaux de pluie s'abattirent sur la mer. Les dernières paroles de Molly m'avaient laissé coi ; rien n'aurait pu me faire plus mal que ce qu'elle venait de dire.

Je pris la couverture rouge et l'agitai à mon tour. Molly serra sa capuche autour de son visage pour se protéger du vent. « Mieux vaut qu'on ne nous voie pas ensemble », observa-t-elle. Elle s'approcha de moi, se dressa sur la pointe des pieds pour m'embrasser à l'angle de la mâchoire. J'étais incapable de savoir ce qui me rendait le plus furieux : que le roi Subtil m'ait mis dans cette situation impossible, ou que Molly s'y laisse prendre. Je ne lui rendis pas son baiser. Sans rien dire, elle s'éloigna d'un pas pressé, escalada avec légèreté la cheminée rocheuse et disparut.

Tout bonheur avait fui mon après-midi ; un moment parfait comme un coquillage lustré gisait à présent en miettes sous mes pieds. Malheureux comme les pierres, je rentrai chez moi au milieu des rafales de vent et de la pluie battante. Je n'avais pas refait ma queue de cheval et mes cheveux me fouettaient le visage en mèches mouillées. La couverture détrempée sentait comme seule peut sentir la laine et dégoulinait en saignures rouges sur mes mains. Je montai dans ma chambre, me séchai, puis me délassai l'esprit en préparant minutieusement le poison parfait pour Murfès, un poison qui lui convulserait les entrailles avant de l'achever. Une fois la poudre moulue fin, je la déposai dans une papillote en papier, puis restai à la contempler. Un moment, je songeai à l'absorber, mais, finalement, je pris du fil et une aiguille afin de fabriquer une poche cousue à l'intérieur de ma manche pour transporter le poison. M'en servirais-je un jour ? À cette question, je me sentis plus lâche que jamais.

Je ne descendis pas dîner, je ne montai pas chez Molly. J'ouvris les volets et laissai la tempête inonder le sol de ma chambre ; je laissai s'éteindre le feu dans l'âtre et n'allumai pas une seule bougie. L'heure semblait à ce genre de geste. Quand Umbre m'ouvrit le passage, je ne répondis pas à son invitation. Assis au pied de mon lit, je regardais la pluie.

Au bout d'un moment, j'entendis un pas hésitant dans l'escalier. Umbre apparut dans ma chambre plongée dans la pénombre tel un spectre. Il me jeta un regard noir, puis s'approcha de la fenêtre et referma violemment les volets. Tout en les verrouillant, il me demanda d'un ton furieux : « Tu te rends compte du courant d'air que ça fait chez moi ? » Comme je ne répondais pas, il leva le nez en l'air et renifla ; il avait tout du loup. « Tu as utilisé de la crèvefeuille ? » s'enquit-il soudain. Il vint se placer devant moi. « Fitz, tu n'as pas fait de bêtises, n'est-ce pas ?

— Des bêtises ? Moi ? » J'eus un rire étranglé.

Umbre se pencha pour me regarder sous le nez. « Monte chez moi », dit-il d'un ton presque affectueux. Il me prit le bras et je le suivis.

La chambre gaie, le feu crépitant, un saladier plein de fruits d'automne bien mûrs, tout ce décor était tellement à l'opposé de ce que je ressentais que j'avais envie de tout casser. Mais je me contentai de demander : « Y a-t-il quelque chose de pire que d'en vouloir à ceux qu'on aime ? »

Il ne répondit pas tout de suite. Puis : « Voir mourir quelqu'un qu'on aime. Et en ressentir de la colère, mais sans savoir où la diriger. C'est pire, je crois. »

Je me laissai tomber sur une chaise, les jambes tendues devant moi. « Subtil se drogue comme Royal, à la Fumée et à l'allègrefeuille. Et El sait ce qu'il y a dans son vin. Ce matin, à jeun, il a commencé à trembler ; alors il a bu du vin trituré, pris une grande bouffée de Fumée et il s'est endormi sous mon nez. Après m'avoir répété que je devais courtiser Célérité avant de l'épouser pour mon propre bien. » Les mots avaient jailli sans que je puisse me maîtriser. J'étais certain qu'Umbre était déjà au courant de tout ce que je lui racontais.

Je braquai mon regard sur lui. « J'aime Molly, lui déclarai-je sans ambages. J'ai dit à Subtil que j'en aime une autre, mais il exige que je m'unisse à Célérité. Il veut savoir pourquoi je ne comprends pas qu'il ne veut que mon bien ; mais lui, pourquoi ne comprend-il pas que je veuille épouser qui j'aime ? »

Umbre parut réfléchir. « En as-tu discuté avec Vérité ?

— À quoi bon ? Il n'a même pas été capable d'empêcher qu'on le marie à une femme qu'il ne désirait pas. » J'eus l'impression de trahir Kettricken par ces paroles, mais je les savais vraies.

« Veux-tu du vin ? me demanda Umbre d'un ton posé. Ça te calmerait peut-être.

— Non. »

Il leva les sourcils.

« Non. Merci. Après avoir vu Subtil se "calmer" avec du vin ce matin… » Je ne terminai pas ma phrase. « Est-ce qu'il a seulement été jeune ?

— Autrefois, il a été très jeune. » Umbre s'autorisa un petit sourire. « Peut-être se souvient-il que ce sont ses parents qui avaient choisi Constance. Il l'a courtisée à contrecœur et l'a épousée sans plaisir. Il a fallu qu'elle meure pour qu'il se rende compte de la profondeur de son amour pour elle. Désir, en revanche, il l'a choisie lui-même, dans une crise de passion qui l'a consumé. » Il s'interrompit. « Mais je ne veux pas dire du mal des disparus.

— Ce n'est pas la même chose.

— Comment ça ?

— Je ne suis pas le prochain roi. Qui j'épouse n'affecte que moi.

— Si cela pouvait être aussi simple ! murmura Umbre. Crois-tu qu'il te soit possible de refuser la cour de Célérité sans faire affront à Brondy ? Alors que les Six-Duchés ont besoin de tous les liens qui font leur unité ?

— Je suis persuadé de pouvoir la détourner de moi.

— Et comment ? En te conduisant comme une brute ? Et en humiliant Subtil ? »

J'avais l'impression d'être en cage. J'essayai d'imaginer des solutions, mais ne découvris en moi qu'une seule réponse. « Je n'épouserai personne d'autre que Molly. » Je me sentis mieux rien que d'avoir prononcé ces mots tout haut. Je croisai le regard d'Umbre.

Il secoua la tête. « Alors tu n'épouseras personne, fit-il.

— Peut-être. Peut-être ne serons-nous jamais mariés devant la loi ; mais nous aurons notre vie ensemble...

— Et beaucoup de petits bâtards. »

Je me dressai d'un bond, les poings serrés sans que je l'eusse voulu. « Ne dites pas ça ! » fis-je d'un ton d'avertissement. Je me détournai pour contempler les flammes.

« Moi, je ne le dirais pas, mais tous les autres, si. » Il soupira. « Fitz, Fitz, Fitz... » Il s'approcha de moi par-derrière et posa ses mains sur mes épaules. Très, très doucement, il dit : « Il vaudrait peut-être mieux que tu renonces à elle. »

Son contact et sa douceur avaient fait fondre ma colère. Je me cachai le visage dans les mains. « Je ne peux pas. J'ai besoin d'elle.

— Et Molly, de quoi a-t-elle besoin ? »

D'une petite chandellerie avec des ruches dans l'arrière-cour ; d'enfants ; d'un mari légitime. J'accusai Umbre : « C'est pour Subtil que vous faites ça ! Pour m'obliger à faire ce qu'il veut ! »

Ses mains quittèrent mes épaules. Je l'entendis s'éloigner, verser du vin dans une coupe – une seule. Il revint avec son vin et s'assit dans son fauteuil devant l'âtre.

« Excusez-moi. »

Il me regarda. « Un jour, FitzChevalerie, dit-il, ces mots-là ne suffiront plus. Parfois, il est plus facile de retirer un poignard du corps d'un homme que de lui demander d'oublier les paroles qu'on vient de prononcer. Même sous le coup de la colère.

— Je regrette.

— Moi aussi », répondit-il, laconique.

Au bout d'un moment, je demandai d'un ton humble : « Pourquoi vouliez-vous me voir ce soir ? »

Il soupira. « Des forgisés ; au sud-ouest de Castelcerf. »

Je me sentis mal. « Je croyais ne plus avoir à faire ça, murmurai-je. Quand Vérité m'a placé à bord d'un navire pour artiser, il a dit que peut-être...

— Ça ne vient pas de Vérité. On a rapporté leur présence à Subtil et il veut qu'on s'en débarrasse. Vérité est déjà... débordé. Nous ne tenons pas à le déranger avec de nouveaux ennuis en ce moment. »

Ma tête retomba entre mes mains. « N'y a-t-il personne d'autre qui puisse s'en charger ? demandai-je, implorant.

— Seuls toi et moi sommes formés à ce travail.

— Je ne parlais pas de vous, répondis-je d'un ton las. Vous n'exécutez plus ce genre de tâche, je suppose.

— Ah oui ? » Je levai les yeux et lus de la colère dans les siens. « Blanc-bec outrecuidant ! Qui, à ton avis, les a maintenus à distance de Castelcerf tout l'été pendant que tu étais à bord du *Rurisk* ? Croyais-tu que, parce que tu souhaitais couper à une mission, la nécessité de l'accomplir disparaissait comme par magie ? »

La honte me submergea comme jamais. Je détournai le regard de son expression furieuse. « Oh, Umbre, excusez-moi ! »

— Tu t'excuses d'y avoir coupé ? Ou de m'avoir cru incapable de m'en débrouiller ?

— Des deux. De tout. » Je rendis soudain les armes. « Par pitié, Umbre, si je dois me faire détester d'une autre personne que j'aime, je ne le supporterai pas. » Je levai les yeux et les braquai sur lui jusqu'à ce qu'il soit forcé de me regarder.

Il se gratta la barbe. « L'été s'est fait long pour toi comme pour moi. Prie El de nous envoyer des tempêtes qui chasseront les Pirates rouges pour toujours. »

Nous restâmes un moment silencieux.

« Parfois, observa Umbre, il serait plus facile de mourir pour son roi que de lui donner sa vie. »

J'acquiesçai de la tête. Le reste de la nuit fut consacré à la préparation des poisons dont j'aurais besoin afin de recommencer à tuer pour mon roi.

## 3

## LES ANCIENS

*Le troisième automne de la guerre contre les Pirates rouges fut bien amer pour le roi-servant Vérité. Il avait rêvé de ses navires de combat, il avait fondé sur eux tous ses espoirs, il avait cru pouvoir débarrasser ses côtes des Pirates avec tant de succès qu'il pourrait lancer des attaques contre les côtes outrîliennes même au plus fort des tempêtes d'hiver. Mais, malgré leurs premières victoires, ses bâtiments n'acquirent pas la maîtrise de nos rivages à laquelle il aspirait ; au début de l'hiver, il possédait une flotte de cinq bateaux, dont deux avaient subi de graves avaries ; des trois intacts, l'un était le Pirate capturé, qui avait été réarmé et participait désormais aux patrouilles et à l'escorte des marchands. À l'arrivée des vents d'automne, un seul capitaine exprima une confiance suffisante dans la compétence de son équipage et dans son navire pour se déclarer prêt à entreprendre une attaque contre les côtes outrîliennes ; les autres réclamaient au moins un autre hiver de manœuvres le long de notre littoral et un été de formation tactique avant de viser un but aussi ambitieux.*

*Vérité, tout en ne souhaitant pas jeter de force des hommes dans pareille aventure, ne cacha pas sa déception, et manifesta son sentiment lors de l'équipement du seul navire prêt à se risquer, car le* Vengeance, *nouveau nom du vaisseau, fut généreusement avitaillé, de même que les hommes choisis par le capitaine : chacun obtint l'armure de son choix et de nouvelles armes fabriquées par les meilleurs artisans du royaume. Leur départ donna lieu à une véritable cérémonie, à laquelle assista même le roi Subtil en dépit de sa mauvaise santé. La reine en personne accrocha au mât les plumes de mouette censées ramener le bâtiment sain et sauf à son port d'attache, puis de grandes acclamations jaillirent lorsque le* Vengeance *se mit en route, et l'on but de nombreuses fois ce soir-là à la santé du capitaine et de son équipage.*

*Un mois plus tard, à l'atterrement de Vérité, nous apprîmes qu'un navire répondant à la description du* Vengeance *écumait les eaux paisibles du sud des Six-Duchés et semait le malheur parmi les marchands de Terrilville et des États chalcèdes ; ce furent les seules nouvelles du capitaine, de l'équipage et du bâtiment qui parvinrent jamais à Castelcerf. Certains accusèrent les Outrîliens du bord, mais il y avait autant de bons matelots des Six-Duchés que d'Outrîliens sur le bateau et, quant au capitaine, c'était un enfant de Bourg-de-Castelcerf. Ce fut un coup terrible porté à l'orgueil de Vérité et à son autorité sur son peuple. D'aucuns disent que de là date sa décision de se sacrifier personnellement dans l'espoir de trouver une solution définitive.*

*

Je pense que c'est le fou qui l'y avait incitée. En tout cas, il avait passé de nombreuses heures dans le jardin au sommet de la tour en compagnie de Kettricken, et son admiration pour ce qu'elle y avait accompli n'était pas feinte. On peut obtenir beaucoup grâce à un compliment sincère ; à la fin de l'été, non seulement elle riait de ses plaisanteries quand il montait les divertir, elle et ses suivantes, mais il l'avait convaincue de rendre de fréquentes visites aux appartements du roi. En tant que reine-servante, elle était à l'abri des humeurs de Murfès ; elle entreprit de mélanger elle-même les boissons reconstituantes de Subtil et, pendant quelque temps, il parut retrouver ses forces grâce à ses soins et son attention. À mon avis, le fou avait décidé de réaliser par le biais de la reine ce qu'il n'avait pas réussi à obtenir de Vérité ni de moi.

C'est par une froide soirée d'automne qu'elle aborda le sujet devant moi. J'étais avec elle en haut de la tour et je l'aidais à nouer des paquets de paille autour des plantes les plus fragiles afin qu'elles résistent mieux au gel. Patience avait décrété l'opération nécessaire, et, derrière moi, elle accomplissait le même travail sur des pousses de courbevent en compagnie de Brodette. Peu à peu, elle en était venue à conseiller fréquemment la reine Kettricken en matière de jardinage, mais sans jamais perdre de sa timidité. La petite Romarin était à mes côtés et me donnait de la ficelle à mesure que la reine et moi en avions besoin. Deux ou trois suivantes de Kettricken étaient restées, bien emmitouflées, mais elles se trouvaient à l'autre extrémité du jardin et bavardaient entre elles à voix basse. La reine avait renvoyé les autres à leurs cheminées en les voyant frissonner et souffler dans leurs doigts ; j'avais moi-même les mains et les oreilles presque insensibles, mais Kettricken paraissait parfaitement à son aise – tout comme Vérité, niché quelque part sous mon crâne. Il m'avait instamment prié de recommencer à l'abriter dans mon esprit en apprenant que j'allais repartir seul à la chasse aux forgisés. C'est à peine désormais si je sentais sa présence ; pourtant, je crus percevoir un tressaillement lorsque Kettricken, occupée à nouer un bout de ficelle autour d'une plante emmaillotée de paille, me demanda ce que je savais des Anciens.

« Bien peu, ma reine, répondis-je avec franchise, en me promettant encore une fois d'étudier les manuscrits et les rouleaux que je négligeais depuis si longtemps.

— Et comment cela se fait-il ?

— Eh bien, on a peu écrit sur eux ; je pense qu'à une époque ils étaient si courants qu'on n'en ressentait pas le besoin. Et les quelques miettes de connaissance que nous possédons sont éparpillées çà et là au lieu d'être rassemblées en un seul lieu. Il faudrait un savant pour rechercher tous les fragments…

— Un savant comme le fou ? fit-elle d'un ton mordant. Il en sait apparemment plus sur eux que tous ceux à qui j'ai posé la question.

— Ma foi, il aime beaucoup lire et…

— Assez parlé du fou. Je souhaite vous entretenir des Anciens », dit-elle brutalement.

Je tressaillis, mais je vis que ses yeux gris étaient à nouveau fixés sur l'océan ; elle n'avait voulu ni me rabrouer ni se montrer grossière : elle était simplement tout entière à son objectif. Je pris conscience qu'en quelques mois elle était devenue plus sûre d'elle-même. Plus royale.

« Je sais deux ou trois petites choses… fis-je d'un ton hésitant.

— Comme moi. Voyons si nos connaissances correspondent. Je commence.

— Comme il vous plaira, ma reine. »

Elle s'éclaircit la gorge. « Il y a longtemps, le roi Sagesse a subi le siège implacable de pirates venus de la mer. Tout le reste ayant échoué et redoutant que le temps clément de l'été suivant ne voie la fin des Six-Duchés et de la maison des Loinvoyant, il a résolu de passer l'hiver à chercher un peuple légendaire : celui des Anciens. Sommes-nous d'accord jusque-là ?

— Dans les grandes lignes. Telles qu'on me les a narrées, les légendes les décrivaient non comme un simple peuple, mais pratiquement comme des dieux. Et les habitants des Six-Duchés considéraient Sagesse comme un genre de fanatique religieux, à la limite de la folie dans ce domaine.

— On regarde souvent comme des fous les hommes de passion et les visionnaires, m'informa-t-elle calmement. Je reprends : il a quitté son château à l'automne en se fondant sur un seul renseignement : les Anciens résidaient dans les déserts des Pluies, par-delà les plus hauts sommets du royaume des Montagnes. Par quelque miracle, il les a trouvés et se les est allié. Il est rentré à Castelcerf et, ensemble, ils ont chassé les pirates envahisseurs des côtes des Six-Duchés ; la paix et le négoce ont repris, et les Anciens ont juré à Sagesse qu'ils reviendraient si le royaume avait besoin d'eux. Nous sommes toujours d'accord ?

— Dans les grandes lignes, là encore. J'ai entendu de nombreux ménestrels affirmer qu'il s'agit d'un dénouement classique dans les histoires de héros et de quêtes ; ils promettent toujours de revenir en cas de nécessité, même du tombeau, s'il le faut, dans le cas de certains.

— En réalité, intervint soudain Patience, accroupie derrière nous, Sagesse n'est jamais rentré à Castelcerf. C'est à sa fille, la princesse Attentionnée, que les Anciens se sont présentés et ont offert leur allégeance.

— D'où tenez-vous ce savoir ? » demanda Kettricken d'une voix tendue.

Patience haussa les épaules. « Mon père avait un vieux ménestrel qui chantait toujours cette épopée ainsi. » Puis, d'un air indifférent, elle se remit à ficeler la paille autour d'une plante.

Kettricken réfléchit un moment. Le vent détacha une longue mèche de sa natte et la lui rabattit sur le visage tel un filet. Elle me regarda au travers des rets blonds. « Peu importe ce que disent les légendes sur leur retour. Si un roi les a trouvés et qu'ils lui ont apporté leur aide, ne croyez-vous pas qu'ils pourraient la renouveler si un autre roi les implorait ? Ou une reine ?

— Peut-être », répondis-je à contrecœur. Je me demandai si la reine n'avait pas la nostalgie de son pays natal et ne cherchait pas un prétexte pour y faire une visite. On commençait à jaser sur son ventre toujours plat ; de nombreuses dames composaient aujourd'hui sa suite, mais elle n'avait pas de favorites qui fussent d'authentiques amies. Elle devait souffrir de la solitude. « Je crois… » fis-je, puis je m'interrompis un instant pour formuler de façon diplomatique une réponse qui la découragerait.

*Dis-leur qu'elle doit venir m'en parler. Je voudrais en savoir plus sur ce qu'elle a glané.* La pensée de Vérité frémissait d'enthousiasme.

« Je crois que vous devriez exposer votre idée au roi-servant et en discuter avec lui », répétai-je docilement à la reine.

Elle demeura silencieuse un long moment ; quand enfin elle parla, ce fut d'une voix très basse, afin que moi seul l'entende. « Je ne pense pas. Il n'y verra encore qu'un caprice de ma part. Il m'écoutera un peu au début, et puis il commencera à regarder les cartes du mur ou à tripoter des objets sur sa table en attendant que je finisse, et enfin il me fera un sourire, hochera la tête et me renverra. Une fois de plus. » Sa voix devint rauque sur la dernière phrase. Elle repoussa la mèche de cheveux de son visage, puis elle se frotta les yeux. Elle se détourna pour contempler la mer, soudain aussi distante que Vérité lorsqu'il artisait.

*Elle pleure ?*

Je ne pus dissimuler à Vérité mon agacement devant sa surprise.

*Amène-la-moi ! Tout de suite ! Vite !*

« Ma reine ?

— Un instant. » Le visage toujours détourné, Kettricken fit semblant de se gratter le nez. Je savais qu'elle essuyait ses larmes.

« Kettricken ? » J'osai un ton familier que je n'employais plus depuis des mois. « Allons lui présenter votre idée dès maintenant. Je vais vous accompagner. »

Sans me regarder, elle me demanda d'un ton incertain : « Vous ne trouvez pas mon projet ridicule ? »

Je me rappelai ma promesse de ne plus mentir. « Dans la situation actuelle, je pense qu'il faut examiner toutes les possibilités d'assistance. » Tout en prononçant ces paroles, je m'aperçus que j'y croyais. Le fou et Umbre n'avaient-ils pas tous deux suggéré, ou plutôt soutenu, cette même idée ? Peut-être était-ce le prince et moi qui manquions de clairvoyance.

Elle prit une inspiration hachée. « Allons-y, dans ce cas. Mais... je vous demanderai d'abord de m'attendre devant mes appartements. Je voudrais y prendre plusieurs manuscrits que je tiens à lui montrer ; je n'en aurai que pour un petit moment. » Puis, plus fort, à Patience : « Dame Patience, puis-je vous prier de finir ces plantes à ma place ? J'ai autre chose dont je souhaite m'occuper.

— Certainement, ma reine. Avec plaisir. »

Nous quittâmes le jardin et je l'accompagnai chez elle, où j'attendis plus qu'un petit moment. Quand elle ressortit, sa petite servante Romarin trottinait derrière elle en répétant qu'elle voulait porter les rouleaux à sa place. Kettricken avait lavé ses mains maculées de terre. Elle avait également changé de robe, s'était parfumée, recoiffée, et parée des bijoux que Vérité lui avait envoyés lorsqu'elle s'était promise à lui. Devant mon regard, elle sourit d'un air circonspect. « Ma reine, je suis ébloui, fis-je avec audace.

— Vous me flattez aussi abusivement que Royal », répondit-elle en s'éloignant d'un pas pressé dans le couloir ; mais ses joues avaient rosi.

*Elle s'habille comme ça rien que pour me parler ?*

*Elle s'habille comme ça pour... pour vous plaire.* Comment quelqu'un d'aussi fin dans sa compréhension des hommes pouvait-il être à ce point ignorant des femmes ?

*Peut-être n'a-t-il eu guère le temps d'apprendre à les connaître.*

Je barricadai fermement mes pensées et me hâtai de rattraper ma reine. Charim sortait à l'instant où nous arrivâmes devant le bureau de Vérité. Il avait les bras chargés de linge, ce qui me parut singulier. L'explication me fut fournie quand nous entrâmes : Vérité avait revêtu une chemise moelleuse en lin bleu pâle, et l'air embaumait la lavande et le cèdre, dont les parfums m'évoquèrent un coffre à vêtements. Les cheveux et la barbe de Vérité étaient manifestement peignés de frais, car je savais que leur bel ordonnancement ne tenait guère plus de quelques minutes. Tandis que Kettricken s'avançait pour faire la révérence devant son seigneur, je vis Vérité tel que je ne l'avais plus vu depuis des mois. L'été qu'il avait employé à artiser l'avait à nouveau consumé ; la belle chemise pendait à ses épaules et ses cheveux fraîchement coiffés recelaient autant de gris que de noir. Il y avait aussi des rides autour de ses yeux et de sa bouche que je n'avais jamais remarquées.

*Ai-je donc si piètre allure ?*

*Pas pour elle*, lui rappelai-je.

Comme Vérité lui prenait la main et la faisait asseoir auprès de lui sur un banc à côté de l'âtre, elle le regarda avec une faim aussi intense que l'appétit de l'Art qui le rongeait. Ses doigts serraient ceux de son époux et je détournai les yeux lorsqu'il porta sa main à ses lèvres. Peut-être avait-il raison quant à l'existence d'une sensibilité artisane : les émotions de Kettricken me martelaient avec la même violence que la fureur de mes compagnons d'équipage durant la bataille.

Je perçus une risée d'étonnement de la part de Vérité. Puis : *Protège-toi*, m'ordonna-t-il avec brusquerie, et je me retrouvai soudain seul dans ma tête. Je restai figé un instant, pris de vertige sous le coup de sa disparition brutale. *Il ne s'était rendu compte de rien*, pensai-je sans le vouloir, et je me réjouis que cette réflexion demeure privée.

« Monseigneur, je suis venue vous demander de m'accorder un petit moment pour vous exposer... une idée que j'ai. »

Tout en parlant d'un ton mesuré, Kettricken scrutait le visage du prince.

« Certainement », répondit-il. Il me regarda. « FitzChevalerie, veux-tu te joindre à nous ?

— Si vous le désirez, monseigneur. » Je pris place sur un tabouret de l'autre côté de la cheminée. Romarin vint se placer auprès de moi, les bras toujours chargés de manuscrits que je soupçonnais le fou d'avoir chapardés chez moi. Mais, tout en expliquant le motif de sa venue à Vérité, Kettricken prit les rouleaux l'un après l'autre, à chaque fois pour illustrer son raisonnement. Ils traitaient tous sans exception, non des Anciens, mais du royaume des Montagnes. « Le roi Sagesse, vous vous le rappelez peut-être, a été le premier noble des Six-Duchés à se présenter chez nous… au pays des Montagnes sans intentions belliqueuses ; c'est pourquoi notre tradition conserve bon souvenir de lui. Ces manuscrits, copies de textes d'époque, parlent de ses actions et de ses voyages à l'intérieur du royaume des Montagnes, et, par conséquent, indirectement, des Anciens. » Elle déroula le dernier. Vérité et moi nous rapprochâmes, stupéfaits : c'était une carte, pâlie par le temps, sans doute mal copiée, mais une carte. Elle représentait le royaume des Montagnes et indiquait ses cols et ses pistes ; quelques lignes confuses s'en allaient dans les régions au-delà.

« Une de ces routes doit mener aux Anciens, car je connais les pistes des Montagnes, or ces lignes ne désignent pas des voies commerciales et ne relient aucun village de ma connaissance ; elles ne correspondent pas non plus aux pistes telles que je me les rappelle. Il s'agit de voies d'autrefois ; et pourquoi les aurait-on notées si ce n'est parce qu'elles conduisent là où s'est rendu le roi Sagesse ?

— Se pourrait-il que ce soit aussi simple ? » Vérité se leva en hâte et revint avec un chandelier pour mieux éclairer la carte. Amoureusement, il lissa le vélin de la main et se pencha dessus.

« Il y a plusieurs chemins qui s'en vont dans les déserts des Pluies, si c'est bien ce que représente tout ce vert, et aucun ne semble porter d'indication de destination. Comment savoir lequel est le bon ? objectai-je.

— Peut-être mènent-ils tous aux Anciens ? fit Kettricken. Pourquoi résideraient-ils en un seul et même lieu ?

— Non ! » Vérité se redressa. « Il y a des inscriptions au bout de deux d'entre eux au moins, ou il y en avait, en tout cas ; mais cette satanée encre a passé. Cependant, il y avait bien quelque chose et je compte bien découvrir quoi. »

Même Kettricken parut sidérée de son enthousiasme. Pour ma part, j'étais affligé : je pensais qu'il écouterait son épouse par pure politesse, non qu'il adhérerait sans réserve à son plan.

Il se mit à parcourir la pièce d'un pas vif ; l'énergie de l'Art irradiait de lui comme la chaleur d'un foyer. « Le gros des tempêtes d'hiver est sur la côte, ou il ne tardera plus. Si je me mets en route rapidement, au cours des jours à venir, je puis arriver au royaume des Montagnes alors que les cols seront encore ouverts. Et ensuite je pourrai me frayer un chemin jusque… jusque là où je dois aller, et revenir au printemps. Peut-être avec l'aide qui nous manque. »

J'en restai pantois, et la réponse de Kettricken n'arrangea rien.

« Monseigneur, je n'avais pas prévu que ce serait vous qui partiriez. Vous devez rester ici ; moi, j'irai. Je connais les Montagnes, j'ai grandi parmi elles. Vous risquez de ne pas y survivre. En ceci, je dois être l'Oblat. »

C'est avec soulagement que je vis Vérité aussi abasourdi que moi. Peut-être, maintenant qu'il avait entendu cette déclaration de la bouche de Kettricken, allait-il enfin prendre conscience de son absurdité. Il secoua lentement la tête, prit les deux mains de son épouse dans les siennes et la regarda solennellement. « Ma reine-servante, soupira-t-il, je dois y aller. Dans tant d'autres domaines j'ai manqué à mon devoir envers les Six-Duchés, et envers vous. Quand vous êtes venue vous faire proclamer reine, je n'ai manifesté nulle patience pour vos propos sur le rôle de l'Oblat ; je n'y voyais que les élucubrations idéalistes d'une enfant. Mais je me trompais. Le terme n'existe pas chez nous, pourtant nous vivons la réalité qu'il recouvre et j'ai appris de mes parents à faire passer les Six-Duchés avant moi. Je m'y suis efforcé, mais je vois à présent que j'ai toujours envoyé d'autres s'exposer à ma place.

J'ai artisé, c'est vrai, et vous entrevoyez aujourd'hui ce que cela m'a coûté. Mais ce sont des marins et des soldats que j'ai dépêchés à la mort pour les Six-Duchés; mon propre neveu a exécuté les basses et sanglantes besognes à ma place. Et malgré tous ceux que j'ai envoyés se sacrifier, notre côte n'est toujours pas sûre. Nous voici maintenant à cette dernière chance, à cette épreuve. Voudriez-vous que je demande à ma reine de l'affronter au lieu d'y faire face moi-même?

—Peut-être... » L'indécision rendait rauque la voix de Kettricken. Elle plongea son regard dans le feu. « Peut-être pourrions-nous y aller ensemble? »

Vérité réfléchit. Très sérieusement, il envisagea cette possibilité et je vis que Kettricken s'en était aperçue; un sourire naquit sur ses lèvres, puis s'effaça lorsque Vérité fit lentement non de la tête. « Je n'ose pas, fit-il à mi-voix. Quelqu'un doit rester, quelqu'un en qui j'aie confiance. Le roi Subtil... mon père n'est pas bien. Je crains pour lui, pour sa santé. Pendant mon absence et la maladie de mon père, il faut que quelqu'un tienne ma place. »

Elle détourna le regard. « Je préférerais vous accompagner », dit-elle d'un ton farouche.

Il lui prit le menton et l'obligea à lever le visage afin de voir ses yeux; je regardai ailleurs. « Je sais, dit-il. Tel est le sacrifice que je dois vous demander: demeurer ici alors que vous voudriez partir. Demeurer seule, encore. Pour les Six-Duchés. »

Quelque chose se flétrit en elle. Ses épaules tombèrent et elle inclina la tête en signe de soumission. Comme Vérité la serrait contre lui, je me levai sans bruit et sortis en emmenant Romarin.

J'étais dans ma chambre, occupé à étudier, bien tardivement, les manuscrits et les tablettes qui s'y trouvaient encore, lorsqu'un page se présenta à ma porte dans l'après-midi. « Vous êtes mandé aux appartements du roi à l'heure suivant le dîner »; tel fut le message qu'il me délivra. Je fus consterné: il y avait deux semaines que je n'avais plus été le voir, et je n'avais aucune envie de lui faire face à nouveau. S'il me convoquait pour me donner l'ordre de commencer à courtiser Célérité, j'ignorais quelle serait ma réaction, mais je craignais de perdre mon sang-froid. Résolument, je déroulai un des manuscrits sur les Anciens et m'efforçai de le lire, mais en vain : je ne voyais que Molly.

Lors des brèves nuits que nous avions passées ensemble après notre journée au bord de la mer, Molly avait refusé de parler davantage de Célérité avec moi. En un sens, c'était un soulagement ; mais elle avait également cessé de me taquiner à propos de ses futures exigences et de tous les enfants qu'elle comptait avoir quand je serais son mari pour de bon. Sans rien dire, elle avait abandonné tout espoir que nous soyons un jour mariés ; pour ma part, si j'avais le malheur d'y songer, j'étais pris d'un chagrin tel que j'en vacillais au bord de la folie. Elle ne me faisait aucun reproche, car elle savait que je n'y étais pour rien ; elle ne demandait même pas ce qu'il allait advenir de nous deux ; comme Œil-de-Nuit, elle ne semblait plus vivre que dans l'instant ; elle acceptait comme un cadeau achevé, sans suite, nos nuits d'intimité et ne cherchait pas à savoir s'il y en aurait d'autres. Je percevais chez elle, non du désespoir, mais une terrible maîtrise de soi, une farouche détermination de ne pas lâcher ce que nous avions aujourd'hui pour ce que nous ne pourrions avoir demain. Je ne méritais pas la dévotion d'un cœur aussi fidèle.

Quand je somnolais auprès d'elle dans son lit, l'esprit tranquille, bien au chaud, baigné du parfum de son corps et de ses herbes, c'est sa force qui nous protégeait. Elle ne possédait pas l'Art ni le Vif, mais sa magie était d'une sorte plus puissante encore, et c'est sa volonté seule qui la faisait opérer. Lorsqu'elle me faisait entrer chez elle et verrouillait la porte derrière moi, elle créait dans sa chambre un monde et un temps qui n'appartenaient qu'à nous. Si, par aveuglement, elle avait remis sa vie et son bonheur entre mes mains, ç'aurait déjà été intolérable ; or c'était bien pire : elle était persuadée qu'un jour ou l'autre elle devrait payer d'un prix effrayant sa dévotion pour moi, et pourtant elle refusait de renoncer à moi. Et je n'avais pas le courage de me détourner d'elle et de lui demander de se chercher une existence plus heureuse. Dans mes heures de plus grande solitude, sur les pistes des environs de Castelcerf, mes fontes remplies de pain empoisonné, je me traitais de lâche et de pire que voleur. J'avais dit un jour à Vérité que jamais je ne pourrais prendre les forces d'un homme pour restaurer les miennes, que je ne le voudrais pas ; cependant, chaque jour, c'était ce que j'infligeais à Molly. Le manuscrit des Anciens tomba de mes doigts sans vigueur ; ma chambre me paraissait soudain suffocante. Je repoussai les tablettes et les parchemins que j'essayais en vain d'étudier et, à l'heure avant le dîner, je me rendis aux appartements de Patience.

Il y avait quelque temps que je n'avais pas été la voir, mais le fatras de son salon ne changeait pas, sauf la strate supérieure qui reflétait sa passion du moment. Ce jour-là ne faisait pas exception : des herbes d'automne liées en bottes étaient suspendues partout et emplissaient l'air de leurs fragrances. Avec l'impression de déambuler dans une prairie à l'envers, je baissai la tête pour éviter la végétation.

« Vous les avez accrochés un peu bas, me plaignis-je à l'entrée de Patience.

— Pas du tout ; c'est toi qui as trop grandi. Tiens-toi droit, que je te regarde. »

J'obéis, bien que le sommet de mon crâne se retrouvât couronné d'une touffe d'herbe à chat.

« Bien. Au moins, ton été passé à ramer et à trucider des gens t'a redonné la santé ; tu as bien meilleure mine que l'adolescent maladif revenu l'hiver dernier. Je t'avais dit que ces reconstituants te feraient du bien. Tiens, puisque tu es si grand, maintenant, autant que tu m'aides à suspendre cette fournée-ci. »

Et ainsi, sans autre forme de procès, elle m'enrôla pour attacher des fils depuis les flambeaux jusqu'aux colonnes de lit et des colonnes de lit à tout ce qui pouvait servir de point d'ancrage, puis pour y accrocher des bottes d'herbes. Elle m'avait fait monter sur une chaise pour fixer des paquets de balsamine quand elle me demanda : « Comment se fait-il que tu ne te plaignes plus de ce que Molly te manque ?

— Est-ce que ça y changerait quoi que ce soit ? » fis-je après une hésitation. Je m'étais efforcé de prendre un ton résigné.

« Non. » Elle se tut un instant, comme si elle réfléchissait, puis elle me tendit un bouquet de feuilles. « Ça, m'informa-t-elle pendant que je les ficelais en place, c'est de la pointille, une plante très amère. On dit qu'elle empêche les femmes de concevoir, mais ce n'est pas vrai ; du moins, pas de façon fiable. Mais si une femme en consomme trop longtemps, elle risque d'en tomber malade. » Elle s'interrompit, l'air songeur. « Peut-être qu'une femme malade conçoit moins aisément. Mais je ne recommanderais pas l'usage de cette plante, surtout à quelqu'un à qui je tiens. »

Je retrouvai l'usage de la parole et me composai une expression dégagée. « Pourquoi en faire sécher, dans ce cas ?

— En gargarismes, après infusion, elle apaise les douleurs de gorge. C'est ce que m'a dit Molly Chandelière quand je l'ai surprise à en ramasser au jardin des femmes.

— Je vois. » J'accrochai les feuilles au fil comme un cadavre à un nœud coulant ; même l'odeur en était âcre. Et moi qui me demandais comment Vérité pouvait être aussi aveugle à ce qui se trouvait sous son nez ! Pourquoi n'y avais-je jamais songé ? Dans quelles affres elle devait vivre, à redouter ce qu'une épouse légitime espère ! Ce à quoi Patience avait aspiré en vain !

« ... des algues, FitzChevalerie ? »

Je sursautai. « Pardon ?

— Je disais : quand tu auras un après-midi de libre, voudrais-tu me ramasser des algues ? Les noires, toutes fripées ? C'est à cette saison qu'elles ont le plus de goût.

— J'essayerai », répondis-je distraitement. Combien d'années encore Molly devrait-elle trembler ? Combien de coupes amères devrait-elle avaler ?

« Qu'est-ce que tu regardes ? me demanda Patience d'un ton agacé.

— Rien. Pourquoi ?

— Parce que c'est la deuxième fois que je te prie de descendre de cette chaise pour la déplacer. Il nous reste toutes ces bottes à suspendre, sais-tu ?

— Je vous demande pardon. J'ai peu dormi la nuit dernière et j'ai l'esprit brumeux.

— En effet. Tu devrais t'arranger pour dormir davantage la nuit, ajouta-t-elle d'un ton sentencieux. Maintenant, descends et va mettre ta chaise là-bas, que nous puissions accrocher toute cette menthe. »

Au dîner, je ne mangeai guère. Royal était seul sur l'estrade et arborait un air sinistre ; son cercle habituel d'adulateurs était regroupé autour d'une table à ses pieds. Je ne compris pas pourquoi il dînait ainsi à part ; certes, son rang le lui permettait, mais pourquoi s'isoler ? Il appela un des ménestrels les plus flagorneurs qu'il avait importés à Castelcerf ; la plupart venaient de Bauge, tous affectaient les intonations nasillardes de cette région et manifestaient une inclination pour les longues litanies épiques. Celui-ci chanta l'interminable récit d'une aventure survenue au grand-père maternel de Royal, à laquelle je prêtai le moins possible l'oreille ; apparemment, l'histoire disait qu'il avait crevé un cheval sous lui afin d'être celui qui abattrait un grand cerf poursuivi en vain par les chasseurs depuis une génération. La chanson ne tarissait pas d'éloges sur la monture au grand cœur qui était morte pour exaucer le souhait de son maître, mais elle passait sous silence la stupidité du cavalier qui avait sacrifié un animal de cette qualité pour un peu de viande dure et une paire d'andouillers.

« Tu n'as pas l'air dans ton assiette », observa Burrich en s'arrêtant près de moi. Je me levai de table et traversai la salle en sa compagnie.

« J'ai trop de sujets de préoccupations, qui vont dans trop de directions à la fois. J'ai parfois l'impression que si j'arrivais à me concentrer sur un seul problème, je pourrais le résoudre, avant de passer aux suivants.

— Tout le monde croit ça, mais c'est faux. Règle ceux que tu peux à mesure qu'ils se présentent et au bout d'un moment tu t'accoutumeras à ceux auxquels tu ne peux rien.

— Par exemple ?

— Par exemple, avoir une jambe raide, ou être bâtard. On s'habitue tous à des choses qu'on aurait jurées insupportables. Mais qu'est-ce qui te ronge, cette fois-ci ?

— Je ne peux pas t'en parler maintenant. Ici, en tout cas.

— Ah ! Encore ! » Il secoua la tête. « Je ne t'envie pas, Fitz. Par moments, on a besoin de s'épancher de ses problèmes devant un ami ; mais même ça, on te le refuse. Enfin, tiens bon ; j'ai confiance en toi, tu y arriveras même si tu ne le crois pas toi-même. »

Il me flanqua une claque sur l'épaule, puis sortit par les portes extérieures au milieu d'une grande bouffée d'air froid ; à en juger par le vent, les tempêtes d'hiver étaient en train de se lever. J'étais à mi-chemin de ma chambre quand je me rendis compte que Burrich s'était adressé à moi comme à un égal : il voyait enfin en moi un adulte. Peut-être m'en tirerais-je mieux si moi aussi je me voyais ainsi. Je carrai les épaules et rentrai chez moi.

Je me vêtis avec un soin exceptionnel, et cela me fit songer à Vérité changeant vivement de chemise pour accueillir Kettricken. Comment pouvait-il être aussi aveugle à sa propre épouse ? Et moi à Molly ? Que faisait-elle d'autre pour nous deux dont je n'avais jamais pris conscience ? L'abattement me reprit, plus fort qu'avant. Ce soir. Ce soir, après que Subtil en aurait fini avec moi ; je ne pouvais pas la laisser continuer à se sacrifier. Pour l'instant, mieux valait ne plus y penser. Je me fis une queue de cheval, ornement de guerrier que j'estimais avoir amplement mérité, et rajustai le devant de mon pourpoint bleu ; il était un peu serré aux épaules, mais c'était le cas de toutes mes affaires. Je sortis.

Dans le couloir qui longeait les appartements du roi Subtil, je rencontrai Vérité, Kettricken au bras. Jamais je ne leur avais vu une telle prestance : j'avais soudain devant moi le roi-servant et sa reine. Vérité portait une longue robe de cérémonie d'un vert chasse profond, décorée aux manches et aux ourlets d'une bande brodée de cerfs stylisés ; à son front brillait l'étroit bandeau d'argent serti d'une pierre bleue, apanage du roi-servant que je ne l'avais pas vu arborer depuis longtemps. Kettricken, elle, était en pourpre et blanc, ses couleurs préférées ; sa robe violette était très simple, avec des manches courtes et amples qui en découvraient d'autres, blanches, plus longues et plus serrées. Elle était parée des joyaux que Vérité lui avait offerts et ses longs cheveux blonds s'entremêlaient d'une résille en chaîne d'argent ponctuée d'améthystes. À leur vue, je me figeai. Ils avaient le visage grave et ils ne pouvaient se rendre que chez le roi Subtil.

Je me présentai à eux avec solennité, puis expliquai à Vérité, non sans circonspection, que le roi m'avait convoqué.

« Non, fit-il avec douceur ; c'est moi qui t'ai fait convoquer chez lui, en même temps que Kettricken et moi ; je souhaite t'avoir pour témoin. »

Le soulagement me submergea : il ne s'agissait donc pas de Célérité. « Témoin de quoi, mon prince ? » demandai-je.

Il me dévisagea comme si j'étais demeuré. « Je compte demander au roi la permission de me mettre en quête des Anciens pour ramener les secours qui nous font cruellement défaut.

— Ah ! » Je n'avais pas remarqué le page silencieux qui les accompagnait, tout de noir vêtu, les bras chargés de manuscrits et de tablettes. Son visage était un masque pâle et rigide ; j'aurais parié que Vérité ne lui avait jamais rien demandé de plus officiel jusque-là que de lui cirer ses bottes. Romarin, toilettée de frais et habillée aux couleurs de Kettricken, m'évoqua un navet blanc et pourpre qu'on vient de gratter. Je fis un sourire à l'enfant potelée, mais le regard qu'elle me retourna était empreint de sérieux.

Sans attendre, Vérité frappa à la porte. « Un instant ! » cria une voix, celle de Murfès. Il entrouvrit l'huis, jeta un coup d'œil mauvais par l'entrebâillement, et se rendit compte tout à coup que c'était Vérité qu'il empêchait d'entrer. Il eut une seconde d'hésitation avant d'ouvrir en grand.

« Messire, chevrota-t-il, je ne vous attendais pas… Enfin, on ne m'a pas informé que le roi devait…

— Votre présence n'est pas utile pour l'instant. Vous pouvez sortir. » Ordinairement, Vérité ne congédiait même pas un page avec autant de froideur.

« Mais… le roi risque d'avoir besoin de moi… » L'homme ne cessait de jeter des regards affolés de droite et de gauche. Il avait peur de quelque chose.

Les yeux de Vérité se rétrécirent. « Si c'est le cas, je vous ferai appeler. Non, plutôt, attendez ici. Dans le couloir. Et veillez à être là si je vous appelle. »

Après une brève indécision, Murfès sortit et se planta près de la porte. Nous entrâmes et Vérité lui-même referma derrière nous. « Je n'aime pas cet homme, observa-t-il d'une voix plus qu'assez forte pour se faire entendre depuis le couloir. Il est à la fois empressé et d'une obséquiosité répugnante ; c'est une combinaison déplorable. »

Le roi ne se trouvait pas dans son salon ; comme Vérité s'avançait dans la pièce, le fou surgit brusquement à la porte de la chambre. Il nous dévisagea de ses yeux globuleux, puis se mit à sourire avec une joie soudaine, enfin s'inclina jusqu'au sol devant nous. « Sire ! Réveillez-vous ! Je vous l'avais prédit : les ménestrels sont là !

— Quel fou ! » grogna Vérité, mais d'un ton bon enfant. Il passa devant lui en repoussant ses tentatives comiques pour baiser l'ourlet de sa robe. Kettricken le suivit, une main sur les lèvres pour s'empêcher de sourire ; quant à moi, je réussis à éviter le croche-pied que me fit le fou, mais, du coup, je ratai mon entrée et faillis me cogner contre Kettricken. Le bouffon me fit une grimace souriante, puis s'approcha du lit de Subtil en faisant des entrechats ; il souleva la main du vieillard et la tapota avec une douceur non feinte. « Votre Majesté ? Votre Majesté ? Vous avez des visiteurs. »

Subtil s'agita, puis inspira brusquement. « Quoi ? Qui est là ? Vérité ? Ouvre les rideaux, fou, je n'y vois goutte. Reine Kettricken ? Qu'y a-t-il ? Le Fitz ! Mais que se passe-t-il ? » Sa voix était faible et on y percevait un ton geignard, mais, malgré tout, il était en meilleure forme que je ne l'espérais. Tandis que le fou tirait les rideaux du lit et glissait des oreillers dans le dos du roi, je contemplai cet homme qui paraissait plus âgé qu'Umbre. La ressemblance entre les deux semblait s'accentuer à mesure que Subtil vieillissait ; en fondant, la chair du visage royal révélait un front et des pommettes semblables à ceux de son frère bâtard. Son regard était vif, quoique empreint de lassitude, et il avait l'air mieux que la dernière fois que je l'avais vu. Il se redressa pour nous faire face. « Eh bien, qu'y a-t-il ? » demanda-t-il en nous observant l'un après l'autre.

Vérité s'inclina profondément, avec solennité, et Kettricken fit une grave révérence. Je connaissais mon rôle : je mis un genou en terre et demeurai ainsi, la tête courbée ; je parvins néanmoins à relever les yeux à la dérobée quand Vérité prit la parole. « Roi Subtil, mon père, je viens réclamer la permission d'entreprendre une quête.

— À savoir ? » fit Subtil d'un ton irritable.

Vérité leva le regard pour soutenir celui de son père. « Je souhaite quitter Castelcerf avec une troupe d'hommes triés sur le volet pour tenter de suivre le chemin qu'a emprunté le roi Sagesse il y a bien longtemps. Je désire me rendre cet hiver dans les déserts des Pluies, au-delà du royaume des Montagnes, afin de trouver les Anciens et leur demander de tenir la promesse qu'ils ont faite à notre ancêtre. »

Une fugace expression d'incrédulité passa sur les traits de Subtil. Il s'assit contre ses oreillers et jeta ses maigres jambes hors du lit. « Fou, apporte-moi du vin ; Fitz, relève-toi et donne-lui la main ; Kettricken, ma chère, votre bras, si vous voulez bien m'aider à m'installer dans le fauteuil près de la cheminée ; Vérité, va chercher la petite table sous la fenêtre. S'il vous plaît. »

Et ainsi, Subtil fit éclater la bulle de formalisme qui imprégnait la réunion. Kettricken l'aida avec une gentillesse qui trahissait un lien d'affection sincère avec le vieil homme ; le fou se dirigea en caracolant vers le buffet du salon pour y prendre des verres et me laissa le soin de choisir une bouteille de vin de la petite réserve personnelle de Subtil. Elles étaient couvertes de poussière, comme s'il n'y avait pas goûté depuis longtemps. Soupçonneux, je me demandai d'où provenait le vin que Murfès lui donnait à boire. En tout cas, j'observai que le reste de la pièce était bien rangé, beaucoup mieux qu'avant la fête de l'Hiver ; les brûloirs à Fumée qui m'avaient tant consterné étaient rassemblés dans un coin, froids, et ce soir le roi paraissait encore avoir tous ses esprits.

Le fou aida le roi à enfiler une épaisse robe de laine, puis s'agenouilla pour lui mettre ses pantoufles ; Subtil prit place dans le fauteuil auprès du feu et posa son verre de vin sur la table à son côté. Qu'il avait donc vieilli ! Mais le roi à qui je m'étais si souvent présenté durant ma jeunesse tenait à nouveau conseil devant moi, et je regrettai soudain de n'avoir pas la parole ce soir : ce vieillard aux yeux aigus aurait peut-être écouté jusqu'au bout l'exposé des raisons pour lesquelles je voulais épouser Molly. Je ressentis une nouvelle bouffée de colère contre Murfès et les drogues dont il intoxiquait mon roi.

Mais ce n'était pas mon heure. Malgré l'absence de formalisme du roi, Vérité et Kettricken étaient tendus comme des cordes d'arc. Le fou et moi disposâmes des fauteuils afin qu'ils s'installent de part et d'autre du souverain, puis j'allai prendre place derrière Vérité pour attendre la suite.

« Explique-toi simplement », demanda Subtil à Vérité qui s'exécuta. Les manuscrits de Kettricken furent déroulés un à un, et Vérité en lut à haute voix les passages pertinents, après quoi ils étudièrent longuement l'ancienne carte. Tout d'abord, Subtil se contenta de poser des questions, réservant ses commentaires et ses critiques pour le moment où il serait sûr de posséder tous les renseignements nécessaires. À côté de lui, le fou, tour à tour, m'adressait des clins d'œil rayonnants et faisait d'épouvantables grimaces au page de Vérité dans l'espoir d'arracher au moins un sourire au jeune garçon pétrifié. À mon avis, il ne réussissait qu'à le terroriser un peu plus. Romarin, elle, avait complètement oublié où elle se trouvait et s'en était allée jouer avec les glands des rideaux de lit.

Quand Vérité eut achevé son exposé et que Kettricken y eut ajouté ses notes, le roi se laissa aller contre le dossier de son fauteuil. Il finit son verre, puis le tendit au fou qui le lui remplit ; ensuite, il but une nouvelle gorgée de vin, soupira et secoua la tête. « Non. Cette histoire tient trop sur des rumeurs et des contes pour enfants pour que tu t'y lances en ce moment, Vérité ; tu m'as suffisamment convaincu pour que je croie utile d'envoyer un émissaire, un homme de ton choix avec une escorte convenable, des présents et des lettres de ma main et de la tienne pour confirmer qu'il voyage bien sur notre ordre. Mais t'y risquer en personne, toi, le roi-servant ? Non. Nous ne pouvons nous permettre de diviser nos ressources. Royal était ici aujourd'hui et il m'a parlé du coût de la construction des nouveaux navires et de la fortification des tours de l'île de l'Andouiller. L'argent commence à manquer, et les gens risquent de s'inquiéter s'ils te voient quitter la cité.

— Je ne me sauve pas, je pars en recherche ; une recherche dont le but est leur bénéfice. Et je laisse ici ma reine-servante pour me représenter pendant mon absence. De plus, je ne comptais pas partir avec une caravane, des ménestrels, des maîtres queux et des tentes brodées, monseigneur : il s'agirait de voyager sur des routes enneigées, de s'enfoncer dans le cœur même de l'hiver. J'emmènerais une troupe militaire et je me déplacerais en soldat. Comme je l'ai toujours fait.

— Et tu crois que ça impressionnerait les Anciens – dans le cas où tu les trouverais ? S'ils ont jamais existé ?

— La légende raconte que le roi Sagesse s'est mis seul en route. Je suis convaincu que les Anciens existaient alors et qu'il les a découverts. Si j'échoue, je reviendrai et je me réattellerai à la pratique de l'Art et à la construction des bateaux. Qu'aurons-nous perdu ? Mais si je réussis, je ramènerai un puissant allié.

— Et si tu meurs pendant ta quête ? » demanda Subtil d'une voix sourde.

Avant que Vérité puisse répondre, la porte du salon s'ouvrit à la volée et Royal entra toutes voiles dehors. Il avait le visage cramoisi. « Que se passe-t-il ici ? Pourquoi ne m'a-t-on pas informé de cette réunion ? » Il m'adressa un regard venimeux ; derrière lui, la tête de Murfès apparut dans l'entrebâillement.

Vérité s'autorisa un mince sourire. « Si tes espions ne t'en ont pas averti, que fais-tu ici ? C'est à eux, pas à moi, qu'il faut reprocher de ne pas t'avoir mis au courant plus tôt. » La tête de Murfès disparut soudain.

« Père, j'exige de savoir ce qui se passe ici ! » C'est tout juste si Royal ne tapa pas du pied. Derrière Subtil, le fou imitait les expressions de son visage et le page de Vérité sourit enfin ; mais soudain ses yeux s'agrandirent et il reprit son sérieux.

Sans répondre à son dernier fils, Subtil s'adressa à Vérité. « Avais-tu une raison de vouloir exclure le prince Royal de notre discussion ?

— Je ne voyais pas en quoi elle le concernait. » Il se tut un instant. « Et je souhaitais être sûr que votre décision serait seulement la vôtre. »

Royal se hérissa, ses narines se pincèrent en blanchissant, mais Subtil leva la main pour le calmer, et il parla de nouveau à Vérité seul. « Notre réunion ne le concerne pas ? Mais sur quelles épaules retomberait le manteau de l'autorité pendant ton absence ? »

Le regard de Vérité devint glacial. « Ma reine-servante me représenterait, naturellement. Et c'est vous qui portez encore le manteau de l'autorité, mon roi.

— Mais si tu ne revenais pas…

— Je ne doute pas que mon frère saurait rapidement s'adapter à la situation. » Vérité ne cherchait pas à dissimuler son aversion et je compris alors à quel point le poison des perfidies de Royal l'avait affecté. Rongé, le lien qu'ils avaient pu partager en tant que frères ; ils n'étaient désormais plus que rivaux. Subtil le sentit, lui aussi, j'en suis sûr, et je me demandai s'il en éprouvait de la surprise. Si oui, il le cacha bien.

Quant à Royal, son attention s'était éveillée en entendant parler du départ éventuel de Vérité, et il avait maintenant l'attitude tendue et gourmande du chien qui mendie à une table. Trop pressé de parler, sa voix manquait de sincérité. « Si on voulait bien m'expliquer où Vérité doit se rendre, je pourrais peut-être m'exprimer moi-même sur les responsabilités que j'aurais à assumer. »

Vérité ne répondit pas ; serein, il regarda son père.

« Ton frère (l'expression me parut un peu trop appuyée) désire que je lui accorde congé pour une recherche. Il désire se rendre très vite aux déserts des Pluies par-delà le royaume des Montagnes pour trouver les Anciens et obtenir d'eux l'aide qu'ils nous ont autrefois promise. »

Royal écarquilla les yeux. J'ignore s'il n'arrivait pas à croire à l'idée de l'existence des Anciens ou à la bonne fortune qui lui tombait soudain du ciel. Il s'humecta les lèvres.

« Bien entendu, je ne le lui ai pas permis, poursuivit Subtil sans quitter Royal des yeux.

— Mais pourquoi ? s'exclama ce dernier. Il faut envisager toutes les possibilités…

— La dépense serait prohibitive. Ne m'as-tu pas signalé, il y a peu, que la construction des navires, le recrutement des équipages et l'approvisionnement avaient pratiquement épuisé nos réserves ? »

Royal battit des paupières aussi vite qu'un serpent sort sa langue. « Mais j'ai reçu le reste du bilan des moissons depuis, père. Je ne pensais pas qu'elles seraient aussi bonnes. On pourra trouver les fonds, pourvu qu'il accepte de voyager simplement. »

Vérité souffla par le nez. « Je te remercie de ta considération, Royal. J'ignorais que ce genre de décisions était de ton domaine.

— Je ne fais que conseiller le roi, tout comme toi, rétorqua hâtivement Royal.

— Tu ne crois pas qu'envoyer un émissaire serait plus raisonnable ? demanda Subtil en regardant le jeune prince d'un œil scrutateur. Que penserait le peuple de son roi-servant s'il quittait Castelcerf dans la situation où nous sommes et dans un tel but ?

— Un émissaire ? » Royal prit l'air songeur. « Non, je ne crois pas, étant donné ce que nous demandons. Les légendes ne disent-elles pas que le roi Sagesse s'était déplacé en personne ? Que savons-nous de ces Anciens ? Pouvons-nous leur envoyer un sous-fifre au risque de les offenser ? Non, dans le cas présent, je pense qu'il y faut au moins le fils du roi. Quant à son absence… ma foi, vous êtes le roi et vous êtes parmi nous. Comme sa femme.

— Ma reine », gronda Vérité, mais Royal poursuivit sans écouter :

« Et moi aussi. Vous voyez, Castelcerf ne serait pas abandonné. La mission ? Elle pourrait bien capturer l'imagination du peuple ; d'un autre côté, si vous le souhaitez, on peut en taire le but et en faire une simple visite chez nos alliés des Montagnes. Surtout si sa femme l'accompagne.

— Ma reine demeurera ici. » Vérité insista sur le titre. « Pour représenter ma fonction – et protéger mes intérêts.

— Ne fais-tu pas confiance à notre père là-dessus ? » demanda mielleusement Royal.

Sans rien dire, Vérité regarda le vieillard assis dans son fauteuil près du feu. La question qu'il lui posait muettement était claire : Puis-je vous faire confiance ? Mais Subtil, fidèle à son nom, répondit par une autre question.

« Tu as entendu l'avis de Royal sur cette entreprise, et le mien. Le tien, tu le connais. Maintenant, que désires-tu faire ? »

Je bénis alors Vérité, car il tourna son regard vers Kettricken seule. Ils n'échangèrent pas un signe, pas un murmure, mais, quand il se retourna, leur accord était conclu. « Je désire me rendre aux déserts des Pluies, par-delà le royaume des Montagnes. Et je souhaite me mettre en route le plus vite possible. »

Le roi Subtil hocha lentement la tête et je sentis mon cœur se glacer. Mais, derrière son fauteuil, le fou traversa la chambre dans une série de sauts périlleux arrière, puis revint en cabriolant se placer derrière le roi, l'air aussi attentif que s'il n'avait jamais bougé. Royal était resté impassible, mais, quand Vérité s'agenouilla pour baiser la main de Subtil et le remercier de sa permission, le sourire qui apparut sur son visage était assez large pour engloutir un requin.

La réunion s'acheva peu après. Vérité souhaitait partir sept jours plus tard et Subtil accepta ; il souhaitait également choisir son escorte et Subtil accepta aussi, mais Royal avait l'air pensif. Il me déplut, lorsque le roi nous congédia tous, d'observer que Royal restait en arrière pour échanger des messes basses avec Murfès pendant que nous sortions, et je me pris à me demander si Umbre m'autoriserait à tuer Murfès. Il m'avait interdit de m'occuper de Royal de cette façon, et j'avais promis à mon roi de m'en abstenir. Mais Murfès ne jouissait pas de la même immunité.

Dans le couloir, Vérité me remercia brièvement ; hardiment, je lui demandai pourquoi il avait désiré ma présence.

« Pour porter témoignage, répondit-il avec gravité. Un témoin est beaucoup plus crédible qu'un on-dit ; je voulais que tu gardes en mémoire toutes les paroles qui ont été prononcées... afin qu'elles ne soient pas oubliées. »

Je sus alors que je devais m'attendre à être convoqué par Umbre cette nuit-là.

Mais je ne pus résister à l'envie de voir Molly. Voir le roi en tant que roi avait réveillé mes espoirs déclinants ; je me promis de lui faire une visite rapide, juste pour lui parler, pour lui dire que je la remerciais de tout ce qu'elle faisait. Je serais dans ma chambre avant les dernières heures de la nuit où Umbre aimait à m'appeler.

Je frappai discrètement à sa porte et elle me fit vite entrer. Elle dut sentir que j'étais sur les nerfs, car elle se blottit aussitôt dans mes bras sans la moindre question ni hésitation. Je caressai sa chevelure lustrée, puis plongeai mes yeux dans les siens. La passion qui me saisit alors était comme une source de printemps qui dévale soudain son lit à sec en boutant tous les débris de l'hiver hors de son chemin. Envolées, mes intentions de parler tranquillement; Molly poussa un petit cri de surprise quand je la serrai violemment contre moi, puis elle se laissa aller.

J'avais l'impression qu'il y avait des mois, et non quelques jours, que nous ne nous étions plus vus. Lorsqu'elle m'embrassa avec avidité, je me sentis soudain gauche, ne sachant plus pourquoi elle devrait me désirer: elle était si jeune et si belle! Quelle vanité de croire qu'elle voudrait d'un homme aussi meurtri et usé que moi! Pourtant, sans me laisser m'appesantir sur mes doutes, elle me tira sur elle sans une hésitation. Au plus profond de ce partage, je reconnus enfin la réelle présence de l'amour dans ses yeux bleus; je m'enorgueillis de l'ardeur avec laquelle elle m'attirait contre elle et m'étreignait entre ses bras pâles et vigoureux. Par la suite, il me revint l'image de cheveux dorés répandus sur un oreiller, les parfums du bois de miel et de la montplaisante sur sa peau, même le son de sa voix lorsqu'elle rejeta sa tête en arrière en exprimant doucement sa ferveur.

Plus tard, Molly m'avoua dans un murmure étonné que mon enthousiasme lui avait donné l'impression d'être avec un autre homme. Sa tête reposait sur ma poitrine; sans répondre, je caressai ses cheveux sombres qui exhalaient toujours l'odeur de ses herbes, le thym et la lavande. Je fermai les yeux. J'avais bien protégé mes pensées, je le savais; c'était depuis longtemps devenu un réflexe chez moi quand j'étais en compagnie de Molly.

Mais pas chez Vérité.

Je n'avais pas voulu ce qui s'était produit. Ce n'était d'ailleurs sans doute la faute de personne. En tout cas, j'espérais être le seul à avoir ainsi tout perçu; alors, nul mal n'en sortirait tant que je n'en parlerais pas. Tant que je parviendrais à chasser de mon souvenir la fraîcheur des lèvres de Kettricken et la douceur de sa peau blanche, si blanche…

# 4

## MESSAGES

*Le roi-servant Vérité quitta Castelcerf au début du troisième hiver de la guerre contre les Pirates rouges ; il emmenait une petite troupe de compagnons triés sur le volet pour l'escorter dans sa quête, plus sa garde personnelle qui le suivrait jusqu'au royaume des Montagnes et y demeurerait en attendant son retour. Selon son raisonnement, une petite expédition nécessitait un train des équipages réduit, et, pour traverser le royaume des Montagnes en plein hiver, il fallait pouvoir transporter soi-même ses vivres ; il avait aussi décidé de ne pas se présenter aux Anciens sous un aspect martial. À part ses compagnons de route, peu de personnes furent mises dans la confidence du véritable but de sa mission ; pour le grand public, il se rendait au royaume des Montagnes afin de passer un traité avec le roi Eyod, le père de sa reine, à propos d'une éventuelle aide militaire contre les Pirates rouges.*

*Des membres de son escorte, plusieurs valent d'être mentionnés. Hod, maîtresse d'armes de Castelcerf, fut un des premiers choisis ; son talent tactique ne connaissait d'égal nulle part dans le royaume et sa technique guerrière était remarquable malgré son âge ; Charim, le valet de Vérité, servait son maître depuis si longtemps et avait participé à tant de ses campagnes qu'il était inconcevable qu'il ne partît pas ; Marron, aussi brun que son nom, faisait partie de la garde militaire du prince depuis plus d'une décennie ; il lui manquait un œil et une oreille presque tout entière, mais cela ne l'empêchait pas de paraître deux fois plus vif que quiconque. Kif et Kef, nés jumeaux et, comme Marron, membres de la garde de Vérité depuis des années, l'accompagnaient aussi. Burrich, le maître des écuries de Castelcerf, se joignit à la troupe de son propre chef; des voix s'élevèrent pour protester contre son départ, mais il répondit qu'il laissait un homme compétent en charge des écuries et que le prince aurait besoin de quelqu'un de versé dans la science des animaux afin que les bêtes achèvent vivantes la traversée du royaume des Montagnes en plein hiver. Il souligna également ses aptitudes de guérisseur et son passé d'homme lige du prince Chevalerie, mais ce dernier point n'était connu que de rares personnes.*

*

La veille de son départ, Vérité me fit convoquer à son bureau. « Tu n'approuves pas mon expédition, n'est-ce pas ? Pour toi, c'est vouloir décrocher la lune », me dit-il en guise de salut.

Je ne pus m'empêcher de sourire. Sans le savoir, il avait exactement reproduit la formulation à laquelle je pensais. « Je reconnais nourrir de graves doutes, répondis-je sans m'engager.

— Moi aussi. Mais que puis-je faire d'autre ? Maintenant, j'ai au moins l'occasion d'agir personnellement, plutôt que de croupir dans cette satanée tour et d'artiser en me tuant à petit feu. »

Il avait passé les derniers jours à recopier minutieusement la carte de Kettricken ; il la roula soigneusement et la rangea dans un étui en cuir. J'étais stupéfait des changements que la semaine écoulée avait opérés en lui : ses cheveux étaient toujours aussi grisonnants, son corps toujours aussi affaibli et usé par trop de longs mois sans bouger, mais il se déplaçait désormais avec énergie, et lui et Kettricken avaient honoré chaque soir la Grand-Salle de leur présence depuis que la décision avait été prise. Ç'avait été un bonheur de le voir manger avec appétit et siroter un verre de vin pendant que Velours ou un autre ménestrel nous divertissait. Un autre appétit qu'il avait recouvré, c'était la tendresse qu'il partageait à nouveau avec Kettricken ; à table, la reine-servante quittait rarement son seigneur des yeux et, tandis que les ménestrels chantaient, ses doigts reposaient toujours sur le bras de Vérité. En sa présence, elle rayonnait comme une chandelle allumée, et j'avais beau protéger mon esprit, je ne percevais que trop clairement le plaisir qu'ils prenaient à leurs nuits. J'avais tenté de me mettre à l'abri de leurs passions en m'immergeant en Molly, mais je n'en tirais pour tout résultat qu'une culpabilité accrue à voir Molly se réjouir de mon ardeur renouvelée. Comment réagirait-elle si elle savait que mes appétits n'étaient pas entièrement les miens ?

L'Art… J'avais été mis en garde contre son pouvoir et ses pièges, contre la séduction qu'il pouvait exercer au point de vider l'artiseur de tout désir sauf de celui de s'en servir, mais personne ne m'avait prévenu de la situation où je me trouvais. Par certains côtés, j'aspirais au départ de Vérité afin de retrouver l'intégrité de mon âme.

« Ce que vous faites dans votre tour n'a pas moins d'importance ; si seulement les gens pouvaient comprendre que vous vous sacrifiez pour leur bien…

— Comme toi-même je le comprends trop bien. Tu es devenu très proche de moi cet été, mon garçon. Plus que je ne l'aurais cru possible ; plus que quiconque depuis la mort de ton père. »

Plus encore que vous ne vous en doutez, mon prince. Mais ces mots-là, je ne les prononçai pas. « C'est vrai.

— J'ai une faveur à te demander. Ou plutôt deux.

— Vous savez que je ne vous les refuserai pas.

— Ne dis pas cela trop facilement. La première, c'est de veiller sur ma dame ; elle connaît mieux la façon de penser de Castelcerf, mais elle est encore beaucoup trop confiante. Protège-la jusqu'à mon retour.

— Point n'est besoin de me le demander, mon prince.

— Et la deuxième… (Il prit une inspiration, puis soupira.) Je voudrais essayer de rester ici aussi, dans ton esprit, le plus longtemps possible.

— Mon prince… » J'hésitai. Il avait raison. Cette faveur-là, je n'avais aucune envie de la lui accorder ; mais j'avais déjà accepté. Et je savais que, pour le bien du royaume, c'était une démarche sensée. Mais pour moi-même ? Déjà, j'avais senti les frontières de ma personnalité s'effriter devant la puissante présence de Vérité ; et là, il n'était plus question d'un contact de quelques heures ou quelques jours, mais de plusieurs semaines et vraisemblablement de plusieurs mois. Était-ce ce qui attendait les membres d'un clan ? Cessaient-ils au bout d'un moment d'avoir une existence à part ? « Et ceux de votre clan ? fis-je à mi-voix.

— Eh bien ? rétorqua-t-il. Je les laisse en place pour l'instant, dans les tours de guet et sur mes navires. S'ils ont des messages à transmettre, ils les enverront à Sereine ; en mon absence, elle les portera à Subtil. Et s'ils croient devoir m'informer de quelque chose, ils peuvent m'artiser. » Il se tut un moment. « Il y a d'autres renseignements que j'aimerais obtenir à travers toi ; des renseignements dont je préfère qu'ils demeurent privés. »

Des nouvelles de sa reine, songeai-je ; la façon dont Royal emploiera ses pouvoirs en l'absence de son frère ; les rumeurs et les intrigues du Château. En un sens, de petits riens, mais de petits riens qui assuraient sa position. Pour la millième fois, je regrettai de ne pas savoir artiser de façon sûre et de mon propre chef ; si je l'avais su, Vérité n'aurait pas été obligé de me demander ce service : j'aurais été capable de le contacter à tout moment. Mais, en l'occurrence, le lien d'Art mis en place par le toucher dont nous avions usé pendant tout l'été était notre seule ressource. Grâce à lui, Vérité pouvait s'informer à loisir de ce qui se passait à Castelcerf et moi recevoir des instructions de mon prince. J'hésitai, mais je savais déjà que je m'inclinerais. Par loyauté pour lui et les Six-Duchés, me dis-je ; pas à cause d'une attirance pour l'Art que je ne ressentais d'ailleurs pas. Je croisai son regard. « J'accepte.

— Tu sais que c'est ainsi que ça commence », dit-il. Ce n'était pas une question ; nous lisions déjà l'un dans l'autre avec grande précision. Il n'attendit pas ma réponse. « Je me ferai aussi discret que possible. » Je m'approchai de lui, il leva la main et me toucha l'épaule. Vérité était de nouveau en moi, comme il ne l'était plus consciemment depuis le jour où, dans son bureau, il m'avait ordonné de me protéger.

Le jour du départ, il faisait un froid sec, mais le ciel était d'un bleu limpide. Vérité, fidèle à sa parole, avait limité l'importance de son expédition. Des cavaliers avaient été dépêchés le lendemain du conseil pour le précéder sur son chemin et ordonner qu'on lui prépare vivres et logement dans les villes qu'il traverserait, afin de lui permettre de voyager vite et sans se charger inutilement au travers de la plus grande partie des Six-Duchés.

Quand la colonne s'ébranla par ce froid matin d'hiver, seul de toute la foule je ne criai pas adieu à Vérité. Il était niché au creux de mon esprit, petit et silencieux comme une graine qui attend le printemps, presque aussi discret qu'Œil-de-Nuit. Kettricken avait choisi d'assister au départ du haut des murs givrés du jardin de la reine ; elle lui avait fait ses adieux un peu plus tôt et avait préféré s'isoler afin que, si elle pleurait, personne ne risque de mal interpréter ses larmes. Debout à ses côtés, j'endurai les échos de ce qu'elle et Vérité avaient enfin partagé toute la semaine. J'étais à la fois heureux pour elle et malheureux que ce qu'elle avait si récemment découvert lui fût si vite enlevé. Chevaux, hommes, animaux de bât et bannières disparurent enfin derrière un épaulement, et ce que je perçus alors me fit courir un frisson glacé le long de l'échine : Kettricken cherchait à toucher Vérité par le Vif ! Très faiblement, il est vrai, mais suffisamment pour que, quelque part dans mon cœur, Œil-de-Nuit se redresse, les yeux embrasés, et demande : *Qu'est-ce que c'est ?*

*Rien. Rien qui nous concerne, en tout cas.* J'ajoutai : *Nous chasserons bientôt ensemble, mon frère, comme cela ne nous est pas arrivé depuis longtemps.*

Pendant quelques jours après le départ de la troupe, je retrouvai presque une existence personnelle. L'absence de Burrich m'avait inspiré de vives inquiétudes ; je comprenais ce qui le poussait à suivre son roi-servant, mais, de les savoir partis, lui et Vérité, je me sentais désagréablement exposé, ce qui m'en apprenait plus long sur moi-même que je n'avais envie d'en savoir. Mais l'avantage de la situation, c'était qu'avec Burrich au loin et la présence de Vérité roulée serrée en moi, Œil-de-Nuit et moi avions enfin toute liberté d'user du Vif. Presque tous les matins, à l'aube, j'étais avec lui, à des milles du Château. Les jours où nous traquions les forgisés, je montais Suie, mais elle ne se sentait jamais complètement à l'aise au voisinage du loup. Au bout de quelque temps, les forgisés se firent plus rares et cessèrent de venir dans notre région, et nous pûmes chasser pour nous-mêmes ; j'allais alors à pied, car nous étions ainsi plus proches l'un de l'autre. Œil-de-Nuit était ravi de la forme physique que j'avais acquise au cours de l'été, et cet hiver-là, pour la première fois depuis la tentative d'empoisonnement de Royal, je me sentis en pleine possession de mon corps et de mes forces. Les matinées vigoureuses à la chasse et les noires heures de la nuit en compagnie de Molly auraient suffi au bonheur de n'importe qui ; il y a quelque chose de profondément satisfaisant dans ce genre de joies simples.

J'aurais voulu, je crois, que ma vie soit toujours aussi simple et heureuse, et je m'efforçais de ne pas penser aux dangers qui m'entouraient. Le beau temps qui durait, me disais-je, assurerait un bon départ au voyage de Vérité, et j'évitais de me demander si les Pirates rouges en profiteraient pour lancer une attaque de fin de saison. Je fuyais également Royal et la soudaine survenue de fêtes et de réceptions qui bondaient Castelcerf de ses amis et faisaient brûler les torches de la Grand-Salle tard dans la nuit. Sereine et Justin, eux aussi, faisaient des apparitions plus fréquentes dans les parties communes du Château, et je ne pouvais entrer dans une pièce où ils se trouvaient sans me sentir percé des flèches de leur aversion ; aussi finis-je par me détourner des salles où l'on se réunissait le soir et où j'étais assuré de les rencontrer, eux ou les invités de Royal venus grossir notre cour hivernale.

Vérité avait entamé son voyage depuis deux jours à peine quand j'entendis des rumeurs affirmant que le véritable but de son entreprise était de trouver les Anciens. Je ne pouvais les imputer à Royal : les compagnons que Vérité s'était choisis connaissaient leur vraie mission, mais Burrich, lui, en avait découvert seul l'objectif, et, s'il en était capable, d'autres aussi qui pouvaient ensuite répandre la nouvelle. Cependant, lorsque je surpris deux garçons d'office en train de railler « la folie du roi Sagesse et les inventions du prince Vérité », je soupçonnai Royal d'être l'auteur de l'expression. À force d'artiser, Vérité s'était coupé du monde ; les gens se demandaient ce qu'il faisait à rester tout seul si longtemps dans sa tour. Bien sûr, ils savaient qu'il pratiquait l'Art, mais c'était un sujet qui manquait de saveur pour les ragots ; en revanche, son expression préoccupée, ses horaires singuliers de repas et de repos, sa façon d'errer sans bruit dans le Château pendant que chacun dormait, tout cela fournissait autant de grain à moudre au moulin à cancans. Avait-il perdu l'esprit, s'était-il lancé à la poursuite d'une hallucination ? Les spéculations allaient bon train et Royal les alimentait d'un terreau fertile. Il inventait toutes sortes de prétextes pour tenir banquets et réunions de nobles amis ; le roi Subtil était rarement assez bien pour y apparaître et Kettricken n'appréciait pas la compagnie des laquais à l'esprit brillant dont Royal s'entourait. Pour ma part, je m'en tenais prudemment à l'écart. Je n'avais qu'Umbre à qui faire part de mon irritation quant au coût de ces festivités, alors que, selon Royal, le trésor contenait à peine de quoi payer l'expédition de Vérité. Umbre se contentait de secouer la tête.

Il était devenu réservé, ces derniers temps, même avec moi, et j'en retirais l'impression désagréable qu'il me cachait quelque chose. En soi, qu'il ait un secret n'avait rien de nouveau : le vieil assassin en était encombré ; mais je n'arrivais pas à me défaire du sentiment que celui-ci avait un rapport direct avec moi. Aussi, comme je ne pouvais interroger Umbre ouvertement, je l'observai. À divers signes, je notai qu'il se servait abondamment de sa table de travail lorsque je n'étais pas là ; plus intriguant, tout désordre associé à son activité avait disparu quand il m'appelait chez lui. C'était extraordinaire ; depuis des années, je passais derrière lui pour nettoyer les conséquences de ses « cuisines » ; qu'il s'en charge désormais lui-même m'apparaissait soit comme une méchante nasarde, soit comme une tentative pour dissimuler les travaux qui l'occupaient.

Je ne pus résister au besoin de l'observer chaque fois que j'en avais l'occasion et, si je n'appris rien sur son secret, je vis soudain bien des choses qui m'avaient jusque-là échappé. Umbre vieillissait ; la raideur des articulations que lui occasionnait le temps froid ne cédait plus aux soirées douillettes au coin du feu. Demi-frère de Subtil, bâtard comme moi, il était l'aîné du roi mais, malgré sa souplesse faiblissante, il paraissait le plus jeune des deux. Néanmoins, il tenait maintenant les manuscrits plus loin de ses yeux quand il lisait et il évitait de lever les bras au-dessus de sa tête pour attraper tel ou tel ustensile. Ces changements que je remarquai m'étaient aussi pénibles que le fait de savoir qu'il me celait un secret.

Vingt-trois jours après le départ de Vérité, au retour d'une chasse débutée à l'aurore avec Œil-de-Nuit, je trouvai le Château en commotion. On se serait cru au milieu d'une fourmilière qu'on a dérangée, mais sans l'impression d'ordre et de détermination que dégage l'activité des fourmis. Je me rendis aussitôt auprès de Sara la cuisinière, dite « Mijote », pour lui demander ce qui s'était passé : après la salle des gardes, les cuisines d'un château sont le pivot du moulin à rumeurs. À Castelcerf, les commérages des cuisines étaient en général les plus exacts.

« Un cavalier est arrivé tout à l'heure sur un cheval plus qu'à demi mort ; il a dit que Bac avait été attaqué et que les incendies avaient presque entièrement détruit la ville. Il y aurait soixante-dix forgisés ; combien de morts, ça, on n'en sait rien, mais il y en aura encore, avec tous ceux qui sont sans abri par ce froid. Il y avait trois navires pleins de Pirates, d'après le gosse. Il est allé tout droit raconter tout ça au prince Royal et le prince l'a envoyé ici manger un morceau ; il roupille dans la salle des gardes, maintenant. » Elle baissa la voix. « Ce gamin, il a fait tout ce chemin tout seul ; on lui a donné des chevaux frais dans les villes qu'il a passées sur la route de la côte, mais il n'a jamais voulu que quelqu'un d'autre se charge du message. Il m'a dit qu'à chaque étape il pensait voir de l'aide arriver, entendre quelqu'un dire qu'on était au courant et qu'on avait envoyé des bateaux à l'aide, mais il n'y avait rien.

— Il vient de Bac ? Alors, ça s'est passé il y a au moins cinq jours. Pourquoi n'a-t-on pas allumé les feux d'alarme des tours ? demandai-je, la voix tendue. Ou dépêché des oiseaux messagers à Mouette et à Baie aux Phoques ? Le roi-servant Vérité avait laissé un navire de patrouille dans la région ; la vigie aurait dû apercevoir les feux de Mouette ou de Bac. Et puis il y a un membre du clan, Guillot, à la tour Rouge. Il aurait dû les voir, lui aussi, et prévenir Sereine. Comment se fait-il que nous n'ayons pas été prévenus, que nous n'ayons entendu parler de rien ? »

Mijote baissa encore le ton et appliqua une claque pleine de sous-entendus à la pâte à pain qu'elle pétrissait. « Le gars dit que les feux étaient allumés à Bac et à Glaceville ; il dit aussi qu'on a envoyé les oiseaux à Mouette, mais qu'aucun bateau n'est venu.

— Mais alors, pourquoi n'avons-nous rien su ? » Je pris une inspiration hachée pour repousser ma vaine colère. En moi, je sentis un vague mouvement d'inquiétude de la part de Vérité. Trop vague ; le lien d'Art s'affaiblissait à l'instant où je l'aurais voulu solide. « Enfin, ça ne sert à rien de poser ces questions pour le moment. Qu'a fait Royal ? Il a fait appareiller le *Rurisk* ? J'aurais bien aimé les accompagner. »

Avec un grognement de dérision, Mijote écrasa la pâte. « Tu peux encore y aller, va, tu ne seras pas en retard. Rien n'a été fait, personne n'a été envoyé, à ce que je sais. On n'a envoyé personne et on n'enverra personne. Personne. Tu me connais, je ne suis pas mauvaise langue, Fitz, mais on raconte que le prince Royal était au courant, lui. Quand le gamin est arrivé, ah ça, le prince était tout miel et tout compatissant, à en faire fondre le cœur des dames. Un repas, un manteau neuf, une petite bourse pour sa peine ; mais il a dit au gamin que c'était trop tard, que les Pirates devaient être partis depuis belle lurette et que ça ne servirait à rien d'envoyer un navire ni des soldats.

— Trop tard pour les Pirates, peut-être ; mais pour les victimes de l'incendie ? Une troupe d'ouvriers pour aider à remettre les maisons en état, des chariots de vivres...

— Paraît qu'il n'y a pas d'argent. » Mijote parlait en détachant nettement chaque mot. Elle se mit à découper la pâte en petits rouleaux qu'elle plaquait sur la table pour les faire lever. « Paraît que le trésor a fondu à fabriquer des bateaux et à recruter des équipages ; paraît que Vérité a englouti ce qu'il restait dans son expédition pour trouver les Anciens. » Mijote prononça ce dernier mot avec un mépris cinglant ; elle s'interrompit le temps de s'essuyer les mains sur son tablier. « Il a dit qu'il regrettait sincèrement. Très sincèrement. »

Une rage froide déroula ses anneaux en moi. Je tapotai affectueusement Mijote sur l'épaule en l'assurant que tout allait s'arranger. Hébété, je quittai les cuisines et me rendis au bureau de Vérité. Devant la porte, je m'arrêtai, à l'écoute : j'avais perçu un net contact de la volonté de Vérité. Au fond d'un tiroir, je trouverais un collier d'émeraude très ancien aux pierres à monture d'or, qui avait appartenu à la mère de sa mère. Il suffirait pour engager des hommes et acheter du grain à envoyer avec eux. J'ouvris la porte et m'arrêtai à nouveau.

Vérité était quelqu'un de désordonné et il avait emballé ses affaires en hâte ; Charim l'accompagnait et n'avait pas rangé derrière lui. Ce que je voyais ne ressemblait ni à l'un ni à l'autre ; aux yeux d'un étranger, rien ou presque n'aurait pas paru étrange, mais je contemplais la pièce à la fois avec mes yeux et ceux de Vérité, et elle avait été fouillée. Celui qui s'en était chargé ne se souciait pas de discrétion ou bien il ne connaissait pas bien Vérité. Chaque tiroir était proprement poussé à fond, chaque meuble fermé, la chaise tirée contre la table. Tout était trop net. Sans guère d'espoir, j'ouvris le tiroir désigné ; je le tirai entièrement et scrutai le coin, au fond. C'est peut-être le désordre même de Vérité qui avait sauvé le bijou ; je n'aurais pas pensé à chercher un collier d'émeraudes dans un fatras qui comprenait, entre autres, un vieil éperon, une boucle de ceinture cassée et un morceau d'andouiller à demi taillé en manche de poignard. Il était bien là, enveloppé dans un bout de tissu de ménage ; il y avait également d'autres objets, petits mais de valeur, qu'il valait mieux sortir de la pièce. En les rassemblant, je m'étonnai : si on ne s'en était pas emparé, quel était le but de la fouille ? Si ce n'était pas les bijoux, quoi ?

Méthodiquement, je triai et choisis une dizaine de cartes sur vélin, puis en décrochai plusieurs autres des murs. Alors que j'en roulai une délicatement, Kettricken entra sans bruit. Le Vif m'avait averti de sa présence avant même qu'elle touche la porte, si bien que je me retournai vers elle sans surprise. Je résistai fermement aux émotions de Vérité qui firent soudain irruption en moi ; la voir parut raffermir sa présence en moi. Elle était merveilleusement belle, pâle et mince dans une robe en laine bleu pastel. Je repris mon souffle et détournai les yeux. Elle m'adressa un regard interrogateur.

« Vérité voulait que je mette ces cartes à l'abri pendant son absence ; l'humidité risque de les abîmer et son bureau est rarement chauffé quand il n'est pas là », expliquai-je en achevant de rouler le parchemin.

Elle hocha la tête. « Cette pièce est si vide et si froide sans lui… Ce n'est pas seulement qu'il n'y a pas de feu ; je ne retrouve plus son odeur, sa pagaille…

— Vous avez donc rangé ? demandai-je en m'efforçant de prendre l'air dégagé.

— Non ! » Elle éclata de rire. « Si je range, je ne fais qu'anéantir le peu d'ordre qu'il fait régner ici ! Non, je laisse cette pièce telle qu'elle est ; je veux qu'à son retour il retrouve toutes ses affaires à leur place. » Son visage devint grave. « Mais ce bureau est le cadet de mes soucis pour l'instant. J'ai envoyé un page vous chercher, mais vous étiez sorti. Avez-vous entendu les nouvelles de Bac ?

— Les on-dit, seulement, répondis-je.

— Alors, vous en savez autant que moi. On n'a pas jugé utile de me prévenir », ajouta-t-elle d'un ton glacé. Puis elle se tourna vers moi et il y avait de la douleur dans ses yeux. « J'en ai appris la plus grande partie de la bouche de dame Pudeur, qui avait surpris une conversation entre sa femme de chambre et le valet de Royal. Les gardes sont allés avertir Royal de l'arrivée du messager. N'auraient-ils pas dû m'envoyer chercher ? N'ai-je donc rien d'une reine à leurs yeux ?

— Ma reine, fis-je d'un ton apaisant, normalement, le message aurait dû être directement transmis au roi Subtil. Je pense qu'il l'a été, mais que les sbires de Royal qui surveillent la porte du roi ont envoyé chercher le prince plutôt que vous. »

Elle releva la tête. « Il faut donc y remédier ; on peut être deux à jouer à ces jeux de vilains.

— Je me demande si d'autres messages se sont semblablement égarés », dis-je en réfléchissant tout haut.

Ses yeux bleus devinrent d'un gris glacial. « Comment cela ?

— Les oiseaux messagers, les feux d'alarme, une transmission d'Art entre Guillot, à la tour Rouge, et Sereine… Par l'un ou l'autre de ces moyens, nous aurions dû être avertis de l'attaque sur Bac. L'un d'eux aurait pu ne pas fonctionner, mais les trois en même temps ? »

Kettricken blêmit lorsqu'elle comprit le sous-entendu. « Le duc de Béarns va croire qu'on a refusé de répondre à son appel ! » Elle porta la main à sa bouche et murmura entre ses doigts : « C'est une fourberie destinée à salir le nom de Vérité ! » Ses yeux s'agrandirent et elle siffla soudain : « Je ne le tolérerai pas ! »

Elle se précipita vers la porte avec fureur et j'eus à peine le temps de bondir en travers de son chemin, dos à la porte. « Ma dame, ma reine, je vous en supplie, attendez ! Prenez le temps de réfléchir !

— De réfléchir à quoi ? À la meilleure façon de révéler tout l'abîme de sa perfidie ?

— Nous ne sommes pas dans la position idéale pour le faire. Raisonnez avec moi. Vous êtes d'avis, comme moi, que Royal doit avoir eu vent du raid et qu'il n'en a rien dit ; mais nous n'en avons pas de preuve, pas la moindre. Et nous nous trompons peut-être. Il nous faut avancer à pas comptés, pour éviter des dissensions dont nous n'avons nul besoin. Le premier à qui s'adresser, c'est le roi Subtil ; il faut vérifier s'il est au courant de l'affaire, s'il a autorisé Royal à parler en son nom.

— Il ne ferait pas une chose pareille ! s'exclama-t-elle avec colère.

— Il n'est pas lui-même, souvent, lui rappelai-je. Mais c'est à lui et non à vous de réprimander Royal publiquement, si cela doit se faire officiellement. Si vous accusez le prince et que le roi le soutienne par la suite, les nobles verront les Loinvoyant comme une maison divisée ; or on n'a déjà que trop semé le doute et la discorde parmi eux. Vérité absent, ce n'est pas le moment de dresser les duchés de l'Intérieur contre ceux de la Côte. »

Elle se figea. Elle tremblait toujours de rage, mais au moins elle m'écoutait. Elle inspira longuement et je sentis qu'elle s'efforçait de se calmer.

« C'est pour cela qu'il vous a laissé ici, Fitz ; pour m'aider à débrouiller ces questions.

— Comment ? » Ce fut mon tour de rester interloqué.

« Je pensais que vous le saviez. Vous avez dû vous étonner qu'il ne vous ait pas prié de l'accompagner ; c'est parce que je lui avais demandé à qui me fier comme conseiller, et il m'a répondu de vous faire confiance. »

J'étais surpris : avait-il oublié l'existence d'Umbre ? Puis je me souvins que Kettricken ignorait tout du maître assassin ; Vérité devait considérer que je servirais d'intermédiaire. À cette pensée, je perçus au fond de moi l'acquiescement de Vérité. Umbre... Dans l'ombre comme toujours.

« Continuons de réfléchir, m'ordonna-t-elle. Que va-t-il se passer maintenant ? »

Elle avait raison : il y avait des conséquences.

« Nous allons recevoir la visite du duc de Béarns et de ses vassaux. Le duc Brondy n'est pas homme à déléguer ce genre de mission à des émissaires ; il va venir en personne exiger des réponses. Et tous les ducs de la Côte seront à l'affût de ce que nous lui dirons ; sa côte est la plus exposée de toutes, celle de Cerf mise à part.

— Alors, nous devons avoir à leur fournir des réponses qui vaillent d'être entendues », dit Kettricken. Elle ferma les yeux, porta un moment les mains à son front, puis les plaqua sur ses joues, et je me rendis soudain compte qu'elle faisait tous les efforts pour se dominer. Dignité, se répétait-elle, calme et rationalité. Elle reprit son souffle et me regarda. « Je vais voir le roi Subtil, déclara-t-elle. Je vais lui demander des réponses sur tout, sur toute la situation ; je vais m'enquérir de ce qu'il compte faire. C'est le roi, il faut assurer sa position.

— C'est une sage décision, fis-je.

— Je dois m'y rendre seule. Si vous m'accompagnez, si vous restez toujours auprès de moi, j'en paraîtrai faible, et cela risque de donner naissance à des rumeurs de division dans la royauté. Vous comprenez ?

— Oui. » J'avais pourtant fort envie d'entendre ce que Subtil pourrait lui dire.

Elle indiqua les cartes et les autres objets que j'avais mis de côté sur la table. « Avez-vous un endroit sûr où les ranger ? »

Chez Umbre. « Oui.

— Bien. » Elle fit un geste de la main et je m'aperçus que je lui barrais toujours le passage. Je m'écartai. Quand elle passa près de moi, son parfum de montplaisante me submergea un instant ; mes genoux se mirent à trembler et je maudis le sort qui envoyait ces émeraudes rebâtir des maisons alors qu'elles auraient dû parer cette gorge gracieuse. Mais je savais aussi, et j'en éprouvai une violente fierté, que si je les déposais entre ses mains en cet instant, elle exigerait qu'on les porte à Bac. Je fourrai le collier dans ma poche. Peut-être parviendrait-elle à éveiller le courroux de Subtil, qui obligerait Royal à décadenasser le trésor. Peut-être, à mon retour, ces émeraudes pourraient-elles encore orner cette tiède chair.

Si Kettricken s'était retournée, elle aurait vu le Fitz rougir des pensées de son époux.

Je descendis aux écuries. J'y avais toujours trouvé l'apaisement et, Burrich parti, je me sentais une certaine obligation d'aller y jeter un coup d'œil de temps en temps, bien que Pognes n'eût en aucune façon démontré qu'il avait besoin de mon aide. Mais cette fois, comme je m'approchais des portes, je vis un groupe d'hommes massé devant elles et j'entendis des exclamations coléreuses. Un jeune garçon d'écurie s'accrochait au licol d'un immense cheval de trait, tandis qu'un autre garçon, plus âgé, tirait sur une longe attachée au licou pour arracher l'animal à l'enfant, le tout sous le regard d'un homme aux couleurs de Labour. Ces tiraillements contraires commençaient visiblement à énerver la bête habituellement placide ; un accident allait se produire sous peu.

Je m'interposai sans hésiter, pris la longe des mains de l'adolescent surpris et calmai mentalement le cheval ; il ne me connaissait plus aussi bien qu'auparavant mais mon contact le tranquillisa. « Que se passe-t-il ici ? fis-je en m'adressant au petit lad.

— Ils sont arrivés et ils ont sorti Falaise de son box, sans demander la permission. C'est le cheval dont je dois m'occuper tous les jours. Mais ils ne m'ont même pas dit ce qu'ils voulaient en faire.

— J'ai des ordres... », intervint l'homme. Je lui coupai la parole.

« Je parle avec quelqu'un. » Et je me retournai vers le garçon. « Est-ce que Pognes t'a laissé des instructions à propos de ce cheval ?

— Celles de d'habitude, c'est tout. » Le jeune lad était au bord des larmes à mon arrivée sur les lieux mais, à présent qu'il avait un allié potentiel, sa voix reprenait de la fermeté. Il se redressa et me regarda dans les yeux.

« Dans ce cas, tout est simple. Nous ramenons le cheval dans son box en attendant de nouveaux ordres de Pognes. Aucune bête ne sort des écuries de Castelcerf sans le consentement du maître d'écurie en charge. » L'enfant n'avait pas lâché le licol de Falaise, et je lui plaçai la longe entre les mains.

« C'est bien ce que je pensais, messire », pépia-t-il. Il fit demi-tour. « Merci, messire. Viens, Falaisou. » Et il s'en alla, le grand cheval marchant pesamment derrière lui.

« J'ai ordre d'emmener cette bête. Le duc Bélier de Labour désire qu'il soit embarqué sur le fleuve sans retard. » Le personnage aux couleurs de Labour avait l'air très remonté contre moi.

« Ah oui ? Et il s'est mis d'accord avec notre maître d'écurie ? » J'étais sûr que non.

« Qu'est-ce qui se passe ici ? » C'était Pognes qui arrivait au pas de course, les joues et les oreilles toutes roses. Chez un autre, ç'aurait pu prêter à rire ; chez lui, cela signifiait qu'il était en fureur.

Le Labourien se redressa de toute sa hauteur. « Cet homme et un de vos garçons d'écurie nous ont empêchés de sortir nos animaux des écuries ! déclara-t-il d'un ton hautain.

— Falaise n'appartient pas à Labour. Il a été mis bas ici, à Castelcerf, il y a six ans. J'étais là », observai-je.

L'homme m'adressa un regard condescendant. « Ce n'est pas à vous que je parlais, mais à lui. » Et, du pouce, il indiqua Pognes.

« J'ai un nom, messire, fit Pognes d'une voix glaciale. Pognes. Je suis le maître d'écurie en charge tant que Burrich est absent avec le roi-servant Vérité. Et lui aussi, il a un nom : FitzChevalerie. Il vient m'aider de temps en temps, il a tout à fait sa place dans mes écuries, mon lad aussi et mon cheval aussi. Quant à vous, si vous avez un nom, personne ne me l'a indiqué, et je ne vois aucune raison à votre présence dans mes écuries. »

Burrich avait bien éduqué Pognes. Nous échangeâmes un coup d'œil et, comme un seul homme, tournâmes le dos à l'intrus pour entrer dans le bâtiment.

« Je m'appelle Lance et je travaille aux écuries du duc Bélier. Le duc a acheté ce cheval, et pas seulement lui : deux juments truitées et un hongre, aussi. J'ai les parchemins qui le prouvent. »

Nous nous retournâmes lentement : l'homme nous tendait un rouleau. Mon cœur se serra à la vue d'une goutte de cire rouge où s'imprimait le cachet au cerf. Il avait l'air authentique. Pognes prit le document et me jeta un coup d'œil oblique ; je vins me placer à côté de lui. Il n'était pas illettré, mais lire lui prenait du temps ; Burrich y travaillait avec lui, mais il n'était pas très doué. J'examinai le manuscrit pardessus son épaule tandis qu'il le déroulait et se mettait à l'étudier à son tour.

« C'est on ne peut plus clair », fit le Labourien. Il tendit la main. « Dois-je vous le lire ?

—Ne vous donnez pas cette peine », répondis-je cependant que Pognes réenroulait le parchemin. « Ce qui est écrit là-dessus est lumineux et le prince Royal y a apposé sa signature. Mais Falaise ne lui appartient pas. Il fait partie, ainsi que les juments et le hongre, des chevaux de Castelcerf. Seul le roi est habilité à les vendre.

—Le roi-servant Vérité est absent. Le prince Royal le remplace. »

Je réprimai la réaction de Pognes en lui posant la main sur l'épaule. « Le roi-servant Vérité est absent, en effet. Mais ni le roi Subtil, ni la reine-servante Kettricken. Il faut la signature de l'un ou de l'autre pour vendre un des chevaux des écuries de Castelcerf. »

Lance récupéra son document d'un geste brutal et scruta le paraphe par lequel il s'achevait.

« Mais enfin, la marque du prince Royal devrait suffire, si Vérité n'est pas là. Après tout, chacun sait que le vieux roi n'a pas toute sa tête les trois quarts du temps ; et Kettricken… eh bien, elle n'est pas de la famille. C'est vrai, non ? Alors, comme Vérité n'est pas là, c'est Royal qui…

— Le prince Royal, coupai-je sèchement. Ne pas lui donner son titre est un crime de haute trahison, comme prétendre qu'il serait roi, ou reine, alors que c'est faux. »

Je lui laissai le temps de digérer la menace implicite. Je ne voulais pas l'accuser de trahison, car il serait condamné à mort, et même un crétin bouffi de suffisance comme Lance ne méritait pas de mourir pour avoir bêtement répété ce que son maître disait sans doute tout haut. Je vis ses yeux s'écarquiller.

« Je n'avais pas l'intention de…

— Et il n'y a nulle offense, coupai-je. Tant que vous n'oubliez pas que personne ne peut acheter un cheval à qui ne le possède pas. Et ceux-ci sont à Castelcerf et appartiennent au roi.

— Bien sûr, bien sûr, répondit Lance, tout tremblant. Je n'ai peut-être pas les bons documents ; il y a sûrement une erreur. Je vais retourner voir mon maître.

— Sage décision, dit Pognes d'un ton calme en reprenant l'autorité.

— Eh bien, arrive, toi ! » jeta Lance à son lad en le faisant avancer d'une bourrade. Le garçon nous adressa un regard furieux en suivant son maître. C'était compréhensible : Lance était du genre à passer sa colère sur quelqu'un.

« Tu crois qu'ils vont revenir ? fit Pognes à mi-voix.

— S'ils ne reviennent pas, Royal devra rendre son argent à Bélier. »

Nous méditâmes en silence sur la vraisemblance de cette éventualité.

« Alors, qu'est-ce que je devrai faire quand ils seront de retour ?

— S'il n'y a que le sceau de Royal, rien ; si le manuscrit porte la marque du roi ou de la reine-servante, tu devras leur remettre les chevaux.

— Mais une des juments est grosse ! protesta-t-il. Burrich a de grands projets pour le poulain ! Qu'est-ce qu'il va dire s'il ne trouve plus les chevaux ici en rentrant ?

— Nous ne devons jamais oublier que ces animaux appartiennent au roi. Il ne te reprochera pas d'avoir obéi à un ordre en bonne et due forme.

— Je n'aime pas ça. » Il leva vers moi des yeux inquiets. « Ça ne se passerait pas comme ça si Burrich était ici.

— Je crois que si, Pognes ; ne te fais pas de reproche. À mon avis, on verra pire avant la fin de l'hiver. Mais fais-moi prévenir s'ils reviennent. »

Il hocha la tête d'un air grave et je m'en allai : tout le plaisir de faire un tour aux écuries s'était envolé. Je n'avais aucune envie de circuler entre les box en me demandant combien de chevaux s'y trouveraient encore au printemps.

À pas lents, je traversai la cour, puis pris l'escalier qui menait à ma chambre. Je m'arrêtai sur le palier. *Vérité ?* Rien. Je percevais sa présence en moi, il pouvait me transmettre sa volonté et parfois même ses pensées, mais quand je cherchais à le contacter, je n'obtenais rien. C'était exaspérant : si j'avais été capable d'artiser de façon fiable, tout serait différent. Je pris un moment pour maudire avec application Galen et ce qu'il m'avait infligé. J'avais l'Art, mais il me l'avait cautérisé et ne m'en avait laissé qu'une forme imprévisible.

Pourtant, il restait Sereine ! Et Justin, et tous les autres membres du clan ! Pourquoi Vérité ne se servait-il pas d'eux pour se tenir au courant de ce qui arrivait et faire connaître sa volonté ?

Une angoisse sournoise s'insinua en moi. Les oiseaux messagers de Béarns, les feux d'alarme, les artiseurs des tours de guet... Toutes les lignes de communications à l'intérieur du royaume et avec le roi semblaient ne plus fonctionner normalement. Pourtant, c'étaient elles qui maintenaient les Six-Duchés en un seul bloc et en faisaient un royaume plutôt qu'une alliance entre ducs ; et aujourd'hui plus que jamais, en cette époque troublée, nous avions besoin d'elles. Pourquoi nous faisaient-elles défaut ?

Je me promis de poser la question à Umbre en espérant qu'il me convoquerait bientôt ; il m'ouvrait sa porte moins souvent qu'autrefois et je sentais bien qu'il me faisait moins participer à ses réflexions. Mais, après tout, ne l'avais-je pas exclu, moi aussi, d'une grande partie de mon existence ? Peut-être mes sentiments n'étaient-ils que le reflet des secrets que je lui dissimulais ; et peut-être cette distance s'instaurait-elle et grandissait-elle naturellement entre assassins.

J'arrivai à ma chambre à l'instant où Romarin renonçait à frapper à ma porte.

« Tu me cherchais ? » demandai-je.

Elle me fit gravement la révérence. « Ma dame, la reine-servante Kettricken, souhaite vous voir au plus tôt qu'il vous conviendra.

— C'est-à-dire maintenant, c'est ça ? répondis-je dans l'espoir de lui arracher un sourire.

— Non. » Elle me regarda, les sourcils froncés. « J'ai dit : "Au plus tôt qu'il vous conviendra", messire. Ce n'est pas comme ça qu'on dit ?

— Tout à fait. Qui te fait si bien travailler tes manières ? »

Elle poussa un grand soupir. « Geairepu.

— Il est déjà revenu de ses tournées d'été ?

— Il est ici depuis quinze jours, messire !

— Tu vois combien j'en sais peu ! Je veillerai à lui faire part de tes excellentes manières la prochaine fois que je le verrai.

— Merci, messire. » Et elle s'en alla ; oublieuse de sa dignité avant même d'arriver à l'escalier, elle se mit à faire des glissades dans le couloir, puis j'entendis ses pas légers dégringoler les marches comme une cascade de petits cailloux. Elle promettait, cette gamine ; j'étais certain que Geairepu l'éduquait pour en faire une messagère ; c'était une de ses tâches de scribe. Je passai en coup de vent dans ma chambre pour prendre une chemise propre, puis me rendis aux appartements de Kettricken. Je frappai à la porte et Romarin m'ouvrit.

« Le plus tôt qu'il me convient, c'est maintenant, lui dis-je, et, cette fois, je fus récompensé par un sourire plein de fossettes.

— Entrez, messire. Je vais informer ma maîtresse que vous êtes ici. » Elle me fit signe de m'asseoir et s'éclipsa dans la pièce voisine d'où s'échappait un murmure de voix féminines. Par la porte ouverte, j'aperçus ces dames en train de tirer l'aiguille tout en bavardant. La reine Kettricken inclina la tête vers Romarin, puis s'excusa pour venir me rejoindre.

L'instant d'après, elle se tenait devant moi. L'espace d'une seconde, je ne pus que la regarder sans réagir ; le bleu de sa robe répondait au bleu de ses yeux ; la lumière de fin d'automne qui tombait au travers des motifs convolutés des vitres étincelait sur l'or de ses cheveux. Puis je m'aperçus que je la dévisageais et je baissai les yeux, me levai et enfin m'inclinai devant elle. Elle n'attendit pas que je me redresse. « Êtes-vous allé voir le roi dernièrement ? me demanda-t-elle sans préambule.

— Pas depuis quelques jours, ma reine.

— Alors je vous conseille d'y aller dès ce soir. Je suis inquiète pour lui.

— Comme il vous plaira, ma reine. » Et je me tus. Elle ne m'avait sûrement pas fait venir pour me dire cela.

Au bout d'un moment, elle soupira. « Fitz, je suis plus seule que je ne l'ai jamais été ; ne pouvez-vous m'appeler Kettricken et me traiter comme un être humain, quelques minutes durant ? »

Le subit changement de ton me prit au dépourvu. « Naturellement », répondis-je, mais d'une façon trop formaliste. *Danger*, chuchota Œil-de-Nuit.

*Du danger ? Comment ça ?*

*Ce n'est pas ta femelle. C'est celle de ton chef de meute.*

J'eus la même impression que lorsqu'on découvre une dent cariée du bout de la langue : tous mes nerfs en furent ébranlés. Il y avait en effet du danger, dont je devais me garder. Kettricken était ma reine, mais je n'étais pas Vérité et elle n'était pas celle que j'aimais, si fou que devînt mon cœur quand je la regardais.

Mais c'était mon amie ; elle l'avait démontré au royaume des Montagnes. Je lui devais le réconfort que deux amis se doivent.

« Je suis allée voir le roi, moi », reprit-elle. Elle me fit signe de prendre un siège d'un côté de la cheminée et s'installa de l'autre dans un fauteuil ; Romarin alla se chercher son petit tabouret pour prendre place aux pieds de Kettricken. Nous étions seuls dans la pièce, mais la reine baissa la voix et se pencha vers moi. « Je lui ai demandé sans détour pourquoi on ne m'avait pas avertie à l'arrivée du cavalier. Ma question a eu l'air de le laisser perplexe, mais avant qu'il puisse répondre Royal est entré. Il était venu en toute hâte, c'était visible, comme si l'on s'était précipité pour le prévenir de ma visite et qu'il ait tout laissé en plan pour courir chez Subtil. »

Je hochai gravement la tête.

« Il a tout fait pour m'empêcher de parler au roi ; en revanche, il a insisté pour tout m'expliquer. Il a prétendu que le cavalier avait été amené directement chez le roi et que lui-même l'avait rencontré alors qu'il se rendait chez son père. Il avait envoyé le garçon se reposer tandis qu'il discutait avec le roi, et ils avaient estimé d'un commun accord que plus rien ne pouvait être fait. Alors Subtil l'avait envoyé l'annoncer au garçon et aux nobles assemblés, en leur expliquant l'état du Trésor. Si l'on en croit Royal, nous sommes au bord de la faillite et chaque sou compte. Béarns doit protéger Béarns, m'a-t-il dit ; et quand j'ai demandé si les gens de Béarns n'étaient pas des Six-Duchés, il m'a répondu que Béarns avait toujours plus ou moins fait bande à part ; il n'était pas rationnel, m'a-t-il soutenu, de croire que Cerf pouvait défendre une côte si loin au nord et pendant si longtemps. Fitz, saviez-vous que les îles Proches avaient déjà été cédées aux Pirates rouges ? »

Je me dressai d'un bond. « Je sais que c'est faux ! dis-je sans pouvoir me retenir.

— Royal prétend le contraire, poursuivit-elle, implacable. Il dit que Vérité avait jugé, dès avant son départ, qu'il n'existait plus de véritable espoir de les garder des Pirates, et que c'est pour cela qu'il avait rappelé le *Constance* au port. Il affirme que Vérité avait artisé Carrod, le membre du clan du navire, afin d'ordonner au bateau de rentrer pour réparations.

— Il avait été réarmé juste après les moissons ; puis il est parti en mer avec mission de protéger la côte entre Baie aux Phoques et Mouette et de se tenir prêt au cas où les îles Proches l'appelleraient. C'est ce qu'avait demandé son capitaine : du temps pour former l'équipage aux manœuvres par temps d'hiver. Vérité n'aurait jamais laissé cette zone sans surveillance : si les Pirates établissent une place forte sur les îles Proches, nous ne nous en débarrasserons jamais. De là, ils pourront lancer leurs attaques hiver comme été.

— Royal soutient que c'est déjà fait et que notre seul espoir est de négocier avec eux. » Son regard bleu me scrutait.

Je me rassis lentement, abasourdi. Y avait-il quelque chose de vrai dans tout cela ? Comment cela aurait-il pu m'échapper ? Au fond de moi, je sentais Vérité tout aussi perplexe ; lui non plus n'était au courant de rien. « Je ne crois pas que le roi-servant négocierait jamais avec les Pirates, sauf avec le fil de son épée.

— Il ne s'agit donc pas d'un secret qu'on m'aurait caché pour éviter de m'inquiéter ? C'est ce que sous-entendait Royal : que Vérité me dissimulait ces choses car elles passaient mon entendement. »

Sa voix tremblait ; au-delà de la colère d'avoir cru les îles Proches abandonnées aux Pirates, il y avait une douleur plus personnelle, celle d'avoir imaginé que son seigneur pût la considérer comme indigne de ses confidences. J'avais un tel désir de la prendre dans mes bras et de la réconforter que c'en devenait une souffrance.

« Ma dame, dis-je, la voix rauque, prenez ce que je vous affirme comme si c'était Vérité qui parlait : tout ce que prétend Royal est aussi faux que vous êtes droite. J'irai au fond de cette nasse de mensonges et je la déchirerai. Nous verrons alors quelle sorte de poisson en tombe.

— Puis-je me fier à vous pour mener votre enquête discrètement, Fitz ?

— Ma dame, vous êtes une des rares personnes à connaître la mesure de ma formation en matière d'entreprises secrètes. »

Elle hocha gravement la tête. « Le roi, comprenez-vous, n'a rien nié. Mais il ne paraissait pas non plus suivre tout ce que disait Royal. On aurait cru… un enfant qui écoute la conversation de ses aînés, acquiesce mais n'y comprend guère… » Elle posa un regard affectueux sur Romarin assise à ses pieds.

« J'irai voir le roi aussi. Je vous promets de vous rapporter des réponses, et très bientôt.

— Avant l'arrivée du duc de Béarns, me rappela-t-elle. Il me faut savoir la vérité à ce moment-là ; je lui dois au moins cela.

— Nous aurons davantage que la simple vérité à lui fournir, ma reine », répondis-je. Le poids des émeraudes tirait toujours ma poche ; je savais qu'elle ne refuserait pas de les donner.

## 5

## MÉSAVENTURES

*Au cours des années où nous subîmes les assauts des Pirates rouges, les Six-Duchés souffrirent durement de leurs atrocités, et, à cette époque, les habitants du royaume conçurent pour les Outrîliens une haine d'une virulence inouïe.*

*Du temps de leurs parents et de leurs grands-parents, les Outrîliens étaient marchands et déjà pirates, mais les attaques étaient menées par des navires isolés, et nous n'avions plus connu de guerre contre eux depuis les jours du roi Sagesse. En outre, si les raids de pirates n'étaient pas chose rare, ils demeuraient beaucoup moins fréquents que les visites à but de négoce des navires outrîliens sur nos côtes. On ne faisait pas mystère des liens du sang qui unissaient les familles nobles de chez nous aux Outrîliens, et de nombreuses familles avaient un cousin dans les îles d'Outre-Mer.*

*Mais après l'attaque impitoyable qui avait précédé les événements de Forge et les horreurs perpétrées à Forge même, les discours favorables aux Outrîliens se turent. Leurs bateaux avaient toujours été plus enclins à accoster chez nous que nos navires marchands à visiter leurs ports encombrés de glace et leurs chenaux aux courants dangereux mais, de cette date, le commerce cessa complètement et nulle nouvelle des Outrîliens n'arriva plus à leurs familles des Six-Duchés. Outrîliens devint synonyme de Pirates et, dans notre imagination, tous les vaisseaux des îles d'Outre-Mer avaient la coque rouge.*

*Pourtant, un homme, Umbre Tombétoile, conseiller personnel du roi Subtil, décida de se rendre dans ces îles en ces heures périlleuses. Voici ce qu'il dit dans son journal :*

*« Le nom de Kebal Paincru était inconnu dans les Six-Duchés et on ne le prononçait pas, même à voix basse, dans les îles d'Outre-Mer. D'un naturel indépendant, les habitants des villages isolés et clairsemés des îles n'avaient jamais prêté serment d'allégeance à un roi ; cependant, Kebal Paincru n'y était pas considéré comme un monarque, mais plutôt comme une force maléfique, un vent polaire qui surcharge tant de glace les gréements qu'en une heure le bateau se retourne sur la mer.*

*« Les rares personnes que je rencontrai et qui ne craignaient pas de parler de lui disaient qu'il avait édifié son pouvoir en soumettant à son autorité les diverses bandes de pirates et les navires qui pratiquaient la maraude. Cela fait, il avait consacré ses efforts à recruter les meilleurs navigateurs, les capitaines les plus compétents et les guerriers les plus expérimentés qu'eussent à offrir les villages ; ceux qui refusaient ses propositions voyaient leur famille escrallée, ou forgisée, comme nous disons, puis on leur laissait la vie sauve afin qu'ils contemplent les vestiges brisés de leur existence. La plupart étaient forcés d'exécuter leurs parents de leurs propres mains : les coutumes outrîliennes font un strict devoir au maître de maison de maintenir l'ordre parmi les siens. Comme les rumeurs de ces pratiques se propageaient, de moins en moins nombreux furent ceux qui résistèrent aux exigences de Kebal Paincru. Certains s'enfuirent : leurs cousins payèrent quand même le prix de l'escral. D'autres choisirent le suicide mais, là encore, les familles ne furent pas épargnées. Devant ces exemples, bien peu osaient tenir tête à Paincru ou à ses vaisseaux.*

*« Même parler contre lui, c'était s'exposer à l'escral. Les renseignements que je parvins à glaner au cours de cette expédition étaient bien maigres, et je ne les obtins qu'avec les plus grandes difficultés ; je tins compte aussi des rumeurs, bien qu'elles fussent aussi rares que des agneaux noirs dans un troupeau blanc. Les voici rassemblées ci-après : on parle d'un navire blanc, qui viendrait diviser les âmes ; non les emporter ni les détruire : les diviser. On évoque également tout bas une femme pâle que même Kebal Paincru redoute et révère. Beaucoup mettent en relation les souffrances de leur pays et l'avancée sans précédent des "baleines de glace", ou glaciers ; présents en permanence dans les confins les plus élevés de*

*leurs étroites vallées, ils progressaient dorénavant plus vite qu'au souvenir d'aucun homme vivant ; ils étaient en train de recouvrir rapidement le peu de terre arable dont disposaient les Outrîliens et de provoquer, d'une façon que nul ne put ou ne voulut m'expliquer, un "changement d'eau".* »

*

Je me rendis chez le roi le soir même, non sans inquiétude : pas plus que moi, il n'avait dû oublier notre dernière conversation au sujet de Célérité. Néanmoins, je me répétai fermement que je faisais cette visite, non pour des motifs personnels, mais pour Kettricken et Vérité. Je frappai et Murfès me laissa entrer à contrecœur. Le roi était installé dans son fauteuil près du feu, le fou à ses pieds, méditatif, le regard plongé dans les flammes. Le roi Subtil leva les yeux à mon entrée ; je le saluai et il m'accueillit avec chaleur, puis il me fit asseoir et me demanda comment s'était déroulée ma journée. Je jetai un coup d'œil perplexe au fou, qui me répondit par un sourire amer. Je pris un tabouret en face de lui et attendis que Subtil reprenne la parole.

Il me considéra avec bienveillance. « Eh bien, mon garçon ? As-tu passé une bonne journée ? Raconte-moi.

— J'ai eu… quelques tracas, mon roi.

— Vraiment ? Tiens, prends une tasse de thé ; c'est merveille pour calmer les nerfs. Fou, verse à mon garçon une tasse de thé.

— Avec plaisir, mon roi. J'obéis d'autant plus volontiers que j'en fais autant pour vous. » Et le fou se leva d'un bond étonnamment rapide. Une grosse bouilloire d'argile chauffait à la chaleur des braises de la cheminée ; le fou me versa une chope du contenu, puis me la tendit avec cette phrase : « Bois-en autant que notre roi et tu partageras sa sérénité. »

Je pris la chope et la portai à mes lèvres ; j'en respirai les vapeurs, puis goûtai l'infusion du bout de la langue ; elle était chaude, épicée, et picotait agréablement. Sans en boire, je reposai le récipient d'un air enjoué. « C'est une plaisante tisane, mais le gaibouton ne crée-t-il pas une accoutumance ? » demandai-je au roi sans détour.

Il me sourit avec condescendance. « Pas en quantité aussi réduite. Murfès m'a assuré que c'était excellent pour mes nerfs et aussi pour mon appétit.

— Oui, c'est très efficace pour l'appétit, intervint le fou, car plus tu en bois, plus tu as envie d'en boire. Avale vite ta chope, Fitz, car tu vas sûrement avoir bientôt de la compagnie ; plus tu boiras, moins tu devras partager. » Et, avec un geste du bras qui évoquait une fleur qui déploie ses pétales, il désigna la porte à l'instant précis où elle s'ouvrait pour laisser entrer Royal.

« Ah, encore de la visite ! » Le roi Subtil gloussa d'un air réjoui. « La soirée va être joyeuse ; assieds-toi, mon garçon, assieds-toi. Le Fitz me disait qu'il avait eu des contrariétés aujourd'hui, et je lui ai proposé de mon thé pour l'apaiser.

— Ça ne peut que lui faire du bien », acquiesça Royal aimablement. Il se tourna vers moi en souriant. « Des contrariétés, Fitz ?

— Des étonnements, en tout cas. D'abord, il y a eu la petite histoire des écuries ; un des hommes du duc Bélier s'y trouvait et il prétendait que le duc avait acheté quatre chevaux, dont Falaise, l'étalon dont nous nous servons pour les juments de trait ; j'ai fini par le convaincre qu'il devait y avoir une erreur, car les parchemins n'étaient pas signés par le roi.

— Ah, les fameux parchemins ! » Le roi gloussa de nouveau. « Royal a été obligé de me les rapporter, car j'avais oublié de les signer. Mais c'est réglé et les chevaux pourront certainement prendre la route de Labour au matin. Ce sont de bons chevaux que le duc Bélier a acquis ; il a fait un excellent marché.

— Je n'aurais jamais cru nous voir vendre le meilleur cheptel de Castelcerf. » J'avais parlé à mi-voix, en m'adressant à Royal.

« Moi non plus. Mais, vu l'état des finances, il a fallu prendre des mesures draconiennes. » Il me regarda un moment avec froideur. « Les moutons et les bovins aussi devront être vendus. Nous n'avons plus de fourrage pour les nourrir pendant l'hiver ; mieux vaut en tirer de l'argent que les voir mourir de faim. »

J'étais outré. « Comment se fait-il qu'on n'ait jamais entendu parler de ce manque de moyens ? Je n'ai pas ouï dire que les récoltes aient été mauvaises. Les temps sont durs, c'est vrai, mais...

— Tu n'as rien entendu dire parce que tu n'as pas écouté. Pendant que mon frère et toi récoltiez les honneurs de la guerre, je m'occupais de la bourse qui la payait, et elle est pratiquement vide. Demain, je vais devoir dire aux hommes qui travaillent aux nouveaux bateaux qu'ils doivent continuer pour l'amour de l'art ou abandonner leurs chantiers. Il n'y a plus d'argent pour les payer ni pour acheter les matériaux nécessaires à l'achèvement des navires. » Il se tut et se radossa dans son fauteuil en me dévisageant.

Au fond de moi, Vérité rongeait son frein. Je m'adressai au roi. « Est-ce exact, monseigneur ? » demandai-je.

Le roi Subtil tressaillit, puis il se tourna vers moi et battit des paupières. « J'ai bien signé ces parchemins, n'est-ce pas ? » Il paraissait perplexe et je pense que son esprit était remonté à notre précédent sujet de conversation ; il n'avait absolument rien suivi de notre entretien. À ses pieds, le fou restait étrangement silencieux. « Je croyais les avoir signés. Eh bien, apporte-les-moi donc, qu'on en finisse et que cette agréable soirée puisse se poursuivre.

— Que faut-il faire, au sujet de la situation en Béarns ? Est-il vrai que les Pirates se sont emparés d'une partie des îles Proches ?

— La situation en Béarns... » répéta-t-il. Il réfléchit et prit une nouvelle gorgée de thé.

« Il n'y a rien à y faire », intervint Royal d'un ton attristé. Mielleusement, il ajouta : « Il est temps que Béarns s'occupe des problèmes de Béarns. Nous ne pouvons réduire les Six-Duchés à la mendicité pour protéger une bande côtière improductive. Les Pirates ont mis la main sur quelques rochers couverts de glace, et après ? Je leur souhaite bien du plaisir. Nous avons nos propres populations à protéger, nos propres villages à rebâtir. »

J'espérai en vain une réaction de Subtil, un mot pour défendre Béarns ; voyant qu'il demeurait muet, je lui demandai doucement : « On ne peut guère décrire la ville de Bac comme un rocher couvert de glace ; du moins on ne le pouvait pas avant la visite des Pirates rouges. Et depuis quand Béarns ne fait-il plus partie des Six-Duchés ? » Les yeux fixés sur Subtil, j'essayai d'attirer son regard. « Mon roi, je vous implore de faire venir Sereine, qu'elle artise Vérité afin que vous puissiez discuter ensemble de tout cela. »

Royal en eut soudain assez de jouer au chat et à la souris. « Et depuis quand le garçon de chenil s'intéresse-t-il tant à la politique ? jeta-t-il violemment. N'arrives-tu donc pas à te mettre dans le crâne que le roi peut prendre ses décisions sans attendre la permission du roi-servant ? Mettrais-tu en question les décisions de ton roi, le Fitz ? Aurais-tu à ce point oublié quelle est ta place ? Je savais que Vérité t'avait plus ou moins pris comme chien de manchon, et peut-être tes aventures à la hache t'ont-elles donné une haute idée de toi-même ; mais le prince Vérité a décidé d'aller poursuivre une chimère par monts et par vaux, et je reste seul pour maintenir tant bien que mal les Six-Duchés sur la voie.

— J'étais présent quand vous avez appuyé le projet du roi-servant de chercher les Anciens », observai-je. Le roi Subtil semblait s'être à nouveau égaré dans un rêve éveillé ; il contemplait les flammes.

« Et pourquoi tu étais là, je n'en sais rien, fit-il d'une voix doucereuse. Comme je te le disais, tu te fais une idée excessive de toi-même. Tu manges à la table haute, tu es vêtu grâce à la générosité du roi, et tu en es venu à croire que cela te donne des privilèges plutôt que des devoirs. Laisse-moi te rappeler qui tu es réellement, Fitz. » Il s'interrompit et j'eus l'impression qu'il regardait le roi comme pour juger s'il pouvait parler sans risque ; puis il reprit en baissant le ton, d'une voix douce comme celle d'un ménestrel. « Tu es le misérable bâtard d'un petit prince qui n'a même pas eu le courage de devenir roi-servant ; tu es le petit-fils d'une reine disparue dont la basse extraction s'est vue dans la roturière avec laquelle son fils aîné a couché pour te concevoir. Toi qui te donnes le nom de Fitz-Chevalerie Loinvoyant, il te suffit de te gratter un peu pour trouver Personne, le garçon de chenil. Sois heureux que je souffre ta présence au Château au lieu de te renvoyer habiter aux écuries. »

J'ignore ce que je ressentais en cet instant : Œil-de-Nuit grondait haineusement en réponse au venin des propos de Royal ; et Vérité, à ce moment précis, était capable de commettre un fratricide. Je jetai un coup d'œil au roi : les deux mains serrées autour de sa chope de thé sucré, il rêvait en regardant le feu. Du coin de l'œil, j'aperçus le fou ; il y avait de la peur dans ses yeux pâles, une peur que je n'avais jamais vue, et son regard était fixé, non sur Royal, mais sur moi.

Et je me rendis alors compte que je m'étais dressé et que je dominais Royal. Il levait les yeux vers moi et il attendait la suite des événements ; il y avait une lueur inquiète dans son regard, mais aussi un lustre de triomphe. Je n'avais qu'à le frapper et il pourrait appeler les gardes : ce serait de la trahison et il me ferait pendre. Je sentis le tissu de ma chemise tendu à mes épaules et sur ma poitrine, tous les muscles bandés de fureur. Je m'efforçai de reprendre mon souffle, obligeai mes poings crispés à s'ouvrir. Il me fallut un long moment pour cela. *Arrêtez*, leur dis-je. *Arrêtez, vous allez me faire tuer.* J'attendis d'avoir retrouvé la maîtrise de ma voix pour parler.

« J'aurai compris bien des choses, ce soir », fis-je à mi-voix ; puis je me tournai vers le roi Subtil. « Monseigneur, je vous souhaite la bonne nuit et vous prie de me permettre de me retirer.

— Hein ? Tu as donc eu… des tracas, aujourd'hui, mon garçon ?

— En effet, monseigneur », répondis-je avec douceur. Ses yeux d'une profondeur infinie se levèrent vers moi tandis que j'attendais mon congé et je plongeai mon regard dans leur abîme. Il n'était pas là, pas comme il y était autrefois. Il eut l'air intrigué et battit des paupières à plusieurs reprises.

« Ah bon ; eh bien, peut-être devrais-tu te reposer, à présent, et moi aussi. Fou ? Fou, mon lit est-il prêt ? Réchauffe-le avec la bassinoire ; j'ai froid, la nuit, ces jours-ci. Ha ! La nuit, ces jours-ci ! Un beau paradoxe pour toi, fou ! Comment t'y prendrais-tu pour bien le faire sonner ? »

L'intéressé se dressa d'un bond et fit une profonde révérence au roi. « Je dirais que la mort refroidit les jours, ces nuits-ci, Votre Majesté ; c'est un froid à vous nouer les os, prompt à donner la mort ; et je me réchaufferais plus à l'ombre de mon roi qu'à la brûlure d'un soleil royal. »

Subtil eut un petit rire. « Tu es incompréhensible, fou, comme d'habitude. Bonne nuit à tous et allez vous coucher, les garçons. Bonne nuit, bonne nuit ! »

Je m'éclipsai pendant que Royal prenait congé de son père de façon plus cérémonieuse et, à la porte, je dus me tenir à quatre pour ne pas effacer à coups de poing le sourire affecté de Murfès. Une fois dans le couloir, je me dirigeai rapidement vers ma chambre afin de suivre le conseil du fou et me réchauffer auprès d'Umbre plutôt qu'affronter Royal.

Je passai le reste de la soirée seul entre mes quatre murs ; la nuit venant, je savais que Molly s'étonnerait de ne pas m'entendre frapper à sa porte, mais je n'avais ni le cœur ni l'énergie de me faufiler hors de chez moi, de monter discrètement les marches, de raser les murs des couloirs, tout cela en tremblant d'être surpris là où je n'avais pas lieu de me trouver. En un autre temps, j'aurais cherché refuge dans la chaleur et l'affection de Molly et j'y aurais puisé quelque paix de l'âme ; ce n'était plus le cas aujourd'hui. Je redoutais désormais la furtivité et l'inquiétude qui baignaient nos rendez-vous, et la réserve instaurée entre nous qui ne disparaissait pas, même la porte fermée, car Vérité était présent en moi et je devais prendre garde à ce que mes émotions et mes pensées en compagnie de Molly ne se déversent pas dans le lien que je partageais avec lui.

Je renonçai à lire le parchemin que je tenais : à quoi bon me renseigner sur les Anciens, de toute façon ? Vérité découvrirait ce qu'il découvrirait. Je me jetai à plat dos sur le lit et contemplai le plafond. Même immobile et muet, j'attendais en vain la sérénité ; le lien qui m'unissait à Vérité était comme un crochet dans ma chair et j'éprouvais ce que doit ressentir le poisson ferré quand il se débat contre la ligne. Celui que j'avais avec Œil-de-Nuit était d'une nature plus profonde et plus subtile, mais lui non plus ne me quittait jamais et ses yeux verts chatoyaient dans quelque recoin obscur de mon être. Ces parties de moi-même ne dormaient jamais, ne se reposaient jamais, ne connaissaient jamais le calme, et cette tension constante commençait à prélever sa dîme sur moi.

Des heures plus tard, alors que les bougies dégouttaient de leur bobèche et que le feu n'était plus que braises, un changement dans l'air m'avertit qu'Umbre m'avait ouvert sa porte silencieuse. Je me levai et m'engageai dans l'escalier où serpentait un vent coulis, mais à chaque marche ma colère grandissait; ce n'était pas une colère qui pousse à tempêter et échanger des coups entre hommes; elle trouvait sa source plutôt dans la lassitude et la frustration que dans la douleur physique, et elle était de l'espèce qui fait soudain cesser d'agir et déclarer: « Je n'en peux plus.

— Tu n'en peux plus de quoi? » me demanda Umbre, en levant les yeux de la concoction qu'il broyait sur sa table de pierre tachée. La sincère inquiétude que je perçus dans sa voix me fit suspendre ma réponse et observer l'homme à qui je parlais: un vieil échalas d'assassin, la peau grêlée, les cheveux presque complètement blancs, vêtu de son habituelle robe de laine grise et parsemée d'éclaboussures et de petites brûlures résultant de son travail. Et je me demandai combien d'hommes il avait tués pour son roi, sur un simple mot ou geste de Subtil; tués sans discuter, fidèle à son serment. Malgré tous ces morts, c'était un caractère affable. Soudain, une question me vint, plus pressante que la réponse à la sienne.

« Umbre, avez-vous déjà tué quelqu'un pour vous-même? »

Il parut surpris. « Pour moi-même?

— Oui.

— Pour me défendre?

— Oui. Pas sur ordre du roi; je parle de tuer quelqu'un pour... pour vous simplifier la vie. »

Il eut un grognement de mépris. « Non, naturellement. » Et il me regarda curieusement.

« Pourquoi? » insistai-je.

Il eut l'air incrédule. « On ne tue pas les gens parce que ça nous arrange. C'est mal; c'est du meurtre, mon garçon.

— Sauf si on agit pour le roi.

— Sauf si on agit pour le roi, acquiesça-t-il tranquillement.

— Umbre, où est la différence? Que vous le fassiez pour vous-même ou pour Subtil? »

Avec un soupir, il abandonna la mixture qu'il préparait, fit le tour de la table et s'assit au bout, sur un haut tabouret. « Je me rappelle m'être posé les mêmes questions, mais à moi-même, car mon mentor était déjà mort, lorsque j'avais ton âge. » Il fixa son regard sur moi. « Tout est affaire de foi, mon garçon. Crois-tu en ton roi ? Attention, ton roi, ce doit être plus que le brave vieux Subtil ou le gentil Vérité avec son franc-parler. Ce doit être le roi, le cœur du royaume, le moyeu de la roue ; alors, et si tu es convaincu que les Six-Duchés valent d'être préservés, qu'on peut faire le bien du peuple en dispensant la justice du roi, eh bien, telle est la différence.

— Et on peut tuer pour lui.

— Exactement.

— Vous est-il arrivé de tuer contre votre propre sentiment ?

— Tu débordes de questions ce soir, me prévint-il aimablement.

— Peut-être m'avez-vous laissé trop longtemps seul à y réfléchir ; quand nous nous voyions presque toutes les nuits, nous discutions souvent, j'avais toujours de quoi faire et je ne ruminais pas autant. Mais maintenant, j'ai du temps. »

Il hocha lentement la tête. « Réfléchir n'est pas toujours… rassurant. C'est toujours bien, mais pas toujours rassurant. Oui, j'ai tué contre mon sentiment, et, là encore, c'est affaire de foi. Je devais croire que ceux qui me donnaient mes ordres en savaient plus long que moi et qu'ils connaissaient mieux que moi le vaste monde. »

Je ne dis rien pendant un long moment et Umbre se détendit un peu. « Entre, ne reste pas dans le courant d'air. Buvons un verre de vin ensemble, et ensuite il faudra que je te parle de…

— Avez-vous déjà tué en vous fondant seulement sur votre jugement ? Pour le bien du royaume ? »

L'espace de quelques secondes, Umbre me regarda, troublé, mais je ne détournai pas les yeux. C'est lui qui les baissa sur ses vieilles mains, qu'il frottait l'une contre l'autre tout en suivant du doigt les marques rouge vif qui parsemaient leur peau parcheminée. « Je ne porte pas de jugements. » Il me dévisagea soudain. « Je n'ai jamais accepté ce fardeau, je n'en ai jamais voulu. Ce n'est pas notre rôle, mon garçon. C'est le roi qui décide.

— Je ne m'appelle pas "mon garçon", fis-je à ma propre surprise. Je m'appelle FitzChevalerie.

— En insistant sur le Fitz, répliqua sèchement Umbre. Tu es le rejeton illégitime d'un homme qui a refusé de devenir roi, qui a abdiqué. Et, par cette abdication, il s'est déchargé de la nécessité de porter des jugements. Tu n'es pas roi, Fitz, ni même fils de vrai roi. Nous sommes des assassins.

— Pourquoi restons-nous sans rien faire pendant qu'on empoisonne le vrai roi ? demandai-je alors de but en blanc. Je le vois et vous le voyez aussi : par tromperie, on l'encourage à se servir de plantes qui lui volent l'esprit, puis, profitant de ce qu'il ne pense plus clairement, on l'incite à en employer d'autres qui l'abrutissent encore davantage. Nous connaissons la source immédiate de ces poisons et j'ai mes soupçons quant à leur véritable origine ; et cependant nous le regardons s'affaiblir et s'étioler sans réagir. Pourquoi ? Où est la foi, là-dedans ? »

La réponse d'Umbre me fit l'effet d'un coup de poignard. « J'ignore où est ta foi ; je pensais qu'elle était peut-être en moi, que j'en savais plus que toi sur ce sujet et que j'étais loyal à mon roi. »

Je baissai le regard à mon tour. Au bout d'un moment, je me dirigeai à pas lents vers l'armoire où Umbre rangeait ses alcools et ses verres ; je pris un plateau et remplis avec soin deux coupes du vin de la carafe à bouchon de verre, puis allai déposer l'ensemble sur la petite table près de la cheminée ; enfin, comme depuis tant d'années, je m'installai sur les pierres de l'âtre. Peu après, mon maître vint prendre place dans son fauteuil confortablement rembourré. Il saisit sa coupe et en but une gorgée.

« Cette année n'aura été facile ni pour toi ni pour moi.

— Vous m'appelez si rarement, et, quand vous m'ouvrez votre porte, vous me faites des cachotteries. » Je m'étais efforcé, sans y parvenir tout à fait, de ne pas prendre un ton accusateur.

Umbre émit un éclat de rire bref comme un aboiement. « Et ça te vexe, toi qui es d'un caractère si ouvert et si spontané, n'est-ce pas ? » Il rit à nouveau sans prêter attention au regard chagrin que je lui lançai ; quand il se fut calmé, il but un peu de vin, puis posa sur moi des yeux où dansait encore une lueur d'amusement.

« Ne prends pas cet air mauvais avec moi, *mon garçon*, me dit-il. Je ne t'ai jamais rien demandé que je n'aie exigé de moi-même au double, sinon plus ; car je considère qu'un maître a quelque droit d'attendre foi et confiance de la part de son élève.

— Vous les avez, répondis-je au bout d'un moment. Et vous avez raison : j'ai moi aussi mes secrets et je pensais que vous auriez assez confiance en moi pour les croire honorables. Mais les miens ne vous gênent pas autant que les vôtres m'oppressent. Chaque fois que je pénètre chez le roi, je vois ce que lui font les Fumées et les potions de Murfès ; je veux tuer Murfès et rendre ses esprits à mon roi, et après cela je veux… achever le travail. Je veux éliminer la source des poisons.

— Tu désires donc me tuer ? »

J'eus l'impression d'une douche d'eau glacée. « C'est vous qui fournissez les poisons que Murfès donne au roi ? » J'avais sûrement mal compris.

Il acquiesça d'un lent signe de tête. « Certains, oui. Sans doute ceux qui te répugnent le plus. »

Mon cœur s'était arrêté dans ma poitrine. « Mais pourquoi, Umbre ? »

Il me regarda quelques instants, les lèvres serrées, puis : « Les secrets du roi n'appartiennent qu'au roi, dit-il dans un murmure. Je n'ai pas à les divulguer, celui à qui je les confierais soit-il ou non, à mon avis, capable de les garder. Mais si tu voulais seulement te servir de ton intelligence comme je t'y ai formé, tu connaîtrais mes secrets car je ne te les ai pas dissimulés ; et, à partir de là, tu pourrais déduire bien des choses. »

Je me tournai pour tisonner le feu. « Umbre, j'en ai assez ; je suis trop fatigué pour jouer à ces petits jeux. Ne pouvez-vous parler franchement ?

— Bien sûr que si. Mais ce serait transiger avec la promesse que j'ai faite à mon roi ; ce que je fais est déjà bien assez grave.

— Vous recommencez à couper les cheveux en quatre ! m'exclamai-je brutalement.

— Peut-être, mais ce sont mes cheveux », répliqua-t-il d'un ton égal.

Son équanimité me mit en fureur. Je secouai violemment la tête et décidai d'écarter un moment ses devinettes de mes pensées. « Pourquoi m'avez-vous fait monter ce soir ? » demandai-je sans ambages.

Une ombre peinée apparut derrière le calme de son regard. « Peut-être simplement pour te voir ; peut-être pour t'empêcher de faire une bêtise irréparable. Je sais que ce qui se passe en ce moment te laisse désemparé, et je partage tes craintes, je t'assure. Mais, pour le présent, nous devons continuer à suivre le chemin qu'on nous a prescrit, avec foi. Tu fais confiance à Vérité pour être de retour avant le printemps et rétablir la situation, n'est-ce pas ?

— Je n'en sais rien, avouai-je à contrecœur. J'ai été effaré quand il a décidé de se lancer dans cette entreprise grotesque ; il aurait dû rester ici et poursuivre son projet d'origine. Le temps qu'il s'en retourne, la moitié de son royaume sera sur la paille ou aura été dilapidée, tel que s'y prend Royal. »

Umbre me regarda calmement. « "Son" royaume, c'est encore celui du roi Subtil. Tu ne l'as pas oublié ? Peut-être fait-il confiance à son père pour le garder intact.

— Je ne crois pas le roi Subtil capable de se garder lui-même intact, Umbre. L'avez-vous vu récemment ? »

Ses lèvres se réduisirent à une ligne mince. « Oui, fit-il sèchement. Je le vois aux moments où personne d'autre ne le voit, et je te dis que ce n'est pas l'idiot débile que tu crois. »

Je secouai lentement la tête. « Si vous l'aviez observé ce soir, Umbre, vous partageriez mon inquiétude.

— Qui te dit que je ne l'ai pas observé ? » Umbre était vexé, à présent. Je n'avais pas l'intention de l'irriter mais, quoi que je dise, tout semblait aller de travers ; je me contraignis donc au silence, bus une gorgée de vin et contemplai le feu.

« Les rumeurs sur les îles Proches sont-elles fondées ? » demandai-je quelques minutes plus tard ; j'avais retrouvé ma voix normale.

Umbre se frotta les yeux de ses phalanges osseuses. « Comme dans toute rumeur, il s'y trouve un germe de vérité. Peut-être est-il exact que les Pirates y ont établi une base ; nous l'ignorons. En tout cas, nous ne les leur avons pas données. Comme tu en as fait toi-même la remarque, une fois en possession des îles Proches, ils pourraient assaillir notre côte hiver comme été.

— Le prince Royal semble penser qu'on pourrait se débarrasser d'eux en leur proposant une contrepartie, que ce sont peut-être ces îles et un bout de la côte de Béarns qu'ils guignent. »

J'avais dû faire un effort, mais j'avais réussi à conserver un ton respectueux en parlant de Royal.

« Bien des hommes s'imaginent qu'en exprimant un vœu ils vont le faire se réaliser, répondit Umbre d'un ton neutre. Même lorsqu'ils devraient faire preuve de plus de sagacité, ajouta-t-il sombrement.

— À votre avis, que veulent les Pirates ? »

Son regard plongea dans le feu derrière mon épaule. « Ça, c'est un vrai casse-tête : que veulent les Pirates ? C'est ainsi que notre esprit conçoit le problème, Fitz ; nous croyons qu'ils nous attaquent parce qu'ils veulent quelque chose de nous ; mais, dans ce cas, ils nous auraient sûrement déjà fait part de leurs exigences. Ils savent le mal qu'ils nous font, ils se doutent bien que nous examinerions leurs revendications, à tout le moins ; or, ils ne demandent rien. Ils nous attaquent et nous attaquent encore, tout simplement.

— Ce n'est pas logique, fis-je, achevant son raisonnement.

— Selon notre façon de considérer la logique, me reprit-il. Mais si notre postulat de départ est faux ? »

Je le dévisageai sans comprendre.

« S'ils ne veulent rien d'autre que ce qu'ils ont déjà : un réservoir de victimes ? Des villes à piller, des villages à incendier, des gens à torturer ? Si c'est là leur unique but ?

— C'est aberrant, dis-je d'une voix lente.

— Peut-être. Mais si c'est le cas ?

— Alors, rien ne les arrêtera. Sauf une élimination totale. »

Il hocha la tête. « Poursuis ta pensée.

— Nous ne disposons pas d'assez de navires pour les freiner si peu que ce soit. » Je réfléchis un instant. « Mieux vaudrait pour nous que les Anciens existent bel et bien, parce que apparemment ils constituent, eux ou quelque chose comme eux, notre seul espoir. »

Umbre acquiesça d'un signe de tête. « Exactement. Tu comprends maintenant pourquoi j'ai approuvé le projet de Vérité.

— Parce que c'est notre seule chance de survie. »

Nous restâmes un long moment silencieux, les yeux perdus dans les flammes. Quand je regagnai mon lit, je fus assailli par des cauchemars où Vérité, attaqué, se défendait tandis que je le regardais sans intervenir. Je ne pouvais pas tuer ses ennemis car mon roi ne m'en avait pas donné l'autorisation.

*

Douze jours plus tard, le duc Brondy de Béarns arriva ; il avait suivi la route côtière à la tête d'une troupe assez considérable pour être impressionnante sans toutefois paraître menaçante, et il se présentait dans le plus grand apparat que son duché pouvait se permettre. Ses filles l'accompagnaient, sauf l'aînée, demeurée en Béarns afin de faire tout ce qui pouvait l'être pour Bac. Je passai le début de l'après-midi dans les écuries, puis dans la salle des gardes à écouter les bavardages des membres mineurs de sa suite. Pognes veilla efficacement à ce que les bêtes fussent bien logées et soignées, et, comme toujours, nos cuisines et nos casernements se firent hospitaliers. Cela n'empêcha pourtant pas les réflexions grinçantes de la part des Béarnois : ils décrivirent en termes crus ce qu'ils avaient vu à Bac et se plaignirent que leurs appels à l'aide fussent restés lettre morte. Nos soldats s'aperçurent avec honte qu'ils n'avaient guère à répondre pour la défense du roi Subtil, et quand un soldat ne peut justifier les actes de son chef, il doit s'incliner devant la critique ou trouver un autre terrain de désaccord ; des rixes éclatèrent donc entre Béarnois et Castelcervois, incidents heureusement isolés à propos de différends insignifiants. Mais ce genre de péripéties ne se produisaient ordinairement pas sous la discipline de Castelcerf et elles en prenaient un aspect d'autant plus inquiétant qui, à mes yeux, soulignait le désarroi auquel nos propres troupes étaient en proie.

Je m'habillai avec soin pour le dîner, ne sachant pas qui je risquais d'y rencontrer ni ce que l'on attendrait de moi. J'avais aperçu Célérité par deux fois dans la journée, et chaque fois je m'étais éclipsé avant de me faire repérer ; je supposais, en le redoutant, l'avoir pour voisine de table. Ce n'était pas le moment de faire affront à une ressortissante béarnoise, mais je ne souhaitais pas non plus l'encourager à me poursuivre de ses assiduités. Pourtant, je m'étais inquiété pour rien, car je me trouvai placé très bas à la table, parmi les petits nobles, et les plus jeunes, par-dessus le marché. Je passai une désagréable soirée à jouer les nouveautés au milieu des nobliaux ; plusieurs jeunes filles tentèrent de me faire du charme, expérience inédite pour moi et qui ne me plut guère. Au cours de ce dîner, je pris conscience de l'énorme afflux de gens qui avait grossi la cour de Castelcerf durant cet hiver ; la plupart venaient des duchés de l'Intérieur renifler les miettes de l'assiette de Royal, mais, comme ces jeunes femmes l'indiquaient clairement, elles étaient prêtes à courtiser n'importe où l'influence politique. L'effort que je devais fournir pour suivre leurs tentatives de badinage piquant et y répondre avec au moins un semblant de courtoisie m'empêchait totalement de prêter attention à ce qui se passait à la Table Haute. Le roi Subtil était présent, assis entre la reine-servante Kettricken et le prince Royal ; le duc Brondy et ses filles, Célérité et Félicité, venaient tout de suite après, et le reste de la table appartenait aux favoris de Royal, parmi lesquels il fallait remarquer le duc Bélier de Labour, sa dame, Paisible, et leurs deux fils ; le seigneur Brillant, jeune cousin de Royal, héritier du duc de Bauge et nouveau venu à la cour, était là aussi.

De là où je me trouvais, je ne voyais pas grand-chose et j'en entendais encore moins. Je sentais Vérité bouillir d'exaspération à cette situation, mais je n'y pouvais rien. Le roi semblait plus fatigué qu'égaré, ce que je pris pour un signe positif ; Kettricken, assise à côté de lui, était presque blanche, en dehors de deux taches roses aux pommettes ; elle ne mangeait guère et paraissait plus grave et plus encline à se taire que d'habitude. En revanche, le prince Royal se montrait sociable et enjoué, du moins avec le duc Bélier, dame Paisible et leurs enfants ; il ne se conduisait pas tout à fait comme si Brondy et ses filles n'existaient pas, mais sa gaieté leur portait visiblement sur les nerfs.

Le duc Brondy était un homme de vastes proportions et bien musclé malgré son âge ; les mèches blanches qui apparaissaient dans sa queue de cheval de guerrier attestaient d'anciennes blessures reçues au combat, tout comme une de ses mains à laquelle manquaient des doigts. Ses filles le suivaient dans l'ordonnancement de la table, jeunes femmes aux yeux indigo dont les pommettes hautes trahissaient l'ascendance prochîlienne de feu leur mère. Félicité et Célérité portaient les cheveux courts et lissés, à la mode du Nord ; la façon vive qu'elles avaient de tourner la tête pour observer chaque convive m'évoquait des faucons au poignet : on était loin de la noblesse policée des duchés de l'Intérieur avec laquelle Royal avait l'habitude de frayer ; de tous les peuples du royaume, les Béarnais étaient celui qui se rapprochait le plus de ses ancêtres guerriers.

De la part de Royal, c'était un jeu dangereux que de se moquer de leurs doléances ; ils ne s'attendaient naturellement pas qu'on discute des Pirates à table, mais le ton guilleret du prince jurait avec la gravité de leur mission, et je me demandai s'il se rendait compte de l'injure qu'il leur infligeait. Kettricken, elle, en avait pleinement conscience : plus d'une fois, je la vis serrer les dents ou baisser les yeux en entendant un trait d'esprit de Royal. En outre, il buvait trop et cela commençait à paraître dans ses gestes exagérés et ses éclats de rire stridents. Je me morfondais de ne pas savoir ce qu'il trouvait de si comique à ses propres propos.

Le dîner fut interminable. Célérité ne tarda pas à me repérer et j'eus dès lors bien du mal à éviter ses regards inquisiteurs. Je la saluai courtoisement de la tête la première fois que nos yeux se croisèrent et je la vis perplexe quant à la place qui m'avait été allouée. Par la suite, je n'osai pas esquiver toutes ses œillades : Royal se montrait assez insultant sans que je donne en plus l'impression de rebuffer la fille de Béarns. Je me sentais sur le fil du rasoir et c'est avec soulagement que je vis le roi Subtil se lever et la reine Kettricken insister pour le reconduire à ses appartements. Royal eut un froncement de sourcils d'ivrogne en voyant les convives s'éclipser si tôt, mais ne fit pas le moindre geste pour retenir le duc Brondy et ses filles à sa table. Ils s'excusèrent avec raideur dès que Subtil fut parti ; moi-même, prétextant une migraine, j'abandonnai mes compagnons à leurs glousseries pour regagner la solitude de ma chambre. En ouvrant ma porte, j'avais un sentiment d'impuissance totale. J'étais bien Personne, le garçon de chenil, en effet.

« Je vois que le dîner t'a passionné », observa le fou. Je soupirai sans lui demander comment il s'était introduit chez moi : inutile de poser des questions qui n'obtiendraient pas de réponse. Assis sur les pierres de ma cheminée, il se découpait en silhouette sur les flammes du petit feu qu'il avait allumé, et un calme étrange l'entourait : je n'entendais ni tintement de clochettes, ni paroles moqueuses et sautillantes de sa part.

« C'était insupportable », fis-je. Sans m'occuper d'allumer la moindre bougie – ma migraine n'était pas une totale invention –, je m'assis sur mon lit, puis m'y étendis avec un nouveau soupir. « Je ne sais pas où va Castelcerf ni ce que je peux y changer.

— Ce que tu as déjà fait est peut-être suffisant ?

— Je n'ai rien fait de particulier ces derniers temps, répondis-je. À moins de compter le fait d'avoir appris à répondre à Royal.

— Ah ! C'est là une technique que nous apprenons tous », fit-il d'un ton morose. Il ramena ses genoux contre sa poitrine et y posa le menton. Il prit une inspiration. « N'as-tu donc aucune nouvelle à partager avec un fou ? Un fou très discret ?

— Toutes les nouvelles que je pourrais avoir à partager avec toi, tu les as déjà apprises et sans doute bien plus tôt que moi. » La pénombre de la chambre était reposante et mon mal de tête s'apaisait.

« Ah. » Il se tut un instant. « Puis-je alors poser une question ? À laquelle tu répondras ou non, à ta convenance ?

— Ne gaspille pas ta salive et pose-la tout de suite ; tu sais comme moi que tu la poseras, que je t'en donne ou non la permission.

— Tu as raison, en effet. Eh bien, la question... Ah, voici que je rougis, à ma grande surprise ! FitzChevalerie, as-tu fait un fitz à ton tour ? »

Je me redressai lentement sur le lit et regardai sa silhouette. Il ne broncha pas, ne bougea pas. « Qu'est-ce que tu m'as demandé ? fis-je à mi-voix.

— Je dois savoir, dit-il doucement, presque d'un ton d'excuse. Molly porte-t-elle ton enfant ? »

Je bondis sur lui, le saisis à la gorge et l'obligeai à se lever. Comme je ramenais le poing en arrière, ce que la lumière du feu révéla de son visage m'arrêta.

« Allons, frappe donc, murmura-t-il. De nouveaux bleus ne se verront guère sur les anciens ; je puis rester caché encore quelques jours. »

Je le lâchai brusquement. Étrange comme l'acte que je m'apprêtais à commettre me paraissait soudain monstrueux commis par un autre. À peine eut-il recouvré sa liberté qu'il se détourna comme si son visage tuméfié et violacé lui faisait honte ; peut-être ses blessures me paraissaient-elles plus horribles à cause de son teint pâle et de sa charpente délicate, mais j'éprouvais la même répulsion que si la victime avait été un enfant. Je m'agenouillai devant le feu et y rajoutai du bois.

« Tu n'as pas assez bien vu ? demanda le fou d'un ton aigre. Je te préviens, mieux éclairé, ce n'est pas plus joli.

— Assieds-toi sur mon coffre et enlève ta chemise », ordonnai-je sèchement. Il ne bougea pas, mais je ne m'en préoccupai pas. Je remplis d'eau ma petite bouilloire à thé et la mis à chauffer, puis j'allumai les bougies d'un chandelier, le posai sur ma table et enfin sortis ma petite réserve de simples. Je n'en avais guère chez moi et je regrettai de ne pas avoir toute la panoplie de Burrich à ma disposition, mais j'étais certain que, si je descendais maintenant aux écuries, le fou serait parti à mon retour. Toutefois, les herbes que j'avais devant moi étaient surtout destinées à soigner plaies, bosses et autres horions auxquels ma profession secrète m'exposait le plus souvent, et elles suffiraient.

Une fois l'eau chaude, j'en versai un peu dans ma cuvette et y ajoutai une généreuse poignée d'herbes que j'écrasai entre mes doigts ; puis je pêchai une chemise trop petite pour moi dans mon coffre à vêtements et la déchirai en bandes. « Viens à la lumière », dis-je au fou sur un ton plus aimable. Il obtempéra au bout d'un moment, mais d'un pas hésitant, presque timide ; je l'observai brièvement, puis le pris par les épaules et le forçai à s'asseoir sur le coffre. « Que t'est-il arrivé ? » demandai-je, épouvanté par l'état de son visage : il avait les lèvres fendues et tuméfiées, et un œil tellement enflé qu'il pouvait à peine l'ouvrir.

« Je me suis baladé dans Castelcerf en demandant à des individus acariâtres s'ils n'avaient pas fait de petits bâtards récemment. » Son œil valide soutint le regard noir que je lui adressai. Une résille rouge en maculait le blanc, et je me trouvai incapable ni de me mettre en colère ni de rire.

« Tu devrais connaître assez de médecine pour mieux te soigner que ça. Ne bouge plus. » Je fis une compresse avec le tissu, l'appliquai doucement mais fermement sur son visage et il se détendit peu à peu ; ensuite, je nettoyai le sang séché, bien qu'il n'y en eût guère : il s'était manifestement lavé après les coups qu'il avait reçus, mais du sang avait continué à sourdre de certaines entailles. Je passai le doigt le long de sa mâchoire et autour de ses yeux : aucun os ne paraissait endommagé. « Qui t'a fait ça ? demandai-je.

— Je me suis cogné dans plusieurs portes, ou plusieurs fois dans la même. Ça dépend de laquelle tu parles. » Il s'exprimait facilement malgré ses lèvres mâchées.

« C'était une question sérieuse que je te posais, fis-je.

— Moi aussi. »

À nouveau, je le foudroyai du regard et il baissa les yeux. Le silence tomba entre nous pendant que j'allais chercher un pot d'onguent que Burrich m'avait donné pour traiter les coupures et les éraflures. « J'aimerais avoir la réponse », repris-je tout en ouvrant le récipient ; l'odeur familière du baume me piqua le nez, et je fus soudain pris, avec une force étonnante, de la nostalgie de Burrich.

« Moi aussi. » Il tressaillit légèrement lorsque j'appliquai le baume. Cela brûlait, je le savais, mais c'était efficace.

« Pourquoi me poser cette question à moi ? » fis-je enfin.

Il réfléchit un instant. « Parce qu'il est plus facile de te la poser que de demander à Kettricken si elle porte l'enfant de Vérité. Autant que je puisse le savoir, Royal ne partage ses faveurs qu'avec lui-même ces temps-ci, ce qui le met hors du coup. Le père ne peut donc être que Vérité ou toi. »

Je le dévisageai d'un air un peu perdu et il secoua la tête tristement. « Tu ne sens rien ? » dit-il dans un quasi-murmure. Son regard se fit théâtralement lointain. « Les forces se modifient, les ombres s'agitent ; une onde traverse soudain les possibilités, les destinées se multiplient et les avenirs se réordonnent ; tous les chemins divergent et divergent encore. » Ses yeux revinrent sur moi et je lui souris, croyant qu'il plaisantait, mais sa bouche avait un pli grave. « La lignée des Loinvoyant a un héritier, déclara-t-il à mi-voix. J'en suis certain. »

Vous est-il arrivé de rater une marche dans le noir ? Vous connaissez alors cette impression qu'on a de vaciller brusquement au bord du gouffre sans en connaître la profondeur. D'un ton trop péremptoire, j'affirmai : « Je n'ai pas fait d'enfant. »

Le fou me considéra d'un œil sceptique. « Ah ! s'exclama-t-il avec une feinte sincérité. Non, bien sûr. Ce doit donc être Kettricken qui est enceinte.

— Sûrement », acquiesçai-je, mais mon cœur se serra : si c'était vrai, elle n'avait aucune raison de le cacher, tandis que Molly en aurait tous les motifs. Et je n'avais pas été la voir depuis plusieurs soirs ; peut-être avait-elle une nouvelle à m'annoncer. Le vertige me saisit soudain, mais je pris une longue inspiration pour me calmer. « Enlève ta chemise, dis-je au fou. Voyons ta poitrine.

— Je l'ai déjà regardée, merci, et je t'assure qu'elle va bien. Quand ils m'ont jeté un sac sur la tête, c'était pour mieux viser, je présume : ils ont pris grand soin de ne pas taper ailleurs. »

La brutalité de ce qu'on lui avait infligé me rendit malade d'horreur. « Qui ? demandai-je quand j'eus retrouvé ma voix.

— Allons, j'avais un sac sur la tête ! Tu vois à travers les sacs, toi ?

— Non. Mais tu dois bien avoir des soupçons. »

Il inclina la tête de côté, l'air sidéré. « Si tu ne les connais pas déjà, c'est toi qui as la tête dans un sac. Attends, je vais t'y découper un petit trou : "On sait que tu mens au roi, que tu espionnes pour le compte de Vérité le prétendant. Ne lui envoie plus de messages, ou nous le saurons." » Il détourna le visage pour contempler le feu et ses talons se mirent à cogner rythmiquement contre le coffre.

« Vérité le prétendant ? répétai-je, outré.

— C'est eux qui le disent, pas moi », observa le fou.

Je refoulai ma colère pour réfléchir. « Pourquoi te suspecterait-on d'espionner pour Vérité ? Lui as-tu transmis des messages ?

— J'ai un roi, répondit-il entre haut et bas, même s'il ne se souvient pas toujours qu'il est mon roi. Il faut ouvrir l'œil pour son roi, comme tu le fais sûrement toi-même.

— Que vas-tu faire ?

— Ce que j'ai toujours fait. Quoi d'autre ? Je ne peux pas cesser ce qu'ils m'ordonnent de cesser, puisque je n'ai jamais commencé. »

Une certitude glacée me fit frissonner. « Et s'ils remettent ça ? »

Il éclata d'un rire morne. « Inutile que je m'en inquiète, car je ne puis l'empêcher ; mais ce n'est pas pour autant que je l'envisage avec plaisir. Ça (il indiqua ses traits tuméfiés), ça guérira ; mais pas ce qu'ils ont fait à ma chambre. Il va me falloir des semaines pour tout remettre en état. »

Il en parlait d'un ton détaché mais je sentis un vide affreux grandir en moi. Une seule fois, je m'étais rendu dans sa chambre, en haut d'une tour ; au bout d'un escalier interminable que personne n'empruntait plus, plein de poussière et de détritus accumulés par les années, j'étais arrivé dans une pièce qui donnait sur les parapets et qui renfermait un petit paradis. Je songeai aux poissons aux couleurs vives qui nageaient dans de vastes récipients de terre, aux jardins de mousse dans leurs bacs, à la poupée de porcelaine si soigneusement bordée dans son berceau. Je fermai les yeux et il ajouta, toujours tourné vers les flammes : « Ils ont fait ça très consciencieusement. Étais-je bête d'imaginer qu'il existait un lieu sûr en ce monde ! »

Je n'osais pas le regarder. À part sa langue, il n'avait aucune arme et son seul désir dans la vie était de servir son roi – et de sauver le monde. Pourtant, quelqu'un avait anéanti son univers ; pire encore, j'avais l'affreux soupçon que son passage à tabac était une vengeance pour un acte que j'avais commis, moi.

« Je pourrais t'aider à réparer ce qu'on t'a fait », proposai-je à mi-voix.

Il secoua sèchement la tête. « Je ne crois pas », répondit-il. Puis, d'une voix plus normale : « Sans vouloir te vexer.

— Tu ne me vexes pas. »

Je ramassai les herbes assainissantes, le pot d'onguent et les lambeaux qui restaient de ma chemise, et le fou sauta à bas de mon coffre. Je lui offris le matériel que je venais de réunir et il l'accepta gravement, puis il se dirigea vers la porte d'une démarche raide, malgré ses protestations de n'avoir été frappé qu'au visage. La main sur la poignée, il se retourna. « Quand tu seras sûr, tu me le diras ? » Il observa un silence plein de sous-entendus, puis, un ton plus bas : « Après tout, s'ils traitent ainsi le fou du roi, qu'iraient-ils faire à la femme qui porte l'héritier du roi-servant ?

— Ils n'auraient pas cette audace ! » fis-je farouchement.

Il eut un grognement de dédain. « Ah oui ? Moi, je ne sais plus de quoi ils auraient ou n'auraient pas l'audace, FitzChevalerie, et toi non plus. Je chercherais un moyen plus efficace de barrer ma porte, si j'étais toi, sauf si tu tiens à te retrouver toi aussi la tête dans un sac. » Il eut un sourire qui n'était même pas l'ombre de son sourire moqueur habituel et s'éclipsa. Après son départ, je rabattis la barre de la porte et m'y adossai en soupirant.

« Les autres en pensent ce qu'ils veulent, Vérité, dis-je tout haut dans la chambre silencieuse, mais, pour ma part, je crois que vous devriez faire demi-tour et rentrer tout de suite. Il n'y a pas que les Pirates rouges qui nous menacent et je ne suis pas convaincu que les Anciens seraient très efficaces contre les autres risques que nous courons. »

J'attendis un signe qu'il acquiesçait à mon message ou au moins qu'il l'avait reçu, mais rien. Un tourbillon d'exaspération monta en moi ; je n'étais jamais sûr de savoir quand Vérité était présent en moi ni s'il percevait les pensées que je souhaitais lui transmettre, et je me demandai pour la centième fois pourquoi il ne se servait pas de Sereine pour transmettre ses ordres. Il l'avait artisée tout l'été à propos des Pirates ; pourquoi ce silence, désormais ? L'avait-il contactée par l'Art et l'avait-elle caché ? Ou bien ne l'avait-elle révélé qu'à Royal ? C'était possible. Peut-être les ecchymoses qui marquaient le visage du fou reflétaient-elles la colère de Royal ayant découvert que Vérité ne perdait rien de ce qui se passait en son absence ; quant à savoir pourquoi il avait désigné le fou comme coupable, la question restait ouverte. Peut-être l'avait-il simplement choisi comme bouc émissaire pour donner libre cours à sa fureur : le fou n'avait jamais cherché à éviter de froisser Royal – ni personne d'autre.

Plus tard ce soir-là, je me rendis chez Molly. C'était risqué, car le Château était bondé de visiteurs qui allaient et venaient et de serviteurs aux petits soins pour eux ; mais mes soupçons m'y poussaient. Quand je frappai à la porte, Molly répondit à travers le bois : « Qui est là ?

— C'est moi », répondis-je, étonné. Elle n'avait jamais posé cette question jusque-là.

« Ah ! » Et elle m'ouvrit. Je me faufilai à l'intérieur et verrouillai la porte derrière moi pendant qu'elle s'approchait de la cheminée ; elle s'agenouilla et, sans me regarder, ajouta du bois au feu qui n'en avait nul besoin. Elle portait sa robe bleue de servante et ses cheveux étaient encore noués en chignon. Le moindre de ses gestes m'était un avertissement : ma visite s'annonçait mal.

« Je regrette de n'être pas venu plus souvent ces derniers temps.

— Moi aussi », répondit Molly, laconique.

Elle ne me facilitait guère mon entrée en matière. « Il s'est passé beaucoup de choses qui m'ont retenu.

— Et quoi donc ? »

Je soupirai. Je voyais d'ici où cette conversation allait nous mener. « Des choses dont je ne peux pas te parler.

— Bien entendu. » Malgré ses manières calmes et polies, je savais que sa colère bouillonnait juste sous la surface. À la première parole déplacée, ce serait l'éruption, et me taire ne vaudrait guère mieux : autant valait aborder la question de front.

« Molly, la raison qui m'amène ce soir…

— Ah, je savais bien qu'il te fallait une raison particulière pour venir chez moi. La seule chose qui m'étonne, finalement, c'est mon attitude. Que fais-je ici ? Pourquoi est-ce que je rentre tout droit dans ma chambre chaque jour après mon travail et que je me morfonds en attendant que tu passes ? Je pourrais avoir des occupations, aller aux spectacles de ménestrels et de marionnettistes, ce n'est pas ce qui manque en ce moment grâce au prince Royal ; je pourrais m'inviter à l'un des petits âtres, au milieu des autres servantes, et m'amuser avec elles, au lieu de rester ici toute seule. Ou bien je pourrais travailler ; Mijote me permet d'utiliser les cuisines quand ce n'est pas trop agité ; j'ai de la mèche, des herbes et du suif dont je pourrais me servir tant que les plantes ont encore tout leur parfum. Mais non, je rentre ici au cas où, par hasard, tu te souviendrais de moi et aurais envie de passer quelques instants avec moi. »

Tel un rocher dans la tempête, je soutenais les coups de bélier de ses paroles. Je ne pouvais rien faire d'autre : tout ce qu'elle disait était exact. Je baissai les yeux pendant qu'elle retrouvait son souffle et, quand elle reprit, toute colère avait disparu de sa voix, remplacée par bien pire : de la détresse et du découragement.

« Fitz, c'est trop dur. Chaque fois que je crois m'être résignée, je me surprends à espérer encore. Mais nous n'avons rien à attendre de l'avenir, n'est-ce pas ? Il n'y aura jamais d'instant rien qu'à nous, jamais de maison rien qu'à nous. » Elle se tut et baissa le regard en se mordillant la lèvre. Puis, d'une voix tremblante : « J'ai vu Célérité. Elle est très belle. J'ai même trouvé un prétexte pour lui parler… Je lui ai demandé s'ils avaient besoin d'autres bougies pour leurs appartements… Elle m'a répondu d'un air timide, mais courtoisement. Elle m'a même remerciée de ma sollicitude, alors que bien peu ici remarquent seulement les serviteurs. Elle… c'est quelqu'un de bien ; c'est une dame. Oh ! On ne te donnera jamais la permission de m'épouser ! Pourquoi voudrais-tu épouser une servante ?

— Pour moi, tu n'es pas une servante, répondis-je à mi-voix. Ce n'est pas comme ça que je te considère.

— Comme quoi, alors ? Je ne suis pas ton épouse, murmura-t-elle.

— Dans mon cœur, si », fis-je. C'était une piètre consolation ; je me sentis honteux de la voir l'accepter et poser son front sur mon épaule. Je la serrai doucement contre moi quelques instants, puis l'étreignis plus chaleureusement.

Comme elle se nichait contre moi, je lui dis, les lèvres dans ses cheveux : « Je voudrais te demander quelque chose.

— Quoi ?

— Es-tu… enceinte ?

— Comment ? » Elle s'écarta de moi et me dévisagea. « Portes-tu mon enfant ?

— Je… non. Non, je ne suis pas enceinte. » Silence. « Qu'est-ce qui te prend de me demander ça d'un seul coup ?

— Ça m'a traversé l'esprit comme ça. C'est tout. Tu sais…

— Je sais : si nous étions mariés et que je ne sois toujours pas enceinte, les voisins commenceraient à nous plaindre.

— Ah bon ? » Je n'y avais jamais pensé. Certains, je le savais, se demandaient si Kettricken n'était pas stérile, pour n'avoir pas encore conçu au bout d'un an de mariage, mais l'absence d'enfant de la reine-servante était une question d'ordre public ; je n'avais jamais imaginé que des voisins puissent ainsi surveiller de nouveaux mariés.

« Bien sûr. Quelqu'un m'aurait déjà indiqué une recette de tisane recommandée par sa vieille mère, ou donné de la poudre de défense de sanglier à verser discrètement dans ta bière, le soir.

— Ah oui ? » Je la serrai plus fort contre moi avec un grand sourire idiot.

« Hum. » Elle me rendit mon sourire, puis son visage redevint sérieux. « À vrai dire, chuchota-t-elle, je prends certaines herbes pour ne pas tomber enceinte. »

J'avais presque oublié la réprimande que m'avait infligée Patience. « Il paraît que ce genre de simples peuvent rendre malade si on en prend trop longtemps.

— Je sais ce que je fais, répliqua-t-elle d'un ton tranchant. Et puis je n'ai pas le choix, poursuivit-elle plus doucement.

— À part la catastrophe », acquiesçai-je.

Je sentis qu'elle hochait la tête contre mon épaule. « Fitz… si j'avais répondu oui, ce soir… si j'étais enceinte, que ferais-tu ?

— Je l'ignore. Je n'y ai pas réfléchi.

— Réfléchis-y maintenant, fit-elle d'un ton implorant.

— Je crois… dis-je lentement, que j'essayerais de te trouver un endroit où t'installer, je ne sais pas comment. » J'irais voir

Umbre, Burrich, et je les supplierais de m'aider. J'en blêmis intérieurement. « Un endroit sûr, loin de Castelcerf, en amont du fleuve, sans doute. Je viendrais t'y rejoindre le plus souvent possible... Je me débrouillerais pour m'occuper de toi.

— Tu m'écarterais de ta vie, voilà ce que tu es en train de dire. Moi et notre... mon enfant.

— Non ! Je vous mettrais en sûreté, là où personne ne pourrait t'humilier ni se moquer de toi parce que tu serais fille mère. Et, quand j'en aurais l'occasion, je viendrais vous voir, toi et notre enfant.

— As-tu seulement songé que tu pourrais nous accompagner ? Que nous pourrions quitter Castelcerf, toi et moi, et remonter le fleuve dès maintenant ?

— Je ne peux pas quitter Castelcerf. Je te l'ai déjà expliqué cent fois.

— Je sais. J'ai essayé de comprendre, mais je n'y arrive pas.

— Le travail que j'exécute pour le roi est tel que...

— Eh bien, cesse ! Que quelqu'un d'autre s'en charge. Pars avec moi, que nous nous bâtissions une vie à nous !

— Je ne peux pas. Ce n'est pas si simple ; on ne me laisserait pas m'en aller comme ça. » Sans que je m'en aperçoive, nous nous étions séparés ; Molly croisa les bras sur sa poitrine.

« Vérité n'est plus là et tout le monde ou presque est persuadé qu'il ne reviendra pas ; le roi Subtil s'affaiblit de jour en jour, et Royal s'apprête à hériter. Si la moitié de ce que tu me dis sur ses sentiments envers toi est vrai, pourquoi donc voudrais-tu rester ici une fois qu'il sera roi ? Pourquoi te laisserait-il habiter ici ? Fitz, tu ne vois donc pas que tout s'écroule ? Les îles Proches et Bac, ce n'était qu'un début ; les Pirates ne s'en tiendront pas là.

— Raison de plus pour demeurer à Castelcerf : afin de travailler et, le cas échéant, me battre pour notre peuple.

— Un homme seul ne les tiendra pas en échec, rétorqua Molly, même quelqu'un d'aussi entêté que toi. Pourquoi ne pas te servir de cet entêtement pour te battre pour nous, plutôt ? Pourquoi ne pas nous enfuir loin d'ici, remonter le fleuve jusque dans l'Intérieur, là où les Pirates ne vont pas, et nous bâtir une existence ? Pourquoi faudrait-il renoncer à tout pour une cause perdue ? »

Je n'en croyais pas mes oreilles: si c'était moi qui avais tenu ces propos, ç'aurait été de la haute trahison; mais elle, elle prononçait ces paroles comme si elles relevaient du simple bon sens, comme si elle, moi et un enfant qui n'existait pas encore avions plus d'importance que le roi et les Six-Duchés réunis. Je lui fis part de mes réflexions.

« Ma foi, répondit-elle en me regardant dans les yeux, c'est vrai – pour moi, en tout cas. Si tu étais mon mari et que j'aie un enfant de toi, c'est comme ça que je nous verrais: plus importants que le reste du monde. »

Que rétorquer à cela? J'essayai de discerner la vérité, tout en sachant que je ne la convaincrais pas. « Tu aurais autant d'importance à mes yeux et tu l'as déjà; mais c'est bien pour ça que je dois rester ici: parce que quelque chose d'aussi important, on ne s'enfuit pas avec et on ne le cache pas. On le défend pied à pied.

— On le défend? » Sa voix monta d'un cran. « Quand comprendras-tu que nous sommes pas assez forts pour nous défendre? Moi, je le sais: j'ai protégé des enfants de mon propre sang contre les Pirates et je m'en suis sortie de justesse. Quand tu en auras fait autant, tu reviendras me parler de nous défendre! »

Je ne répondis pas; ce n'était pas seulement que ses paroles m'avaient fait mal, car elles m'avaient meurtri, et profondément, mais elles avaient aussi fait remonter de ma mémoire l'image d'une petite fille que je tenais contre ma poitrine et dont le sang ruisselait sur son bras déjà presque froid. L'idée de revivre semblable scène m'était insupportable mais il n'était pas question de me dérober. « S'enfuir ne servirait à rien, Molly. Soit nous combattons ici, soit nous nous ferons massacrer quand les combats nous rattraperont.

— Ah oui? fit-elle d'un ton glacé. Est-ce que ce ne serait pas plutôt le fait que tu places un roi plus haut que moi qui te fait dire ça? » Je fus incapable de soutenir son regard et elle eut un grognement méprisant. « Tu es exactement comme Burrich; tu ne te rends même pas compte à quel point tu lui ressembles!

— Je suis comme Burrich, moi? » J'étais un peu égaré: qu'elle me compare à Burrich me laissait déjà pantois, mais qu'elle le dise sur ce ton!...

« Oui, fit-elle, péremptoire.

— Parce que je suis loyal à mon roi ? » J'essayais tant bien que mal de surnager.

« Mais non ! Parce que tu fais passer ton roi avant ta femme… ou ton amour, ou ta propre vie.

— Je ne comprends rien à ce que tu racontes !

— Là, tu vois ! Tu ne comprends pas, c'est vrai ! Et ça ne t'empêche pas de te pavaner avec l'air de savoir plein de grandes choses, de noirs secrets, et tout ce qui se passe d'important. Eh bien, réponds à cette question : pourquoi Patience déteste-t-elle Burrich ? »

Cette fois, j'étais complètement perdu. Je ne voyais vraiment pas ce que cette histoire avait à faire avec ce qu'elle me reprochait ; mais Molly trouverait sûrement un lien. Avec circonspection, je risquai : « Elle lui en veut de mon existence ; elle croit que Burrich a poussé Chevalerie à des comportements ignobles… et, en conséquence, à me concevoir.

— Là, tu vois comme tu es bête ? Ça n'a rien à voir. Brodette m'a tout raconté un soir ; un peu trop de vin de sureau et nous nous sommes retrouvées à parler, moi de toi et elle de Burrich et Patience. Patience a d'abord aimé Burrich, benêt que tu es ! mais il ne voulait pas l'épouser ; il disait l'aimer mais ne pas pouvoir se marier avec elle, même si son père à elle consentait à une union en dessous de sa condition, parce qu'il avait juré allégeance sur sa vie et son épée à un certain seigneur, et il ne pensait pas pouvoir satisfaire l'un et l'autre. Ah ça, il prétendait regretter de ne pas être libre de l'épouser et d'avoir prêté serment avant de la connaître, mais n'empêche qu'il ne pouvait pas l'épouser. Et il lui a sorti je ne sais quelle imbécillité, comme quoi un cheval avait beau faire, il ne pouvait porter qu'une selle ! Alors, elle lui a dit : "Eh bien, va-t'en, dans ce cas, suis ce seigneur qui est plus important que moi à tes yeux." Et il est parti. Comme toi, si je te demandais de choisir. » Elle avait les pommettes rouge vif lorsqu'elle me tourna le dos avec un brusque mouvement de la tête.

Ainsi, tel était le rapport avec ce qu'elle me reprochait. Mais la tête me tournait tandis que, comme des pièces de puzzle, des bouts d'histoires, des remarques entendues par hasard s'organisaient soudain. Je me rappelai Burrich évoquant sa première rencontre avec Patience : assise sur la branche d'un pommier, elle lui avait demandé de lui ôter une écharde du pied. Ce n'était pas le genre de service qu'une femme sollicite de l'homme lige de son seigneur, mais bien une adolescente au tempérament direct d'un jeune homme qui a accroché son regard. Et sa réaction le soir où je lui avais parlé de Molly et de Patience, et où je lui avais répété les paroles de Patience à propos de chevaux et de selles...

« Chevalerie était-il au courant ? » demandai-je.

Molly se retourna vivement pour me dévisager : ce n'était manifestement pas la question qu'elle attendait ; mais elle ne put résister à l'envie de finir son histoire. « Non, pas au début. Quand Patience l'a connu, elle ignorait qu'il était le maître de Burrich, qui ne lui avait jamais dit à qui il avait juré allégeance. Tout d'abord, Patience ne voulait pas entendre parler de Chevalerie, parce qu'elle ne pensait qu'à Burrich, tu comprends ; mais Chevalerie était têtu – d'après Brodette, il l'aimait à la folie – et il a fini par gagner son cœur. Ce n'est qu'après avoir accepté de l'épouser qu'elle a découvert que c'était le maître de Burrich, et seulement parce que Chevalerie a envoyé Burrich lui faire cadeau d'un certain cheval. »

Je revis soudain Burrich dans les écuries, devant la monture de Patience, disant : « C'est moi qui ai dressé cette jument. » Je me demandai s'il avait spécialement dressé Soyeuse, sachant qu'elle était destinée à la femme qu'il aimait, présent de l'homme qu'elle allait épouser ; je parie que oui. J'avais toujours eu l'impression que le dédain de Patience pour Burrich était en réalité une sorte de jalousie née de l'affection de Chevalerie pour son serviteur ; désormais, le triangle m'apparaissait encore plus étrange, et infiniment plus douloureux. Je fermai les yeux et secouai la tête, désemparé par l'injustice du monde. « Rien n'est jamais tout simple ni tout bon, dis-je en me parlant à moi-même. Il y a toujours une écorce amère, un pépin aigre quelque part.

— Oui. » La colère de Molly semblait s'être soudain épuisée ; elle s'assit au bord du lit et ne me repoussa pas lorsque je l'y rejoignis. Je lui pris la main. Mille pensées dansaient dans ma tête : le dégoût de Patience pour les soirées trop arrosées de

Burrich, lui qui s'était rappelé son chien de manchon qu'elle transportait toujours dans un panier, le soin qu'il prenait toujours de son apparence et de son maintien. « Ce n'est pas parce que tu ne vois pas une femme qu'elle ne te voit pas. » Oh, Burrich ! Le temps qu'il passait en plus de son travail habituel à panser et étriller un cheval qu'elle ne montait plus que rarement. Mais au moins Patience avait-elle épousé l'homme qu'elle aimait et connu quelques années de bonheur, certes compliquées par les intrigues politiques, mais de bonheur quand même. Qu'aurions-nous, Molly et moi ? Ce qu'avait Burrich aujourd'hui ?

Elle se laissa aller contre moi et je la serrai un long moment dans mes bras. Ce fut tout ; mais ce soir-là, dans cette étreinte mélancolique, nous nous sentîmes plus proches l'un de l'autre que nous ne l'avions été depuis longtemps.

## 6

## JOURS SOMBRES

*C'est le roi Eyod qui occupait le trône du royaume des Montagnes à l'époque de la guerre contre les Pirates rouges. La mort de son fils aîné, Rurisk, avait laissé sa fille Kettricken unique héritière de la lignée ; selon la coutume, elle devait devenir reine des Montagnes, ou Oblat, comme on disait là-bas, lorsque son père transmettrait la couronne ; ainsi, son mariage avec Vérité nous assurait non seulement un allié pour protéger nos arrières en ces années d'instabilité, mais aussi l'adjonction à terme d'un « septième duché » au royaume des Six-Duchés. Le fait que le royaume des Montagnes n'eût de frontières communes qu'avec les deux duchés de l'Intérieur de Labour et de Bauge rendait la perspective d'un éclatement des Six-Duchés particulièrement inquiétante pour Kettricken : elle avait été élevée en tant qu'Oblat et sa responsabilité envers son peuple était pour elle d'une suprême importance ; aussi, quand elle devint la reine-servante de Vérité, les sujets des Six-Duchés devinrent son peuple, mais, au fond de son cœur, elle ne dut jamais oublier qu'à la mort de son père les Montagnards la réclameraient aussi comme Oblat. Or comment remplir cette obligation si Labour et Bauge se dressaient entre elle et son pays, non en tant que membres des Six-Duchés, mais en tant que nations hostiles ?*

*

Une forte tempête se déclencha le lendemain, avec ses avantages et ses inconvénients : nulle incursion n'était à craindre le long de nos côtes par un tel temps, mais, dans le

Château, des groupes disparates de soldats sur les nerfs vivaient en une promiscuité inconfortable. Béarns était aussi visible que Royal se faisait discret ; chaque fois que je m'aventurais dans la Grand-Salle, le duc Brondy s'y trouvait, en train de faire nerveusement les cent pas ou, glacé, le regard plongé dans les flammes d'une des cheminées. Ses filles ne le quittaient pas d'une semelle, tels des tigres des neiges chargés de le protéger ; Célérité et Félicité étaient encore très jeunes et leur visage exprimait clairement leur impatience et leur colère. Brondy avait sollicité une audience officielle avec le roi et, plus il devait attendre, plus l'importance de sa mission était niée et plus l'affront s'aggravait. En outre, la présence continuelle du duc dans notre Grand-Salle signalait clairement à toute sa suite que le roi n'avait pas encore consenti à le recevoir. Je voyais la marmite commencer à bouillir et je me demandais qui serait le plus échaudé lorsqu'elle déborderait.

À mon quatrième tour de prudente observation dans la salle, Kettricken fit son apparition. Elle était vêtue avec simplicité d'une longue robe droite de couleur violette, sur laquelle elle avait enfilé une sorte de veste blanc cassé dont les manches bouffantes lui cachaient à demi les mains ; ses longs cheveux tombaient librement sur ses épaules. Elle se présenta avec son absence coutumière de cérémonie, précédée de Romarin, sa petite servante, et seulement accompagnée de dames Pudeur et Espérance ; bien qu'elle eût un peu gagné en popularité auprès des femmes nobles du Château, elle n'oubliait pas que ces deux-là avaient été les premières à lui emboîter le pas alors que, jeune mariée, nul ne lui adressait la parole, et elle les honorait souvent en s'en faisant escorter. Je ne crois pas que le duc Brondy reconnut tout de suite sa reine-servante dans la femme à la sobre tenue qui l'aborda sans détour.

Elle sourit et lui prit la main pour le saluer ; c'était le geste simple d'une Montagnarde qui accueille ses amis, et je doute qu'elle eût conscience de l'honneur qu'elle lui faisait ni du baume que son attitude passait sur les heures d'attente qu'il venait de vivre. Je fus le seul, j'en suis certain, à remarquer la lassitude qui tirait les traits de la reine et les cernes récents qui lui creusaient les yeux. Félicité et Célérité furent aussitôt charmées de l'attention qu'elle portait à leur père. La voix claire de Kettricken porta dans toute la Grand-Salle, si bien que même les gens attroupés autour de chacune des trois cheminées et qui souhaitaient écouter ses paroles le purent – comme elle l'escomptait.

« Je me suis rendue à deux reprises chez le roi ce matin, et je regrette de devoir vous dire qu'il était... mal portant chaque fois. J'espère que cette attente ne vous aura pas été trop pénible ; je sais que vous voulez discuter directement avec le roi de votre tragédie et de tout ce qui doit être fait pour aider notre peuple, mais, pendant qu'il se repose, peut-être consentirez-vous à prendre une collation avec moi.

— Avec plaisir, dame reine », répondit Béarns, circonspect. Elle avait déjà beaucoup fait pour lisser ses plumes froissées, mais Brondy n'était pas homme à se laisser aisément charmer.

« J'en suis ravie », répondit Kettricken. Elle se pencha de côté pour murmurer quelques mots à l'oreille de Romarin ; la petite fille hocha vivement la tête et se sauva comme un lapin. Sa sortie ne passa pas inaperçue. Quelques instants plus tard, elle revint à la tête d'une procession de serviteurs ; une table fut transportée devant le Grand Âtre, recouverte d'une nappe à la blancheur de neige et enfin ornée en son milieu d'un des jardins en bouteille de Kettricken. Un défilé de gens de cuisines s'ensuivit, qui apportant des assiettes, qui des coupes de vin, des friandises ou un saladier en bois rempli de pommes d'automne. L'ensemble était si merveilleusement orchestré qu'on aurait cru à de la magie. En quelques moments, la table fut dressée, les convives installés et Velours fit son entrée, chantant déjà et s'accompagnant au luth. Kettricken fit signe à ses dames de compagnie de la rejoindre, puis, m'ayant aperçu, m'appela d'un hochement de tête, enfin choisit au hasard quelques invités parmi les gens rassemblés près des cheminées, non en fonction de leur rang ou de leur fortune, mais selon l'intérêt que je lui savais leur porter : Penne et ses récits de chasse, et Coque, une jeune fille sympathique du même âge que les enfants de Brondy, en firent partie.

Kettricken s'assit à la droite du duc et là encore je ne crois pas qu'elle se rendit compte de l'honneur qu'elle lui fit.

On but et on mangea légèrement, puis la reine fit signe à Velours de jouer un peu moins fort, elle se tourna vers Brondy et déclara simplement : « Nous n'avons appris que la trame de ce qui vous est arrivé. Voulez-vous bien nous raconter ce qui s'est passé à Bac ? »

Il eut un instant d'hésitation : il était venu exposer sa plainte au roi afin d'obtenir que le souverain agisse. Mais comment dire non à une reine-servante qui le recevait si gracieusement ? Il baissa les yeux un court moment, puis, d'une voix enrouée par une émotion non feinte : « Ma dame reine, nous avons été durement touchés. » Chacun à la table se tut aussitôt et tous les yeux se tournèrent vers lui ; manifestement, les convives choisis par la reine savaient aussi écouter et, lorsqu'il se lança dans son récit, on n'entendit plus un bruit, hormis quelques exclamations étouffées d'apitoiement ou certains murmures de colère à la description des actes des Pirates. Il s'interrompit une fois, puis prit sa décision et narra l'envoi des messages de demande d'aide et la vaine attente d'une réponse. La reine l'écouta de bout en bout sans émettre la moindre objection ni le moindre déni ; lorsqu'il eut achevé sa triste histoire, le duc parut soulagé et, pendant un long moment, nul ne dit rien.

« Votre récit m'en a beaucoup appris, fit enfin Kettricken à mi-voix, et ce ne sont pas de bonnes nouvelles. J'ignore ce que notre roi en dira ; il vous faudra patienter pour entendre ses propres paroles. Mais, pour ma part et en cet instant, je déclare que mon cœur déborde de chagrin pour mon peuple, et de colère aussi. Je vous promets qu'en ce qui me concerne, le mal qu'on vous a fait ne restera pas sans réparation, et que ceux de mon peuple ne demeureront pas exposés sans abri à la morsure de l'hiver. »

Le duc Brondy baissa le regard sur son assiette, joua un instant avec l'ourlet de la nappe, puis il se tourna vers la reine ; il y avait du feu dans ses yeux, mais aussi du regret, et c'est d'une voix ferme qu'il répondit : « Des mots. Ce ne sont que des mots, ma dame reine. Les gens de Bac ne peuvent se nourrir de mots ni s'abriter sous eux quand la nuit tombe. »

Kettricken soutint son regard sans ciller et l'on sentit comme un durcissement en elle. « Je ne méconnais pas la vérité de vos paroles, mais je n'ai rien que des mots à vous offrir pour le présent. Quand le roi sera suffisamment remis pour vous recevoir, nous verrons ce qui peut être fait pour Bac. »

Brondy se pencha vers elle. « J'ai des questions à poser, ma reine, et j'ai presque autant besoin de réponses que d'argent et d'hommes. Pourquoi nos appels à l'aide n'ont-ils éveillé aucun écho ? Pourquoi le navire qui aurait dû venir à notre secours a-t-il au contraire fait voile vers son port d'attache ?

— À ces questions, je n'ai point de réponse, messire, répondit Kettricken d'une voix qui tremblait légèrement, et ce m'est une grande honte de l'avouer. Je n'ai eu vent de la situation qu'à l'arrivée de votre jeune cavalier. »

Ces propos m'inquiétèrent : la reine avait-elle raison de faire cet aveu devant Brondy ? La prudence politique l'aurait peut-être déconseillé, mais je savais que Kettricken obéissait à la vérité avant la politique. Brondy la dévisagea longuement et les rides qui cernaient sa bouche se creusèrent. Avec audace, mais à mi-voix, il demanda : « N'êtes-vous pas reine-servante ? »

Kettricken posa sur lui des yeux d'un gris métallique. « En effet. Vous voulez savoir si je mens ? »

Brondy détourna le regard. « Non. Non, ma reine, cette idée ne m'a jamais traversé l'esprit. »

Un ange passa. J'ignore si Kettricken fit un signal discret ou si Velours suivit simplement son instinct, mais ses doigts se mirent à caresser les cordes plus vigoureusement, puis il entonna une chanson d'hiver pleine de notes venteuses et d'accords sifflants.

Il s'écoula plus de trois jours avant que Brondy soit enfin convoqué chez le roi ; entre-temps, Kettricken avait tenté de lui procurer des distractions, mais il est difficile de divertir un homme qui ne songe qu'à la vulnérabilité de son duché. Félicité, sa seconde fille, s'était promptement liée d'amitié avec Coque et paraissait oublier un peu son chagrin en sa compagnie ; Célérité, en revanche, ne quittait pas son père, et, quand ses yeux d'un bleu profond croisaient les miens, ils m'évoquaient deux plaies vives. Ces regards éveillaient en moi des émotions curieusement diverses : j'étais soulagé qu'elle ne cherchât pas à attirer particulièrement mon attention et, en même temps, je savais que la froideur dont elle faisait preuve avec moi n'était que le reflet des sentiments de son père envers le Château tout entier ; j'étais à la fois heureux et ulcéré du mépris qu'elle affichait envers moi car je ne pensais pas le mériter. Quand la convocation vint enfin et que Brondy se hâta d'y obéir, j'espérai que l'entrevue mettrait fin à cette situation délicate.

Je ne fus pas le seul, j'en suis convaincu, à observer que la reine Kettricken ne fut pas conviée à l'entretien. Je n'y fus pas présent non plus, n'étant pas invité ; mais il est rare qu'une reine se voie reléguée au même rang qu'un neveu bâtard. Kettricken demeura pourtant équanime et continua de montrer aux filles de Brondy et à Coque une technique des Montagnes pour insérer des perles dans un ouvrage de broderie. Je ne m'éloignai guère de leur table, mais je ne crois pas qu'elles avaient plus que moi la tête aux travaux d'aiguille.

L'attente fut brève : moins d'une heure plus tard, le duc Brondy réapparut dans la Grand-Salle avec toute la fureur glacée d'une tempête d'hiver ; à Félicité, il dit : « Prépare nos affaires. » À Célérité : « Préviens notre garde qu'elle se tienne prête à partir sur l'heure. » Il s'inclina raidement devant la reine Kettricken. « Ma reine, pardonnez mon départ. Puisque la maison des Loinvoyant refuse son aide, Béarns doit à présent s'occuper des siens.

— Ah ! Je comprends votre hâte, répondit gravement Kettricken. Mais je veux vous demander de partager encore un repas avec moi ; il n'est pas bon de se lancer l'estomac vide dans un voyage. Dites-moi, aimez-vous les jardins ? » La question s'adressait autant à Béarns qu'à ses filles. Elles regardèrent leur père ; après un moment d'hésitation, il acquiesça sèchement de la tête.

Sans s'engager, ses deux enfants reconnurent apprécier les jardins, mais leur perplexité était évidente : un jardin ? En hiver, par une tempête hurlante ? Je partageais leur incompréhension, surtout lorsque Kettricken me fit signe d'approcher.

« FitzChevalerie, exécutez mon souhait, je vous prie. Romarin, accompagne messire FitzChevalerie aux cuisines, prépare ce qu'il t'ordonnera et apporte-le au jardin de la reine. Je vais y conduire nos hôtes. »

Je regardai Kettricken, les yeux écarquillés, en essayant de la prévenir du regard : non ! Pas là ! La montée jusqu'en haut de la tour pouvait être pénible pour certains, sans parler de prendre une tasse de thé sur une terrasse battue par l'ouragan ! Je n'arrivais pas à comprendre son but, mais le sourire par lequel elle répondit à mon regard angoissé était parfaitement serein ; prenant Brondy par le bras, elle sortit avec lui de la Grand-Salle, suivie des deux filles du duc et des dames de compagnie de la reine. Je me tournai vers Romarin et modifiai ses ordres.

« Va leur chercher des manteaux épais et rattrape-les ; moi, je m'occupe de leur collation. »

L'enfant détala joyeusement tandis que je me rendais rapidement aux cuisines. J'informai brièvement Sara du désir de la reine et, en un tournemain, elle prépara une assiettée de pâtisseries tièdes et du vin chaud. « Prends déjà ça, j'enverrai un garçon en apporter d'autres dans un moment. » Je souris à part moi en emportant le plateau : la reine elle-même pouvait bien me donner du « messire FitzChevalerie », cela n'empêchait pas Sara la cuisinière de me mettre un plateau entre les mains et de m'ordonner sans façon de le transporter ici ou là. C'était curieusement rassurant.

Je montai les marches aussi vite que je le pus, puis fis une pause sur le dernier palier pour reprendre mon souffle, me préparai à affronter la pluie et le vent, et poussai la porte. Le spectacle était aussi lugubre que je l'avais craint : les suivantes de la reine, les filles de Brondy et Coque se serraient dans l'abri qu'offraient un angle de mur et une bande de tissu tendue là l'été précédent pour créer un petit coin d'ombre ; elle coupait le plus gros du vent et de la pluie glaçante. Une petite table se dressait sous ce pitoyable refuge et j'y déposai mon plateau ; Romarin, bien emmitouflée, chipa une pâtisserie avec un sourire béat, et dame Pudeur présida à la distribution des friandises.

Dès que j'en eus l'occasion, je remplis deux chopes de vin chaud pour la reine et le duc Brondy et allai me joindre à eux sous prétexte de les servir. Ils étaient tout contre le parapet et ils contemplaient l'océan par-delà les créneaux ; le vent cinglant transformait l'eau en écume blanche et déroutait les mouettes de-ci de-là, parfaitement indifférent aux efforts qu'elles faisaient pour voler droit. Comme je m'approchais, je me rendis compte qu'ils parlaient tout bas, mais les rugissements du vent contrariaient toute tentative de surprendre leur conversation. Je regrettai de ne m'être pas muni moi-même d'un manteau : j'étais trempé jusqu'aux os et la tempête soufflait le peu de chaleur que générait mon corps tremblant. Je leur offris leurs chopes en essayant de sourire malgré mes dents qui claquaient.

« Vous connaissez messire FitzChevalerie ? demanda Kettricken à Brondy en prenant une des chopes.

— En effet ; j'ai eu le plaisir de l'avoir à ma table », répondit Brondy. La pluie dégouttait de ses sourcils broussailleux et le vent faisait claquer sa queue de cheval.

« Vous n'auriez donc pas d'objection à ce que je le prie de se mêler à notre conversation ? » Malgré la pluie battante, la reine s'exprimait d'un ton aussi calme que si nous nous tenions sous un chaud soleil printanier.

Je me demandai si elle se rendait compte que, pour Brondy, sa requête aurait la force d'un ordre déguisé.

« C'est avec plaisir que j'écouterai ses conseils, si vous le jugez assez sage, ma reine, répondit Brondy.

— Je l'espérais. FitzChevalerie, allez vous quérir du vin et revenez nous rejoindre, s'il vous plaît.

— Bien, ma reine. » Je m'inclinai très bas et me dépêchai d'obéir. Mon contact avec Vérité s'était fait de plus en plus ténu à mesure qu'il s'éloignait, mais en cet instant je me sentis frémir de son ardente curiosité. Je revins en hâte auprès de ma reine.

« Ce qui est fait est fait, disait-elle quand j'arrivai à leurs côtés, mais je me désole que nous n'ayons su défendre notre peuple. Cependant, si je ne puis défaire ce qu'ont fait les Pirates de la mer, peut-être puis-je au moins aider à le protéger des tempêtes à venir. Je vous prie de prendre ceci, de la main et du cœur de sa reine. »

Je notai au passage qu'elle n'avait fait nulle mention du refus d'agir du roi. Je l'observai alors : ses gestes étaient à la fois dégagés et précis ; la manche bouffante qu'elle avait relevée sur son bras dégouttait de pluie, mais, continuant de la remonter, elle découvrit une résille d'or qui lui prenait tout l'avant-bras, sertie çà et là d'opales sombres des Montagnes. J'avais déjà vu de ces pierres, mais jamais de cette taille; pourtant, elle me tendit son bras afin que je détache le bijou, puis, sans la moindre hésitation, elle retira la résille et tira de son autre manche un petit sac en velours que je tins ouvert pendant qu'elle y faisait glisser les bracelets. Enfin, avec un sourire chaleureux, elle mit le sac dans la main du duc Brondy. « De la part de votre roi-servant Vérité et de moi-même », dit-elle à mi-voix. J'eus du mal à résister à l'envie de Vérité de se jeter aux pieds de cette femme et de la déclarer bien trop noble pour son insignifiant amour. Brondy, stupéfait, bredouilla des remerciements et jura que pas un sou de ce trésor ne serait gaspillé. De solides maisons se dresseraient à nouveau à Bac et leurs habitants béniraient la reine de les avoir réchauffés.

Je compris soudain pourquoi Kettricken avait choisi le jardin de la reine: c'était un don de la reine, sans aucun rapport avec ce qu'avaient pu dire Subtil ou Royal. Le choix du lieu et la manière d'offrir son présent à Brondy ne laissaient pas de place au doute à ce sujet; elle ne demanda même pas au duc de rester discret sur l'affaire; cela allait sans dire.

Je songeai aux émeraudes cachées dans un coin de mon coffre à vêtements mais, au fond de moi, Vérité ne réagit pas, et je l'imitai donc. J'espérais voir un jour Vérité lui-même les attacher autour du cou de sa reine; en outre, je ne souhaitais pas amoindrir l'importance du cadeau de Kettricken en y ajoutant un autre de la part d'un bâtard – car c'est ainsi que j'aurais dû le présenter. Non, me dis-je: que le duc garde seulement en mémoire le don de la reine et sa façon de l'offrir.

Brondy détourna les yeux de sa reine pour me regarder. « Ma dame, vous paraissez tenir ce jeune homme en haute estime, pour le mettre ainsi dans la confidence de vos desseins.

— En effet, répondit Kettricken. Il n'a jamais trahi la confiance que j'ai en lui. »

Brondy hocha la tête comme si elle venait de confirmer une impression qu'il avait. Il se permit un petit sourire. « Ma fille cadette, Célérité, a été quelque peu troublée par une missive reçue de messire FitzChevalerie – d'autant plus que ses grandes sœurs l'avaient ouverte à sa place et y avaient trouvé matière à la taquiner. Mais lorsqu'elle m'a fait part de sa perplexité, je lui ai répondu que bien rare est l'homme qui reconnaît aussi franchement ce que l'on pourrait considérer comme des défauts ; seul un fanfaron se vanterait d'aller sans peur au combat, et je ne placerais pas ma confiance en un individu capable de tuer sans se sentir ensuite le cœur serré. Quant à votre santé (il m'assena soudain une claque sur l'épaule), il me semble que cet été passé à manier l'aviron et la hache vous a fait du bien. » Ses yeux de faucon se plantèrent dans les miens. « Mon avis sur vous n'a pas varié, FitzChevalerie, ni celui de Célérité. Je tiens à ce que vous le sachiez. »

Je répondis par les mots qu'on attendait de moi : « Merci, messire. »

Il jeta un coup d'œil par-dessus son épaule et je suivis son regard : au travers des rafales de pluie, je vis Célérité qui nous observait. Son père lui adressa un petit hochement de tête et le sourire de sa fille apparut tel le soleil qui perce les nuages. Félicité, à côté d'elle, lui murmura quelque chose et sa jeune sœur lui donna un coup de coude en rougissant. Mes entrailles se glacèrent lorsque Brondy me glissa : « Vous pouvez dire au revoir à ma fille, si vous le désirez. »

C'était la dernière de mes envies mais je ne voulais pas anéantir ce que Kettricken s'était donné tant de peine pour forger ; je m'inclinai donc, pris congé et, la mort dans l'âme, traversai le jardin battu par la pluie pour me présenter devant Célérité. Coque et Félicité s'écartèrent aussitôt pour nous observer de loin – et sans grande discrétion.

Je lui adressai un salut d'une absolue correction. « Dame Célérité, je dois vous remercier encore une fois du manuscrit que vous m'avez fait parvenir », déclarai-je gauchement. Mon cœur cognait dans ma poitrine, comme le sien, certainement, mais pour des raisons tout à fait différentes.

Elle me sourit sous la pluie battante. « J'ai eu plaisir à vous l'envoyer et plus encore à lire votre réponse. Mon père me l'a expliquée ; j'espère que vous ne vous froisserez pas de ce que je la lui ai montrée, mais je ne comprenais pas pourquoi vous teniez tant à vous rabaisser. Il m'a dit : "L'homme qui doit vanter ses mérites sait que personne ne le fera à sa place" ; il a ajouté qu'il n'y a pas meilleur moyen d'apprendre la mer qu'à l'aviron d'un navire, et que, dans son jeune temps, la hache était aussi son arme. Il a promis de nous offrir l'été prochain, à mes sœurs et moi, un doris sur lequel nous pourrons sortir les beaux jours… » Elle s'interrompit soudain. « Je bavarde trop, n'est-ce pas ?

— Pas du tout, ma dame », assurai-je. Je n'étais que trop heureux de lui laisser faire les frais de la conversation.

« Ma dame », répéta-t-elle doucement avant de rougir furieusement comme si je l'avais embrassée devant tout le monde.

Je détournai le regard pour découvrir Félicité, les yeux écarquillés posés sur nous, la bouche arrondie en un O de ravissement scandalisé. Imaginant les propos qu'elle me prêtait, je rougis à mon tour, et elle se mit à glousser, imitée par Coque.

Il s'écoula une éternité, me sembla-t-il, avant que nous ne quittions le jardin de la reine battu par la tempête. Nos hôtes regagnèrent leurs appartements pour changer de vêtements et se préparer au voyage de retour. J'en fis autant et m'habillai en hâte afin de ne rien manquer de leur départ, puis me rendis dans la cour extérieure pour voir Brondy et sa garde se mettre en selle. La reine Kettricken était là aussi, parée de ses couleurs désormais familières, blanc et violet, et accompagnée de sa propre garde d'honneur. Elle s'approcha de Brondy pour lui faire ses adieux et, avant de monter à cheval, il mit un genou en terre et lui baisa la main ; ils échangèrent quelques mots, j'ignore lesquels, mais la reine sourit, les cheveux ébouriffés par le vent. Enfin, Brondy s'en alla dans la tempête ; on sentait encore de la colère dans le maintien de ses épaules, mais son obéissance à la reine montrait que tout n'était pas perdu.

Célérité et Félicité se retournèrent toutes deux vers moi en s'éloignant et la puînée leva audacieusement la main en signe d'adieu ; je lui rendis son geste, puis les regardai s'en aller, glacé par bien davantage que la pluie. J'avais soutenu les efforts de Kettricken et de Vérité, en ce jour, mais à quel prix ? Qu'étais-je en train de faire à Célérité ? Molly avait-elle raison pour nous deux ?

Plus tard dans la soirée, j'allai présenter mes respects à mon roi. Il ne m'avait pas fait appeler, je ne m'y rendais pas non plus pour lui parler de Célérité, et je me demandais si c'était Vérité qui m'y poussait ou mon cœur qui m'interdisait de l'abandonner. Murfès me laissa entrer d'un air mécontent, en m'avertissant que le roi n'était pas encore complètement remis et que je ne devais pas le fatiguer.

Le roi Subtil était installé dans un fauteuil devant sa cheminée. L'air de la chambre était lourd de l'odeur écœurante de la Fumée ; le fou, dont le visage présentait toujours une intéressante composition de pourpres et de bleus, était accroupi aux pieds du roi et, de ce fait, se trouvait heureusement en dessous du niveau le plus âcre de la brume. Je n'eus pas cette chance et dus accepter le tabouret bas que Murfès eut la sollicitude de m'apporter.

Quelques instants après que je me fus présenté, puis assis, le roi se tourna vers moi. Il me dévisagea pendant quelques secondes avec des yeux larmoyants, la tête branlante. « Ah, Fitz ! fit-il enfin. Comment vont tes leçons ? Maître Geairepu est-il satisfait de tes progrès ? »

Je jetai un coup d'œil au fou qui refusa de croiser mon regard et continua de tisonner le feu d'un air morose.

« Oui, répondis-je à mi-voix. Il dit que ma calligraphie est bonne.

— Tant mieux. Une main claire, voilà un talent dont on peut être fier. Et notre marché ? En ai-je tenu ma part ? »

De nouveau notre vieille antienne. Encore une fois, je réfléchis aux termes qu'il m'avait proposés : il devait me nourrir, me vêtir et m'instruire, et, en retour, je lui devais une loyauté absolue. Les paroles familières me firent sourire, mais ma gorge se serra en songeant à l'état de l'homme qui les prononçait et à ce qu'elles me coûtaient.

« Oui, monseigneur.

— Très bien. Alors, veille à tenir aussi la tienne. » Il se laissa aller lourdement contre son dossier.

« Je vous le promets, Votre Majesté », dis-je, et le fou leva les yeux vers moi : il prenait acte du renouvellement de ma promesse.

Un moment, ce fut le silence dans la pièce, hormis les crépitements du feu ; puis le roi se redressa soudain, comme surpris par un bruit. Il promena son regard sur la chambre d'un air égaré. « Vérité ? Où est Vérité ?

— Il est parti en mission, mon roi, chercher l'aide des Anciens afin de chasser les Pirates rouges de nos côtes.

— Ah, oui. Bien sûr ; oui, bien sûr. Mais l'espace d'un instant j'ai cru… » Il se radossa. Et tout à coup les poils se dressèrent sur ma peau : je le sentais artiser, sans précision, à tâtons ; son esprit tiraillait le mien comme des mains de vieillard qui cherchent à s'agripper. Je le croyais incapable d'artiser, désormais, tout son talent consumé depuis des années. Vérité m'avait révélé un jour que Subtil ne s'en servait plus que rarement, mais j'avais mis ces propos sur le compte de sa loyauté envers son père. Pourtant, un fantôme d'Art touchait mes pensées comme des doigts inhabiles les cordes d'une harpe ; je sentis Œil-de-Nuit se hérisser contre cette nouvelle intrusion. *Silence*, lui transmis-je.

Une idée me coupa brusquement la respiration. M'avait-elle été soufflée par Vérité ? Je décidai d'oublier toute prudence et me répétai que je ne faisais qu'obéir à la promesse faite à cet homme bien des années plus tôt : loyauté en tout. Tout en rapprochant mon tabouret de son fauteuil, je lui demandai sa permission : « Mon roi ? » Puis je pris sa main flétrie entre les miennes.

J'eus l'impression de plonger dans un torrent. « Ah, Vérité, mon garçon, te voici ! » Durant une seconde, j'aperçus Vérité tel que le voyait encore Subtil : comme un garçonnet boulot de huit ou neuf ans, plus gentil que brillant, pas aussi grand que son frère aîné Chevalerie, mais un bon petit prince, aimable, excellent second fils, sans trop d'ambition et qui ne posait pas trop de questions ; puis, avec la sensation d'avoir glissé de la berge, je sombrai dans le rugissement noir et impétueux de l'Art. Déconcerté, je me rendis compte que je voyais soudain par les yeux de Subtil ; les bords de sa vision étaient brumeux. Un instant, je distinguai Vérité qui marchait lourdement dans la neige. *Que se passe-t-il ? Fitz ?* Puis un tourbillon m'emporta au cœur de la douleur de Subtil ; enfoncé tout au fond de lui par l'Art, au-delà des parties qu'insensibilisaient les herbes et la Fumée, je me retrouvai dans le brasier de sa souffrance ; c'était un mal qui grandissait lentement le long de son dos et dans son crâne, un mal toujours présent qui refusait qu'on le nie. Subtil devait se laisser consumer par ce tourment qui ne lui permettait plus de penser ou bien s'en cacher en s'engourdissant l'esprit et le corps avec des herbes et de la Fumée. Cependant, au fin fond de ce cerveau embrumé vivait encore un roi qui enrageait de son enfermement. L'esprit était toujours là, aux prises avec un corps qui ne lui obéissait plus et une douleur qui dévorait les dernières années de sa vie. Je le vis jeune homme, je le jure, peut-être d'un an ou deux plus vieux que moi ; il avait eu les cheveux aussi broussailleux et indisciplinés que Vérité, les yeux grands et pleins de vie, et ses seules rides étaient celles d'un sourire rayonnant. Tel il était encore, dans son âme, un homme jeune pris au piège et réduit aux abois. Il m'agrippa en me demandant d'un air éperdu : « Comment sortir de là ? » Je me sentis sombrer à sa suite.

Soudain, comme au confluent de deux fleuves, une autre force me heurta de plein fouet et me fit tournoyer dans son courant. *Mon garçon, maîtrise-toi !* J'eus l'impression que des mains puissantes me saisissaient, m'affermissaient et faisaient de moi un toron à part dans la corde agitée de soubresauts que nous formions. *Père, je suis là. Avez-vous besoin d'aide ?*

*Non, non. Tout est comme d'habitude. Mais, Vérité…*

*Oui, je suis là.*

*Béarns ne nous est plus loyal. Brondy donne asile chez lui à des Pirates rouges en échange de l'immunité de ses villages. Il s'est retourné contre nous. Quand tu reviendras, il faudra…*

La pensée se fit erratique et perdit sa force.

*Père, d'où tenez-vous ces renseignements ?* Je perçus le désespoir soudain de Vérité : si ce que disait Subtil était vrai, Castelcerf n'avait aucune chance de passer l'hiver indemne.

*Royal a des espions qui les lui rapportent et il m'en fait part. La traîtrise de Brondy doit rester secrète en attendant que nous soyons assez forts pour le frapper ou que nous décidions de l'abandonner à ses amis Pirates. Ah, oui, tel est le plan de Royal : tenir les Pirates rouges à l'écart de Cerf de façon qu'ils finissent par se retourner contre Brondy et le punissent à notre place. Brondy a même envoyé un faux message de demande d'aide dans l'espoir d'attirer nos vaisseaux vers leur perte.*

*Est-ce possible ?*

*Tous les espions de Royal le confirment ; et je crains que nous ne puissions plus nous fier à ton épouse étrangère : pendant le séjour de Brondy ici, Royal a remarqué qu'elle baguenaudait avec lui et trouvait tous les prétextes pour parler en privé avec lui. Il redoute qu'elle ne complote avec nos ennemis pour renverser le trône.*

*C'EST UN MENSONGE !* La force de son démenti me transperça comme la pointe d'une épée, et, l'espace d'un instant, je recommençai à me noyer, perdu, hors de moi-même, dans le flot d'Art qui passait à travers moi. Vérité s'en rendit compte et me raffermit encore une fois. *Nous devons faire attention au petit ; il n'est pas assez fort pour qu'on l'utilise ainsi, père. Je vous implore de faire confiance à ma reine ; je sais qu'elle n'est pas déloyale ; et méfiez-vous de ce que vous racontent les espions de Royal : placez des espions sur les espions avant d'agir d'après leurs dires et consultez Umbre. Promettez-le-moi.*

*Je ne suis pas stupide, Vérité. Je sais comment tenir mon trône.*

*Très bien. Très bien. Veillez à ce qu'on s'occupe du petit ; il n'est pas formé à ce genre d'exercices.*

Quelqu'un ramena brusquement ma main en arrière, comme pour l'écarter d'un fourneau brûlant ; je me pliai mollement en deux, pris de vertige, et mis ma tête entre mes genoux. À côté de moi, j'entendais le roi Subtil haleter comme s'il venait de courir. Le fou me plaça de force un verre de vin dans les mains, puis s'occupa de faire boire de petites gorgées de vin au roi. Et tout à coup la voix de Murfès retentit, irritée : « Qu'avez-vous fait au roi ?

— Ce n'est pas seulement le roi qui ne va pas ! » Il y avait de la peur dans la voix du fou. « Ils bavardaient ensemble, très calmement, et soudain c'est arrivé ! Emportez ces satanés brûloirs ! Je crois bien que vous les avez tués tous les deux !

— Silence, fou ! N'accuse pas ma médication de ce qui leur advient ! » Mais je perçus de la hâte dans son pas quand il fit le tour de la pièce pour moucher les mèches des brûloirs ou les recouvrir de coupes de cuivre ; quelques instants plus tard, les fenêtres s'ouvraient grand sur l'air glacé de la nuit. Le froid me remit les idées en place, et je parvins à me redresser et à boire un peu de vin ; peu à peu, mes sens me revinrent. Malgré tout, j'étais encore assis quand Royal entra d'un air agité en exigeant de savoir ce qui s'était passé. C'est à moi qu'il posa la question, car le fou et Murfès s'affairaient à étendre le roi dans son lit.

En réponse, je secouai vaguement la tête ; mon abrutissement n'était pas pure comédie.

« Comment va le roi ? Va-t-il se remettre ? » demanda-t-il à Murfès.

L'intéressé se précipita auprès de Royal. « Il semble se reprendre, prince. J'ignore ce qui lui a pris ; je n'ai pas vu signe de lutte, mais il est aussi fatigué que s'il venait de faire une course. Sa santé ne peut supporter de tels énervements, mon prince. »

Royal me regarda comme s'il me jaugeait. « Qu'as-tu fait à mon père ? gronda-t-il.

— Moi ? Rien. » C'était la vérité : ce qui s'était passé avait été causé par le roi et Vérité. « Nous parlions tranquillement quand je me suis soudain senti accablé, pris de tournis, en faiblesse, comme si je perdais conscience. » Je me tournai vers Murfès. « Cela pourrait-il venir de la Fumée ?

— Peut-être », concéda-t-il. Il croisa d'un air inquiet le regard brusquement assombri de Royal. « Chaque jour, je dois augmenter la dose pour qu'elle fasse effet, et il se plaint encore de…

— SILENCE ! » rugit Royal. Il me désigna d'un geste méprisant, comme il eût montré un rebut. « Fais-le sortir d'ici, puis reviens t'occuper du roi. »

À cet instant, Subtil gémit dans son sommeil et je sentis à nouveau l'infime frôlement de l'Art sur mes sens. J'en eus la chair de poule.

« Non, occupe-toi plutôt du roi dès maintenant, Murfès. Fou, emmène le Bâtard, et veille à ce que les serviteurs ne parlent pas de cette affaire. Si tu me désobéis, je le saurai. Dépêche-toi : mon père n'est pas bien. »

Je m'imaginais pouvoir me lever et m'en aller seul, mais je m'aperçus bien vite qu'il me fallait l'aide du fou, au moins pour me mettre debout ; puis je me mis en route d'un pas vacillant, avec la sensation d'être monté sur des échasses ; les murs avançaient et reculaient sans cesse, le sol tanguait comme le pont d'un bateau sous une lente houle.

« Je peux me débrouiller, maintenant », dis-je au fou quand nous fûmes dans le couloir. Il fit non de la tête.

« Tu es trop vulnérable pour rester seul en ce moment », me souffla-t-il avant de glisser son bras sous le mien et de se lancer dans un discours sans queue ni tête. Il mit tout son talent de comédien à m'aider avec sollicitude à monter les marches, puis à gagner ma porte ; là, sans cesser de bavarder, il attendit que je la déverrouille, puis il la franchit à ma suite.

« Je te dis que je vais bien », fis-je non sans agacement ; me coucher, voilà tout ce que je désirais.

« Ah oui ? Et mon roi ? Que lui as-tu fait ?

— Je ne lui ai rien fait ! » m'exclamai-je d'une voix rauque en m'asseyant au pied de mon lit. La migraine commençait à me marteler les tempes ; ce qu'il m'aurait fallu, c'était du thé à l'écorce elfique, mais je n'en avais pas.

« Si ! Tu lui as demandé sa permission, puis tu lui as pris la main et la seconde d'après vous haletiez la bouche ouverte comme deux poissons hors de l'eau !

— Une seconde seulement ? » J'avais eu l'impression que ç'avait duré des heures, toute la soirée.

« Trois battements de cœur, pas plus.

— Ooh… » Je portai les mains à ma tête et m'efforçai de rassembler mon crâne en un seul morceau. Pourquoi fallait-il que Burrich soit absent justement maintenant ? Il m'aurait fourni de l'écorce elfique. La douleur était telle qu'il fallait que je coure un risque. « As-tu de l'écorce elfique ? Pour les infusions ?

— Sur moi ? Non ; mais je pourrais en demander à Brodette. Elle a une réserve entière de plantes de toutes sortes.

— Tu veux bien y aller ?

— Qu'as-tu fait au roi ? » Le marché était sans équivoque.

La migraine qui montait menaçait de m'exorbiter les yeux. « Rien, répondis-je dans un hoquet de souffrance. Quant à ce qu'il m'a fait, lui, c'est à lui de le dire – s'il le veut bien. C'est assez clair pour toi ? »

Silence. « Peut-être. Tu souffres à ce point ? »

Je m'allongeai avec précaution ; même poser la tête sur l'oreiller me fit mal.

« Je reviens tout de suite », dit-il. J'entendis la porte s'ouvrir puis se refermer. Je demeurai immobile, les yeux clos ; peu à peu, le sens de l'échange auquel j'avais assisté émergea dans mon esprit, et, malgré ma souffrance, je triai ce que j'avais appris. Royal avait des espions, du moins le prétendait-il ; Brondy était un traître, du moins était-ce ce que Royal disait tenir de ses espions ; pour ma part, je soupçonnais Brondy d'être à peu près aussi déloyal que Kettricken. Ah, quel poison sournois ! Et la douleur ! Je m'étais soudain rappelé la douleur ; Umbre ne m'avait-il pas conseillé, pour trouver la réponse à ma question, d'observer simplement comme il m'avait enseigné à le faire ? Et la réponse, elle se trouvait sous mon nez, mais ma peur des traîtres, des complots et des poisons m'empêchait de la voir.

Le roi Subtil souffrait d'un mal qui le dévorait de l'intérieur ; il se droguait pour endormir la souffrance, pour préserver un petit coin de son esprit, un refuge inaccessible à la douleur. Si l'on m'avait dit cela quelques heures plus tôt, j'aurais éclaté de rire, mais, à présent, étendu sur mon lit, m'efforçant de respirer doucement parce que le moindre mouvement déclenchait une vague de souffrance, je comprenais. La douleur... Je ne la subissais que depuis quelques minutes et j'avais déjà envoyé le fou chercher de l'écorce elfique. Une autre pensée me vint soudain : je savais que ce supplice prendrait fin, que je m'en lèverais libéré demain matin ; mais si je devais l'affronter à chaque instant des jours qui me restaient à vivre, avec la certitude qu'il dévorait les heures qui m'étaient dévolues ? Pas étonnant que Subtil se drogue en permanence !

J'entendis à nouveau la porte s'ouvrir et se refermer doucement ; puis, guettant en vain les bruits du fou en train de préparer l'infusion, je fis l'effort d'ouvrir les yeux. Justin et Sereine se tenaient devant mon huis, tendus, figés comme s'ils se trouvaient dans le repaire de quelque bête féroce. Comme je tournais légèrement la tête pour mieux les voir, Sereine retroussa les lèvres en un rictus mauvais, et, en moi, Œil-de-Nuit en fit autant. Mon cœur se mit tout à coup à battre la chamade. Danger! J'essayai de détendre mes muscles, de m'apprêter à réagir, mais la douleur qui me martelait le crâne ne me permettait que de rester immobile. « Je ne vous ai pas entendus frapper », dis-je avec difficulté. Chaque mot était comme une lame chauffée au rouge qui résonnait dans ma tête.

« Je n'ai pas frappé », répondit Sereine sèchement. Sa façon de détacher les mots me fit l'effet d'un coup d'assommoir ; je formai le vœu qu'elle ne se rendît pas compte du pouvoir qu'elle avait sur moi en cet instant, et aussi que le fou revînt vite. Je tentai de prendre l'air désinvolte, comme si je restais au lit parce que je n'attachais nulle importance à sa présence chez moi.

« Tu as besoin de quelque chose ? » J'avais parlé d'un ton apparemment brusque mais, en réalité, chaque parole me demandait trop d'efforts pour que je gaspille ma salive.

« De ta part ? Jamais ! » répondit Sereine avec dérision.

Je sentis un contact d'Art maladroit. C'était Justin qui me touchait à tâtons ; je ne pus réprimer un frisson : l'usage que mon roi avait fait de moi m'avait laissé l'esprit aussi sensible qu'une plaie à vif et l'Art inhabile de Justin m'écorchait le cerveau comme les griffes d'un chat.

*Protège-toi.* Le message de Vérité était à peine un murmure. Je fis un effort pour dresser ma garde, mais n'y parvins pas. Sereine souriait.

Justin se frayait un chemin dans mon esprit avec la délicatesse du boulanger qui pétrit la pâte. Mes sens s'embrouillèrent soudain : il puait dans ma tête, il était d'un horrible jaune verdâtre de décomposition et il sonnait comme un cliquetis d'éperons. *Protège-toi !* me suppliait Vérité ; sa voix était désespérée, sans force, et je savais qu'il faisait tout ce qui était en son pouvoir pour maintenir les lambeaux de ma personnalité en un seul morceau. *Il va te tuer par pure bêtise ! Il ne se rend même pas compte de ce qu'il est en train de faire !*

*Aidez-moi !*

Mais de Vérité, plus rien ; notre lien s'évanouissait comme parfum au vent à mesure que mes forces déclinaient.

*Nous sommes de la même meute !*

Justin fut projeté contre la porte avec une telle force que sa tête rebondit contre le bois. Il avait été plus que *repoussé* : je ne trouvai pas de mot pour décrire ce qu'Œil-de-Nuit avait fait à Justin de l'intérieur de son esprit ; c'était une magie hybride : Œil-de-Nuit se servait du Vif en passant par le pont qu'avait créé l'Art et il attaquait le corps de Justin depuis l'esprit de Justin. L'artiseur porta soudain les mains à sa gorge pour écarter des mâchoires insaisissables ; des griffes entaillèrent sa peau et marquèrent de zébrures rouges sa chair sous sa fine tunique. Le cri de Sereine me transperça comme une épée et elle se jeta sur Justin pour essayer de l'aider.

*Ne tue pas ! Ne tue pas ! Ne tue pas !*

Enfin, Œil-de-Nuit m'entendit. Il lâcha Justin et le jeta de côté tel un rat, puis vint se mettre à cheval sur moi pour me protéger ; j'avais presque l'impression de le sentir haleter à mon oreille, de percevoir la chaleur de sa fourrure. Sans force pour m'étonner de ce qui s'était produit, je me roulai en boule comme un chiot et m'abritai sous lui : je savais que nul ne pourrait franchir son rempart.

« Que s'est-il passé ? Que s'est-il passé ? Mais que s'est-il passé ? » hurlait Sereine, éperdue. Elle avait agrippé Justin par le devant de sa tunique et l'avait relevé ; il y avait des marques livides sur sa gorge et sa poitrine mais, les yeux à peine entrouverts, je les vis disparaître rapidement, et bientôt il n'y eut plus trace de l'attaque d'Œil-de-Nuit, hormis la tache humide qui s'agrandissait sur le devant de ses chausses. Il ferma les yeux d'un air épuisé, mais Sereine le secoua comme une poupée de chiffon. « Justin ! Ouvre les yeux ! Justin !

— Que faites-vous à cet homme ? » La voix théâtrale du fou, pleine d'outrage et d'étonnement, retentit dans ma chambre ; derrière lui, ma porte était grande ouverte. Une servante qui passait, les bras chargés de chemises, jeta un coup d'œil, surprise, puis s'arrêta pour contempler la scène ; le petit page qui la suivait, un panier à la main, se dévissa le cou pour mieux voir. Le fou posa par terre le plateau qu'il portait et s'avança chez moi. « Qu'est-ce que cela signifie ?

— Il a attaqué Justin », fit Sereine entre deux sanglots.

L'incrédulité se peignit sur le visage du fou. « Lui ? À en juger par son aspect, il serait incapable de faire du mal à un oreiller ! En revanche, je vous ai bien vue vous en prendre à ce garçon. »

Sereine lâcha la chemise de Justin qui s'effondra comme un tas de charpie. Le fou le contempla avec commisération.

« Mon pauvre ami ! Essayait-elle de vous forcer à des actes immoraux ?

— Ne dites pas de bêtises ! » Sereine était outrée. « C'est lui ! » Et elle pointa le doigt sur moi.

Le fou me considéra d'un air solennel. « C'est une grave accusation. Répondez-moi avec sincérité, Bâtard : essayait-elle vraiment de vous violer ?

— Non. » Ma voix ne cachait rien de ce que je ressentais : ma nausée, mon épuisement, mon vertige. « J'étais en train de dormir ; ils sont entrés sans bruit dans ma chambre, et puis... » Je fronçai les sourcils et m'interrompis. « Je crois que j'ai trop respiré de Fumée ce soir.

— C'est évident. » Le ton du fou était superbement dédaigneux. « J'ai rarement assisté à un tel étalage de concupiscence ! » Le fou se tourna soudain vers le page et la servante, toujours occupés à observer la scène. « Ceci jette la honte sur Castelcerf tout entier ! Nos propres artiseurs, se conduire ainsi ! Je vous somme de n'en souffler mot à personne ! Il faut étouffer tous les ragots dans l'œuf ! » Puis il se retourna de nouveau vers Sereine et Justin ; béante d'indignation, l'artiseuse était rouge pivoine ; Justin, lui, se redressa en position assise à ses pieds et, vacillant, s'accrocha à ses jupes comme un bébé qui essaie de se mettre debout.

« Je n'ai aucun désir pour cet homme, dit-elle d'une voix glaciale en articulant soigneusement, et je ne l'ai pas attaqué non plus.

— Eh bien, quelles que soient vos intentions, vous feriez mieux de les réserver à vos appartements ! » répliqua le fou d'un ton sévère, et, sans un autre regard, il reprit son plateau et s'en alla dans le couloir. À la vue de l'écorce elfique qui s'éloignait, je ne pus contenir un gémissement de désespoir, et Sereine pivota aussitôt vers moi, un rictus aux lèvres.

« J'irai au fond de cette affaire ! » gronda-t-elle.

Je repris mon souffle. « Mais dans tes appartements, s'il te plaît. » Et j'indiquai la porte d'un doigt tremblant. Elle sortit d'un pas rageur, Justin dans son sillage et d'un pas plus incertain ; la servante et le page s'écartèrent de leur passage d'un air de dégoût. Ma porte était demeurée ouverte et il me fallut faire un immense effort pour me lever et aller la fermer. J'avais l'impression de porter ma tête en équilibre sur mes épaules. Une fois la porte close, je ne cherchai même pas à regagner mon lit : je me laissai glisser au sol, le dos contre le mur. J'avais la sensation d'avoir été écorché vif.

*Mon frère, es-tu en train de mourir ?*

*Non. Mais j'ai mal.*

*Repose-toi ; je veille.*

Je suis incapable d'expliquer ce qui se passa ensuite : je lâchai quelque chose, quelque chose à quoi je m'agrippais depuis toujours sans m'en rendre compte. Je m'enfonçai dans une obscurité chaude, moelleuse et protectrice, tandis qu'un loup montait la garde par mes propres yeux.

# 7

## BURRICH

*Dame Patience, qui fut la reine du roi-servant Chevalerie, était originaire de l'Intérieur; ses parents, le seigneur Quercicombe et dame Avéria, appartenaient à la très petite noblesse, et voir leur fille épouser un prince du royaume dut être un choc pour eux, considérant surtout son caractère indocile, voire borné selon certains. L'ambition avouée de Chevalerie d'épouser dame Patience fut la cause de son premier différend avec son père, le roi Subtil: cette union ne rapportait ni alliance profitable ni avantage politique, seulement une femme excessivement excentrique dont le grand amour qu'elle avait pour son époux ne l'empêchait pas d'affirmer hautement des opinions impopulaires, pas plus qu'il ne la dissuadait de se plonger corps et âme dans n'importe quelle occupation qui captait sa capricieuse fantaisie. Ses parents la précédèrent dans la mort l'année de la Peste sanguine, et elle était sans enfant et présumée stérile quand son époux se tua en tombant de cheval.*

*

Je me réveillai – ou plutôt je revins à moi. J'étais dans mon lit, dans un nid chaud et tendre. Sans bouger, je cherchai la douleur en moi: ma tête ne me faisait plus mal, mais je me sentais fatigué et dolent, courbatu comme on l'est parfois après la souffrance. Un frisson me remonta le long de l'échine: Molly était étendue nue près de moi et son haleine m'effleurait l'épaule. Le feu presque éteint brasillait à peine;

je tendis l'oreille : il devait être très tard ou très tôt car le Château était plongé dans un silence presque total.

Je n'avais aucun souvenir d'être rentré chez moi.

Un nouveau frisson me parcourut et, à côté de moi, Molly s'éveilla ; elle se rapprocha de moi, sourit d'un air ensommeillé. « Tu es très bizarre, par moments, murmura-t-elle, mais je t'aime. » Elle referma les yeux.

*Œil-de-Nuit !*

*Je suis là.* Comme toujours.

Soudain, quelque chose m'empêcha de poser des questions ; je ne voulais rien savoir. Je restai allongé sans bouger, nauséeux, triste, apitoyé par mon sort.

*J'ai essayé de te réveiller, mais tu n'étais pas prêt à revenir. Le vieil autre t'a vidé.*

*Le « vieil autre » en question est notre roi.*

*Ton roi ; les loups n'ont pas de roi.*

*Qu'est-ce que tu...* Je m'interrompis. *Merci d'avoir veillé sur moi.*

Il avait senti mes arrière-pensées. *Qu'aurais-je dû faire ? La renvoyer ? Elle pleurait.*

*Je ne sais pas. N'en parlons pas.* Molly avait du chagrin et il l'avait consolée. Je ne savais même pas pourquoi elle était triste – ou plutôt avait été triste, me repris-je en contemplant le doux sourire de son visage endormi. Je soupirai : mieux valait me jeter à l'eau tout de suite que plus tard ; en outre, il fallait qu'elle retourne dans sa chambre ; il serait malvenu qu'elle se trouve encore chez moi à l'éveil du Château.

« Molly ? » fis-je doucement.

Elle remua, ouvrit les yeux. « Fitz ? répondit-elle d'une voix endormie.

— Il faut que tu rentres chez toi, pour ta sécurité.

— Je sais. Je n'aurais pas dû venir. » Elle se tut un instant. « Tout ce que je t'ai dit il y a quelques jours... je ne... »

Je plaçai mon index sur ses lèvres. Elle sourit. « Grâce à toi, ces nouveaux silences sont... très intéressants. » Elle écarta ma main et l'embrassa passionnément, puis sortit de mon lit et commença de s'habiller à gestes vifs ; je me levai à mon tour, plus lentement. Elle me jeta un coup d'œil amoureux par-dessus l'épaule. « Je vais y aller seule, c'est plus sûr. Il ne faut pas qu'on nous voie ensemble.

— Un jour, ça ne... » Elle me fit taire en posant sa petite main sur ma bouche.

« Ne parlons pas de ça pour l'instant. Que cette soirée reste telle qu'elle est : parfaite. » Elle m'embrassa encore une fois, rapidement, puis s'échappa de mes bras et sortit. Elle referma sans bruit la porte derrière elle. Parfaite ?

J'achevai de me vêtir et rajoutai du bois sur le feu, puis je m'assis dans mon fauteuil au coin de la cheminée. Je n'eus pas longtemps à attendre avant que la porte du domaine d'Umbre s'ouvrît, et je montai l'escalier aussi vite que possible. Umbre était lui aussi installé devant sa cheminée. « Vous devez m'écouter », dis-je en guise de salut, et, au ton de ma voix, il leva les sourcils d'un air inquiet ; sur un geste de lui, je pris place dans le fauteuil en face du sien et m'apprêtai à parler, mais ce qu'il fit alors me donna la chair de poule : il jeta des coups d'œil autour de lui comme si nous nous trouvions au milieu d'une vaste foule, puis il porta un doigt à ses lèvres et me fit signe de parler bas ; enfin, il se pencha vers moi au point que nos fronts se touchèrent. « Doucement, doucement. Assieds-toi. Qu'y a-t-il ? »

Je m'installai à ma place familière sur l'âtre, le cœur battant : je n'aurais jamais cru devoir user de précautions pour parler chez Umbre.

« Très bien, souffla-t-il, raconte-moi. »

Je pris mon inspiration et me lançai. Je lui révélai tout, y compris mon lien avec Vérité afin que mon récit soit compréhensible ; je n'omis aucun détail : la rossée du fou, le cadeau de Kettricken à Béarns, ma visite au roi, celle de Sereine et Justin chez moi ; quand je parlai des espions de Royal, il pinça les lèvres, mais ne parut pas exagérément surpris. Lorsque j'eus fini, il me regarda calmement.

« Et quelle conclusion tires-tu de tout cela ? murmura-t-il, comme s'il s'agissait d'une énigme qu'il m'aurait donné à résoudre à titre d'exercice.

— Puis-je exprimer franchement mes soupçons ? » demandai-je à mi-voix.

Il hocha la tête et je poussai un soupir de soulagement.

À mesure que je décrivais l'image que je m'étais peu à peu formée au cours des semaines écoulées, je sentais un grand poids me quitter : Umbre, lui, saurait que faire. Aussi je lui fis mon rapport rapidement, avec concision : Royal savait que le roi se mourait de maladie ; il se servait de Murfès pour fournir sans cesse des calmants à Subtil et le maintenir ainsi dans un état réceptif à ses murmures ; il cherchait à discréditer Vérité, il voulait dépouiller Castelcerf de la moindre parcelle de richesse ; il désirait abandonner Béarns aux Pirates rouges afin de les occuper pendant qu'il travaillerait à ses propres ambitions, c'est-à-dire dépeindre Kettricken comme une étrangère qui avait des vues sur le trône, comme une épouse retorse et infidèle, accumuler du pouvoir personnel, tout cela, comme toujours, pour s'emparer de la couronne, ou du moins de la plus grande partie possible des Six-Duchés, d'où les somptueuses réceptions qu'il donnait en l'honneur des ducs de l'Intérieur et leurs nobles.

À regret, Umbre hochait la tête à mes propos. Quand je me tus, il dit à mi-voix : « Il y a de nombreux trous dans la toile que Royal tisse, d'après toi.

— Je puis en combler certains, répondis-je sur le même ton. Imaginons que le clan créé par Galen soit fidèle à Royal ? Imaginons que tous les messages reçus transitent d'abord par lui et que seuls arrivent à destination ceux qu'il approuve ? »

Le visage d'Umbre devint un masque grave.

Mes murmures se firent plus intenses. « Et s'il retardait les messages juste assez longtemps pour réduire à néant nos efforts pour nous défendre ? Il ferait passer Vérité pour un incapable, il saperait la confiance du peuple dans le roi-servant.

— Vérité ne s'en rendrait-il pas compte ? »

Je secouai lentement la tête. « C'est un puissant artiseur, mais il ne peut pas écouter partout à la fois ; la force de son talent, c'est sa capacité à le concentrer à l'extrême ; pour espionner son propre clan, il devrait renoncer à surveiller les eaux côtières.

— Est-il... entend-il notre discussion ? »

Je haussai les épaules avec honte. « Je l'ignore. C'est la malédiction de mon Art défectueux : mon lien avec lui est erratique ; parfois, je perçois ce qu'il pense aussi clairement que s'il se tenait à côté de moi et me le disait de vive voix ; en d'autres moments, c'est à peine si je sens sa présence. Hier soir, alors qu'ils parlaient à travers moi, j'entendais le moindre mot échangé ; mais maintenant… » Je tâtonnai au fond de moi comme on tâte ses poches. « Tout ce que je sens, c'est que nous sommes toujours reliés. » Je me penchai en avant et me pris la tête entre les mains ; j'étais épuisé.

« Du thé ? me demanda Umbre avec douceur.

— Oui, je vous prie. Et permettez-moi de garder le silence un petit moment, s'il vous plaît ; j'ai rarement eu aussi mal à la tête. »

Umbre accrocha la bouilloire au-dessus du feu ; les yeux douloureux, je l'observai qui mélangeait des herbes : un peu d'écorce elfique, beaucoup moins que je n'en aurais demandé plus tôt, des feuilles de menthe poivrée et de cataire, une pincée de précieux gingembre ; j'y reconnus la plupart des ingrédients de l'infusion qu'il donnait à Vérité pour combattre l'épuisement que lui causait l'Art. Il revint s'asseoir auprès de moi. « C'est impossible ; ton hypothèse exigerait une loyauté aveugle du clan à Royal.

— Elle peut être imposée par un artiseur puissant. Mon défaut provient de ce que m'a fait Galen ; et vous rappelez-vous son admiration fanatique pour Chevalerie ? Eh bien, c'était une fidélité artificielle. Galen aurait pu leur en imposer une similaire avant de mourir, alors qu'il achevait leur formation. »

Umbre secoua lentement la tête. « Crois-tu Royal stupide au point de s'imaginer que les Pirates rouges s'en tiendraient à Béarns ? Ils convoiteraient bientôt Cerf, puis Rippon et Haurfond. Que lui resterait-il ?

— Les duchés de l'Intérieur, les seuls auxquels il s'intéresse, les seuls pour lesquels il ressente de la loyauté. Cela lui laisserait un vaste périmètre de terrain pour l'isoler des Pirates rouges. Et, comme vous, il pense peut-être qu'ils ne cherchent pas des terres mais des terrains de pillage. Ce sont des marins, ils ne s'aventureront pas assez dans l'intérieur pour le gêner ; quant aux duchés côtiers, ils seront trop occupés à combattre les Pirates pour se retourner contre Royal.

— Si le royaume perd ses côtes, il perd son commerce et son transport de marchandises. Cela va-t-il plaire aux ducs de l'Intérieur, à ton avis ? »

Je haussai les épaules. « Je n'en sais rien ; je ne connais pas toutes les réponses, Umbre. Mais c'est la seule théorie que j'aie pu concocter dans laquelle presque tous les éléments trouvent leur place. »

Il se leva pour prendre une théière brune et ventrue qu'il rinça bien à l'eau bouillante avant d'y déposer le sachet d'herbes mélangées sur lequel il versa l'eau de la bouilloire. Une fragrance de jardin envahit ses appartements. Je pris cette image du vieil homme qui remettait le couvercle sur la théière, l'enveloppai dans l'instant simple et chaleureux où il plaça le récipient sur le plateau avec quelques tasses, et la rangeai soigneusement quelque part dans mon cœur. La vieillesse gagnait peu à peu Umbre, aussi certainement que la maladie dévorait Subtil ; ses gestes n'étaient plus aussi sûrs, ses réactions de rapace plus aussi vives qu'autrefois. Cet aperçu de l'inévitable me serra soudain le cœur. Comme il déposait une tasse de thé fumant dans ma main, il fronça les sourcils devant mon expression.

« Qu'y a-t-il ? murmura-t-il. Tu veux du miel dans ton thé ? »

Je fis non de la tête, pris une gorgée du breuvage et faillis me brûler la langue ; un goût plaisant atténuait l'amertume de l'écorce elfique. Au bout de quelques instants, je sentis mon esprit s'éclaircir et une douleur dont j'avais à peine conscience se calmer. « Ça va beaucoup mieux. » Je soupirai d'aise et Umbre esquissa une révérence, content de lui-même.

Il se rapprocha de moi. « N'empêche que ta théorie est très réfutable. Peut-être avons-nous simplement affaire à un prince qui ne sait rien se refuser et qui s'amuse à recevoir ses flagorneurs en l'absence de l'héritier ; il néglige de protéger ses côtes parce qu'il manque de clairvoyance et qu'il compte sur son frère, une fois qu'il sera rentré, pour remettre de l'ordre dans sa pagaille. Il pille le Trésor et brade chevaux et troupeaux pour amasser de la fortune tant qu'il n'y a personne pour l'arrêter.

— Dans ce cas, pourquoi dépeindre Béarns comme un traître ? Et Kettricken comme une étrangère ? Pourquoi faire circuler des rumeurs qui ridiculisent Vérité et son entreprise ?

— Par jalousie ; Royal a toujours été le préféré de son père, qui l'a gâté. Je ne pense pas qu'il trahirait Subtil. » Au ton d'Umbre, je compris qu'il souhaitait éperdument que ce fût la vérité. « C'est moi qui fournis les herbes que Murfès administre à Subtil pour apaiser ses souffrances.

— Je ne me méfie pas de vos herbes, mais je crois qu'on y ajoute quelques autres.

— Dans quel but ? Même si Subtil meurt, Vérité reste l'héritier.

— Sauf s'il meurt à son tour. » Je levai la main pour faire taire Umbre qui s'apprêtait à protester. « Il n'est pas nécessaire qu'il meure réellement : si Royal a le clan à sa botte, il peut annoncer la mort de Vérité quand il le souhaite ; alors, il devient roi-servant, et ensuite… » Je laissai ma phrase en suspens.

Umbre poussa un long soupir. « Assez ; tu m'as fourni suffisamment matière à réflexion et je vais étudier tes théories à l'aide des moyens dont je dispose ; pour l'instant, tu dois prendre garde à toi, ainsi qu'à Kettricken et au fou. S'il y a la moindre ombre de vérité dans tes spéculations, vous constituez tous les trois des obstacles sur le chemin de Royal.

— Et vous ? demandai-je à mi-voix. À quoi riment ces nouvelles précautions qu'il faut prendre chez vous ?

— Il existe une chambre contiguë à celle où nous nous trouvons ; jusqu'à présent, elle était toujours restée inoccupée, mais aujourd'hui un invité y couche : Brillant, un cousin de Royal et héritier du duché de Bauge. Il a le sommeil léger et s'est plaint récemment aux serviteurs d'entendre des rats couiner dans les murs ; et puis, la nuit dernière, Rôdeur a fait tomber une bouilloire : tu imagines le bruit ; ça l'a réveillé. Et ce bougre est curieux, par-dessus le marché : depuis, il ne cesse de demander aux serviteurs si l'on a déjà vu des esprits errer dans le Château, et je l'ai entendu taper aux murs pour les tester. Je pense qu'il soupçonne l'existence de mes appartements ; cela ne doit pas nous inquiéter outre mesure, puisqu'il ne va sûrement guère tarder à rentrer chez lui ; mais il est nécessaire de se montrer un peu plus prudent que d'habitude. »

J'eus l'impression qu'il ne me disait pas tout, mais ce n'était pas en posant des questions que je lui tirerais les vers du nez ; j'en posai cependant encore une : « Umbre, vous est-il encore possible de voir le roi une fois par jour ? »

Il regarda ses mains et fit lentement non de la tête. « Royal semble se douter de mon existence, je te l'avoue entre nous. Du moins, il se doute de quelque chose et ses partisans rôdent partout, ce qui ne me facilite pas la vie. Mais assez parlé de nos soucis ; essayons de réfléchir à la façon d'améliorer la situation. »

Et là-dessus, Umbre se lança dans une longue discussion sur les Anciens, fondée sur le peu que nous savions d'eux. Nous imaginâmes que Vérité réussissait dans sa quête et spéculâmes sur la forme que prendrait l'aide des Anciens. Umbre paraissait plein d'espoir et de sincérité, voire d'enthousiasme ; j'essayais de partager ses sentiments, mais je restais convaincu que, pour sauver les Six-Duchés, il fallait éliminer la vipère que nous réchauffions en notre sein. Il ne tarda pas à me renvoyer dans ma chambre, où je m'allongeai sur mon lit dans l'intention de me reposer quelques minutes avant d'entamer la journée ; au lieu de cela, je sombrai dans un profond sommeil.

Pendant quelque temps, nous eûmes la chance de subir tempête sur tempête ; chaque jour où je m'éveillais au son des rafales du vent et de la pluie contre mes volets était un jour béni ; je m'efforçais de me faire le plus discret possible dans le Château, j'évitais Royal, même si je devais pour cela prendre tous mes repas dans la salle de garde, et je m'éclipsais dès que Justin et Sereine apparaissaient dans la même pièce que moi. Guillot, lui aussi, était rentré de son affectation d'artiseur à la tour Rouge en Béarns ; en de rares occasions, je l'apercevais en compagnie de Sereine et Justin, mais, le plus souvent, il traînait à table dans la Grand-Salle, ses lourdes paupières donnant toujours l'impression d'être sur le point de se fermer. Son aversion envers moi était sans comparaison avec la haine que Sereine et Justin concentraient sur moi, mais je préférais ne pas l'approcher non plus ; je voulais y voir une mesure de sagesse, mais je me soupçonnais au fond d'agir lâchement. Je rendais visite au roi chaque fois qu'on m'y autorisait, ce qui n'était pas assez fréquent.

Un matin, je fus brutalement réveillé par des coups à ma porte et mon nom braillé à tue-tête. D'un pas mal assuré, j'allai ouvrir l'huis : un garçon d'écurie blanc comme un linge tremblait sur mon seuil. « Pognes veut que vous veniez tout de suite aux écuries ! »

Et, sans me laisser le temps de répondre, il s'enfuit comme s'il avait sept engeances de démons à ses trousses.

J'enfilai mes vêtements de la veille ; quand je songeai à me débarbouiller et à refaire ma queue de cheval, j'étais déjà presque en bas de l'escalier. Comme je traversais la cour au pas de course, je perçus des éclats de voix dans les écuries ; je savais que Pognes ne m'aurait pas fait appeler pour une simple dispute entre lads, mais alors pour quelle autre raison ? Je poussai les portes, puis me frayai un chemin au milieu d'un agglutinement de garçons d'écurie et de palefreniers vers l'origine du remue-ménage.

J'y trouvai Burrich. Épuisé par son voyage, il avait cessé de hurler et se tenait à présent muet ; Pognes était devant lui, pâle mais résolu. « Je n'avais pas le choix, fit-il d'une voix calme. Vous auriez été obligé de faire la même chose. »

Burrich paraissait ravagé, son regard vidé par le choc n'exprimait que de l'incrédulité. « Je sais, dit-il au bout d'un moment. Je sais. » Il se tourna vers moi. « Fitz ! On m'a pris mes chevaux. » Il vacilla légèrement.

« Ce n'est pas la faute de Pognes », répondis-je. Puis : « Où est le prince Vérité ? »

Son front se plissa et il me lança un coup d'œil bizarre. « Vous ne m'attendiez pas ? » Il se tut, puis, plus fort : « On avait envoyé des messages pour vous prévenir ; vous ne les avez pas reçus ?

— Nous n'étions au courant de rien. Que s'est-il passé ? Pourquoi es-tu revenu ? »

Il regarda les garçons d'écurie qui contemplaient la scène bouche bée, et je retrouvai dans son œil une expression familière. « Si vous n'êtes au courant de rien, c'est que ce n'est pas un sujet de ragots ni de commérages. Je dois aller voir le roi tout de suite. » Il se redressa, posa de nouveau les yeux sur les lads et les palefreniers, et c'est du ton cinglant que je lui connaissais bien qu'il demanda : « Vous n'avez rien à faire ?

Dès mon retour du Château, je viendrai voir comment vous vous êtes occupés des écuries en mon absence. »

Les garçons d'écurie disparurent comme brume au soleil et Burrich se tourna vers Pognes. « Veux-tu prendre soin de mon cheval ? Ce pauvre Rousseau a souffert ces derniers jours ; traite-le bien, maintenant qu'il est à la maison. »

Pognes acquiesça. « Bien sûr. Vous voulez que je fasse chercher le guérisseur ? Pour qu'il soit là quand vous reviendrez ? »

Burrich secoua la tête. « Je peux m'en occuper seul. Allons, Fitz, donne-moi ton bras. »

N'en croyant pas mes oreilles, j'obéis néanmoins et Burrich s'appuya lourdement sur moi ; je pensai alors à regarder ses jambes : ce que j'avais pris pour d'épaisses jambières pour l'hiver était en réalité un pansement qui enveloppait sa mauvaise jambe. Il déplaçait son poids sur moi pour la ménager et je le sentais tremblant de fatigue ; je percevais aussi, de près, l'odeur de transpiration que provoque la douleur. Ses vêtements étaient sales et déchirés, ses mains et son visage couverts de boue, et cela ne ressemblait pas du tout à l'homme que je connaissais. « S'il te plaît, dis-je à mi-voix tout en l'aidant à marcher en direction du Château, est-ce que Vérité va bien ? »

Il me fit une ombre de sourire. « Notre prince serait mort et je serais toujours vivant ? Tu m'insultes. Et sers-toi de ta tête : s'il était mort ou blessé, tu le saurais. » Il s'arrêta de marcher pour me dévisager. « Non ? »

Je compris de quoi il parlait. « Notre lien n'est pas fiable, avouai-je, honteux. Certaines choses sont claires, d'autres non. Je ne savais rien de ce qui vous est arrivé. Que s'est-il passé ? »

Il prit l'air songeur. « Vérité a dit qu'il essaierait d'avertir le roi à travers toi ; si tu n'as rien transmis à Subtil, c'est à lui que je dois apprendre ce qui s'est produit. »

Je n'insistai pas.

J'avais oublié que Burrich n'avait pas vu le roi Subtil depuis longtemps. Le matin, le roi n'était pas au mieux mais, quand j'en avertis Burrich, il me répondit préférer lui faire son rapport à un mauvais moment plutôt que repousser sa visite à plus tard. Nous frappâmes donc à la porte et, à ma grande surprise, on nous fit entrer ; une fois à l'intérieur, je compris que c'était à cause de l'absence de Murfès.

En revanche, le fou m'accueillit en me demandant gracieusement : « Tu reviens respirer encore un peu de Fumée ? » Soudain, il aperçut Burrich et son sourire moqueur s'effaça ; il croisa mon regard. « Le prince ?

— Burrich est venu faire son rapport au roi.

— Je vais essayer de le réveiller, bien qu'étant donné son état ces derniers temps, on puisse aussi bien s'adresser à lui éveillé qu'endormi : il accorde autant d'attention à ce qu'on dit dans l'un et l'autre cas. »

J'avais beau être habitué aux railleries du fou, celle-ci m'ébranla : le sarcasme sonnait mal car on y sentait trop de résignation. Burrich me regarda d'un air inquiet et murmura : « Qu'a donc mon roi ? »

De la tête, je lui fis signe de garder le silence, puis je l'invitai à prendre un siège.

« Devant mon roi, je reste debout tant qu'il ne m'ordonne pas de m'asseoir, répondit-il avec raideur.

— Tu es blessé ; il comprendrait.

— C'est mon roi. C'est ça que je comprends. »

Je renonçai. Nous attendîmes un moment, et plus qu'un moment ; enfin, le fou ressortit. « Il n'est pas bien, nous prévint-il. Il m'a fallu du temps pour lui faire comprendre qui venait le voir ; mais il dit vouloir entendre votre rapport – dans sa chambre. »

Burrich s'appuya donc à nouveau sur moi et nous pénétrâmes dans la pénombre enfumée de la chambre à coucher du roi. Je vis Burrich plisser le nez avec dégoût ; l'air était lourd et âcre de Fumée, et plusieurs petits brûloirs rougeoyaient. Le fou avait ouvert les rideaux du lit et, comme nous nous arrêtions au chevet, il s'affaira à tapoter et à redresser coussins et oreillers dans le dos du roi jusqu'à ce que celui-ci, d'un petit signe de la main, lui fasse signe de s'écarter.

J'observai notre souverain et m'étonnai de n'avoir pas su repérer les marques de sa maladie ; elles étaient pourtant parfaitement visibles : l'affaiblissement général, l'odeur rance de la transpiration, le jaune dans le blanc des yeux, tout cela, j'aurais dû le noter. L'air bouleversé de Burrich me révéla que le changement depuis la dernière fois qu'il l'avait vu était immense ; mais il se reprit rapidement et se redressa.

« Mon roi, je viens rendre compte », dit-il d'un ton solennel.

Subtil cligna lentement les yeux. « Viens rendre compte », fit-il d'un ton vague, et je ne pus déterminer s'il donnait un ordre à Burrich ou s'il répétait simplement ses derniers mots ; Burrich, lui, y obéit comme à un ordre. Il fit son récit avec la même précision et la même minutie qu'il exigeait de ma part. Appuyé sur mon épaule, il raconta sans fard son voyage aux côtés du prince Vérité, au milieu des tempêtes hivernales, en direction du royaume des Montagnes. Le trajet avait été parsemé d'embûches ; malgré les messagers envoyés à l'avance prévenir du passage de Vérité, ils n'avaient guère reçu aide ni hospitalité ; les nobles dont les terres bordaient leur route prétendaient n'avoir rien su de la venue du prince et, dans bien des cas, le roi-servant n'avait trouvé que des serviteurs pour l'accueillir et l'hébergement qu'on aurait fourni à un voyageur ordinaire ; les vivres et les chevaux qui auraient dû l'attendre en des lieux prévus à l'avance n'étaient pas là ; les montures avaient souffert plus durement que les hommes et le temps avait été affreux.

Tandis que Burrich parlait, je le sentais parfois parcouru d'un tremblement : il était au bord de l'épuisement complet. Mais, chaque fois, il se reprenait, inspirait profondément et poursuivait son récit.

Sa voix s'érailla légèrement lorsqu'il narra l'embuscade dans laquelle ils étaient tombés sur les plaines de Bauge, avant d'arriver en vue du Lac Bleu. Sans tirer la moindre conclusion, il se contenta d'observer que les bandits se battaient comme des militaires ; ils n'arboraient les couleurs d'aucun duc, mais ils semblaient bien vêtus et bien armés pour des brigands, et Vérité était manifestement leur cible. Quand deux des animaux de bât brisèrent leurs attaches et se sauvèrent, pas un seul des assaillants ne rompit le combat pour les poursuivre ; des bandits auraient normalement préféré se lancer sur les traces de bêtes chargées à se battre contre des hommes armés. Les gardes de Vérité avaient fini par trouver une position de défense et les avaient repoussés avec succès ; les attaquants avaient renoncé en comprenant que la garde de Vérité mourrait plutôt que de se rendre ou de céder, et ils s'étaient enfuis en abandonnant leurs morts dans la neige.

« Ils ne nous avaient pas vaincus, mais nous n'étions pas indemnes : nous avions perdu une bonne partie de nos vivres, sept hommes et neuf chevaux étaient morts, deux d'entre nous étaient gravement blessés et trois autres plus légèrement. Le prince Vérité a décidé alors de renvoyer les blessés à Castelcerf et il nous a fait accompagner de deux hommes valides ; il avait l'intention de continuer sa route, d'emmener sa garde jusqu'au royaume des Montagnes où elle attendrait son retour. Il a placé Perçant à la tête du groupe qui s'en retournait et il lui a confié des renseignements écrits ; j'ignore quels ils étaient. Perçant et les autres se sont fait tuer il y a cinq jours. Nous sommes tombés dans une embuscade juste avant la frontière de notre duché, alors que nous suivions la Cerf. C'étaient des archers ; ç'a été très... rapide. Quatre d'entre nous sont morts sur le coup et mon cheval a été touché au flanc ; Rousseau est jeune, il s'est affolé et il a sauté par-dessus un talus jusque dans le fleuve, en m'emportant avec lui. L'eau est profonde à cet endroit et le courant puissant. Je me suis accroché à Rousseau, mais nous avons été entraînés. J'ai entendu Perçant crier aux autres de se sauver, qu'il fallait que certains parviennent à Castelcerf, mais aucun n'y est arrivé : quand Rousseau et moi avons enfin pu nous sortir de la Cerf, nous avons fait demi-tour et j'ai trouvé les corps. Les documents que transportait Perçant avaient disparu. »

Bien droit, il parlait d'une voix claire avec des mots simples ; son rapport était une simple description de ce qui s'était passé. Il ne dit rien de ce qu'il avait ressenti à être renvoyé au Château ou à être le seul survivant de son groupe. Il allait sans doute s'enivrer ce soir et je me demandai s'il désirerait de la compagnie ; mais, pour l'instant, muet, il attendait les questions de son roi. Comme le silence s'éternisait, il risqua un : « Mon roi ? »

La forme de Subtil s'agita dans les ombres de son lit. « Cela me rappelle mon jeune temps, fit-il d'une voix rauque. À une époque, j'étais capable de manier l'épée monté sur un cheval. Quand on perd cela... enfin, une fois que cela n'est plus, on a perdu bien davantage. Mais ton cheval a survécu ? »

Burrich plissa le front. « J'ai fait ce que j'ai pu pour lui, mon roi ; il n'en gardera pas de séquelles.

— Ah ! Eh bien, c'est déjà quelque chose. C'est déjà quelque chose. » Le roi se tut. Un instant, le bruit de sa respiration emplit la pièce ; elle paraissait laborieuse. « Va te reposer, mon brave, reprit-il enfin d'un ton bourru. Tu as l'air exténué. Peut-être… » Il s'interrompit à nouveau, inspira deux fois. « Je te rappellerai plus tard, quand tu seras reposé. Il y a sûrement des questions à poser… » Sa voix mourut et nous l'entendîmes encore respirer à grandes goulées, comme on fait lorsque la souffrance est presque insupportable. Je me remémorai ce que j'avais éprouvé l'autre nuit à ses côtés, et je tentai de m'imaginer en train d'écouter Burrich tout en endurant un tel supplice et en m'efforçant de ne pas le montrer. Le fou se pencha sur le visage du roi, puis nous regarda et secoua imperceptiblement la tête.

« Viens, murmurai-je à Burrich. Ton roi t'a donné un ordre. »

Comme nous quittions la chambre du roi, j'eus l'impression qu'il s'appuyait plus lourdement sur moi.

« On aurait dit qu'il n'écoutait pas, me dit Burrich d'un ton hésitant alors que nous nous engagions lentement dans le couloir.

— Si, il écoute. Crois-moi, il écoute attentivement. » Je m'arrêtai devant les escaliers : descendre les marches, traverser la salle, les cuisines, la cour, arriver dans les écuries et enfin grimper le raide escalier qui menait chez Burrich, ou monter deux volées de marches, suivre le couloir et entrer dans ma chambre ? « Je t'emmène chez moi, déclarai-je.

— Non. Je veux rentrer chez moi. » On aurait dit un enfant que la maladie rend grincheux.

« Plus tard, quand tu auras pris du repos », répliquai-je d'un ton ferme. Je l'entraînai dans l'escalier et il me suivit sans résister ; il n'en avait sans doute plus la force. Il s'adossa au mur pendant que je déverrouillais ma porte, puis je l'aidai à entrer ; j'aurais voulu qu'il s'allonge, mais il insista pour s'asseoir sur le fauteuil près du feu et, une fois installé, il appuya sa tête contre le dossier et ferma les yeux. Ses traits se détendirent et toutes les privations qu'il avait endurées apparurent sur son visage : les os pointaient sous la peau et il avait un teint effrayant.

Il redressa la tête et promena son regard sur ma chambre comme si c'était la première fois qu'il la voyait. « Fitz ? Tu as quelque chose à boire ici ? »

Je savais que ce n'était pas de thé qu'il parlait. « De l'eau-de-vie ?

— Cet extrait de mûres à trois sous que tu bois d'habitude ? Je préférerais encore avaler du liniment pour les chevaux ! »

Je me tournai vers lui en souriant. « Ça, j'en ai peut-être. »

Il ne réagit pas, comme s'il ne m'avait pas entendu.

Je fis du feu, puis fouillai rapidement parmi la petite réserve d'herbes que je gardais chez moi ; il n'en restait plus guère, car j'en avais donné la plus grande partie au fou. « Burrich, je vais aller te chercher à manger, plus quelques affaires. D'accord ? »

Pas de réponse : il s'était assoupi dans le fauteuil et dormait à poings fermés. Je n'eus même pas besoin de toucher son visage pour savoir qu'il brûlait de fièvre, et je me demandai ce qui était arrivé à sa jambe, cette fois-ci. Une nouvelle blessure sur une ancienne, suivie d'un long trajet… Il n'était pas près de guérir, c'était évident. Je sortis rapidement.

Aux cuisines, j'interrompis Sara dans la confection d'un gâteau pour lui apprendre que Burrich était blessé, malade, et qu'il se trouvait dans ma chambre ; je mentis et lui dis qu'il avait une faim de loup, et que je lui serais reconnaissant d'envoyer quelqu'un lui apporter de quoi manger, ainsi que quelques seaux d'eau chaude. Aussitôt, elle se fit remplacer pour le pétrissage de la pâte et se mit à sortir à grand bruit plateaux, théières et couverts : j'allais sans tarder avoir de quoi organiser un petit banquet.

Je courus jusqu'aux écuries avertir Pognes que Burrich était chez moi et qu'il y resterait quelque temps, puis je me rendis dans la chambre de Burrich afin d'y prendre les herbes et les racines dont j'aurais besoin. J'ouvris la porte : la pièce était glacée, humide et sentait le moisi. Je pris note d'y dépêcher quelqu'un pour y allumer du feu et y apporter du bois, de l'eau et des bougies. Burrich pensait être absent tout l'hiver et, fidèle à lui-même, avait rangé sa chambre jusqu'à la rendre austère. Je trouvai quelques pots d'onguent, mais aucune réserve d'herbes séchées : soit il les avait emportées en partant, soit il les avait données avant son départ.

Au milieu de la pièce, je regardai ce qui m'entourait. Il y avait des mois que je n'étais plus monté et les souvenirs d'enfance affluèrent à mon esprit, les heures passées devant la cheminée à réparer ou à huiler des harnais, le matelas sur lequel je dormais devant l'âtre, Fouinot, le premier chien avec lequel j'avais partagé le lien du Vif et que Burrich avait fait disparaître dans l'espoir de me dégoûter de cette magie. Je secouai la tête sous la crue d'émotions conflictuelles qui me submergeait et sortis en hâte.

La porte à laquelle je frappai ensuite était celle de Patience. Ce fut Brodette qui m'ouvrit ; voyant mon expression, elle me demanda aussitôt : « Que se passe-t-il ?

— Burrich est revenu. Il est chez moi ; il est gravement blessé et je n'ai pas grand-chose comme herbes pour le traiter...

— Avez-vous envoyé chercher le guérisseur ? »

J'hésitai. « Burrich préfère toujours faire les choses à sa façon.

— En effet. » C'était Patience qui venait d'apparaître dans le salon. « Que s'est encore fait ce fou ? Le prince Vérité va-t-il bien ?

— Le Prince et sa garde se sont fait attaquer, mais il n'a pas été touché ; il a continué vers les Montagnes et il a renvoyé les blessés avec deux hommes valides pour les escorter. Burrich est le seul qui soit arrivé à Castelcerf.

— Le trajet de retour était donc si difficile ? » demanda Patience. Brodette était déjà occupée à réunir des herbes, des racines et des pansements.

« Le temps était froid et traître, et l'hospitalité maigre le long de leur route ; mais les hommes sont morts sous les flèches d'archers embusqués juste avant la frontière de Cerf. Burrich a été entraîné dans le fleuve par son cheval et le courant les a emportés ; c'est sans doute grâce à cela qu'il a eu la vie sauve.

— Où a-t-il été touché ? » Patience s'activait à son tour tout en m'écoutant. Elle ouvrit un petit buffet et en sortit toutes sortes de baumes et de teintures.

« À la jambe, toujours la même ; mais je n'en connais pas la gravité, je n'ai pas encore regardé. En tout cas, elle ne le porte plus : il ne peut plus marcher seul ; et il a de la fièvre. »

Patience se munit d'un panier et se mit à y entasser ses produits médicinaux. « Eh bien, que fais-tu là les bras ballants ? me jeta-t-elle. Retourne dans ta chambre voir ce que tu peux faire pour lui ; nous allons t'y rejoindre. »

Je décidai de ne pas prendre de gants : « Je ne pense pas qu'il acceptera de se laisser soigner par vous.

— Nous verrons, répondit calmement Patience. Maintenant, va voir si l'on a porté de l'eau chaude. »

Les seaux que j'avais demandés attendaient devant ma porte. Le temps que l'eau commence à fumer dans ma bouilloire, ma chambre était devenue le point de convergence d'une petite foule : Mijote fit monter deux plateaux de nourriture, du lait tiède et du thé brûlant, Patience arriva et entreprit d'étaler ses herbes sur mon coffre à vêtements, puis elle envoya Brodette chercher une table et deux sièges supplémentaires. Burrich continuait à dormir à poings fermés dans mon fauteuil en dépit des tremblements qui l'agitaient de temps en temps.

Avec une familiarité qui me laissa pantois, Patience posa sa main sur son front, puis lui palpa la gorge à la recherche d'éventuelles grosseurs, puis elle s'accroupit légèrement pour le regarder. « Burr ? » fit-elle à mi-voix, mais il n'eut pas un frémissement. Très doucement, elle lui caressa le visage. « Vous êtes si maigre, si hâve », murmura-t-elle d'un ton compatissant. Elle trempa un morceau de tissu dans de l'eau tiède, puis lui lava le visage et les mains comme s'il s'agissait d'un enfant ; enfin, elle prit une couverture de mon lit et la lui plaça délicatement sur les épaules. Elle surprit mon expression ahurie et me foudroya du regard. « Va me chercher une cuvette d'eau, dégourdi ! » jeta-t-elle sèchement. Comme j'obéissais, elle s'accroupit devant Burrich, tira calmement ses ciseaux d'argent et découpa le pansement qui lui enveloppait la jambe jusqu'au-dessus du genou ; d'après son état, il n'avait pas été changé depuis le plongeon dans le fleuve. Alors que Brodette me prenait la cuvette des mains et s'agenouillait à côté d'elle, Patience ouvrit le pansement souillé comme elle l'eût fait d'une coquille.

Burrich s'éveilla avec un gémissement et son menton retomba sur sa poitrine comme il ouvrait les yeux. L'espace d'un instant, il parut désorienté ; il me regarda qui me tenais debout auprès de lui, puis il aperçut les deux femmes accroupies devant sa jambe. « Quoi ? fit-il, incapable d'en dire davantage.

— C'est répugnant », déclara Patience ; elle le regarda comme s'il avait marché avec des bottes pleines de boue sur un sol propre. « Pourquoi ne l'avez-vous pas nettoyée, au moins ? »

Burrich baissa les yeux sur sa jambe : du sang coagulé et du limon formaient une croûte sur la longue plaie enflée qui lui descendait du genou. Cette vision lui fit manifestement horreur, et, quand il répondit à Patience, il avait la voix rauque et dure. « Quand Rousseau m'a emporté dans le fleuve, j'ai tout perdu ; je n'avais plus ni bandages propres, ni vivres, ni rien. J'aurais pu découvrir la plaie, la laver, puis la laisser geler au vent. Croyez-vous qu'elle aurait été plus belle ?

— Voici à manger », intervins-je brusquement. Apparemment, le seul moyen d'empêcher ces deux-là de se disputer était d'empêcher qu'ils se parlent. Je poussai près de lui la petite table sur laquelle était posé un des plateaux de Mijote, et Patience s'écarta pour me laisser passer ; je remplis une chope de lait tiède et la plaçai entre les mains de Burrich, qui se mirent à trembler légèrement quand il porta le récipient à sa bouche : je ne m'étais pas rendu compte de la faim qui le dévorait.

« N'avalez pas ça ! » s'exclama Patience ; Brodette et moi lui lançâmes un regard d'avertissement, mais le repas semblait retenir toute l'attention de Burrich. Il reposa la chope, s'empara d'un petit pain chaud sur lequel j'avais étalé du beurre et l'engloutit presque entièrement le temps que je lui resserve du lait. Je trouvai étrange qu'il ne se soit mis à trembler qu'une fois de quoi manger entre les mains ; comment avait-il fait pour tenir debout auparavant ?

« Qu'est-il arrivé à votre jambe ? » demanda Brodette avec douceur. Puis : « Attention », et elle plaça un tissu dégoulinant d'eau chaude sur le genou. Il tressaillit, pâlit, mais ne poussa pas un gémissement ; enfin, il but une gorgée de lait.

« Une flèche, dit-il finalement. Il a fallu une guigne du tonnerre pour qu'elle m'atteigne justement là, à l'endroit où le sanglier m'a croché il y a des années ; en plus, elle s'est logée contre l'os. C'est Vérité qui me l'a arrachée. » Il se laissa brusquement aller contre le dossier comme si ce souvenir lui donnait la nausée. « Juste sur la vieille blessure, fit-il d'une voix faible. Et chaque fois que je pliais le genou, elle se rouvrait et elle se remettait à saigner.

— Vous n'auriez pas dû la bouger », observa Patience d'un ton sentencieux. Burrich, Brodette et moi la regardâmes comme si elle était folle. « Ah, c'est vrai, ce ne devait pas être possible, se reprit-elle.

— Voyons cette blessure, maintenant », intervint Brodette en s'apprêtant à retirer le tissu mouillé.

Burrich la repoussa d'un geste. « Laissez. Je m'en occuperai moi-même quand j'aurai mangé.

— Quand vous aurez mangé, vous vous reposerez, répliqua Patience. Brodette, écarte-toi, s'il te plaît. »

À ma grande stupéfaction, Burrich ne discuta pas. Brodette recula et dame Patience s'agenouilla devant le maître d'écurie. Avec une expression étrange, il l'observa pendant qu'elle soulevait le tissu ; elle en trempa un coin dans de l'eau propre, l'essora, puis nettoya la blessure avec habileté ; le tissu imbibé d'eau tiède avait détaché la croûte de sang. Une fois nettoyée, la plaie n'était plus aussi laide qu'au premier abord ; cela n'en demeurait pas moins une mauvaise blessure, et les privations qu'avait connues Burrich compliqueraient la guérison. La chair béait et de nouveaux tissus avaient bourgeonné là où elle aurait dû se refermer ; pourtant, chacun se détendit à mesure que la plaie apparaissait plus nettement : elle était enflammée, tuméfiée, infectée à un endroit, mais il n'y avait ni putréfaction ni noircissement. Patience l'examina un instant. « Qu'en dites-vous ? demanda-t-elle sans s'adresser à personne en particulier. De la racine de gourdin-du-Diable ? En cataplasme chaud ? En avons-nous, Brodette ?

— Un peu, ma dame. » L'intéressée se pencha sur le panier qu'elles avaient apporté et se mit à en fouiller le contenu.

Burrich se tourna vers moi. « Ces récipients viennent de ma chambre ? »

J'acquiesçai et il hocha la tête. « C'est bien ce qu'il me semblait. Apporte-moi le petit pot ventru, le marron. »

Il me le prit des mains et ôta le couvercle. « Ça. J'en avais en partant de Castelcerf, mais les animaux de bât l'ont emporté en s'enfuyant lors de la première embuscade.

— Qu'est-ce que c'est ? » demanda Patience. Elle s'approcha, curieuse, la racine de gourdin-du-Diable dans la main.

« Du mouron des oiseaux et des feuilles de plantain infusés dans de l'huile, puis broyés et mélangés à de la cire d'abeille.

— Cela devrait être efficace, concéda Patience. Après le cataplasme. »

Je m'attendais à une réplique cinglante, mais Burrich se contenta de hocher la tête ; il avait l'air soudain épuisé. Il se laissa aller contre le dos du fauteuil, s'emmitoufla dans la couverture et ses yeux se fermèrent.

On frappa ; j'allai ouvrir et me trouvai devant Kettricken accompagnée de Romarin. « Une de mes suivantes m'a dit que Burrich serait rentré », dit-elle. Puis elle observa ma chambre. « C'est donc vrai. Et il est blessé ? Comment va mon seigneur ? Oh, comment va Vérité ? » Son visage devint soudain plus pâle que je ne l'aurais cru possible.

Je la rassurai.

« Il va bien. Entrez. » En même temps, je me fustigeai de mon inconséquence : j'aurais dû la prévenir immédiatement du retour de Burrich et des nouvelles qu'il apportait, car personne d'autre ne l'avertirait. À son apparition dans la chambre, Patience et Brodette se détournèrent brièvement de la racine qu'elles étuvaient pour l'accueillir avec une rapide révérence et quelques mots de bienvenue.

« Que lui est-il arrivé ? » demanda Kettricken d'une voix tendue, et je lui répétai aussitôt tout ce que Burrich avait dit au roi, car il me semblait qu'elle avait autant droit à savoir ce qu'il advenait de son époux que Subtil de son fils. Elle blêmit encore quand je parlai de l'attaque contre Vérité, mais ne dit rien tant que je n'eus pas fini. « Grâces en soient rendues à tous nos dieux, il approche de mes Montagnes ; là, il ne risquera plus rien, de la part des hommes en tout cas. » Là-dessus, elle se dirigea de Patience et Brodette qui préparaient la racine, à présent suffisamment amollie pour être malléable; elles la laissaient refroidir avant de l'appliquer sur l'infection.

« La baie de sorbier fait une excellente lotion pour ce genre de blessures », observa Kettricken.

Patience leva les yeux vers elle d'un air timide. « Je l'ai entendu dire; mais cette racine tiède va attirer l'infection hors de la plaie. Pour des tissus bourgeonnants comme nous en avons ici, on peut aussi employer la feuille de framboisier et l'orme rouge comme lotion ou comme cataplasme.

— Nous n'avons plus de feuilles de framboisier, lui rappela Brodette. L'humidité s'y est mise et elles ont moisi.

— Moi, j'en ai, s'il vous en faut, intervint Kettricken à mi-voix. J'en avais préparé pour le thé du matin; c'est un remède que je tiens de ma tante. » Elle baissa les yeux et un curieux sourire lui étira les lèvres.

« Ah ? fit Brodette, soudain intéressée.

— Oh, ma dame ! » s'exclama Patience. Elle prit la main de Kettricken avec une soudaine et singulière familiarité. « Vous en êtes sûre ?

— Oui. Au début, j'ai cru que ce n'était que... Mais ensuite, d'autres signes sont apparus; certains matins, même l'odeur de la mer me rend malade; et j'ai sans cesse envie de dormir.

— Mais il faut dormir ! fit Brodette en éclatant de rire. Quant aux nausées, elles passent après les premiers mois. »

Je restai dans mon coin, étranger, exclu, oublié. Les trois femmes se mirent tout à coup à rire à l'unisson. « Rien d'étonnant à ce que vous soyez si impatiente d'avoir des nouvelles de lui. Était-il au courant avant de partir ?

— Je ne soupçonnais rien moi-même, à cette époque. Si vous saviez comme j'ai envie de lui dire, de voir sa tête !

— Vous attendez un enfant », dis-je bêtement. Elles se tournèrent vers moi, puis se mirent à rire de plus belle.

« C'est encore un secret, m'avertit Kettricken. Je ne veux pas de rumeurs avant que le roi soit au courant, et je veux lui apprendre personnellement la nouvelle.

— Naturellement », répondis-je, sans lui révéler que le fou n'ignorait rien de son état, et depuis plusieurs jours déjà. L'enfant de Vérité, songeai-je. Un étrange frisson me parcourut : l'embranchement du chemin qu'avait vu le fou, la soudaine multiplication des possibilités… Un élément émergeait au-dessus de tous les autres : le brutal déplacement de Royal, repoussé un cran plus loin du trône par une nouvelle petite vie qui venait s'interposer entre lui et le pouvoir auquel il aspirait. Elle ne pèserait pas bien lourd à ses yeux.

« Naturellement, répétai-je d'un ton plus enjoué. Il vaut mieux garder la nouvelle tout à fait secrète. » Car une fois qu'elle serait rendue publique, Kettricken ne serait pas plus en sécurité que son époux.

## 8

## MENACES

*Cet hiver-là Béarns se fit lentement dévorer, telle une falaise par les marées de tempête. Tout d'abord, le duc Brondy tint Kettricken régulièrement informée : des messagers en livrée voyageaient à dos de cheval pour lui remettre en main propre les nouvelles du duc. Au début, ces nouvelles étaient optimistes : ses opales avaient rebâti Bac et ses habitants lui envoyaient non seulement leurs remerciements mais aussi un coffret rempli des perles minuscules qu'ils prisaient fort. C'était un geste étrange : ces perles, qu'ils avaient jugées trop inestimables pour les sacrifier fût-ce pour reconstruire leur village, ils les offraient spontanément pour rendre grâces à une reine qui avait donné ses bijoux afin de leur fournir un abri. Je doute que quelqu'un d'autre pût être plus sensible à la mesure de leur sacrifice ; Kettricken versa des larmes sur le coffret.*

*Plus tard, les nouvelles se firent plus sinistres : entre les tempêtes, les Pirates rouges ne cessaient de frapper. Les messagers rapportèrent à Kettricken l'étonnement du duc devant le départ du membre du clan attaché à la tour Rouge ; quand Kettricken demanda carrément à Sereine si cela était vrai, celle-ci répondit qu'il était devenu trop dangereux d'y maintenir Guillot, car son Art était trop précieux pour qu'on l'exposât aux Pirates. Rares furent ceux à qui l'ironie de la situation échappa. À chaque arrivée d'un messager, les nouvelles empiraient : les Outrîliens avaient établi des têtes de pont sur les îles du Croc et Béchame ; hardiment, le duc Brondy avait alors réuni des bateaux de pêche et des guerriers pour les attaquer à son tour mais s'était heurté à des Pirates trop bien retranchés. Navires et guerriers périrent, et Béarns annonça solennellement n'avoir plus de fonds pour financer une autre expédition. À ce moment, les émeraudes de Vérité furent rendues à Kettricken, qui les renvoya sans une hésitation. Si elles furent utiles, nous n'en sûmes rien ; nous n'eûmes même jamais la certitude qu'elles fussent bien arrivées : la transmission des messages de Béarns devint erratique et il fut bientôt évident que certaines nouvelles ne nous parvenaient pas. Enfin les communications avec Brondy cessèrent tout à fait ; après que deux de ses messagers ne furent jamais revenus à Castelcerf, Kettricken décida de ne plus risquer de vies. Entre-temps, les Pirates du Croc et de Béchame avaient commencé à lancer des attaques plus bas le long de la côte, en évitant le voisinage de Castelcerf, mais en multipliant les faux assauts et les provocations au sud et au nord du Château. À tous ces raids, Royal demeurait imperturbablement indifférent ; il affirmait préserver les ressources du royaume pour le moment où Vérité reviendrait avec les Anciens et chasserait les Pirates une fois pour toutes. Cependant, les fêtes et les réjouissances étaient toujours plus somptueuses et fréquentes à Castelcerf, et les cadeaux faits aux ducs et aux nobles de l'Intérieur toujours plus généreux.*

*

En milieu d'après-midi, Burrich avait regagné son logement. J'aurais préféré le garder là où je pourrais veiller sur lui mais il avait ri de mes craintes. C'est Brodette elle-même qui s'était occupée d'apprêter l'appartement, et Burrich avait assez grommelé à ce propos ; pourtant, elle s'était contentée de préparer un feu, de faire monter de l'eau fraîche, aérer et battre la literie, nettoyer les sols et répandre des roseaux fraîchement coupés ; une des bougies de Molly brûlait au centre de la table en répandant un agréable parfum de pin dans l'atmosphère confinée, mais Burrich avait grondé qu'il ne reconnaissait plus l'odeur de sa propre chambre. Je l'avais laissé assis dans son lit, une bouteille d'eau-de-vie à portée de main.

C'est lui qui me l'avait demandée, et je ne savais que trop bien pourquoi : en l'aidant à regagner son logement, nous avions traversé les écuries et nous étions passés devant des rangées de box vides. Non seulement des chevaux manquaient à l'appel mais aussi des chiens de chasse parmi les meilleurs ; je n'avais pas eu le courage d'aller voir du côté de la fauconnerie mais j'avais la certitude de la trouver semblablement pillée. Pognes nous avait accompagnés dans un silence bouleversé. Son travail était partout visible : les écuries proprement dites étaient immaculées, les chevaux restants étrillés à en briller comme des sous neufs ; même les box vides avaient été récurés et chaulés. Mais un buffet vide, si propre soit-il, ne console pas l'affamé. Les écuries étaient le trésor et le foyer de Burrich ; il les retrouvait tous deux mis à sac.

Après l'avoir quitté, je me rendis aux étables et aux enclos, où les animaux de reproduction passaient l'hiver. Je les trouvai aussi vides que les écuries : des taureaux de concours avaient disparu ; des moutons noirs à dos bouclés qui emplissaient d'habitude tout un parc, seuls subsistaient six brebis et un bélier rachitique. J'ignorais quelles autres bêtes hivernaient là d'ordinaire, mais trop nombreux étaient les stalles et les enclos vides à une époque de l'année où ils étaient normalement pleins.

Sorti des étables, je déambulai parmi les entrepôts et les dépendances ; devant l'une d'elles, des hommes s'affairaient à charger des sacs de grain sur un chariot ; deux autres fourgons déjà pleins attendaient non loin de là. J'observai un moment le travail, puis proposai mon aide en voyant le chargement s'élever et les sacs devenir plus difficiles à hisser ; les hommes s'empressèrent d'accepter mon offre et nous bavardâmes tout en œuvrant ; une fois la tâche achevée, je les saluai joyeusement de la main et rentrai à pas lents au Château en me demandant pourquoi on transvasait tout le grain d'un entrepôt sur un chaland avant de l'envoyer à Turlac par le fleuve.

Je décidai d'aller voir comment se portait Burrich avant de rentrer chez moi ; arrivé en haut des marches, j'observai avec inquiétude que sa porte était entrebâillée. Craignant quelque perfidie, je la poussai et fis sursauter Molly qui était occupée à disposer des plats sur une petite table à côté du fauteuil de Burrich. À la vue de Molly, je demeurai pantois, les yeux écarquillés ; enfin, je me tournai vers Burrich et trouvai son regard posé sur moi.

« Je te croyais seul », dis-je bêtement.

Il me dévisagea avec des yeux de hibou ; manifestement, il avait sérieusement entamé la bouteille d'eau-de-vie. « Je pensais le rester », me dit-il gravement ; comme toujours, il tenait bien l'alcool, mais Molly n'était pas dupe, je le voyais à ses lèvres pincées. Sans me prêter la moindre attention, elle continua de vaquer à sa tâche et dit à Burrich :

« Je ne vais pas vous déranger longtemps ; dame Patience m'a envoyée vous porter un repas chaud car vous n'avez presque rien mangé ce matin. Je vous laisse dès que j'ai fini de l'installer sur la table.

— Et mes remerciements vous accompagneront », fit Burrich. Son regard allait de Molly à moi : il percevait la contrainte qui régnait entre nous, ainsi que le dégoût que son état lui inspirait, et il voulut s'excuser. « J'ai fait un dur voyage, maîtresse, et ma blessure me fait mal. J'espère ne pas vous avoir fâchée.

— Je n'ai pas à me fâcher de ce qu'il vous plaît de faire, messire, répondit-elle en achevant de dresser la table. Puis-je faire autre chose pour votre confort ? » Elle s'exprimait poliment, mais sans plus, et elle ne me jeta pas le moindre coup d'œil.

« Oui, accepter mes remerciements, pas seulement pour le repas, mais aussi pour les bougies qui ont purifié l'air de ma chambre. On m'a dit que vous les aviez créées. »

Je la vis se dégeler un peu. « C'est dame Patience qui m'a priée de les apporter, et j'ai obéi avec plaisir.

— Je vois. » Les paroles suivantes lui coûtèrent davantage. « Dans ce cas, présentez-lui aussi mes remerciements, s'il vous plaît – et à Brodette également, sans doute.

— C'est promis. Vous n'avez donc besoin de rien d'autre ? J'ai des courses à faire à Bourg-de-Castelcerf pour dame Patience ; elle m'a dit que, si vous désiriez quelque chose, je devais vous le rapporter.

— Non, rien. Mais c'est aimable de sa part d'y avoir pensé. Merci.

— Je vous en prie, messire. » Et Molly, son panier vide au bras, sortit sans même un regard pour moi.

Burrich et moi restâmes face à face ; je jetai un coup d'œil à la porte que venait de franchir Molly, puis m'efforçai de penser à autre chose. « Il n'y a pas que dans les écuries que ça va mal, fis-je, et je lui rapportai brièvement ce que j'avais constaté aux étables et aux entrepôts.

— J'aurais pu te le dire moi-même », répondit-il d'un ton bourru. Il regarda le repas disposé sur la table, puis se resservit d'eau-de-vie. « En longeant la Cerf, on a entendu des rumeurs ; certains prétendaient que Royal vendait les bêtes et le grain pour financer la défense des côtes, d'autres qu'il envoyait les animaux de reproduction à Labour pour les mettre en sécurité. » Il avala l'alcool d'une seule lampée. « Les meilleurs chevaux sont partis ; je m'en suis rendu compte dès mon arrivée. Même avec dix années devant moi, je ne crois pas que je parviendrais à obtenir des bêtes de cette qualité. » Il remplit sa coupe à nouveau. « Toute une vie de travail réduite à néant, Fitz ! L'homme aime à croire qu'il laissera sa marque dans le monde ; moi, j'avais réuni ces chevaux, j'avais créé des lignées – et il n'en reste rien, elles sont éparpillées aux quatre vents des Six-Duchés. Bien sûr, elles amélioreront les cheptels auxquels elles seront mélangées, mais je ne verrai jamais ce qu'elles auraient donné si j'avais pu continuer. Placide va saillir les grandes juments de Labour, sans doute, et quand Braise mettra bas son poulain, celui qui le séchera n'y verra qu'un cheval comme un autre. Depuis six générations, je l'attendais, ce poulain ! Le meilleur cheval de chasse qu'une jument ait jamais porté et on va me l'atteler à une charrue ! »

Il n'y avait rien à répondre. C'était très probablement exact. « Mange un peu, proposai-je. Comment va ta jambe ? »

Il souleva la couverture pour l'examiner superficiellement. « Elle est toujours là, en tout cas. Je n'ai pas à me plaindre, j'imagine. Et elle va mieux que ce matin ; le gourdin-du-Diable a bel et bien aspiré l'infection. Cette femme a beau avoir la cervelle d'un poulet, elle s'y connaît en plantes médicinales. »

Je n'eus pas besoin de lui demander de qui il parlait. « Tu comptes manger ? »

Il posa sa coupe et prit une cuiller, puis goûta la soupe ; à contrecœur, il fit un signe approbateur de la tête. « Alors, comme ça, fit-il entre deux cuillerées, c'était la fameuse Molly. »

Je hochai la tête.

« Je l'ai trouvée un peu froide avec toi.

— Un peu », répondis-je sèchement.

Burrich sourit ironiquement. « Tu es aussi susceptible qu'elle. J'imagine que Patience ne lui a pas dit grand bien de moi.

— Elle n'aime pas les ivrognes, dis-je sans ambages. Son père s'est tué à force de boire ; mais avant ça, il s'est débrouillé pour faire un enfer de la vie de sa fille pendant des années : il la battait quand elle était petite et, quand elle est devenue trop grande, il la couvrait d'injures et de reproches.

— Ah ! » À gestes précautionneux, Burrich remplit sa coupe. « C'est bien triste.

— C'est aussi son avis », répliquai-je d'un ton cassant.

Il me regarda en face. « Je n'y suis pour rien, Fitz, et je ne me suis pas montré grossier avec elle pendant qu'elle était ici. Je ne suis même pas ivre – pas encore ; alors remballe tes grands airs et raconte-moi plutôt ce qui s'est passé à Castelcerf pendant mon absence. »

Je me levai donc et lui fis mon rapport comme s'il avait le droit de me le demander – ce qui était le cas, dans un sens. Il poursuivit son repas pendant que je parlais, puis, quand j'eus fini, il se versa encore à boire et se laissa aller contre le dossier de son fauteuil, sa coupe entre les mains. Il fit tourner l'eau-de-vie dans son verre, l'observa un instant, puis releva le regard. « Et Kettricken est enceinte, mais ni le roi ni Royal ne sont encore au courant.

— Je croyais que tu dormais.

— Je dormais ; je croyais avoir rêvé cette conversation. Enfin... » Il avala le contenu de sa coupe, puis se redressa, ôta la couverture de ses jambes et plia lentement le genou jusqu'à ce que la blessure se rouvre. Je fis la grimace, mais Burrich, lui, se contenta d'examiner la plaie d'un air pensif. Il remplit à nouveau sa coupe et la vida ; la moitié de la bouteille avait disparu. « Bon, eh bien, il va falloir que je mette une attelle à cette jambe si je veux que cette entaille reste fermée. » Il leva les yeux vers moi. « Tu sais ce qu'il me faut ; tu veux bien aller me le chercher ?

— À mon avis, tu devrais laisser ta jambe tranquille un jour ou deux, le temps qu'elle se repose. Tu n'as pas besoin d'attelle au lit. »

Il me dévisagea un long moment, puis : « Qui garde la porte de Kettricken ?

— Je ne crois pas que… Il doit y avoir des femmes qui couchent dans son antichambre.

— Tu sais très bien qu'il essayera de les tuer, elle et son enfant, dès qu'il sera au courant.

— La nouvelle est encore secrète ; si tu montes la garde à sa porte, tout le monde devinera ce qui se passe.

— Si je compte bien, cinq personnes sont dans la confidence. Ce n'est plus un secret, Fitz.

— Six, corrigeai-je, lugubre. Le fou l'a deviné il y a quelques jours.

— Ah ? » J'eus la satisfaction de voir une expression sidérée passer sur le visage de Burrich. « Eh bien, au moins, lui, il sait tenir sa langue. Mais, comme tu vois, le secret ne sera pas gardé bien longtemps ; les rumeurs commenceront à circuler avant la fin du jour, tu peux me croire sur parole. Non, ce soir, je m'installe devant sa porte.

— Mais pourquoi toi ? Repose-toi ; je vais…

— On peut mourir d'avoir manqué à son devoir, Fitz, le sais-tu ? Un jour, je t'ai dit que le combat n'était fini que quand on l'avait gagné. Je ne baisserai pas les bras à cause de ça (il désigna sa jambe d'un air dégoûté) ; j'ai déjà bien assez honte que mon prince ait continué son chemin sans moi : je ne lui faillirai pas ici. De toute manière – et il éclata d'un rire amer qui ressemblait à un aboiement – il n'y a plus assez à faire aux écuries pour Pognes et moi ; d'ailleurs, le cœur n'y est plus. Allons, veux-tu bien aller me chercher de quoi fabriquer des attelles ? »

J'obéis et je l'aidai à enduire la plaie de son baume avant de la bander proprement et de l'éclisser. Il enfila un vieux pantalon dont il avait découpé une jambe dans le sens de la longueur pour laisser passer l'attelle, puis je lui prêtai mon épaule pour descendre l'escalier. En bas, malgré ce qu'il avait dit, il se rendit au box de Rousseau afin de vérifier si l'on avait lavé et soigné sa blessure. Je l'abandonnai là et remontai au Château : je voulais avertir Kettricken que quelqu'un se tiendrait devant sa porte cette nuit et lui en expliquer le motif.

Je frappai à sa porte et Romarin vint m'ouvrir. La reine était bien chez elle, ainsi que certaines de ses dames de compagnie, la plupart occupées à bavarder tout en tirant l'aiguille ; Kettricken, elle, avait ouvert sa fenêtre sur la douceur hivernale du jour et contemplait la mer calme, le front soucieux. Elle m'évoqua Vérité lorsqu'il artisait et je soupçonnai qu'elle ruminait les mêmes inquiétudes. Je suivis son regard et me demandai, moi aussi, où les Pirates rouges frapperaient aujourd'hui et quelle était la situation en Béarns. Pourtant, cette dernière question était vaine : officiellement, nous n'avions aucune nouvelle de Béarns, mais les rumeurs disaient que ses côtes étaient rouges de sang.

« Romarin, je voudrais dire un mot en privé à Sa Majesté. »

La petite fille hocha gravement la tête et alla faire une révérence à sa reine ; l'instant suivant, Kettricken regarda dans ma direction et me fit signe de la rejoindre près de la fenêtre. Je la saluai et, souriant, me mis à désigner la mer du geste comme si nous parlions du beau temps ; mais, à mi-voix, je lui dis : « Burrich désire garder votre porte à partir de ce soir ; il craint que votre vie ne soit en danger quand certains apprendront que vous êtes enceinte. »

Une autre femme aurait peut-être pâli ou au moins eu l'air surpris ; mais Kettricken posa une main légère sur le couteau éminemment pratique qu'elle portait toujours accroché à côté de ses clés. « J'en viens presque à souhaiter une attaque aussi franche. » Elle réfléchit. « C'est sage, sans doute. Quel risque courons-nous à laisser paraître nos soupçons ? Ou plutôt, notre certitude : pourquoi devrais-je faire preuve de prudence et de délicatesse ? Burrich a déjà reçu le message d'accueil de nos ennemis sous la forme d'une flèche dans la jambe. » L'amertume de ses paroles et la férocité qu'elles recouvraient me laissèrent pantois. « Qu'il monte la garde et qu'il en soit remercié. Je pourrais choisir un homme en meilleure santé, mais je n'aurais pas en lui la confiance que j'ai en Burrich. Sa blessure lui permettra-t-elle d'accomplir son devoir ?

— Je pense que son orgueil ne lui permettrait pas de laisser quelqu'un d'autre l'accomplir.

— Alors, c'est parfait. » Elle s'interrompit un instant. « Je lui ferai donner un siège.

— Je doute qu'il s'en serve. »

Elle soupira. « À chacun sa façon de se sacrifier. Un siège sera tout de même à sa disposition. »

J'inclinai la tête et elle me congédia ; je remontai chez moi dans l'intention de ranger tout ce qui avait été sorti pour soigner Burrich, mais, dans le couloir, j'eus la surprise de voir la porte de ma chambre s'ouvrir lentement. Je me dissimulai dans l'embrasure d'une autre porte et, au bout d'un moment, Justin et Sereine sortirent de chez moi. J'émergeai de ma cachette sous leur nez.

« Toujours à la recherche d'un endroit pour vos rendez-vous d'amoureux ? » demandai-je d'un ton acide.

Ils se figèrent sur place. Justin recula presque derrière Sereine qui le foudroya du regard, puis me toisa. « Nous n'avons à répondre de rien devant toi.

— Même pas de votre intrusion chez moi ? Vous avez trouvé quelque chose d'intéressant ? »

Justin soufflait comme s'il venait de faire une longue course ; je plantai mes yeux dans les siens et souris. Il demeura coi.

« Nous n'avons rien à te dire, déclara Sereine. Nous savons ce que tu es. Viens, Justin.

— Vous savez ce que je suis ? Allons bon ! En tout cas, moi, je sais ce que vous êtes ; et je ne suis pas le seul.

— Homme-bête ! cracha Justin. Tu te vautres dans les magies les plus immondes ! Croyais-tu pouvoir passer inaperçu parmi nous ? Pas étonnant que Galen t'ait jugé indigne de l'Art ! »

Sa flèche avait frappé dans le mille et vibrait dans ma crainte la plus secrète, mais je m'efforçai de n'en laisser rien paraître. « Moi, je suis loyal au roi Subtil. » Le visage composé, je soutins leur regard. Je n'ajoutai rien, mais je les examinai de haut en bas en les comparant à ce qu'ils auraient dû être et le résultat ne fut pas à leur honneur. À leur façon imperceptible de se dandiner sur place, aux coups d'œil qu'ils échangeaient, je compris qu'ils se savaient félons : ils rendaient leurs comptes à Royal tout en sachant qu'ils auraient dû les rendre au roi. Ils ne se leurraient pas sur eux-mêmes. Peut-être Galen leur avait-il imposé une loyauté indéfectible envers Royal, peut-être ne concevaient-ils même pas de le trahir, mais une partie d'eux-mêmes savait que Subtil était le roi et qu'ils étaient parjures envers un souverain à qui ils avaient juré fidélité. J'en pris soigneusement note : c'était une fissure dans laquelle un coin pourrait bien un jour s'enfoncer.

Je m'avançai vers eux et savourai de voir Sereine s'écarter peureusement de moi tandis que Justin essayait de se faire tout petit entre elle et le mur, mais je n'eus pas le moindre geste hostile ; je leur tournai le dos et ouvris ma porte. Comme j'entrais dans ma chambre, je sentis une volute sournoise d'Art effleurer les limites de mon esprit ; je la bloquai automatiquement comme Vérité me l'avait enseigné. « Gardez vos pensées pour vous-même », leur lançai-je sans même leur faire l'honneur de me retourner, puis je fermai la porte derrière moi.

Je passai un moment à reprendre mon souffle – du calme, du calme – sans baisser ma garde mentale. Puis, sans bruit, soigneusement, je poussai mes verrous ; une fois la porte barrée, je fis prudemment le tour de ma chambre. Un jour, Umbre m'avait averti qu'un assassin devait toujours soupçonner l'adversaire d'être plus doué que lui car c'était le seul moyen de conserver la vie sauve et l'esprit vigilant ; aussi ne touchai-je à rien au cas où certains objets eussent été enduits de poison. Je me plaçai au centre de la pièce, fermai les yeux et m'efforçai de me la rappeler telle qu'elle était lorsque je l'avais quittée ; puis je rouvris les yeux et cherchai ce qui avait pu changer.

Le petit plateau d'herbes se trouvait au milieu du couvercle de mon coffre, alors que je l'avais posé à l'une des extrémités, à portée de main de Burrich ; ils avaient donc fouillé dans mes vêtements. La tapisserie du roi Sagesse, de guingois depuis des mois, était à présent verticale. Je ne remarquai rien d'autre, ce qui ne laissa pas de m'intriguer car je ne voyais pas ce qu'ils espéraient découvrir. La fouille de mon coffre semblait indiquer un objet assez petit pour s'y cacher, mais pourquoi soulever une tapisserie et regarder derrière ? Je réfléchis un moment : ils n'avaient pas opéré au petit bonheur la chance ; j'ignorais le but de leur présence chez moi, mais, à mon avis, on avait dû leur ordonner d'y chercher un passage secret, et cela signifiait que le meurtre de dame Thym n'avait pas satisfait Royal. Il nourrissait davantage de soupçons qu'Umbre ne me l'avait donné à penser ; j'éprouvai alors presque du soulagement à n'avoir jamais réussi à découvrir comment ouvrir l'accès aux appartements d'Umbre : son secret m'en semblait mieux protégé.

J'examinai chaque objet avant de m'en saisir ; je veillai à jeter la moindre miette qui subsistait sur les plateaux de Mijote là où nul, homme ou bête, ne risquerait d'y goûter par mégarde et j'en fis autant de l'eau des seaux et de ma cuvette ; j'inspectai ma literie, ma réserve de bois et de bougies à la recherche de traces de poudre ou de résine, et me débarrassai, le cœur crevé, de tout mon stock d'herbes. Je ne tenais pas à courir de risque. Rien ne semblait manquer à mes affaires et rien ne paraissait y avoir été ajouté ; pour finir, je m'assis sur mon lit, épuisé autant qu'inquiet : j'allais devoir me tenir davantage sur mes gardes ; je me rappelais l'expérience du fou et je n'avais aucune envie de me retrouver la tête dans un sac et battu comme plâtre la prochaine fois que j'entrerais chez moi.

Ma chambre me parut soudain étouffante, tel un piège dans lequel je devais me renfermer chaque jour. Je sortis sans prendre la peine de verrouiller la porte derrière moi : les verrous étaient inutiles. Que mes ennemis voient que je ne craignais pas leur intrusion – même si c'était faux.

L'après-midi était doux et le ciel clair. Je savourai ma promenade dans l'enceinte intérieure du Château, mais ce temps clément hors de saison m'angoissait et je décidai de descendre en ville rendre visite au *Rurisk* et à mes compagnons de bord, après quoi j'irais peut-être prendre une bière dans une taverne. Il y avait trop longtemps que je n'avais pas mis les pieds au bourg et que je n'avais pas écouté les commérages de ses habitants ; ce serait un soulagement que d'oublier quelque temps les intrigues de Castelcerf.

J'allais franchir les portes de la citadelle quand un jeune garde se plaça en travers de mon chemin. « Halte ! » fit-il, puis, comme il me reconnaissait : « S'il vous plaît, messire. »

J'obéis docilement. « Oui ? »

Il s'éclaircit la gorge, puis rougit soudain jusqu'à la racine des cheveux. Il prit une inspiration, mais demeura muet.

« Vous avez besoin de quelque chose ? demandai-je.

— Attendez un instant », bredouilla le jeune homme.

Il disparut dans le corps de garde et, quelques secondes plus tard, un officier, une femme, se présenta devant moi. Elle me considéra d'un air grave, souffla comme si elle rassemblait son courage et me dit à mi-voix : « Vous n'avez pas le droit de quitter le Château.

— Pardon ? » Je n'en croyais pas mes oreilles.

Elle se redressa, et, d'une voix plus ferme : « Vous n'avez pas le droit de quitter le Château. »

La colère me prit soudain, mais je la réprimai. « Sur ordre de qui ? »

Elle ne broncha pas. « Mes ordres viennent du capitaine de la garde, messire. C'est tout ce que je sais.

— Je voudrais parler à ce capitaine. » Je m'efforçais de conserver un ton courtois.

« Il n'est pas dans le corps de garde... messire.

— Je comprends. » Ce n'était pas tout à fait vrai. Je sentais les nœuds coulants se resserrer autour de mon cou, mais pourquoi maintenant ? Naturellement, la question suivante devait être : « Pourquoi pas ? » Subtil affaibli, Vérité était devenu mon protecteur, mais il était loin ; je pouvais me tourner vers Kettricken, à condition de vouloir la placer en situation de conflit ouvert avec Royal, or je ne le souhaitais pas ; et Umbre restait comme d'habitude un pouvoir dissimulé. Toutes ces réflexions traversèrent rapidement mon esprit ; je faisais demi-tour quand j'entendis quelqu'un m'appeler. Je me retournai.

C'était Molly qui revenait de la ville. Le tissu bleu de sa robe de servante battait ses mollets au vent de sa course car elle courait, lourdement, à pas inégaux qui n'évoquaient en rien ses enjambées ordinairement gracieuses. Elle était au bord de l'épuisement. « Fitz ! » cria-t-elle encore, et je perçus de l'effroi dans sa voix.

Je voulus m'élancer à sa rencontre, mais l'officier me barra brusquement le chemin ; il y avait de la peur sur ses traits, mais aussi de la détermination. « Je ne peux pas vous laisser passer les portes. J'ai des ordres. »

J'eus envie de l'écarter d'un coup de poing mais je contins ma rage : me battre avec elle n'aiderait pas Molly. « Alors, allez la chercher, par tous les diables ! Vous ne voyez pas qu'elle a des ennuis ? »

Elle ne bougea pas d'un pouce. « Milles ! cria-t-elle, et le jeune homme sortit d'un bond. Va voir ce qu'a cette femme ! Dépêche-toi ! »

Le soldat partit comme un trait. Par-dessus l'épaule de l'officier inébranlable, je le regardai, impuissant, courir vers Molly ; parvenu auprès d'elle, il lui passa un bras autour de la taille et prit son panier de l'autre main. S'appuyant lourdement sur lui, hoquetante, pleurant presque, Molly arriva près des portes ; j'eus l'impression qu'il lui fallut une éternité pour les franchir et se blottir dans mes bras. « Fitz ! Oh, Fitz ! fit-elle en sanglotant.

— Là, là », dis-je d'un ton apaisant et je l'entraînai à l'écart des gardes. J'avais fait ce que la raison dictait, mais je ne m'en sentais pas moins humilié.

« Pourquoi n'es-tu pas... venu m'accueillir ? demanda Molly, haletante.

— Les gardes m'en ont empêché. Ils ont ordre de ne pas me laisser quitter Castelcerf », répondis-je à mi-voix. Je la sentais trembler contre moi ; je lui fis tourner l'angle d'un entrepôt pour la mettre hors de vue des gardes qui nous regardaient toujours, bouche bée. « Qu'y a-t-il ? Que t'est-il arrivé ? » m'enquis-je d'une voix que je voulais rassurante ; je repoussai les cheveux qui lui tombaient sur le visage. Au bout de quelques instants, elle se calma, sa respiration devint plus égale, mais elle continua de trembler.

« J'étais descendue en ville ; dame Patience m'avait donné mon après-midi et je devais faire quelques achats... pour mes bougies. » À mesure qu'elle parlait, ses tremblements s'apaisaient. Je lui soulevai le menton et elle me regarda dans les yeux.

« Et alors ?

— J'étais... sur le chemin du retour, dans la côte raide à la sortie de la ville, tu sais, là où il y a des aulnes. »

J'acquiesçai de la tête : je connaissais l'endroit.

« J'ai entendu des chevaux arriver ; ils allaient très vite ; alors, je me suis écartée pour leur laisser le passage. » Elle se remit à trembler. « Je continuais à marcher, persuadée qu'ils allaient me dépasser ; mais tout à coup je les ai entendus derrière moi et, quand je me suis retournée, ils fonçaient droit sur moi. J'ai sauté en arrière dans les buissons, mais ça ne les a pas arrêtés ; j'ai fait demi-tour et je me suis sauvée, mais ils continuaient à me poursuivre… » Sa voix devenait de plus en plus aiguë.

« Chut ! Attends, calme-toi. Réfléchis : combien étaient-ils ? Les connaissais-tu ? »

Elle secoua violemment la tête. « Deux ; je n'ai pas vu leur visage. Je m'enfuyais et ils portaient des casques qui cachent les yeux et le nez. Ils m'ont pourchassée ; c'est raide, par là, tu sais, et plein de broussailles ; j'essayais de leur échapper, mais ils lançaient leurs chevaux à travers les buissons pour m'empêcher de m'enfuir, comme les chiens qui rattrapent les moutons. J'ai couru, couru, mais je n'arrivais pas à les semer ; et puis je suis tombée, j'ai trébuché sur un morceau de bois et je suis tombée ; alors, ils ont sauté de cheval ; l'un d'eux m'a maintenue au sol pendant que l'autre prenait mon panier. Il l'a vidé par terre comme s'il cherchait quelque chose, mais ils ne cessaient pas de rire, de rire ! J'ai cru… »

Mon cœur battait à présent aussi fort que celui de Molly. « Est-ce qu'ils t'ont fait du mal ? » demandai-je d'une voix rauque.

Elle ne répondit pas tout de suite, comme si elle n'en savait rien elle-même, puis secoua la tête d'un air éperdu. « Pas comme tu le crains. Il m'a simplement… tenue à terre, en riant aux éclats. L'autre a dit… il a dit que j'étais vraiment idiote de laisser un bâtard se servir de moi. Ils ont dit… »

Encore une fois, elle s'interrompit. Ce qu'ils lui avaient dit, les noms dont ils l'avaient traitée étaient trop affreux pour qu'elle pût me les répéter ; et ce me fut comme un coup de poignard au cœur qu'ils aient pu lui faire mal au point qu'elle ne veuille même pas partager sa douleur avec moi. « Ils m'ont mise en garde, reprit-elle enfin. Ils m'ont dit : "Tiens-toi à l'écart du bâtard, ne fais pas son sale travail à sa place." Ils ont dit... des choses que je n'ai pas comprises, à propos de messages, d'espions et de trahison ; ils ont dit qu'ils pouvaient mettre tout le monde au courant que j'étais la putain du bâtard. » Elle avait voulu prononcer l'épithète calmement, mais n'avait pu s'empêcher de l'accentuer, comme pour voir si j'allais broncher. « Et puis ils ont dit... que j'allais finir pendue... si je ne faisais pas attention, que faire les commissions d'un traître, c'était être traître soi-même. » Soudain sa voix devint étrangement calme. « Ensuite, ils m'ont craché dessus, et ils sont partis. J'ai entendu leurs chevaux s'éloigner mais, pendant un long moment, j'ai eu peur de me relever. Jamais je n'ai été aussi terrifiée de ma vie. » Elle me regarda et ses yeux étaient comme deux plaies vives. « Même mon père ne m'a jamais terrorisée à ce point. »

Je la serrai contre moi. « Tout est ma faute. » Elle s'écarta de moi pour me regarder d'un air perplexe et je compris que j'avais pensé tout haut.

« Ta faute ? Tu as fait quelque chose ?

— Non. Je ne suis pas un traître ; mais je suis un bâtard et, à cause de moi, ça retombe sur toi. Tous les avertissements de Patience, tous ceux d'Um... tous ceux que les uns et les autres m'ont donnés sont en train de se réaliser. Et je t'y ai entraînée.

— Que se passe-t-il ? » demanda-t-elle doucement, les yeux agrandis. Le souffle lui manqua soudain. « Tu as dit... que les gardes t'ont empêché de passer les portes, que tu n'avais pas le droit de quitter Castelcerf... Pourquoi ?

— Je ne sais pas exactement. Il y a beaucoup de choses que je ne comprends pas ; mais il en est une dont je suis sûr, c'est que je dois te protéger, et, pour ça, je ne dois plus m'approcher de toi pendant quelque temps, ni toi de moi. Tu comprends ? »

Une lueur de colère s'alluma dans ses yeux. « Ce que je comprends, c'est que tu me laisses me débrouiller toute seule !

— Non, ce n'est pas ça. Il faut leur faire croire qu'ils t'ont fait peur, que tu leur obéis ; comme ça, tu ne risqueras rien : ils n'auront plus de raison de s'en prendre à toi.

— Mais ils m'ont vraiment fait peur, espèce d'idiot ! siffla-t-elle. Moi, j'ai appris ceci : quand quelqu'un sait que tu as peur de lui, tu n'es plus à l'abri de ses atteintes. Si je leur obéis, ils s'en prendront encore à moi, pour m'ordonner de faire ci ou ça, pour voir jusqu'où ma peur m'obligera à me plier à leur volonté. »

Je reconnus les cicatrices laissées par son père dans sa vie, des cicatrices qui la rendaient forte, d'une certaine façon, mais aussi vulnérable. « Le moment n'est pas venu de nous dresser contre eux », lui murmurai-je. Je ne cessai de regarder par-dessus son épaule en m'attendant à voir le garde venir voir où nous avions disparu. « Suis-moi », dis-je, et je l'entraînai plus loin dans le dédale des entrepôts et des dépendances. Elle m'accompagna sans mot dire un moment, puis arracha soudain sa main à la mienne.

« C'est le moment de se dresser contre eux, déclara-t-elle, parce que, quand on commence à repousser au lendemain, on n'agit jamais. Pourquoi ne serait-ce pas le moment ?

— Parce que je ne veux pas te voir impliquée dans cette histoire ; je ne veux pas qu'il t'arrive de mal et je ne veux pas qu'on dise de toi que tu es la putain du bâtard. » Le mot avait eu du mal à franchir mes lèvres.

Molly releva la tête. « Je n'ai pas honte de ce que j'ai pu faire, dit-elle d'un ton égal. Et toi ?

— Non. Mais…

— "Mais" ! Tu n'as que ce mot à la bouche ! » jeta-t-elle d'un ton amer, et elle s'éloigna.

« Molly ! » Je bondis et la saisis aux épaules. Elle se retourna d'un bloc et me frappa, non pas du plat de la main, mais de son poing fermé, d'un coup qui me fit reculer en chancelant, du sang plein la bouche. Son regard furieux me mettait au défi de la toucher à nouveau ; je m'en gardai bien. « Je n'ai jamais dit que je ne me battrais pas, seulement que je ne voulais pas t'y voir impliquée. Laisse-moi une chance de mener le combat à ma façon. » Je sentis le sang me dégouliner sur le menton ; je ne l'essuyai pas. « Crois-moi, avec du temps, je les retrouverai et je leur ferai payer – à ma façon. Maintenant, décris-moi ces hommes ; leurs vêtements, leur manière de monter à cheval ; comment étaient leurs montures ? Et les hommes, parlaient-ils comme les gens de Cerf ou comme ceux de l'Intérieur ? Portaient-ils la barbe ? Te rappelles-tu la couleur de leurs cheveux, de leurs yeux ? »

Je la vis réfléchir et je sentis que son esprit renâclait à revenir sur la scène. « Bruns, dit-elle enfin. Des chevaux bruns, avec la crinière et la queue noires ; et les hommes parlaient comme tout le monde. L'un des deux avait une barbe noire, je crois. C'est difficile d'y voir avec la figure par terre.

— C'est bien, c'est très bien », répondis-je, bien qu'elle ne m'eût rien appris d'utile. Elle détourna les yeux de mon menton ensanglanté. « Molly, fis-je plus bas, je ne viendrai pas… chez toi pendant un moment, parce que…

— Parce que tu as peur.

— Oui ! Oui, j'ai peur ! Peur qu'on te fasse du mal, qu'on te tue pour me faire du mal à moi ! Je ne veux pas te mettre en danger en venant chez toi. »

Elle ne réagit pas. Je ne savais pas si elle m'avait écouté ou non. Elle serra les bras contre sa poitrine.

« Je t'aime trop pour vouloir que ça t'arrive. » À mes propres oreilles, cette déclaration sonna creux.

Elle s'éloigna, les bras toujours serrés contre sa poitrine comme pour s'empêcher de tomber en morceaux. Qu'elle paraissait seule, dans sa robe bleue crottée, la tête courbée ! « Molly Jupes-Rouges », murmurai-je ; mais cette Molly-là, je ne la voyais plus. Je ne voyais que ce que j'avais fait d'elle.

# 9

## FINEBAIE

*Dans la tradition des Six-Duchés, le Grêlé annonce les désastres ; quand on le voit marchant à grands pas sur la route, on sait que la maladie et la pestilence ne tarderont pas, et rêver de lui avertirait, dit-on, d'une mort prochaine. Souvent, les contes le montrent apparaissant à ceux qui méritent une punition, mais il sert parfois, la plupart du temps dans les spectacles de marionnettes, de symbole diffus d'une catastrophe à venir : le pantin du Grêlé suspendu au-dessus du décor prévient le public qu'il va assister à une tragédie.*

*

Les journées d'hiver passaient avec une lenteur effrayante. À toute heure, je m'attendais à un malheur ; je n'entrais pas dans une pièce sans l'avoir préalablement examinée, je ne mangeais rien que je n'eusse vu préparer, je ne buvais que l'eau que j'avais moi-même tirée du puits et je dormais mal. Cette vigilance de tous les instants jouait sur mon comportement de cent façons différentes : j'étais cassant avec ceux qui me parlaient de la pluie et du beau temps, ombrageux quand je rendais visite à Burrich, réticent avec la reine. Umbre, le seul à qui j'aurais pu m'ouvrir de mon fardeau, ne m'appelait pas. Je me sentais seul à en pleurer : je n'osais plus me rendre chez Molly, j'écourtais autant que je le pouvais mes visites à Burrich de peur de lui attirer des ennuis, je ne pouvais même plus sortir ouvertement du Château pour passer quelques heures en compagnie d'Œil-de-Nuit et je préférais m'abstenir d'emprunter notre issue secrète au cas où j'eusse été surveillé. J'étais constamment aux aguets, l'oreille tendue, et le fait que rien ne se produisît faisait de mon attente une torture raffinée.

J'allais tout de même voir le roi Subtil tous les jours et je le voyais dépérir petit à petit, le fou devenir plus morose, son humour s'aigrir. J'appelais de mes vœux une violente tempête d'hiver qui s'harmoniserait à mon humeur mais le ciel demeurait bleu et le vent calme. Les murs de Castelcerf retentissaient du charivari des réjouissances ; des bals étaient organisés et des concours où les ménestrels rivalisaient pour remporter quelque bourse replète. Les ducs et les nobles de l'Intérieur se régalaient à la table de Royal et buvaient en sa compagnie jusque tard dans la nuit.

« On dirait des tiques sur un chien en train de crever ! » m'exclamai-je violemment un jour que je changeais le pansement de Burrich ; il venait d'observer qu'il n'avait guère de mal à rester éveillé, la nuit, devant la porte de Kettricken, car le tintamarre des fêtes lui aurait de toute manière interdit de fermer l'œil.

« Qui est en train de crever ? demanda-t-il.

— Nous tous ; jour après jour, nous crevons tous ! Personne ne te l'a jamais appris ? Mais ta jambe guérit, elle, et sacrément bien, vu ce que tu lui as fait subir ! »

Il baissa les yeux sur sa jambe nue et la plia précautionneusement : le tissu cicatriciel se tendit, mais tint bon. « C'est peut-être fermé en surface, mais je sens que ce n'est pas guéri à l'intérieur », fit-il, et ce n'était pas une plainte. Il prit sa coupe d'eau-de-vie et la vida, et je lui lançai un coup d'œil acéré. Ses journées s'étaient coulées dans une routine bien ancrée : quand il quittait la porte de Kettricken le matin, il descendait manger aux cuisines, puis il remontait dans sa chambre et commençait à boire ; après mon passage pour l'aider à changer son pansement, il continuait à boire jusqu'à ce qu'il fût l'heure pour lui de dormir, puis il se réveillait le soir, juste à temps pour dîner et reprendre sa place devant les appartements de Kettricken. Il n'intervenait plus dans les écuries ; il en avait confié l'entière responsabilité à Pognes qui s'en occupait désormais avec l'air d'être victime d'une punition imméritée.

Tous les deux jours à peu près, Patience envoyait Molly faire le ménage chez Burrich ; j'avais peu d'échos de ces visites, sinon qu'elles avaient lieu et que Burrich, à mon grand étonnement, les tolérait ; quant à moi, elles m'inspiraient des sentiments mitigés : même quand il buvait beaucoup, Burrich traitait toujours les femmes avec délicatesse ; cependant, les alignements de bouteilles vides ne pouvaient manquer de rappeler son père à Molly. Pourtant, je souhaitais qu'ils se connaissent mieux tous les deux. Un jour, je racontai à Burrich que Molly avait reçu des menaces à cause de ses fréquentations. « Ses fréquentations ? répéta-t-il en me lançant un regard perçant.

—Quelques personnes savent que je m'intéresse à elle, fis-je avec circonspection.

—Un homme ne fait pas partager ses ennuis à la femme qu'il aime », me dit-il d'un ton sévère.

Comme je n'avais rien à répondre à cela, je lui fournis les détails que Molly s'était rappelés de ses agresseurs mais ils ne lui évoquèrent rien. Un moment, il demeura le regard lointain, puis il prit sa coupe et la but. « Je vais lui dire, déclara-t-il en articulant soigneusement, que tu t'inquiètes pour elle ; je vais lui dire que, si elle se croit en danger, elle doit venir me trouver. Je suis davantage en position que toi de m'en occuper. » Il croisa mon regard. « Je vais lui dire que tu as raison de te tenir à l'écart d'elle, pour son bien. » Et, comme il se versait à nouveau à boire, il ajouta doucement : « Patience ne s'est pas trompée – et elle a bien fait de me l'envoyer. »

Je blêmis en songeant à toutes les implications de cette déclaration, mais, pour une fois, j'eus le bon sens de me taire. Il but son eau-de-vie, puis considéra la bouteille ; enfin, lentement, il la poussa vers moi. « Range-moi ça sur l'étagère, tu veux ? » me demanda-t-il.

*

Castelcerf continua de se vider de ses réserves d'hiver et de ses animaux ; certains furent vendus à bas prix aux duchés de l'Intérieur. Les meilleurs chevaux de chasse et de monte partirent sur la Cerf à bord de chalands pour une région près de Turlac, ce que Royal décrivit comme un plan pour mettre nos reproducteurs à l'abri des ravages des Pirates rouges. À Bourg-de-Castelcerf, d'après Pognes, on murmurait que, si le roi était incapable de préserver son propre château, quel espoir y avait-il pour les petites gens ? Et quand toute une cargaison de somptueuses tapisseries et de beaux meubles anciens partit vers l'amont du fleuve, on se mit à chuchoter que les Loinvoyant allaient bientôt abandonner Castelcerf sans même un combat, sans même attendre une attaque, et j'eus le désagréable soupçon que cette rumeur était fondée.

Confiné à Castelcerf, je ne savais guère ce dont parlaient les gens du commun. Le silence m'accueillait à présent quand j'entrais dans le corps de garde ; mon assignation au Château avait donné naissance à maints ragots et spéculations, et les on-dit qui avaient couru sur moi après que j'eus échoué à sauver la petite fille des griffes des forgisés connurent une seconde jeunesse. Rares étaient les gardes qui m'entretenaient d'autre chose que du temps et de banalités du même genre. Sans être devenu un véritable paria, je me vis exclu des conversations détendues et des discussions à bâtons rompus qui allaient d'habitude bon train dans le corps de garde ; m'adresser la parole portait désormais malheur et je ne souhaitais pas affliger ces hommes et ces femmes à qui je tenais.

Je restais le bienvenu aux écuries mais je m'efforçais de ne pas trop parler à quiconque et de ne pas marquer d'affection particulière à tel ou tel animal. Les ouvriers étaient moroses, en ces jours, car il n'y avait guère de travail pour les occuper et les querelles étaient fréquentes ; cependant, ils constituaient ma source principale d'informations et de rumeurs. Aucune n'était réjouissante ; j'entendais parler d'attaques contre des villes béarnoises, de bagarres dans les tavernes et sur les quais de Bourg-de-Castelcerf, de gens qui déménageaient pour le Sud ou l'Intérieur, selon leurs moyens ; le peu que j'entendis sur Vérité et son entreprise était railleur et méprisant. L'espoir était mort. Comme moi, les habitants du bourg attendaient, rongés d'angoisse, que le désastre arrive à leurs portes.

Nous connûmes un mois de tempête mais le soulagement et les fêtes que ce temps occasionna à Bourg-de-Castelcerf se révélèrent plus destructeurs que la période de tension qui les avait précédés : une taverne du front de mer prit feu au cours de bacchanales particulièrement échevelées, l'incendie s'étendit et seules les trombes d'eau qui succédèrent au vent déchaîné l'empêchèrent de gagner les entrepôts. C'eût été une catastrophe à plus d'un titre car, à mesure que Royal vidait les magasins de Castelcerf de leur grain et de leurs vivres, les gens de la ville voyaient de moins en moins de raison de préserver ce qui restait. Même si les Pirates ne s'en prenaient jamais à Castelcerf proprement dit, j'étais résigné d'avance à un rationnement de la nourriture avant la fin de l'hiver.

Une nuit, je m'éveillai dans un silence de mort : les hurlements de la tempête et la mitraille de la pluie avaient cessé. Mon cœur se serra ; une terrible prémonition m'envahit, et lorsque à mon lever je vis un ciel limpide, mon angoisse s'aggrava encore. À plusieurs reprises, je sentis un toucher d'Art me picoter les sens, ce qui faillit me rendre enragé, car j'ignorais si cela provenait de Vérité qui essayait de me contacter ou de Justin et Sereine qui tentaient de m'espionner. La visite que je rendis au roi en fin d'après-midi ne fit qu'accroître mon abattement : amaigri au point de n'avoir plus que la peau sur les os, il était assis dans son lit, un vague sourire sur les lèvres ; il m'artisa faiblement quand je franchis la porte, puis m'accueillit ainsi : « Ah, Vérité, mon garçon ! Comment s'est passée ta leçon d'escrime, aujourd'hui ? » Et le reste de sa conversation fut à l'avenant. Royal fit son apparition presque tout de suite après mon arrivée ; il prit place sur un siège à dos droit, les bras croisés, et il m'observa. Nous n'échangeâmes pas un seul mot et je fus incapable de savoir si mon silence relevait de la lâcheté ou de la maîtrise de moi-même. Je m'esquivai aussi vite que la décence m'y autorisait malgré le regard de reproche que m'adressa le fou.

Ce dernier n'avait guère meilleure mine que le roi. Sur quelqu'un d'aussi pâle que lui, les cernes noirs de ses yeux semblaient peints à même la peau ; sa langue était aussi immobile que le battant de ses grelots. À la mort du roi Subtil, plus rien ne se dresserait entre le fou et Royal. Je me demandai si je pourrais l'aider par quelque moyen.

Comme si j'étais capable de m'aider moi-même ! me dis-je amèrement.

Ce soir-là, dans la solitude de ma chambre, je bus plus que de raison de cette eau-de-vie de mûre que Burrich méprisait. Je savais que je serais malade le matin venu mais je n'en avais cure. Je m'allongeai sur mon lit et prêtai l'oreille au son étouffé de la fête qui montait de la Grand-Salle. J'aurais voulu que Molly soit là pour me réprimander d'être ivre : le lit était trop grand, les draps blancs et froids comme des glaciers. Je fermai les yeux et cherchai le réconfort de la compagnie d'un loup ; enfermé dans le Château, j'avais pris l'habitude de le retrouver toutes les nuits dans mes rêves afin de me donner l'illusion de la liberté.

Je me réveillai juste avant qu'Umbre me secoue l'épaule. Heureusement que je l'avais reconnu en ce bref instant, sans quoi j'eusse sûrement essayé de le tuer. « Debout ! me souffla-t-il d'une voix rauque. Lève-toi, espèce d'idiot, abruti ! Finebaie est assiégée ! Cinq Pirates rouges ! Ils ne laisseront pas pierre sur pierre si nous tardons trop ! Allons, lève-toi donc, sacrebleu ! »

Je me redressai tant bien que mal, la brume de l'alcool dissipée par le choc causé par ses propos.

« Que pouvons-nous faire ? demandai-je stupidement.

— Avertir le roi ! Avertir Kettricken, Royal ! Même Royal ne peut pas faire la sourde oreille : ça se passe à nos portes. Si les Pirates rouges s'emparent de Finebaie, nous sommes coincés ; plus aucun bateau ne pourra sortir de Port-de-Cerf. Même Royal doit s'en rendre compte ! Va, maintenant ! Va ! »

J'enfilai des chausses et une tunique, puis, pieds nus, les cheveux dans les yeux, je me précipitai vers la porte, où je m'arrêtai soudain. « Mais comment suis-je au courant ? D'où dois-je dire que me vient cet avertissement ? »

D'exaspération, Umbre se mit à sautiller sur place. « Zut et zut ! Dis n'importe quoi ! Raconte à Subtil que tu as fait un rêve où le Grêlé voyait ce qui allait se passer dans un bassin ! Il devrait comprendre, lui ! Dis que c'est un Ancien qui t'a prévenu ! Dis ce que tu veux mais qu'ils agissent tout de suite !

— D'accord ! » Je fonçai dans le couloir, descendis les escaliers quatre à quatre et me ruai jusqu'à la porte du roi à laquelle je frappai à coups redoublés. À l'extrémité du couloir, Burrich se tenait debout à côté de sa chaise, devant les appartements de Kettricken ; il se tourna vers moi, dégaina son épée courte et s'apprêta au combat en jetant des coups d'œil tout autour de lui. « Les Pirates ! criai-je sans me soucier de qui pouvait m'entendre. Cinq navires pirates à Finebaie. Réveille Sa Majesté, dis-lui qu'on a besoin de son aide ! »

Sans poser de questions, Burrich frappa chez la reine et la porte s'ouvrit aussitôt. Pour ma part, je rencontrai davantage de difficulté : Murfès finit par entrebâiller le battant mais refusa de me laisser entrer jusqu'au moment où je lui suggérai d'aller rapidement informer Royal des nouvelles que j'apportais ; la perspective de faire une entrée théâtrale et de conférer avec le prince devant tous les fêtards assemblés dut le décider car, laissant la porte sans surveillance, il alla aussitôt dans sa petite antichambre se rendre présentable.

La chambre du roi, plongée dans l'obscurité, baignait dans l'odeur suffocante de la Fumée ; je me munis d'une bougie dans le salon, l'allumai au feu mourant et entrai en hâte ; c'est alors que je faillis marcher sur le fou, couché en rond comme un vulgaire roquet au chevet du roi. J'en restai bouche bée : sans même une couverture ni un coussin, il dormait recroquevillé sur la descente de lit de Subtil. Il se déplia avec des mouvements raides, puis, éveillé, il prit aussitôt l'air alarmé. « Qu'y a-t-il ? Que se passe-t-il ? demanda-t-il d'une voix inquiète.

— Il y a des Pirates à Finebaie, cinq navires. Il faut que je prévienne le roi. Mais que fais-tu à dormir ici ? Tu as peur de retourner dans ta chambre ? »

Il éclata d'un rire amer. « Dis plutôt que je crains de quitter celle-ci, de peur de ne plus jamais y avoir accès. La dernière fois que Murfès m'a enfermé dehors, j'ai dû hurler et tambouriner à la porte pendant une heure avant que le roi s'aperçoive de mon absence et exige de savoir où j'étais. La fois précédente, j'ai réussi à me faufiler en même temps que le petit déjeuner ; et la fois d'avant...

— On cherche à te couper du roi ? »

Il acquiesça. « Par le miel ou le fouet. Hier soir, Royal m'a offert une bourse de cinq pièces d'or pour me pomponner et descendre divertir son monde. Ah, après ton départ, il s'est longuement épanché : je manquais cruellement à la cour et quel dommage c'était de me voir perdre ma jeunesse enfermé ici ! Quand je lui ai répondu que je trouvais la compagnie du roi Subtil plus agréable que celle d'autres fous, il m'a jeté la théière à la tête, ce qui a proprement mis Murfès en rage car il venait d'y concocter un mélange d'herbes si répugnant qu'on en serait venu à regretter le parfum des pets. »

Tout en parlant, le fou avait allumé des bougies et attisé le feu ; il tira l'une des lourdes tentures sur le lit royal. « Mon suzerain ? fit-il du ton dont on s'adresse à un enfant endormi. FitzChevalerie vient vous apporter d'importantes nouvelles. Voulez-vous vous éveiller pour les écouter ? »

Tout d'abord, le roi ne réagit pas. « Votre Majesté ? » dit le fou. Il humecta un tissu d'un peu d'eau fraîche et en bassina le visage du roi. « Roi Subtil ?

— Mon roi, votre peuple a besoin de vous. » Les mots s'échappèrent de ma bouche sous le coup du désespoir. « Finebaie est assiégée par cinq Pirates rouges. Il faut envoyer des secours sans tarder, sans quoi tout est perdu ; une fois qu'ils auront pris pied là-bas...

— ... ils pourront fermer Port-de-Cerf. » Le roi ouvrit les yeux ; puis, sans changer de position, il les referma, les paupières plissées comme sous l'effet de la douleur. « Fou, un peu de vin rouge. S'il te plaît. » Sa voix était faible, guère plus qu'un souffle, mais c'était celle de mon roi. Mon cœur bondit comme celui d'un vieux chien qui entend son maître rentrer.

« Que faut-il faire ? demandai-je d'un ton implorant.

— Leur envoyer tous nos navires ; pas seulement les bateaux de combat mais aussi la flotte de pêche. C'est pour notre vie que nous nous battons maintenant. Mais comment osent-ils s'approcher autant, comment une telle audace leur est-elle venue ? Qu'on dépêche aussi des chevaux par voie de terre ; qu'ils se mettent en route cette nuit, sur l'heure. Ils n'arriveront peut-être qu'après-demain mais qu'ils partent tout de même. Que Perçant s'en charge. »

Mon cœur fit un saut périlleux dans ma poitrine. « Votre Majesté, fis-je doucement, Perçant est mort, en revenant des Montagnes avec Burrich. Des bandits les ont attaqués. »

Le fou me lança un coup d'œil furieux et je regrettai aussitôt mon intervention : toute autorité disparut de la voix de Subtil. D'un ton hésitant, il dit : « Perçant est mort ? »

Je repris mon souffle. « Oui, Votre Majesté, mais il reste Roux, et Kerf est un homme de valeur. »

Le roi prit la coupe des mains du fou, but une gorgée de son contenu et sembla y puiser des forces. « Kerf ; que Kerf s'en occupe, alors. » Un soupçon d'assurance revint dans son maintien ; je me mordis la langue pour ne pas lui révéler que les quelques chevaux restant aux écuries ne valaient pas qu'on les expédie : sans nul doute, les habitants de Finebaie accueilleraient à bras ouverts toute aide, quelle qu'elle soit.

Le roi Subtil réfléchit un instant. « Quelles nouvelles de Baie du Sud ? Ont-ils envoyé des guerriers et des navires ?

— Votre Majesté, nous n'avons aucune nouvelle pour le moment. » Ce n'était pas un mensonge.

« Que se passe-t-il ici ? » C'était Royal, le visage soufflé d'alcool et de rage, qui avait poussé cette exclamation avant même d'être entré dans la chambre. « Murfès ! » Il pointa sur moi un index accusateur. « Fais-le sortir d'ici. Trouve de l'aide si c'est nécessaire. Et pas de douceur excessive ! »

Murfès n'eut pas à aller bien loin : deux des gardes de Royal, originaires de l'Intérieur, avaient suivi leur maître. Ils me soulevèrent carrément du sol : Royal avait choisi de solides gaillards pour cette tâche. Je cherchai des yeux un allié, le fou, mais il avait disparu ; j'aperçus une main pâle qui se retirait sous le lit et détournai résolument le regard : je ne lui en voulais pas ; à s'interposer, il n'aurait obtenu que de se faire jeter dehors lui aussi.

« Mon père, a-t-il dérangé votre repos par ses histoires sans queue ni tête ? Alors que vous êtes si malade ? » Et il se pencha sur le lit, plein de sollicitude.

Les gardes m'avaient presque amené à la porte quand le roi parla. Sa voix n'était pas forte mais l'autorité y perçait. « Arrêtez-vous », ordonna-t-il aux gardes ; toujours allongé sur son lit, il tourna le visage vers Royal. « Finebaie est assiégée, dit-il fermement. Il faut envoyer du secours. »

Royal secoua la tête d'un air navré. « Ce n'est encore qu'une fredaine du Bâtard pour vous bouleverser et vous voler votre sommeil. Nous n'avons reçu aucun appel à l'aide, aucun message d'aucune sorte. »

L'un des gardes me tenait d'une façon toute professionnelle, l'autre semblait vouloir absolument me démettre l'épaule, bien que je me retinsse de me débattre contre lui. Je mémorisai soigneusement ses traits tout en m'efforçant de ne pas manifester ma douleur.

« Vous n'auriez pas dû vous déranger, Royal ; je découvrirai la vérité ou le mensonge que recouvre cette affaire. » La reine Kettricken avait pris le temps de se vêtir d'une veste courte en fourrure blanche, de chausses et de bottes violettes, et de ceindre sa longue épée montagnarde ; Burrich s'encadrait dans le chambranle de la porte, à la main un manteau de monte à lourd capuchon et des gants. Kettricken poursuivit du ton dont on s'adresse à un enfant gâté : « Retournez auprès de vos invités. Je pars pour Finebaie.

— Je vous l'interdis ! » La voix de Royal retentit avec une singulière stridence et un profond silence s'abattit dans la pièce.

La reine Kettricken releva ce que chaque personne présente savait déjà : « Un prince n'a rien à interdire à la reine-servante. Je pars cette nuit. »

Royal devint cramoisi. « C'est un coup monté, un complot du Bâtard pour mettre Castelcerf sens dessus dessous et instiller la peur au peuple ! Personne ne nous a prévenus d'une attaque contre Finebaie.

— Silence ! » jeta le roi. Chacun se pétrifia. « FitzChevalerie ? Sacrebleu, mais lâchez-le donc ! FitzChevalerie, viens devant moi et rends-moi compte. D'où tiens-tu cette nouvelle ? »

Je rajustai mon pourpoint et lissai mes cheveux ; tout en m'approchant de mon souverain, j'avais péniblement conscience de mes pieds nus et de ma coiffure ébouriffée mais je respirai profondément et chassai ces détails de mon esprit. « Pendant mon sommeil, j'ai eu une vision, sire, une vision du Grêlé en train de lire l'avenir dans un bassin plein d'eau ; il m'a montré les Pirates rouges à Finebaie. »

Je n'avais osé insister sur aucun des mots que j'avais employés. Je soutins le regard de l'assistance. Un des gardes émit un grognement d'incrédulité. Burrich me dévisageait, bouche bée, les yeux écarquillés, Kettricken paraissait simplement perplexe. Sur le lit, le roi Subtil ferma les yeux et soupira lentement.

« Il est ivre, déclara Royal. Emmenez-le. » Jamais je n'avais entendu pareille satisfaction dans sa voix ; ses gardes avancèrent vivement pour me saisir.

« Fais… (le roi prit une longue inspiration, manifestement en lutte contre la souffrance) comme je l'ai ordonné. » Il retrouva quelque vigueur. « Comme je l'ai ordonné. Va, maintenant. TOUT DE SUITE ! »

Je me dégageai de la poigne des gardes abasourdis. « Oui, Votre Majesté », répondis-je dans le silence. Je parlai clairement afin d'être entendu de tous. « Vous ordonnez donc qu'on envoie tous les navires de combat à Finebaie, ainsi que tous les bateaux de pêche que l'on pourra réunir ; et qu'on expédie tous les chevaux disponibles par la terre, sous le commandement de Kerf.

— Oui », confirma le roi dans un soupir. Il avala sa salive, inspira et ouvrit les yeux. « Oui, je l'ordonne. À présent, va.

— Un peu de vin, mon suzerain ? » Le fou s'était matérialisé de l'autre côté du lit. Je fus le seul à tressaillir à son apparition, ce qui lui fit monter aux lèvres un sourire entendu. Puis il se pencha sur le roi pour lui soulever la tête et l'aider à boire. Je m'inclinai profondément devant mon roi, puis je me redressai et m'apprêtai à quitter la pièce.

« Vous pouvez accompagner ma garde, si vous le désirez », me dit Kettricken.

Royal vira au rouge pivoine. « Le roi ne vous a pas ordonné de partir ! fit-il en postillonnant.

— Pas plus qu'il ne me l'a interdit. » La reine le regarda bien en face.

« Ma reine ! » Une de ses gardes apparut à la porte. « Nous sommes prêtes à nous mettre en route. » Je regardai la femme, ahuri, mais Kettricken se contenta de hocher la tête.

Elle me jeta un coup d'œil. « Vous devriez vous hâter, Fitz, à moins que vous ne comptiez voyager tel que vous êtes vêtu. »

Burrich déplia le manteau de la reine. « Mon cheval est-il prêt ? demanda Kettricken à sa garde.

— Pognes a promis qu'il serait aux portes quand vous descendriez.

— Il ne me faudra qu'un moment pour me préparer », fit Burrich à mi-voix. Je notai qu'il ne demandait pas la permission de se joindre à l'expédition.

« Alors, allez-y tous les deux. Rattrapez-nous le plus vite possible. »

Burrich acquiesça. Il m'accompagna chez moi, où il se munit de vêtements d'hiver tirés de mon coffre pendant que je m'habillais. « Peigne-toi et lave-toi la figure, me dit-il sèchement. Les soldats ont davantage confiance dans un homme qui n'a pas l'air étonné de se faire réveiller en pleine nuit. »

Je suivis son conseil, puis nous redescendîmes rapidement. Sa jambe raide paraissait oubliée pour cette nuit. Dans la cour, il se mit à donner à pleine voix des ordres aux palefreniers pour qu'ils nous amènent Suie et Rousseau, puis il envoya un garçon terrorisé chercher Kerf et transmettre les ordres royaux, et un autre enfin préparer tous les chevaux disponibles des écuries ; il dépêcha quatre hommes en ville, un au mouillage des navires de combat, les trois autres pour faire la tournée des tavernes et rameuter la flotte. J'enviais son efficacité ; ce n'est qu'une fois à cheval qu'il s'aperçut qu'il avait tout fait à ma place ; il prit l'air soudain gêné et je lui souris. « C'est important, l'expérience », fis-je.

Nous nous dirigeâmes vers les portes du Château. « On devrait rattraper la reine Kettricken avant qu'elle atteigne la route côtière, me disait-il quand tout à coup un garde surgit et nous barra le chemin.

— Halte ! » s'exclama-t-il d'une voix fêlée.

Nos chevaux se cabrèrent, inquiets ; nous tirâmes les rênes. « Qu'y a-t-il ? » demanda Burrich d'un ton agacé.

L'homme ne broncha pas. « Vous pouvez passer, messire, dit-il à Burrich avec respect, mais j'ai ordre d'interdire au Bâtard de sortir de Castelcerf.

— Le Bâtard ? » Jamais je n'avais vu Burrich aussi outragé. « On dit "FitzChevalerie, fils du prince Chevalerie" ! »

Le garde resta bouche bée.

« Répète ce que je viens de dire ! » rugit Burrich en dégainant son épée. Il paraissait brusquement deux fois plus grand que nature et il irradiait la fureur.

« FitzChevalerie, fils du prince Chevalerie », bafouilla l'homme. Il prit une inspiration, la gorge serrée. « Mais je peux bien l'appeler comme je veux, j'ai des ordres : il n'a pas le droit de sortir.

— Il y a moins d'une heure, j'ai entendu notre reine nous ordonner de l'accompagner ou de la rattraper le plus vite possible. Prétends-tu que tes ordres soient supérieurs aux siens ? »

L'homme parut indécis. « Un instant, messire. » Et il rentra dans le corps de garde.

Burrich eut un grognement méprisant. « Celui qui l'a formé n'a pas à s'enorgueillir : il compte sur notre sens de l'honneur pour nous empêcher de continuer notre chemin !

— Ou alors, il te connaît », fis-je.

Burrich me lança un regard assassin. Un moment plus tard, le capitaine de la garde apparut et il nous fit un sourire complice. « Bonne route et bonne chance à Finebaie. »

Burrich lui adressa un signe à mi-chemin entre le salut et l'adieu, et nous talonnâmes nos montures. Je laissai Burrich donner le rythme. Il faisait noir mais, après la descente, la route était droite et unie, et un petit clair de lune nous éclairait. Burrich devait être plus impatient que je ne l'avais jamais vu, car il lança les chevaux au petit galop et maintint l'allure jusqu'à ce que nous apercevions la garde de la reine loin devant nous. Il ralentit alors que nous rattrapions la queue de l'escorte ; je vis les gardes se retourner et l'un d'eux nous salua de la main.

« Un peu d'exercice, ça fait du bien à une jument en début de grossesse. » Il me regarda dans la pénombre. « Je n'en sais pas autant sur les femmes », termina-t-il, hésitant.

J'eus un sourire ironique. « Parce que tu crois que j'en sais plus que toi ? » Je secouai la tête et repris mon sérieux. « Non, je n'en sais rien. Certaines femmes évitent de monter quand elles sont enceintes, d'autres non. À mon avis, Kettricken ne ferait rien qui puisse mettre en danger l'enfant de Vérité ; et puis elle court moins de risques avec nous qu'en restant au Château avec Royal. »

Burrich ne répondit pas mais je sentis son assentiment. Ce ne fut d'ailleurs pas tout ce que je sentis.

*Enfin, nous recommençons à chasser ensemble !*

*Chut !* répliquai-je avec un coup d'œil oblique à Burrich. Je m'efforçai de penser le plus bas possible. *Nous allons loin ; seras-tu capable de tenir l'allure des chevaux ?*

*Sur une courte distance, ils peuvent me distancer mais rien ne peut trotter plus longtemps qu'un loup.*

Burrich se raidit légèrement dans sa selle. Je savais qu'Œil-de-Nuit trottinait le long de la route, dans les ombres : quel plaisir d'être au-dehors en sa compagnie ! Quel plaisir d'être au-dehors, tout simplement ! Je ne me réjouissais pas de l'attaque contre Finebaie, non, mais au moins j'avais l'occasion d'agir, même si je ne devais que nettoyer ce que les Pirates auraient laissé debout. Je lançai un coup d'œil à Burrich : il exhalait la colère.

« Burrich ? fis-je d'un ton hésitant.

— C'est un loup, n'est-ce pas ? » répondit Burrich à contrecœur dans l'obscurité ; il regardait droit devant lui et je reconnaissais le pli de ses lèvres.

*Tu le sais bien.* Un grand sourire, la langue qui pend.

Burrich tressaillit comme si on lui avait enfoncé un doigt dans les côtes.

« C'est Œil-de-Nuit », avouai-je à mi-voix en rendant l'image de son nom en termes humains. L'angoisse me rongeait : Burrich avait perçu sa présence ! Il savait ! Inutile de nier, désormais. Pourtant, je ressentais aussi un soupçon de soulagement, mortellement las que j'étais des mensonges dont je m'entourais. Burrich ne dit rien, ne me regarda pas. « Je ne l'ai pas voulu ; c'est arrivé, c'est tout. » C'était une explication, pas une excuse.

*Je ne lui ai pas laissé le choix.* Œil-de-Nuit prenait le silence de Burrich de façon très enjouée.

Je posai la main sur l'encolure de Suie et puisai du réconfort dans la chaleur et la vie que j'y sentis battre. J'attendis une réaction de Burrich mais rien ne vint. « Je sais que tu ne m'approuveras jamais, repris-je à mi-voix, mais je n'y peux rien. C'est ce que je suis. »

*C'est ce que nous sommes tous.* Œil-de-Nuit se mit à minauder: *Allons, Cœur de la Meute, dis-moi quelque chose. N'allons-nous pas bien chasser ensemble ?*

*Cœur de la Meute ?* répétai-je, étonné.

*Il sait que c'est son nom. C'est ainsi qu'ils l'appelaient, tous ces chiens qui le vénéraient, quand ils donnaient de la voix pendant la chasse. « Cœur de la Meute, ici, ici, le gibier est ici et je l'ai trouvé pour toi, pour toi ! » Voilà ce qu'ils glapissaient tous et ce que chacun voulait être le premier à lui annoncer. Mais maintenant ils sont tous partis, emportés au loin. Ils n'ont pas aimé le quitter; ils savaient qu'il les entendait, même s'il refusait de répondre. Tu ne les as jamais entendus ?*

*Je ne devais pas vouloir les écouter, sans doute.*

*Dommage. Pourquoi se vouloir sourd ? Ou muet ?*

« Tu es obligé de faire ça en ma présence? fit Burrich d'un ton guindé.

— Pardon. » Il était vraiment fâché. Œil-de-Nuit eut un petit rire rosse mais je fis celui qui n'y prêtait pas attention; Burrich refusait toujours de me regarder. Au bout d'un moment, il mit Rousseau au petit galop pour rattraper la garde de Kettricken; j'hésitai, puis me maintins à sa hauteur. Raidement, il rendit compte à Kettricken de tout ce qu'il avait fait avant de quitter Castelcerf, et elle hocha gravement la tête comme si elle était accoutumée d'entendre ce genre de rapports; d'un signe, elle nous accorda l'honneur de chevaucher à sa gauche, tandis que le capitaine de sa garde, une certaine Gantelée, se plaçait à sa droite. Avant que l'aube nous surprît, le reste des soldats montés de Castelcerf nous rattrapa et Gantelée ralentit l'allure pour permettre à leurs chevaux essoufflés de reprendre haleine; mais, une fois parvenus à un cours d'eau et les bêtes désaltérées, nous repartîmes à un rythme soutenu. Burrich ne m'avait pas dit un mot.

Plusieurs années auparavant, je m'étais rendu à Finebaie en tant que membre de la suite de Vérité; le voyage avait duré cinq jours mais nous nous déplacions avec des chariots et des litières, des jongleurs, des musiciens et des valets. Aujourd'hui, nous étions à cheval, en compagnie de soldats aguerris et nous n'étions pas obligés de suivre la large route côtière. Seul le temps ne favorisait pas notre progression: vers le milieu de la matinée du premier jour, une tempête d'hiver s'abattit sur nous, nous rendant le trajet pénible, non seulement à cause de l'inconfort physique mais aussi parce que nous savions que le vent violent allait ralentir nos navires. Chaque fois que notre chemin nous menait au surplomb de l'océan, je cherchais des voiles à l'horizon mais n'en voyais aucune.

La cadence imposée par Gantelée était rude mais pas excessive, ni pour les chevaux, ni pour les cavaliers : les haltes étaient rares mais le capitaine variait le rythme de notre déplacement et veillait à ce qu'aucun animal ne manquât d'eau. Durant les arrêts, on distribuait du grain aux chevaux et du pain dur et du poisson séché pour ceux qui les montaient. Si quelqu'un remarqua qu'un loup nous suivait, il n'en fit pas mention. Deux journées entières plus tard, l'aube naissante et une trouée dans les nuages nous permirent de découvrir la vaste vallée fluviale qui menait à Finebaie.

Gardebaie était le château de Finebaie où résidaient le duc Kelvar et dame Grâce et c'était le cœur du duché de Rippon ; la tour de guet se dressait sur une falaise sableuse au-dessus de la ville. Le château, lui, avait été bâti sur un terrain quasiment plat mais fortifié d'une succession de levées de terre et de fossés ; on m'avait dit un jour qu'aucun ennemi n'avait réussi à franchir la deuxième enceinte. Ce n'était plus vrai. Nous fîmes halte et contemplâmes un paysage de destruction.

Les cinq navires rouges étaient toujours échoués sur la plage. La flotte de Finebaie, surtout composée de petits bateaux de pêche, n'était plus qu'une masse d'épaves calcinées et à demi coulées qui s'étendaient le long de la côte ; les marées avaient joué avec elles depuis que les Pirates les avaient ravagées. On pouvait suivre la progression des Outrîliens dans la ville aux maisons noircies et fumantes, tels les jalons d'une épidémie. Gantelée se dressa sur ses étriers et, tendant le doigt par-delà Finebaie, nous fit un résumé de ses observations et de ce qu'elle savait de la ville. « La baie est sablonneuse et peu profonde, si bien que, quand la marée se retire, elle se retire très loin. Ils ont hissé leurs navires trop haut sur la plage ; si nous arrivons à les faire battre en retraite, il faut que ce soit à marée basse, au moment où leurs bateaux sont sur le sec. Ils se sont enfoncés dans la ville comme un couteau dans du beurre ; à mon avis, la défense a dû être réduite, parce qu'elle n'est pas défendable : tout le monde s'est sans doute précipité au château dès qu'on a aperçu une quille rouge. Vu d'ici, on dirait que les Outrîliens ont dépassé la troisième enceinte mais, à partir de là, Kelvar devrait pouvoir les tenir en respect presque indéfiniment : la quatrième muraille est en pierre de taille, il a fallu des années pour la construire ; la forteresse dispose d'un bon puits et ses entrepôts devraient encore regorger de grain, si tôt dans l'hiver. Elle ne tombera pas, sauf traîtrise. » Gantelée cessa de gesticuler et se rassit. « C'est absurde, cette attaque, reprit-elle un ton plus bas. Comment les Pirates rouges espèrent-ils imposer un siège ? Surtout s'ils se font attaquer à leur tour par nos forces ?

— Peut-être la réponse est-elle qu'ils ne s'attendaient pas à ce que quelqu'un vienne au secours de Gardebaie, fit Kettricken sans s'embarrasser de phrases. Ils ont toute la ville pour se fournir en vivres et d'autres navires doivent peut-être les rejoindre. » Se tournant vers Kerf, elle lui fit signe de se placer à la hauteur de Gantelée. « Je n'ai aucune expérience des combats, dit-elle avec simplicité. À vous deux de dresser un plan de bataille ; je vous écoute en tant que soldat. Que devons-nous faire ? »

Je vis Burrich faire la grimace : tant de franchise est admirable mais pas toujours avisée de la part d'un chef. Gantelée et Kerf échangèrent un regard mutuellement évaluateur. « Ma reine, Kerf a plus d'expérience que moi ; j'accepterai son autorité », fit Gantelée à mi-voix.

Kerf baissa le nez, comme s'il avait un peu honte. « Burrich a été l'homme lige de Chevalerie ; il a connu bien davantage de combats que moi », dit-il, les yeux sur l'encolure de sa jument. Il leva soudain le regard. « Je vous recommande de l'écouter, ma reine. »

Sur le visage de Burrich se lisaient les émotions qui luttaient en lui. L'espace d'un instant, ses traits s'éclairèrent, puis je vis l'hésitation le gagner.

*Cœur de la Meute, pour toi ils se battront bien.*

« Burrich, prenez le commandement. Ils se battront avec cœur pour vous. »

Je frémis en entendant la reine Kettricken faire écho à la pensée d'Œil-de-Nuit et je vis Burrich frissonner. Il se redressa sur sa selle. « Pas question d'espérer les surprendre sur un terrain aussi plat ; et les trois enceintes qu'ils ont déjà prises peuvent devenir pour eux des ouvrages défensifs. Nous ne sommes pas nombreux mais nous avons le temps pour nous, ma reine : nous pouvons les bloquer là où ils sont. Ils n'ont pas de point d'eau ; si Gardebaie résiste et que nous maintenions les Outrîliens sur place, nous pouvons nous contenter d'attendre l'arrivée de nos navires ; à ce moment-là, il sera temps de décider si nous lançons une attaque conjointe contre eux ou si nous les affamons, tout simplement.

— Cela me paraît avisé, dit la reine.

— S'ils ne sont pas stupides, ils auront laissé au moins un petit groupe d'hommes auprès de leurs bateaux. Il faudra nous en occuper en premier lieu ; ensuite, nous devrons placer des gardes à nous pour surveiller ces navires, avec ordre de les détruire si jamais des Outrîliens nous débordent et tentent de s'enfuir. Sinon, vous aurez de nouveaux bâtiments à ajouter à la flotte du roi-servant Vérité.

— Cela aussi me semble judicieux. » Visiblement, l'idée plaisait à Kettricken.

« Ce plan n'est valable que si nous agissons rapidement. Ils ne vont pas tarder à s'apercevoir de notre présence, si ce n'est pas déjà fait, et ils jugeront la situation aussi clairement que nous. Il faut y aller vite, contenir ceux qui assiègent le Château et défaire ceux qui gardent les navires. »

Kerf et Gantelée approuvèrent de la tête. Burrich se tourna vers eux. « J'ai besoin des archers pour clore le cercle autour du Château ; le but est de les clouer sur place, pas d'engager un combat rapproché. Empêchez-les de bouger, c'est tout ; ils vont essayer de s'enfuir par la brèche qu'ils ont faite dans les enceintes, aussi faites surveiller particulièrement ces points-là, mais ne négligez pas le reste de l'enceinte extérieure. Et, pour le moment, ne tentez pas de la franchir ; laissez-les s'affoler comme des crabes dans une marmite. »

Les deux capitaines hochèrent brièvement la tête et Burrich poursuivit.

« Pour les navires, il faut des épées ; attendez-vous à un combat acharné, parce qu'ils essaieront de défendre leur unique issue de secours ; envoyez aussi quelques archers moins doués que les autres et qu'ils préparent des flèches enflammées : si vous n'arrivez à rien, qu'ils brûlent les bateaux ; mais, avant d'en venir là, tâchez de vous en emparer.

— Le *Rurisk* ! » s'exclama une voix à l'arrière-garde. Toutes les têtes se tournèrent vers la mer et, en effet, le *Rurisk* était là, qui franchissait le promontoire nord de Finebaie ; un instant plus tard, une deuxième voile apparut. Derrière nous, un grand cri de joie monta des cavaliers. Mais, au-delà de nos bateaux, mouillé en eau profonde, blanc comme le ventre d'un cadavre et les voiles aussi gonflées, flottait le navire blanc. À la seconde où je l'aperçus, une épée de terreur me fouailla les entrailles.

« Le bateau blanc ! » m'exclamai-je dans un hoquet ; presque douloureux, un frisson d'effroi me parcourut.

« Quoi ? » fit Burrich, surpris ; c'était la première fois qu'il m'adressait la parole ce jour-là.

« Le bateau blanc ! répétai-je, le doigt tendu.

— Quoi ? Où ça ? Là-bas ? C'est un banc de brouillard ! Nos navires entrent dans le port, de ce côté. »

Je regardai mieux : il avait raison ; c'était un banc de brume qui se dissipait au soleil du matin. Ma terreur s'évanouit comme un spectre au rire moqueur ; pourtant, l'air me parut soudain plus froid et le soleil qui avait brièvement écarté les nuages de tempête, un lumignon sans force. Une aura maléfique restait accrochée à la journée comme une mauvaise odeur.

« Divisez vos forces et déployez-les sans attendre, ordonna Burrich à mi-voix. Nos navires ne doivent pas rencontrer de résistance en arrivant à terre. Allons, vite ! Fitz, tu vas avec le groupe d'attaque contre les bateaux ; monte à bord du *Rurisk* quand il accostera et informe le capitaine de ce que nous avons décidé. Dès que ces navires auront été nettoyés, je veux que tous les combattants nous rejoignent pour contenir les Outrîliens. Je regrette qu'il n'y ait pas moyen d'avertir le duc

Kelvar de notre manœuvre mais j'imagine qu'il ne tardera pas à voir ce qui se passe. Et maintenant, allons-y. »

Il y eut d'abord une légère confusion parmi les soldats, puis Kerf et Gantelée se consultèrent et, en un temps étonnamment court, je me retrouvai derrière le capitaine de la garde en compagnie d'un contingent de guerriers. J'avais mon épée au côté mais ma hache me manquait, cette arme à laquelle je m'étais si bien habitué au cours de l'été.

Rien ne se passa aussi simplement que prévu. Nous tombâmes sur des Outrîliens au milieu des ruines de la ville bien avant de parvenir à la plage. Ils retournaient à leurs navires, encombrés de prisonniers attachés. Lorsque nous attaquâmes, certains tinrent leur position et se battirent, d'autres abandonnèrent leurs captifs et se sauvèrent devant nos chevaux, et bientôt nos troupes s'éparpillèrent parmi les maisons encore fumantes et les rues jonchées de débris de Finebaie. Une partie d'entre nous prit le temps de couper les cordes des prisonniers et de les aider autant que faire se pouvait ; Gantelée pesta contre ce retard, car les Pirates qui s'étaient échappés allaient avertir les gardes des navires ; aussi scinda-t-elle notre groupe en deux et laissa-t-elle une poignée de soldats pour venir en aide aux villageois malmenés. L'odeur des cadavres et de la pluie sur les poutres calcinées fit remonter en moi des souvenirs de Forge si vivaces que je faillis en perdre mes moyens ; il y avait des corps partout, en bien plus grand nombre que nous ne nous y attendions. Quelque part, je sentis un loup qui rôdait au milieu des décombres et j'y puisai du réconfort.

Gantelée nous abreuva d'injures avec un art étonnant, puis organisa la troupe restée avec elle en forme de coin. Alors nous fondîmes sur les bateaux pirates. L'un d'eux était en train de repartir avec la marée descendante ; nous n'y pouvions guère mais nous arrivâmes juste à temps pour en empêcher un second d'en faire autant. Nous tuâmes les hommes à son bord avec une surprenante rapidité – ils étaient peu nombreux, à peine le squelette d'une équipe de rameurs – et nous parvînmes même à les abattre avant qu'ils aient le temps de passer par le fil de l'épée leurs captifs ligotés sur les bancs de nage ; de là, nous suspectâmes que l'autre navire était semblablement chargé et je songeai à part moi qu'il n'avait sans doute pas l'intention d'engager le combat avec le *Rurisk* ni aucun des autres navires qui convergeaient à présent vers lui.

Mais les Pirates rouges se dirigeaient vers le large avec leurs otages : où allaient-ils ? Retrouver un bateau fantôme que j'étais le seul à avoir aperçu ? À la seule évocation du navire blanc, je sentis un frisson d'angoisse me parcourir et une pression naître dans mon crâne, comme les prémices d'une migraine. Peut-être avaient-ils l'intention de jeter leurs prisonniers à l'eau ou de les forgiser, mais je n'étais pas en état d'y réfléchir pour l'instant ; je mis ces questions de côté pour les soumettre plus tard à Umbre. Chacun des trois navires qui restaient sur la plage était protégé par un contingent d'hommes et ils se battirent avec tout l'acharnement prédit par Burrich ; un des bâtiments fut incendié à cause de l'excès de zèle d'un de nos archers mais les autres furent pris intacts.

Le temps que le *Rurisk* s'échoue lui-même, les navires pirates étaient à nous et j'eus alors le loisir de contempler la baie. Nul signe de bateau blanc : peut-être n'avais-je vu en effet qu'un banc de brouillard. Derrière le *Rurisk* arrivait le *Constance*, et encore au-delà une flottille de pêcheurs, renforcée de deux ou trois navires marchands. La plupart durent mouiller l'ancre au large, dans l'eau peu profonde du port, mais leurs équipages furent rapidement transportés à terre. Les hommes des bâtiments de combat attendirent que leurs capitaines eussent été mis au courant de la situation, mais ceux des navires de pêche et de commerce passèrent devant nous en courant et se dirigèrent droit sur le château assiégé.

Les équipages de vaisseaux de guerre, mieux entraînés, les rattrapèrent bientôt et, quand nous parvînmes nous-mêmes aux enceintes extérieures de la forteresse, il s'était établi entre les deux groupes une certaine coopération, à défaut d'une réelle organisation. Les privations avaient affaibli les prisonniers que nous avions libérés mais ils se remirent promptement et nous fournirent des renseignements indispensables sur les murailles externes ; l'après-midi venu, notre siège des assiégeants était en place. Non sans difficulté, Burrich réussit à convaincre les capitaines présents de maintenir un équipage en alerte sur un de nos bâtiments de combat au moins ;

sa prévoyance se révéla payante le lendemain matin, lorsque deux Pirates rouges apparurent à la pointe nord de la baie. Le *Rurisk* les chassa, mais ils s'enfuirent de trop bon gré pour que nous en tirions satisfaction : nous savions tous qu'ils trouveraient tout simplement un village sans défense à piller plus loin sur la côte. Plusieurs bateaux de pêche se mirent tardivement à leur poursuite, bien qu'ils eussent peu de chances de rattraper les navires pirates propulsés à l'aviron.

Le second jour, l'ennui et l'inconfort s'installèrent : le temps était redevenu exécrable, le pain dur commençait à sentir le moisi et le poisson séché n'était plus complètement sec. Afin de nous signaler qu'il nous avait vus et soutenir notre moral, le duc Kelvar avait fait ajouter le drapeau de Cerf à sa propre oriflamme qui flottait sur Gardebaie ; toutefois, comme nous, il avait choisi la stratégie de la patience. Les Outrîliens étaient bloqués mais ils n'avaient tenté ni de traverser nos lignes ni de se rapprocher de la forteresse. Tout n'était qu'attente et immobilité.

« Tu n'écoutes pas ce qu'on te dit – comme d'habitude. » Burrich s'était adressé à moi à mi-voix.

La nuit était tombée. C'était la première fois depuis notre arrivée que nous disposions d'un moment ensemble ; il était assis sur une bûche, sa jambe blessée tendue devant lui ; moi, j'étais accroupi près du feu et j'essayais de me réchauffer les mains. Nous nous trouvions devant un abri temporaire dressé pour la reine, occupés à attiser un feu qui dégageait beaucoup de fumée. Burrich aurait voulu qu'elle s'installe dans un des rares bâtiments encore debout de Finebaie, mais elle avait refusé en exigeant de rester auprès de ses guerriers. Ses gardes allaient et venaient, entraient dans son abri et s'approchaient de son feu à leur gré. Leur familiarité faisait froncer le sourcil à Burrich, mais en même temps il approuvait le dévouement de Kettricken. « Ton père était comme ça, lui aussi, remarqua-t-il brusquement comme deux des gardes de la reine sortaient de son abri pour relever deux de leurs compagnes en sentinelle.

— Il n'écoutait pas ce qu'on lui disait ? » fis-je, étonné.

Burrich secoua la tête. « Non ; je parle de ses soldats qui allaient et venaient chez lui à toute heure. Je me suis toujours demandé où il avait trouvé un moment d'intimité pour te fabriquer. »

Je dus prendre l'air choqué car il rougit soudain. « Excuse-moi. Je suis fatigué, et ma jambe… m'élance. Je ne pensais pas ce que j'ai dit. »

Un sourire auquel je ne m'attendais pas me monta aux lèvres. « Ce n'est pas grave », dis-je, et c'était vrai. Quand il avait découvert le pot aux roses pour Œil-de-Nuit, j'avais redouté qu'il m'exclue à nouveau de sa vie ; alors, une plaisanterie, même un peu rêche, était la bienvenue. « Ainsi, je n'écoute pas ce qu'on me dit ? » demandai-je d'un ton humble.

Il soupira. « Tu l'as dit toi-même : on est ce qu'on est ; et comme il l'a souligné, lui, parfois on ne te laisse pas le choix. Tu te retrouves lié sans savoir comment. »

Au loin, un chien hurla dans les ténèbres. Ce n'était pas vraiment un chien, et Burrich me lança un regard noir. « Je ne sais pas m'en faire obéir, avouai-je.

*Ni moi de toi. Pourquoi devrions-nous commander l'un à l'autre ?*

—Et il ne sait pas rester en dehors de conversations privées, observai-je.

—Ni de quoi que ce soit d'autre de privé », laissa tomber Burrich. Il parlait du ton de celui qui sait.

« Je croyais que tu m'avais dit ne jamais t'être servi du… ne t'en être jamais servi. » Même ici, je n'arrivais pas à prononcer le mot « Vif ».

« Et c'est vrai. Ça n'amène jamais rien de bon. Je vais te répéter en termes clairs ce que je t'ai déjà expliqué : ça… ça te change – si tu t'y laisses aller, si tu le vis. Si tu n'arrives pas à t'en défaire, au moins ne le recherche pas. Ne deviens pas…

—Burrich ? »

Nous sursautâmes. C'était Gantelée, sortie sans bruit de l'obscurité pour se planter de l'autre côté du feu. Qu'avait-elle entendu ?

« Oui ? Quelque chose ne va pas ? »

Elle s'accroupit et tendit les mains devant le feu, puis elle soupira. « Je ne sais pas. Comment poser la question ? Tu es au courant qu'elle est enceinte ? »

Burrich et moi échangeâmes un regard. « Qui ça ? demanda-t-il effrontément.

— Tu sais que j'ai deux enfants, et la plupart de ses gardes sont des femmes. Elle vomit tous les matins et elle boit de la tisane de feuilles de framboisier toute la journée ; elle a des haut-le-cœur rien qu'à voir du poisson séché. Elle ne devrait pas être ici, à mener cette vie. » Gantelée hocha la tête en direction de la tente.

*Ah ! La Femelle !*

*Tais-toi !*

« Elle ne nous a pas consultés, fit Burrich sans s'engager.

— On a la situation bien en main ; il n'y a pas de raison qu'on ne la renvoie pas à Castelcerf, répondit Gantelée d'un ton calme.

— Je ne me vois pas en train de la renvoyer où que ce soit, dit Burrich. En ce qui me concerne, c'est à elle seule de prendre cette décision.

— Tu pourrais la lui suggérer.

— Toi aussi. Tu es capitaine de sa garde ; tu es en droit de t'inquiéter pour elle.

— Mais moi je ne surveille pas sa porte toutes les nuits, objecta Gantelée.

— Tu devrais peut-être, répliqua Burrich, qui tempéra sa réponse : Maintenant que tu sais. »

Le regard de Gantelée se perdit dans le feu. « Peut-être, oui. Bon, la question, maintenant, c'est de savoir qui va l'escorter jusqu'à Castelcerf.

— Toute sa garde personnelle, évidemment. Une reine ne voyage pas avec moins. »

Quelque part au loin, des cris éclatèrent. Je me dressai d'un bond.

« Ne bouge pas ! aboya Burrich. Attends les ordres. Ne fonce pas tête baissée avant de savoir ce qui se passe ! »

Un instant plus tard, Sifflet, de la garde de la reine, s'arrêtait devant notre feu et s'adressait à Gantelée. « Une attaque sur deux côtés ; ils ont essayé de forcer le passage à la brèche en dessous de la tour sud, et certains ont réussi à passer à... »

Une flèche la transperça et emporta le reste de son rapport. Des Outrîliens se jetèrent soudain sur nous, plus nombreux que je ne pouvais les compter et tous convergèrent sur la tente de la reine. « À la reine ! » m'écriai-je avec le mince soulagement d'entendre mon cri repris plus loin. Trois gardes sortirent précipitamment de la tente et se placèrent dos à ses fragiles murailles tandis que Burrich et moi, devant l'abri royal, faisions front à l'ennemi. Je m'aperçus que j'avais mon épée à la main et, du coin de l'œil, je vis la lumière des flammes courir le long de celle de Burrich. Soudain, la reine apparut à l'entrée de sa tente.

« Ne restez pas ici à me protéger ! s'exclama-t-elle. Allez au cœur des combats !

— Il est ici, ma dame », grogna Burrich en s'avançant brusquement pour trancher le bras d'un homme qui s'était trop approché.

Je me rappelle ces mots et je revois Burrich faisant ce pas en avant, mais ce sont mes derniers souvenirs cohérents de cette soirée. Ensuite, ce ne fut plus que cris, sang, métal et feu. Des vagues d'émotions déferlaient sur moi tandis que soldats et pirates bataillaient à mort. Très rapidement, quelqu'un mit le feu à la tente et le brasier illumina les combats comme une scène de théâtre. Je me rappelle avoir vu Kettricken, sa robe relevée et nouée, qui se battait jambes découvertes et pieds nus sur la terre gelée ; elle maniait à deux mains son épée montagnarde ridiculement longue, et sa grâce faisait du combat une danse de mort qui m'eût distrait en toute autre occasion.

Il arrivait sans cesse de nouveaux Outrîliens. Un instant, j'eus la certitude d'entendre Vérité crier des ordres, mais je ne les compris pas. Œil-de-Nuit apparaissait de-ci de-là, toujours à la lisière de la lumière, masse de fourrure et de crocs qui jaillissait soudain, tranchait brusquement un tendon, ajoutait son poids à celui d'un Pirate pour transformer sa ruée en trébuchement maladroit. À un moment où la situation se présentait mal, Burrich et Gantelée combattirent dos à dos ; je faisais partie du cercle qui protégeait la reine, du moins le crus-je jusqu'à ce que je m'aperçoive qu'elle ferraillait à côté de moi.

Dans le courant de la bataille, je laissai tomber mon épée pour ramasser la hache d'un Pirate mort ; je retrouvai ma lame le lendemain sur le sol glacé, encroûtée de boue et de sang. Mais sur l'instant je n'hésitai pas à échanger le cadeau de Vérité contre une arme plus brutalement efficace : tant que nous nous battions, seul le présent comptait. Quand enfin la fortune de la bataille changea, je me lançai sans réfléchir à la poursuite des ennemis éparpillés dans les ruines noircies et les relents d'incendie du village de Finebaie.

Là, de fait, Œil-de-Nuit et moi chassâmes très bien ensemble. Je me tins face à face avec ma dernière proie, hache contre hache, tandis qu'Œil-de-Nuit évitait en grondant les coups d'épée de la sienne, plus petite, et ne cessait de la mordre. Il l'acheva quelques secondes à peine avant que j'abatte mon adversaire.

Ce massacre final fut empreint pour moi d'un bonheur violent et sauvage. J'ignorais où se trouvait la limite entre Œil-de-Nuit et moi ; je savais seulement que nous avions vaincu et que nous étions tous deux saufs. Nous nous désaltérâmes longuement au seau d'un puits communal et je lavai le sang de mes mains et de mon visage, puis nous nous assîmes, le dos contre la brique du puits, pour regarder le soleil se lever au-dessus de l'épaisse brume qui recouvrait le sol. Œil-de-Nuit était chaud contre moi et nous ne pensions même pas.

Je dus m'assoupir un moment car je fus réveillé en sursaut par sa fuite soudaine. Je levai les yeux pour chercher ce qui l'avait effarouché et je vis les yeux effrayés d'une jeune habitante de Finebaie posés sur moi. Le soleil levant allumait des reflets roux dans ses cheveux ; elle avait un seau à la main. Je me mis debout en souriant et brandis ma hache pour la saluer, mais elle tourna les talons et se sauva comme un lapin terrifié parmi les décombres. Je m'étirai, puis me dirigeai au milieu des lambeaux de brouillard vers l'endroit où s'était dressée la tente royale. Tout en marchant, je me remémorai les images de ma chasse de la nuit passée ; les souvenirs étaient trop nets, trop rouges et trop noirs, et je les repoussai au fond de mon esprit. Était-ce de cela que Burrich cherchait à m'avertir ?

Malgré la clarté, il demeurait difficile de comprendre tout ce qui s'était passé. La terre autour des restes noircis de l'abri de la reine avait été battue en boue ; c'est là que le gros du combat avait fait rage. Quelques cadavres avaient été entassés d'un côté, d'autres gisaient encore là où ils étaient tombés. J'évitai de poser les yeux sur eux : tuer sous le coup de la peur et de la colère est une chose, c'en est une autre de contempler son ouvrage à la lumière froide et grise du petit matin.

On pouvait concevoir que les Outrîliens aient voulu franchir nos lignes : ils avaient une chance de parvenir jusqu'à leurs navires et d'en récupérer un ou deux. Il était moins compréhensible qu'ils aient concentré leur attaque sur la tente de la reine. Une fois sortis des enceintes, pourquoi n'avaient-ils pas saisi l'occasion de foncer vers la promesse de salut qu'offrait la plage ?

« Peut-être, fit Burrich en serrant les dents tandis que je palpais le gonflement violacé de sa jambe, peut-être n'espéraient-ils pas s'en tirer. C'est typiquement outrîlien, ça, de décider de mourir et d'essayer de faire autant de dégâts que possible avant d'y passer. Alors, ils ont attaqué ici en espérant tuer notre reine. »

J'avais découvert Burrich en train d'arpenter le champ de bataille en claudiquant. Il ne m'avait pas dit qu'il cherchait mon cadavre, mais son soulagement en me voyant l'avait suffisamment démontré.

« Comment savaient-ils que c'était la reine qui était dans la tente ? fis-je en réfléchissant tout haut. Nous n'avions hissé aucune bannière, nous n'avions lancé aucune sommation ; comment ont-ils su qu'elle était là ? Tiens, ça y est. Ça va mieux. » Je vérifiai que le pansement enserrait bien la jambe.

« La plaie est sèche, elle est propre et on dirait que le bandage atténue la douleur. Je crois qu'on ne peut pas espérer mieux. J'ai l'impression que, chaque fois que j'en demanderai un peu trop à cette jambe, elle va se mettre à enfler et à me brûler. » Il en parlait sans plus de passion que de la mauvaise patte d'un cheval. « Enfin, la cicatrice ne s'est pas rouverte, au moins. Ils ont foncé tout droit sur la tente de la reine, non ?

— Comme des abeilles sur du miel, répondis-je avec lassitude. La reine est à Gardebaie ?

— Évidemment, comme tout le monde. Tu aurais dû entendre les acclamations quand les portes se sont ouvertes devant nous : la reine Kettricken est entrée, ses jupes toujours nouées sur le côté, son épée encore dégoulinante de sang, et le duc Kelvar s'est mis à genoux pour lui baiser la main ; mais dame Grâce l'a regardée, et elle a dit : "Oh, ma dame, je vais vous faire préparer un bain sur l'instant !"

—Ah ! Voilà la matière dont on fait les épopées ! fis-je, et nous éclatâmes de rire. Mais tout le monde n'est pas au château : je viens de voir une jeune fille qui venait tirer de l'eau, en bas, dans les ruines.

—Bah, au château, les réjouissances battent leur plein ; mais il y en a sûrement qui n'ont pas le cœur à la fête. Gantelée s'est trompée : les habitants de Finebaie n'ont pas baissé les bras devant les Pirates rouges et beaucoup sont morts avant la retraite au château.

—À propos, tu ne trouves rien de curieux dans tout cela ?

—Que des gens veuillent se défendre ? Non. C'est…

—Tu n'as pas l'impression qu'il y avait trop d'Outrîliens ? Plus que n'en peuvent transporter cinq navires ? »

Burrich resta un instant songeur, puis il jeta un coup d'œil aux corps épars derrière lui. « Peut-être avaient-ils d'autres navires qui les ont déposés avant de partir en patrouille…

—Ce n'est pas leur façon de faire. Je soupçonne l'existence d'un navire plus grand que les autres capable d'embarquer une troupe considérable.

—Et où serait-il ?

—Disparu, maintenant. Je pense l'avoir aperçu qui s'éloignait dans un banc de brouillard. »

Nous nous tûmes. Burrich me montra où il avait attaché Rousseau et Suie, et nous prîmes le chemin de Gardebaie. Les portes du château étaient grandes ouvertes, encombrées d'un mélange de soldats de Castelcerf et d'habitants de Gardebaie ; ils nous accueillirent d'un cri de bienvenue et nous offrirent des coupes débordantes d'hydromel avant même que nous eussions mis pied à terre ; de jeunes garçons nous supplièrent de les laisser emmener nos chevaux et, à ma grande surprise, Burrich les y autorisa. Dans la Grand-Salle, une fête battait son plein qui aurait ridiculisé n'importe lesquelles des réjouissances de Royal ; tout Gardebaie nous était ouvert ; des brocs et des cuvettes remplis d'eau chaude parfumée avaient été disposés dans la Grand-Salle afin que nous puissions nous rafraîchir, et les tables croulaient sous les plats où ne figuraient ni le pain dur ni le poisson salé.

Nous demeurâmes trois jours à Gardebaie ; durant cette période, nous enterrâmes nos morts et brûlâmes les cadavres des Outrîliens ; les soldats de Castelcerf et les gardes de la reine se joignirent aux habitants de Finebaie pour réparer les fortifications du château et remettre en état ce qui restait de Bourg-de-Finebaie. Après quelques enquêtes discrètes, j'appris que le feu d'alarme de la tour de guet avait été allumé dès qu'on avait repéré les navires, mais l'éteindre avait été l'un des premiers buts des Pirates. « Et le membre du clan qui s'y trouvait ? » demandai-je alors ; Kelvar m'avait adressé un regard surpris : Ronce avait été rappelé des semaines auparavant pour une mission essentielle dans l'Intérieur. Kelvar croyait savoir qu'il avait été envoyé à Gué-de-Négoce.

Le lendemain de la bataille, des renforts arrivèrent de Baie du Sud ; ils n'avaient pas vu le feu d'alarme, mais les messagers partis à dos de cheval étaient parvenus jusqu'à eux. J'étais présent quand Kettricken félicita le duc Kelvar de la prévoyance qu'il avait eue d'établir un relais de chevaux pour ce genre de messages ; elle fit aussi transmettre ses remerciements au duc Shemshy de Haurfond pour sa rapide réaction. Elle proposa enfin qu'ils se partagent les navires capturés afin que, plutôt que d'attendre la venue des bateaux de combat, ils puissent dépêcher les leurs pour leur défense mutuelle. C'était un présent somptueux qui fut accueilli par un silence abasourdi ; une fois remis, le duc Kelvar se leva et but à la santé de la reine et de l'héritier à naître des Loinvoyant – car la rumeur était rapidement devenue de notoriété publique. La reine Kettricken rosit joliment et tourna une réponse courtoise au duc.

Ces brèves journées de triomphe nous mirent à tous du baume au cœur : nous nous étions battus, et bien battus, Finebaie allait être rebâtie et les Outrîliens n'avaient pas pris pied dans Gardebaie. Pendant une courte période, nous crûmes possible de nous débarrasser d'eux définitivement.

Avant même notre départ, on chantait déjà l'épopée de la reine qui, les jupes retroussées, s'était hardiment dressée devant les Pirates rouges et de l'enfant dans son sein qui était guerrier avant de naître. Cette image de la reine qui n'avait pas hésité à risquer non seulement sa propre vie, mais aussi celle de l'héritier du trône, resterait gravée dans les mémoires. D'abord le duc Brondy de Béarns et maintenant Kelvar de Rippon, me dis-je : Kettricken était douée pour s'attacher la fidélité des duchés.

Pour ma part, je vécus un petit épisode qui à la fois me réchauffa le cœur et me glaça le sang. Dame Grâce m'aperçut dans la Grand-Salle, me reconnut et vint me parler. « Ainsi, me dit-elle après m'avoir salué, mon garçon de chenil des cuisines a du sang royal ; rien d'étonnant à ce que vous m'ayez si bien conseillée il y a quelques années. » Elle était aujourd'hui parfaitement à l'aise dans son personnage de dame et de duchesse ; son chien de manchon l'accompagnait toujours partout, mais il se déplaçait maintenant par ses propres moyens et cette constatation me réjouit presque autant que l'aisance de sa maîtresse à porter son titre et l'affection qu'elle manifestait à son duc.

« Nous avons tous deux beaucoup changé, dame Grâce », répondis-je, et elle accepta le compliment sous-entendu. La dernière fois que je l'avais vue, j'étais en déplacement à Rippon avec Vérité ; elle était alors beaucoup moins à l'aise dans son rôle de duchesse. Je l'avais rencontrée dans les cuisines où son chien était en train de s'étouffer avec une arête de poisson ; j'en avais profité pour la convaincre que l'argent du duc serait mieux employé à bâtir des tours de guet qu'à lui acheter des bijoux. À l'époque, elle n'était duchesse que depuis peu ; à présent, on eût dit qu'elle portait ce titre depuis toujours.

« Vous ne vous occupez donc plus des chiens ? me demanda-t-elle avec un sourire ironique.

— Des chiens, non, mais des loups ! » fit quelqu'un. Je me retournai pour voir qui avait parlé, mais la salle était bondée et nul ne semblait nous regarder. Je haussai les épaules comme si la remarque n'avait pas d'importance ; dame Grâce ne paraissait pas l'avoir entendue. Elle voulut me faire don d'un signe de sa reconnaissance avant mon départ – j'en souris encore : une petite épingle en forme d'arête. « Je l'ai fait faire pour ne pas oublier... J'aimerais qu'elle soit à vous, maintenant. » Elle ne portait plus guère de bijoux, me dit-elle. Elle me donna l'épingle sur un balcon, un soir où les lumières des tours de guet du duc Kelvar scintillaient comme des diamants contre le ciel obscur.

# 10

## Castelcerf

*Le château de Gué-de-Négoce, sur la Vin, était une des résidences traditionnelles de la famille régnante de Bauge ; c'est là que la reine Désir avait passé son enfance et là qu'elle retournait avec son fils Royal pendant les étés de sa jeunesse. Gué-de-Négoce est une ville animée, centre de commerce implanté au cœur d'un pays fruitier et céréalier; la Vin est un fleuve paresseux et navigable sur lequel on voyage aisément et avec plaisir. La reine Désir a toujours soutenu que Gué-de-Négoce était supérieur à Castelcerf à tous égards et eût constitué un bien meilleur siège pour la famille royale.*

*

Le retour jusqu'à Castelcerf ne fut émaillé que de péripéties anodines. À l'heure du départ, Kettricken était épuisée ; elle s'efforçait de n'en rien laisser paraître mais les cernes sous ses yeux et le pli de sa bouche la trahissaient. Le duc Kelvar lui fournit une litière mais un court trajet démontra à la reine que les oscillations du véhicule ne faisaient qu'accentuer ses nausées ; aussi le rendit-elle avec ses remerciements et se mit-elle en chemin à califourchon sur sa jument.

Le second soir du voyage, Gantelée s'approcha de notre feu et dit à Burrich avoir cru à plusieurs reprises apercevoir un loup pendant la bataille ; Burrich haussa les épaules d'un air indifférent en l'assurant que la bête était sans doute curieuse et ne constituait pas une menace. Après qu'elle fut partie, il se tourna vers moi. « Un de ces jours, ça va arriver une fois de trop.

— Quoi donc ?

— Qu'on voie un loup dans tes parages. Fitz, fais attention. Des rumeurs ont circulé le jour où tu as tué les forgisés ; il y avait des empreintes partout et ce n'était pas une épée qui avait infligé les blessures que portaient ces hommes. Quelqu'un m'a dit avoir vu un loup rôder dans Finebaie la nuit de la bataille ; j'ai même entendu une faribole sur un loup qui se serait changé en homme après les combats. Devant la tente de la reine elle-même, il y avait des traces de pattes ; tu as eu de la chance que tout le monde soit sur les genoux et si pressé de se débarrasser des cadavres, parce que certains n'étaient pas morts de la main de l'homme. »

*Certains ? Bah !*

Le visage de Burrich se tordit de colère. « Ça doit cesser ! Tout de suite ! »

*Tu es fort, Cœur de la Meute, mais...*

La pensée s'interrompit tandis qu'un glapissement de surprise jaillissait des buissons. Plusieurs chevaux tressaillirent et jetèrent des regards dans la direction d'où venait le cri. Pour ma part, je dévisageais Burrich, les yeux écarquillés : il avait brutalement *repoussé* Œil-de-Nuit à distance !

Je voulus mettre en garde Œil-de-Nuit :

*Heureusement que tu n'étais pas tout près, parce que avec cette puissance...*

Burrich braqua les yeux sur moi. « J'ai dit, ça doit cesser ! Tout de suite ! » Puis il détourna le regard d'un air dégoûté. « J'aimerais mieux te voir les mains tout le temps dans la culotte que t'entendre constamment faire ça en ma présence ! Ça me révulse ! »

Je ne trouvai rien à répondre : les années passées auprès de lui m'avaient appris que rien ne le ferait changer d'avis sur le Vif. Il me savait lié à Œil-de-Nuit ; il me tolérait à ses côtés mais il ne pourrait pas aller au-delà ; inutile donc de lui rappeler sans cesse que le loup et moi partagions un esprit commun. J'inclinai la tête en signe d'assentiment et, cette nuit-là, pour la première fois depuis longtemps, mes rêves n'appartinrent qu'à moi.

Je rêvai de Molly. Elle portait à nouveau ses jupes rouges et, accroupie sur la plage, elle décrochait des lustrons des rochers à l'aide de son couteau pour les manger crus. Elle leva les yeux vers moi et sourit ; je m'approchai d'elle mais elle se dressa d'un bond et s'enfuit pieds nus sur le sable ; je tentai de la poursuivre mais elle était rapide comme l'éclair. Ses cheveux flottaient derrière elle et elle ne faisait que rire quand je lui criais de m'attendre. Je m'éveillai avec un curieux sentiment de soulagement à l'idée qu'elle ait pu m'échapper ; un parfum de lavande fantomatique me restait dans les narines.

Nous pensions recevoir bon accueil à Castelcerf : avec le temps qui s'était calmé, les navires avaient dû arriver avant nous et rapporter la nouvelle de notre victoire ; aussi ne fûmes-nous pas surpris de voir un contingent de la garde de Royal venir à notre rencontre. Ce qui nous laissa perplexes, en revanche, fut qu'après nous avoir aperçus les soldats maintinssent leurs chevaux au pas ; pas un ne cria ni ne leva la main en signe de bienvenue. Non, ils continuèrent d'avancer, silencieux et retenus comme des spectres. Je crois que Burrich et moi distinguâmes au même instant le bâton que portait l'homme de tête, le petit bâton poli, symbole de nouvelles graves.

Il se tourna vers moi ; son visage était un masque d'angoisse. « Le roi Subtil est mort », murmura-t-il.

Je n'éprouvai nul étonnement, seulement un immense sentiment de perte. Au fond de moi, un petit garçon effrayé retint son souffle en songeant qu'à présent nul ne se dressait plus entre Royal et lui ; une autre partie de moi-même se demandait quel effet cela m'aurait fait de l'appeler « grand-père » au lieu de « mon roi ». Mais les émotions de ces aspects égoïstes n'étaient rien comparées à ce que ressentait l'homme lige : Subtil m'avait façonné, il avait fait de moi ce que j'étais, pour le meilleur ou pour le pire ; il s'était un jour emparé de ma vie, celle d'un petit garçon qui jouait sous une table de la Grand-Salle, et il y avait apposé son sceau ; il avait décidé que je devais savoir lire et écrire, que je devais être capable de manier une épée et d'administrer le poison. Il me sembla que sa mort m'obligeait à prendre désormais la responsabilité de mes actes, et c'était une pensée singulièrement terrifiante.

À présent, toute notre troupe avait vu l'objet que tenait l'homme de tête ; nous nous arrêtâmes au milieu de la route. Comme un rideau qui se sépare, la garde de Kettricken s'ouvrit pour permettre à l'homme d'arriver devant la reine. Dans un terrible silence, il lui tendit le bâton, puis le petit manuscrit. La cire rouge s'émietta sous les doigts de la reine et tomba dans la boue. Lentement elle déroula le parchemin, le lut, et toute vie sembla l'abandonner ; sa main retomba à son côté et laissa choir le rouleau à la suite de la cire dans la boue, comme un objet dont elle n'avait plus l'usage, qu'elle ne voulait plus jamais avoir sous les yeux. Elle ne s'évanouit pas, elle ne pleura pas. Son regard se fit distant et elle posa sa main sur son ventre. Et, à ce geste, je sus que ce n'était pas Subtil qui était mort mais Vérité.

Je tendis mon esprit vers lui. Quelque part, sûrement, toute petite, enroulée au fond de moi, une étincelle de lien, un lambeau… non. Je ne savais même pas quand le lien s'était rompu ; je me souvins que, chaque fois que je me battais, j'avais toutes les chances de le perdre, mais je n'y puisai guère de réconfort. Et puis je me rappelai ce que j'avais pris pour une simple curiosité la nuit de la bataille : il m'avait semblé entendre la voix de Vérité qui criait, qui donnait des ordres sans queue ni tête ; il ne me revenait pas de mots précis, mais j'avais maintenant l'impression qu'il s'agissait d'ordres de bataille, de dispersion, de mise à couvert peut-être, ou bien… mais je ne me remémorais rien avec certitude. Je regardai Burrich et lus la question dans ses yeux. Je ne pus que hausser les épaules. « Je ne sais pas », dis-je à mi-voix. Son front se creusa de plis profonds.

La reine Kettricken ne bougeait pas plus qu'une statue sur son cheval. Nul ne fit un geste dans sa direction, nul ne parla. Je croisai le regard de Burrich et j'y vis une résignation teintée de fatalisme : c'était la deuxième fois qu'il voyait un roi-servant tomber avant de monter sur le trône. Après un long silence, Kettricken se tourna sur sa selle ; elle parcourut des yeux sa garde, puis les cavaliers qui la suivaient. « Le prince Royal a reçu des nouvelles indiquant que le roi-servant Vérité est mort. » Elle n'éleva pas le ton mais sa voix claire porta. L'ambiance festive de la troupe s'évanouit et bien des yeux perdirent leur éclat triomphant. La reine attendit quelques instants, le temps que chacun s'imprègne de la portée du message, puis elle mit sa monture au pas et nous la suivîmes en direction de Castelcerf.

À l'approche des portes, nul ne nous interpella. Les soldats de garde nous regardèrent passer ; l'un d'eux esquissa un salut à la reine qui ne vit rien. Burrich fronça encore davantage les sourcils, mais s'abstint de tout commentaire.

Dans la cour du Château, la vie semblait suivre son cours habituel. Des garçons d'écurie vinrent emmener les chevaux tandis que serviteurs et habitants vaquaient aux occupations ordinaires de la Forteresse ; cet aspect coutumier, familier, de ce qui m'entourait heurta soudain mes nerfs comme une pluie de pierres. Vérité était mort ! La vie n'avait pas le droit de se poursuivre de façon aussi routinière !

Burrich avait aidé Kettricken à mettre pied à terre au milieu d'une volée de dames de compagnie ; une partie de mon esprit remarqua le regard de Gantelée, lorsque Kettricken fut emmenée par ses suivantes qui s'exclamaient sur sa mine épuisée et s'informaient de sa santé, tout en lui présentant leurs condoléances, leurs regrets et leur peine. Une expression de jalousie était passée sur les traits du capitaine de la garde de la reine ; Gantelée n'était qu'un soldat qui avait prêté serment de protéger sa reine ; en cette occasion, elle ne pouvait pas la suivre dans le Château, si fort qu'elle s'inquiète pour elle. Kettricken était pour l'instant à la charge de ses dames de compagnie. Mais je compris que ce soir Burrich ne monterait pas seul la garde devant sa porte.

Les murmures pleins de sollicitude de ces mêmes dames pour Kettricken prouvaient que la rumeur de sa grossesse s'était répandue, et je me demandai si elle était parvenue aux oreilles de Royal : certaines nouvelles, je le savais, circulaient exclusivement parmi les cercles féminins avant d'arriver sur la place publique. J'éprouvai soudain la nécessité urgente de découvrir si Royal savait que Kettricken portait l'héritier du trône. Je remis les rênes de Suie à Pognes et le remerciai en lui promettant de tout lui raconter ; mais, alors que je me dirigeais vers le Château, je sentis la main de Burrich se poser sur mon épaule.

« Je voudrais te parler. »

Parfois, il me traitait presque comme un prince, d'autre fois comme moins qu'un garçon d'écurie. Sa requête d'aujourd'hui n'en était pas une. Pognes me rendit les rênes de Suie avec un petit sourire pour aller s'occuper d'autres animaux et je suivis Burrich qui menait Rousseau dans les écuries. Il n'eut aucune difficulté à trouver un emplacement vide pour son cheval à côté du box habituel de Suie : les places libres n'étaient que trop nombreuses. Nous nous mîmes au travail sur nos montures et je me sentis réconforté de panser un cheval auprès de Burrich, comme je l'avais fait si souvent. Nous étions relativement à l'écart mais il attendit qu'il n'y ait plus personne dans les environs pour me demander : « C'est vrai ?

— Je n'en sais trop rien : le lien que j'avais avec lui a disparu. Il était déjà faible avant notre départ pour Finebaie et j'ai toujours eu du mal à maintenir le contact avec Vérité lorsque je me battais ; d'après lui, je lève ma garde si haut contre ceux qui m'entourent que je l'exclus de mon esprit.

— Je n'y comprends rien mais j'étais au courant de ce problème. Tu es sûr que c'est à ce moment-là que tu l'as perdu ? »

Je lui parlai alors de la vague impression que j'avais eue de Vérité durant la bataille et de la possibilité qu'il ait été sous le coup d'une attaque lui aussi. Burrich hocha la tête d'un air impatient.

« Mais ne peux-tu pas l'artiser, maintenant que le calme est revenu ? Ne peux-tu pas renouer le lien ? »

Je pris un instant pour repousser au fond de moi mon exaspération. « Non, je ne peux pas. L'Art ne marche pas comme ça chez moi. »

Burrich fronça les sourcils. « Écoute, nous savons que des messages se sont égarés, ces derniers temps ; qu'est-ce qui nous dit que celui-ci n'a pas été inventé de toutes pièces ?

— Rien, sans doute. Mais j'ai du mal à imaginer que Royal aurait l'audace d'annoncer la mort de Vérité si ce n'était pas vrai.

— Je le crois capable de tout », dit Burrich à mi-voix.

Je cessai de nettoyer la boue des sabots de Suie et me redressai. Burrich était adossé au portillon du box de Rousseau, le regard lointain ; la mèche blanche qui tranchait sur sa chevelure était un rappel éclatant du caractère impitoyable de Royal, qui avait ordonné la mort de Burrich avec la même désinvolture qu'il aurait écrasé une mouche agaçante. Et il n'avait jamais semblé se soucier le moins du monde que Burrich eût survécu : il ne craignait la vengeance ni d'un maître d'écurie ni d'un bâtard.

« Admettons, dis-je. Que ferait-il au retour de Vérité ?

— Une fois couronné, il pourrait faire en sorte que Vérité ne revienne jamais. L'homme qui occupe le trône des Six-Duchés a les moyens de se débarrasser des gens qui le gênent. » Burrich avait détourné le regard de moi en prononçant ces mots et je m'efforçai de ne pas relever la pique. Il avait raison : Royal au pouvoir, il ne manquerait sûrement pas d'assassins pour obéir à ses ordres ; peut-être même s'en trouvait-il déjà. Cette idée me déclencha un étrange frisson glacé.

« Si nous voulons avoir la certitude que Vérité est vivant, fis-je, il n'y a qu'une solution : envoyer quelqu'un à sa recherche qui nous rapportera des nouvelles de lui. » Je regardai Burrich.

« En supposant que ton messager arrive à s'en tirer, ça prendrait quand même trop de temps. Si Royal monte sur le trône, la parole d'un messager n'aura plus aucune valeur pour lui ; d'ailleurs, celui qui apporterait la nouvelle n'oserait pas l'annoncer. Non, il nous faut la preuve que Vérité est vivant, une preuve qu'acceptera le roi Subtil, et il nous la faut avant que Royal accède au pouvoir. En voilà un qui ne resterait pas longtemps roi-servant.

— Mais il reste Subtil et l'enfant de Kettricken entre le trône et lui, objectai-je.

— Et c'est une position qui s'est révélée malsaine pour des hommes solides et dans la fleur de l'âge ; ça m'étonnerait qu'elle porte davantage bonheur à un vieillard souffrant et à un enfant encore à naître. » D'un mouvement de la tête, Burrich écarta l'idée. « Ainsi, tu ne peux pas l'artiser. Qui en est capable ?

— Les membres du clan.

— Peuh ! Je ne leur fais confiance ni aux uns ni aux autres.

— Le roi Subtil, peut-être, suggérai-je avec hésitation, s'il tire sa force de moi.

— Même si ton lien avec Vérité est rompu ? » demanda Burrich d'un ton pressant.

Je haussai les épaules en secouant la tête. « Je l'ignore. C'est pour ça que j'ai dit "peut-être". »

Il passa une dernière fois la main sur la robe de Rousseau qui avait retrouvé son aspect lustré. « Nous devons essayer, fit-il d'un ton résolu, et le plus tôt sera le mieux : il ne faut pas laisser Kettricken dans la peine et l'inquiétude sans raison valable ; elle risquerait de perdre l'enfant. » Il soupira, puis me regarda. « Va te reposer. Tu te rendras chez le roi ce soir ; dès que je t'aurai vu entrer dans ses appartements, je me débrouillerai pour qu'il y ait des témoins de tout ce qu'il découvrira.

— Burrich, il y a trop d'impondérables ; je ne sais même pas si le roi sera réveillé ce soir, ni s'il sera capable d'artiser, ni s'il acceptera si je le lui demande ; et si nous y arrivons, Royal saura, ainsi que tout le monde, que je suis l'homme lige du roi dans le domaine de l'Art, et...

— Je regrette, mon garçon. » Burrich m'avait interrompu d'un ton brusque, presque froid. « Ce n'est pas seulement ton bien-être qui est en jeu. Ne t'imagine pas que je me fiche de ce qui peut t'arriver, mais, à mon avis, si Royal te croit capable d'artiser et que chacun sache Vérité vivant, tu courras moins de risques que si tout le monde croit Vérité mort et que Royal considère le moment venu de se débarrasser de toi. Il faut essayer ce soir ; nous échouerons peut-être mais il faut essayer.

— J'espère que tu pourras te procurer de l'écorce elfique, grommelai-je.

— Tu commences à aimer ça ? Méfie-toi. » Mais il me fit soudain un sourire complice. « J'en trouverai, sois tranquille. »

Je lui rendis son sourire et restai soudain stupéfait : je ne croyais pas à la mort de Vérité ! Et je me l'avouais par ce sourire. Je ne croyais pas que mon roi-servant était mort et je m'apprêtais à me dresser face au prince Royal pour le prouver. La seule façon qui m'eût apporté plus de satisfaction eût été de le faire la hache à la main ; mais...

« Fais-moi plaisir, veux-tu ? dis-je à Burrich.
— Comment ça ? répondit-il, circonspect.
— Fais très attention à toi.
— Toujours. Sois prudent, toi aussi. »
J'acquiesçai de la tête, puis le regardai d'un air embarrassé.
Au bout d'un moment, il soupira et dit : « Allez, accouche. Si je vois Molly, tu veux que je lui dise quoi ? »
Je secouai la tête. « Qu'elle me manque, c'est tout. Que puis-je lui dire d'autre ? Je n'ai rien à lui offrir. »
Il me lança un coup d'œil bizarre ; j'y lus de la sympathie mais pas de vain réconfort. « Je lui transmettrai ton message », promit-il.
Je sortis des écuries avec l'impression d'avoir un peu grandi et en me demandant si je cesserais un jour de me mesurer à l'aune de Burrich et de sa façon de me traiter.
Je me rendis aux cuisines avec l'intention de prendre de quoi me restaurer avant d'aller me reposer, ainsi que Burrich me l'avait conseillé. La salle des gardes était bondée, envahie par les soldats revenus avec moi ; tout en avalant de grandes bouchées de ragoût et de pain, ils racontaient les événements de Finebaie à ceux qui étaient restés à Castelcerf. Je m'y étais attendu et j'avais compté emporter mes provisions dans ma chambre ; mais partout dans les cuisines des bouilloires chantaient, du pain était mis à lever et des pièces de viande tournaient sur les broches. Les marmitons découpaient, touillaient et couraient de-ci de-là d'un air pressé.
« Il y a fête, ce soir ? » demandai-je bêtement.
Sara, dite Mijote, se tourna vers moi. « Ah, Fitz ! Alors, te voilà de retour, et en un seul morceau ? Ça nous change ! » Et elle sourit comme si elle venait de me faire un compliment. « Oui, bien sûr qu'il y a fête, pour célébrer la victoire de Finebaie. S'agirait pas qu'on t'oublie.
— On va banqueter alors que Vérité est mort ? »
Mijote me regarda droit dans les yeux. « Si le prince Vérité était ici, qu'est-ce qu'il voudrait ? »
Je soupirai. « Qu'on fête la victoire, sans doute. Les gens ont plus besoin d'espoir que de deuil.
— C'est exactement ce que le prince Royal m'a expliqué ce matin », enchaîna Mijote d'un air satisfait. Elle me tourna

le dos pour frotter des épices sur un cuissot. « On portera son deuil, bien entendu. Mais il faut comprendre, Fitz : il nous a abandonnés ; Royal, lui, il est resté. Il est resté pour s'occuper du roi et protéger les côtes du mieux qu'il peut. Vérité n'est plus là, mais Royal est encore avec nous – et Finebaie n'est pas tombée aux mains des Pirates. »

Je me mordis la langue en attendant que ma colère retombe. « Finebaie n'a pas été prise parce que Royal est resté ici pour nous protéger, c'est ce que tu dis ? » Je voulais m'assurer que Mijote établissait un lien entre les deux événements, qu'elle ne faisait pas que les mentionner ensemble dans la même phrase par hasard.

Elle acquiesça tout en frottant la viande. De la sauge broyée, m'apprit mon nez, et aussi du romarin. « C'est ça qu'il nous fallait. L'Art, c'est bien gentil, mais à quoi ça sert de savoir ce qui se passe si personne n'y fait rien ?

— Vérité a toujours envoyé les navires de combat.

— Et ils arrivaient toujours trop tard. » Elle se tourna de nouveau vers moi en s'essuyant les mains sur son tablier. « Oh, je sais que tu l'adorais, mon petit ; notre prince Vérité avait bon cœur et il s'est usé à vouloir nous protéger. Je ne dis pas de mal des morts, je dis seulement qu'artiser et partir à la chasse aux Anciens, ce n'est pas comme ça qu'on combat les Pirates rouges. Ce qu'il a fait, le prince Royal, envoyer des soldats et des bateaux dès qu'il a appris la nouvelle, ça, c'est ce qu'il fallait faire depuis le début. Peut-être qu'on s'en sortira, si c'est le prince Royal qui commande.

— Et le roi Subtil ? » fis-je à mi-voix.

Elle se méprit sur le sens de ma question et ainsi me révéla le fond de sa pensée. « Oh, il va aussi bien qu'on peut l'espérer ; il va même descendre pour la fête, ce soir, un petit moment, en tout cas. Le pauvre ! Il souffre trop. Pauvre homme ! »

Il était déjà mort ; c'est ce que sous-entendait sa façon de s'exprimer. Il n'était plus roi : pour elle, Subtil n'était plus qu'un pauvre homme. Royal avait réussi. « Tu crois que la reine sera présente aussi ? demandai-je. Après tout, elle vient juste d'apprendre la nouvelle de la mort de son époux et roi.

— Oh oui, elle sera là, je pense. » Sara hocha la tête. Elle retourna le cuissot sur la table et entreprit de le parsemer d'herbes. « J'ai entendu dire qu'elle attendait un enfant. » La cuisinière paraissait sceptique. « Elle voudra l'annoncer ce soir.

— Tu ne crois pas qu'elle est enceinte ? » demandai-je brutalement ; Mijote ne s'en offusqua pas.

« Oh, si, je la crois, si elle le dit. Ce que je trouve bizarre, c'est qu'elle l'annonce après la nouvelle de la mort de Vérité plutôt qu'avant, c'est tout.

— Comment ça ?

— Ma foi, il y en a qui vont se poser des questions.

— Des questions à quel propos ? » fis-je d'un ton glacial.

Mijote me lança un vif coup d'œil et je maudis mon impatience : mon but n'était pas de la faire se refermer comme une huître. Il me fallait connaître les rumeurs, toutes les rumeurs.

« Eh bien… » Elle hésita, mais ne put résister à mon air attentif. « Les questions qu'on se pose toujours quand une femme ne conçoit pas et puis, quand son mari est absent, qui annonce tout soudain qu'elle est enceinte de lui. » Elle regarda autour d'elle pour voir si on ne nous écoutait pas ; chacun paraissait affairé à sa tâche mais je ne doutais pas que certaines oreilles devaient être tournées de notre côté. « Pourquoi maintenant ? Tout d'un coup, comme ça ? Et si elle se savait enceinte, à quoi ça rime d'aller se précipiter dans la bataille en plein milieu de la nuit ? Drôle de façon de faire, pour une reine qui porte l'héritier du trône.

— Ma foi (je m'efforçai de prendre un ton mesuré), à la naissance de l'enfant, on saura quand il a été conçu ; ceux qui auront envie de compter les lunaisons sur leurs doigts pourront calculer tout leur soûl. D'ailleurs (et je me penchai vers Sara avec des airs de conspirateur) il paraît que certaines de ses suivantes étaient au courant avant son départ ; dame Patience, par exemple, et sa chambrière, Brodette. » J'allais devoir m'assurer que Patience se vanterait d'avoir été parmi les premières informées et que Brodette ferait circuler l'information parmi les serviteurs.

« Ah ! Celle-là ! » Le ton dédaigneux de Sara réduisit à néant mes espoirs d'une victoire facile. « Je ne veux pas être méchante, Fitz, mais elle est un peu dérangée par moments. Brodette, par contre, en voilà une qui a la tête sur les épaules ;

mais elle n'est pas causante et elle n'écoute pas volontiers ce que les autres ont à dire.

— Pourtant (je souris et clignai de l'œil), c'est chez elle que j'ai appris la nouvelle, et bien avant qu'on parte pour Finebaie. » Je m'approchai davantage de Mijote. « Renseigne-toi : on va te dire que la reine Kettricken prenait déjà de la tisane de feuilles de framboisier à cause de ses nausées du matin ; je te le parie. Vérifie, tu verras si je me trompe. Je suis prêt à parier un sou d'argent.

— Un sou d'argent ? Holà ! Comme si j'en avais de trop ! Mais je vais me renseigner, Fitz, compte sur moi. Si c'est vrai, je ne te pardonnerai jamais de ne pas m'avoir fait profiter d'une nouvelle pareille ! Et moi qui te dis tout !

— Eh bien, en voici une autre, tiens : la reine Kettricken n'est pas la seule à attendre un enfant !

— Ah ? Et qui d'autre ? »

Je souris. « Je ne peux pas en parler pour l'instant ; mais tu seras parmi les premières à le savoir, d'après ce que j'ai entendu. » J'ignorais totalement qui pouvait bien être enceinte, mais je ne risquais rien à affirmer que quelqu'un du Château l'était, ou le serait, en tout cas, à temps pour concrétiser ma rumeur. Je devais maintenir Mijote dans de bonnes dispositions envers moi si je voulais pouvoir compter sur elle pour m'informer des ragots de la cour. Elle hocha la tête d'un air entendu et je lui fis un clin d'œil.

Elle avait fini de préparer le cuissot. « Tiens, Dod, viens donc prendre ça et me l'accrocher aux crochets au-dessus du grand feu. Les plus hauts, hein, je veux que la viande soit cuite, pas carbonisée ! Allons, trotte ! Faitout ? Où est le lait que je t'ai demandé ? »

Je fis provision de pain et de pommes avant de monter chez moi : simple chère mais bienvenue pour l'affamé que j'étais. J'allai droit à ma chambre, fis ma toilette, mangeai et m'allongeai sur mon lit ; mes chances de réussite auprès du roi étaient peut-être infimes ce soir mais je voulais être aussi alerte que possible pendant la fête. Je songeai à me rendre chez Kettricken pour lui demander de ne pas pleurer Vérité tout de suite. Et si je me trompais ? Non : quand j'aurais la preuve que Vérité était vivant, il serait bien assez tôt pour le lui annoncer.

Je m'éveillai plus tard alors qu'on frappait à ma porte ; je restai un moment sans bouger, incertain d'avoir bien entendu, puis me levai, déverrouillai mes loquets et entrouvris le battant. C'était le fou. J'ignore ce qui me surprit le plus : le fait qu'il eût frappé au lieu de faire sauter mes verrous ou la façon dont il était habillé ; en tout cas, je demeurai bouche bée devant lui. Il s'inclina avec une distinction affectée, puis poussa la porte pour entrer et la referma derrière lui ; il mit quelques verrous, puis alla se placer au milieu de la pièce où il étendit les bras et tourna lentement sur lui-même pour se faire admirer. « Eh bien ?

— Je ne te reconnais plus, dis-je de but en blanc.

— C'est l'effet recherché. » Il rajusta son surpourpoint, puis tira sur ses manches pour bien mettre en évidence non seulement les broderies qui les décoraient mais aussi les crevés qui laissaient voir un somptueux tissu. Il regonfla son chapeau à panache et le replaça sur ses cheveux décolorés. Les couleurs qu'il portait allaient de l'indigo le plus profond à l'azur le plus pâle et son visage blanc paraissait un œuf dur écalé.

Je m'assis lentement sur le lit. « C'est Royal qui t'a ainsi attifé, dis-je d'une voix faible.

— Sûrement pas ! Il a fourni les habits, naturellement, mais je me suis habillé tout seul. Si les fous ne sont plus de mode, imagine quelle bassesse de rang atteindrait le valet d'un fou !

— Et le roi Subtil ? demandai-je d'un ton acide. Il est passé de mode lui aussi ?

— Il n'est plus de mode de s'inquiéter ouvertement du roi Subtil », rétorqua-t-il. Il exécuta une cabriole, s'interrompit, se redressa avec la dignité qui seyait à ses nouveaux habits et se mit à faire le tour de la chambre. « Je dois prendre place à la table du prince ce soir et me montrer plein d'entrain et d'esprit. Crois-tu que je ferai bonne figure ?

— Bien mieux que moi, répondis-je, acerbe. T'est-il donc indifférent que Vérité soit mort ?

— T'est-il donc indifférent que les fleurs s'ouvrent sous le soleil d'été ?

— Fou, nous sommes en hiver.

— L'un est aussi vrai que l'autre, fais-moi confiance. » Il s'arrêta brusquement de marcher. « Crois-le ou non, je suis venu te demander un service.

— Le second aussi aisément que le premier. De quoi s'agit-il ?

— Ne tue pas mon roi par tes ambitions pour le tien. »

Je le regardai avec horreur. « Jamais je ne tuerais mon roi ! Comment oses-tu dire ça ?

— Oh, j'ose beaucoup de choses, ces temps-ci. » Il se croisa les mains dans le dos et se mit à faire les cent pas ; avec ses habits élégants et son attitude inhabituelle, il me faisait peur. On aurait dit qu'un autre occupait son corps, un autre que je ne connaissais pas.

« Même si le roi avait tué ta mère ? »

Une atroce nausée me prit. « Qu'essayes-tu de me dire ? » soufflai-je.

En entendant mon ton douloureux, le fou pivota brusquement vers moi. « Non ! Non ! Tu m'as mal compris ! » Il y avait de la sincérité dans sa voix et, l'espace d'un instant, je retrouvai mon ami. « Mais, poursuivit-il plus bas d'un air presque matois, si tu étais convaincu que le roi a tué ta mère, ta mère bien-aimée, si affectueuse, si indulgente, qu'il l'a tuée et te l'a arrachée à jamais, penses-tu alors que tu pourrais l'assassiner ? »

Dans mon aveuglement, il me fallut un moment pour saisir ce dont il parlait. Royal, je le savais, s'imaginait que sa mère avait été victime d'empoisonnement ; c'était une des raisons de sa haine pour moi et pour « dame Thym », car c'était nous, pensait-il, qui avions exécuté la besogne sur ordre du roi. Tout cela était faux, je ne l'ignorais pas : la reine Désir s'était empoisonnée toute seule. La mère de Royal souffrait d'un penchant excessif pour la boisson et les plantes qui soulagent momentanément les soucis ; quand elle s'était trouvée incapable d'atteindre au pouvoir qu'elle croyait lui revenir de droit, elle avait cherché refuge dans ces plaisirs. Subtil avait tenté à plusieurs reprises de l'en détourner, il avait même demandé à Umbre des herbes et des potions qui mettraient fin à sa dépendance mais rien n'y avait fait. La reine Désir était morte empoisonnée, c'était exact, mais c'était sa propre faiblesse qui lui avait administré le poison. Je le savais depuis toujours et, du coup, je n'avais pas pris en compte la haine qui devait grandir dans le cœur d'un fils trop choyé soudain privé de sa mère.

Royal serait-il capable de tuer pour cela? Évidemment. Serait-il prêt à mettre les Six-Duchés au bord du gouffre pour un acte de vengeance? Pourquoi pas? Les duchés côtiers ne l'avaient jamais intéressé; c'était aux duchés de l'Intérieur, traditionnellement plus fidèles à sa mère qui en était originaire, qu'allait son cœur. Si la reine Désir n'avait pas épousé le roi Subtil, elle serait restée duchesse de Bauge; parfois, enivrée de vin et de drogues, elle déclarait sans vergogne que, si elle était demeurée duchesse, elle aurait disposé d'un pouvoir suffisant pour persuader Bauge et Labour de s'unir, de la prendre pour reine et de se dégager de leur allégeance aux Six-Duchés. Galen, le maître d'Art et propre fils bâtard de la reine Désir, avait alimenté la haine de Royal en même temps que la sienne; avait-il haï assez pour pervertir son clan et convertir ses membres à la revanche de Royal? À mes yeux, c'était une effrayante trahison mais elle était plausible. Royal était capable de tout cela. Des centaines de gens tués, des dizaines de forgisés, des femmes violées, des enfants orphelins, des villages entiers rasés, tout cela à cause d'un princelet qui voulait se venger d'un tort imaginaire… C'était effarant. Mais tous les éléments s'emboîtaient parfaitement, aussi parfaitement qu'un couvercle sur un cercueil.

« J'ai l'impression que l'actuel duc de Bauge aurait intérêt à surveiller sa santé, fis-je en réfléchissant tout haut.

— Il partage le penchant de sa sœur aînée pour les bons vins et les drogues; bien fourni en ces produits et insouciant du reste, je pense qu'une longue vie l'attend.

— Comme le roi Subtil, peut-être? » fis-je sans trop m'avancer.

Un spasme de chagrin tordit les traits du fou. « Je doute qu'il ait encore une longue vie à espérer, dit-il à mi-voix. Mais la vie qui lui reste pourrait être agréable au lieu de s'achever dans le sang et la violence.

— Tu crois qu'on en arrivera là?

— Qui sait ce qui peut remonter quand on touille le fond d'une marmite? » Il s'approcha soudain de la porte et posa la main sur le loquet. « C'est ce que je te demande, reprit-il à voix basse: de renoncer à touiller, messire La Cuillère; de laisser la situation se décanter.

— C'est impossible. »

Il appuya le front contre la porte en un geste qui ne lui ressemblait pas. « Alors tu causeras la mort des rois, fit-il d'un ton douloureux. Tu sais… ce que je suis ; je te l'ai dit. Je t'ai expliqué pourquoi j'étais ici ; et ce dont je te parle, c'est un des points dont je suis sûr. La fin de la lignée des Loinvoyant était un des tournants possibles, mais Kettricken porte un héritier et la lignée va continuer. C'est ce qu'il fallait. Un vieil homme n'a-t-il pas le droit de mourir en paix ?

— Cet héritier, Royal ne le laissera pas naître », fis-je brutalement. Le fou écarquilla les yeux à m'entendre parler avec tant de franchise. « Cet enfant n'accédera pas au pouvoir sans la main d'un roi pour le protéger, celle de Subtil ou de Vérité. Tu ne crois pas à la mort de Vérité, tu me l'as pratiquement dit tout à l'heure. Peux-tu laisser Kettricken au supplice d'y croire, elle ? Peux-tu laisser les Six-Duchés sombrer dans le sang et la désolation ? À quoi bon un héritier au trône des Loinvoyant, si ce trône n'est plus qu'un fauteuil brisé dans une salle incendiée ? »

Les épaules du fou se voûtèrent. « Il y a des milliers de croisements, fit-il dans un murmure. Certains sont clairs et francs, d'autres ne sont qu'ombres parmi les ombres ; certains sont proches de la certitude et il faudrait une immense armée ou un terrible fléau pour modifier ces chemins, d'autres sont enveloppés de brouillard et j'ignore quelles routes en partent et où elles mènent. Tu m'embrumes, bâtard, tu multiplies mille fois les avenirs par ta seule existence. Tu es un catalyseur. De certains de ces brouillards sortent les fils noirs et tors de la damnation, d'autres s'échappent des lignes d'or brillant. Tes chemins, apparemment, te conduisent dans les abîmes ou dans les hauteurs ; moi, j'aspire à un chemin intermédiaire, j'aspire à une mort simple pour un maître qui s'est montré bon avec un serviteur fantasque et moqueur. »

Ce fut sa seule rebuffade. Il leva la clenche, défit les verrous et s'en alla sans bruit. Ses habits somptueux et sa démarche circonspecte lui donnaient à mes yeux une apparence difforme qu'il n'avait jamais eue avec sa livrée de bouffon ni ses cabrioles. Je refermai discrètement la porte derrière lui, puis m'y adossai comme si je pouvais empêcher l'avenir d'entrer chez moi.

Je m'apprêtai avec le plus grand soin pour le dîner et, quand j'eus fini d'enfiler les nouveaux vêtements que m'avait faits maîtresse Pressée, j'avais presque aussi bon air que le fou. J'avais décidé de ne pas porter tout de suite le deuil de Vérité ni même de m'en donner l'apparence. Comme je descendais l'escalier, j'eus l'impression que presque tout le Château convergeait vers la Grand-Salle : à l'évidence, tous, grands et petits, avaient été invités.

Je me retrouvai à la même table que Burrich, Pognes et d'autres qui travaillaient aux écuries ; c'était la place la plus humble qu'on m'eût jamais assignée depuis le jour où le roi Subtil m'avait pris sous son aile et pourtant les convives y étaient plus à mon goût qu'aux plus hautes tables ; les tables d'honneur de la Grand-Salle étaient entourées de gens que je connaissais à peine, pour la plupart ducs et noblesse en visite de Labour et de Bauge. Certains visages m'étaient familiers, naturellement : Patience occupait une place qui seyait presque à son rang et, surprise, Brodette était assise à une table au-dessus de moi. Je ne vis Molly nulle part. J'aperçus aussi quelques personnes venues de Bourg-de-Castelcerf, des gens aisés en général, et souvent mieux placés que je ne l'aurais cru. Le roi fut introduit dans la salle, appuyé sur le fou à la récente élégance et suivi de Kettricken.

L'apparence de la reine me bouleversa. Elle portait une robe simple d'un brun terne et elle s'était coupé les cheveux en signe de deuil ; elle ne s'en était laissé qu'un demi-empan d'épaisseur et sa chevelure, privée de son poids, se dressait autour de sa tête telles les aigrettes d'un pissenlit ; sa couleur semblait avoir disparu avec sa longueur, la rendant aussi pâle que celle du fou. J'étais si habitué à voir ses lourdes tresses dorées que sa tête me paraissait curieusement petite sur ses larges épaules, et ses paupières rougies par les pleurs donnaient un étrange regard à ses yeux bleus. Elle n'avait pas l'air d'une reine en deuil, mais plutôt d'un fou bizarre nouvellement arrivé à la cour. Je ne retrouvais plus rien de ma reine, plus rien de Kettricken à son jardin, plus rien de la guerrière qui dansait pieds nus avec son épée ; plus rien qu'une étrangère, à nouveau seule à Castelcerf. Par contraste, Royal était vêtu aussi superbement que s'il allait faire la cour à quelque dame et se déplaçait avec l'assurance d'un félin en chasse.

Le spectacle auquel j'assistai ce soir-là était aussi intelligemment rythmé et soigneusement mené qu'une pièce de marionnettes. Le vieux roi Subtil était là, branlant, émacié, qui dodelinait de la tête au-dessus de son dîner ou qui parlait vaguement en souriant sans s'adresser à personne en particulier ; la reine Kettricken était là aussi, sans un sourire, mangeant à peine, silencieuse et accablée ; et puis, présidant l'ensemble, il y avait Royal, le fils consciencieux assis à côté de son père défaillant, et auprès de lui le fou, magnifiquement vêtu et qui ponctuait la conversation de Royal de traits d'esprit qui la faisaient passer pour plus brillante qu'elle n'était. Les autres convives de la Table Haute étaient le duc et la duchesse de Labour, le duc et la duchesse de Bauge et leurs favoris du moment choisis parmi la noblesse de leurs duchés. Béarns, Rippon et Haurfond n'étaient pas représentés.

Après les viandes, deux compliments furent adressés à Royal. Le premier fut prononcé par le duc Teneur de Bauge ; il oignit Royal avec prodigalité, le déclara défenseur du royaume, le loua de la rapidité de son action en faveur de Finebaie et exalta le courage dont il faisait preuve en prenant les mesures propres à servir les intérêts des Six-Duchés. Cette dernière phrase me fit dresser l'oreille mais la suite ne fut qu'éloges et congratulations, sans plus de détails sur ce que Royal avait décidé. Encore un peu et le discours eût sombré dans le dithyrambe.

Presque dès le début, Kettricken s'était redressée sur son siège pour regarder Royal d'un air incrédule, manifestement incapable de croire qu'il osait accepter tout tranquillement des félicitations qui ne lui revenaient pas. Si quelqu'un d'autre que moi remarqua l'expression de la reine, nul n'en dit rien. Le second discours, comme on pouvait s'y attendre, vint du duc Bélier de Labour et saluait la mémoire du roi-servant Vérité. C'était un éloge, mais condescendant, qui présentait ce que Vérité avait tenté, voulu, rêvé et souhaité ; ses réalisations ayant déjà été prêtées à Royal, il ne restait pas grand-chose à ajouter. Kettricken pâlit encore plus et sa bouche se pinça davantage, si cela était possible.

Je crois que, lorsque le duc Bélier en eut fini, elle était sur le point de se lever pour prendre elle-même la parole ; mais Royal se dressa précipitamment en tenant en l'air son verre que l'on venait de remplir. D'un signe, il fit taire la salle, puis tendit son verre en direction de la reine.

« On a trop parlé de moi ce soir et pas assez de notre belle reine-servante, Kettricken. Elle est rentrée au Château pour se découvrir tristement affligée ; pourtant, je ne pense pas que feu mon frère Vérité eût voulu que la peine de sa mort dissimule tout ce qui est dû à sa dame et qu'elle a gagné par ses propres efforts. Malgré son état (et le sourire entendu de Royal confinait dangereusement à la moquerie), elle a jugé bon pour son royaume adoptif de se risquer à faire front elle-même aux Pirates rouges, et ne doutons pas que nombre d'entre eux sont tombés sous sa vaillante épée ; chacun peut être sûr que nos soldats ont été inspirés par le spectacle de leur reine, résolue à se battre pour eux sans considération des dangers qu'elle courait. »

Deux taches rouges étaient apparues sur les joues de Kettricken. Royal poursuivit son compte rendu des faits d'armes de la reine qu'il souillait de condescendance et de flagornerie ; la fausseté de ses formules de courtisan rabaissait les actes de Kettricken à une mise en scène bien calculée.

En vain, je cherchai à la Table Haute quelqu'un qui pût prendre sa défense. Me dresser au milieu du commun et opposer ma voix à celle de Royal n'aurait fait qu'ajouter à la dérision. Kettricken, qui n'avait jamais été sûre de sa place à la cour de son époux et qui n'avait même plus son appui, paraissait se ratatiner sur elle-même ; à la façon dont Royal racontait ses exploits, ils semblaient discutables et irréfléchis plutôt qu'audacieux et décidés. Je la vis se réduire et je compris qu'elle ne prendrait plus sa propre défense. Le banquet reprit avec une reine accablée qui ne s'occupa plus que d'un Subtil à l'esprit embrouillé ; elle écoutait ses vagues tentatives de conversation en silence, la mine grave.

Mais le pire était encore à venir. À la fin du repas, Royal demanda qu'on l'écoute ; il y aurait ensuite des ménestrels et des marionnettistes, promit-il à l'assistance, mais qu'on veuille bien prendre patience pendant qu'il faisait une dernière annonce. Après de profondes réflexions, moult consultations et le cœur bien lourd, il avait reconnu et accepté le fait que l'attaque de Finebaie avait démontré : Castelcerf n'était plus la citadelle sûre et inexpugnable qu'elle avait été, et ce n'était certainement pas un lieu de résidence pour qui était de santé délicate ; aussi avait-on pris la décision d'envoyer le roi Subtil (le roi leva la tête et regarda autour de lui en clignant les yeux à la mention de son nom) dans l'Intérieur, à Gué-de-Négoce sur la Vin, en Bauge, où il demeurerait jusqu'à ce qu'il se rétablît. Ici, Royal s'interrompit pour remercier abondamment le duc Teneur de Bauge qui mettait si courtoisement le château de Gué-de-Négoce à la disposition de la famille royale ; il était fort heureux, ajouta-t-il, que cette résidence soit aisément accessible des deux châteaux de Bauge et de Labour, car il souhaitait demeurer en contact avec ces ducs des plus fidèles qui, dernièrement, avaient effectué de si longs trajets pour le soutenir en cette période tristement troublée. Il aurait grand plaisir à amener la vie de la cour royale à ceux qui avaient dû voyager si loin pour en profiter. Il se tut pour accepter leurs hochements de tête de remerciement et leurs assurances d'inébranlable appui, qui s'arrêtèrent avec une prompte docilité lorsqu'il leva la main à nouveau.

Il invitait, non, il priait, il suppliait la reine-servante d'accompagner le roi Subtil à sa nouvelle demeure ; elle y serait plus en sécurité et plus à l'aise, car le château de Gué-de-Négoce avait été bâti pour être habité, non pour faire la guerre. Tous ses sujets se sentiraient plus tranquilles s'ils savaient l'héritier à venir et sa mère en de bonnes mains, loin de la côte et de ses périls ; Royal promit qu'une joyeuse cour s'y reformerait bientôt et qu'une grande partie des meubles et des trésors de Castelcerf y seraient convoyés lorsque le roi s'y rendrait afin d'atténuer le choc du déménagement. Royal n'avait cessé de sourire tout en reléguant son père au rôle d'idiot sénile et Kettricken à celui de jument poulinière ; il poussa l'audace jusqu'à s'interrompre pour permettre à la reine d'exprimer son acceptation du sort qui lui était réservé.

« Je ne puis, dit-elle avec une grande dignité. C'est à Castelcerf que mon seigneur Vérité m'a laissée et, avant cela, il m'a confié le Château. J'y resterai et mon enfant y verra le jour. »

Royal détourna le visage en feignant de vouloir lui dissimuler son sourire, mais c'était pour mieux le montrer à l'assemblée. « Castelcerf sera bien gardé, ma dame reine ; mon propre cousin, le seigneur Brillant, s'est porté volontaire pour en assumer la défense ; la milice tout entière y demeurera car elle n'est pas nécessaire à Gué-de-Négoce, et je doute qu'elle ait besoin de l'aide d'une femme empêtrée dans ses jupes et un ventre bourgeonnant. »

La tempête de rires qui éclata me révolta. C'était une remarque grossière, un trait d'esprit plus digne d'un pilier de taverne que d'un prince en son château, et qui m'évoqua tout à fait la reine Désir dans ses plus mauvais jours, lorsque le vin et les herbes lui enflammaient le caractère. Pourtant, toute la Table Haute éclata de rire, et aussi une bonne part des tables basses. Le charme et l'hospitalité de Royal l'avaient bien servi : qu'importait l'insulte ou la bouffonnerie qu'il lancerait ce soir, ces flagorneurs l'accepteraient sans broncher en même temps que les plats et le vin qu'ils dégustaient à sa table. Kettricken semblait incapable de dire un mot. Elle se leva et aurait quitté la table si le roi n'avait pas tendu vers elle une main tremblante. « S'il vous plaît, ma chère, dit-il d'une voix chevrotante qui n'était que trop audible, ne me quittez pas. Je souhaite vous avoir auprès de moi.

— Vous voyez, c'est le souhait de votre roi », fit Royal, attrapant la balle au bond, et je doute qu'il mesurât complètement lui-même le hasard heureux qui avait poussé le roi à émettre cette prière à cet instant précis. Contre sa volonté, Kettricken se rassit ; sa lèvre inférieure tremblait et son visage était cramoisi. L'espace d'une terrifiante seconde, je crus qu'elle allait éclater en larmes ; ç'aurait été le triomphe ultime pour Royal, la démonstration de l'émotivité excessive d'une femme enceinte. Mais non : elle prit une profonde inspiration, se tourna vers le roi et, lui prenant la main, dit d'une voix basse mais que tous entendirent : « Vous êtes mon roi, à qui j'ai juré allégeance. Mon seigneur, il en sera selon votre souhait ; je demeurerai à vos côtés. »

Elle inclina la tête. Royal sourit d'un air affable et un vacarme exubérant monta aussitôt de l'assistance qui se félicitait de son acquiescement. Royal continua de pérorer encore un peu une fois que le bruit se fut calmé, mais son but était déjà atteint ; il parla surtout de la sagesse de sa décision, qui permettrait à Castelcerf de mieux se défendre sans craindre pour son monarque ; il eut même le front de prétendre qu'en vidant les lieux avec le roi et la reine-servante, il réduisait l'importance du Château en tant que cible aux yeux des Pirates, qui auraient moins à gagner à s'en emparer. Ce n'était que du vent, de la poudre aux yeux. Peu après, on remmena le roi dans sa chambre, son devoir de façade achevé, et la reine Kettricken s'excusa pour l'accompagner. Lors la fête se mua en une cacophonie de divertissements ; des tonnelets de bière furent apportés ainsi que des tonneaux de vin de moindre qualité ; divers ménestrels de l'Intérieur se mirent à déclamer aux quatre coins de la Grand-Salle, tandis que le prince et sa troupe choisirent la distraction d'un spectacle de marionnettes, une pièce paillarde intitulée *La Séductrice et le Fils de l'Aubergiste*. Je repoussai mon assiette et me tournai vers Burrich ; nos regards se croisèrent et nous nous levâmes à l'unisson.

# 11

## Contacts

*Les forgisés apparaissaient incapables d'émotion. Ils n'étaient pas mauvais, ils ne tiraient nul plaisir de leur méchanceté ni de leurs méfaits ; ayant perdu leur aptitude à éprouver le moindre sentiment envers leurs frères humains ou quelque créature que ce fût, ils avaient perdu leur qualité de membres de la société. L'homme égoïste, dur ou insensible conserve assez d'humanité pour savoir qu'il ne peut toujours exprimer son manque d'affection pour les autres et, par là, pour demeurer le bienvenu dans la communauté d'une famille ou d'un village. Les forgisés, eux, ne savaient même plus dissimuler ce qu'ils ressentaient pour leurs semblables ; leurs émotions n'avaient pas seulement cessé d'opérer ; elles avaient disparu si complètement qu'ils s'en trouvaient incapables de prévoir le comportement des autres humains en se fondant sur leurs réactions émotives.*

*On pourrait situer l'artiseur à l'autre extrémité du même spectre ; un individu doué de l'Art peut tendre son esprit et savoir à distance ce que les autres pensent et éprouvent, et il peut, s'il est très talentueux, leur imposer ses pensées et des émotions. Par sa sensibilité accrue, il a surabondance de ce qui manque totalement aux forgisés.*

*Le roi-servant avait déclaré un jour que les forgisés semblaient cuirassés contre ses capacités d'artiseur : il était impuissant à percevoir ce qu'ils éprouvaient et ce qu'ils pensaient. Cela ne signifie pourtant pas qu'ils étaient insensibles à l'Art : se pourrait-il que ce fût l'Art de Vérité qui les eût attirés vers Castelcerf ? Le fait d'envoyer son esprit partout à la recherche des Pirates rouges n'éveillait-il pas en eux une faim, un souvenir, peut-être, de ce qu'ils avaient perdu ? L'attraction devait être intense qui les menait par la glace et par les crues à toujours se rapprocher de Castelcerf. Or, lorsque Vérité quitta le Château pour sa quête, le mouvement des forgisés vers Castelcerf parut diminuer.*

*Umbre Tombétoile.*

*

Arrivés devant la porte du roi Subtil, nous frappâmes ; ce fut le fou qui nous ouvrit. J'avais noté que Murfès se trouvait dans la Grand-Salle et qu'il y était demeuré après le départ du roi. « Laisse-moi entrer, chuchotai-je tandis que le fou me regardait d'un œil noir.

— Non », fit-il d'un ton tranchant, et il voulut refermer le battant.

Je le repoussai de l'épaule, aidé par Burrich. Ce fut la première et la dernière fois que je devais user de force avec le fou ; je n'éprouvai aucun plaisir à lui démontrer que j'étais plus fort que lui : voir le regard qu'il m'adressa dans les yeux d'un ami est un spectacle trop insupportable.

Le roi était assis devant son âtre et marmonnait des propos incohérents ; la reine-servante lui tenait compagnie, l'air affligée, et Romarin sommeillait à ses pieds. Kettricken se leva et nous regarda avec surprise. « FitzChevalerie ? » murmura-t-elle.

Je m'approchai vivement d'elle. « J'ai beaucoup à expliquer et peu de temps pour le faire, car je dois agir dès maintenant. » Je me tus un instant pour réfléchir à la meilleure manière de lui présenter mon propos. « Vous rappelez-vous le jour où vous vous êtes engagée à épouser Vérité ?

— Naturellement ! » Elle me dévisagea comme si j'étais fou.

« Il s'est servi d'Auguste, un des membres du clan, pour entrer dans votre esprit et vous montrer son cœur. Vous en souvenez-vous ? »

Elle rosit. « Bien entendu ; mais je ne pensais pas que d'autres personnes fussent au courant de ce qui s'était passé.

— Il y en a peu. » Je me retournai : Burrich et le fou suivaient la conversation, les yeux écarquillés.

« Vérité vous a artisée par le biais d'Auguste ; il est puissant : vous le savez, vous savez qu'il protège nos côtes grâce à son Art. C'est une magie ancestrale, un talent de la lignée des Loinvoyant ; Vérité en a hérité de son père, et j'en ai hérité du mien dans une certaine mesure.

— Mais pourquoi me dites-vous tout cela ?

— Parce que je ne crois pas que Vérité soit mort. Le roi Subtil possédait un Art puissant autrefois, mais ce n'est plus le cas ; sa maladie l'en a dépouillé comme de bien d'autres choses ; cependant, si nous parvenons à le persuader d'essayer, si nous arrivons à lui faire faire cet effort, je puis mettre mon énergie à sa disposition, et peut-être pourrons-nous contacter Vérité.

— Cela le tuera. » Le fou s'était interposé sans hésiter. « J'ai entendu parler de ce que l'Art prend à son utilisateur. Mon roi n'en a plus autant à donner.

— Je ne pense pas que cela lui fasse de mal. Si nous touchons Vérité, le roi-servant interrompra le contact avant que cela nuise à son père ; à de nombreuses reprises, il s'est retenu de puiser dans mes forces pour éviter de m'affaiblir.

— Même un fou peut voir qu'il y a une faille dans ta logique. » Il tira sur les manches de sa belle chemise toute neuve. « Si tu contactes Vérité, comment saurons-nous que c'est vrai et non de la comédie ? »

Outré, je m'apprêtai à protester mais le fou leva la main pour me faire taire. « Naturellement, mon cher Fitz, nous te croirions tous, puisque tu es notre ami et que tu ne cherches qu'à servir nos intérêts ; mais certains autres risquent de mettre ta parole ou ton altruisme en doute. » Le sarcasme me brûla comme l'acide, mais je réussis à tenir ma langue. « Et si tu n'atteins pas Vérité, qu'aurons-nous obtenu ? Un roi épuisé que l'on raillera davantage de son impuissance et une reine en deuil qui devra se demander, en plus de toutes ses autres peines, si elle n'est pas en train de pleurer un homme qui n'est pas encore mort ; c'est la pire des douleurs. Non : même la réussite ne nous apporterait rien, car la confiance que nous avons en toi serait insuffisante pour arrêter les engrenages qui tournent déjà, et nous aurions trop à perdre si tu échouais. Beaucoup trop. »

Tous les yeux étaient sur moi. Même le regard sombre de Burrich paraissait indécis, comme s'il essayait de jauger le bien-fondé de ce qu'il m'avait pressé de faire ; Kettricken, immobile comme une statue, s'efforçait de ne pas se raccrocher à l'espoir que j'avais fait naître en elle, et je regrettai de ne pas avoir attendu de consulter Umbre. Cependant, l'occasion ne se représenterait sans doute plus jamais d'avoir les mêmes personnes réunies dans cette chambre alors que Murfès était absent et Royal occupé ailleurs. Ce devait être maintenant ou jamais.

Je me tournai vers le seul qui ne me regardait pas. Le roi Subtil contemplait distraitement le jeu des flammes dans la cheminée. « C'est toujours le roi, murmurai-je. Posons-lui la question et laissons-le décider.

— Ce n'est pas juste ! Il n'est pas lui-même ! » Et, d'un bond, le fou vint se placer entre Subtil et moi. Il se dressa sur la pointe des pieds pour essayer de me regarder dans les yeux. « Les drogues qu'on lui donne le rendent aussi docile qu'un cheval de trait ! Ordonne-lui de se trancher la gorge et il attendra que tu lui tendes le couteau !

— Non. » La voix chevrotait, dépourvue de timbre et de sonorité. « Non, mon fou, je n'en suis pas à ce point-là. »

Chacun retint son souffle, mais le roi Subtil n'ajouta rien. Pour finir, je m'approchai lentement de lui et m'accroupis à son côté en tentant de croiser son regard. « Roi Subtil ? » fis-je d'un ton suppliant.

Ses yeux se tournèrent vers les miens, s'écartèrent brusquement, revinrent à contrecœur. Enfin, il me regarda.

« Avez-vous entendu ce dont nous parlions ? Mon roi, croyez-vous que Vérité soit mort ? »

Ses lèvres s'entrouvrirent ; sa langue était grisâtre. Il inspira longuement. « Royal m'a dit que Vérité était mort. Il a reçu la nouvelle…

— D'où ? » demandai-je avec douceur.

Il secoua faiblement la tête. « Un messager… je pense. »

Je m'adressai aux autres. « C'est probable ; un messager a dû venir des Montagnes, car Vérité doit s'y trouver maintenant ; il y était presque quand il a renvoyé Burrich. Je n'imagine pas qu'un messager arrive ici des Montagnes et ne reste pas pour annoncer la nouvelle à Kettricken elle-même.

—Elle aurait pu être relayée, objecta Burrich de mauvais gré. Pour un seul homme avec un seul cheval, le voyage serait trop épuisant ; il faudrait au moins que le cavalier puisse changer de monture ou transmette la nouvelle à un autre cavalier équipé d'un cheval rapide. C'est la dernière solution qui me paraît la plus plausible.

—Peut-être ; mais combien de temps faudrait-il à ce genre de nouvelle pour nous parvenir depuis les Montagnes ? Je sais que Vérité était vivant le jour où Béarns est parti d'ici, parce que le roi Subtil s'est servi de moi pour lui parler ; c'était le soir où je me suis presque évanoui devant cette même cheminée. Car c'est ça qui s'était passé, fou. » Je me tus un instant. « Et il me semble avoir senti sa présence pendant la bataille de Finebaie. »

Manifestement, Burrich comptait en silence les jours à rebours ; finalement, il haussa les épaules. « Ça reste possible : si Vérité a été tué ce même jour et que la nouvelle soit partie aussitôt, que les cavaliers et les montures aient été bons... ça se tiendrait encore – tout juste.

—Moi, je n'y crois pas. » Je m'adressai à tous en m'efforçant de leur faire partager mon espoir. « Je suis sûr que Vérité n'est pas mort. » Je me tournai à nouveau vers le roi Subtil. « Et vous ? Croyez-vous que votre fils ait pu périr sans que vous en ressentiez rien ?

—Chevalerie... a disparu comme ça, comme un murmure qui s'éteint. "Père", a-t-il dit, il me semble. "Père". »

Le silence s'infiltra dans la pièce. Assis sur mes talons, j'attendais la décision de mon roi. Lentement sa main se leva, comme douée d'une vie propre ; elle franchit l'espace jusqu'à moi, se posa sur mon épaule. Un instant ; ce fut tout, rien que le poids de la main de mon roi sur mon épaule. Le roi Subtil s'agita légèrement dans son fauteuil, puis il inspira par le nez.

Je fermai les yeux et nous plongeâmes à nouveau dans le flot noir ; encore une fois, je me trouvai face au jeune homme désespéré pris au piège du corps mourant du roi Subtil. Nous tourbillonnâmes ensemble dans le puissant courant du monde. « Il n'y a plus personne ici, plus personne que nous. » Le ton de Subtil était empreint de solitude.

Je n'arrivais pas à me retrouver ; je n'avais plus de corps, plus de langue ; Subtil m'entraînait sous la surface, dans les tourbillons et le rugissement. Je parvenais à peine à penser, encore moins à me rappeler les quelques leçons d'Art que j'avais retenues de la brutale formation de Galen ; c'était comme essayer de réciter un discours appris par cœur tout en se faisant étrangler. J'abandonnai, je baissai complètement les bras. Alors, de quelque part, telle une plume dans la brise ou un moucheron dans un rayon de soleil, la voix de Vérité me vint qui disait : « Être ouvert, c'est simplement ne pas être fermé. »

Le monde était un lieu sans espace où tout était dans tout. Je ne prononçai pas son nom ni n'évoquai son visage : Vérité était là comme il l'avait toujours été et l'atteindre ne demandait aucun effort. *Vous êtes vivant !*

*Bien sûr ; mais toi, tu ne le resteras pas longtemps à t'éparpiller ainsi partout. Tu lâches tout ce qui est en toi d'un seul coup ; régule ta force. Sois précis.* Il me raffermit, me rendit ma forme naturelle, puis il eut un hoquet d'horreur.

*Père !*

Vérité m'écarta rudement. *Retourne-t'en ! Lâche-le, il n'est pas assez fort ! Tu le saignes à blanc, espèce d'idiot ! Lâche-le !*

J'eus l'impression de me faire repousser, mais plus durement encore. Quand je recouvrai mes esprits et ouvris les yeux, j'étais écroulé sur le flanc devant le feu ; mon visage était désagréablement proche des flammes. Je roulai sur le dos en gémissant et je vis le roi : ses lèvres allaient et venaient à chaque respiration et sa peau avait pris une teinte bleuâtre. Impuissants, Burrich, Kettricken et le fou l'entouraient. « Faites... quelque chose ! bredouillai-je.

— Quoi ? » me demanda le fou d'une voix tendue, croyant que je le savais.

Je fouillai ma mémoire et trouvai le seul remède dont je me souvinsse. « De l'écorce elfique », croassai-je. Les angles de la chambre ne cessaient de virer au noir ; je fermai les yeux tandis qu'autour de moi j'entendais des bruits de pas affolés. Peu à peu je compris ce que j'avais fait : j'avais artisé.

Et j'avais puisé pour cela dans les forces de mon roi.

« Tu causeras la mort des rois », m'avait dit le fou. Prophétie ou intuition subtile ? Subtil... Les larmes me montèrent aux yeux.

Je sentis l'odeur de l'écorce elfique ; de l'écorce forte, pure, sans gingembre ni menthe pour en camoufler le goût. J'entrouvris les paupières.

« C'est trop chaud ! siffla le fou.

— Ça refroidit vite dans la cuiller », répondit Burrich en glissant l'ustensile entre les lèvres du roi ; Subtil accepta le breuvage, mais je ne le vis pas déglutir. Avec le savoir-faire inconscient acquis durant ses années passées dans les écuries, Burrich lui fit doucement bouger la mâchoire inférieure, puis lui massa la gorge. Il versa une nouvelle cuillerée dans sa bouche molle. L'effet de la décoction n'était guère visible.

Kettricken vint s'accroupir auprès de moi, me souleva la tête pour la poser sur son genou et porta une coupe brûlante à mes lèvres. J'aspirai le liquide ; il était trop chaud mais cela m'était égal ; j'aspirai aussi de l'air, bruyamment. J'avalai la gorgée en m'efforçant de ne pas m'étrangler sur son amertume et les ténèbres reculèrent. La coupe revint et j'en repris un peu. Le produit concentré m'insensibilisait presque complètement la langue. Je levai les yeux vers Kettricken, trouvai son regard et hochai vaguement la tête.

« Il est vivant ? demanda-t-elle dans un murmure.

— Oui. » C'est tout ce que je parvins à dire.

« Il est vivant ! cria-t-elle à Burrich et au fou, la voix vibrante de bonheur.

— Mon père ! » C'était Royal. Il s'encadrait dans le chambranle de la porte, le visage rougi par la boisson et la colère. J'aperçus derrière lui sa garde et la petite Romarin, les yeux écarquillés. Elle réussit à se faufiler entre les hommes, se précipita vers Kettricken et s'agrippa à ses jupes. L'espace d'un instant, plus personne ne bougea.

Puis Royal entra toutes voiles dehors, posant des questions, exigeant des réponses, mais sans laisser à quiconque la possibilité de parler. Par bonheur, Kettricken me protégeait, toujours accroupie près de moi, sans quoi je suis prêt à jurer que les gardes se seraient emparés de moi. Au-dessus de moi, dans son fauteuil, le roi avait repris quelque couleur; Burrich porta une nouvelle cuillerée à ses lèvres et je vis avec soulagement Subtil aspirer le breuvage.

Royal ne partageait pas mon sentiment. « Que lui donnez-vous ? Cessez immédiatement ! Je ne veux pas que mon père se fasse empoisonner par un garçon d'écurie !

— Le roi a encore fait une attaque, mon prince », intervint soudain le fou. Sa voix trancha le vacarme qui régnait dans la chambre, y créa un trou qui devint silence. « L'écorce elfique est un fortifiant courant dont je suis sûr que même Murfès a entendu parler. »

Ivre, le prince ne savait pas si l'on se moquait de lui ou, au contraire, si l'on pliait devant lui. Il jeta un regard furieux au fou qui lui répondit par un sourire affable.

« Ah ! » dit Royal d'un ton sec ; il n'avait manifestement aucune envie de se radoucir. « Et lui, alors, que lui arrive-t-il ? » Il me désigna d'un geste furieux.

— Il est soûl. » Kettricken se leva brusquement ; ma tête heurta le sol avec un bruit très convaincant et des éclats de lumière me brouillèrent la vue. Il n'y avait que dégoût dans la voix de la reine. « Maître d'écurie, emmenez-le. Vous auriez dû intervenir avant qu'il se mette dans cet état ; la prochaine fois, faites en sorte d'avoir du discernement pour deux.

— Notre maître d'écurie est lui-même réputé pour son amour de la dive bouteille, ma dame reine. Ils ont dû s'y abreuver ensemble, ironisa Royal.

— La mort de Vérité lui a fait un choc », dit simplement Burrich. Fidèle à lui-même, il donnait une explication sans s'excuser. Il m'agrippa par le devant de la chemise et me souleva brusquement ; sans chercher à jouer la comédie, je titubai sur place jusqu'à ce qu'il me tienne fermement. Du coin de l'œil, j'aperçus le fou qui donnait en hâte une nouvelle cuillerée d'écorce elfique au roi et je formai le vœu que nul ne l'interrompe. Au moment où Burrich m'entraînait sans ménagement hors de la chambre, Kettricken reprocha à Royal de ne pas se trouver en bas avec ses invités et l'assura qu'elle était parfaitement capable, avec l'aide du fou, de mettre le roi au lit ; puis, comme nous montions les escaliers, j'entendis descendre Royal et sa garde. De ses grommellements entrecoupés d'éclats furieux, il ressortait qu'il n'était pas stupide et qu'il savait reconnaître un complot ; ces propos m'inquiétèrent, mais je me tranquillisai, quasiment certain qu'il ignorait ce qui s'était passé.

Arrivé devant ma porte, je me trouvai assez remis pour déclencher mes verrous ; Burrich entra derrière moi. « Si j'avais un chien aussi souvent malade que toi, je le ferais abattre, me dit-il aimablement. Tu veux encore de l'écorce elfique ?

— Ça ne me ferait pas de mal, mais moins concentrée que tout à l'heure. Tu as du gingembre, de la menthe ou de la baie de rosier ? »

Il me regarda longuement puis, tandis que je m'installais dans mon fauteuil, il tisonna les maigres braises de l'âtre jusqu'à ce qu'elles luisent ; alors, il ajouta du bois, versa de l'eau dans la bouilloire et la mit à chauffer. Il dénicha une théière, y jeta l'écorce en paillettes, puis prit une chope et la dépoussiéra d'un coup de chiffon. Il disposa le tout sur ma table, puis promena son regard autour de lui d'un air vaguement dégoûté. « Pourquoi vis-tu comme ça ? me demanda-t-il.

— Comme quoi ?

— Dans une pièce aussi nue, sans t'en occuper davantage ? J'ai connu des tentes de quartiers d'hiver plus accueillantes que ta chambre. On dirait que tu n'es installé que pour une nuit ou deux. »

Je haussai les épaules. « Je n'y ai jamais beaucoup pensé. »

Il y eut un moment de silence. « Tu devrais, dit-il comme à contrecœur. Et tu devrais aussi te préoccuper de la fréquence à laquelle tu te fais blesser ou à laquelle tu tombes malade.

— Ce qui m'est arrivé ce soir était inévitable.

— Tu savais le prix à payer mais ça ne t'a pas empêché de foncer, observa-t-il.

— Bien obligé. » Je le regardai verser l'eau fumante sur l'écorce.

« Ah oui ? Pourtant, j'ai trouvé très convaincant l'argument que le fou y opposait. Mais le roi Subtil et toi, vous avez foncé tête baissée.

— Et alors ?

— Alors j'en connais un petit bout sur l'Art, dit Burrich à mi-voix. J'y ai assisté Chevalerie ; pas souvent, c'est vrai, et je ne me suis jamais retrouvé dans le même état que toi, à part une ou deux fois; mais j'ai senti l'exaltation que ça procure, le… » Il chercha le terme et soupira. « La perfection, l'union avec le monde. Chevalerie m'en a parlé, un jour; il m'a dit qu'on pouvait en être intoxiqué, au point de chercher des prétextes pour artiser et finalement d'y finir absorbé. » Il se tut un instant. « Ça rappelle un peu l'étourdissement de la bataille par certains côtés, l'impression de bouger sans être gêné par le temps, d'être une force plus puissante que la vie elle-même.

— Comme je ne peux pas artiser tout seul, je ne crois pas que ça représente un risque pour moi.

— Tu offres souvent tes services à ceux qui en sont capables. » Il ne mâchait pas ses mots. « De même, tu te précipites volontairement dans des situations qui offrent le même genre d'excitation. Au combat, tu deviens complètement fou; c'est pareil, quand tu artises ? »

Je n'avais pas envisagé la question sous cet angle; une sorte de peur s'infiltra en moi, mais je l'écartai.

« Mon devoir est d'être au service du roi; d'ailleurs, n'est-ce pas toi qui avais proposé la séance de ce soir ?

— Si, mais j'étais prêt à laisser le fou m'en dissuader. Toi, tu t'es entêté sans t'inquiéter du prix à payer. Tu devrais peut-être faire un peu plus attention à toi.

— Je sais ce que j'ai à faire. » J'avais parlé plus sèchement que je ne le voulais et Burrich ne répondit pas; il versa la tisane dans ma chope et me la tendit avec une expression qui disait : « Là, tu vois ? » Je pris la chope et plongeai le regard dans le feu pendant qu'il s'asseyait sur mon coffre à vêtements.

« Vérité est vivant, murmurai-je.

— C'est ce que j'ai entendu la reine crier. Je n'ai jamais cru à sa mort. » Il acceptait le fait avec grand calme, et c'est calmement qu'il ajouta : « Mais nous n'en avons pas la preuve.

— La preuve ? Mais je lui ai parlé ! Le roi lui a parlé ! Ça ne te suffit pas comme preuve ?

— Pour moi, c'est plus qu'assez, mais pour la plupart des gens…

— Quand le roi sera remis, il appuiera mes dires. Vérité est vivant.

— Ça m'étonnerait que ça suffise à empêcher Royal de se proclamer roi-servant ; la cérémonie est prévue pour la semaine prochaine. Il aurait bien aimé qu'elle ait lieu ce soir, je pense, mais tous les ducs doivent être présents. »

Fut-ce l'écorce elfique qui luttait contre l'épuisement ou simplement la marche implacable des événements ? Je ne sais, mais ma chambre se mit soudain à danser autour de moi. J'eus la sensation de m'être placé devant un chariot pour l'arrêter et de m'être fait écraser. Le fou avait raison : mon geste de ce soir était insignifiant, en dehors de la tranquillité d'esprit qu'il avait procuré à Kettricken. Le désespoir m'envahit brusquement et je posai ma chope vide. Les Six-Duchés tombaient en morceaux ; à son retour, mon roi-servant, Vérité, ne trouverait qu'une parodie du royaume qu'il avait quitté : un pays divisé, une côte dévastée, un Château désert et vidé de fond en comble. Si j'avais cru aux Anciens, j'aurais peut-être pu me convaincre que tout finirait bien, mais seul mon échec se dressait devant mes yeux.

Burrich me regardait d'un drôle d'air. « Couche-toi, fit-il. Quand on prend trop d'écorce elfique, on risque de voir la vie en noir, à ce qu'on m'a dit. »

J'acquiesçai de la tête. À part moi, je me demandai si cela n'expliquait pas l'humeur souvent froide de Vérité.

« Repose-toi bien ; au matin, les choses auront peut-être meilleur air. » Il éclata d'un rire qui évoquait un aboiement, puis, avec un sourire carnassier : « Ou peut-être pas ; mais au moins, bien reposé, tu seras plus à même d'y faire face. » Il se tut le temps de reprendre son sérieux. « Molly est venue chez moi, tantôt.

— Elle va bien ? demandai-je d'un ton pressant.

— Elle apportait des bougies dont elle savait que je n'avais pas besoin, poursuivit Burrich comme si je ne l'avais pas interrompu ; à croire qu'il lui fallait un prétexte pour me parler…

— Qu'a-t-elle dit ? » Je quittai mon fauteuil.

« Pas grand-chose. Elle est toujours très correcte avec moi, et moi, je suis toujours direct avec elle. Je lui ai simplement rapporté qu'elle te manquait.

— Et qu'a-t-elle répondu ?

— Rien. » Un grand sourire. « Mais elle rougit très joliment. » Il soupira, soudain grave. « Et, avec ma franchise coutumière, je lui ai demandé si quelqu'un lui avait donné des motifs d'avoir peur ; elle a carré ses petites épaules et rentré le menton comme si j'essayais de lui faire avaler quelque chose de force, puis elle m'a répondu qu'elle me remerciait encore une fois du souci que j'avais d'elle, mais qu'elle était capable de se défendre seule. » Plus bas, il ajouta : « Demandera-t-elle de l'aide si elle en a besoin ?

— Je n'en sais rien, avouai-je. Elle ne manque pas de courage et elle se bat à sa façon, en faisant face à l'adversaire. Moi, je m'approche à la sournoise et j'essaye de lui trancher les tendons pendant qu'il regarde ailleurs. Parfois, je me fais l'impression d'être un lâche. »

Burrich se leva en s'étirant à s'en faire craquer les épaules. « Tu n'es pas un lâche, Fitz, je peux m'en porter garant ; tu te rends peut-être mieux compte qu'elle de la supériorité de l'adversaire, simplement. Il faudrait que tu te tranquillises à son sujet ; je ne peux pas le faire à ta place ; je veillerai sur elle du mieux que je pourrai et autant qu'elle me le permettra. » Il me lança un regard oblique. « Aujourd'hui, Pognes m'a demandé qui était la jolie dame qui me rendait si souvent visite.

— Et que lui as-tu répondu ?

— Rien ; je l'ai regardé, c'est tout. »

Je connaissais ce fameux regard : Pognes ne poserait plus de questions.

Burrich sortit et je m'étendis sur mon lit en m'efforçant de me reposer, mais en vain. Je me forçai à l'immobilité en songeant que mon corps, au moins, récupérerait un peu même si mon esprit persistait à courir en tous sens. Un homme de meilleur aloi n'aurait pensé qu'à la triste situation de son roi ; je dois reconnaître, à ma grande honte, que je pensais surtout à Molly, toute seule dans sa chambre. Au bout d'un moment, n'y tenant plus, je quittai mon lit et sortis discrètement.

Les bruits de la fête finissante montaient de la Grand-Salle, mais le couloir était désert et je me dirigeai sans bruit vers l'escalier. Je me répétai que j'allais être de la plus extrême prudence, que j'allais me contenter de frapper à sa porte, entrer quelques instants peut-être pour m'assurer que tout allait bien. Une brève visite…

*On te suit.* La nouvelle circonspection dont Œil-de-Nuit faisait preuve à l'égard de Burrich réduisait sa voix à un murmure dans ma tête.

Je continuai de marcher sans m'arrêter de façon à ne pas éveiller les soupçons de celui qui me filait. Je me grattai l'épaule afin de me fournir un prétexte pour tourner la tête et jeter un coup d'œil derrière moi, mais je ne vis personne.

*Flaire.*

J'obéis : une courte inspiration suivie d'une plus longue. Une vague odeur de sueur et d'ail. Je tendis délicatement mon esprit et mon sang se glaça : là, tout au bout du couloir, caché dans le renfoncement d'une porte, Guillot ! Guillot l'élancé, le sombre, aux paupières toujours mi-closes, le membre du clan qui avait été rappelé de Béarns. Très prudemment, je palpai le bouclier d'Art qui me le dissimulait : il était formé de l'ordre subtil de ne pas le remarquer et d'un imperceptible parfum d'assurance qui devait m'inciter à agir comme bon me semblait. Très astucieux et beaucoup plus travaillé que tout ce qu'avaient pu me montrer Sereine et Justin de leurs talents.

Il était beaucoup plus dangereux qu'eux.

J'allai jusqu'au palier et pris des bougies dans la réserve qui se trouvait là, puis je regagnai ma chambre comme s'il n'y avait pas eu d'autre but à ma sortie.

Quand je refermai la porte derrière moi, j'avais la bouche sèche et je laissai échapper un soupir haché. Je me maîtrisai afin d'examiner les protections de mon esprit ; il n'était pas entré en moi, j'en étais sûr ; par conséquent, il n'essayait pas de renifler mes pensées, seulement de m'imposer les siennes afin de me filer plus facilement. Sans Œil-de-Nuit, il m'aurait suivi tout droit jusqu'à la porte de Molly. Je me forçai à me rallonger pour tenter de me remémorer tous mes faits et gestes depuis le retour de Guillot à Castelcerf ; j'avais vu en lui un adversaire négligeable parce qu'il n'irradiait pas la haine comme Sereine et Justin ; adolescent, c'était un garçon discret qui n'en imposait pas ; adulte, c'était un homme ordinaire qui n'attirait l'attention de personne.

Je m'étais conduit comme un imbécile.

*Je ne crois pas qu'il t'ait déjà suivi ; mais je ne peux pas en être sûr.*

*Œil-de-Nuit, mon frère, comment te remercier ?*

*Reste en vie.* Un silence. *Et apporte-moi du pain d'épice.*

*C'est promis !* répondis-je avec ferveur.

Le feu qu'avait fait Burrich était presque éteint et je n'avais pas encore fermé l'œil quand je sentis le courant d'air venu de chez Umbre balayer ma chambre. C'est presque avec soulagement que je me levai pour le rejoindre.

Il m'attendait avec impatience en faisant les cent pas dans sa petite pièce et il bondit sur moi dès qu'il me vit en haut des marches.

« Un assassin est un instrument ! me dit-il d'une voix sifflante. Je n'ai jamais réussi à te l'enfoncer dans le crâne : nous sommes des instruments, nous ne faisons rien de notre propre volonté ! »

Je m'arrêtai court, sidéré par sa colère. « Je n'ai tué personne ! protestai-je, indigné.

— Chut ! Parle plus bas. Je n'en serais pas si sûr, si j'étais toi, répliqua-t-il. Combien de fois ai-je effectué mon travail, non en plantant le poignard moi-même, mais en fournissant à quelqu'un d'autre un motif suffisant et l'occasion de le faire à ma place ? »

Je ne répondis pas.

Il me regarda, puis soupira, et toute colère l'abandonna. À mi-voix, il reprit : « Parfois, on doit se contenter de sauver ce qui peut l'être ; il faut parfois s'y résigner. Ce n'est pas à nous de mettre les engrenages en mouvement, mon garçon ; ce que tu as fait ce soir était inconsidéré.

— C'est ce que m'ont dit le fou et Burrich ; mais je ne pense pas que Kettricken serait du même avis.

— Kettricken et son enfant se seraient remis de son chagrin, et le roi Subtil aussi. Songe à ce qu'ils étaient : une étrangère veuve d'un roi-servant disparu, mère d'un enfant encore invisible et qui ne serait pas capable d'exercer le pouvoir avant bien des années ; quant à Subtil, Royal ne voyait en lui qu'un vieillard à demi gâteux, utile en tant que marionnette mais relativement inoffensif. Royal n'avait aucune raison immédiate de les écarter. Certes, la position de Kettricken n'était pas aussi sûre qu'elle aurait pu l'être, mais elle n'était pas en opposition directe avec Royal. Aujourd'hui, si.

—Elle ne lui a pas révélé ce que nous avons découvert, dis-je à contrecœur.

—Ce n'est pas nécessaire : cela se verra à son attitude et à sa volonté de lui résister. Il l'avait réduite à l'état de veuve, tu en as refait une reine-servante. Mais c'est pour Subtil que je m'inquiète ; c'est lui qui détient la clé, qui peut se dresser pour annoncer, même dans un murmure : "Vérité est toujours vivant, Royal n'a pas le droit d'être roi-servant." C'est lui que Royal doit craindre.

—J'ai vu Subtil, Umbre, je l'ai vraiment vu ; je ne crois pas qu'il trahira ce qu'il sait. À l'intérieur de ce corps défaillant, sous les drogues qui l'anesthésient et la douleur violente, il y a encore un homme subtil.

—Peut-être ; mais il est profondément enfoui. Les drogues, et plus encore la douleur, poussent l'homme intelligent aux actes les plus stupides : blessé à mort, il bondira sur son cheval pour mener un dernier assaut. La souffrance peut faire prendre des risques à un homme ou le pousser à s'affirmer d'étranges façons. »

Ses propos n'étaient que trop sensés. « Ne pouvez-vous lui recommander de ne pas avertir Royal qu'il sait Vérité vivant ?

—Je pourrais peut-être essayer si ce satané Murfès n'était pas constamment dans mes jambes. Au début, ce n'était pas aussi gênant : il était malléable et utile, facile à manipuler à distance ; il n'a jamais suspecté que je fournissais les herbes aux colporteurs qui les lui apportaient, il n'a même jamais soupçonné mon existence. Mais à présent il se cramponne au roi et même le fou n'arrive plus à s'en débarrasser bien longtemps ; il est bien rare que je dispose de plus de quelques minutes d'affilée seul en compagnie de Subtil, et j'ai de la chance si mon frère est lucide la moitié de ce temps. »

Quelque chose dans sa voix me fit baisser le nez, honteux. « Je regrette, chuchotai-je. J'oublie parfois qu'il est plus que le roi pour vous.

—Bah, nous n'avons jamais été intimes comme deux frères ; mais nous sommes vieux tous les deux et nous avons vieilli ensemble ; cela mène parfois à une plus grande intimité. Nous avons traversé le temps ensemble jusqu'à ton époque ; nous pouvons évoquer ensemble, à mi-voix, le souvenir d'un temps qui n'est plus. Toi, je peux te parler de ce temps mais ce n'est pas la même chose. Nous sommes un peu comme deux étrangers bloqués dans un pays lointain, incapables de regagner celui dont nous venons et qui n'ont chacun que l'autre pour confirmer la réalité du lieu où ils vivaient autrefois. Du moins, cela nous était naguère possible. »

J'imaginais deux enfants en train de courir à perdre haleine sur les plages de Castelcerf, de ramasser des lustrons sur les rochers et de les manger crus – comme Molly et moi. Il était possible d'avoir la nostalgie d'une époque et de se sentir seul sans l'unique autre personne capable de se la rappeler. Je hochai la tête.

« Enfin, bref. Cette nuit, nous parlons de rattraper des erreurs, aussi écoute-moi : je dois avoir ta parole d'honneur que tu n'entreprendras rien qui puisse avoir des conséquences majeures sans en discuter d'abord avec moi. D'accord ? »

Je baissai les yeux. « J'ai envie de dire oui mais, ces derniers temps, mes actes même les plus infimes semblent entraîner des conséquences, comme un caillou qui déclenche un glissement de terrain, et les événements s'accumulent au point que je dois prendre une décision de but en blanc, sans avoir le temps de consulter quiconque. Je ne peux donc rien promettre, sauf d'essayer. Est-ce assez ?

— Il faudra bien ; tu joues le rôle d'un catalyseur, marmonna-t-il.

— Le fou m'appelle tout le temps comme ça », fis-je d'un ton plaintif.

Umbre, qui s'apprêtait à poursuivre, s'interrompit brusquement. « C'est vrai ? demanda-t-il d'une voix tendue.

— Il m'en rebat les oreilles dès qu'il en a l'occasion. » Je m'approchai de l'âtre et m'assis devant le feu. La chaleur me fit du bien. « D'après Burrich, une trop forte dose d'écorce elfique peut rendre d'humeur morose.

— Tu as cette impression ?

—Oui, mais cela tient peut-être aux circonstances; pourtant, Vérité paraissait souvent déprimé et il en prenait beaucoup. Mais, là encore, cela tenait peut-être aux circonstances.

—Peut-être n'en saurons-nous jamais rien.

—Vous parlez bien librement cette nuit, vous citez nommément les uns, vous imputez des raisons d'agir aux autres...

—Tout n'est que gaieté dans la Grand-Salle; Royal pense avoir remporté la partie, ses sentinelles sont détendues, tous ses espions ont quartier libre pour la nuit.» Il m'adressa un regard aigre. «À mon avis, ça ne se reproduira pas de sitôt.

—Ainsi, vous pensez que toutes nos conversations peuvent être surprises.

—Là où je puis écouter et voir sans être vu, on peut m'écouter et me voir sans être vu. C'est possible; mais on n'atteint pas l'âge que j'ai en s'exposant inutilement.»

Un vieux souvenir me devint soudain compréhensible. «Un jour, vous m'avez dit que, dans le jardin de la reine, vous êtes aveugle.

—C'est exact.

—Donc, vous ignoriez...

—J'ignorais ce que Galen te faisait subir au moment où il te le faisait subir. Les commérages m'étaient connus mais ils étaient pour la plus grande part indignes de foi et ils ne me parvenaient que longtemps après les faits. Mais la nuit où il t'a battu et t'a laissé à l'agonie... Non.» Il me lança un regard étrange. «Croyais-tu que j'aurais pu être au courant et rester les bras croisés?

—Vous aviez promis de ne pas intervenir dans ma formation», dis-je d'un ton guindé.

Umbre s'assit dans son fauteuil et se laissa aller contre le dossier avec un soupir. «Je crois bien que tu ne feras jamais totalement confiance à quiconque, et que rien ne te convaincra que quelqu'un éprouve de l'affection pour toi.»

Le silence m'envahit. Je ne connaissais pas la réponse à sa déclaration. D'abord Burrich, puis Umbre, tous deux me forçaient à porter sur moi-même un regard inconfortable.

«Enfin... fit Umbre, acceptant mon silence. Comme je le disais précédemment, il faut sauver ce qui peut l'être.

—Que voulez-vous que je fasse?»

Il expira longuement par le nez. « Rien.

— Mais...

— Absolument rien. Le roi-servant Vérité est mort : veille à ne pas l'oublier un seul instant. Vis cette conviction, persuade-toi que Royal a le droit de prétendre à son titre, qu'il a le droit de faire tout ce qu'il fait ; tranquillise-le pour le moment, ne lui donne rien à redouter. Il faut lui faire croire qu'il a gagné. »

Je réfléchis, puis je me dressai et tirai mon poignard.

« Que fais-tu ? demanda Umbre.

— Ce que Royal s'attendrait à me voir faire si je croyais vraiment à la mort de Vérité. » Je levai les mains vers la lanière de cuir qui nouait mes cheveux en une queue de cheval de guerrier.

« J'ai des ciseaux », observa Umbre d'un ton agacé. Il alla les chercher et vint se placer derrière moi. « Quelle longueur ? »

Je réfléchis à nouveau. « Le plus court possible sans que j'aie l'air de porter le deuil d'un roi couronné.

— Tu en es sûr ?

— C'est ce à quoi Royal s'attendrait de ma part.

— Tu as sans doute raison. » Et d'un seul coup de ciseau, Umbre me coupa les cheveux au niveau du nœud. L'effet me fut étrange de les sentir retomber vers l'avant, tout courts, au-dessus de la mâchoire, comme si j'étais redevenu page. Je me passai la main sur la tête en demandant : « Et vous, qu'allez-vous faire ?

— Essayer de trouver un endroit sûr pour Kettricken et le roi ; je dois tout préparer pour leur fuite ; lorsqu'ils s'en iront, il faut qu'ils disparaissent comme des ombres devant la lumière.

— Êtes-vous certain que ce soit nécessaire ?

— Quelle autre solution nous reste-t-il ? Ce ne sont plus que des otages impuissants. Les ducs de l'Intérieur s'en remettent à Royal, ceux des Côtes ont perdu foi en Subtil ; toutefois, Kettricken s'est fait des alliés parmi eux et je dois faire jouer les fils qu'elle a tissés pour voir ce que je puis arranger. Au moins, veillons à les placer là où leur sécurité ne peut pas être utilisée contre Vérité lorsqu'il reviendra reprendre sa couronne.

— S'il revient, fis-je d'un ton lugubre.
— Quand il reviendra. Les Anciens l'accompagneront. » Umbre me lança un regard amer. « Essaye de croire en quelque chose, mon garçon ; fais-le pour moi. »

Sans aucun doute, la période que je passai sous la tutelle de Galen fut la pire de toute ma vie à Castelcerf, mais la semaine qui suivit cette nuit avec Umbre la serre de près. Le Château était une fourmilière qu'on vient de détruire à coups de pied ; où que j'aille, je voyais des signes que les fondations de mon existence avaient été fracassées. Plus rien ne serait comme avant.

Il y avait forte affluence de gens venus des duchés de l'Intérieur pour voir Royal intronisé roi-servant. Si nos écuries n'avaient pas été si désertes, Burrich et Pognes n'auraient plus su où donner de la tête ; le fait est que ceux de l'Intérieur semblaient partout, grands hommes de Bauge aux cheveux filasse et fermiers et éleveurs trapus de Labour qui contrastaient vivement avec les soldats moroses de Castelcerf à la coupe de deuil ; les heurts ne manquèrent pas et la grogne des habitants de Bourg-de-Castelcerf prit la forme de plaisanteries qui comparaient l'invasion de l'Intérieur aux attaques des Outrîliens, mais sous l'humour perçait toujours l'amertume.

Car la contrepartie de cet afflux de gens et de commerce à Bourg-de-Castelcerf, c'était le fleuve de biens qui quittaient Castelcerf. Les pièces du Château étaient mises à sac sans vergogne ; tapisseries et tapis, meubles, ustensiles, provisions de toutes espèces étaient emportés, chargés sur des péniches et convoyés en amont jusqu'à Gué-de-Négoce, toujours « pour les mettre en lieu sûr » ou « pour le confort du roi ». Maîtresse Pressée était à court de ressources pour héberger tant d'hôtes alors que la moitié des meubles s'en allaient à bord des péniches ; certains jours, on avait l'impression que Royal cherchait à ce que tout ce qu'il ne pouvait emporter fût dévoré sur place avant son départ.

En même temps, il dépensait sans compter pour que son intronisation bénéficie de la plus grande pompe possible. Franchement, je ne voyais pas pourquoi il se donnait tant de mal : il était évident, du moins pour moi, qu'il comptait abandonner quatre des six Duchés à leurs propres moyens ; mais, comme me l'avait dit un jour le fou, il était inutile d'essayer de mesurer le blé de Royal avec mon boisseau ; nous n'avions pas d'aune commune. Peut-être qu'exiger la présence des ducs et des nobles de Béarns, de Rippon et d'Haurfond lorsqu'il coifferait la couronne de Vérité était une vengeance subtile que je ne comprenais pas ; en tout cas, il ne se souciait guère des difficultés qu'il leur imposait en les obligeant à venir à Castelcerf alors que leurs côtes étaient en état de siège – je ne m'étonnai pas qu'ils traînent les pieds – et, lorsqu'ils arrivèrent, ils restèrent choqués devant le pillage auquel était soumis Castelcerf : le projet de Royal de changer de résidence en même temps que le roi et Kettricken n'était parvenu aux duchés côtiers que sous forme de rumeur.

Mais longtemps avant cela, alors que la confusion la plus totale régnait au Château, le reste de ma vie commença de tomber en pièces. Sereine et Justin se mirent à me hanter ; j'avais conscience de leur présence, souvent physiquement, mais aussi lors de leurs attouchements d'Art aux limites de mon esprit. On aurait dit des oiseaux qui venaient picorer mes pensées égarées, prêts à se jeter sur la première rêverie qui pouvait me venir ou sur n'importe quel instant de mon existence où j'aurais oublié de me protéger. C'était très désagréable, mais je ne voyais plus en leurs entreprises qu'une diversion mise en place pour m'empêcher de remarquer le siège plus subtil de Guillot ; aussi renforçai-je mes défenses mentales, en sachant bien que j'interdisais sans doute par là même l'accès de ma conscience à Vérité. Je craignais d'ailleurs que ce fût leur but, mais je n'osai m'ouvrir de cette inquiétude à personne. Je surveillais sans cesse mes arrières à l'aide des sens qu'Œil-de-Nuit et moi-même possédions. Je pris l'engagement de faire preuve de la plus grande prudence et décidai de découvrir à quoi œuvraient les autres membres du clan : Ronce était à Gué-de-Négoce, prétendument occupé à préparer l'accueil du roi ; j'ignorais où se trouvait Carrod et je ne connaissais personne auprès de qui m'en informer discrètement : tout ce que je pus apprendre avec certitude fut qu'il n'était plus à bord du *Constance*. Aussi me rongeais-je les sangs, à me sentir devenir fou de ne plus être capable de détecter la filature de Guillot. Savait-il que j'avais perçu sa présence? Ou bien était-il doué au point de m'empêcher de sentir son approche? Je commençai à me comporter comme si chacun de mes actes était l'objet d'une étroite surveillance.

Les écuries ne virent pas disparaître que les chevaux et les animaux de reproduction : Burrich m'annonça un matin que Pognes était parti sans avoir le temps de dire adieu à quiconque. « Ce qui restait du cheptel de qualité a été emmené hier; le meilleur n'est plus là depuis belle lurette, mais c'étaient de bons chevaux et ils s'en sont allés par voie de terre à Gué-de-Négoce; Pognes a reçu l'ordre de les suivre, tout simplement. Il est venu me trouver en protestant, mais je lui ai dit d'obéir: au moins, ces chevaux seront entre de bonnes mains dans leur nouveau pays. Et, de toute manière, plus rien ne le retient ici : il n'y a plus d'écuries à diriger. »

Je l'accompagnai en silence dans ce qui était autrefois sa tournée du matin. La fauconnerie n'abritait plus que des oiseaux vieux ou blessés; la clameur des chiens s'était réduite à quelques abois et glapissements; les chevaux restants étaient les malportants, les presque-prometteurs, les sur-le-déclin, les estropiés qu'on avait gardés à but de reproduction. Quand j'arrivai au box vide de Suie, mon cœur cessa de battre. Incapable de dire un mot, je m'accoudai à sa mangeoire, le visage dans les mains. Burrich posa la sienne sur mon épaule et, quand je le regardai, il me fit un étrange sourire et secoua ses cheveux coupés court. « Des hommes sont venus la chercher hier, en même temps que Rousseau ; je leur ai dit que c'étaient des crétins, qu'ils les avaient emmenés la semaine dernière; et c'étaient vraiment des crétins, parce qu'ils m'ont cru. Mais ils t'ont quand même pris ta selle.

— Où est-elle? demandai-je péniblement.

— Il vaut mieux que tu n'en saches rien, répondit Burrich d'un ton sinistre. Suffit qu'un seul d'entre nous se fasse pendre pour vol de chevaux. » Et il ne voulut pas m'en dire davantage.

En guise d'intermède de calme, j'aurais pu espérer mieux qu'une visite en fin d'après-midi chez Patience et Brodette. Je frappai et la porte s'ouvrit après une attente inhabituelle. Il régnait dans le salon un capharnaüm pire que jamais, au milieu duquel Brodette s'efforçait de mettre de l'ordre d'un air découragé. Le sol était beaucoup plus encombré d'affaires de toute sorte que d'ordinaire.

« Un nouveau projet en préparation ? » demandai-je dans l'espoir de détendre l'atmosphère.

Brodette me regarda d'un œil lugubre. « On est venu ce matin emporter la table de ma dame, et aussi mon lit, sous prétexte qu'on en avait besoin pour les hôtes du Château. Enfin, je ne devrais pas m'en étonner, avec tout ce qui est déjà parti par le fleuve... Mais je serais très surprise de revoir ces meubles un jour.

— Peut-être vous attendront-ils à Gué-de-Négoce », fis-je bêtement. Je n'avais pas mesuré l'étendue des libertés que prenait Royal.

Il y eut un long silence, puis Brodette répondit enfin : « Alors ils attendront longtemps, FitzChevalerie, parce que nous ne faisons pas partie de ceux qui s'en vont à Gué-de-Négoce.

— Non, nous sommes parmi les rares qui restent ici, au milieu des meubles dépareillés. » C'était Patience qui venait d'entrer ; elle avait les yeux rouges et les joues pâles, et je compris alors qu'elle s'était retirée à mon arrivée pour se donner le temps de sécher ses larmes.

« Vous comptez retourner à Flétribois ? » demandai-je tout en réfléchissant à toute allure. J'avais supposé que Royal déménageait le Château tout entier, occupants compris, mais je me demandais à présent qui d'autre allait y être abandonné. Je me plaçai en tête de liste, ajoutai Burrich et Umbre ; le fou ? Peut-être était-ce pour cela qu'il semblait obéir dernièrement à Royal au doigt et à l'œil : afin d'avoir la permission de suivre le roi à Gué-de-Négoce.

Étrange, tout de même, qu'il ne me soit pas venu à l'esprit que le roi et Kettricken allaient être mis hors de portée, non seulement d'Umbre, mais aussi de moi. Royal avait renouvelé les ordres qui me confinaient à Castelcerf et je n'avais pas voulu demander à la reine de les annuler : j'avais promis à Umbre de ne pas faire de vagues.

« Je ne puis retourner à Flétribois : c'est Auguste, le neveu du roi, celui qui était chef du clan de Galen avant son accident, qui y est le maître. Il ne me porte aucune affection et je n'ai aucun titre à exiger de m'y installer. Non : nous allons rester ici et nous débrouiller du mieux possible. »

Maladroitement, j'essayai de les réconforter. « Moi, j'ai encore un lit ; je vais demander à Burrich de m'aider à l'apporter pour Brodette. »

L'intéressée secoua la tête. « Je me suis fabriqué une paillasse, ça me suffira. Gardez votre lit, peut-être n'ose-t-on pas vous en priver. Si vous me le donnez, demain il aura sûrement disparu.

— Le roi Subtil est-il donc indifférent à ce qui se passe ? me demanda Patience d'un ton attristé.

— Je l'ignore : nul n'a plus la permission d'entrer chez lui. Royal le dit trop mal pour voir quiconque.

— Je pensais que j'étais peut-être la seule qu'il ne voulait pas recevoir. Enfin ! Le pauvre homme ! Perdre deux fils, puis voir son royaume dans cet état. Dis-moi, comment va la reine Kettricken ? Je n'ai pas eu l'occasion de lui parler.

— Assez bien, la dernière fois que je l'ai rencontrée. Elle pleure son époux, naturellement, mais…

— Elle s'est donc tirée sans mal de sa chute ? J'ai craint qu'elle ne fasse une fausse couche. » Patience se détourna de moi pour contempler un mur dépouillé d'une tapisserie familière. « J'étais trop lâche pour aller me rendre compte moi-même de son état, si tu veux savoir la vérité ; je connais trop bien la douleur que cause la perte d'un enfant avant qu'on ait pu le tenir dans ses bras.

— Sa chute ? répétai-je stupidement.

— Tu n'es pas au courant ? Dans ces épouvantables marches, en redescendant du jardin de la reine. On lui avait dit que certaines statues avaient été enlevées, elle est montée voir desquelles il s'agissait et elle est tombée au retour. Oh, pas de très haut, mais lourdement, sur le dos, dans cet escalier en pierre. »

Après cela, j'eus le plus grand mal à me concentrer sur la suite de la conversation de Patience, qui portait de toute façon sur le pillage des bibliothèques, sujet auquel je préférais ne pas penser. Dès que la courtoisie me le permit, je pris congé sur la promesse creuse de lui rapporter aussitôt des nouvelles de la reine.

On m'interdit l'accès de ses appartements : plusieurs dames me dirent, en parlant en même temps, de ne pas m'inquiéter, qu'elle allait bien mais qu'elle avait besoin de repos, oh, mais c'était terrible… J'endurai leurs caquetages assez longtemps pour m'assurer qu'elle n'avait pas perdu son enfant, après quoi je m'enfuis.

Mais au lieu de retourner tout de suite chez Patience, je gravis lentement les marches qui menaient au jardin de la reine ; j'avais emporté une lampe et j'avançai avec précaution. Au sommet de la tour, ce que j'avais redouté s'offrit à mes yeux : les statues les plus petites et les plus précieuses avaient disparu ; seul leur poids avait sauvé les plus grandes, c'était évident. Les pièces manquantes déséquilibraient la délicate création de Kettricken et ajoutaient à la désolation du jardin en hiver. Je refermai la porte derrière moi et m'engageai à nouveau dans l'escalier en descendant le plus lentement possible, avec la plus grande prudence. Au neuvième pas, je trouvai ce que je cherchai – et je faillis bien le trouver à la façon de Kettricken, mais je me rattrapai et m'accroupis pour examiner la marche. On avait mélangé de la graisse à du noir de fumée pour l'empêcher de briller et la fondre à la couleur de la pierre, et on l'avait déposée à l'endroit exact où le pied devait le plus naturellement se poser, surtout si l'on descendait rapidement, emporté par la colère, et assez près du haut de la tour pour qu'on puisse incriminer de la neige fondue ou de la boue restée collée à une chaussure. Je frottai mon index sur la tache, puis le portai à mon nez.

« De la belle graisse de porc », fit le fou. Je me relevai d'un bond et faillis dégringoler dans les escaliers ; je ne dus de retrouver mon équilibre qu'à de grands moulinets des bras.

« Très joli ; tu crois que tu pourrais m'apprendre à faire la même chose ?

— Ce n'est pas drôle, fou. On me suit, ces derniers temps, et j'ai les nerfs à vif. » Je scrutai les marches plongées dans l'obscurité ; si le fou avait pu venir jusqu'à moi sans que je l'entende, Guillot ne pouvait-il en faire autant ? « Comment va le roi ? » murmurai-je. Si Kettricken avait été victime d'un attentat, Subtil n'était plus en sécurité.

« À toi de me le dire. » Le fou sortit de l'ombre. Ses beaux habits avaient disparu, remplacés par une vieille livrée bleue et rouge en harmonie avec les nouvelles ecchymoses qui lui marquaient un côté du visage. La chair s'était fendue sur sa joue droite et j'avais l'impression qu'il avait une épaule démise.

« Encore ? m'exclamai-je.

— C'est exactement ce que je leur ai dit, mais ça n'a pas eu l'air de les intéresser ; il y a des gens qui n'ont pas de talent pour la conversation.

— Que s'est-il passé ? Je croyais que Royal et toi...

— Eh bien, vois-tu, même un fou ne peut pas paraître assez stupide pour plaire à Royal. J'ai voulu absolument rester auprès du roi, aujourd'hui, alors qu'on l'interrogeait sans relâche sur ce qui s'est passé le soir de la fête ; j'ai dû faire preuve d'un peu trop d'esprit en suggérant d'autres façons de s'amuser, et on m'a jeté dehors. »

Mon cœur se serra : je pensais bien connaître les gardes qui l'avaient escorté jusqu'à la porte. Burrich m'en avait toujours prévenu : nul ne savait jusqu'où Royal pouvait pousser l'audace. « Que leur a dit le roi ?

— Ah ! Tu ne me demandes pas si le roi allait bien ou s'il se remettait ? Non ! Seulement ce que le roi leur a dit ! Craindrais-tu pour ta précieuse petite peau, princelet ?

— Non. » J'étais incapable de lui en vouloir de sa question, pas même de la façon dont il l'avait formulée : c'était mérité. Je n'avais guère accordé d'attention à notre amitié, ces temps derniers ; pourtant, quand il avait eu besoin d'aide, c'est vers moi qu'il s'était tourné. « Non, mais tant que le roi ne révèle pas que Vérité est vivant, Royal n'a aucun motif de...

— Mon roi s'est montré... avare de paroles. Tout avait commencé par une aimable conversation entre père et fils ; Royal lui disait qu'il devait se réjouir de sa prochaine accession au titre de roi-servant, mais le roi Subtil ne répondait que vaguement, comme souvent en ce moment ; cette réaction a dû irriter Royal, qui s'est mis à l'accuser de n'être pas content, voire de s'opposer à lui, et, pour finir, il a soutenu qu'il existait un complot, une conspiration pour l'empêcher de monter sur le trône. Nul n'est aussi dangereux que l'homme qui n'arrive pas à savoir ce qu'il craint; Royal est cet homme. Même Murfès en a pris pour son grade; il avait apporté au roi une de ses mixtures destinées à engourdir l'esprit autant que la douleur, mais, alors qu'il approchait du lit, Royal la lui a fait sauter des mains, puis il a pris le pauvre Mur-Fesse à partie en prétendant qu'il était de mèche avec les conspirateurs et qu'il voulait droguer notre roi pour l'empêcher d'avouer ce qu'il savait; finalement, il lui a ordonné de s'en aller en disant que le roi n'aurait pas besoin de lui tant qu'il n'aurait pas jugé bon de parler clairement à son fils. C'est à ce moment qu'il a voulu me faire sortir aussi, et la mauvaise volonté que j'ai mise à obéir a été balayée par deux ou trois de ses énormes laboureurs de l'Intérieur. »

Une terreur sournoise m'envahit tandis que je me rappelais l'instant où j'avais partagé la souffrance du roi: Royal allait attendre sans un remords que cette souffrance passe outre à l'effet des drogues pour terrasser son père. Je n'imaginais aucun homme capable d'un tel acte, pourtant je savais que Royal n'hésiterait pas. « Quand tout cela s'est-il passé?

— Il y a une heure. Tu n'es pas facile à trouver. »

Je me penchai vers le fou. « Descends aux écuries voir Burrich; il s'occupera de toi. » Le guérisseur refuserait de le toucher: comme beaucoup d'occupants du Château, il craignait son étrange apparence.

« Que vas-tu faire? demanda le fou à mi-voix.

— Je n'en sais rien », répondis-je en toute franchise: c'était précisément le genre de situation dont j'avais parlé à Umbre et dont je savais que les conséquences seraient graves quoi que je fasse. Il fallait distraire Royal de ce qu'il avait entrepris; Umbre, j'en étais sûr, était au courant de ce qui se passait; s'il était possible de se débarrasser un moment de Royal et de sa bande... Je ne voyais qu'une seule nouvelle assez importante aux yeux de Royal pour l'obliger à quitter le chevet de Subtil.

« Ça ira? »

Le fou s'était laissé glisser le long du mur pour s'asseoir sur les marches glacées; il appuya la tête contre la paroi. « Je crois. Va. »

Je commençai à descendre.

« Attends ! » fit-il soudain.

Je m'arrêtai.

« Quand tu emmèneras mon roi, je l'accompagnerai. »

Je le dévisageai.

« Je ne plaisante pas. J'ai porté le collier de Royal en échange de cette promesse de sa part ; elle ne veut plus rien dire pour lui, maintenant.

— Je ne peux rien te promettre, murmurai-je.

— Moi, si. Je te promets que, si mon roi s'en va et que je ne pars pas avec lui, je révélerai tous tes secrets. Tous sans exception. » Sa voix tremblait. Il rappuya la tête contre le mur.

Je me détournai en hâte : les larmes qui ruisselaient sur son visage étaient teintées de rose par ses entailles. Incapable de supporter cette vision, je m'enfuis dans l'escalier.

# 12

## CONSPIRATION

*Le Grêlé à ta fenêtre*
*Le Grêlé à ta porte*
*Le Grêlé amène les jours de peste*
*Qui t'étendront à terre.*

*Quand flamme bleue monte de ta bougie*
*Par une sorcière ta chance a péri.*

*Ne souffre pas de serpent sur ton âtre*
*Ou le mal tuera tes enfants à petit feu.*

*Ton pain ne lève pas, ton lait surit,*
*Ton beurre ne prend pas*
*Tes flèches tordent en séchant,*
*Ton couteau te coupe,*
*Tes coqs chantent à la lune –*
*Ainsi le maître de maison se sait maudit.*

*

« Il nous faut du sang. » Kettricken m'avait écouté jusqu'au bout et elle venait de faire cette déclaration avec autant de calme que si elle demandait une coupe de vin ; elle regarda tour à tour Patience et Brodette qui cherchaient des idées.

« Je vais m'occuper de trouver un poulet, dit enfin Brodette à contrecœur. Je devrai le fourrer dans un sac pour l'empêcher de faire du bruit…

— Eh bien, vas-y, fit Patience. Va vite et rapporte-le dans mes appartements ; moi, je vais me munir d'un couteau et d'une cuvette, et une fois l'affaire faite, nous ne reviendrons ici qu'avec une coupe de sang. Moins nous en ferons ici, moins nous aurons à dissimuler. »

Je m'étais tout d'abord rendu chez Patience et Brodette, sachant que je n'arriverais pas à franchir seul le barrage des suivantes de la reine, et, tandis que je faisais un rapide crochet par ma chambre, elles s'étaient présentées chez Kettricken sous couvert de lui apporter une tisane spéciale, mais en réalité pour lui demander de ma part une audience privée. Elle avait renvoyé toutes ses dames en les assurant que la présence de Patience et Brodette était suffisante, puis dépêché Romarin à ma recherche ; la petite fille jouait à présent près de la cheminée, absorbée par l'habillage d'une poupée.

Tandis que Patience et Brodette sortaient, Kettricken se tourna vers moi. « Je vais éclabousser ma robe et mon lit de sang, puis j'enverrai chercher Murfès en lui faisant dire que je crains une fausse couche suite à ma chute ; mais je n'irai pas plus loin, Fitz. Je ne permettrai pas que cet homme pose la main sur moi et je ne ferai pas la bêtise de manger ni de boire l'une ou l'autre de ses mixtures. Je ne fais cela que pour le détourner de mon roi ; de plus, je ne dirai pas que j'ai perdu l'enfant, seulement que je le redoute. » Elle s'exprimait d'un ton farouche ; je me sentais glacé de voir avec quelle facilité elle avait accepté ce que Royal avait fait et faisait actuellement, et ce que j'avais proposé pour le contrecarrer. J'aurais tout donné pour être sûr que sa confiance en moi était bien placée. Elle ne parlait ni de trahison ni de bien ou de mal : elle discutait simplement de stratégie, aussi froidement qu'un général prépare une bataille.

« Cela suffira, affirmai-je. Je connais le prince Royal : Murfès se précipitera pour lui conter ce qui vous arrive et il reviendra ici avec lui, même si le moment est mal choisi. Il ne pourra pas résister au plaisir de constater la réussite de sa manœuvre.

— Toutes ces femmes qui s'apitoient sur moi à cause de la disparition de Vérité, c'est déjà pénible, mais les entendre parler de mon enfant comme s'il était mort lui aussi va être insupportable. Cependant, je le supporterai si je le dois. Et s'ils laissent des gardes auprès du roi? demanda Kettricken.

— Dès que Royal et Murfès seront partis vous voir, je frapperai à la porte et je créerai une diversion. Je m'occuperai des gardes, s'il y en a.

— Mais si vous êtes occupé à les détourner de leur poste, comment comptez-vous agir par ailleurs?

— J'ai un… quelqu'un d'autre qui m'aidera. » Du moins l'espérais-je; je pestai encore une fois intérieurement contre le fait qu'Umbre ne m'avait jamais laissé mettre en place un moyen de le contacter dans ce genre de circonstance. « Fais-moi confiance, me répétait-il. J'ai des yeux et des oreilles partout où c'est nécessaire, je te convoque quand je sais que cela ne présente aucun risque. Un secret reste un secret tant qu'un seul homme le connaît. » Je n'avais l'intention de révéler à personne que j'avais déjà confié mes plans à ma cheminée, dans l'espoir qu'Umbre écoutait: je formais le vœu que, dans le bref laps de temps que je lui donnerais, il pourrait approcher le roi et calmer sa souffrance afin qu'il puisse résister au harcèlement de Royal.

« C'est de la torture, murmura Kettricken comme si elle avait lu dans mes pensées, abandonner ainsi un vieillard à sa souffrance. » Elle me regarda dans les yeux. « Vous n'avez pas assez confiance dans votre reine pour me dire qui est votre aide?

— Je ne puis partager un secret qui n'est pas le mien: c'est le secret de mon roi, répondis-je doucement. Mais bientôt, je pense, il faudra vous le révéler. Jusque-là…

— Allez, me dit-elle en se déplaçant, mal à l'aise, sur son divan. Meurtrie comme je suis, je n'aurai pas à feindre d'être mal, seulement à supporter la présence d'un homme qui cherche à tuer son parent qui n'est pas encore né et à tourmenter son vieux père.

— Je m'en vais », répondis-je aussitôt, car je sentais sa fureur croître et je ne désirais pas y ajouter: tout devait être convaincant dans cette mascarade et elle ne devait pas laisser voir qu'elle savait que sa chute n'était pas due à sa propre maladresse. En sortant, je croisai Brodette qui portait une théière sur un plateau, Patience sur ses talons; ce n'était pas du thé qu'elle apportait. En passant devant les dames de compagnie de la reine, j'eus soin de prendre l'air soucieux ; lorsque la reine leur demanderait de lui envoyer le guérisseur personnel du roi, leurs réactions seraient sincères, et j'espérais qu'elles suffiraient à faire sortir Royal de son repaire.

Je me faufilai dans les appartements de Patience et laissai la porte à peine entrebâillée, puis j'attendis. Je pensai à un vieil homme chez qui les drogues ne faisaient plus effet et dont la douleur se réveillait ; je l'avais vue de l'intérieur, cette douleur. Dans ces conditions, et si un homme m'interrogeait sans relâche, combien de temps parviendrais-je à me taire ou à rester dans le vague ? Des jours entiers parurent s'écouler ; enfin, j'entendis des bruissements de jupes, des pas dans le couloir, et des coups affolés à la porte du roi Subtil. Je n'avais pas besoin de comprendre ce qui se disait, le ton suffisait, les supplications effrayées des femmes, les questions rageuses de Royal qui se muaient soudain en inquiétude feinte. Il appela Murfès qui sortit aussitôt de son exil et je perçus son exultation lorsqu'il lui ordonna de se rendre immédiatement auprès de la reine qui faisait une fausse couche.

À grand bruit, les dames passèrent à nouveau devant ma porte ; je ne bougeai pas et retins mon souffle. Ce trot, ces marmonnements, ce devait être Murfès, sans doute chargé de toute sorte de remèdes. J'attendis en respirant lentement, discrètement, et je finis par avoir la certitude que ma ruse avait échoué ; à cet instant, j'entendis le pas plus mesuré de Royal, puis ceux, pressés, de quelqu'un qui le rattrapait. « C'est du bon vin, crétin, ne le secoue pas ! » le réprimanda le prince, après quoi la distance ne me permit plus de distinguer ses paroles. Je patientai encore. Longtemps après qu'il eut dû être admis dans les appartements de la reine, je bridai ma hâte et comptai jusqu'à cent avant d'ouvrir la porte et de me diriger vers celle du roi.

Je frappai doucement, mais avec insistance, sans m'arrêter. Au bout d'un moment, une voix irritée demanda qui était là.

« FitzChevalerie, répondis-je sans faiblir. Je dois absolument voir le roi. »

Un silence, puis : « Personne n'a le droit d'entrer.

— Sur ordre de qui ?
— Du prince Royal.
— Je porte un objet que m'a donné le roi avec la promesse que je pourrais toujours le voir quand je le désirerais.
— Le prince Royal a bien spécifié qu'il ne fallait pas vous laisser entrer.
— Oui, mais c'était avant... » Et je baissai le ton en marmonnant quelques syllabes inintelligibles.
« Qu'est-ce que vous avez dit ? »
Je marmonnai derechef.
« Parlez plus fort !
— Je n'ai pas envie que tout le Château l'entende ! rétorquai-je d'un ton agacé. Ce n'est pas le moment de créer un mouvement de panique ! »
J'emportai le morceau : la porte s'entrouvrit. « Qu'est-ce qu'il y a ? » siffla l'homme.
Je me penchai vers lui, jetai un coup d'œil à gauche et à droite dans le couloir, puis encore un par-dessus son épaule. « Vous êtes seul ? demandai-je d'un ton soupçonneux.
— Oui ! répondit-il avec impatience. Alors, qu'est-ce qui se passe ? Y a intérêt à ce que ce soit important ! »
Je portai les mains vers ma bouche tout en me penchant davantage, comme si je ne voulais pas laisser échapper la moindre bribe de mon secret, et le garde se rapprocha ; aussitôt, je soufflai dans ma paume et une poudre blanche lui jaillit au visage. Il recula en chancelant et se mit à se frotter les yeux en s'étranglant ; un instant plus tard, il gisait à terre. C'était de la brume-de-nuit, rapide, efficace et souvent mortelle, mais je n'arrivai pas à ressentir de pitié : d'abord, c'était l'homme qui prenait plaisir à démettre les épaules, et surtout nul ne pouvait se trouver dans l'antichambre de Subtil sans être au courant, peu ou prou, de ce qui se passait chez le roi.
J'avais passé la main par l'entrebâillement et je m'évertuais à défaire les chaînes qui bloquaient la porte quand j'entendis un murmure familier mais pressant. « Va-t'en d'ici ! Laisse cette porte, va-t'en ! Ne la déverrouille pas, idiot ! » J'aperçus brièvement un visage grêlé, puis la porte se referma brutalement devant mon nez. Umbre avait raison : mieux valait que Royal ait affaire à une porte barricadée afin qu'il perde du

temps à la faire défoncer. Chaque instant que Royal passait retenu dans le couloir était un instant de plus qu'Umbre pouvait employer au chevet du roi.

La suite fut plus dure à réaliser que tout ce que j'avais déjà fait. Je descendis aux cuisines, engageai la conversation avec la cuisinière, puis lui demandai à quoi rimait le remue-ménage dans les étages ; la reine avait-elle perdu son enfant ? Elle se débarrassa rapidement de moi pour trouver de meilleures sources de renseignements et je me rendis dans la salle des gardes contiguë où je bus une chopine de bière et me forçai à manger comme si j'en avais vraiment envie. Les aliments me restèrent sur l'estomac, pesants comme du gravier. On ne m'adressa guère la parole, mais au moins j'étais présent. Les bavardages sur la chute de la reine enflaient et désenflaient autour de moi ; des gardes de Labour et de Bauge étaient arrivés entre-temps, grands hommes aux mouvements lents qui faisaient partie de la suite de leurs ducs respectifs, et ils avaient lié conversation avec leurs homologues de Castelcerf ; il était plus amer que bile de les entendre parler avidement de la chance que représenterait la mort de l'enfant pour l'accession de Royal au trône : on eût dit qu'ils pariaient sur des chevaux.

Le seul autre sujet de bavardage était une rumeur selon laquelle un petit garçon aurait vu le Grêlé dans la cour, près du puits du Château, aux alentours de minuit ; nul n'eut le simple bon sens de se demander ce que l'enfant faisait là, ni à quelle lumière il avait pu distinguer cette vision de mauvais augure. Non : tous juraient seulement de bien se garder de l'eau car, assurément, ce présage signifiait que le puits était souillé ; j'estimai, quant à moi, qu'étant donné la quantité de bière qu'ils consommaient, ils n'avaient guère à se faire de souci. Je ne quittai ma place qu'au moment où l'on annonça que Royal avait besoin sur-le-champ de trois hommes solides munis de haches dans les appartements du roi ; tandis que les conversations repartaient de plus belle, je m'éclipsai discrètement et me rendis aux écuries.

J'avais compté me rendre chez Burrich voir si le fou était passé le consulter, mais ce fut Molly que je rencontrai ; elle descendait les marches raides alors que je commençais à les monter. Devant mon expression stupéfaite, elle éclata de rire; mais elle reprit bien vite son sérieux et nul amusement ne brillait dans ses yeux.

« Qu'es-tu allée faire chez Burrich ? » demandai-je brutalement, en me rendant aussitôt compte de ce que ma question avait de grossier: en réalité, je craignais qu'elle ne fût allée chercher de l'aide.

« C'est mon ami », répondit-elle laconiquement en voulant me contourner. Sans réfléchir, je lui bloquai le chemin. « Laisse-moi passer ! » siffla-t-elle avec violence.

Loin de l'écouter, je la pris dans mes bras. « Molly, Molly, je t'en prie, dis-je d'une voix rauque tandis qu'elle se débattait sans conviction, trouvons un endroit où parler, ne serait-ce qu'un instant. Je ne supporte pas de te voir me regarder comme ça, alors que je ne t'ai fait aucun tort, je te le jure. Tu te conduis comme si je t'avais rejetée, mais tu ne quittes pas mon cœur; si je ne puis être à tes côtés, ce n'est pas parce que je n'en ai pas envie. »

Elle cessa brusquement de se contorsionner.

« Tu veux bien ? » fis-je d'un ton implorant.

Elle jeta un coup d'œil circulaire à la grange plongée dans la pénombre. « Nous allons parler, mais brièvement et ici même.

— Pourquoi m'en veux-tu à ce point ? »

Elle faillit répondre, mais je la vis se mordre la lèvre, puis devenir soudain de glace. « Pourquoi t'imagines-tu que mes sentiments pour toi sont le pivot de toute mon existence ? répliqua-t-elle. Qu'est-ce qui te fait croire que je n'ai pas d'autres intérêts que toi ? »

J'en restai bouche bée. « Peut-être parce que c'est ce que je ressens pour toi, dis-je d'un ton grave.

— C'est faux. » Exaspérée, elle me reprenait comme elle aurait repris un enfant qui soutiendrait que le ciel est vert.

— Si, c'est vrai. » Je voulus la serrer contre moi, mais elle était raide comme une bûche.

« Ton roi-servant Vérité était plus important; le roi Subtil est plus important; la reine Kettricken et son enfant sont plus importants. » À chaque phrase, elle avait plié un doigt, comme si elle dénombrait mes fautes.

« Je sais où est mon devoir, murmurai-je.

— Moi, je sais où est ton cœur, répliqua-t-elle tout net. Et je n'y ai pas la première place.

— Vérité est… il n'est plus là pour protéger sa reine, son enfant ni son père, dis-je d'un ton raisonnable. Aussi, pour l'instant, je dois les faire passer avant ma propre vie, avant tout ce qui m'est cher, non parce que je les aime davantage, mais… » Je cherchai en vain mes mots. « Je suis l'homme lige du roi, fis-je, à bout d'arguments.

— Moi, je suis ma propre maîtresse. » Dans sa bouche, le terme devenait synonyme d'absolue solitude. « Je m'occuperai de moi-même.

— Pas toujours, protestai-je. Un jour nous serons libres, libres de nous marier, libres de faire…

— ... tout ce que ton roi te demandera, coupa-t-elle. Non, Fitz. » Il y avait de l'inéluctable dans sa façon de s'exprimer, de la souffrance aussi. Elle s'écarta de moi et continua de descendre l'escalier ; alors qu'elle était à deux marches de moi et que tous les vents d'hiver semblaient souffler entre nous, elle dit, presque tendrement : « Je dois te faire un aveu : il y a quelqu'un d'autre dans ma vie, maintenant ; quelqu'un qui est pour moi ce que ton roi est pour toi, quelqu'un qui passe avant ma propre vie, avant tout ce qui m'est cher. Selon tes propres paroles, tu ne peux pas m'en vouloir. » Et elle me regarda.

J'ignore ce qu'elle vit sur mon visage, mais elle détourna les yeux comme si elle ne le supportait pas.

« Pour lui, je m'en vais, reprit-elle, dans un lieu plus sûr.

— Molly, je t'en prie, il ne peut pas t'aimer comme je t'aime ! » m'exclamai-je d'un ton implorant.

Elle ne me regarda pas. « Ton roi non plus ne peut pas t'aimer comme je… comme je t'ai aimé. Mais la question n'est pas ce qu'il ressent pour moi, dit-elle lentement ; c'est ce que je ressens pour lui. Il doit avoir la première place dans ma vie, il en a besoin. Comprends : ce n'est pas que je n'ai plus de sentiment pour toi, c'est que je ne peux pas faire passer ce sentiment avant ce dont il a besoin. » Elle descendit encore deux marches. « Adieu, le Nouveau. » Elle prononça ces mots définitifs dans un murmure mais ils se gravèrent dans mon cœur comme au fer rouge.

Immobile dans l'escalier, je la regardai s'en aller ; et soudain l'émotion qui me tenaillait se fit trop familière, la douleur trop connue ; je me précipitai à sa suite, la saisis par le bras et l'attirai dans la pénombre sous les marches. « Molly, dis-je, je t'en prie… »

Elle ne répondit pas ; elle ne me résistait même pas.

« Que puis-je te donner, que puis-je te dire pour te faire comprendre ce que tu représentes pour moi ? Je ne peux pas te laisser t'en aller !

— Pas plus que tu ne peux m'obliger à rester », répliqua-t-elle à mi-voix. Je sentis quelque chose l'abandonner, de la colère, du courage, de la volonté… je ne trouve pas de mot. « S'il te plaît », dit-elle, et j'eus mal en l'entendant car elle m'implorait. « Laisse-moi partir. Ne rends pas les choses difficiles ; ne me fais pas pleurer. »

Je lui lâchai le bras mais elle ne s'en alla pas.

« Il y a longtemps, fit-elle d'un ton circonspect, je t'ai dit que tu ressemblais à Burrich. »

Je hochai la tête dans le noir sans me soucier qu'elle ne pût pas me voir.

« Par certains côtés, c'est vrai, par d'autres, non. Aujourd'hui, je décide pour nous deux comme il a décidé autrefois pour Patience et lui. Nous n'avons pas d'avenir ensemble : ton cœur est déjà plein de quelqu'un d'autre, et aucun amour ne peut franchir l'abîme qui sépare nos rangs. Je sais que tu m'aimes, mais ton amour est… différent du mien. Je voulais que nous partagions nos existences ; toi, tu veux me garder dans une boîte, à l'écart de ta vie. Je ne supporterai pas que tu viennes me voir seulement quand tu n'as rien de plus important à faire. D'ailleurs, je ne sais même pas ce que tu fais quand tu n'es pas avec moi ; même ça, tu n'as jamais voulu me le faire partager.

— Ça ne te plairait pas ; mieux vaut que tu ne le saches pas.

— Ne me dis pas ça ! siffla-t-elle, furieuse. Tu ne comprends pas que c'est précisément ce que je ne supporte pas, que tu ne me laisses même pas décider toute seule si ça me plaît ou non ? Tu ne peux pas en juger à ma place, tu n'en as pas le droit ! Si même ça, tu ne peux pas me le dire, comment puis-je croire que tu m'aimes ?

— Je tue des gens, m'entendis-je répondre. Pour mon roi ; je suis un assassin, Molly.

— Je ne te crois pas ! » Elle avait parlé trop vite : l'horreur le disputait au mépris dans sa voix. Une partie d'elle-même savait que c'était la vérité. Enfin ! Un silence terrible, bref mais glacé, grandit entre nous tandis qu'elle attendait que j'avoue avoir menti – avoir menti en disant la vérité. Pour finir, elle s'en chargea pour moi. « Toi, un tueur ? Tu n'as même pas osé désobéir au garde, l'autre jour, pour voir pourquoi je pleurais ! Tu n'as pas eu le courage de le défier pour moi ! Et tu voudrais que je croie que tu assassines des gens pour le roi ! » Elle émit un son étranglé, à la fois de colère et de désespoir. « Pourquoi me dis-tu des choses pareilles ? Pourquoi maintenant ? Pour m'impressionner ?

— Si j'avais pensé que ça ne t'impressionnerait pas, je t'en aurais sans doute parlé il y a longtemps », avouai-je – et c'était vrai : j'avais principalement gardé le secret parce que je craignais de la perdre en le lui révélant. J'avais raison.

« Des mensonges, toujours des mensonges ! dit-elle en s'adressant plus à elle-même qu'à moi. Depuis le début. Quelle idiote j'ai été ! Si un homme te frappe une fois, il te frappera encore, à ce qu'on dit ; c'est la même chose pour les mensonges. Mais je suis restée, je t'ai écouté et je t'ai cru ! Quelle imbécile ! » Elle jeta ces derniers mots avec tant de violence que je reculai comme devant un coup de poing. Elle s'écarta de moi. « Merci, FitzChevalerie, reprit-elle d'un ton froid. Tu me facilites bien les choses. » Elle se détourna.

« Molly ! » fis-je, suppliant. Je voulus lui prendre le bras, mais elle pivota sur elle-même, la main levée pour me gifler.

« Ne me touche pas, gronda-t-elle. Ne pose plus jamais la main sur moi ! »

Et elle s'en alla.

Au bout d'un moment, je me souvins que je me trouvais dans le noir sous l'escalier de Burrich ; je frissonnai de froid et d'autre chose aussi – d'une absence. Mes lèvres se retroussèrent en une expression qui n'était ni un sourire ni un rictus. J'avais toujours redouté de perdre Molly à cause de mes mensonges, mais la vérité avait tranché en un instant ce que mes mensonges avaient maintenu lié pendant une année. Quelle leçon devais-je en tirer? me demandai-je. Très lentement, je montai les marches, puis je frappai à la porte.

« Qui est là? cria Burrich.

— Moi. » Il débarra la porte et j'entrai. « Que faisait Molly chez toi? » demandai-je sans me préoccuper de la façon dont il pouvait prendre la question, sans me soucier non plus de la présence du fou couvert de pansements à sa table. « Elle avait besoin d'aide? »

Burrich s'éclaircit la gorge. « Elle est venue chercher des herbes, dit-il, l'air mal à l'aise, mais je n'ai pas pu la dépanner, je n'avais pas ce qu'elle voulait; ensuite, le fou est arrivé et elle est restée pour m'aider à le soigner.

— Il y a des herbes chez Patience et Brodette, en quantité, observai-je.

— C'est ce que je lui ai dit. » Il se détourna de moi et se mit à ranger les affaires qu'il avait sorties pour panser le fou. « Mais elle ne voulait pas aller chez elles. » Il y avait presque de la curiosité dans son ton, quelque chose qui me poussait à la question suivante.

« Elle s'en va, fis-je d'une petite voix. Elle s'en va. » Je m'assis sur un fauteuil devant la cheminée, les mains crispées l'une sur l'autre entre les genoux. Je m'aperçus que je me balançais d'avant en arrière et m'efforçai de m'en empêcher.

« Tu as réussi? » demanda le fou à mi-voix.

Je cessai de me balancer; l'espace d'un instant, je ne compris pas de quoi il parlait. « Oui, murmurai-je enfin. Oui, je crois. » J'avais aussi réussi à perdre Molly, à user sa fidélité et son amour à force de la croire définitivement à moi, réussi à me montrer si logique, si pragmatique, si dévoué à mon roi que je venais de perdre toute chance d'avoir une vie personnelle. Je me tournai vers Burrich. « Est-ce que tu aimais Patience quand tu as décidé de partir? » demandai-je de but en blanc.

Le fou sursauta, les yeux écarquillés: ainsi, il y avait des secrets que lui-même ne connaissait pas. Burrich, lui, s'assombrit comme aux plus mauvais jours, puis il croisa les bras comme pour se contenir; allait-il me tuer sur place ou bien cherchait-il seulement à empêcher quelque douleur de remonter? « S'il te plaît, repris-je; il faut que je sache. »

Il me foudroya du regard, puis, en articulant soigneusement : « Je ne suis pas un homme volage. Si je l'aimais, je l'aimerais encore. »

Ainsi la souffrance demeurerait. « Mais tu as quand même décidé…

— Il fallait que quelqu'un le fasse ; Patience refusait de comprendre que c'était impossible ; l'un de nous deux devait mettre fin à nos tourments. »

Tout comme Molly avait décidé pour nous deux. J'essayai de songer à ce que j'allais faire l'instant suivant, mais rien ne me vint. Je regardai le fou. « Ça va ? m'enquis-je.

— Mieux que toi, répondit-il avec sincérité.

— Je parlais de ton épaule. Je croyais…

— Luxée, mais pas brisée. Elle s'en sort bien mieux que ton cœur. »

Toujours ses traits d'esprit ; mais j'ignorais qu'il était capable de manier l'humour avec autant de compassion. Son amitié faillit me faire éclater en sanglots. « Je ne sais plus quoi faire, dis-je d'une voix hachée. Je ne pourrai pas vivre sans elle. »

La bouteille d'eau-de-vie toucha la table avec un petit bruit quand Burrich l'y posa, accompagnée de trois gobelets. « Nous allons boire, dit-il. Pour souhaiter de tout notre cœur à Molly de trouver le bonheur. »

Nous bûmes et Burrich remplit à nouveau les gobelets.

Le fou fit tournoyer l'alcool dans le sien. « Est-ce bien avisé, à l'heure présente ? demanda-t-il.

— Pour le moment, j'en ai assez d'être avisé, répondis-je ; je voudrais être fou.

— Tu ne sais pas de quoi tu parles. » Néanmoins, il leva son verre en même temps que moi aux fous de toute espèce, et une troisième fois à notre roi.

Malgré notre effort sincère, le sort ne nous donna pas assez de temps : des coups résolus furent frappés à la porte et Brodette entra, un panier au bras. Elle referma vivement le battant derrière elle. « Débarrassez-moi de ça, voulez-vous ? nous dit-elle en faisant rouler sur la table le poulet saigné.

— Voilà le dîner ! » s'exclama le fou avec enthousiasme.

Il fallut quelque temps à Brodette pour s'apercevoir de notre état mais il lui en fallut beaucoup moins pour s'emporter. « Nous jouons notre vie et notre réputation, et vous ne trouvez rien de mieux à faire que de vous soûler! » Elle se tourna d'un bloc vers Burrich. « Au bout de vingt ans, vous n'avez toujours pas appris que ça ne résolvait rien! »

Burrich ne broncha pas. « Il y a des choses qui ne se résolvent pas, fit-il d'un ton philosophe. L'alcool les rend beaucoup plus supportables. » Il se leva d'un mouvement fluide et se tint devant elle, ferme comme un roc; apparemment, des années de libations lui avaient enseigné le truc pour y résister. « Que vouliez-vous? »

Brodette se mordit la lèvre, puis préféra suivre le cours qu'il avait donné à la conversation. « Je veux qu'on me débarrasse de ça, et il me faut aussi une pommade contre les ecchymoses.

—Nul n'a donc jamais recours au guérisseur, ici? » dit le fou sans s'adresser à personne. Brodette ne lui accorda aucune attention.

« J'ai prétendu aller en chercher chez vous; il vaudrait donc mieux que j'en aie vraiment un pot au cas où quelqu'un exigerait de le voir. Ma véritable mission, c'est de trouver le Fitz et de lui demander s'il sait que des gardes sont en train de défoncer la porte du roi Subtil à coups de hache. »

Je hochai gravement la tête, mais estimai préférable de ne pas tenter d'imiter le lever gracieux de Burrich; en revanche, le fou se dressa d'un bond en s'écriant: « Quoi? Tu avais réussi, disais-tu! Quelle réussite est-ce là?

—La meilleure à laquelle je puisse parvenir en si peu de temps, répliquai-je. Espérons que tout ira bien; nous avons fait tout ce que nous pouvions. Par ailleurs, songe qu'il s'agit d'une solide porte de chêne; il va leur falloir du temps pour la défoncer et, à ce moment-là, je parie qu'ils s'apercevront que celle de la chambre du roi est elle aussi verrouillée et barrée.

—Comment t'es-tu débrouillé? demanda Burrich à mi-voix.

—Ce n'est pas moi », répondis-je avec brusquerie. Je regardai le fou. « J'en ai assez dit pour l'instant; il est temps de me faire un peu confiance. » Je m'adressai à Brodette. « Comment vont la reine et Patience? Comment s'est passée notre mascarade?

— Assez bien. La reine souffre de vilaines ecchymoses dues à sa chute et, pour ma part, je ne suis pas si sûre que le bébé soit hors de danger : une fausse couche ne se produit pas toujours tout de suite après un accident. Mais inutile de courir au-devant du malheur. Murfès s'est montré soucieux mais inefficace ; pour quelqu'un qui se prétend guérisseur, il s'y connaît remarquablement peu en herbes et en simples. Quant au Prince... » Brodette eut un grognement dédaigneux, mais n'ajouta rien.

« À part moi, quelqu'un pense-t-il qu'il est dangereux de laisser circuler la rumeur d'une fausse couche ? fit le fou d'un air dégagé.

— Je n'ai pas eu le temps de trouver autre chose, rétorquai-je. D'ici un jour ou deux, la reine démentira la nouvelle en assurant que tout semble être normal.

— Bon, pour le moment donc, toutes les précautions paraissent prises, observa Burrich ; mais ensuite ? Allons-nous voir le roi et la reine Kettricken déménager pour Gué-de-Négoce ?

— Aie confiance. Je te demande de me faire confiance une journée », dis-je non sans inquiétude. J'espérais que ce délai suffirait. « Et maintenant, nous devons nous disperser et continuer à vivre aussi normalement que possible.

— Un maître d'écurie sans chevaux et un fou sans roi, musa le fou : Burrich et moi pouvons continuer à boire. Vu les circonstances, c'est vivre normalement, je pense. Quant à toi, Fitz, j'ignore quel titre tu te donnes ces temps-ci et encore plus ce que tu fais normalement de tes journées. Par conséquent...

— Personne ne boira, déclara Brodette d'un ton menaçant. Rangez-moi cette bouteille et gardez l'esprit affûté ; et dispersez-vous, comme l'a dit Fitz. Ce qui s'est raconté dans cette pièce suffirait à nous faire tous balancer au bout d'une corde pour haute trahison – sauf toi, FitzChevalerie, naturellement : pour toi, ce serait le poison. Les personnages de sang royal n'ont pas droit à la corde. »

Ses paroles nous glacèrent. Burrich prit le bouchon et referma la bouteille ; Brodette sortit la première, un pot de pommade dans son panier, et le fou l'imita peu après. Quand je quittai Burrich, il avait nettoyé le poulet et s'acharnait sur les dernières plumes qui résistaient encore : il ne laissait jamais rien perdre.

J'errai un moment dans le Château en surveillant les ombres derrière moi. Kettricken devait se reposer et je ne me sentais pas capable de supporter les bavardages de Patience ni son analyse du caractère des uns et des autres. Si le fou était dans sa chambre, c'est qu'il ne désirait pas de compagnie, et s'il se trouvait ailleurs, j'ignorais où. Castelcerf était aussi infesté de gens de l'Intérieur qu'un chien malade de puces ; je traversai les cuisines où je chapardai du pain d'épice, puis je déambulai, malheureux comme les pierres, en m'efforçant de ne penser à rien et de paraître marcher sans but alors que je me dirigeais vers la borie où je dissimulais autrefois Œil-de-Nuit. Elle était vide à présent, aussi glacée à l'intérieur qu'à l'extérieur : il y avait longtemps qu'Œil-de-Nuit n'y gîtait plus, préférant les collines boisées auxquelles s'adossait Castelcerf. Mais je n'eus guère à attendre avant que son ombre franchisse le seuil de la porte ouverte.

Un des plus grands réconforts qu'apporte peut-être le lien du Vif est de n'avoir jamais à s'expliquer ; je ne fus pas obligé de raconter à mon loup les événements de la journée passée ni de trouver les mots pour décrire ce que j'avais ressenti à voir Molly s'en aller ; il ne posa aucune question et ne me tint pas de discours compatissants : les incidents de la vie des humains n'avaient guère de sens pour lui. Il réagissait à la force de mes émotions, non aux motifs dont elles découlaient. Il s'approcha simplement de moi et s'assit à mes côtés sur le sol de terre battue ; je passai un bras autour de lui, appuyai ma tête contre son col et restai ainsi.

*Les hommes font de drôles de meutes*, observa-t-il au bout d'un moment. *Comment pouvez-vous chasser ensemble si vous n'êtes pas capables de courir tous dans la même direction ?*

Je ne répondis pas ; je ne connaissais pas la réponse et il n'en attendait pas.

Il courba la tête pour se mordiller la patte avant qui le démangeait, puis il se redressa, s'ébroua et demanda : *Que vas-tu faire pour te trouver une compagne, maintenant ?*

*Tous les loups ne prennent pas de compagne.*

*Le chef, si, toujours. Comment la meute croîtrait-elle, sinon ?*

*Mon chef a une compagne et elle est enceinte. Ce sont peut-être les loups qui ont raison, et les hommes qui devraient les imiter. Peut-être que seul le chef devrait avoir une femelle ; c'est ce qu'a jugé Cœur de la Meute il y a très longtemps : qu'il ne pouvait avoir à la fois une compagne et un chef qu'il suivrait de tout son cœur.*

*Il est plus loup qu'il ne veut bien l'avouer – à quiconque.* Un silence. *Pain d'épice ?*

Je le lui donnai et il l'avala voracement.

*Tes rêves me manquent, la nuit.*

*Ce ne sont pas mes rêves, c'est ma vie. Tu y es le bienvenu, du moment que Cœur de la Meute ne se met pas en colère contre nous. La vie partagée est meilleure.* Un silence. *Tu aurais préféré partager la vie de la femelle.*

*Mon défaut, c'est d'en vouloir trop.*

Ses paupières battirent sur son profond regard. *Tu aimes trop d'êtres à la fois. Ma vie est beaucoup plus simple.*

Il n'aimait que moi.

*C'est vrai. Ma seule difficulté, c'est de savoir que tu ne le crois pas.*

Je poussai un profond soupir. Œil-de-Nuit éternua sans prévenir, puis s'ébroua. *Je n'aime pas cette poussière de souris. Mais avant que je m'en aille, sers-toi de tes mains habiles pour me gratter l'intérieur des oreilles ; j'ai du mal à y arriver sans m'égratigner.*

Je lui grattai donc les oreilles, et le dessous du cou, et la nuque, jusqu'à ce qu'il se laisse tomber sur le flanc comme un chiot.

« Mon gros chien », lui dis-je avec affection.

*Tu vas me payer cette insulte !* Il se remit brusquement debout, me mordit durement à travers ma manche, puis s'enfuit par la porte. Je relevai ma manche pour examiner les profondes marques blanches de mon bras ; elles ne saignaient pas, mais tout juste. C'était de l'humour de loup.

La courte journée d'hiver touchait à sa fin. Je rentrai au Château et, bien que je n'en eusse guère envie, me rendis aux cuisines afin d'écouter Mijote me rapporter les derniers commérages. Elle me bourra de gâteau aux pruneaux et de mouton tout en me parlant de l'éventuelle fausse couche de la reine, puis de la porte des appartements royaux qu'il avait fallu abattre à la hache après que le garde du roi fut soudain mort d'apoplexie. « Et pareil pour la deuxième porte, pendant que le prince Royal, qui craignait qu'il ne soit arrivé malheur au roi, n'arrêtait pas d'enguirlander ses hommes pour qu'ils se pressent. Mais une fois la porte abattue, ils ont trouvé le roi qui dormait comme un bébé malgré tout le vacarme, oui, mon sire ! Et tellement bien qu'ils n'ont jamais pu le réveiller pour lui expliquer pourquoi on lui avait démoli ses portes !

— Stupéfiant », fis-je, et elle poursuivit sur les potins ordinaires du Château ; ils portaient essentiellement sur qui était et qui n'était pas de l'exode à Gué-de-Négoce. Mijote, elle, en était, par la vertu de ses tartes aux groseilles vertes et de ses petits gâteaux ; elle ignorait qui s'occuperait de la cuisine à Castelcerf, mais ce serait sans doute un des gardes. Royal lui avait dit qu'elle pouvait emporter toutes ses meilleures marmites, ce dont elle se réjouissait, mais ce qu'elle regretterait vraiment, c'était la cheminée de l'ouest, car elle n'en avait jamais connu de plus pratique pour cuisiner : elle tirait exactement comme il fallait et les crochets à viande étaient tous disposés aux bonnes hauteurs. Je l'écoutais en essayant de ne penser qu'à ce qu'elle disait, de m'intéresser aux petits détails de ce qu'elle considérait comme important dans sa vie. J'appris que la garde de la reine devait demeurer à Castelcerf, de même que les rares soldats qui portaient encore les couleurs de la garde personnelle du roi Subtil ; depuis qu'ils avaient perdu le privilège de veiller sur les appartements royaux, leur moral avait considérablement baissé, mais le prince affirmait nécessaire de laisser ces groupes sur place afin de maintenir une présence royale à Castelcerf. Romarin était du voyage ainsi que sa mère, ce qui n'avait rien d'étonnant étant donné la personne qu'elles servaient ; Geairepu restait, Velours aussi. Ah, sa voix manquerait à Mijote, mais elle finirait sans doute par s'habituer aux gazouillis de l'Intérieur.

Elle ne songea même pas à me demander si je partais moi aussi.

Tout en gravissant l'escalier qui menait à ma chambre, j'essayai d'imaginer Castelcerf tel qu'il serait désormais : la Table Haute serait déserte à tous les repas, les plats se réduiraient à la simple nourriture de campagne que savaient préparer les cuistots militaires – du moins tant que dureraient les réserves ; nous allions sans doute manger pas mal de gibier et d'algues avant le printemps. Je m'inquiétais davantage pour Patience et Brodette que pour moi-même : vivre à la dure ne me dérangeait pas, mais elles n'y étaient pas accoutumées. Au moins, Velours serait encore là pour nous distraire, si son exil n'exacerbait pas sa nature mélancolique, et Geairepu aussi ; sans plus guère d'enfants à instruire, peut-être Patience et lui auraient-ils enfin le temps de travailler à fabriquer du papier. Ainsi, faisant contre mauvaise fortune bon cœur, je m'efforçais de trouver un avenir à chacun.

« Où étais-tu, Bâtard ? »

Sereine sortit soudain de l'embrasure d'une porte. Elle avait espéré me voir sursauter, mais le Vif m'avait prévenu d'une présence et je ne bronchai pas. « Dehors.

— Tu sens le chien.

— Moi, j'ai au moins l'excuse d'avoir été des chiens – les rares qui restent dans les écuries. »

Il lui fallut un petit moment pour déceler l'insulte sous la politesse de ma réponse.

« Tu sens le chien parce que tu es plus qu'à moitié chien, à pratiquer la magie des bêtes ! »

Je faillis lui envoyer une pique sur sa mère quand, soudain, je me la rappelai vraiment. « Quand nous apprenions à écrire, tu te rappelles que ta mère t'obligeait toujours à porter une blouse noire parce que tu te mettais de l'encre partout ? »

Elle me dévisagea d'un air renfrogné en tournant ma question en tous sens dans son esprit pour y découvrir une insulte, un affront ou une astuce.

« Et alors ? demanda-t-elle enfin, incapable de résister à la curiosité.

— Alors, rien. Ça m'est revenu comme ça ; il fut un temps où je t'aidais à tracer tes jambages droit.

— Ça n'a rien à voir avec aujourd'hui ! s'exclama-t-elle avec colère.

— Non, en effet. Ma porte est là ; tu voulais entrer avec moi ? »

Son crachat me manqua de peu et tomba à mes pieds ; je songeai qu'elle n'aurait pas agi de cette façon si elle ne devait pas quitter Castelcerf en compagnie de Royal. Le Château n'était plus son foyer et elle se sentait libre de le souiller avant de partir ; c'était très clair : elle ne comptait pas y remettre les pieds.

Une fois dans ma chambre, je tirai soigneusement chaque verrou et loquet, puis plaçai la lourde barre en travers de la porte. J'allai vérifier ma fenêtre et trouvai les volets bien clos, puis j'inspectai le dessous du lit ; enfin, je m'installai dans mon fauteuil près du feu pour somnoler en attendant qu'Umbre m'appelle.

Des coups frappés à ma porte me tirèrent de mon assoupissement. « Qui est là ? criai-je.

— Romarin. La reine désire vous voir. »

Le temps que je défasse les loquets et les verrous, l'enfant avait disparu. Ce n'était qu'une petite fille, mais je trouvais risqué qu'on m'annonce un tel message à travers une porte. J'arrangeai rapidement ma coiffure et mes vêtements, puis descendis vivement chez la reine, en remarquant au passage ce qui restait de la porte de chêne des appartements du roi Subtil ; un homme corpulent se tenait dans l'embrasure, un garde de l'Intérieur que je ne connaissais pas.

La reine Kettricken était allongée sur un divan près de son âtre ; plusieurs de ses dames papotaient en groupes répartis aux quatre coins de la pièce, mais la reine était seule. Les yeux clos, elle paraissait si totalement épuisée que je me demandai si Romarin n'avait pas fait erreur, mais dame Espérance me conduisit auprès d'elle et me fournit un tabouret bas ; elle me proposa enfin une tasse de thé que j'acceptai. Dès qu'elle se fut éloignée pour la préparer, Kettricken ouvrit les yeux. « Et maintenant ? » demanda-t-elle d'une voix si basse que je dus me pencher pour l'entendre.

Je la regardai d'un air interrogateur.

« Subtil dort pour le moment, mais il ne peut dormir éternellement. Le produit qu'on lui a donné va cesser de faire effet et nous en serons alors revenus au point de départ.

— La cérémonie d'intronisation approche ; le prince sera peut-être très occupé : il y a sans doute de nouveaux habits à coudre et à lui essayer, et toute sorte d'autres détails dans lesquels il se complaît. Cela le retiendra peut-être loin du roi.

— Et après ? »

Dame Espérance revint avec ma tasse de thé. Je lui murmurai des remerciements et, lorsqu'elle tira un fauteuil pour se joindre à nous, la reine Kettricken lui demanda, avec un pâle sourire, si elle pourrait elle aussi avoir du thé. Je me sentis presque honteux de la promptitude avec laquelle dame Espérance bondit pour lui obéir.

« Je ne sais pas, chuchotai-je en réponse à sa précédente question.

— Moi, je sais. Le roi serait en sécurité dans mes Montagnes ; il y recevrait honneur et protection, et peut-être Jonqui connaîtrait-elle... Ah, merci, Espérance. » La reine Kettricken prit la tasse qu'on lui tendait et en but une gorgée tandis que la dame s'installait.

Je souris à Kettricken, puis choisis mes termes avec soin en espérant qu'elle décrypterait mes propos. « Mais les Montagnes sont loin, ma reine, et le climat difficile à cette époque de l'année. Le temps qu'un courrier y parvienne pour y chercher le produit de votre mère, le printemps ne serait plus loin. En d'autres lieux, vous pourriez trouver le même remède à vos troubles ; Béarns ou Rippon auraient peut-être ce que nous désirons. Les dignes ducs de ces provinces ne peuvent rien vous refuser, vous le savez.

— Je le sais, dit Kettricken avec un sourire las. Mais ils ont leurs propres problèmes et j'hésite à y ajouter. Par ailleurs, la racine que nous nommons longuevie ne pousse que dans les Montagnes. Un courrier résolu pourrait s'y rendre, je pense. » Elle but une nouvelle gorgée de thé.

« Mais qui envoyer, voilà la question la plus ardue », observai-je. Elle n'ignorait sûrement pas les difficultés que présentait pour un vieillard un voyage jusque dans les Montagnes ; il ne pouvait partir seul. « L'homme qui irait devrait être tout à fait digne de confiance et doué d'une volonté inébranlable.

— L'homme que vous décrivez m'évoque une femme », repartit Kettricken, et dame Espérance éclata de rire, davantage de voir s'alléger l'humeur de la reine que de son trait d'esprit. Kettricken porta sa tasse à ses lèvres, puis interrompit son geste. « Peut-être devrais-je m'y rendre moi-même afin de veiller à ce que tout soit fait dans les règles », dit-elle, puis elle sourit en me voyant écarquiller les yeux. Mais le regard par lequel elle y répondit était grave.

Nous parlâmes ensuite de tout et de rien, et Kettricken m'entretint d'une recette à base de plantes pour la plupart imaginaires que je promis de tout faire pour lui rapporter. Une fois que j'eus pris congé d'elle et regagné ma chambre, je me demandai comment faire pour l'empêcher d'agir avant Umbre. Rude casse-tête !

Je venais à peine de verrouiller et de barrer ma porte que je sentis un courant d'air dans mon dos : l'entrée du domaine d'Umbre était entrebâillée. Je m'engageai d'un pas fatigué dans les marches ; j'avais envie de dormir, mais je savais que je serais incapable de fermer l'œil.

L'odeur de la nourriture me réveilla soudain lorsque j'entrai chez Umbre et je m'aperçus que je mourais de faim. Umbre était déjà attablé. « Assieds-toi et mange, me dit-il abruptement. Nous devons préparer un plan. »

J'en étais à ma deuxième bouchée d'un pâté en croûte quand il me demanda en chuchotant : « Combien de temps crois-tu que nous pourrions garder le roi Subtil ici, dans ces appartements, sans qu'on le trouve ? »

Je finis de mâcher, puis déglutis. « Je n'ai jamais réussi à trouver comment entrer ici, répondis-je.

— Oh, les accès existent bel et bien ; et comme les aliments et autres indispensables doivent y transiter, certaines personnes les connaissent sans se rendre compte exactement de ce qu'elles savent. Le dédale de mes appartements est relié à des pièces du Château où des réserves sont régulièrement déposées à mon intention ; mais ma vie était beaucoup plus facile quand c'était à dame Thym qu'on fournissait le manger et le linge.

— Comment allez-vous vous débrouiller quand Royal sera parti à Gué-de-Négoce ?

— Moins bien qu'autrefois, sans doute : l'habitude aidant, certaines tâches continueront à être effectuées, si ceux qui ont ces habitudes restent ; cependant, lorsque les réserves baisseront, on se demandera quel est l'intérêt d'entreposer des provisions dans des parties désaffectées du Château. Mais nous parlions du confort du roi, pas du mien.

— Tout dépend de la façon dont Subtil disparaîtra. Si Royal croit qu'il a quitté Castelcerf par des moyens ordinaires, vous pourrez peut-être le cacher ici quelque temps ; mais si le prince sait qu'il se trouve dans le Château, rien ne l'arrêtera. À mon avis, son premier ordre sera de faire abattre à coups de masse les murs de la chambre du roi.

— Brutal, mais efficace, reconnut Umbre.

— Lui avez-vous trouvé un endroit sûr en Béarns ou en Rippon ?

— Si vite ? Bien sûr que non ! Il faudrait le dissimuler chez moi pendant des jours, voire des semaines, avant qu'on ait pu lui préparer un abri ; ensuite, il faudrait le faire sortir discrètement du Château, ce qui sous-entend de trouver des hommes à soudoyer et de savoir à quel moment ils sont de garde aux portes. Malheureusement, ceux qu'on peut payer pour effectuer une tâche peuvent aussi accepter de l'argent pour la dénoncer plus tard – sauf s'il leur arrive un accident. » Il me regarda.

« Ce n'est pas un problème : il existe une seconde issue à Castelcerf, dis-je en pensant au passage que j'empruntais avec mon loup. Mais il y en a un autre : il s'agit de Kettricken. Elle va agir de son propre chef si on ne lui annonce pas rapidement que nous avons un plan ; ses réflexions l'ont menée dans les mêmes voies que nous et, ce soir, elle se proposait d'emmener Subtil dans les Montagnes.

— Une femme enceinte et un vieillard malade, en plein hiver ? C'est ridicule ! » Umbre se tut un instant. « D'un autre côté, personne ne s'y attendrait ; on ne les chercherait pas de ce côté-là. Et, avec le mouvement de population que Royal a déclenché, une femme et son père souffrant passeraient inaperçus.

— Ça reste quand même une idée grotesque ! » protestai-je. Je n'aimais pas la lueur d'intérêt qui s'était allumée dans l'œil d'Umbre. « Qui donc pourrait les escorter ?

— Burrich. Ça l'empêcherait de se tuer à force de boire pour tromper son ennui et il pourrait s'occuper de leurs bêtes, ainsi que de tout ce dont ils auraient besoin, sans aucun doute. Penses-tu qu'il accepterait ?

— Vous le savez bien, répondis-je à contrecœur. Mais Subtil ne survivrait pas à un tel voyage.

— Il a plus de chances d'y survivre qu'aux traitements de Royal. Ce qui le dévore continuera de le dévorer où qu'il se trouve. » Il s'assombrit. « Quant à savoir pourquoi sa maladie progresse si vite en ce moment, cela me dépasse.

— Mais le froid, les privations ! Son état s'aggraverait !

— Il y a des auberges sur une partie du chemin ; je puis encore trouver de quoi les payer. Subtil a tellement changé qu'il n'y a guère à craindre qu'on le reconnaisse ; pour la reine, c'est plus délicat : rares sont les femmes qui aient son teint et sa taille ; cependant, des vêtements épais pour augmenter son tour de taille, un capuchon pour les cheveux, et...

— Vous plaisantez !

— Demain soir, répondit-il. Il faut agir avant demain soir, car, à ce moment-là, le soporifique que j'ai donné à Subtil cessera de faire effet. Rien ne sera tenté contre la reine avant son départ pour Gué-de-Négoce, sans doute ; mais une fois que Royal la tiendra en son pouvoir, tant de choses peuvent arriver : une chute du pont glissant d'une péniche dans l'eau glacée du fleuve, un cheval qui s'emballe, un plat de viande malsaine... Si son assassin est moitié moins doué que nous, il réussira.

— L'assassin de Royal ? »

Umbre posa sur moi un regard apitoyé. « Tu n'imagines tout de même pas notre prince en train d'enduire lui-même un escalier de graisse et de noir de fumée. De qui crois-tu qu'il s'agisse ?

— De Sereine. » Son nom m'était venu aussitôt.

« Alors, ce n'est évidemment pas elle. Non, nous nous apercevrons qu'il s'agit d'un petit homme discret aux manières affables et à l'existence tranquille – si nous découvrons un jour qui c'est. Enfin, n'y pensons plus pour l'instant ! Quoiqu'il n'y ait rien de plus passionnant que de chercher à démasquer un autre assassin.

— Guillot, fis-je à mi-voix.

— Pardon ? »

Je lui exposai rapidement ce que je savais de Guillot et ses yeux allèrent s'agrandissant.

« Ce serait un coup de génie ! s'exclama-t-il, admiratif. Un assassin artiseur ! Étonnant que personne n'y ait jamais pensé.

— Si, Subtil, peut-être, dis-je. Mais son assassin aurait échoué à apprendre… »

Umbre se laissa aller contre le dossier de son fauteuil. « Je n'en suis pas sûr, fit-il d'un ton pensif. Subtil est assez retors pour avoir eu une idée pareille sans m'en faire part, même à moi. Mais ça m'étonnerait que Guillot soit davantage qu'un espion, pour l'instant – redoutable, c'est évident, et tu dois te montrer exceptionnellement vigilant –, mais je ne crois pas qu'il faille craindre en lui un assassin. » Il s'éclaircit la gorge. « En tout cas, il est de plus en plus évident qu'il faut faire vite. L'évasion devra s'effectuer depuis les appartements royaux ; il faudra que tu trouves encore une fois un moyen pour détourner l'attention des gardes.

— Pendant la cérémonie d'intronisation…

— Non. Nous ne pouvons pas attendre si longtemps. Demain soir, pas plus tard. Tu n'auras pas à les distraire longtemps : quelques minutes me suffiront.

— Il faut attendre ! Sinon, votre plan est irréalisable. Vous voudriez que je fasse se préparer la reine et Burrich d'ici demain soir, par conséquent il faudrait que je les mette au courant de votre existence ; et Burrich devrait s'occuper de trouver des chevaux et des vivres…

— Des canassons quelconques, pas des montures de qualité : on les remarquerait trop. Et une litière pour le roi.

— Des haridelles, il y en a en quantité, car il ne reste plus rien d'autre ; mais Burrich va l'avoir en travers de la gorge d'obliger son roi et sa reine à monter dessus.

— Et un mulet pour lui-même. Ils doivent passer pour des gens humbles qui ont à peine de quoi se rendre dans l'Intérieur ; je n'ai pas envie qu'ils attirent les voleurs de grand chemin. »

Je frémis en songeant à Burrich à califourchon sur un mulet. « Ça ne marchera pas, murmurai-je. Le délai est trop court ; il faut agir le soir de la cérémonie : tout le monde sera en bas pour le banquet.

— Ce qui doit être fait peut être fait », affirma Umbre, puis il demeura un moment pensif. « Mais ton argument n'est peut-être pas faux : il faut que le roi soit en bon état pour la cérémonie ; s'il n'y assiste pas, aucun des ducs côtiers ne donnera créance à l'intronisation de Royal ; il sera donc obligé de lui fournir ses herbes, pour le garder malléable à défaut d'autre chose. D'accord : après-demain soir ; si tu dois absolument me contacter demain, jette un peu d'écorce amère dans ton feu ; pas trop, je n'ai pas envie de me faire enfumer, mais une bonne poignée. Je t'ouvrirai. »

Une pensée me vint soudain.

« Le fou voudra accompagner le roi.

— Impossible, répondit Umbre d'un ton sans réplique. On ne peut pas le déguiser, sa présence ne ferait qu'augmenter les risques ; en outre, il est indispensable qu'il reste : nous aurons besoin de lui pour nous aider à préparer la disparition de Subtil.

— Ça m'étonnerait que ça le fasse changer d'avis.

— Laisse-moi m'en occuper : je lui démontrerai que l'évasion doit se passer sans anicroche s'il veut que le roi survive. Il faut créer une "atmosphère" telle que la soudaine absence du roi et de la reine passe pour… Enfin bref. Je me chargerai de cet aspect-là ; je découragerai les hommes d'abattre les murs. Quant à la reine, son rôle est facile : il lui suffira de se retirer tôt de la cérémonie, de déclarer vouloir dormir longuement et de renvoyer ses serviteurs ; elle devra préciser qu'elle ne souhaite être dérangée que si elle les appelle. Si tout va bien, Subtil et Kettricken devraient disposer de la plus grande partie de la nuit pour prendre de l'avance. » Il m'adressa un sourire affectueux. « Eh bien, je ne pense pas que nous puissions faire mieux. Oh, je sais, rien n'est définitivement établi, mais c'est mieux ainsi : nous aurons davantage de flexibilité. À présent, va dormir tant que tu le peux, mon garçon ; une journée chargée t'attend demain, et j'ai beaucoup à faire : je dois préparer des médicaments en quantité suffisante pour mener Subtil jusqu'aux Montagnes et noter clairement ce que chaque paquet contient. Burrich sait lire, n'est-ce pas ?

— Très bien », assurai-je ; au bout d'un moment, je demandai : « Vous trouviez-vous près du puits du Château, la nuit dernière, vers minuit ? On y aurait aperçu le Grêlé. Selon certains, cela signifie que le puits va bientôt être pollué ; pour d'autres, c'est de mauvais augure pour la cérémonie de Royal.

— Ah ? Eh bien, ce n'est pas impossible. » Umbre gloussa. « Les signes et les présages sinistres vont se multiplier, mon garçon, jusqu'à ce que la disparition d'un roi et d'une reine passe pour le plus naturel des événements. » Il eut un sourire gamin, les années s'effacèrent de son visage et ses yeux verts retrouvèrent un peu de leur espièglerie d'autrefois. « Va te reposer, et informe Burrich et la reine de notre plan ; moi, je parlerai à Subtil et au fou. Pas un mot à qui que ce soit d'autre. Une partie de notre plan repose sur la chance, mais pour le reste, fais-moi confiance ! »

Son rire me suivit dans l'escalier, mais ne parvint pas à me rassurer entièrement.

# 13

## Traîtres et trahisons

*De tous les enfants qu'eurent le roi Subtil et la reine Désir, Royal fut le seul qui ne mourut pas à la naissance. Certains disent que les sages-femmes n'aimaient pas la reine et ne faisaient guère d'efforts pour aider ses bébés à survivre, d'autres que, dans leur souci d'éviter à la reine les douleurs de l'enfantement, elles lui donnaient trop d'herbes destinées à atténuer la souffrance ; mais, étant donné que seuls deux de ses enfants mort-nés demeurèrent en son sein plus de sept mois, la plupart des sages-femmes affirment qu'il faut incriminer les drogues dont la reine faisait usage, autant que la néfaste habitude qu'elle avait de porter son poignard à sa ceinture la lame tournée vers son ventre, coutume dont chacun sait qu'elle attire le malheur sur les femmes en âge de procréer.*

*

Je ne dormis pas. Quand j'arrivais à chasser mes soucis pour le roi Subtil, Molly prenait leur place, accompagnée de quelqu'un d'autre, et mon esprit allait de l'un à l'autre telle une navette qui me tissait un manteau d'angoisse et d'accablement. Je me promis que, dès le roi Subtil et Kettricken en sécurité, je trouverais le moyen de reprendre le cœur de Molly à celui qui me l'avait volé. Cela décidé, je me tournai sur le dos et restai quelque temps les yeux grands ouverts dans le noir.

La nuit avait fermement établi son règne quand je roulai à bas de mon lit. Je me faufilai sans bruit entre les box vides et les animaux endormis pour monter chez Burrich. Il écouta ce que j'avais à lui dire sans m'interrompre, puis me demanda doucement : « Tu es sûr de n'avoir pas fait un cauchemar ?

— Dans ce cas, j'y ai passé la plus grande partie de mon existence, répondis-je à mi-voix.

— Je commence aussi à avoir la même impression. » Nous parlions à voix basse dans l'obscurité, lui dans son lit, moi assis par terre à son chevet ; j'avais refusé qu'il allume un feu, pas même une bougie, car je ne souhaitais pas éveiller la curiosité par un soudain changement de ses habitudes. « Pour réaliser tout ce qu'il nous demande en deux jours, chaque étape doit être exécutée à la perfection dès la première fois. C'est toi que je viens voir d'abord : peux-tu y arriver ? »

Il ne répondit pas tout de suite et, dans le noir, je ne voyais pas son visage. « Trois chevaux robustes, un mulet, une litière et des vivres pour trois, le tout sans se faire remarquer… » Un silence. « De toute manière, je ne vois pas comment flanquer le roi et la reine à cheval et leur faire franchir les portes de Castelcerf.

— Tu te rappelles le taillis d'aulnes où le grand renardier nichait ? Conduis-y les chevaux ; le roi et Kettricken t'y retrouveront. » À contrecœur, j'ajoutai : « Le loup les mènera jusqu'à toi.

— Est-ce qu'il faut vraiment qu'ils soient au courant de ce que tu fais ? » Cette idée l'horrifiait manifestement.

« Je me sers des outils disponibles ; de plus, je n'ai pas la même perception du Vif que toi.

— Combien de temps peux-tu faire esprit commun avec une créature qui se gratte, qui se lèche, qui se roule dans la charogne, qui devient folle quand une femelle est en chaleur, qui ne pense pas plus loin que son prochain repas, avant de faire tiennes ses valeurs ? Que seras-tu alors ?

— Un soldat de la garde », fis-je.

Burrich ne put s'empêcher d'éclater de rire. « Je ne plaisantais pas, dit-il au bout d'un moment.

— Moi non plus, en ce qui concerne le roi et la reine. Nous ne devons nous intéresser qu'aux moyens de réussir ; peu m'importe désormais ce que je devrai y sacrifier. »

Il demeura quelques instants sans mot dire. « Ainsi, je dois me débrouiller pour faire sortir de Castelcerf quatre animaux et une litière sans attirer la moindre attention ? »

Je hochai la tête dans le noir, puis : « C'est possible ? »

De mauvais gré, il répondit : « Il reste un ou deux lads en qui j'ai confiance, bien que je n'aie guère envie de leur demander ce service : je ne tiens pas à les voir pendre à cause de moi. Je pourrais leur faire croire qu'ils participent à un convoi d'animaux qui doit remonter le fleuve, mais mes gars ne sont pas idiots – un idiot n'a pas sa place dans mes écuries : une fois connue la nouvelle de la disparition du roi, ils auront vite fait le rapprochement.

— Choisis-en un qui aime le roi. »

Burrich soupira. « Quant aux vivres, ce ne sera pas somptueux : rations de campagne, probablement. Je dois aussi fournir les vêtements d'hiver ?

— Non, pour toi seulement ; Kettricken peut porter ce qu'il lui faut et Umbre peut pourvoir aux besoins du roi.

— Umbre... Ce nom m'est presque familier, comme si je l'avais déjà entendu, il y a longtemps.

— Il est censé être mort il y a longtemps. Avant cela, on le voyait dans le Château.

— Toutes ces années à vivre comme une ombre... » Burrich était abasourdi.

« Et il compte bien continuer.

— Tu n'as pas à craindre que je le trahisse. » Burrich paraissait vexé.

« Je sais. C'est juste que je suis tellement...

— Je sais. Eh bien, tu as encore à faire. Tu m'en as assez expliqué sur mon rôle ; je serai au lieu dit avec les chevaux et les vivres. À quelle heure ?

— Pendant la nuit, lorsque le banquet battra encore son plein. Je ne sais pas ; je me débrouillerai pour t'en informer. »

Il haussa les épaules. « Dès que la nuit sera tombée, je m'y rendrai et j'attendrai.

— Burrich... merci.

— Ce sont mon roi et ma reine ; inutile de me remercier de faire mon devoir. »

Je sortis et descendis l'escalier à pas de loup en rasant les murs, tous mes sens tendus pour m'assurer que nul ne m'espionnait. Une fois hors des écuries, je me glissai d'entrepôts en étables, de porcheries en enclos et d'ombre en ombre jusqu'à la vieille borie. Œil-de-Nuit m'y rejoignit, haletant. *Qu'y a-t-il ? Pourquoi me rappeler de ma chasse ?*

*Demain, à la tombée de la nuit, je risque d'avoir besoin de toi. Acceptes-tu de rester ici, dans l'enceinte du Château, et d'accourir rapidement si je te le demande ?*

*Naturellement. Mais pourquoi m'avoir fait venir pour ça ? Ce n'était pas la peine d'être aussi près de moi pour me demander un service aussi simple.*

Je m'accroupis dans la neige ; il s'approcha et posa la gorge sur mon épaule. Je le serrai fort contre moi.

*Quelles bêtises !* me dit-il, bourru. *Allons, va-t'en. Je serai là si tu as besoin de moi.*

*Merci.*

*Mon frère.*

Je me hâtai avec prudence pour regagner le Château et ma chambre, puis je verrouillai la porte et m'allongeai. La surexcitation tonnait en moi : je n'arriverais pas à me reposer vraiment tant que tout ne serait pas fini.

En milieu de matinée, je fus introduit dans la chambre à coucher de la reine, porteur de quelques manuscrits sur les simples. Kettricken, couchée sur un divan devant son âtre, jouait son rôle d'épouse affligée et de future mère inquiète ; manifestement, cette comédie la minait et sa chute lui avait causé davantage de douleur qu'elle ne voulait bien le reconnaître. Elle paraissait à peine mieux que la veille au soir, mais je la saluai chaleureusement et entrepris de lui désigner chaque plante des manuscrits avec moult péroraisons sur les bienfaits de chacune ; je réussis ainsi bientôt à faire fuir la plupart des dames de compagnie et Kettricken envoya les trois dernières chercher du thé, lui trouver d'autres oreillers et récupérer un autre manuscrit sur les simples censé se trouver dans le bureau de Vérité. La petite Romarin s'était depuis longtemps endormie dans un coin, au chaud, près de la cheminée. Dès que le bruissement des jupes se fut éteint, je me mis à parler rapidement, sachant que je n'avais guère de temps.

« Vous partirez demain soir, après la cérémonie d'intronisation », dis-je, et je poursuivis bien qu'elle eût entrouvert la bouche pour poser une question : « Habillez-vous chaudement et prenez des affaires d'hiver, mais pas trop. Remontez seule dans votre chambre dès que la bienséance le permettra en prétextant que la cérémonie et le chagrin vous ont épuisée ; renvoyez vos serviteurs, dites qu'il vous faut dormir et qu'ils ne doivent revenir que si vous les appelez. Verrouillez votre porte. Non, ne parlez pas, écoutez : préparez-vous pour le voyage, mais restez dans votre chambre. On viendra vous chercher. Faites confiance au Grêlé. Le roi part avec vous. Faites-moi confiance. » Je jetai ces derniers mots pêle-mêle, car des pas approchaient. « Tout sera prêt. Faites-moi confiance. »

Confiance... Moi-même, je n'étais pas si sûr que ce que je lui avais exposé se produirait. Dame Narcisse revenait avec les oreillers demandés et, peu après, le thé fut là aussi ; nous devisâmes aimablement et l'une des dames les plus jeunes de Kettricken me conta même fleurette. La reine Kettricken me pria de lui laisser les manuscrits, car son dos la faisait toujours souffrir ; elle avait décidé de se retirer tôt ce soir et peut-être leur lecture l'aiderait-elle à passer le temps avant de dormir. Je pris gracieusement congé de ces dames et m'en allai.

Umbre avait dit s'occuper du fou et je m'étais efforcé tant bien que mal de préparer l'évasion : ne me restait plus qu'à trouver un moyen pour que le roi soit seul après la cérémonie. Umbre ne m'avait demandé que quelques minutes ; allais-je devoir sacrifier ma vie pour les lui obtenir ? Je chassai cette idée : quelques minutes, pas davantage. J'ignorais si les deux portes enfoncées me seraient une aide ou une gêne. J'envisageai toutes les ruses évidentes : je pouvais feindre l'ivresse et entraîner les gardes dans une bagarre mais, à moins que je ne dispose d'une hache, il ne leur faudrait pas plus de quelques minutes pour me régler mon compte : me battre à mains nues ne m'avait jamais réussi ; et puis je devais rester en bon état. Je réfléchis à une dizaine d'idées similaires et les rejetai toutes : trop de facteurs entraient en ligne de compte que je ne pouvais maîtriser : combien y aurait-il de gardes, les connaîtrais-je, Murfès serait-il là, Royal ne risquait-il pas d'être venu bavarder ?

Lors de mes précédents passages chez Kettricken, j'avais remarqué qu'on avait cloué de vagues rideaux sur le chambranle des portes des appartements royaux. La plupart des débris avaient été nettoyés, mais des morceaux de bois jonchaient encore le sol, et nul ouvrier n'avait été engagé pour effectuer les réparations, autre signe que Royal n'avait aucunement l'intention de revenir un jour à Castelcerf.

J'essayai d'inventer une excuse pour m'introduire dans ces pièces. Le rez-de-chaussée du Château bruissait d'animation plus que jamais, car les ducs de Béarns, Rippon et Haurfond étaient attendus dans la journée pour assister à l'intronisation de Royal au titre de roi-servant ; il était prévu de les loger dans les petits appartements des invités, à l'autre bout de la Forteresse. Je me demandais comment ils allaient réagir à la disparition du roi et de la reine : y verraient-ils une trahison ou bien Royal trouverait-il le moyen de la leur dissimuler ? Quel augure en tirerait-on quant à son futur règne ? Pour finir, je chassai ces pensées qui ne m'aidaient guère à imaginer comment écarter les importuns de la chambre du roi.

Je quittai la mienne et déambulai dans le Château avec l'espoir que ma promenade me conduirait à l'illumination ; malheureusement, elle ne me mena qu'en plein capharnaüm, car des nobles de tous rangs arrivaient pour la cérémonie, et la marée montante des invités, de leur suite et de leur domesticité se heurtait à celle, descendante, des biens et des gens que Royal envoyait vers l'Intérieur. Mes pas m'entraînèrent sans que je l'eusse prévu au bureau de Vérité ; la porte étant entrebâillée, j'entrai. L'âtre était froid, la pièce sentait le renfermé et il flottait une forte odeur de souris ; je formai le vœu que les manuscrits dans lesquels elles nichaient ne fussent pas irremplaçables, bien que j'eusse la quasi-certitude d'avoir transporté chez Umbre ceux auxquels Vérité tenait. Je me déplaçai dans la pièce en touchant ses objets familiers et soudain sa présence me manqua cruellement, sa fermeté, son calme, sa force ; jamais il n'aurait laissé la situation se détériorer à ce point. Je m'assis dans son fauteuil de travail, devant sa table aux cartes ; des ratures et des gribouillis marquaient la table là où il avait essayé diverses teintes d'encre. À l'écart, deux plumes mal taillées et un pinceau presque sans poils à force d'usage ; dans une boîte, plusieurs petits pots qui contenaient des couleurs désormais sèches et craquelées ; pour moi, tous ces objets sentaient Vérité, comme le cuir et l'huile de harnais sentaient Burrich. Je m'accoudai sur la table et me pris la tête entre les mains. « Vérité, nous avons besoin de vous. »

*Je ne puis venir.*

Je me dressai d'un bond, me pris les pieds dans ceux du fauteuil et m'affalai sur le tapis. Frénétiquement, je me remis debout et, encore plus frénétiquement, je cherchai à renouer le contact. *Vérité !*

*Je t'entends. Qu'y a-t-il, mon garçon ?* Un silence. *Tu m'as artisé tout seul, n'est-ce pas ? Bravo !*

*Il faut que vous reveniez tout de suite !*

*Pourquoi ?*

Pêle-mêle, les images se déversèrent dans le lien, bien plus rapides que les mots et avec un luxe de détails qu'il aurait peut-être préféré ignorer. Peu à peu, je le sentis qui s'attristait et devenait aussi plus circonspect. *Rentrez. Si vous étiez ici, vous pourriez tout remettre en état ; Royal ne pourrait se prétendre roi-servant, il ne pourrait pas piller Castelcerf comme il le fait, ni enlever le roi.*

*Je ne peux pas. Calme-toi, réfléchis posément : je ne pourrais pas être revenu à temps pour empêcher ce qui se passe. Ce que tu m'apprends me chagrine, mais je suis trop près du but pour renoncer. Et si je dois devenir père* – une chaleur nouvelle envahit sa pensée à cette idée –, *il est encore plus important que je réussisse. Je dois préserver les Six-Duchés et libérer la côte des loups des mers afin que l'enfant en hérite.*

*Que dois-je faire ?*

*Ce que tu as prévu. Mon père, mon épouse et mon enfant ; c'est un lourd fardeau dont je te charge.* Il parut soudain inquiet.

*Je ferai ce que je puis*, lui dis-je, craignant de promettre davantage.

*J'ai foi en toi.* Il se tut un instant. *As-tu senti ?*

*Quoi donc ?*

*Quelqu'un essaye de s'introduire, d'écouter notre conversation. Un des espions de la couvée de vipères de Galen.*

*Je ne pensais pas que ce soit possible !*

*Galen a trouvé un moyen et il y a formé sa venimeuse engeance. Ne m'artise plus désormais.*

J'eus une impression similaire à celle que j'avais ressentie quand il avait rompu notre lien d'Art pour épargner les forces de Subtil, mais en beaucoup plus violent, comme un jaillissement de son art pour écarter quelqu'un de nous. Il me sembla percevoir l'effort qu'il lui en coûta. Notre contact disparut.

Vérité était parti aussi brusquement que je l'avais trouvé ; tout doucement, je cherchai le lien, ne trouvai rien. Ce qu'il avait dit sur un espion qui nous écoutait m'avait laissé ébranlé mais, en moi, la peur le disputait à la fierté : j'avais artisé ! On nous avait espionnés, mais j'avais artisé, seul et sans aide ! Cependant, qu'avait-on surpris de notre conversation ? Je repoussai le fauteuil de la table et demeurai assis, l'esprit en proie à la tempête. Artiser n'avait présenté aucune difficulté ; j'ignorais comment je m'y étais pris exactement, mais ç'avait été facile ; je me sentais comme un enfant qui vient de terminer un casse-tête, mais ne se rappelle plus la séquence précise des gestes qui l'ont conduit à la solution. Sachant que je pouvais le faire, j'eus envie de recommencer sur-le-champ, mais je me bridai fermement : j'avais d'autres tâches à exécuter, beaucoup plus importantes.

Je me levai, sortis rapidement du bureau et faillis trébucher sur Justin : il était assis en travers du couloir, les jambes étendues, adossé au mur. Il avait l'air ivre mais, en réalité, il était à demi assommé par la poussée que lui avait assenée Vérité. Je le contemplai de tout mon haut. J'aurais dû le tuer, je le savais ; le poison que j'avais composé à l'intention de Murfès, bien longtemps auparavant, se trouvait toujours dans une poche à l'intérieur de ma manche et je pouvais le lui faire avaler de force. Mais le produit n'était pas conçu pour agir rapidement. Comme s'il avait deviné mes pensées, Justin s'écarta de moi à quatre pattes le long du mur.

Je restai encore un moment à le regarder en m'efforçant de réfléchir calmement. J'avais promis à Umbre de ne plus agir sans le consulter, et Vérité ne m'avait pas ordonné de chercher ni de tuer l'espion ; il l'aurait pu d'une seule pensée. Cette décision ne m'appartenait pas et je me forçai à m'éloigner de lui sans le toucher – un véritable exploit. Je n'avais pas fait six pas que je l'entendis bredouiller : « Je sais ce que tu faisais ! »

Je pivotai face à lui. « De quoi parles-tu ? » demandai-je d'un ton grondant tandis que mon cœur se mettait à marteler dans ma poitrine : j'espérais qu'il allait m'obliger à le tuer. Je fus effrayé de m'apercevoir à quel point j'en avais envie.

Il blêmit mais ne battit pas en retraite ; on aurait dit un gosse vantard. « Tu marches comme si tu te prenais pour le roi lui-même, tu me regardes de haut et tu te moques de moi derrière mon dos. Ne crois pas que je ne le sache pas ! » Il se redressa en s'agrippant au mur et vacilla sur ses pieds. « Mais tu n'es pas si noble ! Tu as artisé une fois et tu te prends pour un maître, mais ton Art pue la magie de chien ! Ne t'imagine pas pouvoir prendre toujours tes grands airs ! Tu mordras la poussière ! Et bientôt ! »

En moi, un loup hurla aussitôt vengeance, mais je me dominai. « Tu aurais l'audace de m'espionner quand j'artise le prince Vérité, Justin ? Je ne pensais pas que tu aurais ce courage.

— Tu le sais bien, Bâtard. Je n'ai pas peur de toi au point de devoir me cacher. J'ai beaucoup d'audace, Bâtard ! Beaucoup plus que tu ne le crois. » D'une minute à l'autre, il prenait davantage confiance en lui.

« Sauf si je crois être en présence d'une traîtrise et d'une trahison, répondis-je. Le roi-servant Vérité n'a-t-il pas été déclaré mort, ô membre de clan qui a juré fidélité ? Et pourtant tu espionnes ma conversation avec lui sans manifester la moindre surprise ! »

L'espace d'un instant, Justin resta pétrifié, puis il se fit téméraire. « Dis ce que tu veux, Bâtard. Personne ne te croira si nous nions tes assertions.

— Aie au moins le bon sens de te taire », déclara Sereine. Elle avançait sur moi comme un navire toutes voiles dehors ; je ne bougeai pas d'un pouce et elle dut me frôler pour saisir Justin par le bras, comme elle l'eût fait d'un panier oublié dans un coin.

« Se taire, c'est une autre façon de mentir, Sereine. » Elle était en train d'entraîner Justin. « Tu sais que le roi Vérité est toujours vivant ! criai-je après eux. T'imagines-tu qu'il ne reviendra jamais ? Que vous ne devrez jamais répondre du mensonge de votre vie ? »

Ils tournèrent un coin et disparurent, me laissant à ruminer ma fureur et à me maudire d'avoir clamé à la cantonade ce qui devait encore demeurer secret ; mais l'incident m'avait mis d'humeur agressive. Je continuai à rôder dans le Château. C'était le branle-bas aux cuisines et Mijote n'avait pas de temps à me consacrer, sauf pour me demander si j'avais appris qu'on avait trouvé un serpent sur la pierre de la grande cheminée ; je répondis qu'il avait dû se glisser dans la réserve de bois pour y passer l'hiver et qu'on l'en avait tiré en même temps qu'une bûche ; la chaleur l'avait sans doute réveillé. Elle secoua la tête en disant qu'elle n'avait jamais rien entendu de tel, mais que cela augurait du malheur ; elle me raconta de nouveau l'histoire du Grêlé près du puits, mais y ajoutant qu'il avait bu au seau et que l'eau qui avait coulé sur son menton était rouge comme le sang. D'ailleurs, elle faisait désormais tirer l'eau pour la cuisine du puits situé dans la cour des lavandières : elle ne tenait pas à ce que les invités s'écroulent raides morts à sa table.

Après cette note optimiste, je quittai les cuisines, non sans avoir chapardé quelques gâteaux sucrés sur un plateau. Je n'avais pas fait quelques pas qu'un page apparut devant moi. « FitzChevalerie, fils de Chevalerie ? » me demanda-t-il d'un ton circonspect.

Ses larges pommettes le désignaient comme probablement d'origine béarnoise et je découvris en effet la fleur jaune, emblème de Béarns, cousue sur son pourpoint rapiécé. Pour un garçon de sa taille, il était d'une maigreur effrayante. Je hochai gravement la tête.

« Mon maître, le duc Brondy de Béarns, souhaite vous voir le plus tôt qu'il vous sera possible. » Il articulait avec grand soin : il ne devait pas être page depuis longtemps.

« Eh bien, maintenant, alors.

— Désirez-vous que je vous conduise à lui ?

— Je trouverai mon chemin. Tiens, je ne peux pas emporter ça chez le duc. » Je lui donnai les gâteaux et il les prit d'un air hésitant.

« Dois-je vous les garder de côté, messire ? demanda-t-il avec le plus grand sérieux, et je fus attristé de voir un enfant accorder tant de valeur à de la nourriture.

— Tu peux les manger à ma place si tu en as envie, et, s'ils t'ont plu, tu pourrais descendre aux cuisines dire à Sara, notre cuisinière, ce que tu penses de son ouvrage. »

Si débordée soit-elle, je savais que Mijote ne pourrait faire autrement que donner au moins un bol de ragoût à un enfant émacié qui lui ferait un compliment.

« Bien, messire ! » Son visage s'illumina et il s'éloigna en courant, la moitié d'un gâteau déjà dans la bouche.

Les petits appartements étaient à l'opposé de la Grand-Salle par rapport à ceux du roi ; on les disait petits, je suppose, surtout parce que leurs fenêtres donnaient sur les montagnes et non sur la mer, ce qui assombrissait les pièces ; mais les chambres n'étaient ni plus petites ni moins belles que celles des autres logements.

Oui, mais la dernière fois que j'en avais visité un, il était décemment meublé ; là, les gardes béarnois m'introduisirent dans un salon dont le mobilier se réduisait en tout et pour tout à trois fauteuils avec une table nue et bancale au milieu. Impassible, Félicité m'accueillit puis alla avertir le duc Brondy de ma présence. Disparues, les tentures et les tapisseries qui avaient naguère réchauffé les murs et rehaussé de leurs couleurs la salle de pierre, à présent aussi gaie qu'un cul-de-basse-fosse et seulement illuminée par une vive flambée dans l'âtre. Je restai planté au milieu de la pièce en attendant que le duc sorte de sa chambre et me souhaite la bienvenue, après quoi il m'invita à m'asseoir et, gênés l'un et l'autre, nous approchâmes nos sièges de la cheminée. Il aurait dû y avoir des petits pains et des pâtisseries sur la table, des bouilloires, des chopes, des herbes pour le thé, des bouteilles de vin pour faire bon accueil aux hôtes de Castelcerf, mais il n'y avait rien et j'en étais navré. Félicité se déplaçait sans bruit derrière nous comme un faucon en chasse ; je me demandai où était Célérité.

Nous échangeâmes quelques propos polis et sans importance, puis Brondy plongea dans le vif du sujet tel un cheval de trait dans une congère. « On m'a dit que le roi Subtil était malade, trop malade pour recevoir ses ducs, et Royal, naturellement, est beaucoup trop occupé avec les préparatifs de la cérémonie. » Le sarcasme était lourd comme une crème épaisse. « Aussi souhaitais-je rendre visite à Sa Majesté la reine Kettricken car, ainsi que vous le savez, elle s'est montrée des plus courtoises avec moi par le passé ; mais, à sa porte, ses dames m'ont annoncé qu'elle ne se sentait pas bien et ne recevait pas. J'ai entendu une rumeur selon laquelle elle était enceinte mais qu'elle aurait perdu l'enfant par trop de chagrin et à cause de sa précipitation irréfléchie à se porter au secours de Rippon. Est-ce exact ? »

Le temps d'une inspiration, j'examinai la meilleure façon de tourner ma réponse. « Notre roi, comme vous l'avez dit, est très mal et je ne pense pas que vous le verrez sauf à la cérémonie ; notre reine est elle aussi indisposée mais, si elle avait su que vous vous trouviez en personne à sa porte, elle vous aurait sûrement fait entrer. Elle n'a pas perdu son enfant et elle a volé à la défense de Finebaie pour la même raison qu'elle vous a donné ses opales : parce que, si elle n'agissait pas elle-même, elle craignait que nul n'agît. De plus, ce n'est pas ce qu'elle a fait à Finebaie qui a mis en danger son enfant, mais une chute dans l'escalier d'une tour, ici, à Castelcerf ; enfin, l'enfant n'a été que menacé, non perdu, bien que notre reine souffre de douloureuses contusions.

— Je vois. » Il se rencogna dans son fauteuil et prit l'air méditatif. Le silence prit racine entre nous et grandit tandis que j'attendais qu'il achève ses réflexions. Enfin, il se pencha vers moi en me faisant signe de l'imiter ; lorsque nos têtes furent à se toucher, il me demanda à mi-voix : « FitzChevalerie, avez-vous de l'ambition ? »

Nous y étions. Le roi Subtil avait prévu cet instant des années plus tôt et Umbre plus récemment. Comme je ne répondais pas tout de suite, Brondy continua, et j'eus l'impression que chacun de ses mots était une pierre qu'il taillait soigneusement avant de me la tendre. « L'héritier du trône des Loinvoyant est encore à naître ; une fois que Royal se sera déclaré roi-servant, croyez-vous qu'il attendra longtemps avant de s'emparer du trône ? Nous pas – car, si ce sont mes lèvres qui prononcent ces paroles, je parle aussi au nom des duchés de Rippon et de Haurfond. Subtil est vieux et faible ; il n'est plus roi que par le titre. Nous avons déjà eu un aperçu du genre de souverain que ferait Royal ; que devrions-nous subir encore sous son règne, en attendant que l'enfant de Vérité soit en âge d'être couronné ? Mais je n'espère pas, de toute façon, que l'enfant naisse un jour et encore moins qu'il monte sur le trône. » Il se tut, s'éclaircit la gorge, puis posa sur moi un regard ardent. Félicité se tenait près de la porte, comme pour protéger notre discussion contre les intrus. Je gardai le silence.

« Nous vous connaissons et vous êtes le fils d'un homme que nous connaissions. Vous portez ses traits et presque son nom. Vous avez autant le droit de vous dire de sang royal que bien d'autres qui ont porté la couronne. » Il se tut à nouveau.

Je gardai encore le silence. Ce qu'il m'offrait ne constituait pas pour moi une tentation, mais j'étais prêt à l'écouter jusqu'au bout. Il n'avait encore rien dit pour m'inciter à trahir mon roi.

Il chercha ses mots, puis croisa mon regard. « Les temps sont difficiles.

— En effet », murmurai-je.

Ses yeux redescendirent vers ses mains. C'étaient des mains usées, des mains qui portaient les petites cicatrices et les cals de l'homme qui s'en sert. Sa chemise était lavée et reprisée de frais, mais ce n'était pas un vêtement neuf, fabriqué spécialement pour l'occasion ; les temps étaient peut-être durs à Castelcerf, mais ils l'étaient bien plus en Béarns. Il chuchota : « Si vous jugiez opportun de vous opposer à Royal, de vous déclarer roi-servant à sa place, Béarns, Rippon et Haurfond seraient prêts à vous soutenir ; la reine Kettricken en ferait autant, j'en suis convaincu, et tout Cerf aussi. » Il me regarda de nouveau. « Nous en avons longuement débattu et nous pensons que l'enfant de Vérité aurait de meilleures chances d'accéder au trône sous votre régence que sous celle de Royal. »

Ainsi, Subtil ne comptait déjà plus pour rien. « Pourquoi ne pas plutôt apporter votre appui à Kettricken ? » demandai-je, prudent.

Il se mit à contempler les flammes. « C'est dur à dire après le dévouement dont elle a fait preuve, mais elle est d'origine étrangère et, par certains côtés, nous ignorons sa valeur. Nous ne doutons pas d'elle, non, et nous ne voulons pas l'écarter. Reine elle est, reine elle demeurerait, et son enfant régnerait après elle. Mais en la circonstance nous avons besoin d'une reine et d'un roi-servant, ensemble. »

Une question soufflée par un démon me brûlait les lèvres : « Et si, une fois l'enfant en âge d'être couronné, je refusais de rendre le pouvoir ? » Ils avaient déjà dû se la poser, ils avaient déjà dû convenir d'une réponse à y apporter. Immobile, je conservai le silence ; il me semblait presque percevoir les remous des possibilités qui tourbillonnaient autour de moi ; était-ce cela dont le fou me rebattait les oreilles, sentais-je la présence d'un de ces carrefours embrumés dont j'occupais toujours le centre ? « Catalyseur, murmurai-je avec dérision.

— Pardon ? » Brondy se pencha vers moi.

« Chevalerie, dis-je. Comme vous l'avez signalé, je porte presque son nom. Duc Béarns, vous êtes un homme aux abois et je sais les risques que vous avez pris en me parlant ; je me montrerai aussi direct avec vous : j'ai effectivement de l'ambition, mais je n'aspire pas à la couronne de mon roi. » Je pris une inspiration et plongeai mon regard dans les flammes ; pour la première fois, j'envisageai sérieusement les conséquences de la brutale disparition de Subtil et de Kettricken sur Béarns, Rippon et Haurfond : les duchés côtiers se retrouveraient comme un navire sans gouvernail, les ponts balayés par les vagues. Brondy avait déclaré, ou peu s'en fallait, qu'il refuserait de s'assujettir à Royal, mais je n'avais rien à lui proposer en échange : lui souffler que Vérité était vivant les obligerait, lui et les deux autres ducs, à se dresser le lendemain pour nier à Royal le droit de se déclarer roi-servant ; les avertir de l'absence prochaine de Subtil et de Kettricken ne leur donnerait aucune assurance et conduirait seulement à ce que trop de gens ne manifestent aucune surprise lorsqu'elle adviendrait. Une fois le roi et la reine en sécurité au royaume des Montagnes, peut-être pourrait-on tout leur révéler, mais ce ne serait pas avant plusieurs semaines. Je cherchai quelle réponse lui fournir pour le moment, quelles assurances, quels espoirs.

« Pour ce que cela vaut, en tant qu'homme, je suis avec vous. » Je choisis mes termes avec soin en me demandant si j'étais en train de trahir. « J'ai juré allégeance au roi Subtil ; je suis fidèle à la reine Kettricken et à l'héritier qu'elle porte. Je prévois des jours sombres et les duchés côtiers doivent s'unir contre les Pirates rouges ; nous n'avons pas le temps de nous préoccuper des actions de Royal dans l'Intérieur. Qu'il s'en aille à Gué-de-Négoce : notre vie est ici et c'est ici que nous devons résister. »

À mes propres paroles, je sentis un profond changement en moi, l'impression de me débarrasser d'un manteau ou la sensation de l'insecte qui sort de son cocon. Royal me laissait à Castelcerf, m'abandonnait, croyait-il, aux privations et au danger avec tous ceux qui m'étaient chers. Eh bien, qu'il m'abandonne ! Le roi et la reine Kettricken à l'abri dans les Montagnes, je ne le craindrais plus. Molly était partie, je l'avais perdue ; qu'avait donc dit Burrich, longtemps auparavant ? Que je ne la voyais pas, mais qu'elle me voyait peut-être ? Qu'elle voie donc que j'étais capable d'agir, qu'un seul homme dressé pouvait changer les choses. Patience et Brodette seraient plus en sécurité sous ma garde que dans l'Intérieur, otages de Royal. Mes pensées circulaient à la vitesse de l'éclair. Pouvais-je m'approprier Castelcerf et garder le Château pour Vérité en attendant son retour ? Qui se rallierait à moi ? Burrich ne serait plus là, inutile de compter sur son influence ; mais ces pochards de soldats de l'Intérieur ne seraient plus là non plus. Ne resteraient que des guerriers de Cerf qui auraient un intérêt matériel à empêcher la forteresse glacée de tomber ; certains m'avaient vu grandir, d'autres avaient appris à manier l'épée en même temps que moi ; je connaissais les gardes de Kettricken et les vieux soldats qui arboraient encore les couleurs du roi Subtil me connaissaient : j'avais ma place parmi eux avant même d'avoir ma place auprès du roi. S'en souviendraient-ils ?

Malgré la chaleur du feu, un frisson glacé me parcourut et, si j'avais été un loup, les poils se seraient dressés sur mon échine. L'étincelle qui s'était allumée en moi brilla plus fort. « Je ne suis pas roi, je ne suis pas prince, je ne suis qu'un bâtard, mais un bâtard qui aime Cerf. Je ne veux pas d'effusion de sang entre Royal et moi, pas de confrontation. Nous n'avons pas de temps à perdre et je n'ai nulle envie de tuer des gens des Six-Duchés. Que Royal coure se terrer dans l'Intérieur ; quand lui et les chiens qui lui reniflent les talons seront partis, je serai à votre service, ainsi que tous les habitants de Cerf que je pourrai rallier à moi. »

J'avais fait ma déclaration, j'étais engagé. Trahison ! Traître ! soufflait une petite voix au fond de moi, mais mon cœur savait la justesse de ma décision. Umbre ne partagerait peut-être pas mon point de vue, mais sur l'instant il me semblait que le seul moyen de m'affirmer du côté de Subtil, de Vérité et de l'enfant de Kettricken était de me déclarer dans le camp de ceux qui ne voulaient pas suivre Royal. Cependant, je tenais à m'assurer que Brondy comprenait clairement où allait ma fidélité et je plongeai le regard dans celui, circonspect, du duc. « Voici mon but, duc Brondy de Béarns ; je vous l'expose franchement et je n'en viserai pas d'autre : je veux voir le royaume des Six-Duchés unifié, ses côtes débarrassées des Pirates rouges, placer la couronne sur la tête de l'enfant de Kettricken et de Vérité. Je dois vous entendre dire que vous partagez ce but.

— Je le jure, FitzChevalerie, fils de Chevalerie. » Et, à ma grande horreur, le vieux guerrier couturé de cicatrices prit mes mains dans les siennes et les plaça sur son front, selon l'antique geste de celui qui prête serment de féauté. J'eus peine à m'empêcher de les lui arracher. Fidélité à Vérité, me dis-je : c'est dans cet esprit que j'ai entrepris l'affaire, c'est ainsi que je dois la poursuivre.

« Je parlerai aux autres, poursuivit Brondy à mi-voix ; je leur annoncerai votre désir. En vérité, nous ne souhaitons pas que le sang coule, pas plus que vous. Que le chiot se sauve dans l'Intérieur, la queue entre les jambes ; les loups resteront ici et tiendront ferme. »

Le choix des termes me fit courir un picotement dans les cheveux.

« Nous assisterons à sa cérémonie, nous nous présenterons même devant lui pour renouveler notre serment d'être fidèles à un roi de la lignée des Loinvoyant. Mais il n'est pas ce roi et il ne le sera jamais. J'ai appris qu'il partait dès le lendemain ; nous le laisserons partir, bien que, par tradition, un nouveau roi-servant soit tenu de réunir ses ducs et d'écouter leurs conseils. Peut-être demeurerons-nous un ou deux jours de plus après le départ de Royal ; Castelcerf, au moins, sera à vous avant que nous nous quittions, nous y veillerons. Et nous aurons beaucoup de sujets à débattre : le placement des navires, par exemple. Il en a d'autres, à demi finis, dans les hangars, n'est-ce pas ? »

À mon bref hochement de tête, un sourire de féroce satisfaction illumina les traits de Brondy. « Nous nous occuperons de les lancer, vous et moi. Royal a mis à sac les réserves de Castelcerf, c'est de notoriété publique, et nous devrons faire en sorte de remplir vos entrepôts ; les fermiers et les bergers de Cerf devront comprendre qu'ils doivent trouver davantage, donner davantage sur leurs propres réserves s'ils veulent que leurs soldats gardent leurs côtes libres. Ce sera un rude hiver pour tout le monde, mais les loups les plus maigres sont les plus acharnés, dit-on. »

*Et nous sommes maigres, mon frère ; oh, que nous sommes maigres !*

Un pressentiment effrayant naquit en moi. Qu'avais-je fait ? Il faudrait que je trouve le moyen de parler à Kettricken avant son départ pour lui assurer que je ne me retournais pas contre elle ; et aussi artiser Vérité le plus tôt possible. Comprendrait-il ? Il le fallait ! Il avait toujours su lire au plus profond de mon cœur : assurément, il verrait quelles étaient mes intentions. Et le roi Subtil ? Un jour, il y avait bien longtemps, quand il avait acheté ma loyauté, il m'avait dit : « Si un homme ou une femme cherche à te dresser contre moi en te proposant plus que moi, viens me voir, annonce-moi le montant de l'offre et j'enchérirai sur elle. » Seriez-vous prêt à me donner Castelcerf, vieux roi ? me demandai-je.

Je me rendis compte que Brondy s'était tu. « N'ayez nulle crainte, FitzChevalerie, murmura-t-il. Ne doutez pas de la justesse de ce que nous entreprenons ou notre destin est scellé. Si vous n'aviez pas tendu la main pour vous emparer de Castelcerf, un autre l'aurait fait. Nous ne pouvions abandonner Cerf sans personne à la barre ; réjouissez-vous, comme nous, d'en être le timonier. Royal s'est engagé sur un chemin où nous ne pouvons le suivre, il s'est enfui vers l'Intérieur pour se cacher sous le lit de sa mère. Nous devons nous débrouiller seuls ; d'ailleurs, tous les signes et tous les présages l'indiquent : il paraît qu'on aurait vu le Grêlé boire du sang tiré d'un puits de Castelcerf et qu'un serpent enroulé dans le maître âtre de la Grand-Salle aurait essayé de mordre un enfant ; quant à moi, alors que je faisais route au sud pour venir ici, j'ai vu un jeune aigle que des corbeaux tourmentaient ; or, à l'instant où je le voyais déjà plonger dans la mer pour leur échapper, il s'est retourné et, en plein vol, a saisi un corbeau qui s'apprêtait à fondre sur lui ; il l'a déchiré de ses serres, puis l'a laissé tomber, tout sanglant, dans la mer, et les autres corbeaux se sont enfuis à tire-d'aile en croassant à qui mieux mieux. Ce sont des signes, FitzChevalerie ; nous serions fous de n'y pas attacher d'importance. »

Malgré le scepticisme que m'inspirait ce genre de présage, un frisson me prit qui fit se dresser les poils de mes bras. Les yeux de Brondy me quittèrent pour se diriger vers la porte intérieure de la pièce et je suivis son regard : Célérité était là. Ses cheveux sombres et courts encadraient son fier visage et ses yeux bleus brillaient d'un éclat farouche. « Ma fille, tu as bien choisi, déclara le vieil homme. Je me suis naguère demandé ce que tu trouvais à un simple scribe, mais peut-être le vois-je mieux aujourd'hui. »

D'un geste, il l'invita à s'approcher ; elle s'avança dans un bruissement de jupes, s'arrêta auprès de son père et me regarda d'un air hardi. Pour la première fois, j'entr'aperçus la volonté de fer que dissimulaient ses apparences d'enfant timide ; c'était déroutant.

« Je vous ai prié de prendre patience et vous vous êtes incliné, me dit le duc Brondy. Vous vous êtes montré homme d'honneur. Je vous ai donné ma fidélité aujourd'hui ; accepterez-vous également la promesse de ma fille de devenir votre épouse ? »

Au bord de quel précipice je vacillais! Je croisai le regard de Célérité et je n'y lus pas le moindre doute. Si je n'avais pas connu Molly, je l'aurais trouvée belle; mais, quand je la contemplais, je ne voyais que ce qu'elle n'était pas. Je n'avais nul désir d'offrir les décombres de mon cœur à aucune femme, et surtout pas en un tel moment. Je m'adressai à son père, résolu à parler fermement.

« Vous me faites plus d'honneur que je n'en mérite, messire. Mais, duc Brondy, vous l'avez dit vous-même : nous vivons une époque difficile et incertaine. Avec vous, votre fille est en sécurité ; à mes côtés, elle ne pourra connaître que des périls plus grands encore. Les propos que nous avons tenus aujourd'hui, d'aucuns pourraient les considérer comme trahison ; je ne veux pas que l'on dise que j'ai pris votre fille pour vous lier à moi dans une entreprise discutable, ni que vous avez donné votre fille pour un tel motif. » Je me contraignis à me tourner vers Célérité, à croiser son regard. « La fille de Brondy court moins de danger que l'épouse de FitzChevalerie ; tant que ma position n'est pas plus assurée, je ne demande à personne de s'engager envers moi. J'ai la plus grande considération pour vous, dame Célérité ; je ne suis pas duc, je ne suis pas même noble : je suis ce que dit mon nom : le fils illégitime d'un prince. Tant que je ne pourrai me prétendre davantage, je ne chercherai pas d'épouse et ne courtiserai aucune femme. »

Célérité était manifestement mécontente mais son père hocha lentement la tête. « Je vois la justesse de vos propos ; ma fille, je le crains, ne voit que l'attente. » Il observa la moue de Célérité avec un sourire affectueux. « Un jour, elle comprendra que ceux qui veulent la protéger sont ceux qui l'aiment. » Il me jaugea du regard comme il l'eût fait d'un cheval. « Je pense, murmura-t-il, que Cerf tiendra, et que l'enfant de Vérité héritera du trône. »

Ces mots résonnaient encore dans ma tête quand je pris congé de lui. Je ne cessais de me répéter que je n'avais rien fait de mal : si je ne m'étais pas dressé pour m'emparer de Castelcerf, un autre l'aurait fait.

*

« Et qui donc ? » me demanda Umbre d'un ton furieux quelques heures plus tard.

J'étais assis, le nez baissé. « Je ne sais pas ; mais ils auraient trouvé quelqu'un, et ce quelqu'un aurait bien davantage risqué de mettre le royaume à feu et à sang, d'agir pendant la cérémonie d'intronisation et de réduire à néant nos efforts pour tirer Kettricken et Subtil de cette pagaille.

— Si les ducs côtiers sont aussi près de la rébellion que ton rapport l'indique, nous ferions peut-être bien de reconsidérer ce plan. »

J'éternuai. J'avais employé trop d'écorce amère et la pièce en était encore enfumée. « Brondy ne m'a pas approché pour parler de rébellion, mais de fidélité au vrai roi, et c'est dans le même esprit que je lui ai répondu. Je n'ai aucune envie de renverser le trône, Umbre, seulement de le garder pour l'héritier légitime.

— Je le sais bien. Autrement, j'irais de ce pas trouver le roi Subtil pour dénoncer cette... folie. J'ignore comment nommer ce que tu as fait. Ce n'est pas de la trahison, et pourtant...

— Je ne suis pas parjure à mon roi ! fis-je dans un murmure véhément.

— Ah non ? Alors, permets-moi de te poser une question : si, malgré nos efforts pour sauver Subtil et Kettricken, ou à cause d'eux, ils périssent tous deux et l'enfant avec eux, et que Vérité ne revienne jamais, que se passera-t-il ? Seras-tu si désireux de céder le trône au roi légitime ?

— Royal ?

— Selon l'ordre de succession, oui.

— Ce n'est pas un roi, Umbre ! C'est un petit prince trop gâté et il ne changera jamais. J'ai autant de sang Loinvoyant dans les veines que lui.

— Et tu pourrais en dire autant de l'enfant de Kettricken le moment venu. Vois-tu quel périlleux chemin nous empruntons quand nous outrepassons notre rang ? Toi et moi avons juré allégeance à la lignée des Loinvoyant, dont nous ne sommes que des pousses adventices ; pas seulement au roi Subtil, ni à un roi avisé : nous avons juré de soutenir le roi légitime de la lignée des Loinvoyant – même s'il s'agit de Royal.

— Vous serviriez Royal ?

— J'ai vu des princes plus stupides que lui acquérir de la sagesse avec l'âge. La voie où tu t'engages nous mène à la guerre civile. Bauge et Labour…

— … n'ont aucun intérêt à ce qu'éclate une guerre. Ils se diront "Bon débarras !" et laisseront les duchés côtiers aller leur chemin. Royal l'a toujours dit.

— Et il le pense sans doute ; mais quand il s'apercevra qu'il ne peut plus acheter de soie fine et que les vins de Terrilville et d'au-delà ne remontent plus la Cerf jusqu'à ses papilles, il changera d'avis. Il a besoin de ses cités portuaires et il viendra les récupérer.

— Que faire, alors ? Qu'aurais-je dû faire ? »

Umbre s'assit en face de moi et serra ses mains tavelées entre ses vieux genoux osseux. « Je l'ignore. Brondy est effectivement aux abois ; si tu l'avais repoussé avec hauteur et accusé de trahison, ma foi… peut-être ne se serait-il pas débarrassé de toi, mais n'oublie pas qu'il s'est occupé rapidement et sans hésitation de Virilia dès qu'elle a représenté une menace pour lui. Tout cela dépasse les capacités d'un vieil assassin ; il nous faut un roi.

— En effet.

— Serais-tu capable d'artiser à nouveau Vérité ?

— J'ai peur de le tenter : je ne sais comment nous garder de Justin et de Sereine – et de Guillot. » Je soupirai. « Néanmoins, j'essaierai ; s'ils interceptent mon Art, Vérité s'en rendra sûrement compte. » Une autre pensée me vint. « Umbre, demain soir, quand vous emmènerez Kettricken, trouvez quelques instants pour lui dire ce qui s'est passé et l'assurer de ma fidélité.

— Tu crois que ce genre de nouvelles la rassureraient au moment où elle s'échappe pour regagner les Montagnes ? Non, pas demain soir. Je veillerai à ce qu'elle soit mise au courant une fois en sécurité ; quant à toi, tu dois essayer de contacter Vérité, mais fais attention que nul n'espionne ton Art. Es-tu certain qu'ils ne se doutent pas de nos plans ? »

Je ne pus que secouer la tête. « Mais je pense qu'ils ne savent rien : j'avais déjà tout dit à Vérité quand il a senti que quelqu'un essayait soudain de nous espionner.

— Tu aurais dû tuer Justin, je crois, grommela Umbre, puis il éclata de rire devant mon air outré. Non, non, garde ton calme : je ne vais pas te reprocher de t'en être abstenu. J'aurais souhaité que tu fasses preuve d'autant de prudence face au plan de Brondy ; la moindre bribe de votre entretien suffirait à Royal pour te faire étirer le col et, s'il était assez impitoyable et stupide, à vouloir faire pendre ses ducs aussi. Non, n'y pensons même pas ! Les couloirs de Castelcerf seraient éclaboussés de sang avant que tout soit fini. Dommage que tu n'aies pas trouvé le moyen de détourner la conversation avant qu'il te fasse sa proposition – sauf, comme tu l'as dit, qu'ils auraient choisi quelqu'un d'autre. Enfin ! On ne peut pas mettre une vieille tête sur de jeunes épaules ; malheureusement, Royal, lui, pourrait facilement faire sauter ta jeune tête de tes jeunes épaules. » Il s'agenouilla pour ajouter une bûche sur le feu, puis il soupira. « Tout le reste est-il prêt ? » demanda-t-il à brûle-pourpoint.

Je n'étais que trop heureux de changer de sujet de conversation. « Autant qu'il est possible. Burrich nous attendra dans le taillis d'aulnes, là où le renardier avait sa tanière. »

Umbre leva les yeux au ciel. « Et comment vais-je trouver le chemin ? Je dois me renseigner auprès d'un renardier de passage ? »

Je souris involontairement. « Presque. Par où sortirez-vous du Château ? »

Il garda le silence un moment : le vieux matois hésitait encore à livrer ses petits secrets. Enfin, il dit : « Par le magasin à grain, le troisième en revenant des écuries. »

Je hochai lentement la tête. « Un loup gris vous y retrouvera ; suivez-le sans bruit et il vous montrera comment sortir des murs de Castelcerf sans passer par les portes. »

Un long moment, Umbre resta à me dévisager. J'attendis une condamnation, un regard de dégoût, même de curiosité, mais le vieil assassin s'était entraîné depuis trop longtemps à dissimuler ses sentiments. Il finit par déclarer : « Nous serions fous de ne pas employer toutes les armes à notre disposition. Est-il… dangereux pour nous ?

— Pas plus que moi ; inutile de porter de la mort-aux-loups ni de lui offrir du mouton pour l'amadouer. » Je connaissais les vieilles histoires aussi bien qu'Umbre. « Montrez-vous, tout simplement, et il viendra vous guider ; il vous fera franchir les murailles et vous mènera jusqu'au taillis où Burrich attendra avec les chevaux.

— Le chemin est-il long ? »

Je savais qu'il songeait au roi. « Pas trop, mais un peu quand même, et la neige est épaisse et elle n'est pas tassée. Passer la brèche du mur ne sera pas facile, mais c'est réalisable. Je pourrais demander à Burrich de vous y attendre plutôt qu'au taillis, mais je préfère ne pas attirer l'attention. Le fou pourrait peut-être vous aider ?

— Ce sera indispensable, tel que ça se présente, mais je ne tiens pas à impliquer d'autres personnes dans cette affaire : notre position semble devenir de plus en plus intenable. »

Je courbai la tête : c'était vrai. « Et vous ? demandai-je.

— J'ai terminé ce que j'avais à faire en avance ; le fou y a participé : il a dérobé des vêtements et de l'argent pour le voyage de son roi. De mauvais gré, Subtil a donné son accord pour notre plan ; il sait qu'il est avisé, mais l'idée le révolte. Malgré tout, Fitz, Royal est son fils, son petit dernier et son préféré ; il a eu beau faire les frais de son absence de cœur, il a encore du mal à concevoir que le prince menace sa vie ; il est dans une impasse : s'avouer que Royal est prêt à se tourner contre lui revient à s'avouer qu'il l'a mal jugé. S'enfuir de Castelcerf est encore pire, car c'est reconnaître non seulement que Royal est prêt à le menacer, mais aussi qu'il n'y a pas d'autre solution que la fuite ; or notre roi n'a jamais été un lâche et il est humilié de devoir se sauver devant quelqu'un qui, plus que tous les autres, devrait lui être fidèle. Pourtant, c'est nécessaire, et j'ai réussi à l'en convaincre, surtout, je dois l'admettre, en insistant sur le fait que, sans son accord, l'enfant de Kettricken n'a que peu de chances de monter un jour sur le trône. » Umbre soupira. « Je ne puis rien faire de mieux ; j'ai préparé les médications et tout est bien empaqueté.

— Le fou accepte-t-il l'idée qu'il ne peut accompagner son roi ? »

Umbre se massa le front. « Il compte le suivre à quelques jours de distance. Je n'ai pas pu le dissuader complètement ; j'ai seulement obtenu qu'il voyage séparément.

— Alors, il ne me reste plus qu'à trouver le moyen d'évacuer les témoins de la chambre du roi et vous à l'enlever.

— Eh oui, observa Umbre d'un ton sans joie, tout est arrangé, prêt à être exécuté, sauf le principal. »

Nous nous plongeâmes dans la contemplation du feu.

## 14

## ÉVASIONS ET CAPTURES

*Les dissensions qui apparurent entre les duchés côtiers et ceux de l'Intérieur à la fin du règne du roi Subtil ne résultaient pas d'une rupture nouvelle, mais plutôt de la résurgence d'anciens différends. Les quatre duchés de la Côte, Béarns, Cerf, Rippon et Haurfond, formaient un royaume bien avant la naissance des Six-Duchés. Quand la tactique de combat unifiée des États chalcèdes convainquit le roi Manieur qu'il ne tirerait nul profit de leur conquête, il tourna ses ambitions vers l'intérieur des terres ; la région de Bauge, avec ses populations au mode de vie tribal et nomade, fut rapidement soumise par les armées organisées qu'il dirigeait ; Labour, plus peuplée et plus citadine, se rendit à contrecœur lorsque le roi de cette région se retrouva avec un territoire assiégé et des routes commerciales coupées.*

*L'ancien royaume de Labour et la région connue sous le nom de Bauge furent considérés comme pays conquis pendant plus d'une génération ; l'opulence de leurs greniers, de leurs vergers et de leurs troupeaux fut exploitée sans vergogne au profit des duchés côtiers. La reine Munificence, petite-fille de Manieur, eut la sagesse de comprendre que cet état de fait entretenait le mécontentement des régions de l'Intérieur et, faisant preuve d'une grande tolérance et d'un grand discernement, elle éleva les doyens tribaux du peuple de Bauge et les anciennes familles régnantes de Labour au rang de nobles ; à l'aide de mariages et de dons de terres, elle forgea des alliances entre clans des Côtes et de l'Intérieur, et elle fut la première à désigner son royaume sous le nom de Six-Duchés. Mais toutes ses manœuvres politiques ne purent rien changer aux intérêts géographiques et économiques des différentes régions : le climat, les habitants et les modes de vie des duchés de l'Intérieur demeurèrent profondément différents de ceux de la Côte.*

*Durant le règne de Subtil, les divergences entre les deux parties du royaume furent exacerbées par les rejetons de ses deux reines ; ses fils aînés, Chevalerie et Vérité, étaient les fils de la reine Constance, noble dame de Haurfond qui possédait aussi de la famille parmi l'aristocratie de Béarns ; la seconde reine de Subtil, Désir, était originaire de Bauge, mais faisait remonter la lignée de sa famille jusqu'à la royauté séculaire de Labour ainsi qu'à de très anciennes attaches avec les Loinvoyant, d'où son assertion, souvent répétée, que son fils Royal avait plus de sang bleu que ses deux demi-frères et, par conséquent, davantage droit au trône.*

*Avec la disparition du roi-servant Vérité et les rumeurs de sa mort, et la faiblesse évidente du roi Subtil, il apparut aux ducs de la Côte que le pouvoir et le titre allaient revenir au prince Royal, d'ascendance de l'Intérieur ; ils préférèrent prendre position pour l'enfant à naître de Vérité, prince côtier, et firent tout pour conserver et consolider le pouvoir des lignées de la Côte. De fait, menacés comme ils l'étaient par les Pirates rouges et les forgisations, les duchés côtiers n'avaient pas d'autre solution rationnelle.*

*

La cérémonie d'intronisation du roi-servant fut trop longue. L'assistance avait été réunie à l'avance afin de permettre à Royal de traverser majestueusement ses rangs, puis de monter vers le trône où le roi Subtil l'attendait en somnolant. La reine Kettricken, pâle comme un cierge, se tenait à la gauche de Subtil, un peu en retrait ; le roi était vêtu de robes et de cols de fourrure et arborait l'assortiment des bijoux royaux au grand complet, mais Kettricken avait résisté aux propositions et aux exhortations de Royal d'en faire autant : grande et droite, elle portait une robe pourpre unie avec une ceinture attachée au-dessus de son ventre qui s'arrondissait, et un simple bandeau en or retenait ce qui restait de ses cheveux ;

sans ce cercle de métal à ses tempes, on aurait pu la prendre pour une servante prête à obéir aux ordres de Subtil. Je savais qu'elle se considérait toujours plus comme Oblat que comme reine, mais elle ne se rendait pas compte que l'austérité de sa tenue la faisait paraître excessivement étrangère à la cour.

Le fou était là aussi, dans un habit noir et blanc fort défraîchi, et Raton avait retrouvé sa place au bout de son sceptre. Le fou s'était peint la figure de rayures également noires et blanches et je me demandai s'il avait cherché à camoufler ses contusions ou à s'assortir à sa livrée. Il avait fait son apparition un peu avant Royal et s'était manifestement régalé du spectacle qu'il avait offert en remontant l'allée centrale avec force cabrioles et bénédictions de Raton avant de faire une révérence à l'assistance, puis de bondir et de s'affaler gracieusement aux pieds du roi. Des gardes avaient fait mine de l'intercepter, mais les spectateurs hilares qui tendaient le cou pour mieux voir leur avaient barré le passage. Quand il était arrivé à l'estrade et s'y était assis, le roi avait baissé la main pour ébouriffer distraitement ses boucles éparses et nul n'avait plus osé le chasser. Le public avait échangé des regards furieux ou réjouis, selon la gravité avec laquelle chacun prenait son allégeance à Royal ; pour ma part, je craignais qu'il ne s'agît de la dernière facétie du fou.

Toute la journée, l'atmosphère du Château avait évoqué une marmite en ébullition. Je m'étais trompé en comptant sur Béarns pour garder bouche close : un nombre inquiétant de nobliaux s'était soudain mis à me saluer de la tête ou à chercher mon regard ; comme je redoutais que les partisans de Royal ne s'en aperçoivent, je m'étais cantonné dans ma chambre, puis, pendant une bonne partie du début de l'après-midi, dans la tour de Vérité où j'avais tenté en vain de l'artiser. J'avais choisi cette pièce dans l'espoir d'évoquer clairement son souvenir, mais j'avais échoué, car je restais constamment à l'affût des pas de Guillot dans l'escalier ou du frôlement de la présence de Justin ou de Sereine aux limites de mon esprit.

Après avoir renoncé à artiser, je demeurai assis et réfléchis longuement à mon insoluble casse-tête : comment éloigner les gardes de la chambre du roi ? En bas de la tour, j'entendais la mer et le vent frapper les falaises et, quand je voulus entrouvrir les fenêtres, les rafales me repoussèrent carrément à l'autre bout de la pièce. De l'avis de la plupart des invités, c'était une belle journée pour la cérémonie : la tempête qui montait clouerait les Pirates à leurs présents mouillages et nous assurerait de l'absence de nouvelles attaques. Je regardais la pluie encroûter de glace les congères et j'imaginais Burrich voyageant de nuit par ce temps avec la reine et le roi dans sa litière : c'était une mission que je n'aurais pas entreprise de gaieté de cœur.

L'atmosphère propice à un événement mystérieux avait été mise en place. À présent, en plus des histoires à propos du Grêlé et de serpents dans les cheminées, le désespoir régnait dans les cuisines : le pain du jour n'avait pas levé et le lait avait caillé dans les barriques avant même qu'on pût en récupérer la crème. La pauvre Mijote, ébranlée jusqu'aux tréfonds, avait déclaré que jamais rien de tel ne s'était produit dans ses cuisines et les porchers avaient refusé qu'on donne le lait tourné aux pourceaux, convaincus qu'il était l'objet d'une malédiction. La fournée de pain ratée avait obligé les marmitons à travailler double pour rattraper le temps perdu, alors qu'ils étaient déjà débordés d'ouvrage avec tous les hôtes en surplus qu'il fallait nourrir ; j'étais désormais à même d'attester que des cuisines de mauvaise humeur pouvaient affecter l'ambiance d'un château tout entier.

Les plats servis à la salle de garde étaient réduits à la portion congrue, le ragoût était trop salé et la bière s'était mystérieusement éventée ; le duc de Labour se plaignit qu'on lui eût servi du vinaigre au lieu de vin dans ses appartements, ce qui conduisit le duc de Béarns à déclarer à ceux de Haurfond et de Rippon que même un fond de vinaigre dans les leurs aurait été reçu comme une marque d'hospitalité ; la remarque malheureuse parvint on ne sait comment aux oreilles de dame Pressée, qui réprimanda vigoureusement chambellans et serviteurs de n'avoir pas su étendre le peu de liesse qui restait à Castelcerf aux petits appartements ; ils protestèrent qu'ordre avait été donné de dépenser le moins possible pour ces invités-là, mais on ne put trouver personne prêt à reconnaître avoir donné cet ordre ni même l'avoir transmis. Ainsi s'était passée la journée, si bien que c'est avec un profond soulagement que je m'étais isolé dans la tour de Vérité.

Mais je n'avais pas osé couper à la cérémonie d'intronisation, car on aurait pu en tirer trop de conclusions ; aussi attendais-je l'entrée de Royal, debout parmi l'assistance, mal à l'aise dans une chemise aux manches trop amples et des chausses qui me démangeaient épouvantablement, mais le faste et l'apparat n'étaient pas au centre de mes préoccupations : mon esprit était un tourbillon de questions et d'inquiétudes. Burrich avait-il réussi à sortir du Château les chevaux et la litière ? Il faisait nuit ; il était sans doute dehors, à l'heure qu'il était, dans la tempête, avec pour seul abri le taillis d'aulnes ; il avait sûrement mis une couverture sur les chevaux, mais elle ne serait guère efficace contre la neige à demi fondue qui tombait à présent avec régularité. Il m'avait fourni le nom du forgeron chez qui il avait emmené Suie et Rousseau ; il faudrait que je me débrouille pour payer la somme hebdomadaire que demandait l'homme et me rendre sur place de temps en temps afin de vérifier qu'ils étaient bien soignés : Burrich m'avait fait promettre de ne charger nul autre de cette tâche. La reine pourrait-elle se retirer seule dans sa chambre ? Et encore et toujours, comment éloigner les occupants des appartements de Subtil afin qu'Umbre puisse l'enlever ?

Un murmure surpris me tira de mes réflexions ; je me tournai vers l'estrade où tous les regards semblaient converger : après un bref vacillement, la flamme d'une des grandes bougies qui y brûlaient était devenue bleue ; une autre se mit à cracher des étincelles, puis sa flamme devint un instant bleue elle aussi. Le murmure grandit mais les bougies fantasques s'étaient remises à se consumer de façon régulière et normale. Ni Kettricken ni le roi Subtil ne parurent remarquer quoi que ce fût d'étrange, mais le fou se redressa et réprimanda les chandelles capricieuses en agitant Raton dans leur direction.

Enfin Royal fit son apparition, resplendissant de velours rouge et de soie blanche. Une petite fille marchait devant lui en balançant un encensoir où brûlait du bois de santal, et Royal souriait à la cantonade, croisait des regards entendus et hochait la tête de même tout en avançant à pas lents vers le trône. Tout ne se passa pas aussi bien qu'il l'avait prévu : le roi Subtil eut un moment d'hésitation, puis regarda d'un air perplexe le manuscrit qu'on lui avait donné à lire ; pour finir, Kettricken prit le rouleau de ses mains tremblantes et Subtil lui sourit tandis qu'elle commençait à lire les mots qui devaient lui fendre le cœur. Il s'agissait d'un catalogue précis des enfants que le roi Subtil avait engendrés, y compris une fille morte en bas âge, d'abord selon leur ordre de naissance, puis selon la date de leur décès, le tout désignant Royal comme seul survivant et héritier légitime. Elle n'achoppa point sur le nom de Vérité et lut sans défaillir la petite phrase – « Disparu lors d'une mission au royaume des Montagnes » – comme s'il s'agissait d'une liste d'ingrédients de cuisine. Nulle mention n'était faite de l'enfant qu'elle portait : encore à naître, c'était un héritier mais pas un roi-servant ; il ne pourrait prétendre au titre avant d'avoir seize ans.

Dans le coffre de Vérité, Kettricken avait pris la couronne du roi-servant, simple bandeau d'argent serti d'une pierre bleue, et le pendentif d'or et d'émeraude en forme de cerf bondissant. Elle les remit d'abord au roi Subtil qui les contempla, comme désorienté, sans faire le moindre geste pour les confier à Royal ; pour finir, celui-ci les lui prit des mains et Subtil le laissa faire ; Royal se posa lui-même la couronne sur la tête, se passa le pendentif autour du cou et se tourna vers l'assistance, nouveau roi-servant des Six-Duchés.

Le minutage d'Umbre manquait un peu de précision et les bougies ne commencèrent à jeter des éclats bleus qu'au moment où les ducs s'avancèrent pour renouveler leur allégeance à la maison des Loinvoyant. Royal s'efforça de ne pas prêter attention au phénomène, mais les murmures de l'assistance menacèrent bientôt de noyer le serment du duc de Labour ; alors il se tourna et moucha négligemment la bougie fautive. J'admirai son aplomb, surtout lorsque la flamme d'une autre bougie devint presque aussitôt bleue et qu'il répéta son geste. Je trouvai personnellement le présage un peu excessif quand une torche plantée dans une applique au mur cracha soudain une flamme bleue dans un bruit de souffle et en émettant une odeur pestilentielle avant de s'éteindre peu à peu. Tous les yeux s'étaient tournés vers le prodige et Royal prit son mal en patience, mais je vis bien la crispation de ses mâchoires et la petite veine qui battait à sa tempe.

J'ignore comment à l'origine il avait projeté d'achever la cérémonie, mais il y mit rapidement terme. À un signal sec de sa part, les ménestrels se mirent soudain à jouer tandis que, répondant à un autre signe, les portes s'ouvraient et que des serviteurs apportaient des plateaux de table déjà dressés, suivis de jeunes garçons chargés de tréteaux pour les soutenir. Pour cette fête-ci, du moins, il n'avait pas fait les choses à moitié et les viandes et les pâtisseries soigneusement préparées reçurent le meilleur accueil ; si le pain semblait manquer un peu, nul n'en fit la remarque. Des tables avaient été installées dans la Petite Salle pour la haute noblesse et je vis Kettricken y accompagner à pas lents le roi Subtil tandis que le fou et Romarin leur emboîtaient le pas ; pour nous, de rang moindre, on avait servi des nourritures plus simples mais abondantes et une partie de la salle avait été libérée pour qui voulait danser.

J'avais prévu de manger copieusement au banquet, mais sans cesse je me faisais accoster par des hommes qui m'assenaient de trop fortes claques sur l'épaule et des femmes qui me lançaient des regards trop entendus. Les ducs de la Côte étaient à table avec les autres nobles et feignaient de rompre le pain avec Royal pour cimenter leur nouvelle relation. Béarns m'avait dit que les trois ducs côtiers seraient mis au courant du fait que j'approuvais leur plan, mais je constatai avec effroi que la petite noblesse n'en ignorait rien non plus ; Célérité ne me demanda pas franchement de lui servir d'escorte, mais m'embarrassa fort en me suivant partout sans un mot, comme un chien : je ne pouvais me retourner sans la voir quelques pas derrière moi. Manifestement, elle attendait que je lui parle, mais je ne me faisais pas confiance pour trouver les mots qu'il fallait. Je faillis m'enfuir lorsqu'un nobliau de Haurfond me demanda d'un air dégagé si je pensais qu'un des navires de combat serait posté à Fausse Baie, très au sud.

Avec désespoir, je compris soudain mon erreur : aucun d'entre eux n'avait peur de Royal. Ils ne voyaient en lui nul danger, seulement un petit freluquet qui avait envie de porter de beaux habits, un bandeau d'argent et un titre ronflant ; ils croyaient qu'il allait partir et qu'ils pouvaient le tenir pour quantité négligeable : je n'avais pas cet aveuglement.

Je savais ce dont Royal était capable, par soif de pouvoir, par caprice ou simplement parce qu'il pensait pouvoir agir impunément. Il allait quitter Castelcerf, dont il ne voulait pas ; mais s'il apprenait que j'étais prêt à reprendre le Château à mon compte, il ferait tout pour m'en empêcher. J'étais censé y rester, abandonné, pour y mourir de faim ou sous les coups des Pirates, pas accéder au pouvoir en escaladant les décombres qu'il laissait derrière lui.

Si je ne me montrais pas très prudent, ces nobles de la Côte allaient me faire tuer – ou pire, si Royal inventait à mon intention un sort qu'il jugeât plus horrible encore.

Par deux fois j'essayai de m'éclipser et par deux fois je me fis acculer par quelqu'un qui voulait me parler discrètement. Je finis par prétexter une migraine et annonçai à la cantonade que j'allais me coucher, après quoi je dus supporter les vœux de bonne nuit qu'une dizaine de personnes au moins se hâtèrent de venir me présenter. À l'instant où je me croyais enfin libre, Célérité toucha timidement ma main et me souhaita un bon sommeil d'un ton accablé ; je compris que je l'avais blessée et j'en fus bouleversé plus que par tout ce que j'avais vu ce soir-là. Je la remerciai et, geste le plus lâche que j'eusse accompli de la soirée, je baisai le bout de ses doigts. La lumière qui rejaillit alors dans ses yeux m'emplit de honte et je m'enfuis dans les escaliers. Tout en gravissant les marches, je me demandai comment Vérité ou mon père avaient pu supporter ce genre de situations ; si j'avais jamais rêvé d'être un vrai prince au lieu d'un bâtard, c'est à cet instant que je renonçai à ce rêve : c'était une fonction beaucoup trop publique. Et, le cœur serré, je m'aperçus que telle serait ma vie tant que Vérité ne serait pas revenu : l'illusion du pouvoir me collait désormais à la peau et beaucoup s'en laisseraient éblouir.

Dans ma chambre, j'enfilai avec soulagement des vêtements plus pratiques. Comme j'ajustais ma chemise, je sentis la petite poche du poison que j'avais préparé pour Murfès, toujours cousue à l'intérieur de ma manche; peut-être, songeai-je amèrement, cette pochette me porterait-elle chance. Je sortis et commis l'acte le plus stupide de la soirée: je me rendis chez Molly. Le couloir des serviteurs était désert, à peine éclairé par deux torches vacillantes. Je frappai à sa porte: pas de réponse. Je soulevai doucement la clenche: elle n'était pas verrouillée. La porte s'ouvrit sous ma poussée.

Une chambre vide et obscure. Nul feu ne brûlait dans le petit âtre. Je mis la main sur un bout de chandelle et allai l'allumer à une torche, puis je revins dans la pièce et fermai la porte derrière moi. Je demeurai sans bouger pendant que le désastre prenait soudain substance devant moi. Tout me parlait de Molly: le lit sans draps ni couvertures, la cheminée nettoyée, mais avec une petite réserve de bois prête pour le prochain occupant, tous ces détails me dirent qu'elle s'était chargée elle-même de la chambre avant de partir. Pas un ruban, pas une bougie, pas même un bout de mèche ne subsistait pour évoquer la femme qui avait vécu ici l'existence d'une servante. Le broc était posé à l'envers dans la cuvette pour le garder de la poussière. Je m'assis dans son fauteuil devant l'âtre froid, puis ouvris son coffre à vêtements, mais ce n'était pas son fauteuil, son âtre ni son coffre: ce n'étaient que des objets qu'elle avait touchés pendant le bref moment qu'elle avait passé ici.

Molly était partie.

Elle ne reviendrait pas.

En refusant de penser à elle, j'avais réussi à ne pas m'effondrer, mais cette chambre vide arracha le bandeau que je m'étais mis sur les yeux. Je regardai au fond de moi et ce que je vis m'emplit de mépris; que ne pouvais-je reprendre le baiser que j'avais déposé sur les doigts de Célérité! Baume pour l'orgueil meurtri d'une jeune fille ou leurre pour la lier, elle et son père, à moi? Je ne savais plus, mais ni l'un ni l'autre ne pouvait se justifier, ni l'un ni l'autre n'était juste si je croyais tant soit peu en l'amour que j'avais juré à Molly. Ce seul geste prouvait que j'étais bel et bien coupable de tout ce dont elle m'accusait: toujours je ferais passer les Loinvoyant avant elle. Je lui avais fait miroiter le mariage et je l'avais dépouillée de toute fierté d'elle-même et de toute foi en moi. Elle m'avait fait mal en me quittant, mais elle porterait toujours en elle ce que j'avais infligé à sa propre confiance en elle ; elle croirait toujours qu'elle avait été jouée, utilisée par un jeune homme égoïste et menteur qui n'avait même pas eu le courage de se battre pour elle.

La désolation peut-elle être source de courage ? Ou bien fut-ce témérité née d'un désir d'autodestruction ? Toujours est-il que je redescendis les escaliers d'un pas décidé et me rendis tout droit aux appartements du roi. Les torches du couloir m'agacèrent en crachotant des étincelles bleues sur mon passage. Un peu trop théâtral, Umbre ; je me demandai s'il avait ainsi traité toutes les bougies et toutes les torches du Château. J'écartai la tenture et entrai. La place était vide : personne dans le salon, personne non plus dans la chambre du roi ; tout avait un aspect usé maintenant que les objets de qualité avaient été emportés ; on eût dit la chambre d'une auberge médiocre. Il n'y avait plus rien à voler, sans quoi Royal aurait posté un garde à la porte ; curieusement, ces appartements m'évoquèrent la chambre de Molly : il y restait quelques affaires – literie, vêtements et autres –, mais ce n'était plus la chambre à coucher de mon roi. Je m'approchai d'une table, là exactement où je me tenais enfant tandis que Subtil, tout en prenant son petit déjeuner, me posait chaque semaine des questions tortueuses sur mes leçons et me rappelait chaque fois que, si j'étais son sujet, il était aussi mon roi. Cet homme n'existait plus, il avait été arraché à cette pièce ; la pagaille d'un homme actif, le tendeur à bottes, les épées, les manuscrits éparpillés avaient été remplacés par des brûloirs à herbes et des tasses collantes où restait un fond de thé drogué. Le roi Subtil avait quitté cette chambre depuis longtemps ; cette nuit, c'est un vieillard invalide que j'allais enlever.

J'entendis des bruits de pas ; maudissant mon imprudence, je me glissai derrière une tenture et me tins immobile. Un murmure de voix me parvint du salon : Murfès et, d'après le ton moqueur, le fou. Je me faufilai hors de ma cachette pour jeter un coup d'œil par le rideau qui me séparait d'eux. Kettricken était assise sur le divan à côté du roi et parlait avec lui à voix basse ; elle paraissait lasse : des cernes noirs soulignaient ses yeux, mais elle souriait au roi, et je me réjouis d'entendre Subtil chuchoter une réponse à ce qu'elle lui avait dit. Murfès était accroupi devant la cheminée, occupé à placer des bûchettes sur le feu avec une minutie excessive ; non loin de lui, Romarin était affalée par terre, sa nouvelle robe toute froissée autour d'elle ; je la vis bâiller d'un air épuisé, puis pousser un soupir et se redresser. Elle me fit pitié : la longue cérémonie m'avait fait exactement le même effet. Le fou se tenait derrière le fauteuil du roi ; il tourna soudain la tête, fixa son regard droit sur moi comme si le rideau n'avait aucune matérialité pour lui et je ne vis plus que lui.

Il se retourna brusquement vers Murfès. « C'est ça, souffle, sire Murfès, souffle bien chaud ; peut-être n'aurons-nous pas besoin de rallumer le feu, avec la chaleur de ton haleine pour chasser le froid de la pièce. »

Toujours accroupi, Murfès le foudroya du regard par-dessus son épaule. « Apporte-moi du bois, veux-tu ? La flamme court le long des brindilles, mais rien ne prend ; il me faut de l'eau chaude pour préparer sa tisane soporifique au roi.

— Tu veux que je bûche pour toi ? Que je bûche ? De bois je ne suis pas, beau Murfès, et point ne brûlerai-je, si près que tu t'enfles et souffles sur moi. Gardes ! Holà, gardes ! Venez bûcher un peu ! Apportez du bois ! » D'un bond, le fou quitta sa place derrière le roi et se dirigea en cabriolant vers la porte, où il traita le rideau comme s'il fût en chêne massif ; enfin, il passa la tête dans le couloir, appela les gardes à cris vigoureux, puis rentra la tête et revint avec la mine déconfite. « Pas de gardes, pas de bûches : pauvre Murfès ! » D'un air grave, il observa l'intéressé qui, à quatre pattes, tisonnait le feu à coups rageurs. « Peut-être que si tu te tournais de poupe en proue et soufflais ainsi sur le feu, les flammes danseraient plus gaiement pour toi. Vire d'avant en arrière et crée un courant d'air, brave Murfès ! »

Une des chandelles de la chambre se mit soudain à cracher des étincelles bleues ; tous, même le fou, tressaillirent en entendant le bruit et Murfès se redressa lourdement. Je ne l'aurais pas cru superstitieux, mais la lueur affolée qui passa brièvement dans ses yeux indiqua clairement qu'il n'appréciait pas le présage. « Le feu ne veut pas prendre », déclara-t-il, puis, comme s'il prenait conscience du sens de ses paroles, il se tut, bouche bée.

« Nous sommes ensorcelés », fit le fou d'un ton aimable. Sur la pierre d'âtre, la petite Romarin ramena ses genoux sous son menton et promena un regard effaré sur la pièce, toute trace d'assoupissement disparu.

« Pourquoi les gardes ne sont-ils pas là ? » demanda Murfès d'un ton furieux. Il s'approcha de la porte à grands pas et regarda dans le couloir. « Toutes les torches ont la flamme bleue ! » s'exclama-t-il d'une voix étranglée. Il rentra la tête, regarda autour de lui éperdument. « Romarin ! Cours chercher les gardes ! Ils ont dit qu'ils n'allaient pas tarder. »

Romarin secoua la tête et serra davantage ses genoux contre sa poitrine.

« Tu veux encore les faire bûcher ? Bûcher des gardes ? Des gardes en bois ? Ah, prends garde de ne pas être pris entre le bois et l'écorce ! Des gardes en bois brûleraient-ils ?

— Cesse tes jacasseries ! dit sèchement Murfès. Va chercher les gardes !

— Va chercher ? D'abord, il me prend pour une bûche et maintenant pour un bichon ! Ah ! Va chercher le bois : tu veux dire le bâton ! Où est le bâton ? » Et le fou se mit à aboyer comme un roquet tout en gambadant à travers la pièce à la recherche d'un bout de bois imaginaire.

« Va chercher les gardes ! » Peu s'en était fallu que Murfès ne hurle.

La reine intervint d'un ton ferme. « Fou, Murfès, assez ; vous nous fatiguez avec vos singeries, et vous, Murfès, vous faites peur à Romarin. Allez chercher vous-même les gardes, si vous tenez tant à les avoir ici. Quant à moi, j'aimerais avoir la paix ; je suis fatiguée et je vais devoir me retirer bientôt.

— Ma reine, il se prépare un malheur ce soir, insista Murfès en jetant autour de lui des coups d'œil inquiets. Je ne suis pas homme à me laisser ébranler par de vagues présages, mais ils sont trop nombreux pour qu'on n'y prête pas attention. J'irai chercher les gardes, puisque le fou n'en a pas le courage…

— Il braille et pleure pour que les gardes viennent le protéger de brindilles qui ne veulent pas brûler et c'est moi qui manque de courage ? Pauvres de nous !

— La paix, fou, par pitié ! » Le ton suppliant de la reine semblait sincère. « Murfès, allez chercher, au lieu de gardes, d'autre bois ; notre roi n'a pas besoin de tout ce remue-ménage, mais simplement de repos. Allez. »

Murfès se dirigea à pas lents vers la porte, manifestement peu réjoui à l'idée d'affronter seul la lumière bleue du couloir.

Le fou lui dit en minaudant : « Veux-tu que je t'accompagne pour te tenir la main, vaillant Murfès ? »

À ces mots, l'homme accéléra et sortit enfin ; comme le bruit de ses pas s'évanouissait, le fou tourna de nouveau son regard vers l'endroit où je me cachais pour m'inviter à révéler ma présence. « Ma reine », dis-je à mi-voix en sortant de la chambre à coucher du roi, et seule une brusque inspiration trahit sa surprise, « si vous souhaitez vous retirer, le fou et moi nous occuperons de coucher le roi ; je vous sais lasse et désireuse de vous reposer tôt ce soir. » Sur la pierre d'âtre, Romarin me dévisageait, les yeux écarquillés.

« Peut-être, en effet, répondit Kettricken en se levant avec une étonnante vivacité. Viens, Romarin. Bonne nuit, mon roi. »

Elle sortit majestueusement de la pièce et Romarin trotta sur ses talons en nous jetant des regards par-dessus son épaule. Dès que le rideau de la porte fut retombé, je me précipitai auprès du roi. « Monseigneur, il est temps, lui dis-je doucement. Je vais monter la garde ici pendant que vous vous en irez. Y a-t-il quelque chose de particulier que vous souhaitiez emporter ? »

Il avala sa salive, puis accommoda son regard sur moi. « Non. Non, il n'y a plus rien qui m'intéresse ici ; plus rien à regretter, plus rien qui me retienne. » Il ferma les yeux et murmura : « J'ai changé d'avis, Fitz. Je crois que je vais rester ici et mourir dans mon lit cette nuit. »

Le fou et moi en demeurâmes un instant pantois. Puis :

« Ah non ! » s'exclama le fou à mi-voix, tandis que je disais : « Mon roi, vous êtes simplement fatigué.

— Et je ne pourrai que me fatiguer davantage. » Il avait un regard d'une étrange lucidité. Le jeune roi que j'avais brièvement touché quand nous avions artisé ensemble me contemplait du fond de ces yeux tourmentés de douleur. « Mon corps ne m'obéit plus, mon fils est devenu un serpent ; Royal sait que son frère est vivant, il sait qu'il n'a pas droit à la couronne qu'il porte. Je ne pensais pas qu'il... Je pensais qu'au dernier moment il se reprendrait... » Des larmes montèrent à ses yeux. Je croyais sauver mon roi d'un prince félon, j'aurais dû comprendre qu'on ne sauve pas un père de la trahison de son fils. Il tendit la main vers moi, une main autrefois musclée par le maniement de l'épée, muée aujourd'hui en griffe jaunâtre et décharnée. « Je voudrais dire adieu à Vérité. Je voudrais qu'il sache de ma bouche que je ne me suis pas prêté à ce qui se passe. Que j'aie au moins cette loyauté envers le fils qui m'est resté fidèle. » Il indiqua le sol à ses pieds. « Viens, Fitz. Emmène-moi auprès de lui. »

Il n'était pas question de refuser cet ordre et je n'hésitai pas : je m'agenouillai devant lui. Le fou alla se placer derrière lui, des larmes traçant des sillons gris dans son maquillage noir et blanc. « Non, murmura-t-il d'un ton pressant. Mon roi, levez-vous, allons nous cacher ; là, vous aurez le temps d'y réfléchir. Vous n'êtes pas obligé de décider maintenant. »

Subtil ne lui prêta nulle attention. Je sentis sa main se poser sur mon épaule et je lui ouvris ma force, surpris malgré ma peine d'avoir enfin appris à le faire à volonté. Nous plongeâmes ensemble dans le fleuve noir de l'Art et nous tourbillonnâmes dans son courant tandis que j'attendais les instructions de mon roi, mais il m'étreignit soudain. *Fils de mon fils, sang de mon sang ! À ma façon, je t'ai aimé.*

*Mon roi.*

*Mon jeune assassin, qu'ai-je fait de toi ? Comment ai-je pu ainsi pervertir ma propre chair ? Tu ignores à quel point tu es jeune encore ; fils de Chevalerie, il n'est pas trop tard pour te redresser. Relève la tête, vois au-delà de tout cela.*

J'avais passé ma vie à me transformer selon ses désirs : ces mots m'emplirent de confusion et de questions auxquelles il n'était pas l'heure de répondre. Je sentais ses forces décliner.

*Vérité*, lui rappelai-je.

Il tendit son esprit et je l'affermis dans son effort. Je perçus l'effleurement de la présence de Vérité, puis un brusque affaiblissement du roi ; je le cherchai à tâtons comme on plonge dans l'eau profonde à la rescousse d'un homme qui se noie ; je saisis sa conscience, la serrai contre moi, mais c'était comme agripper une ombre ; dans mes bras, c'était un enfant effrayé qui luttait contre il ne savait quoi.

Puis il disparut.

On eût dit une bulle de savon qui éclate.

J'avais cru avoir un aperçu de la fragilité de la vie quand j'avais tenu la petite fille morte dans mes bras, mais maintenant je la connaissais : présent un instant, puis plus rien l'instant d'après. Même une chandelle qu'on souffle laisse un mince ruban de fumée ; mon roi avait simplement disparu.

Mais je n'étais pas seul.

Tout enfant a retourné un oiseau mort trouvé dans les bois et ressenti le bouleversement et la terreur de voir les asticots à l'œuvre sous la carcasse ; les puces sont plus nombreuses et les tiques plus grosses sur un chien mourant. Justin et Sereine, telles des sangsues délaissant un poisson à l'agonie, tentèrent de se coller à moi ; elle était là, l'origine de leur force accrue et du lent dépérissement du roi, la brume qui obscurcissait son esprit et emplissait ses jours de torpeur. Galen, leur maître, avait fait de Vérité sa cible, mais il avait échoué à le tuer et trouvé lui-même la mort. Depuis combien de temps ces deux-là étaient-ils fixés au roi, depuis combien de temps aspiraient-ils sa force d'Art ? Je ne le saurais jamais. Ils avaient dû écouter tout ce qu'il artisait à Vérité par mon biais ; bien des mystères s'éclairaient soudain, mais il était trop tard. Ils fondirent sur moi et j'ignorais comment leur échapper ; je les sentis se coller à moi et je sus que c'étaient mes forces qu'ils suçaient à présent, et que, sans motif pour les retenir, ils allaient me tuer en quelques instants.

*Vérité !* criai-je, mais j'étais déjà trop faible ; je ne pouvais plus l'atteindre.

*Bas les pattes, roquets !* Un grondement familier et Œil-de-Nuit *repoussa* à travers moi. Je ne pensais pas qu'il y arriverait mais, comme il l'avait déjà fait, il employa l'arme du Vif par le canal ouvert par l'Art. Vif et Art sont deux choses différentes, aussi dissemblables que la lecture et le chant ou que la nage et la monte à cheval ; pourtant, quand mes deux agresseurs étaient liés à moi par l'Art, ils devaient être vulnérables à cette autre magie. Je les sentis écartés de moi, mais ils étaient deux pour résister à l'attaque d'Œil-de-Nuit ; il ne pouvait les vaincre ensemble.

*Debout, sauve-toi ! Fuis ceux que tu ne peux combattre !*

Sage conseil. La peur me renvoya dans mon corps et je dressai aussitôt les protections de mon esprit contre leur contact. Quand je le pus, j'ouvris les yeux : j'étais étendu haletant sur le sol du bureau du roi, tandis que le fou s'était jeté sur le corps de Subtil et pleurait à grands sanglots. Je sentis des volutes sournoises d'Art essayer de m'atteindre ; je me retirai au plus profond de moi-même et m'abritai éperdument comme Vérité me l'avait enseigné ; pourtant, je continuais de percevoir leur présence, tels des doigts de spectres qui tiraillaient mes vêtements, qui glissaient sur ma peau. J'en fus empli de révulsion.

« Tu l'as tué, tu l'as tué ! Tu as tué mon roi, traître immonde ! me cria le fou.

— Non ! Ce n'est pas moi ! » C'est à peine si j'avais pu articuler ces mots.

À ma grande horreur, Murfès s'encadra dans la porte et embrassa la scène avec un regard effaré. Puis il releva les yeux et hurla d'épouvante en lâchant la brassée de bois qu'il avait apportée. Le fou et moi tournâmes ensemble la tête.

À la porte de la chambre du roi se tenait le Grêlé. Même en sachant qu'il s'agissait d'Umbre, je connus un instant de terreur à m'en faire dresser les cheveux sur la tête : il était vêtu d'un linceul en lambeaux, maculé de terre et de moisissures ; ses longs cheveux gris pendaient en mèches répugnantes sur son visage et il s'était passé de la cendre sur la peau pour mieux faire ressortir ses cicatrices livides. Lentement, il pointa le doigt sur Murfès. L'homme poussa un cri d'effroi, puis se sauva en hurlant dans le couloir. Ses appels bégayants à la garde retentirent dans le Château.

« Que se passe-t-il ? » demanda Umbre dès que Murfès se fut enfui. D'une seule enjambée, il fut auprès de son frère et il posa ses longs doigts maigres sur sa gorge. Je savais quel serait le verdict ; je me relevai avec difficulté.

« Il est mort. MAIS CE N'EST PAS MOI QUI L'AI TUÉ ! » Mon cri couvrit les lamentations de plus en plus aiguës du fou. Les doigts d'Art me griffaient avec insistance. « Je vais tuer les responsables. Emmenez le fou en sécurité. Vous êtes-vous déjà occupé de la reine ? »

Les yeux agrandis, Umbre me dévisageait comme s'il ne m'avait jamais vu. Toutes les bougies de la pièce se mirent soudain à cracher des flammes bleues, ce qui convenait tout à fait à l'atmosphère. « Emmenez-la en sécurité, ordonnai-je à mon mentor, et faites en sorte que le fou l'accompagne : s'il reste ici, il est mort. Royal fera tuer tous ceux qui se seront trouvés dans cette pièce ce soir !

— Non ! Je ne veux pas l'abandonner ! » Le fou avait les yeux écarquillés et vides comme ceux d'une bête enragée.

« Débrouillez-vous pour l'emmener, Umbre ! Sa vie en dépend ! » Je saisis le fou par les épaules et le secouai violemment. Sa tête ballotta d'avant en arrière sur son cou gracile. « Accompagne Umbre et ne fais pas de bruit ! Tais-toi si tu veux que la mort de ton roi soit vengée ! C'est ce que je vais faire ! » Un brusque tremblement s'empara de moi et le monde se mit à danser, noir sur les bords. « De l'écorce elfique ! fis-je d'une voix étranglée. Il faut que vous me donniez de l'écorce elfique ! Ensuite, fuyez ! » Je jetai le fou dans les bras d'Umbre ; le vieillard le prit entre ses bras noueux et j'eus l'impression de voir la Mort l'étreindre. Ils sortirent, Umbre poussant le fou en pleurs devant lui. Un instant plus tard, j'entendis l'imperceptible frottement de la pierre sur la pierre. Ils étaient saufs.

Je tombai à genoux, puis m'écroulai sans pouvoir m'en empêcher. Je levai la main vers les genoux de mon roi mort ; la sienne, qui se refroidissait, glissa de l'accoudoir et tomba sur ma tête.

« L'instant est mal choisi pour pleurer », dis-je tout haut dans la chambre vide, mais mes larmes coulèrent néanmoins. Des tourbillons noirs bordaient ma vue, les doigts d'Art fantôme griffaient mes murs, arrachaient mon mortier, testaient chaque pierre ; je les repoussais mais ils revenaient sans cesse.

Je me souvins du regard que m'avait lancé Umbre et je doutai qu'il revînt ; toutefois… Je pris une inspiration.

*Œil-de-Nuit, conduis-les au terrier du renardier.* Je lui montrai l'entrepôt d'où ils émergeraient et l'endroit où ils devaient aller ; je ne pus faire davantage.

*Mon frère ?*

*Conduis-les, mon frère !* Je l'écartai faiblement et le sentis s'en aller. Et toujours les larmes ruisselaient stupidement sur mon visage. Je cherchai un point d'appui et ma main toucha la ceinture du roi ; j'ouvris les yeux, m'efforçai d'éclaircir ma vision. Son couteau ; non pas une dague d'apparat incrustée de bijoux, mais le couteau simple que tout homme porte à la ceinture pour les tâches de tous les jours. J'inspirai, puis le sortis de son fourreau, le posai sur mes genoux et le contemplai. Une lame honnête, effilée par des années d'usage, une poignée en bois de cerf, sans doute sculptée autrefois, mais elle aussi usée, lissée par la main de son propriétaire. J'y passai doucement les doigts et découvris ce que mes yeux ne pouvaient déchiffrer : la marque de Hod. Le maître d'armes avait fabriqué cet objet pour son roi qui s'en était bien servi.

Un souvenir me revint. « Nous sommes des outils », m'avait dit Umbre, et j'étais l'outil qu'il avait forgé pour le roi. Subtil m'avait regardé en se demandant : Qu'ai-je fait de toi ? Moi, je ne me le demandais pas : j'étais l'assassin du roi – à plus d'un titre. Mais je ferais en sorte de le servir une dernière fois comme j'y avais été formé.

Quelqu'un s'accroupit à côté de moi : Umbre. Je tournai lentement la tête vers lui. « De la graine de caris, me dit-il. Pas le temps de préparer de l'écorce elfique. Viens, je t'emmène à l'abri.

— Non. » Je pris le petit gâteau de caris au miel et me le fourrai tout entier dans la bouche ; je me mis à mâcher en broyant soigneusement les graines pour en exprimer toute la force, puis j'avalai ma bouchée. « Allez-y, ordonnai-je. J'ai une tâche à remplir et vous aussi. Burrich vous attend ; l'alerte va être bientôt donnée ; emmenez vite la reine tant qu'il vous est possible de prendre de l'avance sur vos poursuivants. Je me charge de les occuper. »

Il me lâcha. « Au revoir, mon garçon », fit-il d'un ton bourru, et il se pencha pour me baiser le front. C'était un adieu : il n'espérait pas me revoir vivant.

Nous étions deux dans le même cas.

Il me laissa là et, avant même d'entendre le raclement de la pierre, je sentis les premiers effets de la graine de caris. J'en avais déjà pris à la fête du Printemps, comme tout le monde : un infime saupoudrage sur un gâteau provoque une joyeuse légèreté du cœur. Burrich m'avait raconté que des maquignons malhonnêtes ajoutaient au grain de leurs chevaux de l'huile de caris afin de leur faire gagner une course ou donner bon air à un animal malade lors d'une vente aux enchères ; il avait ajouté qu'un cheval ainsi traité n'était souvent plus jamais le même – s'il survivait. Je savais qu'Umbre s'en était servi à l'occasion et je l'avais vu tomber comme une masse lorsque les effets avaient cessé. Pourtant, je n'avais pas hésité ; peut-être, songeai-je brièvement, peut-être Burrich avait-il vu juste à propos de l'extase que me procurait l'Art ou l'emportement et la fureur de la bataille : méprisais-je la mort ou bien la désirais-je ? J'interrompis rapidement mes réflexions : la graine de caris s'emparait de moi, j'avais la force de dix hommes et mon cœur s'élevait comme un aigle dans le ciel. Je me relevai d'un bond, me dirigeai vers la porte, puis fis soudain demi-tour.

Je m'agenouillai devant mon roi mort, pris son couteau et le plaçai devant mon front tout en prêtant serment : « Cette lame sera l'instrument de votre vengeance. » Je lui baisai la main et le laissai devant le feu.

Les étincelles azur que crachaient les bougies m'avaient paru déconcertantes, mais l'éclat bleu des torches du couloir était franchement surnaturel : on avait l'impression de plonger le regard dans des eaux profondes et immobiles. Je me mis à courir tout en gloussant sans raison. En dessous, j'entendais des éclats de voix, celle de Murfès plus aiguë que les autres : des flammes bleues ! « Le Grêlé ! » criait-il. Le temps n'avait pas autant passé que je le craignais, et à présent il m'attendait ; léger comme la brise, je parcourus le couloir au pas de course, trouvai une porte ouverte et la franchis. Là, je pris patience. Il leur fallut une éternité pour monter l'escalier et davantage encore pour passer devant ma porte. J'attendis qu'ils fussent entrés chez le roi et, quand j'entendis les premiers cris d'alarme, je bondis hors de ma cachette et m'élançai dans les escaliers.

Quelqu'un s'exclama, mais nul ne me poursuivit, et j'étais au pied des marches quand une voix donna enfin l'ordre de me rattraper. J'éclatai de rire : comme s'ils en étaient capables ! Le château de Castelcerf était un dédale de couloirs secondaires et de passages réservés au service parfaitement connus d'un garçon qui y avait grandi. Je savais où je voulais me rendre, mais je ne pris pas le chemin le plus direct ; je courais tel un renard, faisant une brève apparition dans la Grand-Salle, survolant les pavés de la cour des lavandières, terrifiant Mijote en traversant ses cuisines à toute allure. Et toujours, toujours, les blêmes doigts d'Art me griffaient, me palpaient, sans savoir que j'arrivais, mes chéris, j'arrivais pour m'occuper de vous.

Galen, qui était né et avait grandi en Bauge, avait toujours détesté la mer. Il en avait peur, je pense, et ses appartements se trouvaient donc du côté du Château face aux montagnes. Après sa mort, j'avais appris qu'on en avait fait une sorte de mausolée à sa mémoire ; Sereine s'était installée dans sa chambre, mais le salon servait de salle de réunion pour le clan. Je n'y avais jamais été mais je connaissais le chemin. Je m'engageai dans l'escalier comme une flèche en vol, croisai dans le couloir un couple pris dans une étreinte passionnée et pilai devant la lourde porte bardée de fer. Mais un huis épais qui n'est pas convenablement barré ne constitue pas un obstacle et, quelques instants plus tard, le battant s'ouvrait devant moi.

Des chaises étaient disposées en demi-cercle autour d'une table, au centre de laquelle brûlait une grosse bougie – afin d'aider à la concentration, supposai-je. Seuls deux sièges étaient occupés : Justin et Sereine étaient assis côte à côte, les mains jointes, les yeux clos, la tête rejetée en arrière dans l'extase de l'Art. Guillot n'était pas là. J'avais espéré le trouver en leur compagnie.

Une fraction de seconde, j'observai leurs visages : ils étaient luisants de transpiration et je me sentis flatté qu'ils mettent tant d'efforts à abattre mes murailles. Leurs lèvres se tordaient en sourires convulsifs tandis qu'ils résistaient à la volupté de l'Art et se concentraient sur l'objet plutôt que sur le plaisir de leur activité. Je n'hésitai pas. « Surprise ! » fis-je à mi-voix. Je tirai la tête de Sereine en arrière et passai la lame du couteau du roi sur sa gorge offerte ; elle eut un soubresaut et je la laissai tomber par terre. Elle répandit une considérable quantité de sang.

Justin se leva brusquement en poussant un cri et je me préparai à son attaque, mais il me prit au dépourvu : il s'enfuit en piaillant dans le couloir. Je le pris en chasse, le couteau à la main. On aurait cru entendre un porc à l'abattoir et il courait à une vitesse extraordinaire ; sans s'embarrasser de détours, il se précipitait tout droit vers la Grand-Salle sans cesser de hurler. Derrière lui, je riais à gorge déployée. Aujourd'hui encore, ce souvenir me paraît incroyable, et pourtant il est véridique. Croyait-il que Royal allait tirer l'épée pour le défendre ? S'imaginait-il, après qu'il avait tué mon roi, que je laisserais le moindre obstacle se dresser entre lui et moi ?

Dans la Grand-Salle, des musiciens jouaient et l'on dansait, mais l'entrée de Justin y mit un terme. J'avais gagné du terrain, si bien que nous n'étions plus séparés que par une vingtaine de pas quand il heurta une table chargée de plats. Encore sous le choc, nul n'avait bougé quand je bondis sur lui et le précipitai à terre ; je le lardai d'une demi-douzaine de coups de couteau avant que quiconque s'avise d'intervenir. Comme des gardes originaires de Bauge cherchaient à s'emparer de moi, je leur jetai le cadavre agité de convulsions de Justin dans les jambes et sautai sur une table derrière moi. Je brandis mon arme dégouttante de sang. « Le couteau du roi ! criai-je en le montrant à la cantonade. Il s'est payé de sang pour la vengeance du roi ! C'est tout !

— Il est fou ! cria quelqu'un. La mort de Vérité l'a rendu fou !

— Subtil ! répondis-je, furieux. C'est le roi Subtil qui est mort par traîtrise cette nuit ! »

Les gardes de l'Intérieur de Royal foncèrent en bloc contre ma table. Je ne les avais pas crus si nombreux et nous nous effondrâmes tous ensemble au milieu d'une avalanche de nourriture et de vaisselle. Des gens criaient, mais certains s'avançaient pour mieux voir tandis que d'autres reculaient, en proie à l'horreur. Hod aurait été fière de moi : avec le couteau du roi, je tins en respect trois hommes armés d'épées courtes ; je dansai, bondis, pirouettai ; j'étais trop vif pour eux et les égratignures qu'ils m'infligeaient ne me causaient aucune douleur ; je portai deux bonnes entailles sur deux d'entre eux simplement parce qu'ils ne pensaient pas que j'oserais m'approcher assez.

Quelque part dans la foule, quelqu'un cria : « Aux armes ! Au Bâtard ! Ils tuent FitzChevalerie ! » Une échauffourée s'ensuivit, mais je ne pus distinguer qui y participait ni même y prêter attention. Je transperçai la main d'un garde et il lâcha son épée. « Subtil ! s'exclama une voix par-dessus le vacarme. On a tué le roi Subtil ! » Aux bruits de la bagarre, je compris que de nouveaux protagonistes s'y étaient mêlés, mais je n'avais pas le temps d'y jeter le moindre coup d'œil. J'entendis une autre table s'écrouler à grand fracas et un hurlement traversa la salle ; à cet instant, les gardes de Castelcerf pénétrèrent dans la pièce et la voix de Kerf s'éleva au-dessus du tumulte : « Séparez-les ! Faites-leur cesser le combat ! Tâchez de ne pas verser le sang dans la salle du roi ! » Je vis mes assaillants encerclés, j'aperçus l'air consterné de Lame quand il me reconnut, puis il brailla par-dessus son épaule : « C'est FitzChevalerie ! Ils essayent de tuer le Fitz !

— Séparez-les ! Désarmez-les ! » Kerf donna un grand coup de tête contre le front d'un des gardes de Royal qui s'effondra comme une masse. Derrière lui, je vis des groupes de gens se mettre à se battre à leur tour tandis que les soldats de Cerf se jetaient sur les gardes personnels de Royal, ferraillaient pour les obliger à baisser l'épée et exigeaient qu'ils la remissent au fourreau. J'eus enfin la place de respirer et le temps de regarder autour de moi : en effet, un nombre considérable de personnes se battaient, et ce n'étaient pas seulement des gardes : des bagarres à poings nus avaient éclaté entre les invités eux-mêmes. La situation paraissait devoir tourner à la rixe générale lorsque soudain Lame, un de nos gardes, envoya deux de mes attaquants au sol à grands coups d'épaule ; puis, d'un bond, il vint se placer devant moi.

« Lame ! » m'écriai-je avec joie, le prenant pour un allié. Puis, comme je remarquais sa position défensive, je lui dis : « Tu sais bien que je ne tirerais pas l'épée contre toi !

— Je le sais bien, mon gars », répondit-il avec tristesse, et le vieux soldat se jeta sur moi et me ceintura solidement. J'ignore qui me frappa sur l'arrière du crâne et quel objet on utilisa.

## 15

## CACHOTS

*Si un maître chien soupçonne un garçon de chenil d'user du Vif pour souiller les chiens et les dévoyer à son profit, qu'il guette les signes suivants : si le garçon ne bavarde guère avec ses compagnons de travail, qu'il se méfie ; si les chiens redressent la tête avant que le garçon soit en vue ou gémissent avant qu'il soit parti, qu'il soit vigilant ; si le chien accepte de cesser de chercher une femelle en chaleur ou se détourne d'une piste de sang pour se coucher sur l'ordre du garçon, qu'il n'ait plus de doute. Il faut pendre le garçon, au-dessus de l'eau si possible, à l'écart des écuries, et brûler son cadavre ; il faut noyer tous les chiens qu'il a dressés ainsi que les rejetons des chiens ainsi salis. Un chien qui a connu l'usage du Vif ne craindra ni ne respectera aucun autre maître, et deviendra dangereux une fois privé de son maître-de-Vif ; un garçon doué du Vif refusera de battre un chien indiscipliné, de voir vendre ou utiliser pour appâter l'ours son chien-de-Vif, si vieille que soit la bête. Un garçon doué du Vif détournera les chiens de son maître à ses propres buts et sa seule véritable fidélité ira toujours à son chien-de-Vif.*

*

Je me réveillai je ne sais quand. De tous les tours cruels que le sort m'avait joués ces derniers temps, ce réveil était le pire. Sans bouger, je dressai l'inventaire de mes inconforts : l'épuisement suite à la frénésie induite par la graine de caris se mêlait à celui de mon combat d'Art contre Justin et

Sereine ; j'avais reçu de mauvais coups d'épée à l'avant-bras droit et un autre à la cuisse gauche, dont je n'avais aucun souvenir ; comme aucune de ces blessures n'avait été pansée, le sang m'avait en séchant collé la manche et les chausses à la peau ; enfin, celui qui m'avait assommé, voulant être sûr d'avoir bien exécuté le travail, m'avait assené plusieurs coups supplémentaires. À part cela, tout allait bien, et je me le répétai à plusieurs reprises sans prêter attention aux tremblements qui agitaient ma jambe et mon bras gauches. J'ouvris les yeux.

La pièce où je me trouvais était petite et tout en pierre ; il y avait un broc dans un coin. Quand j'estimai enfin pouvoir bouger, je tendis le cou et j'aperçus une porte avec un petit judas à barreaux ; c'était de là que venait la lumière, projetée par une torche un peu plus loin dans le couloir extérieur. Ah oui : c'étaient les cachots ! Ma curiosité satisfaite, je fermai les yeux et m'assoupis ; le nez dans la queue, je dormis dans le creux d'une tanière profonde enfouie sous la neige que soufflait le vent. Cette illusion de sécurité, c'était tout ce que pouvait me donner Œil-de-Nuit ; j'étais si faible que même les pensées qu'il m'envoyait me paraissaient brumeuses. *Sécurité.* Il n'arrivait pas à me transmettre davantage.

Je m'éveillai à nouveau. Le temps avait passé car j'avais beaucoup plus soif qu'avant ; en dehors de cela, tout était remarquablement semblable à mon précédent réveil. Cette fois, je pris conscience que le banc sur lequel j'étais couché était lui aussi en pierre : seuls mes vêtements m'en séparaient. « Hé ! criai-je. Gardes ! » Pas de réponse. Tout avait un aspect un peu vague. Au bout d'un moment, je ne me souvins plus si j'avais déjà appelé ou bien si je rassemblais toujours mes forces pour le faire ; encore un moment et je jugeai ne pas avoir la vigueur nécessaire. Je me rendormis. Je ne voyais pas que faire d'autre.

Quand je me réveillai pour la troisième fois, j'entendis la voix de Patience. Celui ou celle à qui elle s'adressait d'un ton véhément ne répondait guère et ne cédait pas. « C'est ridicule ! Que craignez-vous que je fasse ? » Un silence. « Mais je le connais depuis qu'il est enfant ! » Encore un silence. « Il est blessé ! Quel mal cela peut-il faire que je jette au moins un coup d'œil à ses blessures ? Vous pouvez le pendre guéri aussi bien que blessé, non ? » Encore un silence.

Au bout de quelque temps, je m'estimai capable de me déplacer. Je souffrais de quantité d'ecchymoses et d'éraflures inexplicables, sans doute acquises lors du trajet entre la Grand-Salle et les cachots ; le pire, quand je bougeais, était que le tissu de mes vêtements tirait sur les croûtes de mes plaies, mais c'était supportable. Pour une si petite pièce, je trouvai extraordinairement long le chemin entre le lit et la porte. Une fois arrivé, je m'aperçus que, par le judas à barreaux, je ne voyais que le mur de pierre, de l'autre côté de l'étroit couloir. J'agrippai les barreaux de ma main valide, la gauche.

« Patience ? fis-je d'une voix croassante.

— Fitz ? Oh, Fitz, vas-tu bien ? »

Quelle question ! Mon éclat de rire se mua dans l'instant en une quinte de toux qui me laissa un goût de sang dans la bouche. Que répondre ? Non, je n'allais pas bien ; mais il était dangereux pour elle de trop s'intéresser à moi, je m'en rendais compte malgré mes esprits embrumés. « Je vais bien, dis-je enfin.

— Oh, Fitz, le roi est mort ! » me cria-t-elle de loin. Dans sa hâte de tout me raconter, elle me livra les nouvelles en vrac : « Et la reine Kettricken a disparu, et le roi-servant Royal soutient que tu as tout manigancé. On prétend…

— Dame Patience, il faut partir, maintenant », intervint le garde. Elle ne lui prêta nulle attention.

« … que la mort de Vérité t'a rendu fou de chagrin, que tu as tué le roi, Sereine et Justin, et on ne sait pas ce que tu as fait de la reine ; et le fou…

— Vous n'avez pas le droit de parler au prisonnier, ma dame ! » Il s'exprimait avec conviction, mais elle ne l'écoutait pas.

« ... est introuvable. Murfès affirme vous avoir vus, le fou et toi, en train de vous disputer devant le corps du roi, et puis le Grêlé serait apparu pour emporter son esprit. Cet homme est fou ! Royal t'accuse aussi de pratiquer la basse magie, d'avoir l'âme d'une bête ! C'est ainsi, d'après lui, que tu aurais tué le roi. Et…

— Ma dame ! Vous devez partir ou je vais être obligé de vous faire emmener.

— Eh bien, qu'attendez-vous ? cracha Patience. Je vous mets au défi d'essayer ! Brodette, cet homme m'ennuie. Ah, vous osez lever la main sur moi ? Moi qui fus la reine-servante de Chevalerie ? Attention, Brodette, ne lui fais pas de mal, ce n'est qu'un enfant – dépourvu de manières, mais un enfant tout de même.

— Dame Patience, je vous en prie... » Le garde avait soudain changé de ton.

« Vous ne pouvez pas m'emmener d'ici par la force sans quitter votre poste ; me croyez-vous stupide au point de l'ignorer ? Alors, que comptez-vous faire ? Assaillir deux vieilles femmes l'épée à la main ?

— Castrie ! Castrie, où tu es ? beugla le garde. Maudit sois-tu, Castrie ! » D'un ton exaspéré, il appelait son équipier qui avait pris une pause et se trouvait sans doute dans la salle des gardes, près des cuisines, en train de boire de la bière fraîche et de manger du ragoût bien chaud. La tête me tourna un instant.

« Castrie ? » La voix du garde allait s'affaiblissant : il avait commis la bêtise de quitter son poste pour aller chercher son camarade. Aussitôt, j'entendis le léger bruissement des pantoufles de Patience qui s'approchait de ma porte, puis je sentis ses doigts se poser sur ma main agrippée au barreau ; elle était trop petite pour voir par le judas et le couloir trop étroit pour qu'elle pût reculer et me permettre de la voir, mais le contact de sa main me fut comme un rayon de soleil.

« Guette le retour du garde, Brodette, fit-elle, puis, s'adressant à moi : Comment vas-tu vraiment ? » Elle parlait bas de façon à n'être entendue que de moi.

« J'ai soif, j'ai faim, j'ai froid et j'ai mal. » Je ne voyais pas l'intérêt de lui mentir. « Que se passe-t-il au Château ?

— C'est la pagaille. Les gardes de Castelcerf ont mis un terme à la bagarre générale de la Grand-Salle, mais une rixe a éclaté dehors entre certains individus de l'Intérieur invités par Royal et des soldats du Château. Les gardes de la reine Kettricken se sont interposés et les officiers des deux camps ont repris leurs troupes en main ; néanmoins, l'atmosphère reste tendue. Il n'y avait pas que des gardes impliqués dans l'échauffourée : plus d'un invité a un œil au beurre noir ou la jambe raide ; par chance, aucun n'est gravement blessé. Il paraît que c'est Lame qui est le plus durement touché : il s'est interposé entre les hommes de Bauge et toi et il l'a payé de plusieurs côtes cassées, deux coquards et je ne sais quoi au bras ; mais ce n'est pas grave, d'après Burrich. En tout cas, les lignes de démarcation sont clairement tracées, à présent, et les ducs se montrent les dents les uns aux autres comme des chiens.

— Burrich ? répétai-je d'une voix rauque.

— Ne t'inquiète pas, il n'a pas participé aux bagarres et il va bien. Si l'on peut dire qu'on va bien quand on se montre d'humeur massacrante avec tout le monde ; mais enfin, chez lui, c'est un état normal, je pense. »

Mon cœur tonnait dans ma poitrine. Burrich ! Pourquoi n'était-il pas parti ? Je n'osai pas interroger Patience : une question de trop et sa curiosité serait éveillée. Tant pis. « Et Royal ? » demandai-je.

Elle eut un grognement méprisant. « On a l'impression que ce qui l'irrite vraiment, c'est de ne plus avoir d'excuse pour quitter Castelcerf ; jusque-là, tu le sais, il déménageait le roi Subtil et Kettricken dans l'Intérieur pour les protéger et il vidait le Château afin qu'ils retrouvent leurs affaires familières ; mais le prétexte ne tient plus et les ducs de la Côte ont exigé qu'il reste pour défendre le Château, ou qu'il laisse au moins sur place un homme de leur choix. Il a proposé son cousin, le seigneur Brillant de Bauge, mais les ducs côtiers ne l'aiment pas. Je crois que Royal n'apprécie pas sa nouvelle position de roi autant qu'il l'espérait.

— Il s'est couronné, alors ? » Un rugissement naquit dans mes oreilles et je me retins aux barreaux. Ne t'évanouis pas ! me dis-je. Le garde n'allait plus tarder à revenir et j'avais peu de temps pour apprendre les derniers développements de la situation.

« Non ; nous étions tous trop occupés à enterrer le roi, puis à chercher la reine. Quand on a trouvé le roi mort, on nous a envoyés réveiller la reine, mais ses portes étaient barrées et elle ne répondait pas à nos coups. Pour finir, Royal a dû encore une fois avoir recours aux haches ; la porte de la chambre était bouclée elle aussi, et la reine avait disparu. C'est un grand mystère pour tout le monde.

— Qu'en dit Royal ? » Ma tête s'éclaircissait. Oh, que j'avais mal !

« Pas grand-chose, sinon que la reine et son enfant sont sûrement morts et que c'est toi le responsable. Il t'accuse de pratiquer la Magie des bêtes et d'avoir tué le roi grâce à ton Vif ; tous exigent des preuves de ses assertions et il va répétant qu'il les produira bientôt. »

Apparemment, pas question de lancer des recherches sur les routes et les chemins pour retrouver Kettricken, donc ; j'avais bien fait de parier que ses espions artiseurs n'avaient pas découvert l'ensemble de notre plan. Cependant, il ne fallait pas crier victoire trop tôt : s'il avait envoyé des équipes de recherche, il ne leur avait sûrement pas donné ordre de ramener la reine vivante.

« Et Guillot ? Que fait-il ? demandai-je.

— Guillot ?

— Le fils de Lad. Un des membres du clan.

— Ah, celui-là ! Je ne l'ai pas vu, autant qu'il m'en souvienne.

— Ah ! » Une nouvelle vague de vertige menaçait de me submerger et, soudain, toute logique m'échappa : j'avais d'autres questions à poser, je le savais, mais j'ignorais lesquelles. Burrich était resté, mais la reine et le fou avaient disparu. Que s'était-il passé ? Impossible d'interroger Patience sans lui mettre la puce à l'oreille. « Quelqu'un d'autre sait-il que vous êtes ici ? » m'enquis-je : si Burrich était au courant de sa venue, il lui aurait confié un message pour moi.

« Bien sûr que non ! Ça n'a pas été facile à mettre au point, Fitz : Brodette a dû glisser un émétique dans la nourriture d'un des deux gardes afin qu'il laisse son camarade seul en poste ; ensuite, nous avons dû attendre son départ… Ah ! Brodette m'a demandé de te donner ça ; elle a la tête sur les épaules, elle. » Sa main quitta la mienne, revint et fit passer une, puis deux petites pommes entre les barreaux. Elles tombèrent à terre avant que je puisse les attraper et je résistai à l'impulsion qui me commandait de me jeter aussitôt sur elles.

« Que dit-on de moi ? » demandai-je à mi-voix.

Elle ne répondit pas tout de suite. « La plupart des gens assurent que tu es fou. Certains, que le Grêlé t'a ensorcelé pour apporter la mort parmi nous ; on raconte aussi que tu aurais projeté une rébellion et tué Sereine et Justin parce qu'ils t'auraient percé à jour. D'autres, peu nombreux, partagent l'avis de Royal et prétendent que tu pratiques la Magie des bêtes ; c'est Murfès, surtout, qui l'affirme. Il dit que la flamme des bougies n'est devenue bleue dans la chambre du roi qu'après ton entrée, et aussi que le fou t'accusait d'avoir tué le roi ; mais le fou a disparu lui aussi. Il y a eu tant de présages de malheur, et tant de gens ont peur, maintenant... » Sa voix mourut.

« Ce n'est pas moi qui ai tué le roi, murmurai-je : ce sont Justin et Sereine. C'est pour ça que je les ai tués avec le propre couteau du roi.

— Les gardes arrivent ! » siffla Brodette. Patience n'y prêta nulle attention.

« Mais Justin et Sereine n'étaient même pas...

— Je n'ai pas le temps de vous expliquer : ils ont agi par le biais de l'Art. Mais ce sont eux, Patience, je le jure. » Je me tus un instant. « Quel sort me réserve-t-on ?

— Aucune décision n'a été vraiment prise.

— Nous n'avons pas de temps à perdre avec des mensonges polis. »

Je l'entendis avaler sa salive. « Royal veut te faire pendre. Il t'aurait fait tuer sur place dans la Grand-Salle si Lame n'avait pas tenu ses gardes en respect jusqu'à la fin des combats ; alors les ducs de la Côte ont pris ta défense, et dame Grâce de Rippon a rappelé à Royal qu'aucune personne de sang Loinvoyant ne peut être mise à mort par l'épée ni par la corde. Il a voulu nier que tu étais de sang royal, mais trop de gens se sont récriés. À présent, il jure être capable de démontrer que tu as le Vif, et on pend ceux qui pratiquent la Magie des bêtes.

— Dame Patience ! Vous devez vous en aller, maintenant, ou c'est moi qui finirai pendu ! » Le garde était de retour, manifestement accompagné de Castrie, car j'entendais les pas de plus d'une personne, et ils se précipitaient vers ma cellule. Patience lâcha mes doigts.

« Je ferai ce que je pourrai pour toi », chuchota-t-elle. Elle s'était efforcée d'effacer toute trace de peur dans sa voix pendant notre conversation, mais je la sentis percer sous ces derniers mots.

Elle s'en alla en piaillant comme un geai après le garde qui l'escortait. Aussitôt, je me baissai non sans mal pour ramasser mes pommes ; elles étaient petites, et ridées d'avoir été mises en réserve pour l'hiver, mais je les trouvai délicieuses ; je les mangeai tout entières, jusqu'à la queue. Le peu d'humidité qu'elles contenaient n'étancha cependant nullement ma soif. Je m'assis un moment sur le banc, la tête entre les mains, en essayant de rester vigilant : il fallait que je réfléchisse, mais c'était affreusement difficile et je n'arrivais pas à me concentrer. J'étais tenté de décoller ma chemise de mes entailles, mais je me retins : tant qu'elles ne suppuraient pas, mieux valait les laisser tranquilles. Je ne pouvais me permettre de perdre encore du sang. Je dus faire appel à toutes mes forces pour revenir près de la porte. « Gardes ! » fis-je d'une voix rauque.

Ils ne répondirent pas.

« Je veux de l'eau – et à manger. »

Quelqu'un d'autre répondit. *Où es-tu ?*

*Là où tu ne peux aller, mon ami. Comment vas-tu ?*

*Bien ; mais tu m'as manqué. Tu as dormi si profondément que je t'ai cru mort.*

*Je l'ai cru aussi. Les as-tu guidés aux chevaux ?*

*Oui, et ils sont partis. Cœur de la Meute leur a dit que j'étais un demi-sang que tu avais apprivoisé, comme si j'étais un cabot savant !*

*Il cherchait à me protéger, pas à t'insulter. Pourquoi n'est-il pas parti avec les autres ?*

*Je ne sais pas. Que devons-nous faire, maintenant ?*

*Attendre.*

« Gardes ! » criai-je encore une fois, aussi fort que je le pouvais, ce qui n'était pas grand-chose.

« Écarte-toi de la porte. » L'homme se tenait juste devant ma cellule : ma conversation avec Œil-de-Nuit m'avait à ce point absorbé que je ne l'avais pas entendu approcher. Je n'étais vraiment pas moi-même.

Un petit panneau coulissa au bas de la porte et un pichet d'eau accompagné d'une demi-miche de pain fut glissé par l'ouverture, puis le panneau se referma.

« Merci. »

On ne me répondit pas. Je pris les deux objets et les examinai soigneusement : l'eau paraissait avoir séjourné un bon moment dans le pichet, mais ni son odeur ni la gorgée que j'avalai avec prudence ne révélèrent la moindre trace de poison ; je rompis le pain en petits morceaux et cherchai dans la mie des particules étrangères ou des taches suspectes : il n'était pas frais, mais il n'était pas non plus empoisonné, pour autant que je pusse le dire – et quelqu'un avait mangé l'autre moitié de la miche. En quelques instants, je fis un sort à l'un et à l'autre, puis j'allai m'étendre à nouveau sur mon banc de pierre où je cherchai une position moins inconfortable que les autres.

La cellule était sèche mais froide, comme n'importe quelle pièce inoccupée de Castelcerf en hiver. Je savais précisément où je me trouvais : les cellules étaient situées non loin des caves à vin ; j'aurais beau hurler à m'en faire saigner les poumons, nul autre que mes gardes ne m'entendrait. Enfant, j'avais poussé quelques explorations jusqu'ici ; j'avais rarement vu de prisonniers dans les cachots et encore moins de gardes pour les surveiller : grâce à la prompte justice de Castelcerf, il était peu fréquent qu'on eût à y retenir un captif plus de quelques heures car les infractions à la loi étaient généralement punies de mort ou de travail manuel. J'avais l'impression que ces cellules allaient servir beaucoup plus souvent maintenant que Royal se prétendait roi.

Je voulais dormir, mais mon corps avait retrouvé sa sensibilité, aussi, tout en me tournant et me retournant sur la pierre froide et dure, je réfléchis. J'essayai un moment de me convaincre que, si la reine s'était échappée, j'avais gagné : après tout, gagner, c'est obtenir ce que l'on désire, non ? Mais le fil de mes pensées bifurqua et je songeai à la rapidité avec laquelle le roi Subtil s'était éteint – comme une bulle de savon qui éclate. Si on me pendait, mourrais-je aussi vite ? Ou bien danserais-je longtemps, suffoquant au bout de ma corde ? Pour me distraire de ces agréables réflexions, je me demandai combien de temps Vérité devrait conduire une guerre civile contre Royal avant de pouvoir redessiner une carte complète des Six-Duchés – à condition, naturellement, qu'il revienne de sa quête et réussisse à débarrasser la côte des Pirates rouges. Quand Royal abandonnerait Castelcerf, ce dont je ne doutais pas, qui récupérerait le Château ? Patience avait dit que les ducs côtiers ne voulaient pas entendre parler du seigneur Brillant ; Cerf comptait quelques nobles mineurs, mais aucun d'assez hardi pour s'emparer de Castelcerf, à mon avis. Peut-être l'un des trois ducs de la Côte essaierait-il ? Non : aucun d'entre eux n'avait actuellement la puissance nécessaire pour s'intéresser à autre chose que ses propres frontières ; désormais, ç'allait être chacun pour soi – sauf si Royal demeurait à Castelcerf. La reine disparue et Subtil décédé, il était après tout le roi légitime, à moins que l'on sût Vérité vivant, et peu de gens le savaient. Les ducs de la Côte accepteraient-ils Royal comme roi, maintenant ? Accepteraient-ils Vérité pour roi quand il reviendrait ? Ou bien mépriseraient-ils l'homme qui les avait abandonnés pour se lancer dans une entreprise insensée ?

Le temps s'écoulait lentement dans ce décor où rien ne bougeait. On ne me donnait à boire et à manger que si je le demandais et encore, pas toujours, si bien que je ne pouvais mesurer le passage des jours à la régularité des repas. Éveillé, j'étais prisonnier de mes pensées et de mes angoisses ; une fois, je tentai d'artiser Vérité, mais l'effort causa un obscurcissement de ma vision et une migraine qui me martela longtemps le crâne, et je n'eus pas la force de recommencer. La faim devint une compagne permanente, aussi inflexible que le froid de la cellule. Par deux fois, j'entendis les gardes renvoyer Patience et refuser qu'elle me donne la nourriture et les pansements qu'elle avait apportés ; je ne l'appelai pas : je voulais qu'elle renonce, qu'elle se dissocie de moi. Je connaissais mon seul répit la nuit, quand je dormais et chassais avec Œil-de-Nuit ; j'aurais voulu percevoir ce qui se passait à Castelcerf à l'aide de ses sens, mais il n'attachait aux choses que ses valeurs de loup et, lorsque j'étais en sa compagnie, je les partageais. Le temps ne se répartissait plus en jours et en nuits, mais en périodes de chasse ; la viande que je dévorais avec lui ne nourrissait pas mon corps humain et pourtant je trouvais de la satisfaction à m'en gorger. Grâce à ses perceptions, je m'aperçus que le temps changeait et je me réveillai un matin en sachant qu'une belle journée de printemps venait de naître. Un temps à Pirates : les ducs de la Côte ne s'attarderaient plus guère à Castelcerf, s'ils s'y trouvaient encore.

Comme pour me donner raison, j'entendis des voix au poste des gardes et des raclements de bottes sur le pavage. Je reconnus le ton coléreux de Royal, le salut apeuré du soldat, puis ils vinrent dans ma direction. Pour la première fois depuis que je m'étais éveillé dans la cellule, une clé tourna dans la serrure et la porte s'ouvrit. Je me redressai lentement sur le banc : trois ducs et un prince félon m'observaient. Je me mis debout tant bien que mal. Derrière mes seigneurs se tenait une rangée de soldats armés de piques, comme prêts à tenir en respect un animal enragé ; un garde, l'épée au clair, s'était placé près de la porte, entre Royal et moi. Il ne sous-estimait pas la force de ma haine.

« Vous le voyez, déclara Royal de but en blanc. Il est vivant et en bonne santé, je ne l'ai pas tué. Mais sachez que j'en aurais le droit : il a tué un homme, mon serviteur, dans ma salle, et une femme dans ses appartements. Pour ces seuls crimes, j'ai le droit de le faire exécuter.

— Roi-servant Royal, vous accusez FitzChevalerie d'avoir assassiné le roi Subtil en se servant du Vif, dit Brondy, puis il poursuivit avec une logique laborieuse : Je n'ai jamais entendu dire que ce fût possible ; mais, si tel est le cas, c'est le conseil qui doit statuer sur son sort, car il a d'abord tué le roi. Il faut une réunion du conseil pour décider de sa culpabilité ou de son innocence et fixer sa peine. »

Royal poussa un soupir exaspéré. « Je réunirai donc le conseil, qu'on en termine une fois pour toutes. Il est ridicule de retarder mon couronnement à cause de l'exécution d'un meurtrier.

— Monseigneur, la mort d'un roi n'est jamais ridicule, observa calmement le duc Shemshy de Haurfond. Nous devons régler les affaires d'un roi avant d'en couronner un nouveau, roi-servant Royal.

— Mon père est mort et enterré. Que voulez-vous de plus ? » Le côté insensible de Royal prenait le dessus : il n'y avait ni chagrin ni respect dans sa réplique.

« Nous voulons savoir comment il est mort et de la main de qui, répondit Brondy de Béarns. Votre serviteur Murfès dit que c'est FitzChevalerie qui a tué le roi ; vous, roi-servant Royal, l'appuyez en disant qu'il s'est servi du Vif. Nombre d'entre nous pensent que FitzChevalerie était singulièrement dévoué à son roi et n'aurait jamais commis pareil acte ; et FitzChevalerie accuse les artiseurs de ce crime. » Pour la première fois, le duc Brondy me regarda en face. Je soutins son regard et m'adressai à lui comme si nous étions seuls.

« Ce sont Justin et Sereine qui l'ont tué, murmurai-je. Par perfidie, ils ont assassiné mon roi.

— Silence ! » aboya Royal. Il leva la main, mais je ne bronchai pas.

« Et c'est pourquoi je les ai tués, poursuivis-je sans quitter Brondy des yeux, avec le couteau du roi. Pour quelle autre raison aurais-je choisi cette arme ?

— Les fous agissent étrangement. » C'était le duc Kelvar de Rippon qui avait parlé, tandis que Royal s'étranglait, livide de rage. Je regardai Kelvar avec calme ; la dernière fois que je lui avais parlé, j'étais à sa table, à Finebaie.

« Je ne suis pas fou, assurai-je. Je n'étais pas plus fou cette nuit-là que celle où je maniais la hache devant les murailles de Gardebaie.

— Peut-être, répondit Kelvar d'un ton pensif. Il est de notoriété publique qu'il devient fou au combat. »

Une étincelle rusée naquit dans l'œil de Royal. « Il est également de notoriété publique qu'on l'a vu la bouche pleine de sang après les combats, qu'il devient un des animaux avec lesquels il a grandi. Il a le Vif. »

Un long silence accueillit cette remarque. Les ducs échangèrent des regards et, quand Shemshy me jeta un coup d'œil, j'y lus du dégoût. Enfin, Brondy répondit. « C'est une grave accusation que vous portez là. Quelqu'un peut-il en témoigner ?

— Qu'il avait la bouche barbouillée de sang ? Plusieurs personnes ! »

Brondy secoua la tête. « N'importe qui peut achever un combat le visage couvert de sang. La hache n'est pas une arme propre, je puis l'attester. Non : il nous faut davantage.

— Alors, réunissons le conseil, répéta Royal avec impatience, et entendons ce que Murfès peut nous dire sur la façon dont mon père est mort et par la faute de qui. »

Les trois ducs échangèrent à nouveau des regards, puis ils tournèrent vers moi des yeux songeurs. C'était le duc Brondy qui menait la Côte à présent ; j'en eus la conviction lorsqu'il reprit la parole. « Roi-servant Royal, parlons franc : vous avez accusé FitzChevalerie, fils de Chevalerie, d'avoir usé du Vif, la Magie des bêtes, pour tuer le roi Subtil. C'est une très grave accusation. Pour nous convaincre de son bien-fondé, nous demandons que vous nous prouviez non seulement qu'il a le Vif, mais aussi qu'il peut s'en servir pour nuire à autrui. Tous ici nous sommes témoins que le corps du roi Subtil ne portait aucune marque, aucun signe qu'il se soit débattu. Si vous n'aviez pas crié à la trahison, nous aurions supposé qu'il était mort de son âge. Certains ont même murmuré que vous cherchiez seulement un prétexte pour vous débarrasser de FitzChevalerie. Vous connaissez ces rumeurs, je le sais ; je les répète tout haut afin que nous puissions les examiner. » Brondy se tut, comme s'il délibérait en lui-même, puis il jeta un nouveau regard à ses pairs. Comme ni Kelvar ni Shemshy ne lui adressait de signe de désaccord, il s'éclaircit la gorge et poursuivit.

« Nous avons une proposition à vous faire, roi-servant Royal : prouvez-nous, monseigneur, que FitzChevalerie a le Vif et qu'il s'en est servi pour tuer le roi Subtil, et nous vous laisserons le mettre à mort comme bon vous semblera. Nous assisterons à votre intronisation en tant que roi des Six-Duchés ; mieux, nous accepterons le seigneur Brillant comme votre représentant à Castelcerf et vous autoriserons à déplacer votre cour à Gué-de-Négoce. »

Une expression de triomphe passa sur les traits de Royal, aussitôt remplacée par un air soupçonneux. « Et si je ne vous convaincs pas, duc Brondy ?

— Alors FitzChevalerie vivra, répliqua Brondy avec calme, et vous lui donnerez l'intendance de Castelcerf et les forces de Cerf en votre absence. » Les trois ducs regardèrent Royal dans les yeux.

« C'est de la trahison ! » s'exclama Royal.

Shemshy faillit mettre la main à son arme ; Kelvar rougit mais ne dit rien ; la tension monta d'un cran parmi les soldats. Seul Brondy resta impavide. « Monseigneur, portez-vous de nouvelles accusations ? demanda-t-il. Là encore, nous exigerons que vous les souteniez par des preuves, ce qui pourrait retarder davantage votre couronnement. »

Devant leur silence et leurs regards de pierre, Royal murmura : « J'ai parlé trop vite, mes ducs ; c'est une période difficile pour moi, privé que je suis de la sagesse de mon père, mon frère décédé, notre reine et son enfant disparus... Tout cela peut inciter à des déclarations hâtives. Je... Très bien, j'agrée le... marché que vous me proposez. Je prouverai que FitzChevalerie a le Vif ou je le remettrai en liberté. Êtes-vous satisfaits ?

— Non, mon roi-servant, répondit Brondy sans se démonter ; tels n'étaient pas les termes prévus. S'il est innocent, FitzChevalerie sera placé à la tête de Castelcerf ; si vous démontrez sa culpabilité, nous accepterons Brillant. Tels étaient nos termes.

— Et les assassinats de Justin et Sereine, serviteurs précieux et membres du clan ? Ceux-là, nous pouvons les lui imputer, il les a lui-même reconnus. » Le regard qu'il m'adressa aurait dû me tuer sur place. Comme il devait regretter de m'avoir accusé de la mort de Subtil ! Sans les folles allégations de Murfès et sans l'appui qu'il y avait apporté, il aurait pu exiger de me voir noyer pour la mort de Justin, qui était mon fait, comme chacun en avait été témoin. Ironiquement, c'était son désir de m'avilir qui me gardait de l'exécution.

« Vous aurez tout loisir de prouver qu'il a le Vif et qu'il a tué votre père. Pour ces seuls crimes, nous vous laisserons le faire pendre. Pour les autres... il assure que ces gens sont les assassins du roi. S'il n'est pas coupable, nous sommes prêts à admettre qu'il les a tués en toute justice.

— C'est intolérable ! cracha Royal.

— Monseigneur, tels sont nos termes, répondit Brondy, impassible.

— Et si je les refuse ? » demanda Royal, furieux.

Brondy haussa les épaules. « Le ciel est clair, monseigneur ; c'est un temps à Pirates, pour nous qui avons des côtes. Nous devons retourner en nos châteaux afin de protéger du mieux possible nos duchés. Sans la réunion du conseil entier, vous ne pourrez pas vous couronner roi ni assigner légitimement quelqu'un pour vous représenter à Castelcerf. Vous devrez passer l'hiver ici, monseigneur, et affronter les Pirates au même titre que nous.

— Vous me ligotez par des traditions et des lois ridicules pour m'obliger à faire vos quatre volontés ! Suis-je votre roi ou non ? demanda Royal sans ambages.

— Vous n'êtes pas notre roi, répliqua Brondy sans élever le ton mais avec fermeté. Vous êtes notre roi-servant, qui risque de le demeurer tant que ces accusations et ce problème n'auront pas trouvé leur solution. »

La noirceur du regard de Royal indiquait clairement combien ces propos lui plaisaient. « Très bien, fit-il d'un ton tranchant et trop précipitamment. Je dois, j'imagine, me plier à ce... maquignonnage. N'oubliez pas que c'est vous, non moi, qui l'aurez voulu. » Et il se tourna vers moi. Je compris alors qu'il ne tiendrait pas sa parole et que je mourrais dans cette cellule. L'atroce et soudaine prémonition de ma propre mort obscurcit ma vision et me fit vaciller ; j'eus l'impression de m'être brusquement éloigné de la vie et je sentis un froid glacé m'envahir.

« Nous sommes d'accord », répondit Brondy. Il porta ses regards vers moi et fronça les sourcils. Mes émotions devaient se voir sur mon visage car il me demanda aussitôt : « FitzChevalerie, vous traite-t-on bien ? Vous donne-t-on à manger ? » En même temps, il dégrafa la broche à son épaule ; son manteau était usé mais en bonne laine et, quand il me le lança, le poids du vêtement m'entraîna contre le mur.

J'agrippai avec reconnaissance le manteau encore chaud d'avoir été porté. « De l'eau... du pain... », dis-je. Je regardai le lourd vêtement de laine. « Merci, murmurai-je.

— C'est plus que ce dont beaucoup disposent ! grinça Royal. Les temps sont durs », ajouta-t-il, comme si ceux à qui il s'adressait ne le savaient pas mieux que lui.

Brondy me considéra quelques instants; je ne dis rien. Finalement, il posa un regard froid sur Royal. « Trop durs pour lui fournir au moins un peu de paille au lieu de l'obliger à dormir sur un banc de pierre ? »

Royal le foudroya des yeux, mais Brondy ne broncha pas. « Nous voulons la preuve de sa culpabilité, roi-servant Royal, avant d'acquiescer à son exécution. En attendant, nous comptons sur vous pour le garder en vie.

— Donnez-lui au moins des rations de campagne, intervint Kelvar. Nul ne pourra vous accuser de le choyer et c'est un homme en vie que vous pendrez ou à qui vous remettrez le commandement de Cerf. »

Royal croisa les bras sans répondre. Je n'obtiendrais que de l'eau et une moitié de miche, je le savais; il m'aurait sans doute repris le manteau de Brondy s'il ne s'était pas attendu à ce que je défende mon bien. D'un mouvement du menton, il fit signe au garde qu'il pouvait refermer ma porte; à l'instant où elle claquait, je me jetai en avant pour saisir les barreaux et regarder les hommes s'en aller. Je songeai à leur crier que Royal ne me laisserait pas vivre, qu'il trouverait le moyen de me tuer dans mon cachot, mais je n'en fis rien : ils ne m'auraient pas cru. Ils ne redoutaient pas encore assez Royal. S'ils l'avaient connu comme je le connaissais, ils auraient compris qu'aucune promesse ne l'obligerait à s'en tenir à leur marché. Il allait me tuer : il me tenait trop bien pour résister à la tentation.

Je lâchai les barreaux, regagnai mon banc d'une démarche raide et m'assis. Par réflexe plus que par réflexion, je drapai le manteau de Brondy autour de mes épaules, mais la meilleure laine n'aurait su vaincre le froid qui me tenaillait. Telle la marée montante qui se rue dans une grotte marine, la conscience de ma mort prochaine s'engouffra de nouveau en moi et je crus m'évanouir. Je *repoussai* mes propres idées sur la façon dont Royal pourrait décider de me faire mourir; les moyens étaient si nombreux! Je le soupçonnai néanmoins de chercher d'abord à m'arracher des aveux et, avec le temps, il y parviendrait peut-être. La nausée me saisit à cette idée. Je m'efforçai de m'écarter du bord du gouffre, de ne plus avoir une conscience aussi nette de la mort pénible qui m'attendait.

Soudain, je me sentis curieusement le cœur plus léger en songeant que je pourrais le duper : dans ma manche raide de sang séché se trouvait la petite poche contenant le poison que j'avais préparé pour Murfès ; si le produit avait provoqué une mort moins horrible, je l'eusse pris sur-le-champ. Cependant, je ne l'avais pas prévu pour donner un trépas rapide et sans douleur, mais des crampes, des diarrhées et de la fièvre ; plus tard, peut-être ce sort deviendrait-il préférable à ce que m'infligerait Royal, mais je ne puisai nul réconfort dans cette pensée. Je m'allongeai sur la plaque de pierre et m'emmitouflai dans le manteau de Brondy. J'espérais qu'il ne lui manquerait pas trop. Le don de ce vêtement était probablement le dernier geste de bonté auquel j'aurais jamais droit.

Je ne m'endormis pas ; je m'enfuis volontairement dans le monde de mon loup.

Je me réveillai d'un rêve humain où Umbre me reprochait de ne pas être attentif. Je me recroquevillai sous le manteau de Brondy ; des torches dans le couloir éclairaient faiblement ma cellule. Était-ce le jour ou la nuit ? Je l'ignorais, mais j'avais le sentiment que c'était la pleine nuit. J'essayai de retrouver le sommeil. La voix pressante d'Umbre me suppliait...

Je me redressai lentement sur le banc : le rythme et le ton du discours étouffé étaient bien ceux d'Umbre. Assis, je l'entendais moins bien, aussi me rallongeai-je. La voix était plus forte, mais je ne distinguais pas les mots qu'elle prononçait ; je plaquai l'oreille contre le banc... Non. Je me mis lentement debout et me déplaçai dans ma petite cellule ; dans l'un des angles, la voix était plus claire, mais je ne comprenais toujours pas ce qu'elle disait. « Je ne comprends pas ce que vous dites », fis-je.

La voix étouffée se tut, puis elle reprit avec une inflexion interrogative.

« Je ne comprends pas ce que vous dites ! » répétai-je plus fort.

Umbre se remit à parler, d'un ton plus excité, mais pas plus fort.

« Je ne comprends pas ce que vous dites ! » criai-je, exaspéré.

Des pas retentirent dans le couloir. « FitzChevalerie ! »

La garde était petite et ne pouvait me voir par le judas.

« Quoi ? demandai-je d'une voix endormie.

— Qu'est-ce que vous avez crié ?

— Quoi ? Ah ! J'ai fait un cauchemar. »

La garde s'éloigna. Je l'entendis déclarer en riant à sa camarade : « Je ne vois pas comment ses cauchemars pourraient être pires que ses réveils ! » Elle avait l'accent de l'Intérieur.

Je me rallongeai sur mon banc. La voix d'Umbre avait disparu. J'étais assez d'accord avec la garde. Je me demandais ce qu'Umbre avait mis tant d'acharnement à essayer de me dire ; sans doute pas de bonnes nouvelles, et je n'avais pas envie d'en imaginer de mauvaises. J'allais devoir mourir ici ; j'espérais que c'était au moins parce que j'avais contribué au succès de l'évasion de la reine. Où en était-elle de son voyage ? Et le fou, comment allait-il supporter les rigueurs d'un trajet au cœur de l'hiver ? Je m'interdis de me demander pourquoi Burrich ne les avait pas accompagnés et tournai mes pensées vers Molly.

Je dus m'assoupir car je la vis : elle remontait péniblement un sentier, sur les épaules une palanche d'où pendaient deux seaux pleins d'eau. Elle paraissait pâle, malade et fatiguée. Au sommet de la colline se trouvait une chaumière décrépite, de la neige entassée contre ses murs. Molly s'arrêta à la porte, posa ses seaux, se retourna et contempla la mer ; elle fronça les sourcils : le temps était beau et le vent léger faisait à peine moutonner la crête des vagues ; comme moi autrefois, il souleva son épaisse chevelure et passa la main le long de la courbe de son cou et de son menton tiède. Elle écarquilla soudain les yeux, et des larmes y perlèrent. « Non, dit-elle tout haut. Non. Je ne veux plus penser à toi. Non. » Elle prit les seaux et pénétra dans la chaumière, puis referma la porte d'un geste catégorique. Le vent soufflait sur le toit au chaume mal ajusté. Il forcit et je me laissai emporter.

Je roulai, plongeai dans son courant et y déversai mes douleurs. J'avais envie de m'y enfoncer davantage, jusqu'au cœur, où il pourrait m'emporter tout entier, loin de moi et de mes petits soucis ; j'immergeai les mains dans ce courant de fond, rapide et épais comme de l'eau, et il m'attira.

*Je m'écarterais, si j'étais toi.*

*Vraiment ?* Et je laissai Vérité songer un instant à ma situation.

*Peut-être pas, en effet*, répondit-il, lugubre, puis il poussa comme un soupir. *J'aurais dû deviner la gravité de la situation : apparemment, il faut une grande douleur, une dure maladie ou une extrême violence pour abattre tes murs et te permettre d'artiser.* Il se tut un long moment et nous restâmes tous deux silencieux à ruminer des pensées de tout et de rien à la fois. *Ainsi mon père est mort. Justin et Sereine... J'aurais dû m'en douter. Sa fatigue et ses forces qui déclinaient : ce sont les signes de l'homme lige dont on puise trop et trop souvent l'énergie. Cela devait durer depuis longtemps, avant même la... mort de Galen. Lui seul pouvait concevoir un tel plan et surtout un moyen de le mettre à exécution. Quelle révoltante façon d'employer l'Art ! Et ils nous ont espionnés ?*

*Oui. J'ignore ce qu'ils ont appris ; et il y en a encore un autre à craindre : Guillot.*

*Triple imbécile que j'ai été ! Réfléchis, Fitz ; nous aurions dû nous en rendre compte : au début, les navires de guerre ont parfaitement rempli leur rôle, et puis soudain, dès que les membres du clan ont compris ce que nous tramions, toi et moi, ils se sont débrouillés pour nous contrecarrer ; c'est ainsi que les messages arrivaient toujours en retard ou pas du tout, les secours partaient après la bataille ou ne partaient pas du tout. Il est aussi plein de haine qu'une tique est pleine de sang, et il a gagné.*

*Pas tout à fait, mon roi.* Je me retins de penser à Kettricken en route pour les Montagnes et répétai : *Il reste Guillot, et aussi Ronce et Carrod. Nous devons nous montrer prudents, mon prince.*

Une ombre de chaleur. *C'est promis. Mais tu sais la profondeur de ma reconnaissance. Peut-être le prix est-il élevé, mais ce que nous avons acheté le vaut bien. Pour moi, en tout cas.*

*Pour moi aussi.* Je perçus de la lassitude en lui, et de la résignation. *Baissez-vous les bras ?*

*Pas encore. Mais, comme le tien, mon avenir me paraît peu prometteur. Mes compagnons sont tous morts ou se sont enfuis. Je continue, mais j'ignore quelle distance je dois encore par-*

*courir ou ce que je devrai faire une fois arrivé – et je suis épuisé. Il serait si facile de renoncer.*

Je savais que Vérité lisait en moi sans difficulté, mais cette fois je devais me tendre vers lui pour atteindre tout ce qu'il ne me transmettait pas. Je sentis le grand froid qui l'entourait et une blessure qui lui rendait la respiration pénible, sa solitude et la douleur de savoir que ceux qui étaient morts avaient péri loin de chez eux et pour lui. Hod, pensai-je, et ma peine fit écho à la sienne ; Charim, disparu à jamais ; et puis autre chose, une chose qu'il ne pouvait pas tout à fait me faire partager : une tentation, une hésitation au bord du gouffre, une pression, une sensation d'arrachement, de griffure très semblable à celle que j'avais perçue de la part de Sereine et de Justin. Je voulus aller plus loin, y regarder de plus près, mais il me retint.

*Certains périls sont plus dangereux quand on les voit de face*, me dit-il. *C'est le cas de celui-ci. Mais je suis sûr que c'est le chemin que je dois suivre si je veux trouver les Anciens.*

« Prisonnier ! »

Je sortis de ma transe avec un sursaut. Une clé tourna dans la serrure de ma porte qui s'ouvrit : une jeune fille s'y encadra. Royal se tenait près d'elle, une main posée sur son épaule dans un geste rassurant ; deux gardes, de l'Intérieur d'après la coupe de leur uniforme, les flanquaient et l'un d'eux se pencha pour avancer une torche dans ma cellule. Je reculai involontairement, puis demeurai assis sur mon banc à cligner les yeux dans la soudaine lumière. « Est-ce lui ? » demanda doucement Royal à la jeune fille ; elle m'examina d'un air apeuré, et je l'observai à mon tour en essayant de me rappeler pourquoi son visage m'était familier.

« Oui, messire... seigneur prince... messire roi. C'est lui. Je suis allée au puits le matin que je vous parlais – il me fallait de l'eau sinon le petit, il allait mourir aussi sûr que si les Pirates l'avaient tué ; y avait plus un bruit depuis un bon moment, il faisait aussi calme que dans une tombe ; alors, je suis allée au puits très tôt le matin, dans le brouillard, messire, et c'est là que j'ai vu un loup, tout à côté du puits. Il s'est levé d'un coup et il m'a regardée, et puis le vent a poussé la brume : et là, y avait plus de loup, mais un homme à la place.

C'était cet homme, messire – Votre Majesté le roi. » Elle continuait à me dévisager, les yeux ronds.

Je me la rappelais, à présent : le matin qui avait suivi la bataille de Finebaie et de Gardebaie, Œil-de-Nuit et moi nous étions reposés auprès du puits, et le loup m'avait réveillé en se sauvant devant la jeune fille qui approchait.

« Tu es une brave fille, lui dit Royal en lui tapotant l'épaule. Garde, ramène-la aux cuisines et veille à ce qu'elle ait un bon repas et un lit. Non, laisse-moi la torche. » Ils s'écartèrent de la porte et le garde la referma. J'entendis des pas qui s'éloignaient, mais la lumière persista dans le couloir. Une fois le garde et la jeune fille partis, Royal s'adressa à moi.

« Eh bien, Bâtard, on dirait que la partie touche à sa fin ; tes défenseurs vont bien vite te laisser tomber, à mon avis, une fois qu'ils sauront ce que tu es. J'ai d'autres témoins, naturellement, qui évoqueront les empreintes de loup et les morsures des cadavres remarquées partout où tu t'es battu à Finebaie ; certains mêmes de nos gardes de Castelcerf, lorsqu'ils devront déposer sous serment, seront obligés de reconnaître que, quand tu combattais les forgisés, des corps portaient des marques de crocs et de griffes. » Il poussa un grand soupir de satisfaction. À l'oreille, je sus qu'il enfonçait sa torche dans une applique, après quoi il revint auprès de la porte. Ses yeux arrivaient juste à la hauteur du judas et, dans un réflexe puéril, je me levai et m'approchai de la porte pour le contempler de tout mon haut ; il recula et j'en ressentis un plaisir mesquin.

Il prit la mouche. « Quel naïf tu as été ! Quel imbécile ! Tu es revenu éclopé des Montagnes, la queue entre les jambes, et tu as cru qu'il te suffisait d'avoir la faveur de Vérité pour survivre ! Toi et tes complots ridicules ! Je les connaissais tous, tu entends, Bâtard ? Tous ! Toutes tes petites conversations avec notre reine, les pots-de-vin dans le jardin de la tour pour retourner Brondy contre moi, même les plans qu'elle avait conçus pour s'enfuir de Castelcerf. Prenez des vêtements chauds, lui avais-tu dit ; le roi vous accompagnera. » Il se dressa sur la pointe des pieds pour que je voie bien son sourire. « Elle n'est partie ni avec l'un ni avec l'autre, Bâtard : ni le roi, ni les vêtements chauds qu'elle avait préparés. » Il se tut un instant. « Pas même un cheval. » Sa voix caressa ces derniers mots comme s'il attendait depuis longtemps de les prononcer, et il m'observa d'un air avide.

Je me traitai soudain de tous les noms : Romarin ! La douce petite fille aux airs endormis, toujours en train de dodeliner de la tête dans un coin ! Si intelligente qu'on pouvait lui demander n'importe quel service, si jeune qu'on oubliait sa présence... Pourtant, j'aurais dû m'en douter : je n'étais pas plus vieux qu'elle quand Umbre avait commencé à m'enseigner sa profession. Je fus soudain pris de vertige et cela dut se voir sur mon visage. J'étais incapable de me rappeler ce que j'avais pu dire ou ne pas dire devant elle, de savoir quels secrets Kettricken m'avait confiés au-dessus de cette petite tête aux boucles noires. De quels échanges avec Vérité, avec Patience avait-elle été témoin ? La reine et le fou avaient disparu, de cela seul j'étais sûr ; avaient-ils seulement quitté Castelcerf vivants ? Royal souriait béatement, satisfait de lui-même. La porte verrouillée constituait le seul rempart qui m'empêchât de manquer à la promesse que j'avais faite à Subtil.

Il s'en alla, souriant toujours.

En la personne de la jeune fille de Finebaie, Royal tenait la preuve que j'avais le Vif. Il ne lui restait plus qu'à m'arracher par la torture l'aveu que j'avais assassiné Subtil. Il avait tout le temps nécessaire ; il n'était pas pressé.

Je m'assis lourdement par terre. Vérité avait raison : Royal avait gagné.

# 16

## TORTURE

*Mais la princesse Volontaire ne voulait se satisfaire de rien d'autre que monter l'étalon Pie à la chasse. Toutes ses dames de compagnie la mirent en garde, mais elle détourna la tête et ne leur prêta point l'oreille ; tous ses seigneurs la mirent en garde, mais elle se moqua de leurs craintes ; même le maître d'écurie s'efforça de la décourager en lui disant : « Dame princesse, cet étalon devrait être tué dans le sang et le feu, car il fut dressé par Matois du Vif et à lui seul il est fidèle ! » Alors la princesse entra en courroux et répondit : « Ne sont-ce pas là mes écuries et mes chevaux, et n'ai-je pas le droit de choisir laquelle de mes bêtes monter ? » Tous se turent devant son ire et elle ordonna qu'on sellât l'étalon Pie pour la chasse.*

*L'équipage se mit en route dans de grands abois de chiens et virevoltes d'oriflammes, et l'étalon Pie la porta bien, l'emmena loin devant dans les champs, si loin qu'elle disparut à la vue des autres chasseurs. Alors, une fois la princesse Volontaire à l'écart, par-delà les collines et sous les arbres verdoyants, l'étalon Pie la conduisit de-ci de-là, tant et si bien qu'elle en fut égarée et que le clabaud des chiens ne fut plus qu'écho dans les vallons. Enfin elle s'arrêta près d'un ru frais pour s'y désaltérer mais, quand elle se retourna, voici que l'étalon Pie avait disparu et qu'à sa place se tenait Matois du Vif, aussi tacheté que sa bête-de-Vif. Alors il la prit comme l'étalon prend la jument, si bien qu'avant la fin de l'an elle devint grosse ; et quand ceux qui assistaient à la naissance virent l'enfant, tout tacheté du visage et des épaules, ils s'exclamèrent d'effroi ; et quand la princesse Volontaire le vit à son tour, elle cria et son âme s'échappa dans le sang et l'humiliation car elle avait porté l'enfant-de-Vif de Matois. Ainsi naquit le prince Pie qui, par sa naissance, apporta au monde la terreur et la honte.*

*La légende du prince Pie.*

*

La torche qu'avait laissée Royal faisait danser l'ombre des barreaux ; je restai quelque temps à la contempler, l'esprit vide, sans espoir. La conscience de ma mort prochaine m'engourdissait l'entendement. Puis, peu à peu, mon esprit se remit en route, mais dans la plus grande confusion. Kettricken sans cheval… Était-ce de cela qu'Umbre avait tenté de me prévenir ? Que Royal savait-il à propos des chevaux ? Était-il au courant de la destination de la reine ? Comment Burrich avait-il évité de se faire repérer ? Mais y était-il parvenu, en réalité ? Ne risquais-je pas de le croiser dans la salle de torture ? Royal soupçonnait-il Patience d'avoir pris part au plan d'évasion ? Dans ce cas, se contenterait-il de l'abandonner à Castelcerf ou chercherait-il une vengeance plus directe ? Quand les hommes de Royal viendraient me chercher, résisterais-je ?

Non : je les suivrais avec dignité. Non : je tuerais à mains nues autant de ses spadassins de l'Intérieur que possible. Non : je les accompagnerais sans rien dire et j'attendrais l'occasion de tuer Royal. Il serait là, je le savais, pour me regarder mourir. La promesse faite à Subtil de ne pas m'en prendre à sa famille ? Elle ne me liait plus. Si ? Personne ne pouvait me sauver. Je ne me demandais même plus si Umbre interviendrait, si Patience pouvait y faire quoi que ce soit. Une fois que Royal m'aurait arraché des aveux… me garderait-il en vie pour me faire pendre et écarteler en place publique ? Oui, bien sûr : pourquoi se priver de ce plaisir ? Patience viendrait-elle me voir mourir ? J'espérais que non ; peut-être Brodette saurait-elle l'en empêcher. J'avais jeté ma vie aux orties, je m'étais sacrifié pour rien. Enfin, j'avais au moins tué Sereine et Justin. Cela en valait-il la peine ? Ma reine s'était-elle échappée ou se cachait-elle encore entre les murs du Château ? Était-ce ce qu'Umbre cherchait à me communiquer ? Non.

Mon esprit pataugeait dans mes pensées comme un rat tombé dans une barrique d'eau de pluie. J'aurais voulu avoir quelqu'un, n'importe qui, à qui parler. Je m'efforçai de réfléchir calmement, rationnellement, et finis par trouver une prise : Œil-de-Nuit. Il avait dit les avoir emmenés, les avoir guidés jusqu'à Burrich.

*Mon frère ?* Je me tendis vers lui

*Je suis là. Je suis toujours là.*

*Raconte-moi l'autre nuit.*

*Laquelle ?*

*Celle où tu as conduit les gens du Château à Cœur de la Meute.*

*Ah !* Je sentis son effort. Il pensait à la manière des loups : ce qui était fait était fait ; il ne voyait pas plus loin que sa prochaine chasse, ne se rappelait presque rien des événements du mois ou de l'année précédents, sauf s'ils concernaient de très près sa survie. Ainsi, il se rappelait la cage d'où je l'avais tiré, mais il avait déjà oublié où il avait chassé quatre nuits plus tôt. Il gardait en mémoire des généralités : une sente que fréquentaient les lapins, une source qui ne gelait pas en hiver, mais le nombre précis de lapins qu'il avait tués trois jours auparavant lui échappait complètement. Je retins mon souffle en souhaitant qu'il pût me rendre espoir.

*Je les ai conduits à Cœur de la Meute. J'aimerais que tu sois là : j'ai un piquant de porc-épic dans la babine et je n'arrive pas à m'en débarrasser. Ça fait mal.*

*Et comment est-il arrivé là ?* Malgré tout, je n'avais pu m'empêcher de sourire : il savait à quoi s'en tenir, mais n'avait pu résister à l'attrait de la grosse et lente créature.

*Ce n'est pas drôle.*

*Je sais.* De fait, ce n'était pas drôle : méchamment barbelé, le piquant ne pouvait que s'enfoncer en envenimant la plaie, au point d'empêcher Œil-de-Nuit de chasser. Je me penchai sur son problème car, je le savais, tant que je ne l'aurais pas résolu, il ne parviendrait à se concentrer sur rien d'autre. *Cœur de la Meute te l'enlèverait si tu le lui demandais poliment. Tu peux avoir confiance en lui.*

*Il m'a poussé quand je lui ai parlé. Mais ensuite il m'a parlé.*

*Ah ?*

Je perçus le cheminement de son esprit qui remontait lentement le fil de ses pensées. *L'autre nuit, quand je les ai guidés jusqu'à lui. Il m'a dit : « Amène-les-moi ici, pas au trou du renardier. »*

*Montre-moi l'endroit.*

C'était plus difficile pour lui mais il s'y efforça et se rappela le bord de la route, déserte sous les rafales de neige, hormis Burrich à cheval sur Rousseau et tenant Suie par la bride ; j'entrevis la Femelle et le Sans-Odeur, comme il appelait Kettricken et le fou. Il se souvenait bien d'Umbre, surtout à cause d'un gros os de bœuf qu'il lui avait remis avant leur séparation.

*Ont-ils parlé entre eux ?*

*Beaucoup trop. Je les ai laissés japper entre eux et je suis parti.*

J'eus beau l'interroger, il ne put m'en dire davantage, mais au moins je savais que les plans avaient été radicalement modifiés à la dernière minute. Étrange : j'avais été prêt à donner ma vie pour Kettricken mais, tout bien considéré, je n'étais pas sûr d'apprécier de donner ma jument ; et puis je me rappelai que je ne monterais sans doute plus jamais un cheval, sauf celui qui me transporterait à l'arbre où l'on me pendrait. Au moins Suie se trouvait-elle avec quelqu'un que j'aimais – ainsi que Rousseau. Pourquoi ces deux chevaux précisément ? Et pourquoi seulement deux ? Burrich avait-il été incapable d'en sortir davantage des écuries ? Était-ce pour cela qu'il n'était pas parti ?

*J'ai mal*, intervint Œil-de-Nuit. *Ça m'empêche de manger.*

*Je voudrais t'aider, mais c'est impossible. Tu dois demander à Cœur de la Meute.*

*Tu ne peux pas lui demander ? Toi, il ne te pousse pas.*

Je souris. *Il l'a fait une fois et ça m'a suffi ; j'ai retenu la leçon. Mais si tu vas le trouver pour lui demander son aide, il ne te* repoussera *pas.*

*Tu ne peux pas lui demander de m'aider ?*

*Je ne peux pas lui parler comme nous nous parlons et il est trop loin pour entendre mes abois.*

*Alors je vais essayer*, fit Œil-de-Nuit d'un ton dubitatif.

Je le laissai aller ; j'avais envisagé d'essayer de lui faire comprendre ma situation, mais j'avais renoncé : il ne pouvait rien faire et je n'arriverais qu'à l'inquiéter. Œil-de-Nuit dirait à Burrich que je le lui avais envoyé, ainsi Burrich me saurait-il toujours en vie. Je n'avais pas grand-chose d'autre à lui transmettre qu'il ne sût déjà.

Le temps passa lentement. Je le mesurai par tous les petits moyens à ma disposition : la torche finit de se consumer, la garde fut relevée, quelqu'un me glissa de l'eau et de la nourriture par la trappe de ma porte. Je n'avais rien demandé ; cela signifiait-il qu'une longue période s'était écoulée depuis mon dernier repas ? Les gardes furent à nouveau relevés ; les nouveaux, un homme et une femme, étaient bavards, mais ils parlaient à voix basse et je ne percevais que leurs chuchotements indistincts et leurs éclats de rire – sans doute quelques remarques grivoises qui pimentaient leur marivaudage. Ils s'interrompirent soudain : quelqu'un arrivait.

J'entendis des murmures bas et respectueux, et une boule de glace se forma au creux de mon estomac. Sans bruit, je me levai, me collai à la porte et jetai un coup d'œil au poste de garde.

Il approchait comme une ombre dans le couloir, en silence mais sans furtivité : avec ses dehors effacés, il n'en avait nul besoin. Jamais je n'avais vu l'Art ainsi employé. Je sentis les poils de ma nuque se hérisser lorsque Guillot s'arrêta devant ma porte et me regarda. Il ne dit rien et je n'osai pas ouvrir la bouche ; le simple fait de lui rendre son regard lui fournissait déjà une trop grande ouverture sur moi ; pourtant je redoutais de détourner les yeux. L'Art le nimbait comme une aura de vigilance. Je me fis tout petit au fond de moi-même, ramenai à moi toutes mes émotions, toutes mes pensées, et dressai mes murs aussi vite que je le pus, tout en sachant que ces protections mêmes lui en disaient long sur moi. Pour lui, mes défenses constituaient un moyen de me déchiffrer. Pendant que je sentais la peur me dessécher la bouche et la gorge, une question me vint : d'où sortait-il ? Qu'est-ce qui pouvait avoir tant d'importance aux yeux de Royal pour qu'il confie le travail à Guillot au lieu de l'utiliser à s'assurer la couronne ?

Le bateau blanc.

La réponse était montée du tréfonds de moi, fondée sur des rapprochements si loin enfouis que j'étais incapable de les exhumer, mais je ne la mis pas en doute. Je le regardai en le considérant en conjonction avec le bateau blanc. Il fronça les sourcils et je sentis la tension entre nous grandir, l'Art forcer contre mes frontières. Il ne me griffait pas ni ne tiraillait comme l'avaient fait Sereine et Justin ; la meilleure comparaison serait un affrontement à l'épée où chacun mesure la puissance d'assaut de son adversaire. Je m'affermis pour lui résister, sachant que si je vacillais, si je baissais ma garde, fût-ce un instant, il passerait outre ma défense et m'embrocherait l'âme. Ses yeux s'agrandirent et j'eus la surprise d'y lire une brève hésitation ; mais il eut aussitôt un sourire aussi engageant que la gueule d'un requin.

« Ah ! » souffla-t-il. Il paraissait content ; il s'écarta de ma porte et s'étira comme un chat indolent. « Ils t'ont sous-estimé mais je ne commettrai pas la même erreur. Je sais bien l'avantage qu'on acquiert lorsque l'adversaire fait cette faute. » Puis il partit, ni brusquement ni lentement, mais comme la fumée disparaît à la brise : là un instant, évanouie le suivant.

Je retournai m'asseoir sur mon banc, pris une grande inspiration et la relâchai peu à peu pour apaiser mes tremblements. J'avais la sensation d'avoir passé une épreuve et, cette fois au moins, de l'avoir réussie. Je m'adossai à la pierre froide du mur et jetai un coup d'œil en direction de la porte.

Sous les lourdes paupières, le regard de Guillot me transperça.

Je me redressai si violemment que ma blessure à la jambe se rouvrit. J'observai le judas : rien. Il avait disparu. Le cœur battant et malgré moi, je m'approchai de l'ouverture et scrutai le couloir : je ne vis personne ; je ne parvins pas pour autant à me convaincre qu'il était parti.

Je regagnai mon banc en boitant et me rassis en m'emmitouflant dans le manteau de Brondy. Je surveillai le judas en quête d'un mouvement, d'une modification de la lumière ombreuse que projetait la torche, d'un signe quelconque qui trahît la présence de Guillot, mais ne décelai rien. J'avais envie de tendre mon Art et mon Vif pour voir si j'arrivais à le percevoir, mais je n'osai pas : impossible de me risquer hors de moi-même sans laisser la voie libre à qui voulait m'atteindre.

J'établis mes protections autour de mes pensées puis recommençai quelques instants plus tard pour plus de sûreté. Plus je m'efforçais au calme, plus l'effroi était violent quand il me saisissait : j'avais craint la torture physique mais, à présent, la sueur aigre de la peur me ruisselait sur les côtes et le visage quand je songeais à tout ce que Guillot pourrait m'infliger s'il passait outre mes murailles. Une fois qu'il se trouverait dans ma tête, il m'obligerait à me présenter devant les ducs réunis pour leur narrer en détail comment j'avais tué le roi Subtil. Royal avait inventé pour moi un sort pire qu'une simple exécution : j'irais à la mort après m'être reconnu lâche et traître et je me traînerais à ses pieds pour implorer publiquement son pardon.

Il dut s'écouler une nuit. Je ne fermai pas l'œil sinon pour m'assoupir et me réveiller aussitôt en sursaut d'un rêve où des yeux me guettaient par le judas. Je n'osais même pas chercher le réconfort d'un contact avec Œil-de-Nuit et j'espérais qu'il s'en abstiendrait de son côté. Je sortis d'une de ces périodes d'assoupissement en tressaillant : j'avais cru entendre des bruits de pas dans le couloir. Les yeux me piquaient, j'avais la migraine à force de rester en alerte et la tension me nouait les muscles. Je demeurai sans bouger sur mon banc pour conserver mes dernières forces.

La porte s'ouvrit à la volée, un garde avança une torche dans ma cellule, puis entra prudemment ; deux autres l'imitèrent. « Debout ! » aboya l'homme à la torche ; il avait l'accent de Bauge.

Inutile de refuser d'obéir : je me levai donc en laissant le manteau de Brondy retomber sur le banc. Sur un signe du chef, les deux gardes m'encadrèrent ; quatre autres nous attendaient dans le couloir : Royal ne prenait pas de risques. Je ne connaissais aucun de ces hommes, qui arboraient tous les couleurs de la garde de Royal. Rien qu'à leur expression, je sus les ordres qu'ils avaient reçus, mais je ne leur fournis pas de prétexte pour les appliquer. Nous passâmes le poste de garde et entrâmes dans une pièce qui servait autrefois de corps de garde ; on l'avait vidée de ses meubles, hormis un fauteuil confortable. Dans chaque applique brûlait une torche et la salle baignait dans une lumière vive qui blessait mes yeux habitués à la pénombre. Les gardes me laissèrent debout au milieu de la salle et allèrent en rejoindre d'autres alignés le long des murs. Par habitude plus que par espoir, j'évaluai ma situation : je comptai quatorze gardes, ce qui me parut excessif même pour moi. Les deux portes étaient closes. Nous restâmes sans bouger.

Demeurer debout, immobile, dans une pièce crûment éclairée, entouré d'hommes hostiles, constitue une forme de torture méconnue. J'essayai de me détendre, de déplacer discrètement mon poids d'une jambe sur l'autre, mais je me fatiguai vite. Je fus effrayé de découvrir avec quelle rapidité la faim et l'inactivité m'avaient affaibli, et c'est presque avec soulagement que je vis la porte s'ouvrir enfin. Royal entra, suivi de Guillot qui protestait à mi-voix : « ... pas nécessaire. Il me suffirait d'encore une nuit avec lui.

— Je préfère ceci », répliqua Royal d'un ton acide.

Guillot s'inclina sans rien dire. Royal s'assit et Guillot prit place derrière lui, à sa gauche. Le prince m'observa un instant, puis se laissa aller négligemment contre le dossier de son fauteuil, pencha la tête sur le côté et soupira ; puis il leva l'index et désigna un homme. « Toi, Pêne. Ne lui casse rien ; quand nous aurons ce que nous voulons, il faut qu'il soit présentable. C'est bien compris ? »

Avec un bref hochement de tête, Pêne se débarrassa de son manteau d'hiver et de sa chemise. Les autres le regardaient avec des yeux de pierre. Un conseil qu'Umbre m'avait donné longtemps auparavant me revint : « On peut tenir plus longtemps sous la torture si on se concentre sur ce qu'on veut dire plutôt que sur ce qu'on refuse de révéler. J'ai entendu des hommes répéter sans cesse la même phrase bien longtemps après qu'ils ne pouvaient plus entendre les questions. En se focalisant sur ce qu'on accepte de dire, on a moins de chances de laisser échapper ce qu'on ne veut pas avouer. »

Mais ce conseil tout théorique risquait de ne guère m'aider : Royal ne paraissait pas avoir de questions à poser.

Pêne était plus grand et plus lourd que moi, et il ne se nourrissait probablement pas que de pain et d'eau. Il pratiqua quelques exercices d'assouplissement comme si nous allions participer à un concours de lutte de la fête du Printemps. Je l'observai sans bouger; il croisa mon regard et un sourire étira ses lèvres minces au point d'en être inexistantes, puis il enfila une paire de mitaines en cuir. La séance n'était donc pas improvisée. Il s'inclina devant Royal qui hocha la tête.

*Que se passe-t-il?*

*Tais-toi!* ordonnai-je à Œil-de-Nuit mais, comme Pêne s'avançait vers moi, je sentis ma lèvre supérieure se retrousser pour découvrir mes dents. J'évitai son premier coup de poing, lui en portai un puis reculai devant un moulinet. Je me déplaçais avec l'agilité du désespoir; je n'avais pas prévu d'avoir une chance de me défendre, mais au contraire de me faire torturer, pieds et poings liés. Naturellement, il y aurait tout le temps d'y venir: Royal n'était pas pressé. Ne pas y penser. Je n'avais jamais été doué pour ce genre de combat. Ne pas y penser non plus. Le poing de Pêne m'érafla la joue, y laissant une douleur cuisante. Prudence, prudence. Soudain, comme j'essayais de l'amener à ouvrir sa garde pour prendre sa mesure, l'Art fondit sur moi; je chancelai sous l'assaut de Guillot et Pêne me porta ses trois coups suivants sans effort, à la mâchoire, la poitrine et la pommette, tous rapides, francs et massifs: le style d'un homme qui a beaucoup pratiqué – et le sourire d'un homme qui se fait plaisir.

Suivit une période d'où le temps était absent; je ne pouvais à la fois me protéger de Guillot et me défendre contre les coups de Pêne, et, après réflexion, si le terme est approprié dans l'état où je me trouvais, je parvins à la conclusion que mon corps disposait de ses propres moyens de défense contre la douleur physique: l'évanouissement ou la mort. Je décidai donc d'abriter mon esprit plutôt que mon corps.

Je répugne à me rappeler ces instants. Contre les assauts de Pêne, ma parade, toute symbolique, consistait à les esquiver et à l'obliger à me poursuivre, à ne pas le quitter des yeux et à le bloquer tant que cela ne contrariait pas ma vigilance à l'égard de Guillot. J'entendis les gardes conspuer le prétendu manque de ressort que trahissaient mes faibles ripostes. Un coup me projeta, titubant, au milieu des soldats et ils me renvoyèrent sans ménagement face à mon adversaire.

Je n'avais pas le temps d'établir une stratégie : quand je répliquais, c'était à grands coups désordonnés et sans guère de force les rares fois où ils portaient. J'aurais voulu me laisser aller, libérer ma fureur et me jeter sur Pêne pour le cogner par tous les moyens possibles, mais ç'aurait été ouvrir grand la porte à Guillot. Non : il me fallait garder mon sang-froid et rester stoïque. Comme Guillot augmentait sa pression sur moi, Pêne voyait sa tâche s'alléger et, pour finir, je n'eus plus qu'une alternative : me servir de mes bras pour me protéger la tête ou le corps. Dans l'un et l'autre cas, Pêne se contentait de changer de cible. L'horreur de la situation était qu'il retenait ses coups et que je le savais : il ne frappait que pour faire mal et m'infliger des dommages mineurs. Une fois, je baissai les bras et regardai Guillot en face ; j'eus la très brève satisfaction de voir son visage ruisselant de transpiration, puis le poing de Pêne s'écrasa sur mon nez.

Lame m'avait un jour décrit le bruit qu'il avait entendu quand il s'était fait casser le nez au cours d'une bagarre, mais les mots ne rendaient pas justice au fait lui-même : ce fut un bruit à lever le cœur suivi d'une douleur insoutenable, une souffrance si intense que je n'eus soudain plus conscience d'aucune autre. Je perdis connaissance.

J'ignore combien de temps je demeurai évanoui, à errer aux frontières du réveil. Quelqu'un m'avait retourné sur le dos, puis s'était redressé après m'avoir examiné. « L'a le nez cassé, annonça-t-il.

— Pêne, j'avais dit de ne pas l'abîmer ! fit Royal avec colère. Je dois pouvoir le montrer intact. Apporte-moi du vin, ajouta-t-il d'un ton irrité à l'adresse de quelqu'un d'autre.

— Vous inquiétez pas, Votre Majesté », répondit une autre voix. Son propriétaire se pencha sur moi, agrippa fermement l'arête de mon nez et la remit en place. La douleur fut pire que lors de la fracture et je sombrai à nouveau dans l'inconscience ; j'entendis des voix parler de moi, puis des mots s'en détachèrent et enfin le sens revint aux mots.

« Alors, que devrait-il faire, normalement ? » La voix de Royal. « Pourquoi ne l'a-t-il pas encore fait ?

— Je sais seulement ce que m'ont dit Sereine et Justin, Votre Majesté. » Guillot avait la voix lasse. « Ils prétendaient qu'il s'était épuisé à artiser et qu'alors Justin avait réussi à pénétrer en lui ; à ce moment, le Bâtard... s'est défendu d'une façon incompréhensible. Justin a eu l'impression de se faire attaquer par un grand loup, et Sereine affirmait qu'elle avait vu des marques de griffes sur lui, mais qu'elles s'étaient effacées peu après. »

Un grincement : Royal venait de se rasseoir sans douceur dans son fauteuil. « Eh bien, oblige-le à recommencer. Je voudrais voir de mes yeux ce Vif à l'œuvre. » Silence. « À moins que tu ne sois pas assez fort ? C'est peut-être Justin que j'aurais dû garder en réserve.

— Je suis plus fort que ne l'était Justin, Votre Majesté, assura Guillot avec calme. Mais Fitz sait ce que je recherche, alors qu'il ne s'attendait pas à l'attaque de Justin. » Plus bas, il ajouta : « Et il est beaucoup plus fort qu'on ne me l'avait laissé croire.

— Fais ce qu'il faut, c'est tout ! » ordonna Royal d'un ton exaspéré.

Ainsi Royal voulait un aperçu du Vif ? Je pris mon souffle, rassemblai le peu de forces qui me restait et m'efforçai de concentrer ma colère sur lui afin de le *repousser* avec assez de violence pour lui faire traverser le mur, mais je n'arrivai à rien. J'étais trop perclus de douleurs pour me concentrer et mes propres murailles m'empêchaient d'agir. Il se contenta de sursauter, puis il me regarda de plus près.

« Il est réveillé. » Il leva de nouveau l'index d'un air nonchalant. « Verde, il est à toi ; mais fais attention à son nez ; ne touche pas sa figure. Le reste de sa personne, on peut facilement le dissimuler. »

Verde entreprit de me mettre debout, puis de me jeter à terre à coups de poing. Je me lassai de ce jeu longtemps avant lui. Le sol m'infligeait autant de dégâts que ses poings. Je n'arrivais pas à me tenir droit ni à lever les bras pour me protéger ; aussi me renfonçais-je en moi en me faisant de plus en plus petit et je demeurais ainsi tapi jusqu'à ce que la souffrance me force à ressortir de moi-même et à me battre, en général juste avant que je perde connaissance. Je remarquai autre chose : le plaisir de Royal. Il ne voulait pas me ligoter et me faire mal : il voulait me voir me débattre, essayer en vain de rendre les coups. Il surveillait aussi ses gardes, sans doute pour repérer ceux qui détournaient les yeux de son divertissement ; il se servait de moi pour prendre leur mesure. J'essayai de rester indifférent à sa délectation : seul comptait de maintenir mes murailles dressées et d'empêcher Guillot d'entrer dans ma tête : telle était la bataille que je devais remporter.

Quand je me réveillai pour la quatrième fois, j'étais étendu par terre dans ma cellule. C'était un bruit effrayant, à la fois gargouillant et sifflant, qui m'avait tiré de l'inconscience : le bruit de ma respiration. Je demeurai quelque temps sans bouger, puis je levai la main et, à tâtons, tirai le manteau de Brondy qui tomba en me recouvrant partiellement, après quoi je restai immobile. Les gardes avaient suivi les consignes de Royal : je n'avais rien de cassé. J'avais mal partout, mais mes os étaient intacts. Ils ne m'avaient infligé que de la souffrance. Je ne risquais pas de mourir.

Je m'approchai en rampant du pot d'eau ; je ne décrirai pas le supplice que j'endurai à le soulever pour boire. Mes tentatives, en début de séance, pour me défendre m'avaient laissé les mains enflées et cuisantes, et c'est en vain que je m'efforçai d'empêcher le bord du pot de cogner contre mes lèvres, mais je réussis finalement à me désaltérer. L'eau me rendit quelque vigueur et me rendit encore plus sensible à la multiplicité de mes douleurs. Ma demi-miche de pain se trouvait là elle aussi ; j'en plongeai le bout dans l'eau restante, puis suçai le pain ramolli. Il avait goût de sang. Les coups de Pêne m'avaient déchaussé des dents et ouvert les lèvres ; mon nez, lui, n'était plus qu'une vaste zone qui m'élançait sans cesse et je ne pus me résoudre à le palper. Manger ne me procura nul plaisir, seulement un soulagement partiel de la faim qui s'ajoutait à mes tourments.

Au bout de quelque temps, je me redressai. Assis par terre, je m'emmitouflai dans le manteau et réfléchis à ce qui m'attendait : Royal avait l'intention de me rouer de coups jusqu'à ce que je manifeste le Vif par une attaque dont ses gardes seraient témoins ou que j'abaisse assez mes murailles pour que Guillot puisse pénétrer dans mon esprit et m'oblige à me confesser. Je me demandai par laquelle de ces solutions il préférerait l'emporter – car il l'emporterait, je n'en doutais pas. La mort constituait pour moi le seul moyen de m'échapper de ma cellule. Quelles possibilités avais-je pour cela ? Les obliger à me tuer de coups avant que j'utilise le Vif ou que j'ouvre mes barrières à Guillot, ou bien absorber le poison que j'avais préparé pour Murfès. J'en mourrais, c'était certain : dans l'état d'affaiblissement où je me trouvais, l'effet serait probablement plus rapide que je ne l'avais prévu – mais encore douloureux. Épouvantablement douloureux.

Les souffrances se valaient. Laborieusement, je retroussai ma manche droite encroûtée de sang : la pochette ne tenait que par un fil qui devait casser à la moindre traction, mais le sang l'avait collée au tissu de ma chemise. Je tirai dessus avec délicatesse : il ne s'agissait pas de répandre le produit par terre. Et j'allais devoir attendre qu'on m'apporte de l'eau pour le délayer, sans quoi je n'arriverais qu'à m'étouffer sur la poudre amère. J'essayais encore de décrocher la pochette quand j'entendis des voix dans le couloir.

Non, c'était trop injuste ! Pourquoi revenaient-ils si tôt ? Je tendis l'oreille : ce n'était pas Royal ; mais si l'on venait aux cachots, ce ne pouvait être que pour moi. Une voix grave, grondante, mais qui semblait mal maîtrisée ; les gardes qui répondaient laconiquement, d'un ton hostile ; une autre voix, raisonnable celle-ci, qui intercédait ; puis à nouveau la voix grondante qui montait, manifestement belliqueuse. Soudain, un cri.

« Tu vas crever, Fitz ! On va te pendre au-dessus de l'eau et on va brûler ton cadavre ! »

C'était la voix de Burrich, étrange mélange de colère, de menace et de chagrin.

« Emmenez-le ! » Une des gardes qui s'exprimait à présent de façon audible ; à son accent, elle était de l'Intérieur.

« Je m'en occupe, je m'en occupe. » Je connaissais cette voix : c'était celle de Lame. « Il a un peu trop bu, c'est tout ; il a toujours été comme ça. Et le gosse a été son apprenti pendant des années aux écuries ; tout le monde dit qu'il aurait dû se douter de quelque chose et même qu'il savait, mais qu'il n'a rien fait.

— Ouais! intervint Burrich d'un ton furieux. Et maintenant j'ai plus de boulot, bâtard! Fini, le blason au cerf pour moi! Mais ça m'est bien égal, par le cul d'El! Y a plus de chevaux! Les meilleurs chevaux que j'avais dressés, ils sont tous dans l'Intérieur, maintenant, vendus à des crétins pour une bouchée de pain! Plus de chiens, plus de faucons! Reste plus que des avortons et deux ou trois mulets! Pas un seul cheval digne de ce nom! » Il s'approchait tout en parlant et il y avait de la folie dans sa voix.

Je me redressai en m'appuyant à la porte, puis m'accrochai aux barreaux. Je ne voyais pas le poste des gardes, mais leurs ombres dansaient sur le mur. Celle de Burrich essayait de se diriger vers ma cellule tandis que les gardes et Lame tentaient de le retenir.

« 'Tendez. Non, 'tendez une minute, fit Burrich d'un ton d'ivrogne. 'Coutez, je veux juste lui parler, c'est tout. » Le groupe apparut dans le couloir, s'arrêta de nouveau ; les gardes se tenaient entre Burrich et ma porte, et Lame lui avait pris l'épaule. Il portait encore des marques de bagarre sur le visage et un de ses bras était dans une attelle ; il ne pouvait pas faire grand-chose pour empêcher Burrich d'avancer.

« Je veux juste ma revanche avant que Royal prenne la sienne, c'est tout. C'est tout. » L'alcool faisait bredouiller Burrich. « Allez, quoi! Rien qu'une minute. Qu'est-ce que ça peut faire, de toute façon? C'est un homme mort. » Un silence. « Tiens, regardez, comme ça, vous n'aurez pas perdu votre temps. Tiens. »

Les gardes échangèrent des regards.

« Euh… Lame, il te resterait pas un peu d'argent? » Burrich fouilla dans sa besace, eut un grognement agacé et la retourna au-dessus de sa main. Des pièces tombèrent en pluie dans sa paume et roulèrent entre ses doigts. « Tenez, prenez! » J'entendis le tintement des pièces qui roulaient sur les pierres du couloir et Burrich ouvrit les bras dans un geste de munificence.

« Hé, il rigole! Burrich, n'essaie pas de soudoyer les gardes ou tu vas te retrouver au trou toi aussi! » Lame se baissa vivement et se répandit en excuses tout en ramassant les pièces ; les gardes l'aidèrent et j'aperçus une main faire furtivement l'aller-retour entre le sol et une poche.

Soudain le visage de Burrich apparut au judas ; l'espace d'un instant, nous restâmes face à face de part et d'autre des barreaux. Ses traits reflétaient à la fois la peine et l'indignation ; ses yeux étaient injectés de sang et son haleine empestait l'alcool ; sa chemise était déchirée là où le blason au cerf avait été arraché. Son expression furieuse fit place, lorsqu'il me distingua mieux, au bouleversement. Je soutins son regard et, l'espace d'un instant, je crus sentir passer entre nous un message de compréhension et d'adieu ; puis il recula et me cracha en plein visage.

« Ça, c'est pour toi, gronda-t-il, et pour la vie que tu m'as volée, toutes les heures, tous les jours que j'ai passés à m'occuper de toi : il aurait mieux valu que tu te couches au milieu des bêtes et que tu meures avant d'en arriver là ! On va te pendre, petit. Royal est en train de faire construire le gibet, au-dessus de l'eau comme le veut la tradition. On va te pendre, puis te couper en morceaux et te brûler ; il ne restera rien à enterrer. Il a sans doute peur que les chiens ne te déterrent. Ça te plairait, ça, hein, petit ? Te faire enfouir comme un os pour qu'un chien vienne te chercher plus tard ? Mieux vaut t'allonger par terre et mourir là où tu es. »

Je m'étais écarté de lui quand il m'avait craché au visage ; à présent, loin de la porte, je chancelais tandis qu'accroché aux barreaux il me regardait fixement, les yeux agrandis et brillants de folie et de boisson.

« Puisque tu es si doué pour le Vif, à ce qu'il paraît, pourquoi tu ne te changes pas en rat pour te tirer d'ici ? Hein ? » Il appuya le front contre les barreaux et, sans me quitter des yeux, ajouta d'un ton presque pensif : « Mieux vaut ça que finir pendu, mon chiot : change-toi en bête et sauve-toi la queue entre les jambes. Si tu peux… je l'ai entendu dire… on raconte que tu peux te transformer en loup… Eh bien, si tu n'en es pas capable, la corde est pour toi. La corde qui t'étrangle pendant que tu donnes des coups de pied dans le vide… » Sa voix mourut. Ses yeux noirs plongèrent dans les miens ; l'alcool les faisait pleurer. « Mieux vaut que tu crèves ici que pendu. » Soudain la rage parut l'envahir. « Je pourrais bien t'aider à crever ici, moi ! fit-il, les dents serrées. Mieux vaut que tu meures à ma façon qu'à celle de Royal ! » Et, les mains autour des barreaux, il se mit à secouer violemment la porte.

Les gardes intervinrent aussitôt en jurant et s'efforcèrent de le tirer en arrière, mais il ne leur prêta nulle attention. Le vieux Lame sautillait sur place derrière eux en plaidant : « Allez, laisse tomber, Burrich, tu as dit ce que tu voulais dire, on s'en va, maintenant, on s'en va avant d'avoir des ennuis, camarade ! »

Les gardes n'arrivèrent pas à l'arracher à la porte : il lâcha brusquement prise et laissa tomber ses bras le long de son corps, et les hommes, surpris, partirent à la renverse en l'entraînant dans leur chute. Je pressai mon visage contre les barreaux.

« Burrich (j'avais du mal à articuler), je ne voulais pas te faire de mal. Je regrette. » Je pris une inspiration en cherchant des mots qui soulageraient le tourment que je lisais dans ses yeux. « On ne peut rien te reprocher : tu as fait ce que tu pouvais avec moi. »

Il secoua la tête, le visage tordu de douleur et de colère. « Allonge-toi et crève, petit. Crève, c'est tout. » Et il s'en alla. Lame le suivit à reculons en bafouillant des excuses aux gardes exaspérés qui les escortaient dans le couloir. Je les regardai s'éloigner, puis je vis l'ombre de Burrich disparaître avec force embardées tandis que Lame s'attardait pour adoucir l'humeur des gardes.

J'essuyai le crachat de mon visage et regagnai lentement mon banc. J'y restai longtemps assis à ressasser des souvenirs : depuis toujours il m'avait prévenu contre le Vif ; il m'avait enlevé le premier chien avec lequel je m'étais lié, et j'avais eu beau lutter, le *repousser* avec toute l'énergie dont je disposais, il m'avait simplement renvoyé mon attaque, si durement que pendant des années je n'avais plus osé *repousser* quiconque. Et le jour où il s'était assoupli, où il avait, sinon accepté, du moins feint de ne pas connaître mon lien avec le loup, le Vif lui avait été de nouveau imposé. Le Vif… Il m'avait mis en garde tant de fois, et moi j'étais persuadé de savoir ce que je faisais.

*Et tu avais raison.*

*Œil-de-Nuit.* Je n'avais pas le courage de répondre davantage.

*Viens avec moi ; viens avec moi et nous chasserons ensemble. Je peux t'emmener loin de là où tu es.*

*Plus tard peut-être.* La force me manquait de discuter.

Je restai longtemps sans bouger ; mon entrevue avec Burrich m'avait fait aussi mal que la rossée de Pêne. Je cherchai dans ma vie une personne à qui je n'eusse pas fait défaut, que je n'eusse pas déçue : je n'en trouvai pas.

Je baissai les yeux sur le manteau de Brondy étalé par terre ; le froid me poussait à m'y emmitoufler, mais j'avais trop mal pour le ramasser. Mon regard tomba soudain sur un caillou posé à côté ; c'était étrange : j'avais suffisamment contemplé le sol pour savoir qu'il ne s'y trouvait rien.

La force de la curiosité est remarquablement puissante : je finis par me pencher et je pris le manteau et le caillou. Il me fallut un peu de temps pour passer le vêtement sur mes épaules, après quoi j'examinai la pierre. Ce n'en était pas une ; noir et humide, l'objet évoquait une boulette de… de feuilles ? Oui. Une boulette qui m'avait heurté le menton quand Burrich m'avait craché au visage ? Délicatement, je la plaçai dans la maigre lumière qui passait par le judas. Une tige blanche maintenait la feuille extérieure fermée ; je la retirai : c'était l'extrémité d'un piquant de porc-épic, dont l'autre, noire et barbelée, servait à clore le petit paquet. Ouverte, la feuille révéla une boulette brune et collante que je reniflai prudemment : c'était un mélange de plusieurs plantes, dont l'une dominait ; je la reconnus avec une sensation de nausée : du carryme, un simple des Montagnes, sédatif et analgésique puissant qu'on employait parfois pour mettre un terme miséricordieux à l'existence. Kettricken s'en était servie pour tenter de me tuer lors de son mariage.

*Viens avec moi.*

*Pas tout de suite.*

Était-ce un cadeau d'adieu de Burrich ? Une mort paisible ? Je songeai à ce qu'il m'avait dit : Mieux vaut crever sur place. Une telle déclaration de la part d'un homme pour qui le combat n'est fini que lorsqu'on l'a gagné ? La contradiction était excessive.

*Cœur de la Meute dit que tu dois aller avec moi. Maintenant, ce soir. Il dit : Couche-toi. Il dit : Sois un os qu'un chien déterrera plus tard.* Je sentais l'effort que devait fournir Œil-de-Nuit pour transmettre ce message.

Je réfléchis sans répondre.

*Il a ôté le piquant de ma babine, mon frère. Je crois que nous pouvons lui faire confiance. Viens avec moi, vite !*

J'observai les trois objets au creux de ma paume : la feuille, le piquant, la boulette. Je reformai le petit paquet tel que je l'avais reçu.

*Je ne comprends pas ce qu'il attend de moi,* dis-je.

*Allonge-toi et ne bouge plus. Reste immobile et viens avec moi, deviens moi.* Un long silence : Œil-de-Nuit travaillait à exprimer une pensée. *Ne mange ce qu'il t'a donné que si tu ne peux pas faire autrement ; que si tu ne peux pas me rejoindre sans aide.*

*Je n'ai aucune idée de ce qu'il veut mais, comme toi, je pense que nous pouvons lui faire confiance.* Dans la pénombre, au-delà de l'épuisement, je me redressai sur le banc et m'affairai à ouvrir la pochette de ma manche ; quand ce fut fait, j'en tirai la petite papillote de poudre, la remplaçai par la boulette enveloppée de sa feuille et la fixai en place grâce au piquant. Je regardai la papillote posée dans ma main ; une idée naquit en moi, mais je refusai de m'y appesantir. Je serrai le manteau de Brondy autour de moi et m'allongeai lentement sur le banc. Je devais rester vigilant, je le savais, au cas où Guillot reviendrait, mais j'étais trop las et trop désespéré. *Je suis avec toi, Œil-de-Nuit.*

Nous nous enfuîmes ensemble sur la neige blanche et glacée dans un monde de loups.

## 17

## EXÉCUTION

*Le maître d'écurie Burrich avait, durant les années qu'il passa à Castelcerf, la réputation de posséder un don exceptionnel pour les chevaux ainsi que pour les chiens et les faucons. Son savoir-faire avec les animaux était déjà légendaire de son vivant.*

*Il avait débuté dans la vie en tant que simple soldat; on dit qu'il était issu d'une famille qui s'était installée en Haurfond, et aussi que sa grand-mère était une esclave héréditaire qui avait racheté sa liberté à un maître de Terrilville après lui avoir rendu un service extraordinaire.*

*Soldat, son acharnement au combat lui valut d'attirer l'attention du jeune prince Chevalerie – on raconte qu'il aurait dû se présenter devant son prince pour une question de discipline à la suite d'une rixe de taverne. Il servit un temps Chevalerie comme partenaire d'exercice aux armes, mais son maître découvrit son talent avec les animaux et lui confia la charge des chevaux de ses gardes; il s'occupait aussi des chiens de chasse et des faucons, et il finit par avoir la responsabilité des écuries entières de Castelcerf. Sa connaissance des bêtes et de leurs maladies s'étendait au bétail, aux moutons, aux porcs et il lui arrivait de soigner jusqu'aux volailles; nul n'avait une meilleure compréhension des animaux.*

*Gravement blessé lors d'une chasse au sanglier, Burrich garda une claudication dont il souffrit jusqu'à la fin de ses jours, mais qui parut modérer le tempérament vif et violent qu'on lui prêtait jeune homme; il n'en est pas moins vrai qu'il conserva toujours un caractère qu'on hésitait à contrarier.*

*C'est grâce à sa science des simples que l'on parvint à juguler l'épidémie de farineuse du mouton qui affligea les troupeaux de Béarns à la suite de la Peste sanguine ; il sauva le cheptel de l'extinction totale tout en empêchant la maladie de s'étendre au duché de Cerf.*

*

Une nuit claire sous les étoiles qui brillent, un corps sain qui dévale une colline enneigée en bonds exubérants ; sur notre passage, la neige tombait des buissons. Nous avions tué, nous avions mangé ; tous nos appétits étaient rassasiés. La nuit claire était craquante de froid ; nulle cage ne nous retenait, nul homme ne nous battait ; ensemble, nous connaissions la complétude de notre liberté. Nous nous rendîmes à la source qui jaillissait si fort qu'elle ne gelait presque jamais et bûmes de son eau glacée. Œil-de-Nuit nous ébroua, puis renifla longuement.

*L'aube vient.*

*Je sais ; je n'ai pas envie d'y songer.* L'aube, où les rêves devaient s'achever et où il fallait affronter la réalité.

*Tu dois venir avec moi.*

*Mais je suis déjà avec toi, Œil-de-Nuit.*

*Non, tu dois venir avec moi complètement. Tu dois lâcher prise.*

C'était au moins la vingtième fois qu'il me le disait aujourd'hui. Ses pensées étaient manifestement pressantes, son insistance évidente, et son obstination m'étonnait : cela ne lui ressemblait pas de s'accrocher si fort à une idée qui n'avait pas de rapport avec la nourriture. Burrich et lui avaient pris une décision : je devais aller avec lui.

Mais je ne comprenais absolument pas ce qu'il attendait de moi.

Je lui avais expliqué sur tous les tons que j'étais pris au piège, que mon corps était dans une cage, tout comme lui-même s'y était trouvé autrefois. Mon esprit pouvait l'accompagner, pendant quelque temps en tout cas, mais je ne pouvais aller avec lui comme il me le demandait ; chaque fois, il me répondait qu'il le comprenait, mais que moi je ne le comprenais pas. Et voici que cela recommençait.

Je le sentis se contraindre à la patience. *Tu dois venir avec moi, tout de suite. Complètement. Avant qu'on vienne te réveiller.*

*Je ne peux pas. Mon corps est enfermé dans une cage.*

*Abandonne-le !* s'exclama-t-il avec violence. *Lâche prise !*

*Quoi ?*

*Abandonne-le, lâche-le, viens avec moi.*

*Tu veux dire que je dois mourir ? Que je dois prendre le poison ?*

*Seulement si tu ne peux pas faire autrement. Mais vite, avant qu'ils puissent te faire davantage de mal. Laisse-le et viens avec moi. Abandonne ton corps. Tu l'as déjà fait, tu t'en souviens ?*

L'effort que je fournissais pour comprendre ce qu'il disait me rendait conscient de notre lien ; la douleur de mon corps maltraité s'y infiltrait ; quelque part, j'étais raide de froid et perclus de souffrance ; quelque part, les côtes m'élançaient à chaque respiration. Je m'écartai de ces sensations pour retrouver le corps sain et fort du loup.

*C'est ça, c'est ça ! Abandonne-le. Vas-y, lâche prise. Lâche, c'est tout.*

Et je compris soudain ce qu'il voulait. Je ne savais pas exactement comment m'y prendre et j'ignorais si j'en étais capable mais une fois, en effet, j'avais délaissé mon corps et je le lui avais confié, je m'en souvenais, et je m'étais réveillé plusieurs heures plus tard aux côtés de Molly. Cependant, je n'avais aucune idée de la façon dont j'avais opéré, et les circonstances étaient différentes : le loup avait gardé mon corps pendant que je m'en allais El sait où ; aujourd'hui, je devais séparer ma conscience de ma chair, rompre volontairement le lien qui soudait l'esprit au corps. Même si je découvrais comment faire, ma volonté ne s'y opposerait-elle pas ?

Couche-toi et meurs, m'avait dit Burrich.

*Oui, c'est ça. Meurs s'il le faut, mais viens avec moi.*

Je pris brusquement ma décision : je devais avoir confiance. Confiance dans Burrich, confiance dans le loup. Qu'avais-je à perdre ?

Je pris une profonde inspiration, puis m'apprêtai intérieurement comme pour plonger dans une eau glacée.

*Non. Non, lâche, c'est tout.*

*C'est ce que je fais!* Je tâtonnai en moi à la recherche de ce qui me retenait à mon corps. Je ralentis ma respiration, obligeai mon cœur à battre moins vite; je refusai les sensations de douleur, de froid, de raideur; je m'enfonçai loin d'elles, tout au fond de moi.

*Non! Non!* hurla Œil-de-Nuit avec désespoir. *Vers moi! Viens vers moi, abandonne tout ça, viens vers moi!*

Mais j'entendis des frôlements de pieds et des murmures. Un brutal frisson de peur me traversa et, malgré moi, je m'emmitouflai davantage dans le manteau de Brondy; j'entrouvris un œil et je vis toujours la même cellule mal éclairée, le même judas clos de barreaux. Je sentis une angoisse glacée au fond de moi, plus insidieuse que la faim. Ils ne m'avaient cassé aucun os mais, dans mes tréfonds, quelque chose s'était déchiré. Je le savais.

*Tu es revenu dans la cage!* s'écria Œil-de-Nuit. *Va-t'en! Laisse ton corps où il est et rejoins-moi!*

*C'est trop tard*, murmurai-je. *Sauve-toi, sauve-toi. Ne partage pas ça.*

*Ne sommes-nous pas de la même meute?* Un désespoir aussi poignant qu'un long hurlement de loup.

Ils étaient tout près; la porte s'ouvrit. La peur me saisit et me secoua entre ses mâchoires; je faillis porter le poignet à ma bouche et mâchonner la boulette à travers le tissu de ma manche, mais je me contentai de serrer la papillote dans mon poing en prenant la ferme résolution de ne plus y penser.

Le même homme à la torche, les mêmes gardes, le même ordre: « Debout. »

Je me débarrassai du manteau de Brondy; un des gardes avait conservé suffisamment d'humanité pour blêmir devant le spectacle que j'offrais, mais les deux autres demeurèrent de marbre. Comme je ne me levais pas assez vite à leur goût, l'un d'eux me saisit le bras et tira. Je poussai un cri inarticulé sans pouvoir m'en empêcher, et cette réaction me fit trembler: si j'étais incapable de me retenir de crier, comment allais-je maintenir mes défenses contre Guillot?

Ils me firent sortir de ma cellule et me poussèrent devant eux dans le couloir. Je ne puis dire que je marchais: j'étais courbatu de la tête aux pieds et les coups avaient rouvert les blessures de mon avant-bras et de ma cuisse, dont la douleur était elle aussi revenue. La souffrance me faisait comme une seconde atmosphère : je m'y déplaçais, je l'inspirais et l'expirais. Au centre de la salle des gardes, on me bouscula par-derrière et je m'écroulai ; je demeurai couché sur le flanc. Je ne voyais pas l'intérêt d'essayer de me redresser : je n'avais plus de dignité à sauvegarder. Mieux valait qu'on me crût incapable de tenir debout ; profitant de l'occasion, je m'efforçai de rassembler le peu de forces qui me restait : lentement, laborieusement, j'éclaircis mon esprit, puis j'entrepris de dresser mes défenses en vérifiant et revérifiant encore, dans ma brume de souffrance, les murailles d'Art que j'avais érigées pour les consolider, pour me retrancher derrière elles. C'étaient elles que je devais défendre et non la chair de mon corps. Des hommes étaient alignés le long des murs de la pièce ; j'entendais le frottement de leurs bottes contre le pavage et leurs murmures, mais je n'y faisais guère attention. Le monde se réduisait à ma douleur et mes murailles.

Un grincement, un courant d'air : une porte venait de s'ouvrir. Royal entra, Guillot derrière lui irradiant la force d'Art. Je sentais sa présence comme je n'avais jamais perçu celle de quiconque ; sans même me servir de mes yeux, je le voyais, je voyais sa silhouette, la chaleur de l'Art qui brûlait en lui. Il était dangereux. Royal le croyait un simple outil ; j'osai éprouver une infime satisfaction à l'idée qu'il ignorait les périls d'un outil comme Guillot.

Royal s'assit dans son fauteuil et on porta une petite table près de lui ; j'entendis qu'on ouvrait une bouteille, puis je sentis l'odeur du vin que l'on versait. La douleur avait donné à mes sens une insoutenable acuité. J'écoutais Royal se désaltérer en refusant de faire droit à ma propre soif.

« Fichtre, regardez-le donc. Crois-tu que nous ayons été trop loin, Guillot ? » Le ton malicieux de Royal m'informa qu'il n'avait pas pris que du vin. La Fumée, peut-être ? Si tôt le matin ? Le loup avait parlé de l'aube, mais jamais Royal ne se serait levé à l'aube… Mon sens de l'écoulement du temps devait être faussé.

Guillot s'approcha de moi à pas lents, puis se tint debout près de moi. Sans faire un mouvement pour voir son visage, je m'agrippai fermement à ma maigre réserve de forces. Il me donna un méchant petit coup de pied du bout de sa botte et un hoquet de douleur m'échappa ; presque au même instant, il projeta contre moi son Art mais là, au moins, je tins bon. Guillot prit une courte inspiration, la relâcha puis retourna auprès de Royal.

« Votre Majesté, vous avez infligé presque tout ce qui était possible à son corps sans risquer de dommages encore visibles d'ici un mois, mais il résiste toujours intérieurement. La douleur peut le distraire de ses défenses mentales, pourtant elle n'affaiblit pas sa force d'Art. Je ne pense pas que vous arriverez à le briser ainsi.

— Ce n'est pas ce que je te demandais, Guillot ! » répliqua sèchement Royal. Je l'entendis s'agiter à la recherche d'une position plus confortable. « Ah, c'est trop long ! Mes ducs s'impatientent. Il faut le briser aujourd'hui même. » D'un ton presque pensif, il ajouta : « Presque tout ce qui était possible, dis-tu ? Que proposerais-tu, à présent ?

— De me laisser seul avec lui. Je puis lui arracher ce que vous désirez.

— Non. » Le refus de Royal était catégorique. « Je sais ce que tu désires, toi, Guillot : tu le considères comme une outre pleine de force d'Art que tu aimerais vider. Peut-être, lorsque tout sera fini, pourras-tu en faire ce que bon te semble, mais pas maintenant ; je veux qu'il s'accuse lui-même de parjure devant tous les ducs ; mieux, je veux qu'il rampe devant le trône en implorant merci ; je veux lui faire avouer les noms de tous ceux qui m'ont défié. C'est lui-même qui les désignera ; plus personne ne doutera quand il les dénoncera comme traîtres. Que le duc Brondy voie sa propre fille accusée, que toute la cour apprenne que la dame Patience, qui réclame si fort la justice, a elle-même trahi la couronne ; quant à lui… la chandelière, cette Molly… »

Mon cœur fit un bond dans ma poitrine.

« Je ne l'ai pas encore trouvée, monseigneur, fit Guillot.

— Silence ! » tonna Royal. On aurait presque cru entendre le roi Subtil. « Ne lui redonne pas courage. Il n'est pas utile qu'on la retrouve pour qu'il la déclare coupable ; nous aurons tout le temps de mettre la main sur elle. Qu'il aille à la mort en sachant qu'elle le suivra, trahie par sa propre bouche. Je nettoierai Castelcerf depuis les fosses à purin jusqu'aux plus hautes tours de tous ceux qui ont voulu me défier ! » Il leva sa coupe à sa propre personne et but une longue gorgée.

Je songeai qu'il ressemblait tout à fait à la reine Désir quand elle était prise de boisson : moitié fanfaron, moitié couard gémissant ; il craignait ce dont il n'avait pas la maîtrise et, plus tard, il craindrait encore plus ceux qu'il tenait sous sa coupe.

Il reposa son vin et s'adossa dans son fauteuil. « Eh bien, continuons. Kelfry, relève-le. »

Kelfry était un homme compétent qui ne tirait aucun plaisir de sa besogne, et, sans faire preuve de douceur, il ne se montra pas plus brutal que nécessaire : il se plaça derrière moi et me prit le bras pour me faire tenir debout. Il n'avait pas été formé par Hod : je savais qu'en rejetant violemment la tête en arrière, je lui briserais le nez et peut-être quelques incisives ; mais cette manœuvre m'apparaissait à peine plus facile à réaliser que soulever le Château lui-même. Je restai donc debout, les mains protégeant mon ventre, et je repoussai la douleur pour rassembler mes forces. Au bout d'un moment, je levai la tête et regardai Royal.

Je me passai la langue sur les dents pour les décoller de mes lèvres, puis : « Tu as tué ton père. »

Il se raidit dans son fauteuil, et je sentis l'homme qui me tenait se tendre. Je me laissai aller dans ses bras pour l'obliger à supporter mon poids.

« Ce sont Sereine et Justin qui ont commis le meurtre, mais c'est toi qui l'as ordonné », murmurai-je. Royal se dressa d'un bond.

« Nous avions néanmoins eu le temps d'artiser Vérité. » Je forçai ma voix et je me mis à transpirer sous l'effort. « Vérité est vivant et il est au courant de tout. » Royal s'avançait vers moi, furieux, Guillot sur les talons. Je tournai les yeux vers celui-ci et pris un ton menaçant. « Il sait tout sur toi aussi, Guillot. Il sait tout. »

Le garde resserra sa prise sur moi et Royal me gifla une fois, puis une deuxième fois. Je sentis la peau tendue de ma joue éclater sous l'impact. Royal ramena son poing en arrière.

Je me préparai au choc, écartai de moi toute douleur, me concentrai : j'étais prêt.

« Attention ! » hurla Guillot, et il se précipita pour projeter Royal de côté.

J'en avais eu trop envie : j'avais artisé mes intentions. Comme Royal envoyait son poing vers moi, je m'arrachai à la poigne du garde, évitai le coup et me jetai sur lui ; d'une main, je lui saisis la nuque et, de l'autre, je tentai de lui écraser la papillote sur le nez et la bouche dans l'espoir irréaliste de lui faire ingérer assez de poudre pour le tuer.

Guillot m'en empêcha. Mes doigts enflés ne se refermèrent pas sur la nuque de Royal et Guillot arracha le prince à ma poigne débile pour l'écarter violemment de moi. Comme l'épaule de Guillot me heurtait la poitrine, je changeai de cible et lui appliquai le papier imprégné de poudre blanche sur le nez, la bouche et les yeux. La plus grande partie du produit se dispersa dans l'air entre nous deux. Je l'entendis s'étrangler sur la poudre amère, puis nous nous effondrâmes ensemble sous l'assaut des gardes de Royal.

J'aurais voulu m'évanouir, mais n'y arrivai pas. Je reçus une pluie de coups de poing et de pied, et des mains m'écrasèrent la gorge avant que les « Ne le tuez pas ! » éperdus de Royal parussent intéresser quiconque à part moi. On me lâcha, puis on tira Guillot d'en dessous de moi, mais je n'y voyais rien : j'avais le visage ruisselant de sang et mes larmes s'y mêlaient. Ma dernière chance et je l'avais laissée passer ! Je n'avais même pas eu Guillot ! Oh, bien sûr, il serait malade l'espace de quelques jours, mais il n'en mourrait sans doute pas. J'entendis les hommes échanger des propos au-dessus de son corps inanimé.

« Alors emmenez-le chez un guérisseur, ordonna Royal pour finir. Voyez s'il comprend ce qui lui arrive. L'un de vous lui a-t-il donné un coup de pied à la tête ? »

Je crus qu'il parlait de moi jusqu'à ce que j'entende des bruits indiquant qu'on emportait Guillot ; ainsi, je lui avais fait avaler davantage de poudre que je ne l'imaginais, ou bien il avait reçu un coup au crâne. Peut-être avait-il inhalé du poison en hoquetant ? J'ignorais quel en serait l'effet dans les poumons. Je sentis s'éloigner sa présence d'Art avec autant de soulagement que si mes douleurs avaient connu un répit. Avec prudence, je relâchai ma vigilance et j'eus l'impression de me décharger d'un poids horriblement lourd. Une autre pensée me réjouit : ils n'avaient rien vu, ni la poudre ni le papier ; tout s'était passé trop vite ; peut-être même ne songeraient-ils au poison que trop tard.

« Le Bâtard est-il mort ? demanda Royal d'un ton furieux. S'il est mort, je vous ferai pendre tous autant que vous êtes ! »

Quelqu'un se pencha en hâte sur moi pour poser deux doigts sur ma gorge. « Il est vivant », annonça une voix bourrue, presque maussade. Un jour, Royal apprendrait à ne pas menacer ses gardes ; j'espérais qu'on le lui enseignerait d'une flèche dans le dos.

Un instant plus tard, on me jeta un seau d'eau glacée en pleine figure ; le choc réveilla brutalement toutes mes douleurs. J'entrouvris un œil et j'aperçus de l'eau mêlée de sang sur le sol devant moi. Si tout ce sang m'appartenait, c'était très inquiétant. Les idées embrumées, je cherchai qui d'autre pouvait en avoir perdu autant ; mon esprit ne fonctionnait plus très bien : le temps avançait par bonds. Royal se tenait debout près de moi, en colère, échevelé, puis il se retrouva soudain dans son fauteuil. Je ne cessai de m'évanouir. Lumière, obscurité, puis lumière à nouveau.

Quelqu'un s'agenouilla près de moi et me palpa avec des mains compétentes. Burrich ? Non : c'était un rêve d'il y avait longtemps. Cet homme avait les yeux bleus et l'accent nasillard de Bauge. « Il saigne beaucoup, sire Royal, mais on peut arrêter l'épanchement. » On m'appuya sur le front, puis une coupe fut portée à mes lèvres fendues et du vin coupé d'eau me coula dans la bouche ; je m'étranglai en buvant. « Vous voyez, il est vivant. Il vaudrait mieux le laisser tranquille pour aujourd'hui, Votre Majesté ; ça m'étonnerait qu'il puisse répondre à la moindre question avant demain : il s'évanouirait sans cesse. » Une opinion professionnelle énoncée sur un ton calme. L'homme m'étendit à nouveau par terre et s'en alla.

Un spasme me convulsa : j'allais avoir un accès de tremblements. Heureusement, Guillot n'était plus là : je n'aurais pas été capable de maintenir mes murailles dressées pendant une crise.

« Eh bien, remmenez-le ! » cria Royal, déçu et boudeur. « Quelle perte de temps, aujourd'hui ! » Les pieds de son fauteuil raclèrent le sol, puis j'entendis le bruit de ses bottes qui allait décroissant.

Quelqu'un me saisit par le devant de la chemise et me mit brutalement debout. Je n'eus même pas la force de crier ma douleur. « Espèce de sale étron ! gronda l'homme. T'as intérêt à pas crever ! J'ai pas envie de tâter du fouet parce qu'un rat comme toi aura claqué !

— Belle menace, Verde, fit une autre voix d'un ton moqueur. Et qu'est-ce que tu lui feras une fois qu'il sera mort ?

— Écrase : tu risques autant que moi de te faire arracher la peau du dos. Allez, on le sort d'ici et on nettoie derrière lui. »

*

La cellule ; le mur nu. Ils m'avaient abandonné par terre, le dos à la porte. C'était injuste : j'allais devoir me rouler de l'autre côté rien que pour voir s'ils m'avaient laissé de l'eau.

Non, c'était trop de peine.

*Viens-tu maintenant ?*

*Je voudrais bien, Œil-de-Nuit, mais je ne sais pas comment faire.*

*Changeur. Changeur ! Mon frère ! Changeur !*

*Qu'y a-t-il ?*

*Tu es resté longtemps silencieux. Viens-tu, maintenant ?*

*Je suis resté… silencieux ?*

*Oui. J'ai cru que tu étais mort sans d'abord venir à moi. Je n'arrivais pas à t'atteindre.*

*Sans doute une crise. J'ignorais que j'en avais fait une ; mais je suis revenu, Œil-de-Nuit. Je suis là.*

*Alors viens à moi. Dépêche-toi avant de mourir.*

*Un instant. Je veux m'assurer que c'est ce qu'il faut faire.*

Je cherchai un motif de m'en abstenir : j'en avais eu quelques-uns, mais je ne me les rappelais pas. Changeur, m'avait-il appelé ; mon propre loup qui m'appelait ainsi, comme le fou et Umbre me qualifiaient de catalyseur… Eh bien, il était temps de changer la situation de Royal. Je ne pouvais plus faire qu'un seul et dernier geste : mourir avant que Royal brise ma volonté ; si je devais périr, je préférais le faire seul : ainsi, je ne dénoncerais personne. J'espérais que les ducs exigeraient de voir mon corps.

Il me fallut un long moment pour décoller mon bras du sol et l'amener jusqu'à ma poitrine. J'avais les lèvres enflées et fendues, les gencives douloureuses, mais je portai ma manche à ma bouche et trouvai la petite bosse que formait la boulette sous le tissu. Je mordis dedans le plus fort possible, puis m'appliquai à la sucer ; au bout d'un moment, le goût du carryme déferla sur ma langue. Ce n'était pas désagréable : piquant, plutôt. Comme le produit atténuait mes souffrances, je pus mâchonner ma manche avec plus de vigueur. Bêtement, je faisais attention au piquant de porc-épic : je n'avais pas envie de me l'enfoncer dans la lèvre.

*Ça fait vraiment mal quand ça arrive.*

*Je sais, Œil-de-Nuit.*

*Viens à moi.*

*J'essaye. Laisse-moi un petit moment.*

Comment fait-on pour abandonner son corps ? Je m'efforçais de ne pas y penser, de n'avoir conscience de moi-même qu'en tant qu'Œil-de-Nuit : le flair affûté, couché sur le côté, occupé à grignoter un paquet de neige coincé entre les doigts d'une de mes pattes. Je sentais le goût de la neige et de ma patte tandis que je la mordillais. Je levai les yeux : le soir tombait. L'heure serait bientôt propice à la chasse. Je me mis debout et m'ébrouai.

*C'est ça*, fit Œil-de-Nuit d'un ton encourageant.

Mais il restait ce fil, cette infime perception d'un corps raide et douloureux allongé sur un pavage glacé. Rien que d'y penser, je le sentis reprendre substance. Un tremblement le parcourut qui lui ébranla les os et les dents : une attaque se préparait ; une grave, cette fois.

Soudain tout devint facile, le choix limpide : abandonner ce corps-là pour celui-ci ; il n'était plus très efficace, de toute façon, et il était enfermé dans une cage. Inutile de le conserver. Inutile de demeurer un homme.

*Je suis là.*

*Je sais. Allons chasser.*

Et nous allâmes chasser.

# 18

## JOURS DE LOUP

*L'exercice qui permet de se concentrer est simple. Il suffit de cesser de penser à ce que l'on veut faire, de cesser de penser à ce que l'on vient de faire ; puis de cesser de penser que l'on a cessé d'y penser ; alors on trouve le Maintenant, le temps qui s'étend sur l'éternité et qui est le seul temps qui existe réellement. En ce lieu, on a enfin le temps d'être soi-même.*

*

La vie recèle une pureté que l'on découvre quand on ne fait que chasser, manger et dormir. En fin de compte, nul n'a vraiment besoin d'autre chose. Nous courions seuls, nous le loup, et rien ne nous manquait : nous n'avions pas envie de chevreuil quand se présentait un lapin et nous ne chassions pas les corbeaux qui venaient picorer nos reliefs. Parfois nous revenait le souvenir d'un autre temps et d'autres façons d'être ; nous nous demandions alors pourquoi nous y avions attaché tant d'importance. Nous ne tuions pas ce que nous ne pouvions manger et nous ne mangions pas ce que nous ne pouvions tuer. L'aube et le crépuscule étaient les meilleurs moments pour chasser, d'autres étaient bons pour dormir. En dehors de cela, le temps ne signifiait rien.

Pour les loups comme pour les chiens, la vie est plus courte que pour les hommes si on la mesure par le décompte des jours et le nombre de saisons que l'on voit passer. Mais en deux ans un louveteau en fait autant qu'un homme en vingt : il parvient à l'apogée de sa taille et de sa force, il apprend ce qu'il doit savoir pour être bon chasseur, bon compagnon ou bon chef. La chandelle de son existence brûle plus vite et avec un éclat plus vif que celle de l'homme. En dix ans de vie, il en fait autant qu'un homme en cinq ou six fois plus. Une année passe pour un loup comme une décennie pour un homme. Le temps n'est pas avare quand on vit toujours dans l'instant.

Ainsi, nous connaissions les nuits et les jours, la faim et la satiété, des joies et des surprises violentes. Attraper une souris, la jeter en l'air, l'avaler d'un claquement de mâchoires ; c'était si bon. Débusquer un lapin, le poursuivre tandis qu'il zigzague et tourne en rond, puis soudain allonger la foulée pour le saisir dans un nuage de neige et de fourrure. Lui briser la nuque d'une saccade, puis manger à loisir, ouvrir le ventre et fourrer le museau dans les entrailles chaudes, la viande épaisse du râble, les os aisément broyés de l'échine. Se gorger, dormir, et se réveiller pour chasser à nouveau.

Chasser une biche sur un étang gelé tout en sachant que ce n'est pas une proie pour nous, mais en prenant plaisir à la poursuite ; quand la glace se rompt sous elle, nous tournons et tournons en cercles incessants tandis qu'elle frappe du sabot sur la glace et finit par se hisser hors de l'eau, trop épuisée pour échapper aux crocs qui lui tranchent les tendons et se referment sur sa gorge. Manger à refus, non pas une, mais deux fois. Une tempête se lève, pleine de grésil qui nous refoule dans notre repaire. Dormir au chaud, le museau dans la queue, pendant que le vent cingle le dehors de pluie glacée, puis de neige. Se réveiller dans la lumière pâle qui traverse en scintillant une couche de neige, dégager l'entrée pour renifler le jour limpide et froid qui s'achève. Il reste de la viande sur la biche, rouge, gelée, douce, prête à être mangée. Y a-t-il plus satisfaisant que de savoir la viande à portée de soi ?

*Viens.*

Nous nous arrêtons. Non, la viande est là qui attend. Nous reprenons notre trot.

*Viens. Viens à moi. J'ai de la viande pour toi.*

Nous avons déjà de la viande. Et plus près.

*Œil-de-Nuit, Changeur. Cœur de la Meute vous appelle.*

Nous nous arrêtons à nouveau, nous nous ébrouons. Ce n'est pas agréable. Et qu'est Cœur de la Meute pour nous? Il n'est pas de notre meute et il nous pousse. Il y a de la viande tout près. C'est décidé: nous allons au bord de l'étang. Là. Quelque part par là. Ah, voilà! La dégager de la neige. Les corbeaux viennent nous surveiller, attendre que nous ayons fini.

*Œil-de-Nuit. Changeur. Venez. Venez vite. Il sera bientôt trop tard.*

La viande est gelée, craquante et rouge. Tourner la tête pour la découper à l'aide des dents du fond. Un corbeau se pose non loin de nous sur la neige. Hop, hop! Il incline la tête. Pour le plaisir, nous nous jetons sur lui, l'obligeons à s'envoler. La viande est à nous, toute la viande. Des jours et des nuits de viande.

*Venez, je vous en prie. Venez. Venez vite, tout de suite. Revenez à nous. Nous avons besoin de vous. Venez. Venez.*

Il ne s'en va pas. Nous rabattons les oreilles en arrière, mais nous l'entendons toujours, *venez, venez, venez*. Il nous prive du plaisir de la viande avec ses geignements. Assez. Nous avons assez mangé pour le moment. Nous allons partir pour le faire taire.

*C'est bien. C'est bien. Venez à moi, venez à moi.*

Nous trottons dans l'obscurité qui s'épaissit. Un lapin se dresse soudain, détale sur la neige. Oui? Non: le ventre est plein. Nous trottons toujours, rencontrons un chemin d'homme, bande ouverte et nue sous le ciel nocturne. Nous le franchissons vite et disparaissons dans les bois qui le bordent.

*Venez à moi. Venez. Œil-de-Nuit, Changeur, je vous appelle. Venez à moi.*

La forêt prend fin. Un versant de colline s'étend en contrebas et au-delà un endroit plat, sans défense sous le ciel. Trop ouvert. La neige glacée ne porte pas d'empreintes mais au bas de la colline il y a des humains. Deux. Cœur de la Meute creuse pendant qu'un autre guette. Cœur de la Meute creuse vite et dur; son souffle fume dans la nuit. L'autre porte une lumière, une lumière trop vive qui oblige à plisser les yeux. Cœur de la Meute cesse de creuser et il lève les yeux vers nous.

*Viens*, dit-il. *Viens.*

Il saute dans le trou qu'il a fait. Il y a des blocs gelés de terre noire sur la neige propre. Il atterrit avec le bruit des bois d'un cerf contre un arbre. Il s'accroupit et nous entendons un craquement. Il se sert d'un outil qui cogne et casse. Nous nous asseyons pour l'observer, la queue enroulée autour des pattes avant pour les réchauffer. Qu'avons-nous à faire ici ? Nous sommes rassasiés, nous pourrions aller dormir. Il nous regarde soudain dans la nuit.

*Attends. Attends encore un peu.*

Il gronde à l'adresse de l'autre qui approche la lumière du trou. Cœur de la Meute courbe le dos et l'autre se baisse pour l'aider. Ils sortent quelque chose du trou. L'odeur nous hérisse le poil ; nous nous dressons d'un bond, nous essayons de nous enfuir, nous tournons en rond, nous ne pouvons pas partir. Il y a de la peur ici, du danger, une menace de souffrance, de solitude, de fin.

*Venez. Venez nous rejoindre, venez. Nous avons besoin de vous, maintenant. Il est temps.*

Il n'est pas temps. Le temps est toujours, il est partout. Vous avez besoin de nous, mais nous ne voulons peut-être pas que vous ayez besoin de nous. Nous avons de la viande, un trou chaud où dormir et encore de la viande pour une autre fois. Le ventre plein, un repaire douillet, que nous faut-il d'autre ? Et pourtant, nous allons nous approcher ; nous allons renifler, nous allons voir ce qui menace et invite. Le ventre au ras de la neige, la queue basse, nous descendons lentement la colline.

Assis par terre, Cœur de la Meute tient la chose. Il fait signe à l'autre de s'éloigner et l'autre recule, recule en emportant sa lumière qui fait mal. Nous approchons. La colline est derrière nous, nue, sans abri. La course sera longue pour nous cacher si nous sommes menacés. Mais rien ne bouge. Il n'y a que Cœur de la Meute et ce qu'il tient. Ça sent le vieux sang. Il secoue la chose comme pour détacher un bout de viande, puis il la frotte en bougeant ses mains comme une chienne passe les dents dans le pelage d'un chiot pour le débarrasser de ses puces. Nous connaissons cette odeur. Nous approchons, toujours davantage. Il n'est plus qu'à un bond.

*Que veux-tu ?* lui demandons-nous.

*Reviens.*

*Je suis là.*

*Reviens, Changeur.* Son ton est insistant. *Reviens là-dedans.* Il lève un bras, soulève une main. Il nous montre une tête qui roule sur son épaule ; il la tourne pour montrer son visage. Nous ne le connaissons pas.

*Là-dedans ?*

*Oui. C'est à toi, Changeur.*

*Ça sent mauvais. C'est de la viande gâtée, nous n'en voulons pas. Il y a de la meilleure viande que ça près de l'étang.*

*Viens ici. Viens plus près.*

Cela ne nous plaît pas. Nous n'irons pas plus loin. Il nous regarde et nous saisit avec ses yeux. Il s'approche de nous en crabe sans lâcher la chose. Elle ballotte dans ses bras.

*Du calme. Du calme. C'est à toi, Changeur. Viens plus près.*

Nous grondons mais il ne détourne pas le regard. Nous nous tapissons, la queue sous le ventre, nous voulons partir, mais il est fort. Il prend la main de la chose et la pose sur notre tête. Il nous attrape par la nuque pour nous immobiliser.

*Reviens. Tu dois revenir.* Il insiste fort.

Nous nous tapissons davantage, les griffes enfoncées dans la neige terreuse. Le dos voûté, nous essayons de nous dégager, de reculer d'un pas. Il nous tient toujours par la nuque. Nous rassemblons nos forces pour nous échapper.

*Lâche-le, Œil-de-Nuit. Il n'est pas à toi.* Les crocs luisent dans ses paroles, ses yeux sont trop durs.

*Il n'est pas à toi non plus*, répond Œil-de-Nuit.

*À qui suis-je alors ?*

Un instant de vacillement, d'équilibre entre deux mondes, deux réalités, deux chairs. Puis un loup pivote d'un coup et s'enfuit, la queue entre les jambes, se sauve tout seul sur la neige, loin de trop d'étrangeté. Il s'arrête au sommet d'une colline pour pointer le museau vers le ciel et pousser un hurlement. C'est l'injustice qui le fait hurler.

*

Je n'ai aucun souvenir du cimetière glacé où je gisais, mais je conserve l'écho d'une sorte de rêve. J'avais froid, j'étais atrocement courbatu et je sentais le goût âcre et brûlant de l'eau-de-vie non seulement dans la bouche mais partout en moi. Burrich et Umbre ne me laissaient pas tranquille. Sans souci du mal qu'ils me faisaient, ils ne cessaient de me frictionner les mains et les pieds sans se préoccuper de mes ecchymoses, des croûtes qui couvraient mes bras. Et chaque fois que je fermais les yeux, Burrich me saisissait et me secouait comme un vieux chiffon. « Reste avec moi, Fitz, répétait-il. Reste avec moi, reste avec moi. Allez, petit, tu n'es pas mort ! Tu n'es pas mort. » Et soudain il me serra contre lui et je sentis sur mon visage sa rude barbe et ses larmes. Il me berça, assis dans la neige près de ma tombe. « Tu n'es pas mort, fils. Tu n'es pas mort. »

## ÉPILOGUE

*Burrich en avait entendu parler dans un conte que racontait sa grand-mère, l'histoire d'une femme douée du Vif qui pouvait quitter son corps un jour ou deux, puis y revenir. Burrich l'avait narrée à Umbre et Umbre avait mélangé les poisons qui devaient m'amener à l'orée de la mort. Ils me dirent que je n'étais pas mort, que mon corps s'était seulement ralenti au point d'avoir l'apparence d'un cadavre.*

*Je ne le crois pas.*

*Je vécus donc à nouveau dans le corps d'un homme, bien qu'il me fallût plusieurs jours pour me souvenir d'avoir été un homme. Et parfois encore j'en doute.*

*Je ne repris pas le cours de mon existence : ma vie sous le nom de FitzChevalerie gisait en décombres fumants derrière moi. Seuls Burrich et Umbre savaient que je n'avais pas péri. Parmi les gens qui m'avaient connu, rares étaient ceux qui gardaient bon souvenir de moi. Royal m'avait tué, selon toutes les définitions qui comptent pour un homme ; me présenter à ceux qui m'avaient aimé, me tenir devant eux sous mon aspect humain, n'aurait fait que leur apporter la preuve de la magie dont je m'étais souillé.*

*J'avais succombé dans ma cellule un jour ou deux après la dernière rossée dont je me souvenais. Cette nouvelle avait courroucé les ducs, mais Royal disposait d'assez de preuves et de témoins de ma magie du Vif pour sauver la face. Je pense que ses gardes échappèrent au fouet en attestant que j'avais attaqué Guillot à l'aide du Vif, ce qui expliquait qu'il fût resté si longtemps malade ; ils avaient dû, assurèrent-ils, me frapper à coups redoublés pour rompre l'emprise magique que j'avais sur lui. Devant tant de témoins, les ducs avaient non seulement baissé les bras mais aussi assisté au couronnement de Royal et accepté le seigneur Brillant comme gouverneur de Castelcerf et de toute la côte de Cerf. Patience avait supplié qu'on ne brûlât pas mon corps et qu'on l'enterrât intact ; dame Grâce avait également intercédé en ma faveur, à la grande horreur de son époux ; ces deux femmes seules avaient pris ma défense face aux preuves de Royal de ma souillure, mais je ne crois pas que ce fût par considération pour elles qu'il accepta : en mourant trop tôt, je l'avais frustré du spectacle de ma pendaison et de ma crémation ; privé de sa vengeance complète, Royal s'était simplement désintéressé de mon sort. Il quitta Castelcerf pour Gué-de-Négoce et Patience prit mon cadavre pour l'inhumer.*

*C'est à cette vie que me ramena Burrich, une vie où je n'avais plus rien – plus rien que mon roi. Les Six-Duchés allaient s'effondrer dans les mois à venir, les Pirates allaient s'emparer de nos meilleurs ports presque à loisir, nos populations étaient chassées de chez elles ou réduites en esclavage tandis que les Outrîliens prenaient leur place ; mais, à l'instar de mon prince Vérité, je tournai le dos à ces événements et partis pour l'Intérieur. Lui était parti pour devenir roi et, moi, j'allais chercher mon roi à la suite de ma reine. Une dure période s'ensuivit.*

*Pourtant, aujourd'hui encore, quand la douleur se fait trop présente et qu'aucun simple ne parvient à l'apaiser, quand je regarde le corps qui enferme mon esprit, je me rappelle mes jours de Loup ; pour moi, ils ne durèrent pas quelques journées mais toute une saison de vie. Leur souvenir me réconforte et me tente aussi. Viens, viens chasser avec moi, souffle une voix dans mon cœur ; dépouille-toi de ta souffrance, que ta vie soit tienne à nouveau ; il est un lieu où tout temps est maintenant, où les choix sont simples et ne sont jamais ceux d'un autre.*

*Les loups n'ont pas de roi.*

# TABLE

6117

Composition Chesteroc Ltd.
Achevé d'imprimer en Slovaquie
par Novoprint le 23 janvier 2015.
EAN 9782290316290
1er dépôt légal dans la collection : janvier 2002
L21EPGNJ01250C008

Éditions J'ai lu
87, quai Panhard-et-Levassor, 75013 Paris
*Diffusion France et étranger : Flammarion*